George Weideman

Draaijakkals

OFTEWEL DIE ONGELOOFLIKE EERSTE JEUG VAN
NICOLAAS ALETTUS LAZARUS – STOFPOEPERTJIE,
TUSSENINNER EN AARTSKALANT
VAN DIE ONDERVELD

Waarin die verteller se wedervaringe oor
sowat drie dekades aan die leser voorgehou word,
beginnende met 'n ontvangenis in 'n bakoond,
padlangs verder verby Samaritane wat op
hul moer kry, gehoorsame en ongehoorsame meisies,
'n spul Nazi's en diverse holmolle, en eindigende
met 'n tuiskoms tussen 'n klomp skewe brode
in 'n anderster bakoond.

TAFELBERG

STIGTING VIR DIE SKEPPENDE KUNSTE
FOUNDATION FOR THE CREATIVE ARTS

Hierdie publikasie is gedeeltelik moontlik gemaak deur die finansiële ondersteuning van die Stigting vir die Skeppende Kunste

TAFELBERG-UITGEWERS BEPERK,
WAALSTRAAT 28, KAAPSTAD 8001
© GEORGE WEIDEMAN 1999
ALLE REGTE VOORBEHOU
OMSLAGONTWERP DEUR SUSAN THERON
FOTO VAN SKRYWER: JEAN M.J. DU PLESSIS
ONTWERP EN GESET IN 11 OP 13 PT BASKERVILLE
DEUR ETIENNE VAN DUYKER, ALINEA STUDIO, KAAPSTAD
GEDRUK EN GEBIND DEUR NBD,
DRUKKERYSTRAAT, GOODWOOD, WES-KAAP
EERSTE UITGAWE 1999
TWEEDE DRUK 2000
DERDE DRUK 2001

ISBN 0 624 03781 9

Vir my klein Kandas

I

Ouspoor

1

Hoe dit gebeur het dat Nicolaas Alettus se lewe in 'n bakoond begin, en waarin dit aan die lig kom dat 'n rympie bes moontlik die sleutel tot baie geheime hou. Die verskil tussen liegstories en bêrestories word geopper.

Die mense hier wil hê ek moet oor my grootwordjare skryf. En skilder. Nogal. Hoe meer ek vir hulle sê my lewe is 'n raaisel van begin tot einde, hoe meer sê hulle vir my hulle is hier om raaisels op te los. Alle heil! sê ek, soos Uncle altyd gesê het, alle heil en patats!

Hierdie storie begin in 1913 in die Onderveld toe ek in sonde en in louter vreugde in 'n bakoond ontvang is. En nege maande later in 'n matjieshuis gebore is. Op 4 Augustus 1914. Die dag waarop Engeland oorlog verklaar het teen Duitsland.

Ek glo tot vandag toe nog dat my gebrek aan lengte iets met die beknoptheid van die bakoond te doen het, al was dit 'n groot oond, van die soort wat jy by koshuise sou sien. Ek is nie 'n dwerg nie, maar name soos pikkie, muggie, stofpoepertjie en knopgat duik op sodra ek in die geselskap kom.

Ek het van kleins af twee eienskappe wat my goed te pas kom, veral as ek vasgekeer voel. Dit is my voorgevoel en my fyn ontwikkelde reuksin; iets wat die meeste mense skynbaar nié het nie. Dis nie snaaks dat die ander grootmaakkinders my partykeer Vossie genoem het nie, al is my regte name Nicolaas Alettus.

In die matjieshuis was daar, behalwe matjies en velle, enkele papierblomme, 'n staanspieëltjie, 'n kruik met fonteinwater, 'n kleinerige wakis en 'n houertjie van swartebbenhout met die woord *Eggs* daarop. Ma-Let het dit haar *egg-box* genoem.

My ma se naam was eintlik Aletta, maar almal het haar geken as

Let Lyf, en sy het in 1918 met die Groot Griep afgesterwe. Vir my was sy Ma-Let, een van baie ma's, want ek het haar maar 'n kort rukkie geken.

Wie my pa was, is die één ding wat sy vir haarself gehou het; iets wat ek kan begryp, want al het sy min besittings gehad, het sy baie gehad om te deel.

Maar ék wou weet.

Gelukkig het die egg-box in my besit gebly. Binne-in was 'n paar briewe, 'n klompie eienaardige tekeninge, 'n raaisel in die vorm van 'n rympie, 'n haarlok wat glo myne was, 'n ou, vertoiingde landkaart, 'n paar knipsels en 'n vergeelde, dowwe foto van 'n kort, vrolike kêrel met sy voet op die treeplank van 'n Silver Ghost.

Toe ek die kissie die eerste keer oopgemaak het, was dit asof ek my pa kon ruik. Ek sou nie rus voordat ek meer van hom geweet het nie. Dit is die verhaal van my speurtog, en dis 'n storie sonder begin of einde, want ek het dikwels die spoor verloor of op dwaalspore beland. Ek het 'n hele paar keer uit mismoedigheid opgehou soek. Tog is ek nie oor één enkele oomblik spyt nie.

Dis eers nóú, met die ontdekking van iets wat moontlik 'n sleutel – 'n leidraad – kan wees, dat ek kan begin om alles wat ek neergeskryf het, te hersien en te rekonstrueer in die hoop dat ek by 'n antwoord uitkom. Soms gee ek my verbeelding vrye teuels. Hoe sit jy iets aanmekaar wanneer jy so min gegewens het?

Hoekom knaag dit so aan my om te weet wie sy saad daar in die bakoond gestort het?

Eer jou vader en jou moeder, soos die Here jou God jou beveel het, dan sal jy 'n lang lewe hê en sal dit goed gaan met jou in die land wat die Here jou God vir jou gee.

Hoe kan ek 'n vader eer wat ek nie ken nie?

En waar het die Here my bakens gepak?

Een van die briewe in die egg-box is deur Let se pa, my oupa, geskryf – gedikteer, want hy kon nie skryf nie. *Mijn lieve frouw en kinderen,* so het die priester, Vader Grau se voorganger, begin, *hiermee wens ik uw mede te delen dat de plaats Fijool Fontijn als gevolg fan een slenter slach uit de onze familie besit geraak het. Lang Nicolaas Fortuin, een rechtstreekse afstammeling fan koningin Rebekka fan de Namaquas, zijn jaghonden het onder het fee van de boer Hanekom gebijt en een aansienlike aantal gedood. De Freede Rechter het beslis dat de grootste en beste porsie fan het grond fan Fijool Fonteijn aan de boer Hanekom als fergoeding afgestaan moeste worden. In ruil daar foor krijgte Grootvader Nicolaas een fijool en een zak zout.*

Die res van die brief het verlore geraak, maar Stryker, wie se pa saam met grootoupa Nicolaas geboer het, het my eendag vertel dis hoe die plaas Jakkalsdraai (voorheen Vioolfontein, voorheen !Nuxabes) sy name gekry het. Maar in die Gemeenteboek, wat ek geraadpleeg het, kom net die naam Jakkalsdraai voor.

Afgesien van Let Lyf, wat maar van altyd af in die matjieshuis vlak langs Suster Francesca se kamertjie geslaap het, was daar op Bakoondskraal nog 'n hele norring mense met wie se lewens myne vervleg geraak het: Vader Grau, Suster Ottilie en Suster Bernarda; Anaat, Amy Patience, Joy, Mias, Piet Praaimus en Stryker. Dis die vernaamstes. Verder nog Jasper Repink, Jaatjie Jut, Fytjie Melk, Koos Botter en die Blootsvoete. Hulle het uit my lewe verdwyn.

Uncle was daar ook, natuurlik, maar hy was 'n besoeker. Hy het nooit op Bakoondskraal gebly nie.

Dis Stryker wat my eerste op die spoor van 'n sleutel gebring het. Synde sélf rympiesmaker en storieverteller.

Toe ek dit op 'n dag op die ingewing van die oomblik in sy hand stop, het hy die krom Hollands lank bekyk:

> *Wie ben ik?*
> *Ik vond een nest in de matjiesgoed*
> *ik vrat een ei, dat zat mij goed.*
> *Ik maak mijn make, ik vloog daar weg,*
> *mijn hoofd vooruit, mijn staart verzeg ...*

"Dis 'n raaisel," het Stryker gesê.

"Dit kan ek sien, ja," het ek geantwoord, en op my tone gestaan om die rympie weer te kan lees, al het ek dit al oor en oor beskou.

"En jy reken dis jou pagoed wat dié rympie gemaak het?"

"Of net opgesê het. Dis Let se handskrif, dink ek, maar dit lyk asof dit haastig neergeskryf is, miskien selfs onklaar is, nie waar nie?"

Dit was in dié tyd, toe ek gebore is en selfs lank daarná, onder vrypaartjies die gebruik om mekaar met allerhande raaisels te vermaak. Sommiges was regte kopkrappers.

"Sowaar, sowaar, ek ken dit nie," het Stryker gesê, "maar dis só geskryf dat ek dink daar is iets weggesteek agter die woorde."

Stryker het graag stories en rympies gemaak wanneer hy wou hê ons moes iets verstaan wat hy nie op 'n ander manier kon verduidelik nie. Maar hy het ook diereraaisels soos dié gevra om ons te toets.

Piet Praaimus, wat alles gelees het wat hy in die hande kon kry, het die meeste van die raaisels opgelos.

Maar ook Piet kon my nie help nie.

Wie weet, ons kom dalk nog by die antwoord uit. Die mense hier sê teken en skryf en stories opmaak, is 'n manier om jou kop skoon te kry.

Stryker kon stories opmaak.

"Waffer storie?" sou hy vra en in die t'kooiboskole krap met sy vuurmaakstok, en jy kon in sy ogies sien hoe gooi jakkals sy lyf dan dié kant toe en dan dourie kant toe om bekende paadjies te vermy.

Noudat ek alles probeer neerskryf, kan ek my goed voorstel hoeveel hy op sy verbeelding moes staatmaak, want doen ek dit dan nie self nie?

Maar Stryker se stories was vir ons soos briewe uit die hemel, briewe van die pa's en ma's en broertjies en sustertjies wat ons nooit geken het nie.

Party stories het Stryker uit sy duim gesuig, ander kon net sowel in boeke gestaan het.

Anders as my verhaal, het die meeste van sy stories 'n begin, maar nie 'n oorsprong nie.

Weet jy waar die Buffelsrivier begin? Die Olifants? Nee, jy weet nie. Maar as jy dors is, vra jy nie waar kom die water vandaan nie. Jy drink.

Ons was elke aand dors.

Baie van ons het net briewe uit die hel geken.

Waffer storie?

Ons het nader aan hom geskuif en timmekaar gesit, ons klomp

vloerbroodjies van Bakoondskraal; en al was ek skaars uit die abbakros om Ma-Let se lyf, het ek van my dág af fyn gesien, en fyn geluister. Stryker kon maar enige oustorie vertel.

Maar daar was vernaamlik één wat 'n bêrestorie was.

"Van hoe neef jakkals vir oompie leeu geuitoorlê het?"

"Nee."

"Van neef jakkals, wolf-met-die-mankbeen en springhaas?"

"Nee tog!"

"Van hoe jakkals vir wolf by die byenes geverneuk het?"

"Oompies weet mos!" Teen hierdie tyd kwyl ons van lus.

"Nou goed, dan vertel ek hoe dit gekom het dat wolf mankbeen loop."

"Tsk. Aiiii!"

Oplaas sou Stryker die bêrestorie vertel. Wat dit ook al op daardie tydstip was, en daar is nie biétjie gestry nie.

Vir my is die mooiste storie die een waar vossie die dood ore aangesit en voorspoed geken het tot in lengte van dae.

Dan was daar Suster Francesca se verhale. Kooitoegaanstories uit vreemde lande, Bybelstories wat vir seer harte was soos boksalf vir stukkende voete. Of wanneer jy riem geproe het by Vader Grau en op jou knieë gaan slaap.

So 'n storie het hoeka meer reggekry as raas oor kwaaddoen.

Soos die een oor Leuenaarsbrug.

"'n Vader – seker Vader Van 't Westeinde – het eendag saam met 'n seun gestap, padlangs Karringberg toe. Die seun sien toe 'n man met 'n hond. 'Vader,' sê die seun, 'hoe groot is die grootste hond wat u al gesien het?' Vader het nagedink en toe by sy knie langs gewys. Die seun het gelag, want die hond wat by hulle verbygekom het, was omtrent so hoog. 'Ek het al 'n groter hond gesien,' het hy gespog, en na Vader se bobeen beduie. Toe Vader, wat ingedagte was, nie reageer nie, het die seun moed bymekaargeskraap en gesê: 'Nee wag, hy was 'n bietjie groter.' Dié keer was die hond gelyk met die gespe van Vader se broek, amper gelyk met die seun se skouers. So het dit aangehou totdat die hond 'n hand hoër as die seun was. 'n Reuse-dier.

"Toe sê Vader: 'Sien jy die brug daar voor?' Die rivier het sterk geloop, en die brug was die enigste manier om oor die vol rivier te kom. Die seun sê toe ja, hy sien die brug, wat is snaaks aan die brug? 'Dis Leuenaarsbrug,' sê Vader toe, 'elkeen wat 'n leuen vertel en dan oor die brug probeer loop, val daar af en verdrink in die vol rivier.'

"Die seun het lank stilgebly. Hoe nader aan die brug, hoe traer het hy geword. 'Nou toe,' het Vader gesê toe hy sien die seun huiwer, 'wat skeel nou?' 'Dis die hond,' het die seun gesê en gaan staan. 'Vader weet, daardie hond waarvan ek gepraat het? Daardie hond was maar net so broekbandhoog.'"

2

Oor oorlewing, oor 'n poep en ander natuurverskynsels. Enkele persone van betekenis word ook bekend gestel.

Nee, dis nou een ding wat nie twee is nie: Om te oorleef moet jy slu wees. Slimmer as die houtjie van die galg.

Vat nou vir vuilgoeddraer. Die liewe Vader het darem g'n end gehad met vernufspeletjies nie. So asof Hy wou kyk wie kan vir wie uitoorlê. Horingsman sit vir hom weg in die sand; jy sien skaars sy horinkies. Doodhouer hou vir hom dood. Skilpad lyk soos klip. En ons Onderveldse vuilgoeddraer pak homself tóé van stokkies en stukkies blaar en goete dat hy kompleet lyk soos 'n stuk opwaaisel.

Ook méns moet partykeer meer gestaltes hê as wat vir jou voorgeskiet is. Die gebeurtenisse waarvan hier vertel word, het oor baie jare plaasgevind, hoofsaaklik in die Onderveld, 'n streek so yl bevolk dat, in Uncle se beroemde woorde, 'n poep hier duskant mense dour anderkant laat glo swaarweer is op pad. Laat dit hóé droog wees, soos in '18-'19, of in '32-'33, maar as daar net 'n jaloersbuitjie val, is dit nie honderd jaar nie, of weeskindertjies en hongerblom en bittergousblom trek dorptoegaanklere aan. Skillerbont hemp. Laslappierok. In die somer léwe die veld soos die t'ghagras speel. Ryk geel kwashale.

Dís wat my telkens laat terugkeer. Wanneer Kardouskop en Sneeukop en Weeskind oranje sandale en geel sokkies aanhet soos wat gousblom en duikerwortel oor voetheuwels en vlaktes stáán. Dít, dink ek, is wat Uncle – my mentor en voog, George McLachlan Lazarus – of sy vader, Kristijonas Lazarus, of Stryker se seun, Schnaps, so swart soos 'n koolstoof, telkens laat terugkeer het.

In die blomtyd lýk alles anders. Kortstondig rúik alles anders. Jy kan sê toe dié stuk aarde gemaak is, was dit tyd vir malkopstreke, vir bloemer wys.

Net drie weke duur die belustigheid. Maar jy weet dit kom weer, al slaan dit volgende jaar kol-kol uit. Wie kan voorspel wáár die herfsreën gaan val?

Jy kan nie van die Onderveld sê hiérdie of dáárdie stuk grond is van 'n sekere dag en datum af joune en joune alleen nie. Die geskiedenis kom en hy vee name uit. Soos wat die wind kom en blomblare afruk en wegwaai. Spore toewaai. En dan kom daar weer 'n geskiedenis. En weer.

Jy kan maar 'n ent terug verstaan.

Maar terugloop sal jy terugloop, want daar is kleure en geure en name wat in jou hart se groewe lê.

Dis ten minste 'n deel van die waarheid. Wanneer 'n mens aan die blomtyd dink, aan die wyse waarop die aarde oorleef, is jy geneig om skoon orig met woorde te raak. En tog vergeet jy nie die dae toe jy die rieme moes intrek, toe mens en wind jou gemoerák het nie.

Maar in die somerlugspieëlings lyk muggies nogal soos olifante, word elke opgeefsel 'n koel dam water, word die onaansienlikste mens beeldskoon, word oorlewing en oorlewering sinoniem. En in die wintermaande, wanneer die suidewind die asem van die sneeu oor die vlaktes jaag, sit en broei mense stories uit voor Aga- en Doverstofies, soos in die ou dae in die kookskerm, en jy weet: die stomende sny brood in jou hand is met dieselfde brakwater ingesuur, asof al die waterare van die streek geheimsinnig met mekaar verbind is. Soos are op 'n hand.

Is dit belustigheid wat die eerste mense in die voor-voortyd hiernatoe laat trek het agter wild aan, nog lank voordat Olifants en Buffels se name na verdigsels begin lyk het; toe die Weskus, so word vertel, 'n paradys was? Vandag is van hul verblywe nog net slypklippe en potskerwe en gravures en hier en daar 'n versteende sandsteenspoor oor. Miskien 'n kopbeen wat nog sy verhaal moet vertel.

Is dit redeloosheid wat die Namakwas hul vetstertskaap oor die oop vlaktes laat instoot het agter weiding aan? Wat hulle laat besluit het om 'n staning langs 'n vlei of fontein 'n blýplek te maak?

Is dit redelose instink wat vryslaaf en vryburger en vrybuiter die Olifants en die Troe-Troe laat oorsteek het? Om hulle te vestig in die gebrokenheid van die Namakwalandse bergwêreld, met sy baie klowe en sy blesberge soos broodkorsies oor die landskap? Die Kaap was vêr.

Kan dit wees dat die eeue oue legende van Monomotapa nog altyd vlak onder die sand en die klipkoepels en die gruisbeddings lê? Hoe dit ook al sy, die land self het 'n manier om die gehardste fortuinsoeker te houvas. Dis die land van die donkerste ellende. Dis die land van los gelukkies.

Dís wat my telkens in my gedagtes laat terugreis, dít en die soektog na wie ek is.

Nuus het vroeër stadig getrek, maar dit hét saam met wind en weer gekom. Of dit nou berigte was oor reën of oor die Huiloorlog, oor die ontdekking van diamante of die opkoms van Hitler ... nuus- en wêreldgebeure het ook dié mense nie onveranderd gelaat nie. Soms het dit vinnig versprei, soos die Spaanse Griep in die voorsomer van '18, en soms het dit jou onverhoeds gevang, soos '25 se vloed, of die vernietiging, by 'n paar geleenthede, van drome. Soos toe die kopermyne in '19 toegemaak het. Of toe die diamantrykdom deur inkommers en sindikate weggeraap is.

As jy wil oorleef, moet jy al die plae van Egipte die hoof bied. Die engel wat jou in die paradys onder jou gat geskop het, het goed gemik. G'n ander streek is só vêr van die paradys af as die Onderveld nie.

Hier het 'n uiteenlopende klompie fortuinsoekers se paaie gekruis. Dít is waaroor hierdie kroniek gaan. Dít is wat ek, met behulp van Ma-Let se egg-box, Anaat se dagboek, Stryker se stories, Uncle se gekrabbel agterop sigaretdosies en my eie onbetroubare geheue, asook hofverslae, tientalle gesprekke en – natuurlik – my immer vrugbare verbeelding, kon bymekaarbring: die lotgevalle van 'n klompie soekers na geluk. Avonturiers, die meeste van hulle. Lanterfanters. Vabonde. Sleghalters. Party laer as slangkak, soos Uncle sou sê. Enkeles onskuldig.

Maar nou ja, om te oorleef, moet jy jakkalswakker wees.

Eers was daar, bloot chronologies gesproke, Kristijonas Lazarus. Uit Litaue of so 'n godverlate plek. Teen die jaar 1900, 'n dag na Uncle se geboorte, was hy glo al grys. Uncle het altyd van "Dad" gepraat, maar vir die streek se mense was hy, toe hy nog met rugbondel en penswinkeltjie van plaas tot plaas geloop het, "Lazarus die Bondeldraer" of "die Wandelende Jood". Eers later, toe hy uit Clanwilliam se wêreld 'n McLachlan-meisie as vrou saambring en die eienaar van die eerste winkel op Karringberg word, het hulle hom as "Mister Lazarus" aangespreek. Nou gaan dié storie nie eintlik oor Dad nie, maar Uncle het só baie oor hom gepraat dat ek hom kwalik buite rekening kan laat. Daarby – so meen ek – het Uncle baie van sy vabondstreke van Dad gekry.

By wie het ék geleer?

En wát het ek geleer? Dat jy met reguit mense (soos die meeste Ondervelders) reguit paadjies loop. Dat jy slinkser moet wees as die slinkstes. Ons moet almal eendag vir Leuenaarsbrug oor.

Oor my herkoms – oor wie my vader was – bestaan daar dus onsekerheid, ongeveer net soveel as oor my name en my geboortedatum, en as ek beroemd was, sou mense daaroor geredekawel het. Die leser moet maar oorsien as ek my op spekulasies beroep. Wie besit die waarheid?

Die storie wat ek die graagste glo, is die storie van Klaas Duimpie en Let Lyf, en ek weet ten minste met sekerheid dat sy my gesoog het. Party mense wil hul regterhand op die Bybel en hul kop op die blok sit dat Klaas Duimpie (sy regte name was glo óf Niklaas Diedriks óf Niklaas Beukes, maar gevangenisrekords plaas by albei vraagtekens) so 'n nege maande voor my geboorte op Bakoondskraal versuim het. Ek het my veral verlaat op die registers van die ou Breekwatertronk in Kaapstad, waar Klaas in die jare 1896-1897 as 'n IDB vertoef het.

Al wat ek weet, is dat ek nie sy legendariese kwas – so het hy sy manlikheid beskryf – geërf het nie; al het ek net so graag geverf as hy. Die meeste stories wil dit in elk geval hê dat sy kwas sy dood gekos het kort na een van sy skildertogte in die Kaiingveld.

Dan is daar my oë. "Sporrieblou," so het Anaat dit glo beskryf, "so diep en soebat-soebat-blou dat hulle nog al wat meisiekind is, se knieë sal laat knak. Kompleet Klaas Duimpie s'n."

Afgesien van sy fabelagtige orgaan en sy sporrieblou oë was Klaas Duimpie onder die ouer mense ruim net so bekend as Romand Brandrug, Hans Flink en Koos Sas. Dalk is dié vergelyking onregverdig, want Klaas Duimpie was nie 'n moordenaar nie. Onwettig – ja, daaroor twyfel niemand nie. Dalk Frans Waters se gelyke.

Daar is één saak wat my egter my lewe lank kwel.

Is Klaas Duimpie (soos die hardnekkigste gerug dit wou hê) aan 'n boom opgehang gevind langs die pad tussen Steenboksvlei en Karringberg, net suid van Bakoondskraal, en wel op die 24ste November 1913? Ek kon geen dokumentêre bewys of graf vind nie, en voorts het dese en gene hom glo nog dekades lank gesien kom en gaan.

Tydens my omswerwinge saam met Uncle het dit soos 'n kruipseer dié kant toe en dourie kant toe bly lóóp: Klaas Duimpie lééf! Klaas Duimpie is dood! Sal ek hom ooit te siene kry? Al wat my soms getroos het, was Suster Francesca se verhale oor die buite-egtelikheid van Jesus. (Sy het dit natuurlik nie só gestel nie, maar op Bakoondskraal het ons gou uitgevind wat 'n maagd is.) Nou ja toe, het ek gedink: as ek my hele lewe lank 'n grootmaakkind moet bly, is dit seker goed.

Maar so 'n soektog – daaroor gaan dié verhaal ook mos – is 'n ander storie. Ek het die land met 'n vergeelde koerantknipsel deurkruis – amper soos die een van Koos Sas waarmee die ACVV destyds in die dun jare geld ingesamel het: *Koos Sas, moordenaar van die seun van Ds. Botha van Stellenbosch, in 1917. Driemaal gevang en driemaal ontsnap, eindelik op 8 Februarie 1922, in die weghardloop doodgeskiet deur poliesman Jurie Dreyer, op Droedaap, nabij Springbok, Namakwaland.* Jy mag nie doodslaan nie; wee hom insonderheid wat sy hand teen die Gesant van God of teen een van sy uitverkore kinders of kindskinders optel. Koos Sas se foto wys vyf persone: Koos Sas self; aan sy linkerkant 'n man met kakieklere, kamaste en 'n helm, 'n ingenome glimlag en 'n trotse houding; aan Koos se regterkant 'n handlanger met 'n uitdrukkinglose gesig; direk agter hom 'n man met 'n bleek, streng gelaat en 'n snor (dit kon die magistraat gewees het); verder agtertoe, iemand wat lyk na 'n plaasarbeider, sy hoed effens getoon, maar sy mond oop asof van skok, en sy linkerhand strak voor hom asof hy iets wou doen om te verhoed dat die foto geneem word. Koos Sas, sy voete slap oorkruis, word soos 'n beskonkene gestut, maar die linkerhand wat deur die konstabel vasgehou word, hang slap, en sy oë kyk nikssiende voor hom uit. Op sommige outydse jagfoto's is die illusie ook geskep dat die leeu of tier nog leef, met die dapper jagter langsaan.

Amper soos die kiekie van die man met sy voet op die Rolls Royce se treeplank.

Dwarsoor die vergeelde foto – omdat dit in die egg-box was wat Ma-Let vir my nagelaat het, glo ek vas dit ís Klaas Duimpie – staan iets geskryf soos *Zwingelklaas, alias Daantjie Diedrik, bij die beste moterkar wat ooit gemaak is.* Hoe onwaarskynlik ook al dat Klaas Duimpie – geruite pet en omkrulsnorretjie en al – met sy voet op die treeplank van 'n 1909- of 1910-Rolls sou staan, het dié moontlikheid my met trots vervul. Net soos sy ander, minder bekende bynaam. Swingelklaas. Dit doen tog jou familietrots goed om te weet minstens één voorsaat had 'n reputasie. Wanneer ek ook al tydens my omswerwinge 'n handpompswingel die lug in sien wys het, het ek aan Klaas gedink.

Daar was baie ander onbevestigde berigte, en hulle het, ondanks die slegte paaie, versprei soos 'n siekte. Die mees "amptelike" was dat die Kaiingveldse boer wie se vrou hy glo haar vreugde ontneem het (party sê hy het haar haar lag terúggegee), hom te perd doodgejaag het.

Om 'n lewe te rekonstrueer is om spore te soek waar die wind elke dag waai.

Nogtans het ek die knipsel aan dese en gene getoon, my standaardvraag gevra en gelet op moontlike familietrekke.

Ma-Let het my in haar matjieshuis op Bakoondskraal gesoog en ek het grootgeword met die geur van bokvelle en matjiesgoed om my: winterstyd het sy my in 'n bokvelkaros teen haar vasgehou, die haarkant na binne. Ek onthou nie veel van Let nie, behalwe die warmte en die geure en geheimenisse van haar lyf, die vreemde skadubeelde van die boggeltjie in die kerslig teen die muur, die sagte krulletjies van haar donker-donker rooibruin hare. Toe die Groot Griep op Bakoondskraal toegeslaan en feitlik die hele gemeenskappie uitgewis het, was ek maar – na skatting – vier jaar oud. En sy was twee-en-twintig. So het Anaat my vertel, en Anaat is die sekerste bron oor my eerste lewensjare; sy had 'n groot bewondering vir Let. Dis sy wat my vertel het hoe Let by die Mission aangekom het: Vader Grau het haar, op een van sy vermoeiende reise te perd Kaap toe, langs die pad toegedraai sien lê, 'n bondeltjie mens soos 'n sonbesiepapie.

Ek het nog altyd aan haar teruggedink as 'n boomsingertjie met 'n af vlerk.

Aan die ander se praat kon ek agterkom sy kon ook naels uitskiet en tande wys, wildekat wees. Ek is nie bietjie groots op my tweede naam nie. Alettus. Let-se-kjind.

En sy was dapper. As dit nie was dat sy vir Klaas Duimpie in die bakoond versteek het nie ... Maar ek loop my storie vooruit.

Op Bakoondskraal het die gesagstruktuur bestaan uit Vader Grau, die drie Susters (beneukte Bernarda, dienswillige Ottilie en saggeaarde Francesca) en, in 'n mindere mate, Stryker en Anaat.

Vader Grau het die blou hel uit ons geslaan as ons sy geloof beproef het.

Van Suster Bernarda het Mias gesê hy is seker sy het 'n totterman; met 'n stem en 'n plathand soos hare kan sy nie 'n skulpie hê nie.

Suster Ottilie was die teenoorgestelde: behulpsaam en so bleekwit soos 'n lelie. Ongegronde kinders soos Jasper en Mias het met haar gemors.

Suster Francesca, verdraagsaam soos g'n ander nie, sou ons van Bakoondskraal af lei die wye wêreld in. Oor haar sê ek nou niks verder nie.

Piet en Stryker en Anaat is spesiaal; oor hulle iets afsonderliks.

Piet Praaimus is so genoem vanweë sy vlamrooi hare. Hy het sproete gehad tot op sy boude. As Piet weg was, het jy geweet hy sit iewers met 'n boek of hy loop agter klippe aan.

Stryker kon viool speel soos ek nog nooit weer 'n mens hoor speel het nie. Dan was hy ook, streng gesproke, nie 'n "kosganger" nie. Hy het op die vêrste punt van die werf, teenaan die klipbank met die vuurklip wat so bantom lê, gebly. In 'n matjieshuis waarvoor hy self matjies gesteek het, en hy had sy eie kookskerm. Hy was oral op die werf doenig. Jy kon hom sien rol trek of hoor vuur maak onder die toegedraaide pype van die donkie (dié is mos juis só genoem omdat jy aanmekaar moes vuur maak onder sy gat). Somers het hy klippe gedres of sweepstokke en duikervelkarwatse gesny. Jirré! Hoe het Vader Grau nie die karwats op die balhorige tweebeenlammers ingelê nie! As dit nie vir Stryker se stories en sy musiek was nie, het ek hom dié karwatse nooit vergewe nie.

Maar saans, toemis of oosweer, het Stryker die viool warm gespeel. Of oustories vertel. Met die totnietgaan van Bakoondskraal het iets in hom ook gesterwe, ek het altyd gewonder wát, maar die kort rukkies wat ek hom nog geken het, soos toe hy saam is op ons epiese tog, of later, op Riemvasmaak, het hy ál eselriger geraak as iemand invra. Naderhand skoon skurweskof. Maar Stryker sal onherroeplik deel van my vulletjiedae bly, ook oor hy stukke geskiedenis kon loop en opsê. Ek het by hom baie wys geword.

Anaat was ons vertroueling van kindsdag af, en onder háár venster het ons biegbankies pal gestaan. Wat Vader Grau in sy bieghokkie moes aanhoor, was net die helfte van die waarheid. Soms maar 'n kwart. Maar teenoor Anaat kon mens óópmaak. Eers later, toe dit te laat was, sou ek agterkom haar kraal se hek maak na my kant toe oop. En ek het daar niks aan gedoen nie. Behalwe nou die Kersdag van die doodsjaar 1933.

Anaat was mintofveel agt jaar ouer as ek, en met ons omswerwinge het sy van 'n stemmige dertien tot 'n nog stemmiger sewe-entwintig gegroei, en in dié veertien jaar het ek die bokspring in haar mooi bruin oë misgekyk. Tot daardie dag in '33.

Maar intussen het Uncle my in die verborgenhede van die lewe ingelyf, en ek het die geheim van die kousophouer ontdek. Dit het begin in die (eens berugte!) Klipfontein Hotel, die *halfway house* tussen die kopermyne en Port Jollie, en ek het nooit vir Anaat daarvan vertel nie.

Waar Uncle in die prentjie kom? Eintlik met my vierde verjaarsdag – ek en Anaat het sáám verjaarsdag gevier omrede die onsekerheid oor myne. Uncle – sy volle name was George McLachlan Lazarus – het my dié dag, jy kan maar sê, geoormerk. Einste op

Bakoondskraal. Min wetende dat dit in elk geval ons laaste verjaarsdag op Bakoond sou wees. Die huise 'n jaar later net murasies.

Uncle is eintlik die spil waarom alles in dié optekening draai. Ek moet dus nie nou te veel vertel nie, behalwe om te sê dat die Joodse en Ierse bloed op vreemde maniere in sy are vermeng geraak het. En dat hy as Boerejood 'n heel besonderse reputasie onder Ondervelders opgebou het. Net die invloedrykes en die stinkrykes het nie van hom gehou nie.

"Ek sweer jou voor," het hy gesê as ons by 'n plek ingery kom, "as jy hier ryk word, só ryk," – en dan wys hy na die werf se rygoed, "dan is jy stinkryk. En wat beteken dit? Dit beteken dat daar óm jou brommers versamel. En wat doen 'n brommer? 'n Brommer lê sy eiers op dooie én lewende goed. Vir hulle," en dan het hy altyd na my kant toe geknipoog, "vir hulle verneuk ek met plesier. Môre-oormôre, as dit God behaag, vergaan die wêreld met vuur en as. Of nog 'n slag met water, wie sal weet?"

En dan het hy met 'n lis vorendag gekom wat die hele spul brommers van hul prooi – lewend of dood – sou laat opvlieg. Nee, George McLachlan Lazarus was niemand se maat nie.

Hy had – behalwe sy streke – vier swakhede: goeie wyn, goeie kos, gehoorsame motors en ongehoorsame meisies. Hoe gelyktydiger, hoe beter. Getrou aan sy nering as traveller, het hy op feitlik elke plek 'n meisie op appro of op lay-by gehad.

In hierdie eerste deel van my herinneringe word nog talle ander aan u voorgestel. Engele wat van koers af geraak het, skobbejakke met die aanskyn van engele. 'n Hele kasarm misdadigers. Geveinsdes en opregtes. Gelatenes en opstandiges. Gelowiges en sigeuners. Van toeka af het 'n heerskare skelms, misdadigers en gewone mense iewers oos en iewers wes en iewers noord van Karringberg en Steenboksvlei gekrymekaar – plekkies wat nou al hoeka uit die geheue verdwyn het, of wat ander name het.

Ook minder opvallende plekke het van kaarte af verdwyn, lank voordat daar van hul eertydse roem of oneer net klippe of ou vuurmaakplekke gebly het: Bakoondskraal, Omdraaisdrif, Rooistasie, die Klipfontein Hotel. !Nuxabes. Vioolfontein. Jakkalsdraai.

Nee, dit help nou maar nie, ons was almal 'n klomp vloerbrode, niks afgerond aan ons nie. Sela.

Dus: aan die een kant vastighede, die sekerhede wat geskiedenisboek of padkaart jou bied, of 'n motor se afstandmeter, of geografiese tekens – as jy Weeskind se eensame spits aan jou regterkant sien, weet jy jy het aangekom.

Aan die ander kant: die waarheid van verdigsels.

3

Waarin 'n barmhartige samaritaan te perd agternagesit word.

Om merkwaardig genoem te word, het Uncle later gesê, moet 'n man by elke staning 'n kind verwek. Hy het dit in die idioom wat hy vir hom toegeëien het, gestel: 'n man moet 'n buitevuurtjie hê.

As jy nog van vêr af aankom, moet daar 'n geskarrel wees onder die rokdraers, en as jy die werf binnery, moet jy die fluistering hoor: Die hingsding is hier! Selfs toe ons later met die regop Fordjie gery het, het Uncle nog van sy "stanings" gepraat, al was dié hoeka opgeskote dorpies, die witgekalkte huisies verskrik saamgebondel om die kerk, en al het Uncle moeisamer agter die stuurwiel uitgeskuif.

Terwyl die enjinkap rittel van opgegaarde hitte, sou Uncle oor die rondinge van die modderskerms vryf en sy oë takserend oor winkelstoep en poskantoortreetjies laat gly. As g'n kop in sy rigting draai, of g'n heup met 'n hinkswaai verbykom nie, dan sou hy Gewillige Griet van twintig jaar tevore voor die gees roep, met 'n binneboud so warm soos vars brood, of Vriendelike Fanny wat daar, nét daar, in die hoek tussen die hotel en die poskantoor, troos by hom gevind het oor haar James wat net in haar drome kom.

Al die ongehoorsame meisies.

Dit het Uncle my geleer: as jy traveller wil wees, moet jy ook 'n helpende hand uitsteek. 'n Goeie samaritaan wees. Jy moet dié wat langs die pad geval het, ophelp. Meer as dit: jy moet die arme mens hotel toe vat en genoeg gee om te eet en te drink, en jou oor haar ontferm met jou hele hart en verstand en met jou niere, anders help dit niks. Uncle was lief om van die slagoffer van rowers as "haar" te praat, en wanneer hy die woord "ontferming" gebruik het, het sy massiewe hande om die motor se koplampe gegly soos oor 'n meisie se verskrikte skouers.

"Dis nie al nie," het hy bygevoeg, "dis jou Christelike plig om die hoerjaers wat haar bygekom het, hel te gee tot by oom Daantjie in die kalwerhok. Jy los nie 'n ding halfpad nie; dit het Dad my geleer. En jy laat nie toe dat ander jou werk vir jou doen nie. Wie kan jy in elk geval vertrou?"

So het hy die gesprek weggestuur van sy begeerte om oral 'n buitevuurtjie brand te maak, maar ek het die ou se oë sien dwaal, al was daar later niks anders om na te staar as die kwaste in die kroegtoonbank nie.

Dit was dus nie vreemd dat ons "handelsekspedisies" gepaardgegaan het met Uncle se liefdadigheidswerk onder die plaaslike slagoffers van rowers en uitbuiters nie. Sy definisie van barmhartigheid was net anders. Nog minder was dit vreemd dat ons ons meermale in 'n kroeggeveg of die een of ander soort handgemeen bevind het. Einste oor hierdie definisie. Gelukkig vir Uncle se allamintige hande.

Van my eie – vermeende – vader weet ander mense veel meer as ek. Ek weet net dit wat Anaat en Stryker en veral Uncle my vertel het, en hy het my, toe ek die verstand daarvoor gehad het, breedvoerig ingelig oor die wel en die wee van Klaas Duimpie, oftewel Niklaas Diedriks, oftewel Niklaas Beukes, oftewel Niklaas Niekerk, oftewel Nicky Church, ja, dieselfde man wat glo vir Barney Barnato in Kimberley gewerk het. Ek het my altyd verwonder aan die verskeidenheid name, sodat ek nooit sekerheid had oor my eintlike van nie. Maar nou ja, wat is 'n van tog nou ook? Soos Uncle altyd gesê het: "In ons beroep is 'n van 'n handige bykomstigheid wat deur omstandighede bepaal word." Sou hy daarmee ook bedoel het die byname en fluisternames wat ek agter sy rug gehoor het wanneer ons in 'n stofwolk voor die enigste hotel stilhou? Die fluisteringe is vervang deur oe's en a's sodra hy die bruin valiese in 'n ry af op die toonbank oopmaak en die Italiaanse flennie en die Ierse linne en die Vlaamse handdoeke kom te voorskyn.

"'n Van," het Uncle geredeneer, "sê waar jy vandaan is. Ons is nêrens vandaan nie. Ons kom van die vorige dorp af."

Dis maklik gesê.

Dit was juis my biologiese vader (ons aanvaar nou maar voorlopig dit wás Klaas) se bewegings van dorp tot dorp en plaas tot plaas wat my lot verseël het. Dit was teen 1911 – die vernederende oorlog was al nege jaar lank vergete, maar nie die verraad van onsuiwerheid nie – toe Klaas Duimpie glo by Bakoondskraal, daar tussen Steenboksvlei en Karringberg, begin rondflenter het.

Bakoondskraal had 'n onsekere bestaan. Die stuk grond is deur koningin Victoria geskenk uit dankbaarheid aan kroongesindes wat gewonde Kakies tydens die Oorlog verpleeg het; maar die paar geboutjies het in daardie dae éérs gedien as 'n soort toevlug vir 'n ieder en 'n elk – onder meer as "armsorgkoshuis" vir die bloedjies wie se pa's of ma's in kampe of in 'n koeëlreën gesterf het (daar was baie Kaapse Rebelle uit dié streek) … of vir weggooikinders.

Ek was nog klein toe ek op 'n harde manier kennis gemaak het met mense se respek vir feite.

"Jou pa is tog deur die Boere opgehang," het Jasper Repink aan Koos Botter gesê.

"Hoe weet jy? Jy was nog nie gebore nie," het Koos teruggekap.

"My pa was by."

"En wat het van hóm geword? Die scouts het hom op sy moer gegee." Daarmee het Koos die uitdaging gestel; dit was so goed of hy trek 'n streep op die sand en spoeg daarop.

Net toe hulle begin mik-mik na mekaar, het ek gesê: "My pa is tog geskiet. Hy was 'n Kaapse Rebel."

Die twee het na my gekyk en uitgebars van die lag; hul argument vergete.

"Wat jy wáár kry?" het Jasper gevra. "Iemand mag hom geskiet het, maar dan was dit bo-op 'n vrou."

Jasper en Koos het so gelag dat ek my voorgeneem het om by die waarheid uit te kom. Ek het nie voor die ander kinders gehuil nie, en toe Anaat my wou troos, het ek haar op die maermerrie geskop.

Dat Bakoondskraal nou nie juis die plek is om vir die waarheid te begin soek nie, dít het ek nie geweet nie.

Toe die plek nog 'n ander naam gehad het, het 'n paar kerkgenootskappe hulle om die beurt hier probeer vestig, maar die duiwel het hulle elke keer uitoorlê deur die sagaardige sendelinge met droogtes, hongersnood, steekvlieë, siektes, skerpioene en afvalligheid te teister.

Toe kom Vader Grau. Hy het dinge anders gesien as die duiwel. Miskien het hy gedroom dat daar eendag op sy grafsteen sou staan: *Dieu le veut!* Want hy het geglo God wou hê dat hy hier uit drek 'n altaar maak.

Wat is die mens sonder drome?

Toe hy in dié moeilike tye nie genoeg geld kon bymekaarmaak vir 'n kerk nie, het hy op 'n dag, uit moedeloosheid, na 'n klipkoppie gestap en sy oë gesluit. Toe hy hulle oopmaak, sien hy die groot rots, hol kant na onder, soos 'n reuse-helm wat iemand daar neergesit het. Onder die klipkoepel kon maklik veertig mense staan of sit. Uit 'n skeur skuins bokant het 'n sonstraal op 'n platterige klip geval, en Vader Grau het 'n altaar sien verrys. In sy verbeelding het openinge kleimure met houtvensters en 'n deur geword; daar was selfs 'n portaaltjie onder die klipoorhang, geskik vir die wywatervont.

Toe Vader Grau teen die hang afgestorm kom, deur Dwarsrivier se los sand, by die enorme bakoond wat die plek sy naam gegee het, verby, sy kleed al flappende agter hom, het die mense op die werf gedink 'n swerm bye is op sy hakke.

Maar ek het gesê Bakoondskraal het onsekerheid geken. Veral oor presies wátter gedeelte van die stuk grond deur koningin Victoria aan die gemeente-in-wording geskenk is.

Grensdrade was in dié tye onbekend, in meer as een betekenis van die woord.

Teen 1913 was die grondkwessie nog nie opgelos nie. Die koerante, wat maar af en toe daar aangekom het en in elk geval net deur Vader en Stryker verstaan kon word, het gewag gemaak van nuwe wette oor wie grond waar mag besit en wie nié. Daar was sprake van aktes wat weggeraak het; dit kan selfs wees dat Vader Grau, al dromende, nagelaat het om kaart en transport te verkry. Wie sal weet? Die weë van die duiwel is onvoorspelbaar.

Op die ou end, so word vertel, is daar 'n morg of wat afgebaken; die res was "vergunningsgrond". En Vader moes nog vergunning kry om sy rotskerk te bou. Maar dit het gelyk of die teenslae hom verbitter; hy het al hoe meer tyd afgestaan aan sy stokperdjies: goeie kos, rotsgravures en die geskrifte van vroeë reisigers.

Dit alles het meegebring dat ons – die inwoners – teen 1914, die jaar toe ek gebore is, 'n nogal godsjammerlike versameling was.

Afgesien van egte weeskinders was daar mettertyd diegene wat ondernemend genoeg was om hul liggaamlike bates tot die welsyn van die gemeenskappie of die plesier van verbyreisendes aan te wend; in die geheim natuurlik.

Aletta-met-die-lyf se ontfermende dienste aan moeë reisigers was teen 1913, toe sy sewentien was, wyd bekend. Sulke reisigers het dan ook gesorg dat die nag hulle kortby Bakoondskraal oorval. Daar was niemand in die hele wêreld wat seer voete of 'n vermoeide kruis so met kruiesalf kon bewerk as sy nie, en die manier waarop sy jou glo teen haar sagte borste soos teen 'n verekussing kon laat lê, het tot uitgebreide fantasieë aanleiding gegee.

Volgens Uncle moet Klaas Duimpie vir Let geken het vóór die dag toe hy ore-in-die-nek uit Steenboksvlei weg is, die woedende boer te perd agterna. Hy moet haar geken het, anders sou hy nie op Bakoondskraal skuiling gesoek het nie.

Die storie werk glo so – en ek vertel dit vir die waarheid soos wat ek dit van Uncle gehoor het (wat dit op sy beurt by 'n Van Dyk-kêrel verneem het) – dat Klaas Duimpie op een van sy vele sendings die Boesmanland in is met 'n transportwa. Hoewel besonder klein van postuur, was Klaas glo so taai soos 'n ratel en so fiks soos 'n volstruis, en daarby het hy hom altyd met lekkerruikseep gewas by die eerste die beste fontein voordat hy 'n plaas aandoen, net vir die wis en die onwis. Klaas het tot kort duskant die huis gery, tot daar waar bloekoms die werf van die eindelose vlaktes afskerm.

Die werf het verlate gelyk. Seker aan die trek, het Klaas gedink, sy transportdonkies uitgespan, sy salpeterige klere van hom afgestroop en in 'n halfvol dam gespring. Hy het glo so geplas en aangegaan dat hy nie die boer se vrou gewaar het voordat hy sy klere op die klipwal begin soek het nie.

En daar staan sy toe met sy klere, krakerig van die droë sweet, en sy sê ... in 'n stemmetjie so romerig soos plaasbotter sê sy hy moet net wag, sy bring vir hom iets anders om aan te trek; sy gaan spoel net gou sy klere uit.

Om 'n lang storie kort te maak, die boer was op die trekpad, maar sy vrou het agtergebly om na haar bejaarde skoonmoeder om te sien, en dié was blind. Maar ongelukkig nie doof nie, en toe die boer terugkom, het hy by sy blinde ou moeder meer van die transportryer gehoor as by sy vrou.

Daar was in hierdie jaar, 1913, in die distrik – soos elders in die land – etlike samekomste van manne wat nog nie die onreg van die Tweede Vryheidsoorlog vergeet het nie, en wat gejeuk het om 'n kommando op die been te bring. Die droogte en die rondsoekery na weiveld het die sluimerende opstandigheid tydelik gesmoor, ten minste tot 4 Augustus 1914, die dag toe die Eerste Wêreldoorlog begin het en die Rebellie gebore is. En, as 'n mens alles kan glo, ek ook.

Almal het geweet dit sou nie lank duur voordat die hele distrik dreun van die hoewe nie.

Die boer het 'n paar buurmanne opgekommandeer en sy sensitiewe probleem rakende die transportryertjie bespreek. Daarop het hulle gewere skoongemaak en "Kent Gij Dat Volk" gesing.

Hulle het Klaas Duimpie kort duskant Afsaal by 'n handpomp op die weduwee Genis se werf gevang, besig om hom in te seep.

Een kêrel het voorgestel dat hulle hom aan 'n perd vasmaak sodat hy die energie wat hy op weerlose vroue verspil, langs die pad Steenboksvlei toe verloor.

Ek wonder watter gedagtes deur Klaas se kop gedwarrel het. Wat doen jy in sulke omstandighede? Wat maak jy as Noodlot skielik voor jou staan en sê: Hier's ek, jy soek my hoeka, nou't jy my gekry.

Toe Amy Patience se ouma my later in die betekenis van sterretekens en geboortedae onderrig het, het ek weer gewonder oor Klaas Duimpie, en die dokument wat ek van die owerheid aangevra het oor sy tyd in die Breekwatertronk. Wat sê dat hy op 1 Januarie 1880 gebore is. Of, omdat die afkorting se a ook 'n u kan wees, 1 Junie 1880.

Sou dit 1 Junie wees, so het Amy se ouma my verseker, is hy met twee geldstukke oor sy oë gebore, en met die volgende waarskuwing soos 'n swaard oor sy kop: Waak teen buitensporigheid! Die geldstukke het my nog altyd gehinder; Klaas Duimpie het skynbaar nooit iets anders as vir Fyndraai besit nie. Toe ek dit eendag vir Uncle vertel, het hy net gesug: Jaijaijai, wat 'n rykdom! Watter weelde! Watter geseënde voël!

As dit 1 Januarie was, het Amy se ouma beraam, sou Klaas Duimpie baie lank lewe – selfs honderd verbysteek – en elke geleentheid wat hom voordoen, met albei hande aangryp. "Jou fortuin," het sy gesê, "jou geluk ... kom net van jouself af, van jou cleverness."

Hieraan hou ek vas soos duiwelsklou aan 'n wolkaros.

Ek wil weet van hom. En van Let. En van my.

Ek reken steeds Klaas Duimpie moet met inisiatief gebore gewees het; een van die talle borduursels oor hom in die Karringbergse wêreld wil dit hê dat hy kort ná sy geboorte die vroedvrou aan die een tiet beetgekry het met 'n greep soos dié van 'n man. Ant Dol, wat dit vir my vertel het, het gelag soos een wat weer haar jongmeisiedae smaak.

So watter ingewing sou dié dag naby Afsaal tot Klaas Duimpie se redding kom? Mens kan maar net bespiegel.

Maar só stel ek my dit voor.

Klaas het natuurlik geleer om in sulke omstandighede spaarsaam met woorde te werk, inskiklik te wees en sy oë oop te hou. Terwyl hulle sy hande agter sy rug en die tou om sy nek vasmaak, sou hy sy spiere ontspan, 'n slag diep asemhaal en flou word. Teleurgesteld sou hulle hom soos 'n dooi ding dwars oor die saal gooi en die nag onder die sterre in ry.

Na die Engelse magistraat durf hulle nie gaan nie; die vryerige transportryer sou te lig daarvan afkom.

"Daar is net één raad vir so 'n jaerige donner ..."

Toe Klaas vanuit sy pakkamersel hoor hoe die kommando sy toekoms wil kortknip, het hy – so beeld ek my dit in – sy skraal, taai lyf deur 'n smal venstertjie gewurm, 'n slag vasgesit en, na 'n uiterste wilsinspanning, daarin geslaag om uit te kom. Toe was hy weg-voor-die-perde.

In 'n middernagtelike offensief met malende ruiters en swaaiende lanterns, wat mense laat dink het die oorlog het weer begin, is Steenboksvlei – in daardie tyd nie 'n wafferse dorp nie – van hoek tot kant gefynkam. In 'n ommesientjie het 'n stofdamp spookagtig in die maanlig oor die dorp gehang, bevele is hot en haar geskreeu, honde en kinders het getjank. Dit was ideale omstandighede. Klaas Duimpie het tussen twee fluitjiesbosse in Henderson se tuin – op een na die enigste tuin op die dorp – geskuil, en gemerk hoe die skoolmeester, verras deur die kabaal, in sy nagkabaai deur die weduwee Basson se kamervenster klim en koes-koes koers kry.

Dit het hom 'n ingewing gegee.

"Haai!" het Klaas gebulder, en gelukkig was sy strottehoof die tweede orgaan aan sy liggaam wat kon vergoed vir sy gebrek aan lengte. "Haai daar!" het hy met bakhande uit sy skuilplek tussen die fluitjiesbosse geskreeu. "Daar gaan die bliksem! Daar naby die koshuis!"

In die geroesemoes het hy van skaduwee tot skaduwee geskarrel. Soos 'n muis. By die hotel, waar enkele gaste saam met die hotelbaas staan en kyk het hoe 'n groep perderuiters en keffende honde die vlieënde wit gedaante van die vermeende booswig agternasit, het Klaas op sy tone verbygesluip, gou ingewip en onder meer 'n halwe brood in die kombuis gegryp. Toe is hy vort.

Wat van die skoolmeester geword het, weet ek nie. Daar is vertel dat hy dae lank gesukkel het om dorings uit sy knaters te haal. Sy kabaai het hom glo by 'n hoekpaal in 'n haak-en-steek-bos laat struikel.

Ek beroep my maar op Uncle en op Van Dyk, en as niemand óns wil glo nie, kan Henderson gevra word. Hulle sê my die ou leef nog; bly glo daar by Muizenberg rond – te suinig om dood te gaan.

4

WAARIN ENKELE MINDER BEKENDE FEITE
OOR ONDERVELDSE SKATTE AAN DIE LIG KOM
EN VERTEL WORD HOE 'N SAMARITAAN – TYDELIK –
SKUILING VIND.

Voordat almal wat blóú sweer by die waarheid, my verhaal in twyfel trek, eers die gerusstelling dat ek my gegewens – naas talle apokriewe anekdotes – óók uit betroubare skriftelike bronne gekry het, onder meer sekere dokumente van Vader Grau. Mense gaan altyd na priesters in die verwagting om die waarheid te hoor.

Wat Let Lyf betref, was ek, op soek na oorsspronge, aangewese op die inhoud van die egg-box, die enigste waardevolle stuk wat ek van haar geërf het ná haar dood in die Groot Griep. In die eggbox was daar op die oog af nie veel om van wys te word nie. Behalwe die natreksels van rotsgravures en knipsels en geskrifte wat eers Vader Grau s'n was, was daar enkele briewe wat namens haar geskryf is, netjies in 'n pakkie vasgebind – briewe aan Anaat en aan die ander Bakoondskralers. Onderaan elke brief staan 'n ander naam.

Skuilname? Ek is nie so seker of *skuilname* die regte woord is nie; dit is eerder verbeeldingsname, asof sy elke keer iemand anders wou wees. Amper asof sy wou hê dat dié wat dit lees, nie aan háár moet dink nie, maar hulle saam met haar moet inleef in dít wat sy vertel. Dit kan ook wees dat sy graag anoniem wóú bly, omdat dit wat sy oor haar Kaapse verblyf geskryf het, allermins vleiend was.

Maar tot dusvêr kon ek nie uit die briewe veel oor my stamboom agterkom nie. As ek so iets het.

Pure voëlent, ekke. Op 'n krom takkie uitgeskyt.

Tog het party wies, waars en waaroms vir my algaande duideliker begin word uit die houtkissie.

As dit nie vir die kopermyn was nie, was Steenboksvlei, hoofdorp van die streek, hoeka 'n spookdorp, met sandduine teen murasies aangewaai. Sedert die ontginning van koper in die 1850's, enkele jare nadat die Groot Rivier deur sir Harry Smith as die Kaapkolonie se noordgrens vasgestel is, het die dorp sporadies gegroei en agteruitgegaan. Maar een ding staan vas: die koms van die kopermyne het rykdom én probleme gebring: voor die koms van kopermyne, kantiens en setlaars het die Namakwas glo mooi onder leiding van die missionarisse gevorder. Dis nou as jy die sendelinge wil glo; ek het ook geleer dat geestelikes hulle nogal deur vreemde geeste kan laat lei. Anders as Wikar, sê die sendelinge byvoorbeeld niks van daggaverslawing nie.

Met die koms van die kopermyne en die belofte van groot rykdom sommer vlakby, het daar 'n gees van roekeloosheid gekom wat koningin Rebekka van die Namakwas in haar graf sou laat omdraai.

Ná sy verkennende besoek aan Namakwaland in die jare 1845-1846 skryf Thomas Fannin, Honorary Secretary of The South African Mining Company, in die *Shipping and Mercantile Gazette* dat eerwaarde Schmelen van Kommaggas hom vriendelik ontvang het. Dié gerespekteerde man, skryf hy, *acknowledged the great benefits likely to result to the natives from the working of the mines on the proposed plan, viz., by a large body of shareholders, with a large capital, and carrying out every movement on straight-forward, upright principles*, ha ha! – *paying the labourer just and fair wages*, nè! móér! – *and not, as in some former trading transactions, grasping all the produce of the country, for which mere trifles were given in exchange,* sê hulle! sê hulle! *and not only so, but unprincipled men spreading debauchery and infidelity wherever they went, thus counteracting the labours of the Missionaries ...*

"Debauchery" en "infidelity", het ek mettertyd agtergekom, was dalk die éintlike oorsaak vir die totstandkoming van 'n toevlugsoord soos Bakoondskraal. Newwermaaind die Engelse Oorlog.

Is die vergeelde koerantbriewe van Thomas Fannin die stom getuienis van die lotsbestemming van my voorsate aan moederskant nadat hulle 'n sak sout en 'n viool vir !Nuxabes – Vioolfontein – ontvang het? Was die myne ál uitkoms?

Ek het later selfs gewonder of vanne soos Koper en Fortuin nie iets met hierdie tydperk te doen het nie.

Die rykdomme van die land was nog nooit ons rykdomme nie. Maar ek dwaal af.

Afgesien van dit wat deur die briewe ingegee word, lewer die eggbox geen getuienis oor die wonderbaarlike wetter wat sy kwas hier kom rondswaai het nie.

Buiten nou as die raaisel, in die vorm van die rympie, iets met die inhoud van die koerantknipsel te doen het.

Waarom is dit juis dááraan met 'n speld vasgesteek?

Ek kan nie help om dit oor en oor te lees nie; soos alle raaisels terg dit my.

Ik vond een nest in de matjiesgoed
ik vrat een ei, dat zat mij goed.
Ik maak mijn make, ik vloog daar weg,
mijn hoofd vooruit, mijn staart verzeg ...

In die knipsel word verder gesuggereer dat plaaslike arbeid goedkoop is – die Ingelse mynbase hoef nie eens vir die werkers huise op te rig nie! Hulle is niks meer as nomades nie, en doodtevrede om al hul goed, matjiesgoed inkluis, op 'n os te laai.

Wie sou in die matjiesgoed nes maak? Ek kon aan 'n hele paar soorte voëls dink, maar dit hang seker ook af wáár die matjiesgoed – die biesies – groei.

Jy kan nie enige soort biesie vir jou huis gebruik nie. Die volopste biesie, wat oral in die Onderveld groei, is te hard en dit kan nie water hou soos egte matjiesgoed nie. Stryker het sy matjiesgoed uit 'n vlei naby Karringberg gekry, dit weet ek. Ook Let se huis is met dieselfde matjiesgoed gedek. Aan wie die grond met die matjiesgoed behoort het, weet ek nie; ek twyfel of Stryker konsent gaan vra het.

Maar dit gaan nie oor die maak van 'n matjieshuis nie. Die raaisel het dit oor 'n eierdief. Dis nou as ek dit reg verstaan.

Wie sou vir hom 'n eier uit daardie nes skaai? Slang, beslis. En likkewaan. Muishond. Maar ek verstaan nie die laaste twee reëls nie.

Iets sê vir my ek wil die rympie te letterlik opneem. Tog is dít soos party rympies werk:

Toen ik nog jonk was en schoon,
toen droeg ik een blauwe kroon;
toen ik oud word en stijf,
toen krijg ik een band om mijn lijf;
toen werd ik gemaalt en gedraait,
toen at de vorsten mij eer de hanen kraait.

Met dié raaisel – een van baie – het Stryker ons vermaak. Elke keer as daar 'n nuweling bykom en dié moes raai, het ons gebrand om uit te roep: broodkoring!

Want dié koningskos was daar altyd, daarvoor het Ma-Let en Anaat gesorg. Eers, toe daar nog baie kinders was, is 'n perdemeul gebruik. Maar in my vulletjietyd was ons al minder. Of dalk was Vader Grau suiniger. Stryker moes 'n handmeul, 'n gatskuur, maak en in die platbosskerm het Let en Anaat die klipmeul beurtelings get'kam en die duuskoring gedraai tot daar genoeg meel was.

Dis die reuke wat my bybly: die reuk van die velsak met die broodkoring; die reuk van die klip en die gesonde gisreuk van die meel ... Die reuk van die bakoond as die brood klaar gebak is.

Die reuk van die bokvet as dit intrek in die warm brood ...

Ek het nie rede om Anaat se storie – dat my lot binne-in daardie einste bakoond bepaal is – in twyfel te trek nie. Dis net dat daar geen absolute sekerheid bestaan oor wié die besoeker was nie.

En dít is hoekom ek nie mooi weet of ek die rympie letterlik moet opneem of as 'n vorm van beeldspraak nie.

In een van Let se briewe – ás dit hare is, bygesê – noem sy 'n kêrel met die bynaam Snakes. In 'n ander brief, waarvan net 'n bladsy behoue gebly het, braak sy behoorlik gal oor 'n vent wat haar in die steek gelaat het; sy noem hom 'n hondsvot, 'n stinkmuishond en nog erger dinge.

Snakes en muishond. Is dit bloot toevallig? Want hulle sou kom eiers steel en padgee. Of is ek op 'n dwaalspoor?

Maar Slang-se-kjend wil ek nie wees nie; dis mos nie om dowe neute dat die mense sê iemand is slegter as slangstront nie. Om van Muishond nie eens te praat nie.

Bakoondskraal, het ek gesê, lê tussen Steenboksvlei en Karringberg. So min of meer halfpad. Nousedae is daar net murasies. Maar in 1913 was daar, naas die helmklip wat kerk moes word, twee klaskamers, 'n slaapvertrek vir meisies en 'n slaapvertrek vir seuns, 'n kombuis wat ook as badkamer moes dien, Vader Grau se enkelvertrek en kantoortjie, Suster Francesca, Suster Bernarda en Suster Ottilie se slaapkamers, 'n pakkamer en 'n soort plaaswinkel – alles van rousteen. 'n Handuitsteek vêr van Suster Francesca se kamertjie was Ma-Let se matjieshuis. En dan Stryker s'n doer eenkant, asook die bokkraal, die platboskookskerm en, tussen twee renosterbosse, die groot wit bakoond.

Groot is nie die woord nie. Dis 'n monument vir geloof. Toe Vader Grau die bakoond volgens die voorskrifte van die kontrei se mense laat bou het, het hy nie dubbelmate gebruik nie. Daar sou viér gewone bakoonde in hierdie bul van 'n oond inpas, en menige dag het die klein Hansies en Grietjies gewens hulle kan die befoeterde Suster Bernarda daar instamp.

'n Mens sou daar inpas; dit het Klaas Duimpie geweet.

"Jy wíl maar net hê dat dit Klaas Duimpie moet wees," het Mias later gesê, toe ek ernstig begin spekuleer het oor wie vir my pa moes staan.

Klaas Duimpie het ook, so vermoed ek, geweet dat Let dikwels by die bakoond bedrywig was. Gelukkig was dit nie die dag van Klaas se ontsnapping bákdag nie.

Let had opdrag om Dinsdae en Vrydae brood te bak. Woensdae en Saterdae word die oond skoongemaak. Daar was in daardie stadium so 'n twintig stuks kinders, met ouderdomme wat wissel tussen, sê maar, vier en veertien; Let so 'n raps ouer. Maar sy was, soos haar naam sê, anders van lyf, so ek weet nie presies hoe oud sy was toe Klaas die dag by Schonken se drif deur is en haar voor die bakoond sien staan het nie.

Sy het pas die oond skoongemaak, en daar was roetstrepies teen haar wang en aspoeiertjies in haar hare se fyn krul. Só stel ek die prentjie vir my voor.

Wat ek van haar onthou (en ek was maar so 'n raps oor die vier jaar toe sy dood is), is dat sy vol in die lyf was. Ek heue my feitlik niks van haar gesig nie, behalwe haar oë – maar ek onthou die sagtheid en die geurigheid van haar arms en haar bors. En natuurlik die knobbel op haar rug.

Tussen die bakoond en die geboue was daar die kookskerm en, 'n entjie verder terug, 'n steier en 'n handpomp. Daar was ook 'n buitegemak, neffens die bokkraal, en dit alles het die oond op 'n manier van die res afgeskerm. Dit moet Klaas Duimpie haarfyn geweet het die nag toe hy uit Steenboksvlei weg is voor die boerekommando.

Ek meen dat hy eintlik by Let Lyf wou troos soek teen die onregverdigheid van die lewe, wat hom met 'n slinkse verstand, 'n voortdurende rusteloosheid en 'n yslike disselboom geseën het.

Daar glip hy toe, so prissemeer ek, al met die droë spruitjie wat agter die hotel verbyslinger, die dorpie uit. Hy draf sy gemaklike draffie wat hom van kleintyd af amper net so bekend gemaak het as Dirk Ligter in later jare, en bereik die rantreeks voor Schonken se drif net toe die son wil uitkom. Hy maak hom gemaklik in 'n klipskeur so half agter 'n tkoennebee. Hy eet sy halwe brood en luister hoe 'n huidjiehu ondertoe af in 'n perdebos fluit, en hy rus uit en wag sy kans af. Want hy weet hulle sal op Bakoondskraal gaan navraag doen en dan verder ry.

Sou hy aan die slaap geraak het?

Dis eers toe hy 'n perd skuins onder hom hoor proes en die agtervolgers soos skimme in die los mis sien dat Klaas Duimpie besef hoe hy hom misreken het. Gelukkig is die hang waarteen hy skuil, besaai met klippe. Dit beteken dat daar nie spore is om te volg nie, en die perde beweeg met moeite. Klaas Duimpie kyk agtertoe met die klipskeur waarin hy skuil. Danksy sy skraal liggaamsbou kan hy hom tussen twee rotse inwikkel. Hulle het natuurlik vasgestel dat hy nié by Bakoondskraal verby is nie, en toe teruggedraai drif toe, waar hy vanoggend op sy eie spore teruggeloop het tot in die poort.

Maar nou was daar nie tyd om uit te werk hoe hulle agtergekom het hy kruip dalk bokant die poort weg nie. Nou moes hy vinnig plan maak.

Wat sou die agtervolgers vir mekaar gesê het?

"Julle moet uitkyk vir spore. As die hoerjaer nie hiér deur is nie, is hy anderkant om, Leeuklip toe."

"Of Karringberg se kant toe." 'n Ander stem. "Hy's hoeka t'kamma se kjend; hy kom loop hier bý jou deur as jy hom vêr soek."

"Dis 'n verlore saak," sê nog een. "Ons sal hom nog nooit nie kry in hierdie klipwêreld."

"Kry sal ek hom kry." Klaas, so beeld ek my in, het die boer met die goedhartige vrou herken. "Al is dit die laaste ding wat ek doen. As ek met hom klaar is, sal hy sy ballas opgeskep kry."

Klaas het dit seker oorweeg om noord- of suidwaarts te laat vat, al met die koppe langs. Die rantjiesketting loop min of meer noord-suid, en die klippe en enkele bosse bied goeie skuiling. Maar wat van die doodlooppaadjies? As hulle hom in 'n klipskeur vaskeer, is dit verby. Laaste sien van Klaas Bekwaam. Vermeulen het sweerlik al sy Josef Rooigjert daar onder by Schonken se drif gestaan en slyp.

Toe skiet die oplossing hom te binne. As hulle reeds op Bakoondskraal was, sou hulle nie weer soontoe teruggaan nie.

Klaas het sy skraal lyf nog skaarser gehou, fyn geluister en met 'n klipsloepie tot onder geglip. Hier moes hy talm, want toe hy die laaste entjie met die klipbank langs voltooi het, plat op sy agterstewe op die sand, trippel boer Vermeulen op sy voshings verby. Gelukkig het dié bo na die kranse gekyk; hy kon nie sien hoe Klaas agter 'n atta van 'n klip wegkoes nie.

Die boer het sy perd al langs die voet van die kliprant in 'n noordelike rigting gestuur.

Klaas het die afstand van die voet van die rant na die drif en na die bakoond gemeet. Omtrent twintig tree drif toe, waar doringbome en struikgewas tydelik beskerming bied. Van die drif af tot by die bakoond, die naaste punt aan Dwarsrivier, is sowat vyfhonderd tree. Gelukkig sak die rantjie waarop Bakoondskraal se werf staan, skams agter die bakoond weg in 'n droë loop wat by Dwarsrivier aansluit.

Toe die agtervolgers aan Steenboksvlei se kant van die poort saamkom om te beraadslaag, het Klaas Duimpie hande-viervoet tussen die kakiegeel kraalbosse deur gekruip, verby die handpomp tot agter die bakoond, en ek sweer hy het hom daaroor verbly dat hy 'n repie seep by hom had.

Wat als deur sy gemoed gegaan het, het een van Let se bêrestories geword, want só het sy dit aan Anaat en dié dit weer aan my oorvertel.

5

'n Hoofstuk waarin die skrywer liries raak oor die onbeperkte moontlikhede van 'n bakoond.

'n Bakoond, dit wis Klaas, is 'n nuttige ding in hierdie voorpos-wêreld waar net vooraanstaande mense, en hulle is min, 'n muurhuis en 'n Welcome Dover besit. En selfs al het 'n vrou 'n stoofgerief, verkies sy dikwels die buite-oond. Veral somers, as die dakbalke kraak onder die hitte.

Nog nooit was 'n bakoond so dienlik as juis dié dag nie. En dan, soos die geluk dit wil hê, juis Bakoondskraal s'n.

Die buite-oond – dit staan vandag nog! – is 'n langwerpige struktuur met twee lang en twee korter muurtjies wat skuins boontoe oploop, waar dit in 'n "dakkie" eindig. Die bek van die oond kyk noordoos, waar die minste wind vandaan kom, en vanaf die opening kan jy net-net die rantjies bokant Schonken se drif sien.

Omdat dit so 'n groot oond is, seil Klaas sonder ongemak by die bek in. So stel ek my dit voor.

Binne-in is die oond skoongebrand, en daar is net spoortjies van as, want Let Lyf het pas skoongemaak vir oormôre se bakslag; trouens, die krapyster en die oondbesem lê nog skuins teen die bakoond se stoepie, aangesien sy met die as-emmer veld toe is om die as, volgens Vader Grau se sware voorskrif, te gaan begrawe waar dit niemand hinder nie.

Dit sit nie in enige man se broek om 'n goeie bakoond te bou nie. Klaas het dié oond al met 'n vorige besoek bewonder, en nou kon hy die vakmanskap van naderby beskou. Jy bou gewoonlik met klei, of roubaksteen en klei, of met klip en klei. Die mure word eers tot so elmbooghoogte gebring, en dan gooi jy sand in totdat dié begin oorloop. Hierna werk jy die sand so dat dit boepens maak en jy gooi jou laag klei bo-oor die sand (of as jy rousteen gebruik, dan messel jy hulle langs mekaar op die sand). As die bousel droog is, skep jy die sand by die oond se bek uit, en dan werk jy 'n stewige laag klei teen jou oond se boepensdak uit.

"Dis waar die geheim lê," het oom Roggeltjie, wat vir Klaas geleer oond bou het, aan my beduie. "'n Oond is soos 'n meisiekjend, so 't ik vir Klaas gesê: jy moet goed kan vuurmaak onder haar, maar jy moet onthou dat sy ook nie te vinnig wil afkoel nie. Jy moet haar toe hou en warm hou soos onder 'n broodkombers."

Nog 'n geheim is dat jy die hoeke binne-in mooi rond moet afpleister. Klaas, sweerlik met 'n gevoel soos toe hy kleintyd in sy ma se skoot met sy kop op haar maag gelê het, lê en bewonder die manier waarop hierdie reuse-oond binne afgewerk is. Selfs die oondvloer, mooi uitgeborsel, is 'n toonbeeld van stewigheid: die sand-en-klei-mengsel minstens twee handbreedtes dik, soos dit hoort.

Behoorlik regop sit, kan Klaas nie, maar daar is origens genoeg ruimte om allerlei vertroostende gedagtes by hom te laat posvat. Vader Grau het die toemaakklip 'n handvatsel laat aansit, en dit kan selfs moontlik wees om die bakoond van binne af toe te maak.

Nou nie soos wanneer jy bak nie. Klaas weet dat 'n plat klip dan voor die opening getrek en die skrefies weerskante met vars klei toegesmeer word, totdat jy aan die vaalgebakte klei kan sien jou brood is reg vir uithaal. Maar met die platklip voor die bek sal die binnekant privaat genoeg wees sonder om benoud te raak. Gelukkig is dié oond ook nog van die ou soort, met 'n skoorsteentjie agter.

Klaas Duimpie meet die ruimte langs hom.

'n Beter wegkruipplek kon hy nie gekry het nie.

Deur die bek van die oond word 'n deel van die rantjies bokant Schonken se drif geraam. Hy weet dat mens die bakoond van die pad af kan sien, maar dat jy nie binne-in kan sien nie. Dit beteken egter ook dat hy die pad kan dophou, behalwe waar dit met die bult afsak na die drif toe.

Daar is geen beweging in die rantjies of in die poort waar die pad deurgaan nie. Miskien het hulle omgedraai, terug Steenboksvlei toe, dink Klaas. Of dalk soek hulle al met die rantjies langs Jakkalsdraai se kant toe. Of see se kant toe.

Dan sien hy Let aankom. Stuk vir stuk sien hy haar van waar hy plat op sy maag op die vloer van die bakoond lê, want sy kom bult-uit.

Eers net haar hare, met die kappie weerbarstig agtertoe gedruk.

Haar hare het dieselfde karteling as die verdwaalde karakoellam tussen die bokke in die kraal. Swartskaap, swartskaap, dink hy, toe ek my hand die eerste keer deur jou wol gevleg het, het jy jou kop teen my gedruk.

Hy sien ook die koperrooi glans in die swart. Rooivink, rooivink, neurie hy, ek het jou hart sag gespeel op my bekfluit.

Dit was daar onder in Dwarsrivier, net bokant Schonken se drif, waar sy gaan houtmaak en hy gelê en slaap het. Hy wonder nou nog wie het die grootste geskrik: hy of sy.

"Wie's jy?" het sy gevra en die riem met die drag hout daarin om haar nek geswaai, sodat sy regopper na hom kon kyk, met die hout tussen haar en hom. "Is jy die rondloper?"

Die vetertjie van haar velrok se hals het in die oorswaaiproses losgegaan, en hy het na die donker halfkroontjie gekyk en nie mooi geweet wat sy gevra het nie.

"Wat kyk jy my so?" het sy gevra, en die drag hout hoër en vaster teen haar lyf gehou. Haar oë was swart van onsekerheid, en sy het in die rigting van die geboutjies teen die bult gekyk.

"Ek sal skree as jy iets ..." Sy het nie haar sin voltooi nie. Sy het geweet hy takseer die afstand Bakoondskraal toe. Sy het gesien hoe lek hy sy vinger nat, hoe hou hy dit omhoog. Dit was nie eens nodig nie – 'n vlaag wind het die geluide van boklammers en kinders reg bo-oor hulle kom waai.

"Ek sal mos niks aan jou doen nie," het hy gesê. Hy het nuuskierigheid naas vrees in haar donker oë gesien blink.

"As jy die rondloper is ... hulle sê jy vang meisiekinders en stop hulle in jou ... Waar's jou velsak?"

Hy het om hom beduie: daar was sy toeknoopbondel, sy bokvelknapsak, sy mondfluitjie. Langs die holte wat hy vir hom in die sagte riviersand uitgeslaap het, het sy skoene gestaan en langs dié, oor die t'gibbiebos gesprei, die sokkies en onderklere wat hy doudag al by die gora'tjie gewas het. Nou winddroog.

"Jou klere gaan stink," het sy meteens gesê, "oor jy hulle oor die muishondbos geloop hang het." Daar was iets van 'n grootmens in haar stem, asof sy op Bakoondskraal 'n kleiner kind aan die berispe was. Terselfdertyd iets van 'n kind, asof sy elke oomblik sou tong uitsteek, haar bondel neergooi en hom daag om haar te vang.

Dit was of die potsierlike gesig van die klere oor die muishondbos iets anders tot haar laat deurdring het. As sy sokkies en onderklere oor die bos hang ... Sy het skaam-kwaad geword. Dis háár houtveld hierdie, dis háár loopplek.

Sy het iets onsinnigs gevra, soos: "Het jy iets hier gevloor? As ek Vader Grau van jou vertel ..."

"Maar jy sal nie, sal jy?" het hy sag gevra, en sy mondfluitjie op sy handpalm gekap-kap.

Na die eerste melodie het sy haar vraggie hout versigtig neergesit. Na die tweede het sy plat op die sand langs die bondel gaan sit en haar tone tussen die kielierige klippertjies ingekriewel. 'n Valkie het in die lemoendoring kom sit; twee dirkdirkies op 'n klip. Tetoetoe en t'gnabbera het om die klip geloer. Geluister hoe hy speel.

"Bring my vanaand 'n lekseltjie koffie, toe? Sal jy?"

Toe hy praat, het sy verwilderd opgespring en haar draggie hout stewig vasgevat. "Ek kan nie. Suster Bernarda sal my vrekmaak."

"Oor die koffie, of oor my?" het hy geterg.

"Jy weet niks van Suster Bernarda nie."

"Nou kom, dan kan jy my vertel." Hy het sy seep en die seeplappie opgetel, sy hemp tydsaam begin oopknoop en die mondfluitjie so half as 'n nagedagte teen sy bobeen geklop-klop. "Toe, loop, ek wil gaan was," het hy gedreig.

Sy het na die mondfluitjie bly kyk. "Sal jy weer vir my speel?"

"O, ek sal vir jou speel, ja," het hy geantwoord en – as voorlopige groet – 'n trein op die fluitjie nageboots.

"Dis 'n trein!" het sy uitgeroep. "Ek was al twee keer saam met Vader Grau tot bo in die Kaap."

"Wil jy weer gaan?" het hy gesê, en 'n bietjie vermakerig bygevoeg: "Die Kaap sien my baie."

Uit sy horisontale posisie sien hy hoe Let kort-kort bekommerd in die rigting van Schonken se drif kyk, en na die rantjies weerskante van die poort. Noudat haar onderlyf ook sigbaar is, kan hy duidelik sien wanneer sy gaan stilstaan, die as-emmer neersit, die sweet van haar voorkop afvee en poort se kant toe kyk. Sou sy weet? Sou sy by gewees het toe die kommando'tjie vroeër vanoggend hul perde voor Vader Grau kom ompluk het?

Hy kan nou sien dat sy kaalvoet is. Haar voete, dit het hy al vir haar gesê, is die mooiste aan haar, maar die slawewerk op Bakoondskraal gaan hulle nog verniel. By die opening in die klipmuurtjie wat Bakoondskraal se werf van die veld skei, gaan staan Let weer om om te kyk, en hy kan aan die knak in haar bolyf sien hoe sy sug.

Hy blaas waarskuwend op die mondfluitjie.

Sy laat val die as-emmer en kyk om haar rond, en hy kan nie sien of sy bly of onthuts is nie.

Hy boots weer die trein na, so 'n kort, waarskuwende fluit.

Hy kan sweer sy het met haar voet op die grond gestamp van pure magtelose omgekraptheid. Dit doen sy as sy toornig is, en haar oë kry die kleur van daardie blou steentjies wat die prospekteerder hom nou die dag gewys het.

Sy loer by die gemak in, snuffel by die kookskerm, kyk agter die bokkraal se klipmuur en stamp haar regtervoet.

Dan kyk sy bakoond toe, en hy weet sy weet.

Toe sy hom sien lê, sy asboshare daar waar sy gewoonlik die voorvuurtjie maak, lyk sy kwaad én bly, onrustig én opgewonde.

"As hulle jou hiér kry ... Wat het jy nou weer geloop aanvang?"

"Hulle sal nie terugkom nie."

"En Vader Grau?" Sy praat meteens nog heser, fluisterend, en sy kyk om asof sy die priester hoor aankom.

Toe sit hy sy hand vol op haar, en aan die wyse waarop haar jongmeisielyf terugdruk, weet hy dat sy na hom verlang het.

Dan staan sy tru, en sy buk af na hom toe. Sy vat aan sy wang en oor sy voorkop. Littekens is voelbaar in die basagtige skurfheid van haar hande, en van haar velrok se ongelyke soom af ondertoe sit die rofies en vars krapmerke wat jy net kry as jy elke dag hout kap of sprokkel. Maar agter die stoflagie en die roetstrepies is haar oë die blou van porselein en haar hande ruik na kruie, haar gesig na vuurmaak en vars gesnyde, warm brood toe sy nog dieper afbuig en sy gebarste lippe met haar sagte, groot mond soek.

"A-let-ta ...!"

Sy stamp haar kop teen die bokant van die oond se bek; draai die homp van haar rug dan beskermend na die opening. Suster

Bernarda by die bokkraal. Dit betaam 'n Oblate Suster en Moederowerste nie om van die stoep af te roep nie.

"Vader wil weet wanneer jy begin melk," sê sy met 'n swaar aksent.

"Ek kom, Suster; ek is amper klaar ... Los my!" sis sy onoortuigend af ondertoe, want hy het sy hand tussen haar knieë ingewerskaf en oor die warmte van haar bobeen, soos een wat in die winter nie genoeg van 'n vuur kan kry nie.

'n Klok het van die stoep af gelui vir agtuurtjie en sy het haar byna vrek geskrik en weggeskarrel om die melkemmertjie te gaan gryp sodat sy nog betyds vir Vader Grau en die drie Susters hul koffiemelk kon besorg. Vader sit seker gereed aan die bopunt van die lang tafel.

Maar – so het sy aan Anaat vertel – sy draai nog vinnig om bakoond toe en fluister:

"Moenie weggaan nie. Blo my jy sal nie weggaan nie; ek kom na jou toe; ek sal vir jou melk bring. Vanaand, nog voor die maan uit is, bring ek vir jou vars, warm melk. Moet tog nie loop nie!"

Ja, sê ek vir Annerdinges, met wie ek baiekeer kopstukke gesels as die alleengeid my opvreet, dat mens jou nou só kan laat baasraak deur 'n liggaamsdeel wat nie eens 'n honderdste van jou liggaam uitmaak nie!

Niklaas was, soos ek al gesê het, beter daaraan toe as die meeste mans; en, na wat vertel word – tensy dit bloot die verbeeldingskimme van reisigers is – het Let Lyf ook 'n sagte, warm, klam ontvangs gebied as jy maar net ráák aan haar. Sy was – as dit my vergewe sal word dat my vergelykings steeds uit die bokkraal kom – stywespeen en gereed om haar deel te gee nog voordat jy náby haar kom met melksalf of vaselien. Jy weet mos party bokke skrik hul melk weg as 'n vreemde ding net náby kom; of hulle trek hul melk uit pure moedswilligheid op, sodat jy tot vervelens toe sit en trék en trék aan die spene.

Nie Josephine nie. En dis hoekom daar so 'n goeie verstandhouding was tussen Let en Josephine. Sy kon altyd haar arms om die bok se warm, donkerblou lyf sit en haar hartsgeheime met Josephine deel. Dié het haar met begrypende oë aangekyk, haar ore behoorlik vorentoe gespits uit pure bedagsame oplettendheid, en – nadat sy gehoor het van die arme voortvlugtige Niklaas wat tot die dood toe uitgeput in die bakoond skuil – haar melk onvoorwaardelik gegee. Toe Let haar klaar vertel het van die wrede agtervolgers en van Niklaas se onskuld, toe sit die skuim van die melk soos sneeuvlokke bo teen die hingsel.

Vader Grau het die aand sy gereelde glas melk gekry, daarvan is ek seker. Maar danksy Josephine se onbaatsugtigheid kon Let teen vuilskemer – die maan het net begin lig maak agter die rante by Dwarsrivier – 'n hele tiemaans uierwarm melk en twee skawagtersnye brood met bokvet en heuning deur die bakoond se bek skuif, en waaksaam op die kliplip voor die oond sit en kyk hoe die lampies en kersies die een na die ander op die werf gesnuit word: die meisiekinders en die seunskinders se slaapsale amper gelyk-gelyk, toe Suster Francesca s'n, toe Suster Bernarda s'n, daarna Vader Grau s'n, en uiteindelik ook Suster Ottilie s'n, want sy bid die langste. Net Stryker se kers kon mens doer eenkant deur die opening van sy matjieshuis sien flikker, en dit was goed so, want hy sou weldra oor sy viool begin stryk.

So het sy gesit en kyk hoe die liggies op Bakoondskraal uitdoof, terwyl die oostelike horison al hoe skerper begin uitstaan teen die helder lig van die maan, asof daar êrens in die Boesmanland 'n reuse-brand aan die oplaai was. Soos in haar.

En sy het geluister na sy eetgeluide; met 'n glimlag het sy geluister hoe hy die happe brood met die melk afsluk, en met verwondering het sy geluister na sy wedervaringe.

Hoe het ek nie daarna uitgesien dat hy terugkom nie! het sy in 'n brief met die naam van 'n Home bo-aan aan Anaat geskryf. *Dit het soos 'n koors in my gebrand, nou nog, en ek weet hulle stuur my na hierdie aaklige plek om my van hom af weg te hou, as straf. Sal ek ooit weer hoor hoe hy vir my speel, hoe hy my sy rooivink noem as hy vir my sing?*

Ek kan my dus goed voorstel met watter ongeduld – maande se gewag en uitsien – sy deur die bek van die oond in sy arms ingekruip en haar jongmeisielyf om hom geslinger en hom gebyt en sy rug stukkend gekrap het met haar naels, en vergeet het dat sy skraal lyf so groot is soos die oudste seunskind s'n op Bakoondskraal, wat maar onlangs eers begin knop maak het. *Hy was vol en groot in my,* staan in 'n ander brief, *en hy het aan my regteroor geknabbel en gesê ek ruik na melksalf en na heuning!* Sy het haar daaroor verwonder, skryf sy, dat hy nie na sweet nie, maar na lekkerruikseep geruik het; en hulle was oneindig lief vir mekaar totdat Stryker se viool hulle gewaarsku het en die maan 'n klein, ingekrimpte eiertjie aan die westerhemel was.

Sy het met blydskap én met skrik en hartseer twéé dinge geweet, soos wat net 'n vrou dit kan weet.

Sy het geweet dat die kommando hom gaan opspoor, en 'n oomblik wou sy oor die werf uitstorm, verby die eerste hoenderhaan wat nog vakerig sit en kraai, verby die bakoond na waar sy spore toegesleep is onder die krapmerke van die tak wat hy agter aan hom vasgemaak het – maar sy het geweet dat hy reeds kleiner as klein was oor die vlakte waar Dwarsrivier oopmaak tussen die berge.

Maar sy wis ook dat sy iets van Niklaas met die baie name ontvang het. Iets soos 'n bêrestorie, om oor na te dink, om nooit te vergeet nie.

6

Waarin ons verneem van 'n afskeid en beloftes; en hoor hoe mens 'n Kersfeeshoender gereed maak.

Die hardgebakte binnekant van 'n buite-oond mag ongemaklik wees, maar as jy die vloer met 'n velkombers uitvoer, en jy sien die fyn sweet op jou geliefde se gelaat, dan vergeet jy die ongemak.

Maar geluk, so het Klaas Duimpie geleer, duur net so lank as wat jy jou hand daaroor toemaak. Let het die volgende middag kom fluister van die boodskapper. Sy het sy flentersgeloopte skoene met die as-emmer weggedra en gaan begrawe. Klaas het die man op sy bossiekop sien aankom teen die bult op, en hom ná 'n verposing sien vertrek in die rigting van Karringberg.

Hy het kom sê dat Niklaas Diedriks (alias, alias) voëlvry verklaar is en dat enigiemand wat hom teëkom, met hom mag handel na goeddunke en sonder om vervolging te vrees. So sou die veldkornet glo gesê het, 'n man wat hom min aan die magistraat gesteur het.

Die huidjiehu het nie verniet teen vaaldag so gefluit nie, en die windduiwels het skoon spuls oor die werf gedans, geheel buitenstyds, tot ergernis van Suster Francesca, wat 'n olike boklam aan 't dokter was en dit moeilik gevind het om kleed op kleed en nuuskierige bokke en eetlepels medisyne onder beheer te hou sonder om bokkraaltaal te praat.

"Wat meen voëlvry …?" het Let gevra toe sy teen vuilskemer die bakoond se deurtjie agter hulle toetrek. Maar hy het haar vrae doodgesoen en met sy hande in die karakoelfyn krulle agter haar nek gevroetel – waar sou sy die lekkerruikgoed vandaan kry? – en 'n godsalige uur lank op stelte bo-oor die berge geloop.

Toe het hy gegroet en gesê hy blo haar sy sien hom weer, dis amper Kersfees, dis nie lank nie dan is hulle twee se velskoene deurmekaar, en sy het gelag dat sy haar mond moes toehou, want sy is dan blootsvoet. En hy het vertel van die kissie kosbaarhede wat hy teen so-en-so 'n krans onder so-en-so 'n boom langs Dwarsrivier begrawe het, en dat dié egg-box haar toekom.

Gou was hy net 'n vlekkie teen die vaalte van die nag, ligvoets drawwende in 'n suidwestelike rigting.

Toe Suster Francesca haar voorstaan, het Let haar liggaam snaarstyf gespan. Maar Suster het haar lomperig teen haar aangedruk, haar lig op die voorkop gesoen, en niks gesê nie.

So, naastenby, het Let aan Anaat geskryf.

Hoe sit jy 'n kosbare kruik weer aanmekaar as dit in splinters om jou lê? Jy het die kennis van 'n antropoloog en die geduld van 'n argeoloog nodig. So het Piet Praaimus herhaaldelik gesê. Piet was van kleins af geïnteresseerd in fossiele, rotstekeninge en ál wat oud is, en Vader Grau het sy belangstelling aangewakker deur die wêreld rondom Bakoondskraal saam met hom te fynkam vir gravures of klipwerktuie; hom nagte laat wakker lê met sy praatjies oor 'n sogenaamde vermiste skakel.

Ek het meer nodig gehad as geduld of vaardigheid. Ek was één van die skerwe van 'n kruik wat met drome en liefdesvog aanmekaargesit is. Ek wou die gesigte op die kruik weer héél sien. En al wat ek tot my beskikking had, was 'n pakkie briewe en ander dokumente, dit wat Anaat en die ander grootmaakkinders onthou het, en fluisterstories waaruit jy miskien die hardnekkigste kern as 'n greintjie van die waarheid herken.

Beloftes moet jy nie maak nie. Nie as jy in 'n hoek is nie.
   Dis die poeliesman wat so gesê het – so stel ek my dit voor – die bietjie wat Klaas, gekniehalter en vol krampe, op flenters wind kon hoor. Die magistraat moet snuf in die neus gekry het, toe stuur hy die berede konstabel saam.
   Dit het 'n jillery en 'n be-uilery afgegee met Vermeulen, die boer wie se vrou Klaas Duimpie se klere gewas het.
   "Het jy haar net pak gebelowe?" wou die een weet.
   Almal behalwe Vermeulen het gelag, want hulle het geweet sy is van kindsdag af vrygewig en dans die manne hoenderkop. Tot ergernis van Vermeulen, want hulle is kort getroud.
   Hulle lag het weggedroë, want hulle kon sien die pot wil oorkook; maar toe gooi Vermeulen nog 'n stomp op die vuur en hy vat 'n lang sluk uit die erdekruikie, en na die sluk word sy tong al losser en losser, hoewel dit niemand ontgaan het met hoeveel wrewel hy kort-kort agtertoe kyk nie.
   Maar net twee mense van dié wat daardie aand, teen die agterent van November 1913, tussen die Dwarsrivier en een van sy sylope om die vuur was, daar waar die manne sit en stories maak het, het gesien dat Giel Vermeulen die geregsdienaar se bekertjie stilletjies aanvul. Dié was spoedig stomdronk, en het net daar naby die vuur omgekantel.
   Toe het Giel Vermeulen tussen die geüniformde man se gesnork deur gepraat, en aan sy praat was niks onsekers nie.
   "Van beloftes gepraat. Ek het dit vir myself geblo, en ek vra julle nou mooi om by my te staan: voëlvry of nie voëlvry nie; ek vertrou nie die wet nie."
   "Hoe meen jy nou?" het Kruger gevra.
   "Ek meen net dit: Wat is hierdie poeliesman? Was hy nie 'n dragonder nie?" Hy het na die snorkende kollie gekyk.

"Wat het dít met die saak te doen?" wou Visser weet.

"Hy's nog 'n Ingelsman ook."

"Halwe Engelsman," korrigeer Van Dyk.

"Hy bly vir my 'n Ingelsman. Wat sê sy van vir jou?"

"Ou Collyer is 'n doodgoeie siel, man. Los hom uit."

"Lyk my jy't die Ingelse Oorlog vergeet," sê Vermeulen. "Of 'n man nou 'n halwe Ingelsman of 'n volbloed Ingelsman is, hy bly my vyand."

"Dis waar," het Kruger skielik met drif gesê en aan die vuur gekarring sodat mens in die gloed op die stroewe gesigte kon sien die Tweede Vryheidsoorlog is net 'n dekade terug geveg; en almal om dié vuur was destyds Kaapse Rebelle. Behalwe Van Dyk, wat toe nog te jonk was. "Dis waar, want my swaer vertel my nou anderdag ... met die mynstaking in Johannesburg, toe skiet een van dié donners" – hy beduie na Collyer, wie se helm nou gevaarlik na aan die vuur geskuif het – "toe skiet een van hulle sy vriend hier langs hom dood. Net so."

"Hulle't glo by die twintig geskiet." Visser kry af en toe briewe van sy broer in Germiston.

"Die ergste is dat die garnisoen sommer op onskuldige vroue en kinders ook skiet, so laag het hulle gedaal."

"Dis net so. Maar ek weet van één wat soos 'n held gesterf het: 'n Labuschagne-kêrel. Hy't hom voor die troepe opgestel, sy baadjie so oopgemaak ..." – Kruger demonstreer – "en toe sê hy: 'Moenie vroue en kinders skiet nie, skiet 'n man.'"

"Toe skiet hulle hom?"

"Toe skiet hulle hom plat."

"So 'n man ís 'n man."

"En moenie vir Jood-se-kjind vergeet nie. Ek sê jou: die Jode en die Ingelse werk saam met die Kaffers en die Hotnots om ons uit ons grond te kry." Vermeulen stop sy pyp en trek daaraan met 'n drif wat sy gesig nog rooier maak.

Kruger beduie na die inmekaargetrekte hopie in die halfdonker. "En wat van sý soort?"

"Wat is hy?" vra Van Dyk. "Waar kom hy vandaan? Al wat ek van hom weet, is dat sy voël hom pla."

Hulle lag. Vermeulen buk vooroor en roer aan Collyer. Dié snork net harder.

"Dis vir my die ergste," sê Vermeulen, en hy haal 'n knipmes uit sy sak, vou dit oop sodat die lem blink in die vuur, en begin dit tydsaam teen 'n klip en teen sy skoensool slyp. "Dat ons, of dan nou party van ons, probeer om wit wit te hou en swart swart, en dan kom naai die uitlanders rond en bont, en voor jy weet, het jy 'n deurmekaarspul. Julle weet hoe dit hier by die myne gaan; julle het gesien hoe lyk dit daar by die kammakastige Mission: melk en koffie deurmekaar ..."

Kruger, Visser en Van Dyk het in die rigting van die gekniehalterde bondel gekyk.

"Ek hoop ..." Kruger wou nog 'n woordspelige grap maak oor "halfnaatjie" en Vermeulen se goedhartige vrou, toe sien hy met hoeveel presiesheid sit en slyp Vermeulen aan sy mes.

Van Dyk het dit ook gesien.

"Wat wil jy met die mes maak?" vra hy verskrik.

Vermeulen het die mes neergesit en langsaam aan sy pyp gewerskaf. Toe het hy nog 'n stomp op die vuur gegooi en weer aan die polisieman geraak-raak.

"Die diender slaap soos 'n dooie os," het hy gesê, "hy sal teen vaaldag nog so slaap." Toe het hy hom reggeskuif op die klip, soos iemand wat lank moes wag om 'n storie te vertel.

"Ek het vir Mart 'n slaghaan beloof vir Kersfees. Daar loop twee ou bont hane op die werf, maar dis of die droogte hulle ook gestaan en maer maak het. Maar met die trek het ek doer in die Hantam by 'n weduvrou gestaan wat vir my 'n slaghaan persent gegee het."

Kruger se origheid was hom weer oor. "Wat het jy vir háár gegee?"

Vermeulen se oë het net so skerp geblink soos die mes se lem. Hy het die onderbreking geïgnoreer.

"Dis die grootste en vetste haan wat ek in my dag des lewens gesien het. Hy sal slag dat die geel sop om die lem langs loop. 'n Man sal drie dae aan daardie weduvrou se hoender eet, het ek by myself gedink. En nét sulke pote."

"Dié gooi jy tog weg," sê Van Dyk.

"Ja, maar dink net hoe tráp so 'n kêrel!" lag Kruger.

"Ek lees nou die dag hoenderhaan se balle is geheel 'n lekkerny doer êrens oorsee rond." Dis Visser wat dié brokkie doodernstig oordra.

"Jy weet uitlanders vreet enigiets."

"Sonder grappies. Hulle eet dit glo om koerasie te kry."

Kruger val byna agteroor soos hy lag.

"Ek het nog nooit 'n haan se knaters gesien nie," beken Van Dyk.

"Dan gaan jy dit môre-doudag sien," sê Vermeulen, terwyl hy met die vinger oor die lem vee-vee. En hy kyk 'n slag weer weg van die vuur af.

"Jy was nog aan die vertel," sê Van Dyk verleë.

"'n Dier wat jy wil slag, moet jy nie flou jaag nie; die flou kom sit in die vleis. So 'n haan moet jy teen die aand se kant van sy slaapplek af gaan haal en hom in 'n hokkie sit. Dan kan jy hom teen doudag mos net uithaal.

"Maar die groot ding kom met die kop-afkap. Jou byl moet so skerp wees, jy moet met die lem kan skeer." Hy slyp en slyp aan sy mes.

"En dan moet die een wat vir jou die haan op die kapblok vashou, so staan dat die nek van die haan mooi bo-oor die blok span, en die haan moet stil gehou word.

"Verder help dit nie jy kap twee of drie keer nie; jy moet sy kop met die eerste hou morsaf hê."

Dalk was dit die kruikie se ryk inhoud, dalk die gedagte aan die haan se gapende snawel en potsierlike spronge terwyl die nekslagaar die wêreld vol bloed pomp, maar Van Dyk moes eers agter 'n renosterbos gaan hurk.

Toe hy bleek om die kakebeen agter die bos uitkom, en die eerste misroepertjie fluit, toe loop Vermeulen met die oop knipmes na die bondeltjie mens toe.

"Kom hier, Kruger," roep Vermeulen, "kom hou vas. As hy wil gaan likkewaan-staan, moet hy dit in sy eie rivier doen."

En Kruger het gelag soos hy al die hele nag gelag het, maar sonder dat die polisieman wakker word. Selfs toe hulle Klaas éérs op sy mondfluitjie laat speel het, het die verteenwoordiger van die gereg nie wakker geword nie.

Wel, dis één storie. Maar daar is ander wat sê Klaas Duimpie het weggekom.

7

'N HOOFSTUK WAARIN ENKELE BELANGRIKE KARAKTERS,
OOK OU PIENKBENE MET SY SENS, HUL OPWAGTING
MAAK, EN WAARIN ONS HOOR DAT EIERS EN SPEK
NET MET KERSFEES OP BAKOONDSKRAAL VOORGESIT IS.
ONS VERNEEM OOK DAT LET LYF AL HOE GEREELDER
BESOEK ONTVANG HET EN DAT TWEE KINDERS HUL
VERJAARSDAG IN 'N SILVER GHOST VIER.

Van my vroeë lewensjare onthou ek min. O, ek het baie assosiasies, ja, dié soort wat jou neus met 'n bokvelkaros of met bokkuttels of met stinkkruid en geurige sandsalie in verband bring; of wat jou vingers weer langs die gladde pels van die dassiekaros laat stryk lank nadat die karos iemand anders s'n geword het. Die geur van soetsuurdeegbrood met 'n skeppie lewer wat Ma-Let matjieshuis toe gesmokkel het. Die vreemde sensasie wanneer kamiemie se slymstammetjie tussen jou vingers inglip en uitglip, en saam daarmee die veldgebod: Moenie dáárvan eet nie. Of die koplekkerte wanneer Jasper Repink jou 'n pruimpie klaar geswete kougoed in die hand gestop het en onder vir jou boonste bo word en bo onderste onder. Die skerp ruik en die vreemde gewaarwording wanneer Let en Suster Ottilie jou stukkende knieë met saggebreide klipsweet en bokvet pamperlang ...

En dan die reuk van die dood: Friar's balsem, gebrande als, ou Pienkbene se sweet as hy sy perd afsaal, sy sens buite neersit en sy keel skraap om die sterwende buitentoe te roep.

Dat Let Lyf met my geboorte alreeds by die poorte van die dood omgedraai het, daaraan het Suster Bernarda my herinner wanneer ek onbruikbaar was. In haar swaar aksent sou sy, terwyl sy my skouers met haar ysterkneukels knie, gewoonlik dieselfde vraag vra: Is dít waarvoor jou ma jou met smarte in die wêreld gebring het?

Ek het die vraag later uit my kop geken; dit was die eerste volsin wat ek ooit gebruik het. En wel toe Jasper Repink die slag sy bord met waterige pap op die tafel omkeer en almal asem ophou vir die geweld wat van die hooftafel af moet losbars.

Dit was 'n paar dae voor my vierde verjaarsdag; so het Anaat my later vertel. 1918 was 'n droë jaar; die winterreëns het weggebly en die bokke was maer. Josephine het haar bes gedoen, maar Let kon net 'n halwe tiemaansie melk uit die gewillige ooi se spene kry. Die ander het geheel opgedroë.

Water het begin skaars raak. Vader Grau het vir Stryker in die puts laat afsak om met 'n stok te probeer vasstel hoeveel water daar nog is, en Stryker se stok was nie eens halfpad nat nie. Vader se lang tafelgebed het nog langer geword.

Maar een dag ná so 'n hartstogtelike gebed het Piet Praaimus hom aan Suster Ottilie hoor sê dis nie snaaks John Campbell het 'n eeu gelede oor sy kaart van die Boesmanland geskryf *Dooimansland* nie. En op 'n ander dag, het Simon Blootsvoet gesê, en dis deur Koos Botter beaam, het twee snye rogbrood geheimsinnig tussen die voue van Vader se kleed beland. (Verstaan my goed: ek praat nie sleg van Vader Grau nie; hy was vir ons goed, hy het selfs gesorg dat die oudste seuns vakansiedae en naweke op plase gaan werk teen twalap 'n dag. Gerwe gooi en sens trek maak jong arms sterk en Suster Ottilie, wat altyd help dokter het, kon allerhande veldrate op ons uittoets.)

Dit was in alle opsigte moeilike tye. Die Buffels het in járe nie afgekom nie. Daar was gerugte dat die myne gaan toemaak; glo die oorlog se skuld. Bakoondskraal se vee het op vergunningsgrond geloop. Terwyl boere en dorpskoshuise staatshulp ontvang het, het almal van óns vergeet. Vergetenes in 'n vergete landskap. Buitendien was ons deel van die Roomse Gevaar – dit het min gehelp om daarop te roem dat juis dié Kerk haar oor ons ontferm het.

En ons sélf? Seker die helfte van ons had Cornishmanne vir pa's; hulle wat uitgekom het om aan die oorlog te ontvlug en in die myne te werk, en net één plek gehad het om die eensaamheid te bestry voor hulle weer op die skip klim. Die sagte mik van 'n vrou.

Maar daardie oggend, toe Jasper Repink die teken gee en hy keer sy blikbord op die tafel om en kyk om hom, toe word ek heelparty nuttige dinge wys aangaande opstand, gesag en verraderlikheid. Want Jasper het met die ander seuns (almal ouer as ek; so ek was nie ingereken nie) afgespreek dat as hy die teken gee, dan dop almal hul borde om sodat die waterige pap oor die houtblad flodder en langs die kante afdrup, sodat almal kan sien ons is nou tot hiertoe vol vir die n'tgaboe kos wat ons kry terwyl Vader Grau aan sy bekertjie melk sit en teug.

En toe keer nie een van die ander hul borde om nie. Jasper staan daar en gluur. Verwyt in sy oë. Die meisies hou hul hande voor hul monde en loer met groot oë na die hooftafel; die klompie seuns sit kop onderstebo. Jy sien net t'norro's en haaskooie.

Jy kon die bokke in die vêrte hoor blêr; jy kon 'n kewer teen die vensterruit hoor uitsukkel.

Dis toe dat ek kliphard in die stilte in sê: "Is dit waarvoor jou ma jou met smarte die wêreld in gebring het?"

Almal behalwe Vader Grau en Jasper Repink het uitgebars van die lag. Selfs kwaai Suster Bernarda en klaerige Suster Ottilie het hul koppe laat sak. Jasper het bly staan, maar hy het 'n bietjie minder manhaftig gelyk. Vader Grau se swart oë het 'n geel skynsel soos dié van 'n rooikat gekry toe hy stadig opstaan. Simon Blootsvoet en Koos en Jan Balle en die ander seuns het vir mekaar geloer en dan weer weggekyk asof hulle nie eens na mekaar kan kyk nie.

Toe skuif ek my blikbord met waterige pap vorentoe en keer dit in die middel van die tafel, langs Jasper s'n, om, sodat die papwater al met die groewe langs en om die kwaste sprei in 'n groot vaal plas. Ek kon nie opspring soos Jasper nie, want my bene was nog te kort, en ek het op kussings gesit.

"Wat is jou probleem?" het Vader Grau sag gevra, so sag soos hy net gepraat het as hy hom tot die uiterste bedwing.

"Hoekom kry ons nie 'n slag ordentlike kos nie, spek en eiers?" Dit het nie geklink of Jasper dié toespraak goed voorberei het nie. "Hoekom moet ons elke dag hierdie waterige pap kry?" Sy stem het al dunner geword, nes die pap.

"Omdat dit nie elke dag Kersfees is nie," het Vader Grau gesê, byna vriendelik, soos met Kersfees, of wanneer daar gebieg word.

Maar nou was daar geen plankafskorting tussen Jasper Repink en Vader nie.

Nadat Vader Grau ons afgeransel het (ek het betreklik lig daarvan afgekom, maar ek kon tot by twaalf tel en ek het twaalf hale oor Jasper se boude en rug getel), het ons 'n soort onuitgesproke bondgenootskap gesmee. Jasper sou my leer vloek en aan Josephine se spene leer drink; ek sou deur die pakkamer se luggat wurm en vir Jasper voorraad deur dieselfde opening aangee; saam-saam sou ons die meisiekinders gaan afloer as hulle klippe toe gaan, om te kyk wie dassie al.

Maar in dié tyd het kos voorkeur gekry bó dassie. Daar was berge kos in die pakkamer, maar dit het ook erg na muis geruik, en ek kon die muiskuttels met my tone voel.

"As die muise kan kos vat, kan ons ook," het Jasper gesê toe ons ons voorraad in die wegsteekplek aanvul – 'n holte in die ou klipmuur wat om die werf loop.

Jasper Repink en ek en die muise het die droogte oorleef.

Miskien was dit goeie skoling vir die swaarkry wat sou kom, maar op daardie tydstip het ons nog nie geweet die sens van die dood is op pad nie. Ons het al 'n masel-epidemie oorleef, en as één keelseer kry, het almal gehad. Maar van die Groot Griep wat sou kom, bo-op die droogte, wis ons niks.

Daar was nog my vierde verjaarsdag. Saam met Anaat.

Op dié dag het iets ingrypends gebeur. Dit was die koms van Uncle – George McLachlan Lazarus.

Anaat het my later vertel van ons eerste verjaarsdag saam, in die Rolls Royce Silver Ghost waarmee Uncle op daardie gedenkwaardige 4 Augustus 1918 'n es op Bakoondskraal se werf kom gooi het.

Die westewind het, orig soos altyd, en 'n duisend keer origer in 'n droë jaar soos '18, met die pad aangedwarrel en stof in jou oë en sandkorrels teen jou bene op gewaai, en die Rolls Royce Silver Ghost het in 'n stofbolling met die pad van Groenrivier af aangery gekom, sodat die verskyning daarvan teen die laaste bult uit nog vreesaanjaender was. Jaatjie Jut en Fytjie Melk het onder beddens weggekruip. Suster Bernarda het glo gelyk asof sy die Antichris in lewende lywe sien verskyn.

Maar dit was veral Let Lyf se optrede wat eienaardig was.

Toe die Silver Ghost stilhou, so sê party, het sy op die grond gespoeg en binnetoe gegaan. Later het iemand haar uit die matjieshuis sien kom met haar polkakappie en opgelet dat sy veld-in stap. Sy het nie teruggekeer voor dit vuilskemer was en die Ghost se stoffies hoeka gaan lê het nie.

Dit was ons eerste kennismaking met 'n motorkar. Ons het oopmond staan en kyk hoe die gevaarte se neusvleuels bewe en uiteindelik tot stilstand rittel, en hoe 'n man met 'n pet en 'n swaar jas sy bene uitswaai en om die kar geloop kom om die halfmasdeurtjie oop te hou vir die rysige heer met die hardebolhoed, die bril met net een glas, en die soetjie so deftig dat dit lyk soos Stryker wanneer hy vir besigheid Karringberg toe gaan.

Natuurlik het Let ons baie vertel van karre; sy was mos 'n paar slae in die Kaap. Maar hierdie kar en hierdie mense het ons ons nie voorgestel nie.

Ons het ons verkyk aan die man met sy herringbone-jas en sy pytentledderskoene; 'n blas man – nog baie jonk, maar met 'n swart snorstrepie asof iemand met 'n stukkie houtskool onder sy neus langs getrek het, en 'n glimlag so groot en so wyd dat jy bykans al sy tande kon sien. En 'n paar hande soos jaagbesems. Hy het na ons gekyk asof hy wou sê: Hier is ek, dis Krismis!

Nie die ander man nie; dié het uitgeklim terwyl meneer Snor die deurtjie vir hom oophou, en toe het hy stywebeen na Vader Grau se kamer toe gestap, terwyl hy die eienaardige brilletjie met sy een hand so skuins voor hom hou.

Die kêrel met die snorretjie het 'n yslike sigaar opgesteek en met sy regtervoet op die motor se treeplankie getrap terwyl hy die stof van die modderskerms afpiets. Ons het versigtig nader geskuif en die gevaarte bekyk. Snor het ons verwondering geniet; maar hy het ook kort-kort in die rigting van die stoep gekyk asof hy iemand daar verwag het.

Joy, haar wange so rooi soos twee t'ngarrabosbessies, het teen 'n pilaar geleun asof sy daarteen vasgegroei het, haar hande voor haar bors gevou. Sy het vir hom geglimlag asof hulle ou bekendes was, maar niemand was seker dat hy vir háár geglimlag het of háár daar verwag het nie. In elk geval was sy nog 'n blote kind, elf of so.

"Wil jy 'n draaitjie saamry?" het hy later darem aan haar gevra, en die deurtjie oopgehou. Maar Joy het net haar kop geskud, en origens gelyk soos iemand wat stilstuipe het.

Amy Patience, wat vir niks skrik nie, het by die oop deur ingeklouter en vir Joy tong uitgesteek.

"Is dit uncle se kar?" het Jasper Repink, wat ná die twaalf houe nog nie mooi kon sit nie, gevra en met sy linkerhand aan die modderskerm gedruk-druk.

Maar Uncle (soos ons hom toe gedoop het; later het ons verneem sy naam is George McLachlan Lazarus) het dié vraag eers beantwoord toe ons Schonken se drif deur is.

"Hoe dink jy dan?" En, omdat ons nie mooi geweet het wat daar in krulletters en boonop in Engels staan nie: "Dis 'n Silver Ghost. 'n Rolls Royce Silver Ghost."

Toe laat suis hy die Ghost teen die bult op dat ons so lê teen die dikgestopte kussings, en hy ry met ons die duike deur dat dit voel of jou maag bó in jou verhemelte loop draai.

Toe ons om 'n draai in die pad gaan, het ek – ewe brekers bo-op lang Piet Praaimus se skouers – my verbeel ek sien 'n polkakappie tussen die perdebosse wegkoes. Miskien het Uncle haar ook gesien, want hy het meteens gevra:

"Bly Aletta nog hier by julle?"

Amy het hom lank aangekyk – so lank dat ek gedink het sy is ongeskik – maar toe sê sy: "Sy is nog hier."

Toe het sy na my gekyk, maar niks verder gesê nie.

Stryker het niks van Uncle gehou nie. Uncle het die motor teen die matjieshuis, waar Stryker sit en skoene heelmaak, tot stilstand gebring. Van daardie oomblik af was daar 'n geswore vyandskap tussen hulle.

Sê Anaat, toe ons in '33 terugdink aan dié dag: "Van die begin af het ons meisiekinders sy neus bewonder. Van die kant af het dit jou aan 'n spreeu laat dink, dis nou met die goggles wat hy opgesit het. Kompleet 'n spreeu of 'n piekeloog. Later het selfs sy manier van loop jou aan 'n spreeu laat dink – so met 'n wip in sy stap."

"Hoe oud was hy? En hoe oud was Let?" wou ek weet, want my geskiedenis het al hoe meer begin lyk soos 'n fotoalbum waaruit belangrike foto's verwyder is.

"Hy moes toe agtien, negentien gewees het, en sy was omtrent twee-en-twintig. Maar sy wou nie saamry nie; altans nie daardie dag nie. Sy wou hom eintlik glad nie sien nie.

"En ons ander sou seker nie gery het nie, was dit nie vir die verjaarsdag nie; ek meen nou myne en joune. Want Jasper Repink, grootmond wat hy is, het dit uitgeblaker, en toe loop Uncle 'n slag huis toe, en hy stap sy spreeustappie tot op die stoep en loer met sy hand voor sy oë deur die ruit om te sien of Vader en sy hoë besoeker nog besig is, en toe kom wip hy terug en hy sê: 'Wie kan nou op jou verjaarsdag so rondstaan vir niks?' En hy het my so sit-sit ingetel op die sitplek tussen hom en Amy; hy was sterk, want ek het dié dag mos twaalf geword, en hy het net oorgebuig en my oor die deurtjie gelig, en toe het hy gesê: 'Wie ry nog saam?' En Jasper Repink het toe vir jou op my skoot getel en Piet het jou later op sy skouers gehouvas, want jy kon net-net bo-oor die kap deur die screen sien, en toe bondel die ander klomp almal agterin; jy onthou seker niks daarvan nie."

Een ding staan my duidelik voor die gees: hoe ons anderkant Schonken se drif so 'n wilde es gegooi het dat Anaat se kappie skoon losgeruk en afgewaai het; ons het die namiddag daar tussen die muishondbosse daarna loop soek. Dit het gevoel asof die "Silwer Spook" op twee wiele loop.

"'Die beste kar wat ooit gemaak is'; dit was sy woorde, onthou jy nog?"

Ek onthou. Hy het gepraat soos een van ons; nie asof die motor rêrig aan hom behoort nie. Hy het baie gepraat wanneer die ander man nie by was nie. Anaat was reg; mens sou hom maklik die naam Spreeu kon gee. Maar Uncle het hy gebly, ook met sy herhaalde besoeke later, toe hy weer na Let kom soek het. Ons kon tóé net nooit verstaan waarom hy nie met die Silver Ghost kom nie. Net een keer daarna, dit was net voor die Groot Griep, het die Silver Ghost opnuut uit die stof te voorskyn gekom, en die heer met die deftige hoed en soetjie was weer by – maar dié keer het ons min van Uncle gesien, want hy was die hele tyd saam met Vader Grau en die besoeker. Let het, soos altyd, 'n verskoning uitgedink om veld toe te gaan.

"Die deftige heer het dié dag lank met Vader Grau gesels, en Suster Bernarda was omgesukkel oor Let nie uitkom nie, oor die veldkossoekery so lank duur; toe moes ek die koffie aandra, drie maal die dag, en elke keer met 'n kniebuiging, en dan sê: 'Ons is jammer dat daar nie melk is nie …'"

Altyd dienswillig. Anaat.
"Was die man vriendelik met jou?"
"Nie om van te wát nie. Hulle het gepraat van Bakoondskraal se grond en serwitute en sulke goed. En Vader het die kamer blou gerook.
"Maar ai, daardie dag toe ek en jy ons verjaarsdag in die Silver Ghost gevier het, dit sal ek nooit vergeet nie."

Ek het lank na Anaat gesit en kyk. Sy was nie 'n mooi mens nie; maar dit was Ma-Let ook nie. Ek het gewonder of Anaat op Uncle verlief was; ek het nie gevra nie. Joy het hom aanbid, maar sy was kleinwild. Die een wat hy wou hê, kon hy skynbaar nie kry nie.

Maar Anaat! Die dag in die Silver Ghost lê haar geheue vol.

Hier het sy nou soos haar vinger gesit. En buite het die stof donker wolke opgejaag, want 1933 was strawwer as 1918.

Ná daardie tweede besoek van die Silver Ghost het die ellende oor Bakoondskraal toegeslaan. Ek het Suster Ottilie hoor sê dis die Silver Ghost wat die dood gebring het – daar kom so min besoekers op Bakoondskraal. Hoe dit ook al sy, die Dood het ons dorp vir dorp bekruip. Hulle het vertel dit het in die Kaap begin en toe binneland toe uitgebrei, met die posroetes, die een na die ander: Amandelpos is gevolg deur Klipfontein, Klipfontein deur Karringberg. En toe dit eers op Karringberg uitslaan, was ou Pienkbene by ons nog voordat die Sakrament van die Sterkte bedien kon word.

Dit was Jasper Repink wie se halfwas kissie Stryker heel eerste moes maak.

8

WAARIN DIE LESER INGELIG WORD OOR STRYKER SE
BUITENGEWONE GAWES EN OOR DROME, 'N KYKIE KRY
IN DIE LEWE (EN DIE STERWE) OP BAKOONDSKRAAL,
EN VERNEEM DAT LOSBANDIGHEID WAARSKYNLIK
DIE HOOFOORSAAK VIR DROOGTES EN
DIE SPAANSE GRIEP WAS.

Dassie dassie loer by die klipskeur uit
Kola trek los met 'n helse fluit
Amy sê dit skeel geen bloue duit
Kola stoot die garing in en uit ...

Dit was een van Stryker se skoenmaakrympies en Kola was sy naam vir my. In sy rympies het hy ons altyd 'n plek gegee, en ek kan hom nou nog op sy platstoel sien sit met die els en die sliphamer langs hom terwyl hy die naairiempie deur die gate trek. Soms sou hy so met die rymery saam 'n wysie soek, of hy sou sy werk eers los vir die eenmansfluit.

Dit was 'n betowerde fluit; dit glo ek tot vandag toe. Aand vir aand, as ek nie kon slaap nie, het ek tussen die slapendes en die snorkendes deur gedoekvoet en agter 'n stoeppilaar gaan staan en luister tot ek vaak was. Ek het gekyk hoe speel Stryker se skadubeeld in die vuurgloed teen sy matjieshuis, hoe gly sy bakhande by sy mond verby, dan links, dan regs, hoe hy die fluitjie laat bewe en soebat. En ek kon sien hoe buig die peperboom se takke na sy kant toe oor, hoe versamel die nagdiere sku-sku om hom aan die rand van die lig wat die t'kooiboskole maak. Ek kon my verbeel ek sien selfs hoe kom sit uil sag-sag op die matjieshuis, wat in die halflig soos ongerysde deeg lyk. Eenoog, die springhaas, kordaat langs T'ghie, die jakkals, en Ligvoet, die steenbok, neffens hom, haar groot oë stip op die speelman, almal gepaljas deur Stryker se wysies.

Mens moenie die fout maak om jou vervoering met ander te deel nie; dis soos geloof, dis privaat. Soos die steltlopery in my drome. Net Jasper het my nie uitgelag nie as ek die oggend met agtuurtjie vertel wat ek gesien het. Hy het wel agterna, toe ons alleen was, gesê ek moenie vir hom vertel donkiedrolle is vye nie. Vriende lieg nie vir mekaar nie.

En toe kom maak die Griep als deurmekaar. Toe kom vat die Griep hóm eerste.

Dit was Stryker wat die toemis kon verdryf. Wanneer die lewe ons gesoeroe het soos wat jy vel haaraf maak, het Stryker ons koppe gelig.

My gevoel vir musiek en vir woorde het ek van Stryker gekry, van dit wat hy op sy viool en op sy towerfluitjie gespeel het. Die verrukking sou my op my latere omswerwinge goed te pas kom.

Daarvan het ek as vierjarige natuurlik niks vermoed nie. Die September van dáárdie jaar, 1918, was 'n dor, windverwaaide maand. Waar die Boesmanland, aan ons oostekant, nog 'n paar maande tevore wollerig was van die gras, het die bloudak nou swart polle begin staan onder die skroeiende son. Die fynvee het begin omval; die grofvee het uitgedun geraak. Op Bakoondskraal het minder en minder weldoeners gekom, en Stryker se tuin het verdroog omdat die rolputs net genoeg vir drinkwater gehad het. Selfs die gora's in Dwarsrivier het net lekseltjies opgelewer, en teen September moes daar rolvaatjie getrek word uit die Buffels. Twee-twee ingespan soos osse, taai-trek deur die vasvalsand, briekklippe ondersit teen die skuinstes, riemsny-seer oor die kliphobbels. Met Jasper wat Friesland! Hotman! Rooiveld! terwyl Stryker my abba as ek moeg word. Danksy Vader Grau se spaarsamigheid het ons genoeg broodkoring en dus genoeg brood gehad. Maar daar het ook in dié jaar meer kinders bygekom. Die gatskuurklippe het gemaal soos nooit tevore nie. Rondom het plase begin leeg raak: Bitterputs, Galputs, Jakkalsdraai ...

"G'n mens kan van brood alleen leef nie." Dit het Uncle later altyd gesê wanneer hy vir sy dubbeldop wag, sy oë gefikseer op die skraalnaat van die kroegmeisie se sitvlak, of op haar weerbarstige borste wanneer sy buk om 'n vars bottel onder die kroegtoonbank uit te haal.

"Die mens kan van brood alleen nie leef nie," was Vader Grau se variasie, terwyl hy die laaste olierigheid van die hoenderstuitjie uit sy snorbaard opsuig. Dan het ons die hooftafel stip dopgehou en gewens ons kon binne-in die skottels sien. Wat oorgebly het. Terwyl Vader Grau se reinigingsritueel aan die gang was, het Koos Botter en Jan Balle gewoonlik gestry:

"Twee aartappels," sou Koos sê.

"Drie," sou Jan Balle terugkap, en triomfantlik byvoeg: "Suster Bernarda het net een geëet. Toe, wat sê jy nou?"

"Hond se doilie!" En dan sou Koos byvoeg: "Jy kan hoeka nie tel nie." Maar enige bobbejaan kon agterkom hy sou hom graag deur Jan Balle wou laat oortuig.

Dit was altyd – tot die grootste konsternasie van die meisies – ons diepste begeerte om die hooftafel se skottels te ledig vóór hulle by die kombuis aankom; en die kort gangetjie tussen eetvertrek en kombuis was as 't ware vir dié doel ontwerp. Nooit was die kêrelkinders so fluks en voorbeeldig as wanneer die hooftafel afgedek moes word nie.

In dié tyd het my feesmaal-drome begin. Ek weet nie of dit iets te doen het met die afranselings wat ek en Jasper by Vader Grau gekry het nie. Miskien. Ons smulpaap was 'n eenvoudige plattelandse priester wat al om die ander week van Bakoondskraal Steenboksvlei toe moes reis om te gaan bieg, en bieg en eet het dikwels deurmekaargeloop in my drome. Aan die hoof van 'n lang tafel sou ek sit, 'n tafel tot in die verskiet – daar was g'n mure rondom, of dak oor my kop nie, en ek was alleen – met die stomende skottels gereed voor my.

As ek die eerste deksel oplig, sou ek 'n jong berg gekookte aartappels sien. 'n Onbeskryflike gesig was dit, met die stoomdamp wat die ronde wit balle verberg en ontbloot; so sag en blus dat jy dit skaars op jou bord neersit, of dit vou oop soos 'n blom. Onvergelyklik.

In die tweede skottel sou stowepampoen en vleis wees: 'n verruklike geheimenis van ribbetjievleis en pampoen; die pampoen in allerlei skakerings van groen, bedek met 'n lagie souserigheid om dit vir jou die moeite werd te maak om so 'n bietjie rond te gaffel met jou vurk.

'n Derde bak sou 'n stapeling vars gebakte soetsuurdeegbrood wees. As jy die deksel lig, sou die warmte na buitentoe uitslaan, en die geur van die brood sou oor die tafel sweef, genoeg om al die dooies te wek sodat hulle kon kom aansit.

Teen hierdie tyd het ek my laken (ons het nie op kussings geslaap nie) so nat gekwyl dat ek wawyd wakker geword het.

Dis dan dat Stryker se viool of die betowerde fluitjie my getroos het tot die tweede slaap my kom vat.

In 1918, die jaar toe die grootmense baie oor oorlog en hongersnood gepraat het, die jaar toe dit so droog was dat selfs kraalbosse swart gebrand het, die jaar toe die Spaanse Griep ons van niewers af bekruip het om af te maai wat voorkom; in dié jaar, as ek my dit reg heue, het Vader Grau meer as gewoonlik van kos gelees.

Van 'n man met die naam Elie of Elias en die kraai wat sy kos gekom afvat het, daarvan, onthou ek, het Vader gelees, en van 'n druiwetros wat so swaar was dat twee sterk mans dit omtrent nie kon dra nie, en ek het gewonder of "ongesuurde brood" ook so lekker soos asbrood smaak. En ek kon nie verstaan waarom Petrus of een so toekop was om die laken kos wat uit die hemel laat sak is, te bedank nie, die t'ghômmie vent.

"Wat meen 'sondige natuur'?" het ek aan Jasper gevra, terwyl hy die kopbroodjie wat ek vir hom in die gangetjie uit die broodskottel vasgelê het, bonk vir bonk onder die beskutting van sy bokvelkaros in sy kieste wegpak.

"Jy's nog te klein om te verstaan, jy's nog pure kruipkjind," sou Jasper sê nadat hy die krummels sorgvuldig opgetel het. "Maar dis amper iets soos jou annerdinges vir die meisiekinders wys. Pasop net, as Groukat jou vang, kapater hy vir jou, net daar."

Op dié manier het ek my eerste seksles en Annerdinges sy naam gekry, en, synde van jongs af 'n ywerige student, wou ek dit so gou moontlik prakties toepas. Maar Mias was my één voor.

Voor die vernielwind die paar van ons wat ná die Griep oor was, gedwing het om ons besittinkies te pak en ons velle te rol, het ek juis een nag van 'n speenvark gedroom, en al het ek nog nooit een gesien nie, was die varkie in die skottel voor my, sy pootjies mooi langs sy ore verby, 'n gestoofde kweper in sy bek, so waar soos in die storie wat Let Lyf daaroor vertel het.

Later sou Amy Patience se ouma, wat teekoppies lees en drome uitlê, vir my vertel dit beteken presies die teenoorgestelde; dit beteken hongersnood.

Toe die Spaanse Griep teen die laaste kwart van 1918 deur ons wêreld trek, weliswaar nie so vernietigend soos elders nie (ons het gehoor van vyfhonderd op 'n slag in die Kaap, en van lykswaens wat oppehopie staan in Kimberley), kon jy dit glo aan die klimaat voel. Dit het, soos ek gesê het, glad nie dié winter gereën nie, en teen die voorjaar het die oosweer die laaste bietjie lewe uit plant en dier gewurg. Dit was die soort wind wat jou laat voel het: daar's bose geeste in die lug.

Koerante, wat die vreeslikste hoorstories bevestig het, is met Middeleeuse bygelowigheid met klippe op die grond vasgepak en só, op 'n afstand, met vrees en bewing gelees. Die posryer, wat gewoonlik kon reken op 'n tiemaans koffie, is verskree asof hy melaats was, en sy moeë oë het algaande dieper en dieper in hul kasse gesak totdat hy die verpersoonliking van die Laaste Boodskapper self was.

Maar Suster Ottilie, wat seker elke week moes bieg oor haar swartgalligheid, en wat gedurig loop en spieëls toemaak het, het dit as 'n vloek gesien, en sy het op die stoepe langs loop en mompel asof sy op soek was na iemand wat haar vindikasies bevestig en die vagevuur verdien.

Toe kom sy op Amy Patience en Mias af. Mias het dit later vir Jasper Repink oorvertel, en ek was nooit vêr van Jasper af nie, so ek het daarvan te hore gekom, al het ek nie die helfte verstaan nie. Toe ek, met ons herontmoeting, vir Anaat daaromtrent vra, het sy op haar manier bevestig wat sy onthou van Amy se bieg.

Sies tog, dat Anaat ook met soveel wéét deur die lewe moes gaan, sonder om die vreugde van vóél te ken. Maar dis nou óók weer 'n storie vir bêre.

Tussen die eetsaal en die meisies se slaapplek was 'n spasietjie, asook 'n houttrap na die solder bokant die eetsaal. Onder die houttrap was 'n klomp rommel – tydelik, want Vader Grau het nie opgaargoed geduld nie. Wat Suster Ottilie daar loop soek het, weet niemand nie, en die wind het so hard gewaai dat Mias en Amy haar nie hoor aankom het nie.

Ek weet nie hoe oud Mias en Amy was nie, seker so elf, twaalf; of miskien was hulle ouer. Mias het gesê dis Amy wat hom die dag aan sy gulp beetgekry het; hy het nog gewys hoeveel knope makeer. Jasper het gesê verkoop dié storie vir die Turke. Ek weet nie hoekom Jasper so gesê het nie, maar dit was sy geliefkoosde sêding wanneer hy iets nie wou glo nie. Net soos wat hy gesê het hy moet die Jood gaan verneuk as hy klippe toe gaan.

"Njannies, ou Jasper. Is nie ék wat begin het nie, is sy. Toe trek sy my daar onder die trap in en sy sê: Wys my."

"Jy lieg; jy sit elke aand en voetjie-voetjie speel met haar."

Ander seuns het bygekom: hulle wou weet of Mias vir dassie gesien het en hoe dit lyk en voel en wat hulle gedoen het; en hulle wou die houe op Mias se sitvlak sien. Vader Grau het die verderfnis uit hom geslaan van sy kuite af tot bokant sy kruis.

Wat hy ook al vir Amy moes wys, of sy vir hom, het ek besluit, dit moet die moeite werd gewees het, want toe ek twee aande later onder die eettafel inbuk om 'n lepel op te tel, sien ek hoekom Mias so half lê-sit in sy stoel; ek het gedag dis van die sambokhoue. Toe sien ek Amy Patience, reg oorkant hom, sit wydsbeen en sy t'kam sy kaal voet tussen haar bobene vas. Vader Grau het juis iets gelees van 'n skarlaken vrou, en net daar is die saadjie van my lewenslange verwondering oor toeval, voorspellings en geeste in die lug geplant, want Amy se gesig was bloedrooi en die volgende oggend was dit bloudonker van die mis en Vader en Mias en Jasper plat met die griep.

Dis dan hoe die Spaanse Griep – ek het eers gedink daar word fout gemaak, dis Turkse Griep – op Bakoondskraal gekom aansit het. En hoe ek my lewenslange vrees vir seks saam met ntwangweer gekry het – as die koue misweer so blou toeslaan om die koppe, krimp Annerdinges tot 'n dermpie.

Toe die Pes hom soos 'n ongenooide aan ons tafel kom tuismaak, het daar baie gou net leë sitplekke oorgebly. Anaat en Joy en Amy Patience en Piet Praaimus en Stryker en Suster Francesca het staan-staan geëet, en hulle het die koorsiges afgespons. Stryker het kiste gemaak en hy en Piet Praaimus het gegrawe dat die bloed uit die sere op hul hande pers. Ons het geweet dat dit meer as net rympies sou kos om die dooies weer lewend te maak. En tog het Stryker nooit opgehou met sing of speel nie: wysies uit sy vulletjiedae langs Grootrivier, liedjies in die kliktaal van sy voorsate, wat hy en Amy kon praat dat dit klink soos klippies wat onder die water teen mekaar skuif en klap.

Dié wat die Griep oorleef het, was gelukkig; miskien omdat ons Suster Ottilie se wonderbrousel – bokmisaftreksel, klipsweet en xoubeebos was die vernaamste bestanddele en dit was bloedstollend sleg – oë-toeknyp en skewebek geslúk het.

As mens wil bly leef, moet jy enigiets sluk. Dit was een van die eerste wyshede wat ek ooit by Uncle gehoor het, toe hy 'n dag nadat ons vir Let weggebêre het, voetseer op Bakoondskraal kom aanloop het.

Ek het hom later dié dag eenkant op 'n klip sien sit, met skouers wat ruk-ruk, en ek het aan Let Lyf gedink en my neus in die voue van Suster Francesca se bokleed gedruk.

Ou Pienkbene, wat so bot op ons afgekom het, was weg. Die wind het vir eers opgehou waai en hom seker klaargemaak om met hernieude duiwelskrag 'n finale aanslag op Bakoondskraal te maak.

Dit was onheilspellend stil.

Selfs toe Uncle oor my kop vryf en sê: "Sit jou teë, Alettus, daar's niks wat ons kan onderkry nie," het daar nie 'n blaartjie geroer nie.

9

Waarin 'n geweldige rukwind verwoesting saai
en die leser hoor van die elfde gebod,
'n visioen en 'n grusame ontdekking.

In Bybelse tye het rukwinde gewoonlik goddelike openbaringe voorspel, maar die twee werwels wat Bakoondskraal drie dae voor Kersfees 1918 getref het, het amper die geloof uit ons uit gewaai. Met ewe veel gemak as wat dit die dakke van geboue soos stukkies roltwak oor die veld geblaas het. Net Stryker se matjieshuis, die klipmuur, Vader se onvoltooide kerk en die bakoond was onaangeraak. Stryker se plek het bly staan asof hy dit met sy wil geanker het. Die geteisterdes het hier skuiling gevind: die seuns by Stryker en die meisies en Suster Francesca in die grot wat moes kerk word.

Intussen het die swaard van onteiening oor ons koppe gehang, en die vernielingswerk van die wind het die draadjie dunner geslyt.

Suster Francesca het aan biskop Simon geskryf, maar die poskoets het Bakoondskraal nou minder gereeld aangedoen, en ná die Griep en Let se dood het ook ander besoekers minder geword.

"Bishop het van ons vergeet," het Amy Patience gesê.

"Hy sal antwoord," het Suster Francesca bemoedig. "Ná die Groot Siekte neem dit maar lank; Bishop moet vêr reis, nie waar nie? Om siekes te besoek, om geld te kollekteer ..."

"Hulle't nog altyd van ons vergeet!"

"Hoe kan jy so sê? Dis lasterlik! Is dit nie lasterlik nie, Suster?" So het Joy gevra, haar ogies waterig van vroomheid. Houtmaaktyd sou ons haar koggel; Mias, benerig na sy ontmoeting met die Dood, vóóraan: Joy Albaster, wie't gelaster? Joy Gladdeboud, kom vat aan my hout! Dan het sy ons oor Dwarsrivier se sand gejaag tot sy so pers soos koerasiebos was. Maar Joy het daarvan gehou om ons te vang.

'n Brief – uitsluitsel oor Bakoondskraal se toekoms – het nie gekom nie. Dit het tóg gelyk of die vernielwind 'n teken van Bo was.

Stryker, wat sy voorvadergebruike soms eerbiedig, het ná die eerste rukwind 'n speelse dans uitgevoer, maar dit was nie wild genoeg om die tweede, sterker werwel te besweer nie. Tot op Oujaar het ons besittings in die veld loop en optel; en ek was bly dat ek die egg-box in die klipmuur weggesteek het, op die ou plek.

"Neem julle beproewinge aan," het Suster sag gesê, "en die loon van die liefde sal groot wees. Die goeie tye kom nog."

Dié woorde het 'n groot indruk op my gemaak.

Die hoë besoeker wat deur Uncle aangery is, het weer gekom, maar skaars vyf minute gebly, selfs al het Suster hom koue melk aangebied. Dié keer was Uncle nie by nie. Die man met die soetjie en die eenoogbril het net 'n dokument aan Suster oorhandig. Toe sy klaar gelees het, het sy lank na die klipstawels bokant die poort gekyk en daarna het sy en Stryker gepraat. Ek onthou nog flardes van hul woorde.

"Dan is dit so," het Suster gesê, "dan kom vat hulle die grond."

"Ons kan dit nie sommer so laat nie," het Stryker gesê.

"Dis die gesag van die koning ..." het Suster geantwoord. "Dit gaan sleg met die myne; jy weet self hoeveel mense is afbetaal."

"Afbetaal!" Stryker het gesnork. "Dis 'n mooi woord, Suster. Die mynbase sit en word vet; die dagloners, so verstaan ek, kry van dié maand af mínder. Glo nou net drie sjielings 'n dag." Stryker, wat self van tyd tot tyd myner was, het nie geklink soos wanneer hy vir ons 'n bêrestorie vertel nie.

"Koper se prys is glo af ..."

"En het hulle ons lone verhoog toe die prys daar bó was?" vra Stryker.

"Meneer Ronaldson sê die afstand is ook 'n probleem: daar's nie 'n geskikte hawe nie ..."

"Port Nolloth was nog altyd goed genoeg!"

"... en kooks is skaars en moeilik om hier te kry ..."

"Ek prissemeer die werklike rede word weggesteek, Suster," het Stryker gesê. "Wat kom soek hulle dan hier op ons vergunningsgrond?"

Suster Francesca het hom 'n antwoord skuldig gebly. Maar toe sy iets sê oor die vyfde gebod en oor gesag, het Stryker sy rug reguit gemaak.

"Jy mag nie jou bokke laat wei in die land wat jou voorvaders aan jou gegee het nie. Dís hulle gebod!"

Net hierná het die deputasie in drie motorkarre in 'n hemelhoë stofwolk op Bakoondskraal aangekom. Die afvaardiging – agt stuks met hoë boordjies – het stywebeen op ons vernielde werf kom rondstaan en gesê die vergunning is finaal verby; Stryker moet sy bokke wegvat of hulle wórd weggevat.

"Soos wat ons voormense se grond van hulle weggevat is!" het Stryker uitgeroep. "Waar is Kheis? Waar is !Nuxabes?"

Ek sal nooit vergeet hoe die aanvoerder – Anaat het later gesê dit was einste dié Vermeulen wat vir Klaas Duimpie agternagesit het – met sy kapstewel teen die één regopstaande muur van ons eertydse kombuis skop-skop en hoe die roustene bietjies-bietjies binnetoe kantel nie. Ek dink as hy alleen was, het hy Stryker net daar bygedam. Hy het Engels met die ander gepraat en hom toe na Stryker gewend.

"Die deputasie hou nie van jou aantygings en jou houding nie. As jy nie tevrede is met die Land Act nie, sal ek jou vir betreding laat aankla."

En ek sal nooit vergeet wat Stryker toe gesê het nie: "So het julle jul elfde gebod kom skryf."

Toe het hy omgedraai en van hulle af weggestap.

Toe hy dit sê – buite hoorafstand van Suster Francesca – het ons dit nie verstaan nie. Maar hy het ses aande ná mekaar nie oustories vertel nie; net verdrietige wysies gespeel. Op die sewende aand het hy die storie van jakkals en pou vertel.

"Koning Leeu het al die diere blyplek gegee: Bojaan en Das op die klipbanke, Reier in die vlei, Springbok en Gemsbok op die vlak, Erdman onder die grond. Daar was genóg kos: ou Blinkboude kon uintjies en baroe grou, Reier kon paddas vang, vir die wild was daar gras; daar was vir ammal te ete en te vrete, en die waters was volop, nie soos nou nie.

"Daar was blink vleie, met voëls wat die son toemaak as hulle opvlieg. Daar was vir almal iets. Behalwe vir Pou."

"Gompou?"

"H'n-'n. Mák-pou, die een wat so sieal skrou, soos by Klawermuis."

Ons het gewéét van Klawermuis se poue; ons het ons wit geskrik toe ons eendag met Stryker saam verdwaalbokke loop haal het. Die geskrou uit die dode. Darem mooi ook, die stil gepronkery met ál reënboog se kleure.

"Nee, Mak-pou was ook eers wild. Maar die ding kom nou so: Koning Leeu het van hom vergeet, en Pou was nie bietjie skurweskof nie. Hy het oor Leeu se werf geloop dréún en gesê hoe kán dit wees dat Leeu die vernaamste dier in sy ryk vergeet!

"Vernaamste dier? Het hy reg gehoor? Maar Leeu moes darem erken dat Pou sekerlik die mooiste was.

"'Goed,' sê hy toe, 'as jy die vernaamste is, is jy ook die sterkste, die een wat die langste kan uithou.'

"Pou luister maar half, want hy is mos nou aan die pronk daar op Leeu se werf, op en af met sy bont ogiesvere.

"'Elke dier het sy plek,' sê Leeu toe, 'Bojaan Blinkboud in die berg, Spiesvegter Gemsbok in die duineveld, en so. Maar jy kan die hele veld kry, jy kan loop waar jy wil: tussen duine en klipbanke, oor die kaiingveld, met die leegtes langes … Wat my betref, kan jy op Arend se plek reg bo op die kranse gaan sit sodat almal jou kan sien.' Dié gedagte het Pou danig aangestaan.

"Maar toe sê Leeu vir hom: 'Daar is net één ding wat jy moet onthou: jy sál gesien word!'"

Stryker het die kole om die platpot ingestoot en diep nagedink.
"Toe T'ghie dit hoor, kyk hy die verwulpsel jakkalsies om hom so en hy sê: 'Nooit sal eet so maklik wees as nóú nie!' Want kyk, Makpou is baie, baie stadiger as sy ou vaal neef, Gompou. Dan't hy nog dié blomtuin van 'n stert wat jy myle vêr sien."

"Toe roei T'ghie vir Pou uit?"

"Toe roei hy vir Pou uit. Die laaste poue het gevlug tot hier en daar op 'n werf, soos op Klawermuis, waar hulle hans rondloop. Dis dié wat Pou so hartseerlik skrou. Dis van verlang na tye toe hy nog gedink het hy's vernaam bo al die ander diere."

Die *Land Act* – die *Naturelle Grond Wet* van 1913 – was nie op die Kolonie net so van toepassing as elders nie, maar hier teen 1918-'19, met die skaarsraak van goeie gehalte koper, het die manne met die hoë boordjies planne bedink om meer grond te bekom. En party boere het seker ook nie vergeet dat koningin Victoria dié stuk grond uit erkentlikheid "for services rendered during the Anglo-Boer War" aan die Vikariaat afgestaan het nie. En al kon hulle aan dié nie vat nie, kon hulle seer sekerlik dreunlyf raak oor vergunningsgrond. Die bokke en Clarissa, die muil, se loopplek; ons water- en houthaalplek. Sny hulle ons van ons water af, is dit so goed as Ikabod. So, onthou ek, het Suster gesê.

In die ses dae dat hy nie gepraat het nie, het Stryker die bokke versmous, op twee na: die blouswis, wat ons Ottilie gedoop het omdat die donker ringe om haar oë ons aan Suster Ottilie herinner het; en dan, natuurlik, want sy was tog 'n instelling en ook Let se lieflingsbok, Josephine.

Dis hoe ek agtergekom het wie die vername man was wat saam met Uncle in die Silver Ghost op Bakoondskraal aangekom en Vader Grau laat pyp rook het dat die blou dampe staan. Die man wat kom voorslag maak het. En waarom Stryker so skuins was oor ons geryery met Uncle saam. Hoe ek begin begryp het dat 'n grootmaakkind omtrent net soveel besit as sy spore.

Suster het seker gesien ons éét aan Stryker se storie. Toe los sy en Anaat die werfskoonmaak – hulle het nét die vleis in die velle toegedraai om in te pekel – en kom met die lanterntjies tot by ons. Dié word gedoof, want die lampolie raak min, en Stryker haal die lemoendoringstomp met die vlamgeel bokvelkussing wat Anaat vir hom gemaak het, uit. Sedert die doodswind Suster Francesca se sitplek.

Daar het sy hom uitgevra. Oor sy geskiedenis. Sy voormense. Amper of sy verstaan wat hy oor die elfde gebod gesê het.

En Stryker, wat nooit graag oor homself gepraat het nie, het vertel.

Dit was die aand voordat ons van Bakoondskraal afskeid geneem het, en niemand wou gaan slaap nie.

Die volgende dag, op Clarissa se rug, het Stryker se vertellinge stukstuk na my toe bly terugkom.

Wat Stryker vertel het, is later bevestig deur die reisverslae en geskrifte van filantrope uit my egg-box. Ek het nie vergeet dat Let Lyf troebel rivierwater in haar bloed gehad het nie. Soos ek.

Nog voor die Kaapkolonie se grens knap besuide Bakoondskraal met die Buffels langs op gestrek het tot by die Sak, het Stryker se mense – sy vóórmense – hier gebly. Hul veetroppe het die wye wêreld vol geloop; al probleem wat hul gehad het, was met Boesmans en roofdiere. Hul vredeliewendheid het die vrome reisigers wat saam met hulle 'n broodjie gebreek het, beïndruk. Hul koperringe en ander versiersels het fabels laat posvat. Hul uitgestrekte, mooi land, die berge se blesse en boepense en klipvratjies, was in 'n geseënde winter 'n geurige lushof. Hul vetstertskape en hul stewige slagkapaters en die troppe vrylopende gemsbokke, springbokke en volstruise het 'n onuitwisbare indruk op jagter en boekanier gemaak. Diegene wat wars was van die skynheilige hoflewe aan die Kaap, of moeg van die gedurige gekarring met die Kompanjie, het padgegee, Roggeveld toe, Hantam toe, uiteindelik ook na die wegkruipvalleie en die bergfonteine aan die bolope van die Buffelsrivier. Vêr van dragonder en Donker Gat. Vêr van die Kaap. Die vryburgers het slinks onderhandel, en vir Stryker se mense het die terugwyk gekom, die eindelose terugwyk, terugwyk, verder die hinterland in. Daar was natuurlik ook, êrens vêr in die verlede, die pokke. En die voorlaaier.

Tot oor Grootrivier, en van daar weer, tydens die een of ander oorlog, as ontsnappelinge úit die Oorlams-kommando's terug oor die rivier. Pella toe, Riemvasmaak toe, wáár daar ook 'n holte vir die voet of water vir die tiemaans was. Uiteindelik !Nuxabes, waar Ma-Let se mense ook gebly het. En weer vort, toe 'n viool en 'n sak sout die plaas 'n ruk lank die naam Fijool Fonteijn besorg het.

Die onrus was deel van Stryker se bestaan. Hy is myne toe.

Hy het sy werk in die kopermyne gelos en hom by Jakob Morenga en Abram Morris aangesluit met hulle verset teen die Duitsers. Toe Morenga in September 1907 doodgeskiet word, het Stryker oor die grens gevlug, al langs Grootrivier af getrek en op Bakoondskraal asiel gesoek. Wie sou ooit dink die rympiesmaker had 'n prys op sy kop? Hy was dus méér as net bly toe Vader vir hom grond vergun kry in ruil vir dienste by die Missie.

Ongelukkig het Vader dit nooit laat beskryf nie, seker maar omdat dit vergunningsgrond was.

Maar Stryker wou nie, soos ander Oorlams, na die Kameroen of Togo gedeporteer word nie. Dis 'n deel van Afrika waar daar nog kannibale is, het hy geglo, want hy het nooit-ooit weer van sy eertydse kamerade gehoor nie. Wie weet of jou lewer nie aan 'n spit geryg word nie? Hy het sy onsekere verbintenis met Bakoondskraal met gelatenheid aanvaar.

Nou het sy kop teruggestaan na die land wat oorloop van bokmelk en !kharib.

'n Dag nadat die afvaardiging ons in verslaentheid agtergelaat het, kom daar 'n brief van die Vikariaat op Koffiemeul. In die brief, wat nou nog in my besit is, skryf Vader Roussel dat die Prefektuur deur die duiwel self besoek is, want Vader Michelet en Broeder Chabrol het nie kans gesien vir verdere ontberinge in dié dorre uithoek nie en teruggekeer na Lyons. Maar hy weet die Here sal voorsien. Derhalwe versoek hy Vader Grau om een van die Oblate Susters tydelik na sy woestynkudde te stuur. Verkieslik Suster Francesca, omdat sy op Koffiemeul die deugde van die Heilige Franciskus de Sales geleer het. Die arme man het kennelik nog nie gehoor van die lot wat Bakoondskraal getref het nie.

Toe val dit Suster Francesca by van die brief wat sy jare tevore van Suster Agnes uit Koffiemeul ontvang het.

My liewe Suster in die Here, die jaar het vir ons swaar begin. Hoe moeilik is dit om kastyding te verstaan! Die reën bly weg, die mense word deur die myne weggelok, ons bly in 'n beleërde land en het voorbidding dringend nodig ...

Ag, het sy gedink, vergeef haar, Suster Agnes was maar altyd lief vir bobbejane agter bulte en koeie uit slote. Dit was 'n lang brief: sy het die kastyding by die droogte van '94-'96 en die runderpes gaan haal, deurgedruk na die Duitsers en Hottentotte wat mekaar uitroei, sydelings verwys na drank- en wapensmokkelary en die Ferreira-inval, en geëindig met Scotty Smith en Manie Maritz se wilde kommando's.

Suster Francesca het van Koffiemeul en van Suster Agnes se brief vergeet. So het sy later teenoor Anaat gebieg. En nou was daar hierdie soebatbrief van Vader Roussel.

Maar dit het haar gepas, want die aand nadat sy die brief gelees het, het 'n engel in 'n gesig aan haar verskyn en haar 'n skuit gewys wat 'n breë rivier oorsteek.

So pas die legkaartstukkies bymekaar: Stryker uit sy grond uit; Suster Francesca se visioen dat sy Grootrivier moet oorsteek om die duiwel by Koffiemeul op sy moer te gaan speel; die verwoestende wind; en die feit dat die Groot Griep Bakoondskraal in elk geval feitlik uitgewis het.

Met Mias, Amy en Joy was daar ook nie meer huis te hou nie; hulle was almal 'n jaar of ses ouer as ek, en nie bietjie tkoei nie. Jagser as hase. Daar was oorgenoeg spelonke en holtes waar selfs die Here jou nie kon sien nie. Dis wat Mias gesê het, en hy was so ramboelie soos 'n hanshaan; g'n gesag om hom vas te vat nie, met Vader Grau onder die grond en so.

Arme Suster Francesca. Sy het die droom dus letterlik opgeneem en dadelik gedink aan die brief van die vrome Vader Roussel en aan die vergete jeremiades van Suster Agnes.

Miskien het sy só geredeneer: die voortekens was tog daar.

Vasberade het sy ons, daardie gedenkwaardige oggend van 19 Januarie 1919, deur 'n stofdroë Schonkensdrif gelei: sy self aanvanklik vooraan, dan Stryker met die muil Clarissa, daarna Mias met die bok Ottilie, remmend aan haar leiband, dan Amy Patience, Joy, Piet Praaimus met Josephine en, heel agter, ek en Anaat. Altesame elf van ons. Josephine en Clarissa was, jy kan amper sê, mense.

Die eerste dae het ons nie vêr gereis nie; die agternahardloop van besittings en die verlies was nog in ons lywe in: die rukwind, die afskeid. En ons wás voetseer; die potjie bokvet het aand vir aand die rondte gedoen. Behalwe Suster het niemand skoene gedra nie. Op baie plekke in die Karringberge is enorme rotse wat soos verbrande potbrode oor mekaar gestapel lê. Ons het in grotte en by verlate krale en vuurmaakplekke oornag waar Stryker gemeen het om tekens van sy voorsate te sien. Kyk so, hier het my tata se tata gebly, lank, lank terug, toe dié rotse klein klippies was. Hy het meer met homself gepraat as met ons. Ons het op 'n dag teen hoogstaanson in die skraal koelte van 'n kokerboom bondelgeslaan soos skaap, en Stryker het na 'n merk in die stam gewys en gesê ons het by !Nuxabes gekom: hier lê my tata se sweet, hier het jou mama in die abbakros gesit ... Ons het die handgeverfde bordjie *Jakkalsdraai* gesien, en dit het gelyk asof almal se koppe vol gedagtes was. Die dae het oor ons gekom en die dae het oor ons gegaan.

Eendag, na baie, baie dae se aanstryk, sien Stryker, met sy skerp oë wat so diep wegkruip vir die son, vêr vorentoe die beduidenis van 'n boom. Weerskante van ons was die vlakte boomloos, met enkele ruigtes en erbarmlose melkbosse. Ek het aan Stryker se oustorie van Jakkals en Pou gedink. Koning Leeu het hierdie stuk wildernis nie eens vir slange opsygesit nie.

"Daar's koeligheid," het hy deur sy tande gesê, "ons kan daar middag maak. Ons moet rus. Van môre af moet ons in die nag loop. Dis warmer rivier se kant toe."

Dis toe hy van rus praat dat Amy en Joy soos twee vlakhase wegtrek, hul moeë voete skoon vergete. Joy se vlegsels gooi dán links dán regs van haar kop, maar dit lyk of hulle gelyk by die boom aankom. Ons skep nuwe moed. Dit voel mos naderhand jy sit een voet voor die ander, amper asof Stryker jou vóórspeel op sy mondfluit. En jy lóóp soos Stryker: die arms en die heupe werk saam in en uit, in en uit. Iewers, voorkant toe, wag 'n boom. En nog verder iewers, voorkant toe, 'n rivier. En 'n skuit. Die Here sal voorsien.

Maar die Here hou ook van verrassings, het ek Suster Francesca later aan Anaat hoor sê. Want ons was nog vêr, toe hoor ons al Joy se gonsbors soos sy en Amy ooplê op pad terug; daar's iets nie pluis nie.

Joy kon haar soms makerig hou, maar dié keer het haar bors gewis gefluit soos 'n blaasbalk.

Hulle was skaars binne hoorafstand, toe skree Amy daar lê 'n man opgeblaas onder die boom; hy is seker al dáe dood.

10

Waarin 'n man wat al dáe dood is, ontwaak en Nicolaas Alettus meer oor die agtste gebod leer.

Dooimansland, het Campbell gesê.

Mias het eerste tot verhaal gekom. Onderwyl Stryker en Suster Francesca oor strategie praat, sê Mias buite hoorafstand van ons gerespekteerde aanvoerders dis stront, 'n man kan nie al dae daar opgeblaas lê nie; Amy en Joy sien gesigte, dis sonsteek.

"Jy weet hoe lyk 'n bok wat opgeblaas is, nè?" het Amy gesnip. "Nou, ken ek dan nie bokke nie? En dis nie 'n bok wat daar lê nie, 'n bok dra nie pytentledderskoene nie."

"Ja," het Joy, haar asemfluit min of meer onder beheer, gehyg, "dit was 'n aaklige dood, daar draai al brommers."

"Kom, jy! Brommers het ek nie gesien nie," het Amy teëgekap, bang dat háár storie verduister word, "maar dood ís hy; sy maag is potblou."

Piet Praaimus, wat vooruit is om te gaan kyk, het kom sê ons kan maar ophou stry, die dooie man sit nou regop. Dis 'n vreeslike groot man, en sy maag is maar so blou van die hare, hy't sy hemp uitgetrek vir die warmte. Dit moet 'n bondeldraer wees, dit lyk of daar negosiegoed lê. Wonder bo wonder, negosiegoed. Al was dit net om na te kyk.

Niks het in die hitte geroer nie; jy kon nie eens die tsjok-tsjok van 'n pou hoor nie.

Iemand wat die eensaamheid van die Boesmanland nog nie aangedurf het nie, sal nie maklik oor bome kan saamgesels nie. Selfs die onaansienlike dabbieboom verkry die status van 'n paradysbos. Sien jy die boom van vêr af sambreel maak oor die sandvlak, bedink jy terstond 'n loflied, of jy bid dat dit nie 'n hersenskim is nie. Nie alleen gaan jy koeligheid teen die gedraaide, beplooide stam vind nie, dit kan selfs wees dat die boom uit dankbaarheid teenoor reisigers wat gereeld daar water afslaan, bessies dra wat die taai uit jou mond wegvat, of die dors verlig. En al kan jy nie self daarvan kry nie, vertel die boom jou ten minste dat hier water moet wees. Dit troos. Nee, 'n boom versterk jou geloof in die lewe.

So het dit gekom dat hierdie boom uitspanning geword het: jare se waspore het dit gewys, asook die mis van diere, en stukke weggooigoed wat deur die son swart gebrand is.

En hier, meteens, was 'n mens wat jou laat dink het dat hy ook daar gelos is.

Toe hy oortuig was hy leef nog, dis nie 'n hemelse prosessie wat hom tegemoet stap nie, het die man sy hemp met groot moeite oor sy beswete maag en bors probeer toeknoop. Hy het gesug, terwyl sy ken, weggesteek onder keelflappe, liggies dril. 'n Oomblik was daar volslae stilte; ons kon hom net aanstaar. Die wonderlikste aan hom was sy oë: sy linkeroog groen, sy regteroog blou. Uiteindelik het hy die laaste knoop om sy bolyf toegekry, en 'n halfhartige poging aangewend om op te staan.

Terwyl hy hom voorstel as Aäron, het Amy oopmond gefluister: "Heretjie, hy's so dik, mens kan vir hom 'n tuigie aansit." Anaat het haar hand oor Amy se mond geslaan. Anaat het tuigie gedra, ek weet, ek het een aand lê en kyk hoe sy haar was. Amy moet ook al daaraan begin dink het. Maar Joy was so lank en maer soos 'n bekerpaal; net hier rondom die mik het sy 'n bietjie uitgedy.

Aäron kon gelukkig nie hoor – of verstaan – wat Amy sê nie, en lydsaam het hy weer probeer om 'n knoop, wat intussen losgespring het, vas te maak. Ná 'n ruk het hy die stryd gewonne gegee, en met die mooiste wit tande en die blou-en-groen oë in Suster se rigting gelag, asof hy wou sê: Wat help dit; ek wil dit uit respekte doen, die gees is gewillig, maar die vlees is my oor.

Aäron en sy vriend was aan 't negosie ry, toe vang die dors hulle. En 'n os ken net een pad, terug na waar water is. Hy het in die rigting van die spits kop gewys.

"Varsputs."

Ons het begryp. Ons het ook begryp dat die jong vriend aansienlik maerder en fikser moet wees; dit was nie 'n kwessie wie van hulle agter die os moes aan nie.

Ons het na die twee bondels geloer. Amy kon dit nie hou nie.

"Wat versmous mister?"

"Kyk maar." Dit het gelyk of hy weer 'n poging wou aanwend om op te staan, maar toe gee hy bes en sak terug teen die boom. Uit beleefdheid het Piet die man van ons koel water aangebied. Maar Aäron het 'n karba na sy lippe toe gebring.

Dit het nie soos water geruik nie.

Daar was blikkieskos in die een sak, blikkies met eksotiese prentjies, maar ons kon dit nie koop nie. Selfs toe Aäron 'n blikkie vis na Stryker toe uithou, het Stryker dit beleef van die hand gewys. Ons had nog pekelvleis; al probleem was dat dit jou, saam met die vêr loop, oneindig dors maak.

Terwyl die ander skuins gelê het, het ek 'n rolletjie pepermente uit die een negosiesak onder my hemp laat inglip. Maar Joy, met haar ewige t'gnabbera-ogies, het my gesien. Ek het dié kant toe en daai kant toe gestuur, maar Suster het my later opsy gevat en my aan Leuenaarsbrug herinner.

Aäron was nie kwaad nie. Hy het gesê ek kan maar die pepermente hou. Maar hy het die agtste gebod so 'n bietjie verander, want hy het gesê jy mag nie steel van hulle wat net so min as jy of minder as jy het nie.

Dalk was dit uit dankbaarheid dat hy nog leef, of miskien was hy maar die joviale soort, bly oor die geselskap, maar die meisies het elkeen by Aäron 'n seëlringetjie uit die sak gekry, onder halfhartige protes van Suster Francesca.

Ek was lus vir brood, en omdat die oondbrood op was, het Anaat besluit die deeg het danksy Suster Francesca se geloof en óndanks Clarissa se geskommel en geskud genoeg pens gemaak onder die deegkaros. Vir potbrood.

"As jy nie genoeg vet het nie," het Amy gefluister en haar oë gerol, "dan weet ek waar om 'n stukkie spek te kry." Aäron het ons kosmakery met belangstelling en flitsende tande sit en dophou, en gemaak of hy niks hoor nie.

Gelukkig was daar genoeg bokvet om die platpot mee te smeer, en Piet se vuur van miskoeke en sprokkelhout was hoeka die hel self toe Anaat die pot op die kole sitmaak. Eers het sy 'n holtetjie in die sand gegrawe en vuur daarin gemaak. Toe krap sy die kole egalig uitmekaar, sit die pot oor die gloei-oë en stoot die kole wat die vêrste rondom lê, met 'n stuk geroeste yster bo-op die potdeksel. "Jannewarie van onder en Jannewarie van bo," het sy tevrede gesê.

Die son was net-net aan die afgaan toe die brood geurig onder die deksel opstoom. Van die res van die deeg en 'n lekkie bakpoeier uit Aäron se wondersak het Anaat roosterkoek by die opsyvuurtjie gemaak.

Teen brommer se slaaptyd het Anaat en Stryker ons saamneemvleisies opgehang sodat dit nie smerterig raak nie, sommer aan die boom, want hier was dan nou nie eens 'n sonbesie aan 't lewe in dié sandwêreld nie. Maar die vetste rib het sy oor die kole laat sis. Aäron het al regopper gesit.

Of dit laasgenoemde se aansporing was, weet ek nie, want Anaat was altyd van die skaam soort, maar sy het in haar boksak gegrawe, en daar het sy tussen flessies en sakkies waarin die vreemdste goed versamel is, 'n klompie pitte uitgehaal. Dié is sommer in die platpot se deksel gerooster; groente of nagereg, het sy gesê, ons kan self besluit. Anaat was so: die kosbaarste en die skaarsste deel sy uit. Dis !narrapitte, het sy gesê, sy't dit nog by Let gekry. Sy het sout oorgestrooi; die pitte het soos grondboontjies gebraai.

Aäron het die rib geplunder dat die vet in twee stroompies om sy ken loop, en die een na die ander warm roosterkoek, deurtrek van bokvet, het tussen sy wange verdwyn; ons ander moes éét om by te bly. Mias het onderlangs gebrom oor die agtste gebod en oor armoede, maar Aäron het nie kwaad bedoel nie, hy het net 'n groot deel van ons proviand opgeëet!

Toe hy die !narrapitte proe, het Aäron se gesig, reeds glimmerend van ribbetjievet, opgehelder asof hy uit 'n droom wakker word: "Dit laas saam met Klaas Duimpie geëet!"

Ek was haaswakker. Dis dan seker hoe die pitte by Let en toe by Anaat uitgekom het! Die eet – of die koeligheid – het die smous praatlustig gemaak. En die praat het om Klaas Duimpie gedraai-draai; hy't hom goed geken.

Hét geken? Die goeie Anaat het dit seker ter wille van my gevra, maar toe sê Aäron: "Klaas is 'n kat met nege lewens. Hy moet nog iewers rondswerf, mag die Here hom genade gee!" Ná 'n rukkie se nadenke. "Ons het saam swaarkry geken."

Die sterre het soos altaarkerse gelyk, onthou ek, en die asvaal t'gnaroebossies en vyebossies se spookskaduwees het ons al nader aan die flouer wordende kole laat sit.

Amy, onbeskaamd soos altyd, het aan die sagte kwabbe van Aäron se boarm gevat soos aan iets vreemds en gevra hoe hy só gekom het, lyk swaarkry so?

Dit wou eers lyk of hy skurweskof raak, maar toe verdwyn sy ogies in sy gesig en sy lyf begin skommel soos hy lag. Hy wil praat, maar die lag skud die praat uit hom uit.

"Van eet," kry hy later gesê. "Van éét, natuurlik. Ons moet die lewe geniet solank ons kan. Môre, as die Here wil, is óns kos vir die miere." Gelukkig het Suster Francesca haar al skaars gemaak wa se kant toe.

Dit het 'n groot indruk op my gemaak, soos ook sy stories oor Dad en oor Klaas Duimpie.

Sy vertelling oor hoe Klaas sy rieme by tant Chrissie Vannéwer styfgeloop het, het selfs die spraaksame Amy oopmond laat sit.

Missis Van den Heever, so het Aäron vertel, was die lywigste en tegelyk die kwaaiste vrou wat hy nog teëgekom het. "Ek is 'n groot man," het hy gesê, "maar julle het nog nie groot gesien nie. En toe sy nog kon rondloop, het sy nie vir die duiwel agteruitgestaan nie." Hoe sy perd gery en die Boesmans agternagesit het, vertel hy. Toe sy te dik geword het, en haar bene haar liggaam nie meer kon dra nie, het sy die boerdery vanuit haar stoel bestuur. "Almal moes voor haar kwaai stem en haar haakkieries en karwatse koes ... tot haar man ook, en dié was al haar derde of vierde. Nee, Missis Van den Heever was nie 'n maklike mens nie; dit het Swingelklaas eenmanier uitgevind."

Ek het regop gesit toe hy dié naam sê en vertel hoe Klaas tydens 'n swerftog afgekom het op die geselskap. Die Vannéwers was agter veld aan en het duskant Bantamsberg gestaan. In die Bankeveld. Die jongste van tant Chrissie se agt stuks meisiekinders was besig om by 'n gráwater vir haar bokke water te gee. Toe Klaas nog aan die aankom was, het hy gesien hier's rok, hier's bloemer, maar hy het nooit agtergekom dis Kwaai Chrissie se staning nie. En die kind, miskien was sy voorgelig, het haar asvaal gehou en die kordaat mannetjie tent toe genooi. Toe sy nog boonop haar halfwas broertjie vooruit stuur om te gaan sê hier's 'n kuiergas, het Klaas terstond latjiebeen geraak. Haar glads op die perd laat ry, sodat hy met die ophelpslag kon voel of sy méégee. En sy hét, want sy het mos saamgespeel.

Dis toe hy by die tent inbuk dat hy glo eers sy fout agterkom. Toe prááát ant Chrissie se sambok om sy bene en oor sy rug. En toe, so in die perd toe hardloop, sal hy die oudste meisiekind met die baba in die arms sien, en haar eien. Ou weiveld.

"Hy't net nie boekgehou nie!" Aäron skommel van die lag.

Amy het hoeka opgehou luister. Dit het gelyk of haar gedagtes daar vasgehaak het waar tant Chrissie Vannéwer die hel uit Klaas Duimpie uitslaan.

Ek het in my egg-box gegrawe en die dowwe foto van die man met sy voet op die Rolls se treeplank uitgehaal.

Ek het by 'n taamlik onwillige Piet Praaimus gepleit. "Vra vir hom of hy dié man ken, of dit Klaas Duimpie is."

Piet het die eienaardige doolhofagtige tekeninge in die kissie gesien lê en sy onwilligheid het verdwyn toe ek belowe om vir hom die tekeninge te wys.

Maar Aäron het sy kop geskud.

"Die prentjie is te dof," het hy gesê. "Kan enigiemand wees."

Daarmee moes ek, taamlik dikbek, tevrede wees.

En so, met Stryker wat eenkant sit en wysie maak – sou hy terugdink aan Bakoondskraal? – het ons een-een onder die sterre aan die slaap geraak, die meisies styf teen mekaar onder Aäron se skotskar.

Ek word wakker toe Piet begin vroetel en 'n snaakse ronde skyfie uit sy broeksak haal. Daar was syfers en letters en iets soos 'n pyltjie agter glas. "Dis 'n windroos," het Piet trots gefluister.

"Waar kry jy dit?" wou ek weet. Hy het met sy oë na die bondel beduie en sy vinger oor sy lippe gehou. Ek het my vinger ook oor my lippe getrek.

"Kyk," verduidelik Piet toe, "die naaldjie sê vir ons waantoe om te loop."

"Waantoe loop ons?"

"Noord. Om by Grootrivier te kom, en by Koffiemeul, moet ons noord loop. Die naald sal vir ons sê as ons dwaal."

"Maar Stryker weet tog hoe ons moet loop."

"Almiskie. Stryker het nie 'n windroos nie. Jy sal nog verstaan."

Verwonderd het ek weer gaan slaap, al wis ek ek verstaan nog nie als nie. Nóg van windrose, nóg van meisiekinders, nóg van die agtste gebod.

'n Eienaardige gebrom maak ons wakker. 'n Streep stof wat soos goud blink terwyl die son opkom, groei aan oor die vlak. Uit die stof, wonder bo wonder, verskyn 'n Rolls Royce Silver Ghost.

"Sonder die os. Dit kon ek verwag het!" sug Aäron.

"Wil jy nou meer!" roep George McLachlan Lazarus uit terwyl hy so half regop agter die stuurwiel staan, "ek los jou hier met ons negosiegoed, en as ek terugkom, het jy 'n sekte om jou versamel!"

En Aäron, wat moeisaam orentkom, korswel terug, terwyl sy wange skud van die lag: "Ek stuur jou om 'n os te gaan haal, en hier kom jy met 'n mouter aan!"

Uncle praat lelik toe ons hom van die amptenare en van die besluit oor Bakoondskraal vertel. Stryker is egter nie gelukkig oor dié herontmoeting nie. Die hoëboordjiemanne spook seker nog by hom.

Om vrede te bewaar, en om prakties te wees, stel Uncle voor dat hy en Aäron, tesame met Suster Francesca en die meisiekinders – en natuurlik ek – die pad met die Rolls begin oprol Steenboksvlei toe. Môre-oormôre vat hy ons met die Silver Ghost tot waar ons wil wees; as dit hoe is, tot anderkant Grootrivier.

"Beloftekos!" is al wat Stryker sê. Stryker, Mias en Piet moet die diere bring.

Die hele eksodus begin lyk vir my na 'n wonderbaarlike avontuur.

Ek het heelwat geleer wat waardevol kan wees: by Mias hoe om te lieg sonder om my oë neer te slaan (al het dit met die pepermente nie eintlik gehelp nie!), by Amy die ompraatkuns, by Joy die nut van makerigheid en hoe om my verbeelding te gebruik, by Piet hoe om rigting te hou, by Aäron hoe om 'n feesmaal te geniet, by Suster Francesca dít wat 'n kerk se binnekant my nooit kan gee nie.

11

Waarin Nicolaas Alettus vir die eerste maal kennis maak met 'n regte dorp en op kwesbare ouderdom die fynere kunsies van toneelspel bemeester.

"Sy tong is sy probleem. Hy praat hom uit die stront uit en dan praat hy hom weer daar in." Aäron draai om en sug desperaat, die wit van sy boarm soos oorstootdeeg oor die kussing. "Ek ken vir George Lazarus 'n paar maande, maar ek het járe ouer geword." Dis die meeste wat hy nog gesê het sedert ons die boom agtergelaat het. Ons sit soos stommelinge; ons aandag vasgehou deur dit wat ons sien: die dorp. Steenboksvlei.

Die Silver Ghost – wie s'n? Uncle het Aäron se vraag met 'n skouerophaling beantwoord – het aan die buitewyke op 'n rantjie stilgehou sodat ons die hele dorp aan ons voete kon sien lê, die geboue van die Sending links van ons. Suster Francesca is saam met ons welsprekende minteneerder om te hoor of ons kan oorbly totdat Stryker en die ander by ons aansluit. Die lig van die ondergaande son raak-raak aan die taaibosse wat soos monnikshare al om die bles van 'n klipkop groei. Selfs Amy Patience is stil.

"En elke keer laat vang ek my weer," sug Aäron. "Met dieselfde slap riem."

Dit is die eerste keer dat ons op 'n regte dorp kom; die huise lê in die pers lig soos stene seep wat aan die uitdroog is. Nie juis in 'n patroon nie; sommer hier, daar en oral. Ons kan enkele motors tussen huise deur sien toktokkie en die verdwaalde stemme van drywers by die uitspanning hoor opklink, ook die gebulk van beeste en die geknies van kleiner diere. Mense in wit trek ons aandag. Die vroue met lang rokke en wit hoede met donker bande, die mans meestal kaalkop met wit, pofferige langbroeke; in hul hande hou hulle goed vas wat soos botterspane lyk. Hulle loop stadig en lag-lag na 'n hoë gebou met 'n wye stoep; daar hang baie lanterns. 'n Groot man met 'n strikdassie en 'n streepbaadjie verwelkom die mense met handegeklap van die stoeptreetjies af.

"'n Tennisparty." Dit is of Aäron ons gedagtes lees. Wat is 'n tennisparty? Ons wil uitvra, maar skielik is daar te veel goed om te vra.

Ons sit en wag op Uncle en Suster; ons kan hulle deur die palmlaning sien aankom saam met 'n vreemde broeder.

Broeder Stellmacher, wat lyk of hy nooit kan ophou glimlag nie, help om die bagasie – 'n boksak klere en 'n rol komberse – tot by die nonnekamers te dra. Daar is gelukkig 'n leë kamer, en Anaat, Amy, Joy en ek moet deel. Suster Francesca verkies 'n kampbedjie in die siekeboeg. Mias-hulle sal op die stoep slaap.

"Dis werklik jammer Vader is nie hier nie," glimlag Broeder Stellmacher verskonend. "Hy is die distrik in om te kollekteer; dinge lyk nie goed nie. O ja, as u ou klere het … enige offer sal welgevallig wees in die oë van die Heer. Party van ons kén oorvloed …" Hy streel byna eerbiedig oor die Silver Ghost se kap, en sy oë is stip op Aäron se driedubbele ken gerig.

Hy weet kennelik nie van óns pluiens nie.

Uncle nies onverwags en werskaf in sy sakke. "Oy, my sakdoek! Seker met die bagasie se indra laat val …"

Hy is gou terug, sy neus diep in sy sakdoek gebêre terwyl hy snuifblaas. "Nou ja, ek wil mos vir Niklaas die dorp gaan wys."

Die Silver Ghost begin skommel en Suster Francesca lyk beswaard. "Maar kyk hoe lyk hy! Die arme knaap is vaal van die stof! En sy voete …!"

Uncle kyk na my swart, gebarste voete en sê: "Uitstekend!"

Amy en veral Joy wil opsluit saamgaan, maar oor húlle is Suster baie beslis, en selfs Uncle skimp dat hulle moet gaan was en slaap. "Mooi meisies soos julle … Dink Suster nie ook hulle sal lekker voel na 'n geurige bad nie?" Hy wys na 'n handpomp tussen die bome; die hemelhoë dadelpalms self is soos dié van 'n oase in een van Suster Ottilie se prenteboeke. Volop water.

Dit is dus my uitsluitlike voorreg om die geheimenisse van 'n regte dorp eerste te leer ken.

Uncle maak 'n sigaar brand terwyl hy die motor met die een hand beheer.

Ons is skaars om die eerste draai teen die skuinste af, toe trek Uncle uit die pad, vroetel onder sy sitplek en bring 'n priesterlike toga te voorskyn.

Aäron skud net sy kop en brom iets wat ek nie verstaan nie. In 'n vreemde taal.

"Het jy al gekonsert?" vra Uncle. Hy vryf deur my haaskooi. Ek hou daarvan as iemand so oor my neksenings vryf.

Ek weet nie juis of 'n mens dit konsert kan noem nie, maar ek vertel hom van Suster Ottilie se opvoering. Ek was Jesus, want ek was die kleinste. Jesus het vir Amy onder haar kuiltjie gebyt net toe dié hom in die krip wou neerlê. Die Heilige Maagd het woorde gebruik wat nie in Vader Grau se teks gestaan het nie.

"Prima!" sê Uncle. "Eersteklas! Vanaand gaan jy régte toneel speel! Werp jou brood op die water; mens is nooit te jonk of te oud om te leer nie."

Ek is nie seker wat Uncle bedoel nie, maar dit klink interessant. Aäron bly sug net.

"Jy bly by die mouter, Aäron," gebied Uncle. "As dit lyk daar's moeilikheid, ry jy soos die duiwel tot onder en laai ons op. Pomp drie maal." Hy pomp-pomp aan die klakson. Dit klink soos wanneer Jasper Repink gesê het: "Laat waai!" Dan hol ons soos hase.

Uncle lig my op sy skouers en stap teen die halfdonker rant af.

As mens so kort is soos ek, doen dit iets aan jou om op iemand se skouers getel te word. Skielik kan ek, soos vroeër van Piet se skouers of van Clarissa se rug, oor berge en dale sien.

Naby die eerste huise tel hy my van sy skouers af en bekyk my só. Toe vryf hy my hare nog deurmekaarder, smeer iets lymerigs aan my gesig en rol my broekspype op. My bene is vuil en vol krapmerke, en hy knik tevrede. Toe hurk hy by my en sê: "Met verbeelding kan mens alles bereik. Onthou nou: jy hoef niks te sê nie." Ek bewe soos 'n perd. Terwyl hy die priesterkleed, wat na mottegif ruik, aantrek, troos hy: "Ek sal die praatwerk doen." Hy vat my aan die hand en ons kry koers na dit wat hy die hotel genoem het. Lanterns op die donker stoep. Mensestemme en gelag, dán naby, dán ver.

"Ho!" roep hy meteens. "'n Arm priester rook nie sigare nie, jai-jaijai." Hy bring 'n plat kissie tussen die voue van sy kleed te voorskyn. Hy wil die oorblywende stompie bêre, maar merk toe daar is in elk geval net een sigaar oor. Dié laat gly hy tussen die voue van die toga in. Die stompie sit hy op die grootste klip aan die kant van die pad neer. "Dit gee my 'n plan. Dis ons kollektebord." Die sakdoek kom weer te voorskyn. Toe hy sien ek verstaan nie: "Selfs amateurs moet iets kry vir hul moeite." Dit begryp ek nog minder, maar ek glimlag om te wys ek is reg vir die konsert. Hy drapeer die sakdoek oor die sigaardosie.

Dit is nie nodig om toneel te speel of te probéér speel nie. Die hotelgaste beïndruk my só dat my mond bly oophang. Terwyl Vader Lazarus sy kort, hartverskeurende pleidooi lewer en, met my aan sy hand, van tafel tot tafel beweeg om die liefdegawe in te samel, hoor ek klik- en kloekgeluidjies saam met die val van die muntstukke.

Ek herken Uncle se stem glad nie; hy klink byna soos Vader Grau.

"Wat sê die Woord? Wie sal sy seun 'n klip gee as hy hom 'n broodkorsie vra? Of brakwater in plaas van bokmelk?"

"Sies tog," hoor ek een vrou, wat na my gebarste voete gestaar en toe weggeskuif het, aan haar vriendin sê, "ons het geen besef wat droogte en armoede aan die mense doen nie." Sy vee fyntjies aan haar neus en kyk vlugtig in 'n klein spieëltjie.

Ek kan haar, op my beurt, net aanstaar. Afgesien van die nonne, wat tog nooit anders as na nonne gelyk het nie, het die meisies op Bakoondskraal tuisgemaakte klere gedra, van vel of growwe linne. Die enigste welgeklede mense wat daar aangedoen het, was Uncle, tydens sy eerste besoek, saam met die vername heer, en dan die klomp hoëboordjiemanne wat die windstorm daar aangewaai het. Maar vroue? Só fyntamaryn?

Hulle kan seker kruie en bossiesvure aan my ruik; dalk help dit om die hardste hart te versag en die styfste beursie losser te maak en die sigaarkissie tot oorlopens toe vol. Ons is net op pad uit, Uncle al buigende en glimlaggende, toe 'n kort, fris man ons pad versper. Sy asem ruik presies soos Aäron s'n daar onder die boom, maar sy oë is rooi, nie groen en blou nie, en sy stem klink nie soos Aäron s'n nie. Hy hou sy gesig baie naby aan ons toe hy slobberend praat:

"Het die Roomsje Gevaar nou ook die tennisjklub ingeneem?"

Uncle raak skielik haastig, maar die man kry dit reg om ál voor ons in te beweeg.

"Wag nou, nie sjo vinnig nie, Vader Wat-nou-weer ..."

"Lazarus." Uncle probeer verbydruk.

"Lasjarusj," sukkel die man. "Sjê my, Vader, wanneer het jy opgesjtaan?" Dit laat die ander mans, wat 'n kring om ons gevorm het, skaterlag. Dit voel of ek my wil natmaak, maar iets sê vir my dit sal dinge vererger. Ek byt op my lip en pers 'n paar trane uit.

"Sies tog, Bertie, nou't jy die klong aan die skree," sê een van die omstanders, en Vader Lazarus druk my styf teen hom aan, dankbaar vir die uitkoms.

"Ja, die arme kind huil maklik. Ons het hom in tragiese omstandighede gekry – tragies, ja." Uncle weet hoe om pouses te gebruik, want selfs Bertie is stil. "Met die Spaansgriep is albei sy ouers en sy broers en susters dood, langs hom, om hom, die Here is hulle siele genadig. Hy het al 'n paar dae tussen die lyke gesit en huil toe ons toevallig daar aankom ..."

Bertie self is naby aan trane. Hy soek swetsend met sy lomp mynwerkershande in sy sakke.

"Vader moet maar versjkoon," brom hy tussen die geswets deur, "ek werk my geheel op asj ek hartsjeer raak. En ek isj nou hartsjeer, want hulle't my djob gevat."

Toe ons op die stoep kom, hoor ek een man sê: "Dié Roomse darem, laat glip nie 'n kans nie."

En 'n ander: "Ek het dié kapater nog nooit hier gesien nie. Ken net vir ou Trommelbach."

"Hulle lyk vir my die een sjoosj die ander."

"Dié klong wat hy by hom het ... is dit nie 'n halfnaatjie nie?"

"Seker maar Klaas Duimpie se kind."

Ek beur terug; hulle praat oor my pa! Maar Uncle se groot hande tel my weer op sy skouers en hy galop met my die rant uit, die sigaardosie rinkelend in die togavoue. Skoon by die halfgerookte sigaar op die bakenklip verby.

So kon ek die fynere kunsies van toneelspel op prille leeftyd baasraak. En veral leer hoe belangrik, of onbelangrik, bykomstighede is: 'n besmeerde gesig, 'n sigaar ...

Maar tot vandag toe wonder ek wat Vader Trommelbach, of wie se kleed dit ook al was, gedink het oor die los seroetjie. Of hy dit dalk stilletjies brandgemaak het.

12

Waarin Nicolaas Alettus van plusse en minusse leer, 'n peetvader ryker word en weer kwytraak, die regte skilderkuns ontdek en iemand ontmoet wat fortuin kan vertel.

Mias-hulle het na 'n paar dae tot sterwens toe moeg by ons aangekom; te moeg om na die dorp met sy woeligheid te gaan kyk.

Sint Antonius of wie ook al die beskermheilige van reisigers is, het dit – so stel ek my voor – in dié dae seker nie maklik gehad nie, want nóú bid Suster Francesca om beskerming vir die pelgrimstog wat voorlê; dán pleit Broeder Stellmacher dat die reis uitgestel word ter wille van ons opvoeding.

Broeder Stellmacher was besorg. Wie weet hoe lank ons op pad sal wees, watter onheile ons van ons bestemming sal weghou? Miskien wou hy ook iets hê om aan Vader Trommelbach te wys as dié van sy kollekteertog af terugkom, wie weet. Hy het ons gegésel met skoling in goeie werke en in die sakramente en met lees en skryf en somme maak, waarvan ek gehou het, oortuig dat dit nog baie vir my kan beteken. Al waarvan ek nie gehou het nie, was sy glimlag, wat al breër geword het hoe nader hy aan my skuif. Sy asem het na rens vet geruik, en sy hande was nooit vêr van my totterman af nie; totdat ek hom 'n slag aan sy vingers gebyt het.

Amy en Joy het intussen 'n toestand ontwikkel wat Suster Lydia, klinieksuster, met die koddige benaming "jeukerigheid" beskryf het. Op een of ander wyse het Mias daarmee te doen gehad, maar ek kon nie vasstel wát nie; hy het hom asvaal gehou en gesê die meisies is kerjaans, dis al.

Mias en Stryker en Piet Praaimus en die diere het daar aangekom toe ons nog aan die wonder was oor Uncle en oor Aäron. Ná die liefdadigheidsvertoning by die hotel het die Silver Ghost, getrou aan sy naam, soos 'n gees verdwyn. Ons het begin gewoond raak aan sy skielike verskynings en verdwynings, maar Broeder Stellmacher was bekommerd, want 'n man het kom navraag doen oor ene Vader Lazarus, wat met groot ywer geld insamel vir die Sending.

"Seker maar 'n vergissing," het Broeder Stellmacher gemymer.

"Bepaald 'n vergissing," het Suster Francesca beaam, maar vraend na my gekyk. Ek het groot-oë gemaak en my kop heen en weer geskud.

Daarby het dit gebly. Gelukkig was Broeder Stellmacher op besoek by 'n buitepos toe "Vader Lazarus" een oggend onverwags opdaag, vergesel van 'n man in 'n strepiespak. Die man het aan Uncle se sy gebly, asof hy bang was die baie gange van die Mission sluk hom in. Van Aäron was daar geen teken nie. Uncle het nie baie gepraat nie, net op kenmerkende wyse op vrae geantwoord met "Prima", "Daar's nie fout nie", "Ons sal nog by Koffiemeul uitkom, Suster, versuim maar eers hier ...", en so meer. Die man in die strepies-soetjie het haastig gelyk, asof hy vêr moes ry. Maar Uncle het gesê hy wou kom regmaak; hy skuld ons die silwerkollekte. Met sy groot hande het hy my hare deurmekaar gevryf.

Uncle het die opbrengs van ons vertoning verdeel terwyl die man in die strepiespak hande agter die rug daar rondstaan. Dit het gelyk of hy vreeslik in Vader Trommelbach se kunsversameling – wonderbaarlike skilderye het die plek vol gehang – belang stel. Dit was vir my of hy vir Uncle nooit uit die oog wou verloor nie. Van die £2.17.6 het £1.10 in die dankbare hande van Suster Lydia beland, "vir u en Broeder Stellmacher se onbaatsugtige werk onder die armes". 'n Ronde £1 is aan Suster Francesca oorhandig vir ons losies en vir onvoorsiene onkostes, "omdat ander verpligtinge my verhoed om u nou te vergesel". Die res was sy kommissie. Heel verstaanbaar, aangesien hy my in die toneelkuns ingelyf het en eintlik niks minder was as my agent, begeleier en leermeester nie ...

En my peetpa.

Vir die ander was dít 'n verrassing; ék het nie geweet wat 'n peetvader is nie.

"Suster moet goed na hom kyk, ek het Let beloof om vir sy opvoeding te sorg."

Dit strook nie mooi met Ma-Let se optrede wanneer Uncle Bakoondskraal besoek het nie. Ek loer deur my vingers om die beurt na hom en Suster Francesca – 'n aanwensel wat ek vroeg al aangeleer het. Suster lyk uit die veld geslaan.

"Let het op 'n dag so 'n brief uit die Kaap geskryf," verduidelik Anaat aarselend.

Ja, voeg Uncle by, hy het die nodige papiere in Vader Grau se teenwoordigheid geteken; as dit nie was vir die werwelwind nie, het ons nou die dokumentasie gehad. Vers en kapittel.

"Weet Suster iets van dié ooreenkoms?" vra die man in die strepiespak, terwyl hy na 'n skildery van 'n klompie mense sonder klere – hul hande hemelwaarts gestrek – kyk, en die teksvers in Vader Trommelbach se krulletters lees.

Suster Francesca sê, sonder om te blik of te bloos, ja, sy onthou iets daarvan, en niemand sien sy rig haar oë hemelwaarts en slaan 'n kruis nie; net ek.

So gebeur dit toe dat ek die een oomblik hoor ek het 'n peetvader, net om die volgende oomblik van hom afskeid te neem. Uncle streel nog een maal oor my kop. Toe, met Strepiespak steeds aan sy sy, stap hy by die deur uit.

Buite wag 'n vreemde motor, nie die Silver Ghost nie, en hy klim in – maar, snaaks genoeg, nie vóór in nie, ágter, soos 'n generaal of 'n minister, kan ek my voorstel. Op die agtersitplek sit twee skraal mans met grys hoede en strepiespakke, en een van hulle klim uit en hou die agterdeur vir Uncle oop sodat hy tussen hulle kan plaasneem. Daarna stap die man wat Suster Francesca uitgevra het oor die ooreenkoms, om en klim langs die bestuurder in. Toe hy sy baadjie uittrek, merk ek en Piet die holster; altans, dis wat Piet dit genoem het. Terwyl Uncle wuif, raak hulle in 'n sliert sleepmis in die rigting van die dorp weg.

Suster Francesca vertel dié aand die storie van die opwekking van Lasarus. Sy doen dit omdat Joy wil weet waar kom Uncle aan sy van; daar hang hoeka 'n prent van die opgestane Lasarus. Daarna gaan kyk Suster andermaal saam met ons na die skilderye in Vader Trommelbach se kantoortjie, en 'n hele paar heiligelewens en Bybelverhale word meteens in helder kleure vir my werklikheid: Kain se haat vir Abel; die vertroosting van Sint George wat die draak oorwin; die Laaste Avondmaal; Madonna en Kind ("Kyk sy ou voëlnessie!" fluister stuitige Amy). Wat my die meeste aangryp, is die prent van Tomas wat sy vinger in die oop rooi sywond van Ons Liewe Heer steek, en dan veral een van die Wandelende Jood, en die een van Lasarus wat uit die dood opstaan.

Die Wandelende Jood is 'n donker prent, 'n toneel net ná sonop of net voor sononder; en ek dink aan die Boesmanland, waar die fynste driedoringtakkie spookagtige skadu's gooi. Op die agtergrond is daar – volgens Suster – 'n katedraal, bergspitse, sipresbome, 'n donker heuwel, en, in die bietjie lig wat deur skaapwolwolkies syg, 'n paar grafstene. In die voorgrond, die Wandelaar self, wat terugdeins omdat hy in sy eie skaduwee die buitelyne herken van 'n man wat struikel onder die gewig van 'n kruis.

Dit wil-wil vir my lyk of name en dinge in mekaar pas: Aäron (én Uncle!) het na Dad verwys as "die Wandelende Jood", 'n bynaam wat hy gekry het omdat hy van plaas tot plaas geloop het met sy negosiekar. Wanneer hy teen die lang Karringbergse bulte uitkruie, het die werf se kleingoed hom jammer gekry en die kar help uitworstel boontoe. Maar dan raak die ou so kwaad dat hy die kar weer teen die skuinste laat afhardloop; hy wil self met hom daar uit!

Op haar skoot vertel Suster Francesca my van Ahásveros. Dis 'n legende, sê sy, maar soos alle legendes bevat dit stukkies van die waarheid en stukkies van die leuen. Toe sy dít sê, lyk sy skuldig. Sy vroetel aan haar kruiskettinkie, en gaan voort: Jesus, vertel sy, het pas die doodvonnis by Pilatus aangehoor en Hy is besig om die hofsaal te verlaat, die sware kruis op sy skouers, toe iemand Hom 'n harde hou op die rug gee en sê Hy moet áán, áán, nie so op die drumpel huiwer nie, Hy hou die mense op. Daarop kyk Jesus glo na die man en sê: "Voorwaar, ek gaan haastig na my dood toe, maar jy sal op aarde bly rondloop tot ek weer kom …"

Hierna soebat ek Anaat kort-kort om my terug te neem na Vader Trommelbach se kantoortjie. Omdat ek so kort is, moet ek die afbeeldings en taferele van haar skouers af beskou. Hier is 'n wêreld vêr verwyderd van ons krummelbestaan.

So kan ek tallietaks teruggaan na Lasarus wat, toegedraai in linnelappe, doodsbleek maar met helder oë uit die doodspelonk te voorskyn kom, terwyl Jesus met uitgestrekte hand na hom roep en een van die omstanders neus toehou oor die stank uit die doderyk.

Ek kan nie help om terug te dink aan Aäron wat soos 'n dooie man onder die dabbieboom gelê het nie. Wie sê Lasarus was regtig dood? Vier dae lank, soos Suster sê? Waarom moes die man éérs doodgaan, dan weer lewend word? En dit nadat die arme sukkelaar reeds so swaar gehad het, daar waar hy daagliks vol luise en sere by die poort van die ryk man gelê en wag het op aalmoese?

Of is ek nou deurmekaar met 'n ander Lasarus?

Ek besluit dat dit nie genoeg is om 'n goeie geheue te hê nie; ek moet ook leer lees en skryf. So gou moontlik. Ek is dus bly oor die vertraging in ons reisplanne, al vergeet Broeder Stellmacher by tye dat ek hom aan die vinger gebyt het. Raak hy weer lastig, keer ek rooipeper op sy voëlkop om.

Stryker, wat ou vriende gaan opsoek het – nou afgedank met die sluiting van die myne – is vermakerig toe ons hom van Uncle en Aäron vertel. Met 'n lekkerkry-laggie sê hy: "Waar's die man wat ons rivier toe sal vat? Beloftes! Daai streepsak is hoeka vol."

Ek raak so kwaad dat ek hom op die skene skop.

"Beloftekos!" troef hy my.

Maar oor iets anders is ek hom dankbaar, omdat dit my ondervindinge op 'n wonderbaarlike wyse aanvul. Met sy besoek aan sy vriende kom hy agter daar bly 'n ouma van Amy Patience aan die rand van die dorp.

"'n Ouma?" roep Amy uit. "Ek het nie eens geweet ek het 'n ouma nie!"

Ouma Bam, in haar platdakhuisie met halfwas kokerbome en halfmense voor die deur, voorspel die toekoms deur na jou teeblare te kyk. Vir ons doen sy dit verniet.

Vanselfsprekend sê ons nie vir Suster Francesca of vir Broeder Stellmacher waar ons die oggend heen gaan nie; Broeder Stellmacher praat hoeka van die bose geeste wat so bedrywig is met fortuinvertellery. Ons praat Piet om om ons op 'n opvoedkundige toer te neem; hy weet mos iets van die plek se geskiedenis, hy kan ons wys waar Manie Maritz se kommando teen die Engelse geveg het, waar die smeltkroes van die eerste myn nou nog toring. Nie lank nie, toe sit ons in Ouma se voorkamer, elkeen met 'n teekoppie in die hand.

Die hele huis ruik soos 'n kas wat lank toegestaan het. Daar is nóg 'n reuk, wat my aan 'n skerp kruid herinner.

Van vêr af lyk ouma Bam soos die prent op 'n Mazawattee-blik: vriendelike ogies agter 'n ronde brilletjie, gesiggie perkamentagtig, dik grys vlegsel. Sy druk Amy lank teen haar vas, met hande kloutjiekrom van die rumatiek.

Net so krom soos haar handjies is die snawel van die voël wat in die kou langs die venster met die blomgordyn sit. Ons sien hom eers nie raak nie, maar toe ons almal sit, ons hande en voete bymekaar soos op die katedraal se harde banke, toe skraap hy klinkers en medeklinkers bymekaar – praat is nie die woord nie – en sê iets wat soos Welkom! Welkom! klink. 'n Reuse-voël is dit, met groen en bruin vere, en 'n skewe kop so rooi soos bottergousblom, of rooier, miskien soos jakkalsblom, met 'n geel bandjie om elke kraaloog. En tussen ons, en om ons, en oor die ou Chesterfield met sy geblomde oortreksel, en tussen die riempiestoele en rakkies en ornamentjies deur, wring en wriemel 'n horde sag-miaauende katte. Meteens weet ek wat so ruik: dis katpis.

"Hoekom vertel Ouma nie met kaarte nie?" vra Mias toe ons oor ons skrik is en sy en Amy klaar familie uitgelê het. "Ek het dan gehoor mens vertel fortuin met kaarte."

"Fortuin?" Ouma praat sag; mens moet mooi luister om te hoor en te verstaan. "Ek lees jou van binne soos wat ander 'n boek lees," sê sy, "ek's 'n clairvoyant; ek vertel nie fortuin nie. By die kaarte kan ons nog uitkom, as jy wil. Dis net dat ek plig en plesier saamgooi, en as jy my tee gedrink het, voel jy versterk na liggaam en na gees."

Toe gebeur 'n ding wat ons met wonder vervul. Mias fluister vir Piet hy dink sy kroek; teekoppielesery is die maklikste van alle voorspellings. Net die papegaai kon dit hoor, want hy het digby Miashulle in sy kou gesit. En hy het in tale gespreek. Kort-kort het hy tussenin gepraat, in 'n kras, harde stem; byna soos iemand wat gruis met 'n blikplaat skraap.

Mias het dit skaars gesê, of sy kyk doer van haar plante en haar tafeldoekie op en sy sê: "Ek kom agter hier is iemand wat twyfel. As dit so is, wil ek hom mooi vra om buite te loop wag." Toe een van die baie katte boonop teen Mias se been skuur en miaau, stert in die lug, was dit vir ons duidelik dat Amy se ouma dieper sien as wat ons dink. Het die papegaai haar gehelp?

'n Yskoue stilte volg, maar Mias bly sit. Sy mond oop.

Die koppies is groot en spierwit, met smal bodempies, sodat Anaat my moet aanpraat dat ek myne en hare nie omstamp nie. Die tee is geurig en helder, maar ek ruik steeds die katpis.

Joy, eerste aan die beurt, draai haar koppie langsaam in haar linkerhand – "ná jou toe, my kind, nie van jou af weg nie" – en ons wag asemloos. Waaraan dink Joy? Want dink móét jy, het Ouma gesê. Aan iets, 'n vraag wat jy wil vra. Sekerlik aan kêrels, ja, aan vry sou sy en Amy dink.

Net so asemloos sit ons en wag dat die laaste bietjie tee op die piering dreineer voordat Ouma na die sandloper voor haar kyk en die koppie met haar knopperige regterhand optel.

Vir Joy en Amy voorsien sy groot voorspoed in liefde- en geldsake, maar die vuurtoring in Joy s'n kan ook op 'n teëspoedige reis dui. Joy se bors trek terstond toe. Vir Anaat is daar 'n klomp daisies – "ag, my kind, jy is seker baie offervaardig" – en iets wat vir my baie soos 'n S lyk. "As dit 'n slang is, en ek hoop nie dit is nie," sê Ouma, "voorspel dit swaarkry, en nie wanneer nie, óm die draai," want die teken is feitlik op die rand van die koppie. "As dit 'n S is, hou dit vir jou geluk in saam met iemand wie se naam met 'n S begin. Kyk, daar is 'n ring ook." Amy en Joy giggel. Vir Mias profeteer sy 'n brief en 'n lang reis, en vir Piet voorspoed deur harde werk, en nog 'n paar ander goed wat ek nie nou kan onthou nie.

Maar toe ek aan die beurt kom, heel laaste, en ek roei met die koppie dat my voete so swaai onder my stoel, toe lewer die voorspelling niks op nie.

"O aarde," sê Ouma met 'n pruimlaggie, "jóú storie is deurmekaar!" Aan die gekras agter my klink dit of die papegaai saamstem. Al die blare in 'n warboel op die boom van die koppie. Kompleet 'n klomp swart vlaggies wat oorhoops geval het, of swart vierkante, party lyk meer na doodkiste. Net hier naby die rand klou 'n dowwe blaartjie. Ná 'n ruk gee sy die saak gewonne: "Hier's niks te sien nie," sê sy, en ek wil net aan Anaat se rok trek om te wys hoe teleurgesteld ek is, toe sy vervolg: "Dan moet ons maar die kaarte probeer. Anderdag. Ek is nou moeg."

Sy knipoog vir Amy en wink ons twee opsy.

Nou, van naby, kan ek sien haar neus is net so krom soos die papegaai se snawel, en op haar ken, asof hulle mekaar geselskap hou, sit drie moesies waaruit drie lang grys hare groei.

Om haar, aan haar, is die muwwe walm nou sterker, iets soos die reuk van muismis in die vêrste gedeelte van 'n pakkamer.

Haar oë is oud; die brilglase laat haar jonger as haar jare lyk. Sy bekyk my op en af. "Kom volgende keer alleen," sê sy. "Net julle twee. Maar bring iets saam," voeg sy by, "iets wat vir jou van waarde is."

Dit is nie speelkaarte wat sy met ons volgende besoek uit die laai tower en op die donkerrooi fluweelkleedjie neersit nie. Dis prentjieskaarte, maar die gewone Ace, King, Queen en Jack is nie daar nie. Daar is wel 'n koning en 'n koningin, maar hulle lyk anders. Daar is ook 'n prentjie van iemand wat lyk soos die Pous in een van Vader Trommelbach se skilderye, en 'n geraamte met 'n sens. En dan is daar 'n ou wat aan sy een voet hang, en 'n toring wat lyk of dit gaan twansie.

Nadat sy my die kaarte laat skommel en sny en pak het, begin sy hulle omdraai. Sy frons en kyk my deurdringend aan en sê sy kan nie lieg nie, sy het slegte nuus. Ek het die kaart van die ou wat aan sy een voet ondersebo hang, verkeerd om neergesit. Dit lyk nou maar net soos 'n kêreltjie wat op een been staan met sy hande so ewe agter sy rug. Maar dít, sê sy, is 'n slegte teken, dit wys dat onheil en teenslae deel van jou bloed is.

"Foei," beaam Amy, "sy ma het dit nie maklik gehad nie."

"Die briewe wat jou ma geskryf het ..."

Ek bly van verbasing stil. Hoe weet sy van die briewe? Maar ek maak die egg-box, wat nooit vêr van my is nie, oop en haal die paar briewe uit.

Sy lees die briewe. Ek verwonder my aan die papegaai, want dit lyk of hy saam met haar lees.

Sy bly lank stil en frons. Sy kyk weer na die kaarte. Die papegaai krap agter sy oor.

"Is dit ál briewe?" vra sy ná 'n rukkie.

Ek skud my kop driftig op en af. "Behalwe die rympie."

"Kan ek dit sien?" vra ouma Bam.

Ek trek die los velletjie papier, so dun en so lig soos 'n vlieënde mier, tussen die dokumente en tekeninge uit en sit dit voor haar op die rooi kleedjie neer.

"A!" sê sy. "A! 'n Raaisel! Kom môre, dan lê ek dit vir jou uit."

Dié nag droom ek ek staan en piepie in 'n vol rivier wat maal en woel soos die Buffels as hy afkom, en daar ry iemand in 'n skuit, maar 'n priester wat soos Broeder Stellmacher lyk, stamp die skuit met 'n groot bamboesstok onderstebo en ek hoor Suster Francesca skree en ek sien hoe sy haar hande in die lug gooi voordat sy onder die water wegraak. Toe word ek wakker, met Suster en Anaat wat oor my buk en aan my skud, en ek voel ek lê in 'n plas water.

13

'N Brief van Let Lyf, andermaal die raaisel, en 'n kennismaking met 'n waarsêer, die Langste Man in die Wêreld en die Meisie met Drie Bene.

Ek sit styf tussen Amy en Anaat en swaai my voete heen en weer.

Die reuk aan Amy se ouma is sterker. Dit laat my terugdink aan die halfdonker pakkamer op Bakoondskraal, toe ek tussen spinnerakke, muiskuttels en kalanders na kos vir my en Jasper Repink gesoek het.

"Ek het jou ma se briewe gelees. Sy het baie deurgemaak."

Sy sit party van die briewe opsy. "Die eerste briewe sê nie soveel nie." Dan stryk sy 'n verskrompelde velletjie plat en skuif haar knypbrilletjie reg:

Liewe Anaat

Ek laat hierdie brief skrywe om jou mee te deel dat dit onder die omstandighede nog goed met my gaan en dat ek deur die Heer se goedheid nog gesond is.

Dis meer as wat die meeste van ons kan sê. Hier is twee meisies in die kamer langsaan wat so hoes, ek dink hulle het tering.

Ek het 'n vorige keer berig dat die Home waar ek my bevind onder valse voorwendsels bedryf word. Die meisies wat hier inwoon, moet tot op hulle laaste werk soos slawe. Die vloere skrop, die badkamers skoonmaak, die koperpype blink vryf, die vensters elke week. Buite blink, jy weet.

Kry jy kraampyne, is dit verbeelding, of jy word op nommer twaalf na die kraamkamer geneem. Kla durf jy nie kla nie, dan slaap jy maklik sonder kos. Een van my vriendinne het die ander dag begin vermeer nadat sy die portaal blinkgevryf het. Sy moes die naarheid skoonmaak en is as straf vir drie dae opgesluit.

Tog bly die preke nie uit nie. Die leviete word ons elke dag voorgelees en jy moet die Vroeë Mis bywoon of jy nou olik is of nie.

Anaat, julle moenie oor Sr. Bernarda kla nie. Sy is 'n engel teen ons Mother Superior. Sy vertel ons elke dag hoe sleg ons is, laer as die laagste slak. Die Kaapse reën het begin. Sy het ons nou een oggend in die gietende reën op die binneplein laat hande-viervoet loop terwyl ons hardop om vergifnis bid. As iemand net één keer vashaak of struikel, begin ons weer van voor af aan. Jy is deurnat, tot op jou kruis.

Dit voel later vir jou jy is aangeskakel soos 'n masjien wat nooit in der ewigheid tot rus kom nie. Wat jy die meeste sien, is nie gesigte nie, maar skoene.

Dan is daar die ondervraging. Jy word na MS se kantoor ontbied en uitgevra. Jou hele geskiedenis, wie jou pa en jou ma was, de lot. Alles moet op die lappe, ook wie jou in die toestand gebring het. Ek kan nie verstaan wat hulle daarmee wil maak as hulle uitvind nie. Die meeste meisies bars in trane uit. Wie wil jou persoonlike lewe so oopgevlek hê? Dan is daar diegene, soos in my geval, wat eerlik nie wou sê nie.

Ek kan tog nie iemand wat onskuldig is, staan en swartsmeer nie. Dis mos maar soos die dice geval het, nie waar nie?

Maar sê jy jy weet nie, is die hel los. As ek weer by julle kom, sal ek jou die rowe wys.

Die houe kan ek nog verdra. Maar die woorde maak die seerste. Om te hoor dat jou deur vir die duiwel oopstaan. Dis hulle manier om vir jou te sê dat die kind wat jy dra, voorbestem is vir die verdommenis.

Maar ek wou nie sê wie die sterkste in my gedagtes is nie. My geheime is myne, en ek kan mos nie sien hoe die brood lyk voor ek die oond se deurtjie oopmaak nie, of hoe?

Al wat ek weet, is dat hy vir my 'n pand gegee het voor hy weg is, 'n pand in die vorm van 'n raaisel. Liewe Anaat, ek versoek jou om dit tot elke prys te bewaar en aan my kind te gee die dag as ek nie meer daar is nie.

Dit skryf ek in die hoop dat my kind wel by jou uitkom. Hier het mens nie altyd 'n sê nie.

Die vriendin wat hier skryf, se broer werk by die poskantoor. Hy sal sorg dat jy die brief met die poskar kry. Moenie probeer terugskryf of iets aan ons saak doen nie. Onder geen omstandighede mag Vader Grau of een van die Susters hierdie brief lees nie.

Gee drukkies aan klein Joy wat so baie deurgemaak het. So 'n pa is nie die naam vader werd nie. Trek haar bors nog so toe?

Moet maar nie die inhoud van hierdie geskrif bekend maak nie.

Jou liefhebbende vriendin en suster in die verdrukking,
Aletta.

PS Ek sluit dus die rympie in wat eintlik soos 'n raaisel is. As jy dit kan oplos, weet jy baie meer van my as ek van jou.

Amy se ouma het nie alles gelees nie. Anaat het die hele brief later vir my gelees.

"Dis die raaisel wat vir ons van belang is." Die ou vrou bekyk die rympie eers weer in stilte en lees dit daarna hardop.

Ik vond een nest in de matjiesgoed
ik vrat een ei, dat zat mij goed.
Ik maak mijn make, ik vloog daar weg,
mijn hoofd vooruit, mijn staart verzeg …

"Die probleem is dat die rympie nie klaar is nie," sê ouma Mazawattee. Sy trek 'n snuifblikkie nader, knip dit oop en knyp die borriegeel snuif tussen duim en wysvinger vas. Daarna bring sy die krom kloutjie vinnig na haar neus toe, eers die regter- en daarna die linkerneusgat. Vinnig trek sy die snuif in. "A …!" sê sy. Die volgende oomblik nies sy so oorverdowend dat die papegaai, wat intussen aan die slaap geraak het, van haar skouer af tuimel en hom weer met behulp van sy snawel tot bo-op haar skouer moet katrol.

"Hoe meen Ouma, die rympie is nie klaar nie?" vra Amy.

"Dis net die helfte van die raaisel," sê die ou vrou. "Die ander helfte moet nog somewhere wees. Kyk hier," en sy wys met 'n krom vingertjie, "hier waar die papier afgeskeur is." Anaat hou die papiertjie sodat ons kan sien. Enkele potloodstippels is sigbaar.

Verslae pak ek die inhoud van die egg-box weer uit, maar tussen Vader Grau se natreksels en ander papiere is daar niks wat na die afgeskeurde rympie lyk nie.

"Kyk, ek kan probeer om die eerste deel uit te lê," sê Amy se ouma, "maar ek weet nie of dit veel werd sal wees nie."

Ons bly sit en sy gaan voort.

"Die eerste twee verse is maklik," sê sy. "Die een oor wie die raaisel gaan, het 'n nes in die matjiesgoed, dit wil sê tussen die biesies, gekry ... Dan hoor ons daar is 'n eier opgevreet: *Ik vrat een ei* ... Maar wat beteken *dat zat mij goed* dan? Ek is nie 'n Hollander nie." Ouma Mazawattee hou die velletjie papier teen die lig. Sy sug. "Gaan maak vir ons tee. Hier gaan ons nog lank sit."

So is dit. Ek speel later met die papegaai, wat alle belangstelling in die raaisel verloor het.

Skielik kom daar 'n uitroep uit die hoek. Ouma Bam trek haar tjalie styf om haar skouers en die drie hare op haar ken staan meteens in alle rigtings.

"Natuurlik. Natúúrlik. Dit ís 'n ding wat die eier opgevreet het. Nou voel hy goed daaroor. Dikgevreet."

"Maar hoekom in die matjiesgoed?" vra Amy terwyl sy die warm tee deur die vlei jaag.

"Die raaiselmaker wóú hê ons moet in die Onderveld kom soek. Waar daar matjiesgoed is. Die vraag is nou: Wie maak nes in die matjiesgoed? Eende, ganse, bleshoenders – maar dan moet daar water wees. En julle weet hoe skaars water hiérlangs is. Watervoëls is dit nie."

"Vinke?"

"Ja, vinke. Vink hou daarvan om sy nes in die biesies te maak. Maar vink is nou weer nie 'n rówer nie." Ouma Mazawattee bly 'n rukkie stil. "Ek sien een ding," sê sy. "Netnou-netnou sit ons met 'n norring voëls wat in die matjiesgoed nes maak, dan het ons nog niks verder gekom nie."

Amen, wil ek sê, maar ek bly stil.

"Wat van paddavreters?" vra Anaat.

"Paddavreters, maybe, maybe ... En ou riethaan met sy rooi pote."

"'n Man met rooi pytentledderskoene het sy maak gekom maak!" lag Amy skielik. "Haai ..."

"Maar dit kán nie watervoëls wees nie." Almal bly stil toe ek praat. "Likkewaan en Muishond steel ook eiers."

"Maar hulle vlieg nie," sê Amy snipperig. "Hier móét 'n voël in die prentjie wees," grinnik sy, "want hier word van 'n nes gepraat. En van eiers."

"Almiskie," vra ek, "wie sê die *dief* is 'n voël? Eet slang dan nie ook eiers nie?"

Dit is die laaste reël wat niemand kan kleinkry nie: *mijn hoofd vooruit, mijn staart verzeg ...*

"Ons sal iemand anders se raad moet vra," sê Anaat.

"Ja," sê Amy se ouma, "'n geleerde man. Iemand wat iets van Hoogshollands of van voëls of eierdiewe af weet." Die plooitjies in haar gesig word skielik meer. Sy glimlag. "Hier kom partykeer – so een keer in 'n jaar – 'n Hollander, of só noem die mense hom. Meneer Rottekooper. Hy het 'n klein sirkussie, met honde wat toertjies doen, en dan lees hy ook handskrifte. Ek het hom nog nie gesien nie, maar die mense sê die ou is goed."

Amper tien maande het verbygegaan voordat meneer Rottekooper se Kleine Circus meteens een oggend op die oop stuk grond langs die hotel gestaan het. Broeder Stellmacher en Suster Lydia het ons ernstig vermaan om daar weg te bly, maar ek en Mias het tog een skemeraand weggeglip om te gaan kyk. Ek het die brief met die raaisel styf teen my bors vasgedruk.

Broeder Stellmacher het ons van toegangsgeld voorsien nadat ons gekyk het hoe hy skommel. "Arme ou bloukop," het Mias gesê toe ons die stuk insit dorp toe, en ek het eers gedag hy praat van 'n bloukopkoggelmander teen die klipbank.

Meneer Rottekooper se sirkus is nou groter as ooit, as ons die plakkaat kan glo. *De Kleine Circus,* staan daar. *Ongelooflike Hondetoertjies! Krieke wat Wagens trek! Die Langste en die Kortste Man in die Wêreld! EN Die Meisie met Drie Bene! So gebore! Ongelooflik! Buitengewoon!*

Bedags, bied meneer Rottekooper aan, sal hy na mense se handskrifte kyk en uitleg gee oor hartsake, geheime sake, hul goeie fortuin en nog vele ander dinge.

In die tent is 'n klein verhogie met 'n geblomde skerm. Voor die verhogie sit so 'n twee dosyn mense.

'n Man met 'n snaakse stem – asof hy deur sy neus praat – verwelkom ons. Hy vra dat ons ons vriende van die wonderlike vertoning moet vertel. As ons nie tevrede is nie, kan ons ons geld terugkry.

Ons sit op smal bankies en kyk hoe spring drie wollerige hondjies met spits snoete deur 'n ring, hoe sit en wieg hulle op hul nêrse en kruis hul pootjies, hoe dans hulle op die maat van 'n snaakse opwenorreltjie. Daar is rooi strikkies op hul wolkoppe vasgemaak, en almal lag toe die een hondjie probeer om die strikkie met sy poot af te kry.

Die man wat die orreltjie draai, is dieselfde man wat ons verwelkom het. Dit moet meneer Rottekooper wees, fluister Mias. Hy het gladde swart hare met 'n muisvoetpaadjie in die middel, 'n snorretjie amper soos Uncle s'n, en 'n baadjie so rooi soos 'n kalkoen se bel. Met goue knope.

Die hondjies is oulik, maar die krieke is regtig buitengewoon. Ons moet almal opstaan om te sien hoe trek die span – daar is vier, en dit lyk of hulle met garedraad ingespan is – 'n vuurhoutjiedosie al in die rondte, al in die rondte. Die ring waarin hulle beweeg, lyk amper soos 'n fietsbinneband, blink gesmeer van die botter. Elke keer as hulle aan die duskant van die sirkel verbykom, sit meneer Rottekooper iets in die waentjie. Eers net 'n veertjie, dan 'n blomblaar, dan 'n stukkie peul. En so aan. Elke keer gaan dit stadiger, totdat dit amper lyk of hulle staan. Jy kan sien hoe hulle beur. Dan begin haal hy weer die goed een vir een af, totdat die veertjie oorbly en uiteindelik net die waentjie. Dan moet jy sien hoe trippel hulle.

Die Langste Man in die Wêreld lyk baie soos die nors skepsel wat ons geld by die tent se opening gevat het; seker sy broer. Maar goed twee keer so lank.

"Bliksem!" sê Mias toe die man, wat swaar beweeg, van agter die skerm te voorskyn kom. Sy kop raak-raak aan die tentdak.

"Mister Andrews!" stel meneer Rottekooper hom bekend, en verduidelik dat hy enige vrae oor Mister Andrews sal beantwoord, want die man kan nie praat nie; hulle het sy tong in die oorlog uitgesny. Toe hy dit sê, maak Mister Andrews sy mond wyd oop en jy sien net 'n swart gat.

"Gots!" roep Mias. Van die ander mense vra vrae, soos hoe oud hy is, of sy broers en susters ook reuse is, wat sy bene makeer dat hy so moeilik loop, wie sy klere vir hom maak, en so aan. Meneer Rottekooper antwoord geduldig op al die vrae, en hy wys selfs 'n dowwe foto, op karton geplak, rond sodat ons kan sien hoe troon Mister Andrews bo sy familie uit. Hoe sou dit voel om so lank te wees? wonder ek. The Tallest Man On Earth, lees Mias moeisaam. Die res, sê hy, lyk vir hom na besonderhede oor Mister Andrews se ouers, boeties en sussies.

"Hy lyk baie anders op die kiekie," fluister ek vir Mias.

"Hy was seker baie jonger," fluister Mias terug, maar ek bly daaroor wonder, want op die foto lyk sy kakebeen besonder lank; nou is dit heelwat korter.

Toe skuifel Mister Andrews voetjie vir voetjie – rumatiek en ruggraatkoors, verduidelik Meneer Rottekooper – daar uit.

Almal is nou aan die gesels. Ek kan my nuuskierigheid nie bedwing nie. Voordat Mias my kan keer, spring ek van die bankie af op om agter die skerm in te loer. Ek wil graag sien waar gaan Mister Andrews heen. Hy moet tog iewers gaan sit. Hoe sit hy? Of lê ... hoe kry hy gelê?

Maar toe ek my neus om die skerm steek, versper Meneer Rottekooper my pad.

"Waar gaan jy heen?" snou hy onvriendelik. Hy dwing my ál voor hom uit tot by die bankie, en hy verduidelik luidkeels dat Mister Andrews baie skaam is oor sy lengte en dat nuuskieriges hom ontstel.

Daarop kondig hy aan dat Bolo, die Kortste Man in die Wêreld, ongesteld is en nie vanaand saam met Mister Andrews kan optree nie; sulke dinge gebeur ook met lang en kort mense, net soos met ons, en as ons ontevrede voel, kan ons ons geld terugkry en dan is die vertoning vir ons verby. Maar daar is nog die Meisie met Drie Bene.

Niemand vra hul geld terug nie. Die drie hondjies, hierdie keer met groen strikkies in hul hare, dans weer 'n slag in die rondte en doen toertjies, tot groot vermaak van die paar kleiner kinders.

Meteens begin roffel meneer Rottekooper op 'n trom en die middelste gedeelte van die skerm skuif stadig weg – nie baie vêr nie, net so mensbreedte. Twee lanterns, wat die hele aand aan 'n paal gehang het, word afgehaal; net die derde een, reg bo in die middel, bly flouerig brand. 'n Gordyn aan die agterkant van die skerm word skielik weggepluk.

Daar sit 'n meisie met blas gelaatstrekke; Mias fluister sy is 'n koelie. Sy sit op iets wat soos 'n kassie of 'n bankie lyk. Sy is nie lelik nie, maar sy lyk treurig. 'n Frons trek twee diep vore tussen haar oë. Ek kan glad nie skat hoe oud sy is nie, maar aan die manier waarop haar hare gekam is, lyk sy nie veel ouer as Joy of Amy nie. Miskien eerder jonger.

"Mens kan dan niks sien nie," fluister Mias; en dit klink of party ander mense ook so sê. Maar die geroffel raak vinniger en harder, en soos wat dit gebeur, skuif sy haar rok, wat tot op die vloer gehang het, stadig, duim vir duim, hoër en hoër. Sy sit wydsbeen. Haar voete kom te voorskyn, haar enkels en haar skene, haar dun bene ... en dan, meteens, ongelooflik, verbysterend ongelooflik, 'n derde beentjie wat tussen die ander swaai, soos die slinger van die klok by die Mission.

"Sy's jirreweet gebreklik," fluister Mias hees.

Ons is stil toe die skerm weer toeskuif. Dit neem 'n rukkie voordat iemand hande klap. Meneer Rottekooper kom uit en buig. Hy hou nou in elke hand 'n lantern vas en glimlag breed. "Vertel julle vriende," sê hy, "ons is nog 'n hele week hier!"

Toe ek en Mias wil loop, keer hy ons voor. Sy vingers krul om my skouers. Nou is ek in die moeilikheid omdat ek die Langste Man in die Wêreld wou gaan afloer, dink ek. Die Hooghollander is nog nie met my klaar nie! My oë rek seker groot, want hy sê dadelik: "Ek is nie kwaad vir jou nie, nee, nee, ek het 'n werkie vir jou." Dalk lyk ek nog meer verskrik, want hy sê vinnig: "Jy kan 'n hele paar pennies verdien."

Mias word summier aangesê om huis toe te gaan.

Toe hy huiwer, kom die vent wat die geld by die toeskouers neem, reguit na hom toe aangestap. Hy werk Mias aan sy kraag buitentoe; bly staan dan in die tentopening om seker te maak dat hy die pad bult-uit vat. Ek kry dit nog reg om vir Mias te waai om hom gerus te stel. Die vooruitsig van 'n paar pennies is groot – en buitendien wil ek mos uitleg hê oor die raaisel.

"Dink jy jy sal kan dwerg speel in Bolo se plek?" vra meneer Rottekooper toe ons alleen is.

Dwerg speel? Ek kyk hom net verstom aan.

"Ek kan sien jy is baie kort vir jou ouderdom," sê die man met die rooi baadjie, en hy steek 'n sigaret aan. Die sigaret is aan die voorpunt van 'n goudkleurige houertjie. "Jy sal seker nog groei," voeg hy vinnig by, "dalk was daar 'n skilpad op jou kop toe jy gebore is." Ek kom agter dat hy nou met 'n gewone stem praat. G'n toeneus of vreemde uitspraak nie.

"Hoe lyk dit?" vra hy toe ek steeds stilbly. Hy klingel 'n klompie munte in sy sak; begin tel 'n paar daarvan af. "Dís wat jy sal kry as jy môreoggend vroeg 'n draai hier kom maak," belowe hy. "Maar jy mag vir niemand sê nie. Nie 'n dooie woord nie. Verstaan?" Agter hom trek die ander man sy vuil voorvinger stadig oor sy adamsappel.

Ek kyk na die blink geldstukke in sy hand. Afgesien van die geld wat ek en Uncle ingesamel het en die paar pennies wat Broeder Stellmacher vir ons gegee het om die vertoning by te woon, is dit die eerste keer dat ek so naby aan 'n eie verdienste kom.

"Sal meneer dan vir my ook 'n gunsie doen?" vra ek.

"Watse guns?" knor hy. Hy vryf oor sy snor.

Ek haal die brief te voorskyn en wys hom die rympie. "Hier's 'n raaisel, meneer," sê ek, "ek wil graag uitleg hê van die raaisel. Ek dink die raaisel het iets met my pa te doen."

Meneer Rottekooper ruk die brief uit my hand. Hy lyk ongeduldig. Hy kyk lank daarna en dan kyk hy na my. Sy oë, wat my aan 'n slang s'n laat dink, is skielik op skrefies getrek.

"Dis maklik," sê hy.

Ek wag dat hy moet verduidelik, maar hy bly stil.

"Toe," sê hy dan, "sorg dat jy môre vroeg hier is. Alleen."

Wat van my brief? wil ek vra, en wat beteken die raaisel? Ek steek my hand daarna uit, maar hy vou die bladsytjie toe en druk dit in sy binnebaadjiesak.

"Moet dit eers bekyk," sê hy, "moet dit eers uitpluis." Toe ek nog huiwer, gee hy 'n teken vir die nors man by die tentflap.

Die growwe hand wat oor myne sluit, is groter as Uncle s'n, hariger as Vader Grau s'n en stewiger as Suster Bernarda s'n. Ek moet uithaal om by te bly.

Toe ons op die bult by die Mission se ingang kom, laat hy my hand los en draai om.

"Is die Langste Man in die Wêreld jou broer?" vra ek nog. Maar hy antwoord nie.

14

Van Nicolaas Alettus se eerste regte verdienste,
van paaie wat uitmekaarloop, van kunsskatte en
van 'n onverwagse herontmoeting.

Natuurlik het ek vir Mias vertel. Maar ek het hom die helfte van my inkomste belowe as hy sou stilbly. Hy sou aan die ander vertel dat ek gaan veldkos soek.

Dit lyk asof almal nog slaap toe ek by die tent opdaag. Nou het ek tyd om alles mooi te beskou. Daar staan 'n speekwiellorrie met 'n rammelrige houtkap agterop. Die kap is in helder kleure geverf, maar dit steek nie die rammelrigheid weg nie. In swart krulletters staan daar ook *De Kleine Circus* op. Die lorrie is tot teenaan die tent getrek; dit lyk asof 'n mens vanuit die kap tot binne-in die tent kan kom sonder dat iemand jou sien.

Sou die Langste Man in die Wêreld op sy knieë en elmboë daar inkruip om te gaan rus? wonder ek. Sou hy dan nooit regop sit nie? Die wolhaarhondjies lê onder die lorrie. Hulle roer nie.

Net toe ek op 'n klip waaraan een van die tenttoue vas is, wil gaan sit, kom meneer Rottekooper van die hotel se kant af aangestap. Hy vee oor sy snor met 'n bont sakdoek se punt. Sy asem ruik na spek en gebakte eier.

"So," sê hy, "jy's hier. Kom in; Nils sal vir jou kos bring. Ons kan netnou begin werk." Wie Nils is, vind ek uit toe die nors kêrel my 'n blikbord met pap in die hand druk. Die pap lyk lekker; daar dryf 'n paar kaiings in die sousholte in die middel.

"Is jy die nuwe dwerg?" vra iemand skielik agter my. Dis 'n meisiestem. "Die amper-amper-dwerg?"

"My naam is Niklaas," sê ek. "Ek is nie 'n dwerg nie."

Hoekom lyk die meisie so bekend?

"Maar dis jy wat in Bolo se plek …?"

Nou weet ek. Dis die meisie van gisteraand. Maar waar is haar derde been? Haar hare lyk nou anders; dis opgekam. Sy het 'n anderster rok aan – 'n korter rok, en daar is geen teken van die ekstra ledemaat nie. Ek kan haar oë beter sien. Hulle is deurskynend groen, maar die diep frons trek 'n mens se aandag van hulle weg.

"Maar jy is mos die meisie ..." Ek weet nie mooi hoe om die sin te voltooi nie.

Sy gaan sit op een van die bankies en skop haar bene reguit. "Sien jy?" sê sy, "ek het nie regtig drie nie."

"Maar ...?" vra ek, te oorbluf om my sin klaar te maak.

"Die derde been is Bolo s'n."

Ek begin my woorde terugkry. "Die dwerg? Ek dag hy's siek."

"Hy is siek, dis waar. Maar hy kon nog gister help met die been." Sy byt op haar lippe en skud haar kop. "Sies tog, hy was vuurwarm." Sy vat weerskante van haar rug, asof sy die dwerg se koorsige liggaam teen haar voel.

"Was hy ... agter jou?" Nou begin ek verstaan.

"Dis maklik," sê sy, en sy gaan sit op die kissie agter die skerm. Stadig skuif die skerm oop. Sy sit wydsbeen en lig haar rok stadig. "Kom sit nou hier agter my en vou jou een been onder jou lyf in." Die meisie se oë wys niks; nie iets van lag nie, ook nie iets van huil nie.

Ek neem agter haar plaas. Ek maak soos sy gesê het. Sy lig haar effens op. Wat moet ek nou doen?

"Toe," sê sy, "skuif jou been onder my in ..."

Ek kry dit nie dadelik reg nie; ek verstaan ook nie mooi wat ek moet maak nie. Ek voel die ronding van haar rug en die sagtheid van haar binneboudvleis. Ek bewe.

"Sit!" sê sy. "Sit plat! Is jy onnosel?"

Op hierdie oomblik kom meneer Rottekooper weer die tent binne, gevolg deur die norse Nils.

"Mooi!" roep meneer Rottekooper uit. Hy steek 'n sigaret aan. "Julle oefen! Nou toe, laat ek sien."

Na ses probeerslae kry ek dit reg om my regterbeen onder my in te vou terwyl my linkerbeen tussen die meisie se knieë bengel.

Eers was dit vir my snaaks, onwerklik, selfs iets om oor skaam te voel, maar skielik pak 'n ander gewaarwording my beet, 'n gevoel wat ek nie kan keer nie; dis byna of ek luglangs sweef. Die hele tyd is ek bewus van die warmte van haar vel teen myne.

"Is dit reg so?" vra die meisie aan meneer Rottekooper. Haar stem klink skielik ongeduldig. Sy staan op voordat sy lui hand tussen die sigaretrook deur beduie.

"Julle moet dit vanmiddag weer oefen, my poppie," sê hy. "Daar mag nie fout kom nie."

Toe die skerm toeskuif, draai die meisie na my toe om en trek haar rok reg. "Jy moenie iets met my probeer nie!" sê sy skielik.

Ek kyk haar onbegrypend aan. Daar is 'n ondraaglike seer in die omgewing van my mik. Dis ongemaklik om so te sit.

"Toe, loop!" sê sy.

"Is jou naam Poppie?" vra ek. Die pyn het nog nie verskiet nie.

"Ek's niemand se Poppie nie," sê sy net en pluk die tentflap opsy terwyl ek agterna hinkepink.

"Wag!" sê ek, "ek wil jou nog iets vra."

Sy draai onwillig om. Ek wens sy wil nie so frons nie.

"Die lang man ... die Langste Man in die Wêreld – hoe kry hy gesit en geslaap?" Ek beduie na die lorrietjie.

"Dis die Langste Man in die Wêreld wat vir jou kos gebring het."

En daar trek sy, straat-af, en ek bly oorbluf langs die tent staan terwyl Nils, plat op sy boude langs die rammelkas van 'n lorrie, met 'n stokkie tussen sy tande grawe en my aangluur.

Ons het vyf vertonings gegee. Dit het goed gegaan, en die meisie het darem vir my gesê dat haar naam Zaza is en dat haar ouers dood is; meneer Rottekooper het haar by 'n weeshuis gekry.

Elke aand het die mense styf teen mekaar op die bankies gesit. Deur die skerm het ek die vroue en manne van die tennisklub herken; hulle het dieselfde fênsie klere aangehad. Hulle het hulself met waaiertjies koel gewaai, want dit was warm. Wanneer ek agter Zaza inskuif, kon ek voel hoe klam is haar vel teen myne.

Elke keer as Zaza haar rok so fraksie vir fraksie lig, kon jy die spanning aanvoel. Dan, as die derde, bengelende been te voorskyn kom, die asems wat skerp ingetrek word, die *siestogs*, die *shames*, die uitroepe van die mans.

Een aand het ek my tone laat kriewel, toe het van die toeskouers verbouereerd gegiggel. Meneer Rottekooper het nie baie daarvan gehou nie. Hy het dit gewys deur my ore te wring asof hy hulle wil afdraai.

Bolo se vertonings is gekanselleer; hy het in 'n dam sweet in die vuil, vol kasarring gelê en gelyk asof hy wil doodgaan.

"Ek gaan wegloop," kondig Zaza die laaste aand aan, toe ek en sy hande-viervoet agter die skerm uitkruip en in die smal gangetjie tussen die tent en die vragmotortjie tot verhaal kom. Ons kan Bolo se onrustige asemhaling en gekreun hoor; dan bars die vertraagde applous los. Ons hoor die mense praat; hulle staan elke aand in groepies rond terwyl meneer Rottekooper en Nils 'n wakende ogie hou. "Ongelooflik!" "'n Wonderwerk!" "Wat 'n frats!"

Meneer Rottekooper se sak rinkel.

Ek rol die stelte waarop Nils loop as hy die Langste Man in die Wêreld is, tussen my vingers. Hulle behoort 'n nuwe baas te kry, dink ek.

"Weet jy nie waarheen kan ek wegloop nie?" vra Zaza. Sy hou my arm vas asof sy dit nie wil los nie.

"Hoekom?" vra ek.

"Dis goor hier." Dit klink amper asof sy nog iets wil sê, maar dan bly sy stil.

Gaan die frons nooit weg nie?

Sou Amy Patience se ouma haar kon help?

"Wag vir my agter die lorrie, aan die hotel se kant," sê ek, "ek sal 'n plan maak."

Ek moet eers sorg dat ek my betaling kry. En meneer Rottekooper skuld my ook nog die uitleg van die raaisel. Die stelte skuif ek onder die lorrie se agteras in, saggies, sodat ek nie die hondjies steur nie. Een van hulle lek aan my vingers.

Meneer Rottekooper is, soos gewoonlik, haastig toe hy met my praat. "Hier is jou geld," sê hy, en hy druk 'n klomp muntstukke in my hand.

"Die raaisel, meneer?" Hy kyk 'n oomblik na my asof hy nie verstaan wat ek hom vra nie.

Dan pluk hy die opgevoude stuk papier uit sy rooi baadjie se binnesak.

"Dis nie 'n raaisel nie," sê hy. "Dis sommer 'n klomp deurmekaar woorde." Hy kyk bo-oor my kop en blaas 'n bolling rook in my gesig.

Ek voel hoe die warmte in my wange kom sit. Ek is seker hy het nie eens daarna gekyk nie.

Ek draai om en los 'n string poepe in sy rigting. Dan laat spaander ek, swenk met 'n braksloot langs en duik ná 'n ruk hygend langs Zaza op.

"Waar bêre hy sy geld?" vra ek.

"Wie? Die Rot? Is jy van jou kop af?"

Maar ná 'n oomblik se nadenke glip sy by die kasarring in. Ek hoor stemme en ek probeer saamsmelt met 'n fluitjiesbos. Dan kom ek agter dis die dwerg Bolo wat yl.

Van die hotel se kant af klink 'n gelag op. Meneer Rottekooper is vermoedelik besig om handskrifte uit te lê. Maar waar is Nils? Ek kan nie agterkom wat Zaza doen nie; sy is nou seker in die diepste deel van die bak, net agter die lorrietjie se kap. Dit is natuurlik waar die Rot sy geldtrommel wegsteek.

Dan skreeu die dwerg weer.

Nils moes Bolo se harde koorsgeskreeu gehoor het, want meteens val sy skadu teen die binnekant van die stuk tent wat met die lorriebak verbind is.

Kom nou! wil ek roep, en *Oppas!* maar my mond is droog.

Nils betrap haar met die trommel in haar hande. Sy kon hom natuurlik nie sien nie, want sy het agteruit teen die leertjie af beweeg. Sy skaduwee skiet vorentoe en ek kan sien hoe sy koes. Maar die oorveeg ruk haar van balans, want sy val en bly in 'n kermende bondeltjie lê. Hy pluk haar orent en klap haar weer. Dié keer smeek sy hom; aan die vorm van die silhoeëtte lyk dit asof sy aan sy bene vasklou.

'n Soort radeloosheid pak my beet. Skielik gryp ek die twee stelte, wat steeds onder die lorriebak lê, en ek sleep hulle agter my aan tot op die hotel se stoep. Agter my raak die hondjies rasend aan die blaf. Op die stoep staan mense met glase in die hand. Die Rot is seker binne besig met sy handskriflesery.

"Wat soek jy?" snou 'n man met 'n wit-en-bruin-gestreepte baadjie my toe. Sy das is losgeknoop. "Of is jy die dwerg wat kamma siek is?"

"Nee," sê ek, "maar hier is julle Langste Man in die Wêreld!" Daarmee smyt ek die twee stelte klaterend op die stoep neer. Op daardie oomblik kom Nils by die trappe opgestorm, sy groot hande gereed om my strot toe te druk.

Ek glip tussen sy bene deur en hardloop 'n wye draai deur die dorp.

Dan sluip ek op my spore terug Mission toe.

Toe die eerste haan kraai, klim ek met die lang leer teen die dadelboom se stam uit en kyk of ek *De Kleine Circus* sien.

Ek moet my oë vryf. Daar is nie 'n spoor van die vragmotortjie en die tent te sien nie.

Die maande sleep verby sonder dat iets opwindends plaasvind. Vader Trommelbach, wat tydens sy uitgebreide togte genoeg bymekaarmaak om die gelukkigste armes in sy Vikariaat te voed en te klee en sy private kunsversameling aan te vul, het nie daarmee rekening gehou dat sy "familie" só sou uitbrei terwyl hy weg is nie. Die vader, bles, met 'n gitswart puntbaard, was verbaas om by sy eerste terugkeer 'n onbekende Oblate Suster, 'n koppige rympiesmaker, 'n offervaardige meisie van amper veertien, 'n besproete seun van vyftien, 'n tweetal jeukerige meisiekinders en 'n seun van dertien, asook 'n kannetjie wat glo dat hy nog op stelte gaan loop, 'n muil en 'n bokgesin aan te tref.

"Ons het hulle gevoed toe hulle honger was, geklee toe hulle naak was en water gegee om hulle dors te les." So het Broeder Stellmacher met 'n breë glimlag gesê toe hy Vader Trommelbach by die handpomp inwag. Ook Suster Lydia het lank oor ontferming gepraat, maar vir enige skerpsinnige toehoorder sou dit duidelik wees dat hulle nie raad weet met ons nie.

Ons moet mettertyd uitgeplaas word, het Vader Trommelbach besluit. Suster kan natuurlik bly, sy eet soos 'n mossie; maar die ander eet al die kollektegeld op. So kan dit nie aangaan nie. Wanneer hy weer vertrek, sal hy begin rondverneem; êrens in die uithoeke van die gemeente moet daar leë kooie wees.

Konkelaars! Hulle het nie geweet dat die kannetjie onsigbaar, hoog bokant hulle agter die slordige sluier van die dadelboom, sit en luister nie. Ek het dadelik vir Suster Francesca gaan vertel en haar kleed vol blink strepe gehuil.

Dis in dié tyd dat ek al hoe meer bewus geword het van die voordele van so 'n bukserige postuur soos myne. Ek kon muisstil onder die stoel verdwyn waarop die kok, Mary Kardinaal, sit en aartappels skil, haar rokke soos 'n tent om my. Net een keer, nadat ons die vorige aand hereboontjies geëet het, was dit onhoudbaar, maar andersins het dit my laat voel soos 'n kuiken onder 'n hen. So onopvallend het ek my gehou dat ek ongesiens van die heerlike, groot snye wit brood kon wegdra en met Mias agter die stalmuur deel – onnodig natuurlik, want ons het soos konings geëet in vergelyking met Bakoondskraal. Mag van die gewoonte. Eet, want môre is daar hongersnood. Of ek kon my tussen die groot reënwatervat en Suster Lydia se kamervenster inwriemel en luister na die swiepgeluide agter die dik klipmure; ek het nog niks geweet van selfkastyding nie. Ek kon my diep onder Piet Praaimus se katel inwurm en wonder waarom die katel so piep. Maar die beste van als was dat hulle my die meeste van die tyd nie gemis het nie. Hulle het ook gou moeg geraak vir my wegkruipspeletjies; ek was so akrobaties dat hulle my in elk geval nooit in die hande kon kry nie.

Wanneer Vader Trommelbach gaan kollekteer en 'n ander heenkome vir ons soek, wy Broeder Stellmacher hom steeds ywerig aan ons opvoeding en verwerf algaande die bynaam Bloukop. Joy moet iets agtergekom en gaan oorvertel het, want op 'n dag neem Suster Lydia Bloukop se opvoedingsrol oor en ons kou klippe.

Glimlaggende Broeder Stellmacher is na die een of ander eiland aan die Ooskus van Afrika gestuur om sy opvoedingswerk daar tussen kannibale voort te sit. En min of meer hierdie selfde tyd het Suster Francesca weer 'n visioen gekry, die brief uit Koffiemeul andermaal opgehaal en Vader Trommelbach van haar diepgewortelde roepingsbewustheid oortuig.

Vir haar was die tyd meer as ryp. Net rygoed kry. Uncle en sy beloftes!

Daar staan Aäron en Uncle se skotskar toe. Muistuiste. Die een waarmee hulle hul smousgoed die binnewêreld ingekarwei en van vlei tot vlei gesmous het, wáár daar ook muurhuise of matjieshuise saamgetros was. Onopgeëis staan die kar daar, eienaarloos, want die aarde het vir Aäron ingesluk, as dit moontlik is. Ook Uncle bly opsint. Sy nerings het gewissel van chauffeur tot smous tot toneelspeler tot minister. Of ten minste iets soortgelyks; daar is baie gestry, maar Mias het die argument gewen deur te sê net 'n minister kan deur soveel manne in strepiespakke opgepas word. Toe ek wou weet wat 'n minister is, het hy gesê dis 'n baie belangrike man. Stryker het gesê ministers hoort in die tronk.

Intussen het Clarissa vet geword van die skille wat sy onder Mary Kardinaal se wakende oog met Ottilie en Josephine deel. En van pure godsielsalige niksdoen.

Tot ergernis van Suster Francesca het die kar daar gestaan, want weke het maande geword, totdat sy besluit het ons moet vort. Clarissa moes ingespan en die kar gepak word.

Eienaardig genoeg het Vader Trommelbach skynbaar tog hulp van Iewers gekry met die uitplasery, want van die oorspronklike elf swerwers was daar in 'n ommesientjie net agt oor. Amy is na haar ouma toe, Piet het tydelike werk by die dorp se poskar gekry, en Stryker is die wildernis in. Joy sou by Henderson gaan werk, maar haar keel het só toegetrek dat sy skaars kon asemhaal.

Amy se suster het op 'n dag uit die bloute by die Mission opgedaag: haar ewebeeld, maar dubbel haar saais, soos Mias opgemerk het. Alles aan haar was breër: haar oë was nóg verder uit mekaar as Amy s'n, haar neusvleuels het gelyk asof hulle soos 'n perd kan runnik, haar lippe was bessierond en bessierooi, haar wangbene grof en breed, haar skouers soos 'n man s'n, haar tiete soos twee kussings om Amy se kop, totdat dié, halfversmoor, kon uitroep: "Haai, ek het nie geweet ek het 'n suster nie!" Die suster het selfversekerd by Vader Trommelbach se kantoortjie ingestap en nuuskierig na die figure van die lydendes en martelaars teen die muur gekyk. Toe het sy kortaf gesê wie sy is en dat sy vir Amy kom haal om by haar ouma te gaan bly, want die ou dame het nie geselskap nie. Wat van die hees papegaai, het ek gedink; en die katte? Niemand het iets gesê van die fortuinvertellery nie; niemand het vrae gevra nie, maar Suster Lydia het verlig gesug. Ontslae van Skotse fiedels, het sy sweerlik gedink. Mias het met die groetslag vir Amy gesê haar ouma is nie 'n fortuinverteller se agterent nie. Maar miskien was dit kodetaal, want Mias het so al om die hawerklap weggedros om by Ouma te gaan tee drink. Amy se suster het glo by die Klipfontein Hotel, bo-op Anenous se berg langs die smalspoor Port Jollie toe, gewerk. Niemand het geweet watter soort werk nie, hoewel Mias met haar wegstap die dag gesê het die boom mik wyd. Mias was baie onbruikbaar. Die idee van 'n hotel tussen niks en nêrens, bo-op 'n berg, het my nogal aangestaan, en ek het my stilletjies voorgeneem om die plek eendag te gaan opsoek; dit klink soos die stad bo-op die berg waarvan Broeder Stellmacher ons geleer het. Met liggies wat jy van vêr af kan sien.

Joy, klaerig soos altyd, het soos 'n dwars bok vierspoor vasgesteek en aan Suster Francesca se hand gerem en gesê sy wil nie by Henderson gaan werk nie, sy wil nie heeldag en aldag agter 'n winkeltoonbank staan en pondjie-meel, pondjie-koffie, of haar knieë op die splintervloere deurskrop nie. Almal moes haar troos. Piet Praaimus het haar probeer paai deur te sê dis 'n historiese winkel; einste die winkel waar Deneys Reitz 'n blik konfyt van die rak agter die toonbank afgehaal, dit van Henderson laat oopsny en toe met smaak op die treetjies voor die winkel sit en eet het, in dié tyd toe Manie Maritz die Kakies op 'n streep laat witvlag hys het. Mias het gefluister dat hy en Amy gereeld Ouma se tee by Joy sal kom haal en haar geselskap hou; Anaat het gesê dink net aan al die mooi matterjale wat jy elke dag onder jou hand kan voel ... Maar Joy wou nie bly nie.

Piet Praaimus was opgetoë oor die vooruitsig om saam met die poskar Klawer toe te ry. Nou was dit nie meer 'n perdekar nie; dit was 'n egte mouter, 'n Stoot-die-bokker.

"Ja," het Mias met sy kenmerkende terglaggie laat hoor, "stoot sal jy stoot deur Groenrivier en Swartlintjiesrivier en Stryrivier se sand – ek praat nie eens van die Knersvlak se slote en van al die hekke nie. Dís waarvoor hulle jou aanstel, om die Bokker deur die sand te stoot en hekke oop te maak. Kners sal jy."

"Dis nie Knersvlak nie. Dis *Knegsvlak*." Piet het hom geroem op sy kennis van aardrykskunde en geskiedenis.

"Nog beter!" het Mias getroef. "Kneg sal jy wees tot in lengte van dae. Houthakker en waterdraer en hekoopmaker."

"Dis net tydelik," het Piet vol vertwyfeling gesê.

"Sê nie, die poskar ry twee keer per week."

Die dag toe Piet die eerste maal met die poskar sou saamry Klawer toe, het ons gaan kyk. Die mouter het vroegoggend voor die poskantoor gestaan en balk. Agter die Stud (soos Piet dit genoem het wanneer Mias by was) was 'n trailer – "daar," het Piet beterweterig gesê, "ry die gewone mense, en dit kos tien sjielings."

"Tot waar?" het Anaat gevra.

"Tot in die Kaap," het Piet gesê.
"Gaan jy dan nie net Klawer toe en terug nie?" het Mias gevra.
"Meeste van die tyd," het Piet ontwykend gesê.

Maar die woord *Kaap* het in ons gedagtes soos Mary Kardinaal se nuwejaarspoeding bly spook: sy meng hom nou, sy sit die dadels in, daar kom rosyntjies by, nou gaan hy oond toe.

Alles wat ons van die Kaap geweet het, het in Let se briewe gestaan, en dit het nie saak gemaak dat dit meestal slegte nuus was nie.

Nou was daar sowaar die moontlikheid dat een van ons die Kaap gereeld sou sien. Ons was omtrént jaloers toe Piet die hele spul met 'n seil toestrop en trots teen sy keps tik en ons nader wink. Op die agterste sitplek het drie mense langs mekaar plaasgeneem: 'n mooi jong vrou met 'n wit hoed, langs haar iemand met 'n geruite pet, en die hoteleienaar. "Die deftige gaste," het Piet gefluister, sy praaimuskop amper nie onder die keps herkenbaar nie. "Ons het vandag niemand wat in die trailer ry nie." Ons het ons verwonder aan die pakkaas wat nog op die treeplanke en langs die petrolkanne aan weerskante van die kap vasgewoel word.

Toe het Piet Praaimus hom in die middel van die trailer tuisgemaak, gewuif, en in 'n bolling stof verdwyn toe die Stud wegtrek.

Toe Vader Trommelbach vir Stryker inlig dat hy as handlanger op 'n buitepos aangestel word – maar sonder 'n eie grondjie – het hy te kenne gegee dat hy liewer Richtersveld toe wil gaan om sy ouers se grafte te gaan opsoek. Maar toe hy kom groet, was daar saam met hom 'n bebaarde prospekteerder met die maanhaar en romp van 'n leeu (Vuilbaard, het Mias hom gedoop), en die reuk wat aan hom kleef, het op die stoep bly hang lank nadat hulle weg was. Ons het die twee in verwondering dopgehou toe hulle by die hek uitry en geluister hoe speel Stryker op sy mondfluitjie, en hoe hy sing: *My skat, my skat in die Wondergat, vind men niets dan vind men wat.*

In my trommeltjie was nou ook, sonder sy wete, Piet Praaimus se windroos. Snaaks hoe sentimenteel mens kan wees.

15

Van 'n onstuimige afskeid, die spreekwoordelike
veertig dae en veertig nagte in die woestyn,
die tien plae van die Onderveld en
die eiesinnigheid van plekname.

November was 'n ongelukkige keuse, maar Suster Francesca het gesê: "Toe maar, die goeie tye kom aan." Daaraan het ons vasgeklou, en klou móés ons.

Maar dit was 'n ander soort vasgryp as die onafskeidbaarheid van Joy en Amy Patience. Dit wás al vir Joy swaar toe Amy by haar ouma gaan bly het, maar nou het dit gelyk of ons hulle van mekaar sou moet losskeur. Joy het aan Amy gehang soos Ouma Mazawattee se kat aan Mias die dag toe hy die verskrikte dier van die hoteldak afgehaal het, oë net so glasig en groot. Haar hande het in die lug gegrawe en dié wat naby kom, bloednerf gekrap, en sy het die verskriklikste geluide gemaak. Suster Lydia het gesê die kind is histeries en Vader Trommelbach, wat nie van 'n skreeuery gehou het nie, het gesê sy is van die duiwel besete. Sy taai klappe het nie gehelp nie, en sy het hom met nóg groter oë aangekyk. Daarna het hy en Mary Kardinaal haar op die vloer probeer vasdruk terwyl die prewelende Suster Lydia 'n mengsel van stuipdruppels, kruie, asyn en gebede tussen haar tande inforseer. Daarvoor moes die priester feitlik bo-op haar malende arms gaan sit, en die skoppe van haar bene verduur, want Suster Francesca en Anaat en Mias was nie gebore in staat om haar knieë vas te pen nie. Mary Kardinaal is in die proses aan die vinger gebyt. Eindelik het sy bedaar en aan die slaap geraak, ek weet nie of dit van skone uitputting was nie; haar regterhand soos 'n klamp om Mias se pols. Gedaan gespook het ons om haar gesit en aan moontlike verklarings gedink. Mary het haar vinger met koeksoda en warm bokmis gedokter en in tale gespreek, want sy was seker sy gaan dit kwyt wees. Toe dit haar byval dat dit presiés was wat Ouma Bam vir hááр voorspel het tydens 'n skelm besoek, het 'n gejammer opnuut opgestyg.

"Seker 'n gifding," het Mias voorgestel. "Hulle sê as oorkruiper jou byt, raak jy van jou kop af." Hy kon sy hand nie uit hare losgemaak kry nie; miskien wou hy ook nie. Ek dink daar het op hierdie dag 'n band tussen Mias en Joy ontstaan wat jy met niks ter wêreld sou kon deursny nie.

"Die gif is in haar gestel," het Vader Trommelbach gesê.

"Weet jy dalk iets?" het Suster Lydia aan Amy gevra, maar dié het net haar oë neergeslaan en haar arms bly vryf. Daar was rooi hale soos Joy aan haar vasgekramp het; dit het gelyk of bloed op een plek wil deurslaan. Joy het daar gelê, bleek gespook, die vel rondom haar oë swart.

"Sy is bang," het Amy uiteindelik gesê, maar meer kon ons ook nie uit hááр kry nie.

Mary Kardinaal se geweeklaag – mens sou sweer 'n dol dier het haar gebyt – het eers bedaar toe ons met die klippad tussen die dadelpalms deur skud en skommel in die skotskar; Joy dooigewig soos 'n slagbok agter ons, gelukkig steeds buite weste van die stuipdruppels. Die toemaakmis was 'n wit kokon oor Steenboksvlei en oor die Koperberge; Varsputs se kop, waar ons noord moet swaai, geheel onsigbaar in die verte. Mias het vir Joy almaardeur in die oog gehou; netnou word sy wakker en spring bo van die kar af, dan sit ons nog met 'n breekbeen ook. En Anaat se hand was vatgereed op die kissie wat Suster Lydia vir haar vol patente en minder patente medisynes gepak het: boegoe, bomeester, vieroulap, kalkoentjiesbos, kersbosblare, wildeolien, ossies op asyn, wit- en rooidulsies, haarmisdruppels, paragorie, groenamara, jamaikagemmer, Friar's balsem, duiwelsdrek, obstruktpille, allerhande soorte balsems en salwe, les bes 'n botteltjie "wonderdruppels", van onsekere herkoms, maar glo sterk genoeg om enige duiwel se tande te trek.

Ons was uitgedun, maar ons het mekáár gehad: Mias op die bankie, met Suster langs hom, en ek en Anaat en Joy dig teen hulle en teen mekaar opgekruip, met die bokvelsakke vol klere en lewensmiddele, en Josephine en Ottilie digby. Ons het Praatsiek Amy gemis, en Piet Praaimus se gerusstellende teenwoordigheid, en verál Stryker se rympies en stories. Al troos was dat hy ook – saam met die kraagmannetjie van 'n prospekteerder – min of meer hierdie koers ingeslaan het; ons roete sou ons net meer noordoos neem.

Op die onwaarskynlikste plekke was wegwysers, die handgeskilderde name meestal voos gebrand deur die son, sodat Mias amper nie die letters kon uitmaak nie. As hy daarin kon slaag om die naam te ontsyfer, het dit meestal na 'n grillige poets gelyk: Keelafsny (Anaat het gegril), Rokoptel (waar's Amy nou? sy sou dans op die wa!), Rooistasie, Rusiemaakvloer, Sambokrivier, Tierwater, Verlatenheidspan.

Dooimansland.

Mens ry sonder om te dink, werktuiglik, bloot omdat jy weet Omdraaisdrif lê vorentoe, waar die rivier die Onderveld van Groot Namakwaland en Duitswes skei, en verder die onbekende in lê Koffiemeul. Ons bestemming. Links en regs van die pad word die rante hoër. Nee, dis sinsbedrog: dis die pad wat so met verdrag sak, hoe nader mens aan die rivier kom. Eintlik het ons die sanderige trajek van 'n rivier gevolg wat – so skryf Suster in haar joernaal – duisende jare gelede geloop het, en toe het dit die verborge berge onder die sand uit oopgespoel.

"Dit lyk," skryf sy, "asof die wind die landskap verder kaal gestroop het, soos wat 'n vel gestroop word om rou senuwees en are bloot te lê, en mens kry die indruk van rou vlees, asof die landskap verwond is. Bolangs die heuwels se sagte, afgeronde voorkoms, selfs al lyk dit asof niks daar groei nie. Hier en daar kalk- en vuurklippe teen rooi sandmaanhare. Onverwags 'n bondel gryswit klippe, soos harsings wat uitgeruk is. Waar die pad in die gesonke, droë vallei langs loop, is die flanke van die berge oopgeruk – 'n landskap van aangetaste ledemate. Die klippe rou en rooi asof gevlek met harslag en pensmis. Grougroen, grysgroen, bruinrooi, soms persrooi soos oopgesnyde lewer."

Suster Francesca se joernaal beskryf nie net die landskap nie. Ook ons gewaarwordings. "Die sesde dag. Ons merk sedert gister 'n vlies op die luglyn. Ons hou die bank weer angstig dop. Die spel van die weerlig is snags 'n vuurkolom wat die rigting vir ons aandui. Vorentoe mag vars water in die klipbakke wees, maar hoe vêr is vorentoe? Ons vorder voetjie vir voetjie. Die kinders, veral Joy, raak moeg.

"Die versengende warmte begin ons vang. Saam daarmee keer Joy se angs terug, hoewel nie so skouspelagtig soos op Steenboksvlei nie. Sy soek kort-kort 'n hand om aan vas te hou, elke oog soos 'n spoelklip in haar kop. Wat sou die kind so onredelik bevrees maak?

"Die wind wat veronderstel is om tekens van reën na ons toe te waai, waai die koorsgloed van die landskap oor ons. Dit skroei die laaste bietjie vog uit die liggaam. Waar dit gereën het, kan oor 'n kort tydjie 'n wonderwerk plaasvind, maar intussen vorder ons moeilik teen die wind in. Omdat hier geen vegetasie is nie, waai sand en fyn klippies voortdurend in ons gesigte. Gistermiddag laat was die sandstorm só erg dat ons almal onder die kar skuiling gesoek het. Ure lank het ons daar gesit terwyl die korrels en klippies ons rûe striem. Ek dink ek was nog meer beangs as die kinders, maar durf niks wys nie. Die son het vroeg ondergegaan in 'n rooi sluier van sandstof wat die lug vol hang. Ons was te uitgeput om aan vuurmaak te dink, en het net so gesit tot vanoggend, toe alles meteens weer helder en stil was, asof ons maar net gedroom het. Waarlik, die Voorsienigheid waak.

"Anaat en Joy en ek het die sand in 'n sopkomdeksel uit ons ore en oë probeer was. Die seuns het hul met dieselfde water agter 'n melkbos gaan behelp ..."

Ons het bekommerd geraak oor ons watervoorraad; dit het steeds nie gelyk of ons náder aan die rivier kom nie.

By die dowwe bordjie waarop ons die naam Raaswater kon uitmaak, het Mias vir Clarissa met die flou paadjie langs gestuur. Dit het gelyk of hier lanklaas mense verby is, maar met die sandstorms weet mens nooit; gister se spore word vandag toegewaai. Die naam – Raaswater! – is aanloklik genoeg om ons allerhande vergesigte te laat sien: groen bome en bosse en dammetjies waarop eende dobber. Met hoogstaanson dans 'n gloed soos bokant 'n staanvuur oor die lae, donker rante, waarop nie 'n enkele boom of graspol te sien is nie. Die diere tam van die dors; die water lou en onsmaaklik. Metdat ons oor 'n klipperige nekkie sukkel, lê 'n smal sandrivier voor ons, en bome, maar hulle lyk swart. Tog moes die bokke die reuk van water gekry het; hulle het so onrustig geraak dat ons hulle laat begaan het, en hulle is met swaaiende uiers vooruit op dit wat eens 'n pad was. Daar was tekens van 'n werf, maar hortjies het aan skarniere gehang of op die grond gelê; daar was 'n dammetjie, maar dolleeg, gekraak.

Ons het langs 'n dabbieboom met uitgespaarde blaartjies uitgespan, maar die sand was so warm dat ons verplig was om die yl koelte langs die bouval op te soek. 'n Vervalle kookskerm, 'n slagbank met bloeddruppels soos taai stukke teer daarop vasgebrand, 'n handpomp met 'n gebreekte swingel en 'n buite-oond waarvan die dak ingeval het, het verklap dat dit meer as net 'n veepos was; hier het mense geblý. By nadere ondersoek ontdek ons 'n kinderskoen, die leer omgekrul en gitswart en krakerig, asook 'n groterige ashoop met kommetjiestukke – tekens dat die mense 'n hele ruk, minstens 'n paar jaar, hier gebly het. Waarom is hulle weg? Waarheen? Wonder bo wonder werk die handpomp nog, en Mias slaag daarin om 'n halwe blik koel water op te dien; dit smaak soos gif, maar ons drink dit.

Waarom, in die naam van al die heiliges, sou iemand 'n plaas Raaswater noem as dit lyk of dit nooit-ooit hier reën nie, as die son elke krieseltjie lewe uit die aarde wring?

Omdat die werf in 'n rivierkom lê, net langs die smal sandkronkeling wat aandui dat hier tóg, in geseënder tye, water moet geloop het, verhoed dit ons om vêr te sien. Toe dit leefbaarder word, die skerp afgetekende skaduwees langer, besluit ons om die omgewing te verken, en teen die rante uit te klim: Anaat aan die oostekant; ek en Mias teen die hoër rant wat van die noordekant af by die eerste een aansluit. Toe ons bo kom, sien ons die digte bank weer in die suidooste lê, en vir die eerste maal die wolke soos skuimbolle laag af teen die horison, reg rondom. Mias tel my op sy skouer en stap vinnig tot by Anaat, wat ons nader wink.

"Hier kom groot reën aan." Mias stem saam, en ons staan en kyk hoe bou die kring van wolke om ons op, asof hulle die blou gat van die lug voor sononder wil toemaak. Want dit is een van die vreemdste verskynsels in hierdie dorre, afgesonderde deel van Afrika: dag na dag broei die hitte, dae aaneen sien jy net die vaagste stippeltjies wit op die einder, maar deurentyd broei die hitte, selfs deur die nag broei dit, en dan broei die eierwit wolke skielik uit, en in 'n ommesientjie jaag die wolke mekaar, hul skaduwees spookbeelde van oerdiere wat hier eens moet gebly het.

Maar hitte broei ook ander plae uit. Toe Anaat voor ons teen die skuinste af begin drafstap om die nuus aan Suster en Joy oor te dra, hoor ons haar uitroep, sien ons haar plat sit en haar enkel vashou.

"Horingsman," kry sy met geklemde tande uit. "Die trommel, Mias, bring die trommel!" Sy wys my die gaatjies in die sagte vleis langs haar hakskeensening, en die los sandjies waar die satansadder hom skuilgehou het. Suster Francesca is nog vóór Mias en Joy by ons; dit lyk of haar kleed vir haar geen hindernis is nie. Mias se knipmes word ingespan, en op Anaat se instruksies sny Suster bomeester in, terwyl ek kan hoor hoe Anaat op haar tande kners.

Daar word vuurgemaak en Mias en Joy speel kok. Anaat lê en rondrol; sweet slaan in donker vlekke oor haar lyf uit. Sy stoei met die karos onder haar, en ek wonder of sy sal doodgaan. Intussen sak die son, en die wolke word geverf met kleure wat ons laat dink dat ons koorsdrome het: donker-oranje en ligpienk, met wit skuimwalle tussenin. Die skrik laat ons traag eet. Toe Joy later haar kooigoed uitskud, swaai die swartslang voor haar op en spoeg na die blink van haar groot oë, maar sy moet sy stert eerste gesien het, die blinkswart glimlyf met die skubbe, want sy ruk haar kop instinktief op en hou die bondel voor haar gesig net toe ta spoeg. Voordat ons by haar kom, is die slang reeds weg. Maar sy gil onophoudelik; ons kry haar nie tot bedaring nie. Eers toe Suster haar 'n halwe bottel stuipdruppels en boegoe injaag, ruk sy geleidelik minder tot sy nog net snik.

"Jy's gelukkig," sê Mias. "Jy kon blind gewees het."

Toe sê sy uit die bloute: "My ma't altyd gesê dis net Boesmans wat in hierdie godverlate plek kan bly."

Het sy dan 'n ma? En het hulle hier gebly? Joy het nooit oor haar familie gepraat nie. Tot nou toe.

Ons hoor ook nie dadelik wát sy sê nie; dit dring eers later die aand tot ons deur, toe die lug potnagdonker raak en blitse onheilspellend in die ooste begin speel. Toe word ons aandag vasgevang deur 'n vreemde toneel. Uit dansende skaduwees van klippe en plat, droë bossies, en uit skeure tussen klippe op die verbrokkelde stoep, en uit grippies tussen voos gevrete planke, kom die volgende plaag na ons toe aan: gepantserde hordes skerpioene wat knars oor die grint, wat 'n oorlogsdans met tastende kloue en geboë angels uitvoer: groot, vet donkergeles, dikstert-bruines, dunstert-swartes. Tussen hulle deur, vinniger as wat die oog kan sien, snel harige rooi gevaartes: jaagspinnekoppe soos boodskappers uit die hel self. Ons sit bymekaargehurk, te bang om te roer, dom voor die demone wat uit die donker kom. Anaat, nog altyd koorsig, kyk na hulle soos 'n voëltjie na 'n bakkopslang. Mias sonder 'n woord. Suster se vingers is om haar kruisie geklem, Joy kyk met starende oë wat sien en ook nie sien nie. In die stil, hangende hitte, die drukkende opbou van die weer, kan ons dit nie waag om 'n hand op te lig en onsself koel te waai nie. 'n Reënsprinkaan is langasem aan 't skree. In die verte kan ons die grondgeitjies hoor klop-klop.

Wou hulle – die slange, die skerpioene, die rooi jagters, hierdie giftige en skrikwekkende monsters van die dag en die nag – vertel wat gebeur het? Waarom die mense weggetrek het? Wou hulle ons waarsku? Of beproef?

Dit het uit die bloute begin drup. Vêr weg was dreunings hoorbaar, 'n swerm waansinnige hommelbye aan die gons en werskaf; af en toe die gloed wat glimmer, en nou, meteens, die druppels wat sis in die vuur, wat wyd uitmekaar stof opslaan, en 'n skerp, blikkerige reuk.

Ek weet nie wie eerste begin lag het nie. Dalk was dit Joy. So 'n hoë, histeriese laggie wat saamsmelt met die groot, vallende druppels se geplof op bokseil en klipstoep en hortjies. Ons grillige besoekers het sienderoë verdwyn, waarheen weet ek nie, seker terug na hul onderaardse demoneryke, en ons het om die vuur begin dans: Suster Francesca huppel-huppel vooraan asof sy aan 'n Middeleeuse heidendans uit haar geboorteland herinner is; ek en Mias en Joy asof ons vir Stryker hoor speel. Selfs Anaat het haar seer been saamgesleep. Dit was asof die reën of die skerp reuk van nat klippe wat netnou nog siedend was van die hitte, in ons gevaar het. Niks het ons so volkome aan die mag van die natuur uitgelewer as die spulsheid van die reën nie.

Ons moes die tekens gelees het, natuurlik, soos die paddas wat vanuit die niet verskyn en rant-uit hop, maar die skielike verandering wat die elemente gebring het, het ons sinne verdoof en verblind. Dit het skaars spoordood gereën, toe laat die donker wolk ons só, snaarstyf opgewerk van die dans, agter, met die lafenis van 'n ligte náreënwindjie oor ons gemartelde liggame, en die skouspel van skoongewaste sterre wat ons, oorstelp maar tot die dood toe moeg, laat slaap het waar ons maar kon lê.

Daar is iets oombliklks aan 'n vloed in die Onderveld: die breë sandsloepe wat in geute tussen die berge eindig, die barre hellings waarteen watermassas afrol. Van die rante af sou ons nou die stofpilaar aangejaag kon sien kom: die fyn slik wat as poeierstof na 'n vorige vloed neergeslaan en gedroog het, nou deur die asem van die bruin rolwater omhoog geblaas. Maar ons het nie op die rante gestaan nie; ons het sielsalig geslaap, gedroom van vars water in klipholtes. Ons het nie verwag dat wáter ons met soveel geweld uit mekaar sou skeur nie. Eers die volgende dag, toe ek jare ouer was, en ek Ottilie die bok se glasige oë skuins onderkant my in die mik van 'n boom sien, het ek besef dat ons saamswerf dalk hier, by Raaswater, geëindig het.

16

Tot lof van klippe en kruisbande. 'n Episode waarin Nicolaas Alettus die gevoel kry dat hy alleen op die wêreld is, waarin hy moed put uit 'n bêrestorie, en waarin 'n ruweling tot sy redding kom.

Of dit die verskrikking van die nag was, of die blote besef dat ek leef, knoppe en kneusplekke en al, weet ek nie, maar toe ek daardie oggend onder voëlgesang bykom, was daar die onuitwisbare gevoel diep binne-in my dat niks my sal onderkry nie, dat ek hierdie wildernis kan oorleef, dat ek uit die donkerte van die nag kan opstaan, dat ek soos Uncle kan glimlag en sê: "Dis prima!"

En so wás dit, al moes ek my met 'n geroei onder 'n tamaai klip loswoel, my losgeskeurde hemp van my nek af wring, die bokvelkarossie wat om my bene vasgedraai het, van my afstroop en my kruisbande met 'n gesukkel losknoop. Ek het, met net my kruisbande nog heel aan my bas, die opdrifsels van my af weggestoot en regop gesukkel. Wat vir iemand groter as ek dalk 'n graf sou wees, was my redding: die water het my opgetel en tussen los rotse ingesmyt, nommerpas, met 'n klinker van 'n klip so pinkiedikte van my naeltjie af; en dié het natuurlik verhoed dat ek laer af skuif en onder die malende water verdwyn.

Maar ek het my lewe veral aan my kruisbande te danke: dié het met die inspoelslag aan die punt van 'n klip vasgehaak, en toe die water my onder die klip indraai, my wonder bo wonder daar gehóú. My lyf was oneindig seer, my hare was taai rondom die bloederige knop op my kroontjie, en die opdrifsels het gestink, maar ek het van blydskap begin huil. Ek het my sit en uithuil op die klip wat my lewe help red het, en met verwondering geluister na die gerinkink van swaels, wat in swerms oor die nat sand en die blinkende poele geduik en fratse gemaak het. Hulle het jag gemaak op al wat kriewel en kruip. Die sandrivier was wéér sandrivier: die vloed het seker maar enkele minute geduur, en toe die water afgeloop het, kon 'n mens skaars die verandering sien, as dit nie was vir die vars sandwalletjies, platgedrukte biesiepolle en poele water nie.

Hoewel dit begin lig word het, en die son weldra alle getuienis sou wegbrand, kon ek skaars glo of verstaan wat gebeur het. Die een oomblik het ons nog daar gelê, uitgeput, maar verheug oor die reën; die volgende oomblik het dieselfde reën ons uitmekaargeskeur, net soos wat dit die lamlendige bome langs die droë loop uitgeruk het. Dis juis toe ek na 'n afgeskeurde tak skuins onderkant my kyk, dat ek die bok sien, haar agterlyf na my gedraai, asof sy kniel, maar haar voorlyf onder die swaar mik vasgepen, asof die vloed wou sê: Drink, drink tot jy genoeg het, tot jy opblaas van die water. Haar blouswart en wit bokhare was nat. Sy was dood.

Ek het begin hardloop, weg van die starende oë af, sommer 'n koers ingeslaan, rivier-af en weer rivier-op, deur die plasse wat alreeds in die gulsige sand aan die wegsyfer was, struikelend oor klippe en opdrifsels, en meteens was ek nie seker waar ek is nie; nêrens was 'n lewende siel in sig nie. Was Ottilie nie van die begin af, soos Joy, teësinnig om saam te gaan nie? Hoe het sy nie gerém aan haar riem nie!

Die ander! Waar sou Suster wees? En Anaat? En Mias en Joy? En Josephine? En Clarissa?

Maar afgesien van die vlegtende swaeltjies en goggas was daar geen beweging of geluid nie.

Ek was kwaad. Veral vir Stryker. As Stryker by was, sou dit nie gebeur het nie. Ons was dom. Nie so t'ghommie as dit by veldkennis kom nie; op Bakoondskraal het ons gelééf uit die veld. Maar Stryker was ván die veld; dit was in sy bloed, in sy murg, in sy stories. En hy ken hierdie deel van die Onderveld soos 'n mens jou ma ken; hy sou geweet het hoe beneuks sy kan wees.

Maar ook hy sou, soos Uncle, al is dit op 'n ander manier, sê: Tel jou kop op, moenie jou laat onderkry nie, karring aan, áán, *my naam is Oompie Strykvoet, ek hét my kros en ek hét my hoed!* So sou hy sing as ons moeg raak vir die rolvat, toe ons so vêr moes gaan water haal vir Bakoondskraal.

Ek het instinktief gewéét ek moet rivier-op, iewers vorentoe moet die ouwerf wees, die handpomp, die klipmurasies. Dalk het hulle betyds wakker geskrik en agter die mure gaan skuil; dis wat ék sou doen as die water my nie verras het nie! Ek was dors, en die water uit die vlak poele had 'n jakkalssmaak. Ek was honger, maar ek het niks gehad om aan te kou behalwe biesiestingels nie, en dié was taai en onsmaaklik.

Die voëlgeluide en die gesár van muggies om my kop het bedaar, maar ander geluide het bygekom. Wat laat mens meer verlate voel as kelkiewyne wat jy in die vêrte hoor? En toe het die son hulle ook stilgemaak. Die son het begin bak, soos die vorige dae, en al was daar die effense verskil, 'n klam luggie af en toe, het elke tree op klipplaat en sand moeiliker geword. Swaarder nog, by die gedagte dat ek pure verniet dié kant toe loop; wie sê die maalwaters het die ander nie wie weet waar in Grootrivier loop neersit nie? By dié gedagte het my nekvel yskoud geword, want ek het nog net van die Rivier, die Gariep, gehóór, maar as dit so 'n vreeslike stuk water is, het hulle nóg minder kans op oorlewing ...

Aan, áán!

Tot ek wil neerslaan. Ek gooi my neer op 'n stukkie drooggebrande sand in 'n lemoendoring se skade. Ek slaap tot die tsjok-tsjok van 'n pou my wakker maak, skrik toe ek sien die son lê laag. Waarmee maak ek vuur? Die goeie tye kom aan, sê Suster Francesca. Ek sal my nie laat onderkry nie; teen 'n bakkransie pak ek vir my 'n skerm met doringtakke en opdrifsels, beur teen die rant op om te kyk of ek nie wolke gewaar nie, sien die lug is skoon, anker nogtans my kruisbande om 'n stuk klip, en sit en wag seerlyf dat die slaap weer moet kom. Nee, sê ek vir myself toe 'n jakkals in die verte begin roep, nie bang wees nie, ek sal nie bang wees nie, my naam is Vossie. Ek sal dink aan Stryker by sy vuur; dis mos wat ek altyd gedoen het as ek nie kon slaap nie. Ek sien sy skaduwee in die gloed van die vuur teen die matjiesgoed dans, ek hoor hom viool speel, ek hoor die hartseer van Klaas Duimpie se fluit.

Klaas. Die egg-box. Waar's my egg-box? Sal ek hom vind? Waar's die ander? Sal ek hulle weer op die lyf loop? Moenie dink nie, moenie dink nie; dis txina om te dink hulle's dood. Dink jy dít, dan ís hulle dood; dink jy jou bang, kom die onheil; die wildekatte en die rooikatte ruik dit ... wie weet, hier's dalk nog tiers in dié dooimansland. Moenie, o moenie, moenie die onheil roep nie; dink aan Klaas, dink aan Stryker se stories, dink aan jou mooiste bêrestorie, aan Slim Vossie Uitoorlê. Sit en sê die storie vir die sterre op.

Ligdag gewaar ek 'n bok se spoor. Josephine? Maar die spoor langs hare lyk vreemd; dis 'n man se velskoenspoor, dis te groot om Suster s'n te wees. En aan die bokspore lyk dit of die dier onwillig is, gesleepdra word, want die spore rém.

Maar ek skep moed; ek drink bakhande vol van die wilde water en begin draf, die kneusings skoon vergete. Toe ek verby 'n effense swik in die rivier kom, sien ek hulle, van vêr af sien ek vir Josephine; dit móét sy wees, dis haar agterlyf, dis haar swaaiende uier, dis haar skimmelkol op die flank, dis bo alles háár blêr! Maar die mens wat haar aan 'n riem beet het, ken ek nie, nie dadelik nie, nie van dié afstand af nie. Dis eers toe ek binne roepafstand is dat die geboë figuur met die woeste hare vir my bekend begin lyk. Dis die rugkant van dié mens wat saam met Stryker daar van die Mission op Steenboksvlei af weg is: ou Vuilbaard, soos Mias hom gedoop het. En hoe nader ek kom, hoe duideliker word die vorm van die prospekteersak, die hamer- en pikstele wat by die flappe uitsteek, die vorms van bymekaargemaakte klippe.

"Haai!" skreeu ek, maar sy boskasie is seker te wild, dit groei sy ore toe, hy hoor my nie. Josephine blêr; sou sy my gehoor het?

"Hêi ...!" roep ek, en ek sléép deur die sand. "Waar gaan jy met my bok?" Toe gaan staan Vuilbaard stil en hy draai om, en ek sien my egg-box. "Jou ou dooie donner!" onthou ek een van Jasper se slegsê-goed. "Wie gee jou die reg? Waar gaan jy met my goed heen?"

Hy staan my en inwag, sy mond tandeloos, en hy spoeg 'n pruim-pie net langs Josephine se oor verby. Die ooi herken my nou en rem so sterk in my rigting dat sy hom half van balans af ruk.

"Sien jy?" skreeu ek, en voel hoe warm my gesig word. "Dis my bok! En dis mý kissie wat jy daar in jou hand het, jou gemene ou hoerjaer!"

Skielik begin Vuilbaard skud van die lag; sy hare en baard skud saam; hy lyk soos 'n groot, vriendelike leeu. Maar dit maak my nog kwater, en ek storm op hom af en slaan en skop; ek baklei soos Jasper en Mias my geleer het. Ek spoeg en slaan en huil, alles tege-lyk. Net byt byt ek nie, want daar slaan 'n stank van hom af op wat erger is as bokramkamp.

Dis so goed ek baklei teen 'n baal lusern; hy laat my slaan en spoeg en vloek totdat ek uitgeput teen sy harige bene afsak. Die laaste wat ek onthou, is sy abbatoontjies: op elke skoen is 'n trip-pensgaatjie uitgesny, en daar sit die ekstra toontjies soos bobbe-jaantjies wat op hul ma se rug saamry.

Toe ek weer by my sinne kom, is my hare in my oë, sopnat, en die water drup van my af, en voor my staan 'n stroopblik swart koffie – 'n hele tiemaans vól – en dwars bo-oor is 'n skawagtersny brood, met bokvet en heuning halfpad deur die brood getrek.

"Slootjiepens," sê Vuilbaard, en sy mond maak die eienaardigste patrone in sy baard soos hy kou. Sou hy nog êrens 'n tand oorhê? Of maak hy soos 'n hoender: sluk hy fynklippies saam om die kos te maal? Hy sit en kerf hompe van 'n stuk beesbiltong af en prop dit heel in sy mond, terwyl die spoeg oor die geelbruin twaksopvlekke van sy baard borrel. Dié vee hy kort-kort met die harige rugkant van sy hand af. Ek wil sterf van honger. Die sterk koffiegeur slaan onder my neus op. Saam daarmee die geur van bokvet en heuning. En van die aanloklike reep biltong wat hy oor die mespunt na my toe uithou.

"Slootjiepens," herhaal hy, en toe hy sien ek verstaan nie, "pit-tekoffie. En regte oondbrood. En regte heuning en bokvet. Jy hoef nie bang te wees nie." En hy lag, 'n lag wat stil-stil begin, en ophou, en weer begin. Hy lag in paaiemente. Jy sien net die rimpeling daarvan deur sy lyf, totdat alles aan hom skud, en dan begin hoor jy dit, asof dit êrens agter uit 'n spelonk kom, 'n lag wat hy uiteindelik uithoes, sodat ek koffie en brood moet toehou. "O, jy weet nie van slootjiepens nie, nè! Ga-ga-ga! Het jy nog nooit 'n koffiepit gesien nie? Laat ek jou vertel, gû-gû-gû ... Jy wil tog nie vir my sê jy't nog nie 'n meisiekind se patroontjie gesien nie, h'n? Gô-gô-gô!" Hy slurp sy koffie op, en ek hoor die aanmanings van die volgende lagbui.

Ek voel moerig. Waar is Stryker? Hy en Stryker is tog saam weg op Steenboksvlei! Ek vra hom daarna; hy sê Stryker is agter 'n lugspieëling aan, gie-gie-gie. Maar, sê hy darem nadat hy herstel en sy baard weer 'n slag met die hand se rugkant skoongevee het, hulle twee het 'n afspraak. Hulle het akkoord om mekaar so teen volgende maand se stryk hier onder by Omdraaisdrif, by die weduwee Betta Rooistoffel te kry, dis waantoe ons nou op pad is.

En waar is Anaat? En Suster? En Mias? En Joy? Maar natuurlik weet hy van hulle niks; hy't net die bok in die rivier gekry dwaal na gisteraand se storm, toe prissemeer hy dis die weduwee Betta Rooistoffel se bok, hy sal die ooi maar na haar toe terugvat.

Ek dink aan Ottilie, met die swaar boommik oor haar nek. Moes ek die arme bok nie begrawe het nie? En nou het ek niks oor behalwe Josephine en die egg-box nie. Ek houvas my trommeltjie, en Vuilbaard sien dit. Hy vra my uit oor alles wat gebeur het, en tussendeur lag hy gie-gie-gie en ga-ga-ga en ek dink nie dis 'n grap nie.

"Daar's net 'n spul papiere in," sê hy, en sy ogies speel oor my. Ek maak die trommeltjie oop: ja, die briewe en die rympie en die tekeninge en die knipsels is daar. En Suster se dagboek.

Waar's die windroos? Waar's Piet Praaimus se windroos?

"Hier was nog 'n windroos ook." Ek byt die trane weg.

"'n Kompas? Wat weet jy van 'n kompas af? Kan jy dan kompas lees? Gie-gie-gie." Toe haal hy dit uit 'n vetterig gevatte hempsak en sit dit voor my op die klip. "Dis al wat vir my na iéts gelyk het," sê hy. "In boekgoed stel ek nie belang nie, ek soek blinkgoed ..."

Hy klop teen die sak waaruit die hamersteel steek. "Stryker is agter drome aan," vervolg hy, terwyl hy 'n pruimpie by sy kies inwerk en soeroe-soeroe daaraan. "Hy't 'n storie gehoor van 'n kalbas vol daaimins en roebies, maar mens moenie sommer agter elke storie aan nie. Ek het hom gesê: By die Wondergat sal jy jóú gat sien. Ga-ga-ga! Weet jy van die Wondergat? Weet jy nie? Doer in die Richtersveld, tussen hell 'n gone, 'n vulkaniese pyp ..."

Hy versit die pruimpie in sy kies en tjierts 'n bruin straal tussen sy twee velskoene met die bojaantoontjies. "'n Diep gat die aarde in, jy kan amper sê dis die aarde se poeper, en as ou aarde se maag ongans is, dan blaas hy sy warm winde daar uit, gie-gie, maar dié een werk hoeka nie. Op ander plekke is daar régte vulkane, hulle spuit die vuur van die hel myle die lug in."

Ek sit oopmond na hom en luister, en onthou die prentjiesboek wat Piet by Suster Ottilie gekry het.

"Nee, daai gat is bad luck," sê Vuilbaard. "Daar't een slag 'n man met 'n tou afgegaan, die gat maak so 'n kinkel op tien, twaalf voet, toe's hy met 'n dwarstonnel verder. Daarvandaan sak die aarde sommer wég onder jou. Hulle sê toe hy daar uitkom, was sy hare meelwit. Hy kon nie vertel wat hy gesien het nie."

Ek skuif 'n bietjie weg van sy voete af. Daar slaan 'n doodsreuk op wat my herinner aan die walms wat die Spaansgriep oor Bakoondskraal gebring het; maar ek kan my oë nie van die abbatoontjies afhou nie. Die man het dan vyf normale tone, én nog die twee knobbeltjies op elke voet, net bokant die groottoon. Hy lag. Hy kriewel die tone so 'n bietjie, vee die taai sweetstof met 'n sakdoek wat eens rooigeruit was, van sy voete af, tot hulle soos twee visse op die sand lê, wit teen sy broekspyp en sy skene wat n'tgoe van die vuil.

"Ek sien jy kyk my voete so, dis nie vir my snaaks nie. Maar kom dit by die meisiekinders, dan sal jy wens jy't ekstra tone. Meisiekinders hou van gekielie word." Ek vra nie uit nie, te verwonderd oor sy bos hare wat soos 'n platgedrukte biesiepol lyk, en sy baardhare wat in al die windrigtings kurktrekker.

Hy buk skielik vooroor, sy rooi ogies byna teenaan myne. Agter my wil my steunklip nie verder padgee nie. "Ek wil jou nie skrikmaak nie, maar ek dink nie dat jy jou vriende weer sal sien nie."

Wat bedoel Vuilbaard met skrikmaak?

"Ek was aan die kamp, 'n paar myl hiervandaan, net bokant die rivier. Ek het die kwaai weer gesien en geweet die leegte gaan loop. Wolkbreuk. Toe gaan kyk ek. Nogal iets om te sien: so 'n droë rivier wat skielik water kry. In die maanlig kon ek sien hoe kom rol die stroom verby. Ek het jou bok gesien en daar was nog 'n dier, het vir my gelyk soos 'n pakmuil of iets, en mense, ek kon hulle net vaagweg uitmaak aan hulle gesigte en hare en nonneklere, maar hulle't vir my klaar dood gelyk, jy weet, oor die wal. Gô-gô-gô."

Praat hy die waarheid? En is dit nodig om te sit en lág daaroor? Ek sê niks, maar ek dink: Die ou sit lieg vir my.

Toe sê Vuilbaard: "As jy nou genoeg geëet het, moet jy slaap. Môre loop ons 'n lang skof. En onthou, dis beter om 'n halwe waarheid te glo as om die volle waarheid te sien."

Maar ek kon nie slaap nie, ek het my oë spleetjies gemaak en hom gelê en bekyk. Die wêreld is vol wonderlike verskynsels, het ek gedink. Net toe ek dit dink, haal die prospekteerder meteens 'n plat kassie, net groter as die sigarekissie wat ek en Uncle met ons opvoering gebruik het, tussen die ghrietels in sy rugsak uit en maak dit versigtig oop, so versigtig dat mens sou dink hy werk met die fynste glas.

Toe sit hy die kissie op 'n plat klip neer en knip die deksel oop. Binne-in is iets soos 'n sagte velletjie; die hele kissie is met die velletjie uitgevoer. Op die bodem van die kissie, maar nie vas teenaan nie, hulle rus óp iets, maar ek kan nie sien wát nie, is 'n agt stuks wit skulpies, sommer sulke hoedjieskulpe soos wat Stryker een slag van die see af vir ons gebring het. Steeds so versigtig dat dit lyk of hy bang is om aan die goed te raak, bring Vuilbaard 'n stokkie te voorskyn. Aan die voorpunt van die stokkie is 'n knobbel so groot soos my duim se kop, nee, bietjie groter. Nou wil ek dóód van nuuskierigheid.

Skielik lig hy die stokkie op en stryk met die rondekop-voorpunt oor die rûe van die skulpies. Josephine hou op om te herkou, en ek maak my oë wawyd oop. Dit is soos reëndruppels op glas, op verskillende diktes glas, net soos wat die agt skulpies verskillend is, en ek sien Suster Bernarda voor die ou regop klavier: do-re-mi-fa-so-la-ti-do en weer terug, soos reëndruppels oor glas, en Josephine se groot bokoë volg die beweging van die slanertjie. Toe begin die baardman op sy skulpiesklavier speel en hy vergeet van die wêreld.

17

'n Boesmanbed, 'n gruwelike geskenk en 'n reinigingsritueel.

Ek weet nie of ek aan die huil geraak het en of hy dit gedoen het om my teen die nánagkoue te beskut nie, maar ek het wakker geword met 'n krakende vuurtjie langs my en 'n stink baadjie oor my bene. Agter die vuurtjie het Vuilbaard gelê, sy bene onder hom ingetrek, sy hande tussen sy bene ingewoel, sy hare soos 'n mus oor sy kop. Ek het sleg geslaap: ek het voor rasende waters uitgehardloop sonder om 'n voet te versit.

Op pad het die kraagman min gepraat, maar hy het kort-kort by 'n klipriffie gebuk, met sy oë rondgesoek, getik-tik teen klippe, 'n stukkie afgebreek, af en toe selfs gegrawe, sodat ek en Josephine dikwels kon rus. Een keer het hy sy vinger natgelek, dit in die lug gehou en na 'n grou wolkpluis agter ons gekyk en gesê: "Vannag slaap ons in 'n boesmanbed."

En toe pers pluiswolke laag oor ons begin uitwaai en dit vinniger donker word, het hy tussen melkbosse twee langwerpige gate gegrawe en 'n staanvuur in elke gat gemaak.

Maar ons was honger, ons kon ons nie soos Josephine langs die pad behelp nie. Van oorskietmeel en sout, asook water wat ons in klipbakke gekry het, kon ons darem asbrood maak: Vuilbaard het die kole onder in die gate met los sand toegekrap, van die as een-kant gehou en 'n plekkie in die warm as met meel uitgelê. Daarin het hy die ongesuurde broodjies gesit, en toe dit gaar was, het ek verby sy swart naels gekyk hoe die oopgebreekte kors krummel en ek het oë toegemaak soos ek weglê, al het die vet en heuning al galsterig begin smaak. Terwyl die koue oor ons stuif, het ons ons in die warm holtes in die sand ingewerk en geluister hoe herkou Josephine onder die vaalmelkbos, en ek kon hoor hoe die kraagman onder die dreuning van sy stories oor hoeveel diamante en goud en silwer dié onvriendelike aarde nog gaan oplewer, mummel en wegdommel.

Sou ek hulle weer sien? Anaat en Suster en die ander?

Ons is op pad Omdraaisdrif toe; Vuilbaard het gesê dit sal niks help om met Raaswater se lopie langs te soek na moontlike oorlewendes nie. Hy was nou so haastig dat daar skaars tyd was vir broeklosmaak.

Het hy gelieg? Oor hoe hy hulle sien afdryf het? Hoekom het hy niks van die skotskar gesê nie? Maar ek het gesien uitvra sal dié suiping nie laat water gee nie.

Duitswes, Duitswes ... sing Vuilbaard in 'n stem soos 'n geroeste sinkplaat wat jy sleep, *Duitswes is so lekker, Duitswes is so soet, Duitswes is so vol van die Jerman se bloed* ... Oor en oor; hy ken nie die ander versies nie.

Toe kruis twee ongelukkige skilpaaie ons pad, skaars tien tree uit mekaar, en die baardman gooi sy sak neer en dans al in die rondte met opgetrekte broekspype, terwyl hy kort-kort met sy vuis in sy handpalm slaan. "Seën-der-seëninge," skreeu hy, "die duiwel sorg vir sy kinders, hierjy, soek 'n droë melkbos, hier's baie, toe, lóóp, sóék." Hy is agter die skilpaaie aan, hande-viervoet, prewelend, singend, en ek hoor hom juig en boontoe roep. "Kyk in my sak," skreeu hy, "steek brand, steek brand!" Ek gehoorsaam, wat kan ek anders doen? Ek staan voor die brandende melkbos en kyk verstom hoe hy die twee skilpaaie langs mekaar op hul rûe in die kroon van die vuur neersit en al om die bos dans.

Ek loop opsy om nie die getjie-tjie van die skilpaaie te hoor nie. Ek sien hoe rol en rol die baardman die een skilpad, wat van vêr af soos 'n swart klip lyk, ongeduldig in die sand. Toe breek hy die dop met sy sterk hande oop en hou dit soos 'n bak waaruit jy melkerige pap opsuig, voor sy mond. Ek voel hoe die naarheid my kiewe laat opswel. Ek streel met my hand aanmekaar oor Josephine se nek. Maar skielik kan ek die warm naarheid nie langer keer nie.

Of Vuilbaard gesien het hoe ek voel, weet ek nie; hy het my nie van die skilpad aangebied nie; net gesê deur die Here se genade of die duiwel se spulsgeit het hy nou 'n present vir Betta.

Die eerste wat ek van Grootrivier sien, is donkergroen bome en digte riet, 'n vaalbruin reep water en boseilande, en nog water, en so, oor die volle wydte van die vallei, repe water en eiland, met berge aan die oorkant, nie gewone berge nie, maar kaal, blouswart hellings en kranse wat lyk of hulle te naby aan die vuur gekom het.

Iewers skree 'n voël vreesaanjaend. Vuilbaard sê dis 'n visarend, en ek kyk verstom na die malende water en wéét: as Raaswater jou nie per geluk of per ongeluk êrens uitgespoel het nie, sal jy in hiérdie maling jou heiland leer ken.

Omdraaisdrif. Die naam klink soos 'n waarskuwing. Aan 'n groot boom hang 'n staalsilinder, en die baardman sê dis 'n gassilinder uit die oorlogstyd: wanneer jy gehaal wil word, moker jy die silinder dat die duiwel self daarvan wakker word, dan stuur Betta Rooistoffel iemand met die pont of die skuit oor om jou te kom haal. Die aantal slae dui vir haar aan hoe groot die geselskap is, of daar 'n mouter by is, hoeveel trekdiere, en so.

Maar wag, sê Vuilbaard, ons moet darem eers ordentlik kom. Ordentlik? Ek kyk na my broek en kruisbande, na die lappieshoed wat hy vir my geprakseer het, na bene en bolyf: tussen materiaal en vel is daar amper geen onderskeid nie, so vuil is ek. Water sál vir 'n verandering lekker wees.

Toe ek weer sien, staan die leeumannetjie poedelkaal in die water van 'n sysloep wat nie 'n uitloop het nie. Daar, tussen die rietstingels en bessiebome wat hy rosyntjiebome noem, sy voete so weggesuig in die los sand dat net die abbatoontjies se toppe uitsteek, staan en was hy hom, sy lang hare en baard blink van die druppels, sy bolyf geleidelik aan die witter word, en hy lag en praat deurentyd, asof hy nie rêrig met my praat nie. Sy boud- en maagkwabbe skud.

"Hierjy, kyk daar bo in die sak ... daar's 'n klein velsakkie, gooi hiernatoe." Toe ek te stadig na sy sin is, kom hy uit die sloep gewaad, sy harige lyf glimmend soos 'n vet otter s'n, sy tros swaaiend tussen sy bene.

"As ek klaar is, kan jy kry," brom hy, en hy begin hom inseep met iets wat soos blouseep lyk. Van kop tot tone seep hy hom in totdat sy boskasie glad teen sy kop lê en ek vir die eerste keer sien hoeke bakore hy het. Sy baard staan tuit van die seep; met die grys en geelbruin strepe daarin lyk hy soos 'n bedonnerde ou bokram. Tussendeur sing hy van die wit broek wat in die sloot gewas is en nou te klein is: *Die wit broek sit nie naais nie, die wit broek het nie saais nie.* Toe hy lyk of hy in 'n bak melksnysels geval het, storm hy op die sloep af en plas en proes daarin totdat hy, sy vel blasserig, weer te voorskyn kom, op 'n kweekwal gaan sit en 'n skêr en 'n spieëltjie uit sy velsakkie toor. Ek vergeet om te was; hy's amper klaar geknip toe hy my aanpraat en sê hy gaan nou die klok slaan dat Betta ons kan laat haal. "Sy ken al my teken," sê hy, en sy oë blink. "Twee kortetjies, twee langes, twee kortetjies. Toe, kry jou skoon; lyk of jy in 'n varkhok gebly het. Ga-ga-ga." Hy staan en skuur sy rug teen die growwe stam van 'n rosyntjieboom.

Uit sy rugsak kom ook nog 'n gestyfde hemp en 'n wit broek, weliswaar gekreukel, maar desondanks wít. Betta, jy sal jou keer moet ken! Betta, ek sit vir jou onder! Betta, ek hoop jy's ingesmeer! Met dié gesing en geroei aan die broek, wat nogal stywerig om die harige bene pas, raak ou Horingsman te groot en dit kos vloek en mooipraat om alles ingeskud te kry.

Daar staan 'n nuwe mens voor my: baard getop, hare verdeel, breë borskas aan die hyg en maagspiere aan die speel.

"Moenie so afgehaal lyk nie; jy's nou ook skoon. Verfok," sê hy, "ek het mos gesê ek gaan jou nog help soek na jou mense. Hier," en hy vee sy kam in die kweek skoon. "Kam jou hare. Netnou lag die vroumense vir jou! Gie-gie!"

Ek lag nie; ek is nog kwaad oor die skilpaaie; ek is lus en gooi die een wat hy kammakastag as 'n present saamgebring het, in die rivier se modderwater. Mens kan niks onder die water sien nie; dis so troebel soos die nag.

In die skuit sit 'n man met 'n hoed laag oor sy skrefiesoë. Sy seningrige spiere en are hardloop in- en uitmekaar oor sy arms. Daar sit ook 'n meisiekind, of 'n vrou, ek kan nie haar ouderdom skat nie. Sy kan so oud soos Anaat wees, of so oud soos Suster Francesca, maar sy lyk 'n bietjie soos Jaatjie Jut, en Jasper het altyd gesê dis van simpelgeit dat Jaatjie se mond oophang. Dit kan ook wees dat sy nie haar mond oor haar tande kan toekry nie. Ek het nog nie sulke tande aan 'n mens gesien nie. Of lyk sy maar net verbaas om ons – die woeste prospekteerder (nou bietjie getrim), die seun sonder hemp en die bok – hier op die suidoewer te sien?

Sy wil vir Kraagman soen toe hy inklim, maar hy praat haar weg. "Dis Anna," sê hy, en dit lyk of hy nog iets oor haar wil sê, maar hy bly dan stil. "Oliewejesus," sê hy net. "Bring die bok."

Dit kós nogal om vir Josephine in die skuit te kry; sy steek vierspoor vas en rem diep vore uit die modder. Kraagman is sterk, en hy's ongeduldig; hy buk onder haar in en slinger haar vloekend die skuit in dat sy kreun.

"Ek haat jou!" skree ek deur my tande, maar hy pluk my onsag oor die kant en knie die bok op die bodem vas, en daar gaan ons. In die skuit, wat die swygsame, seningtaai man genaamd Willem behendig roei, sit ek so vêr as moontlik van hom. Ek kyk beangs hoe die water soos flou koffie onder in die skuit versamel. Wat gebeur as die skuit vol water raak? Onderlangs loer ek na die meisie. Ek sien haar leperige oë wat lank op een plek staar as Kraagman met haar praat, en haar mond wat bly oophang.

Daar hang twee stroopblikke, en nou sien ek waarom. Ons is nog nie halfpad nie, toe skep ek en Anna water uit dat my arms lam word, en ek is dankbaar toe Willem die skuit 'n stil sloep instuur en die rieme om die walpen haak. Agter ons, om ons, onophoudelik, die rivier wat raas oor rotse en om bosbegroeide eilande.

Aan Willem vra hy: "Weet die mense ek kom?"

"Hulle weet," is al wat die swygsame Willem sê.

18

Nicolaas Alettus verdrink amper en word, sonder dat hy inspraak het, uitbestee. 'n Hoofstuk waarin harde woorde val.

Die meisiekind, wat 'n lang, gebleikte blommetjiesrok aanhet, hou aan die baardman se hand vas. As sy praat, volg ek moeilik wat sy sê, al herhaal sy baie. Dit lyk nie of Kraagman moeite het om haar te verstaan nie. In die loop haal hy die skilpad uit die sak wat Willem dra en hou dit agter sy rug.

"Ma pleister," verstaan ek ná 'n ruk. En so is dit: toe ons tussen vyebome uitstap, sien ons haar, bo-op 'n stellasie, besig om die laaste mengsel beesmis, kaf en modder aan te flodder. Romeo in sy vryerspak, en Juliet ruik na beeskak. So het Uncle gesê toe ek hom later van die ontmoeting vertel.

"Jy's te vroeg," sê sy, sonder om om te kyk, en toe sy haar gewig verskuif, sak die plankstellasie gevaarlik voordat dit weer min of meer stabiel lyk.

Baardman staan daar en kyk op na haar, sy hande steeds agter sy rug. "Ag, Betta," sê hy, "die verlange was groot."

"Het jy jou gewas?" Weer sonder om af te kyk. Sy skil repies klei af waar dit te bulterig is.

"Hoe vra jy dan?"

Toe blêr Josephine, en vir die eerste keer kyk sy om. Haar breë gesig vol bruin strepe.

"En dít?" Maar sy kyk na my, nie na Josephine nie.

"Dis Niklaas. Hy's 'n weeskind." Dis die eerste maal dat iemand dié woord gebruik waar ek by is. Dit klink vreemd, en daar volg 'n lang stilte, waarin ek net die geraas van die rivier en die gesing van my ore – of is dit sonbesies? – kan hoor.

"Jy weet hier's skaars genoeg om twee monde te voed, dan bring jy nog 'n bliksemse kind en 'n bliksemse bok saam." Sy vee die sweet met haar voorarm van haar voorkop af.

"Kyk wat het ek vir jóú gebring!" Hy hou die swartgebrande skilpaddop omhoog.

"En hoe lank loop jy al met dié ding in die son? Anna, gaan sit in die syf."

Ek loop saam met Anna, omdat ek nie weet wat om te doen nie. Die "syf", gemaak van die stringerige stamme van deurgesnyde kokerbome, is koel. Bo-op is 'n kontrepsie wat water oor die bo- en sykante drup-drup; binne-in 'n paar klipharde stene bokbotter. Vleis aan hake. Ook 'n wit emmer met koel water. Ek haal, sonder om vir Anna te vra, die stroopblikkie van die haak af en skep. Buite smelt die son die vet van jou tone af!

"Bygooi, bygooi!" sê Anna meteens angstig, en wys na 'n groot sinkbad onder 'n prieel. Toe ek nie vinnig genoeg reageer nie, gryp Anna die tiemaans uit my hand en skep van die bad se lou water en gooi dit in die wit emmer. Sy plaas die emaljedeksel weer versigtig bo-op.

"Wat maak die perskepitte?" vra ek en wys na die bodem van die bad. Langsaan 'n blikkie met gestampte pitte. Sy sien seker ek verstaan haar uitleg nie, want sy haak 'n melkemmer los, loop vinnig na die watervoor, skep en kom plak die vol emmer voor my. Dit lyk soos die water van die sloep waarin ek en die baardman ons gewas het: bruin en troebel. Toe gooi sy 'n hand vol perskepitte daarin en begin ál om die emmertjie loop. *Perskepit, perskepit, was my wit al is ek git*, sing sy, sonder ophou, tot ek lus voel om haar mond toe te druk.

Toe ons by die houttafel aansit, lyk die pastei aantreklik, maar ek kan die skilpaaie nou nog hoor knars en piep. Anna is stuurs; sy peusel aan 'n korsie.

"Jy't vir my niks gebring nie!"

"Anna!" Betta se elmboë sit die bopunt van die tafel vól.

"Ma't iets gekry! Hy't vir my níks gebring nie!"

"Anná!" Betta se oë is so swart soos een van die klippe wat die baardman vir my gewys het.

"Ek het vir Niklaas saamgebring." Ek kan steeds nie die woeste baard en hare met die skoongeknipte voorkoms rym nie. En wat bedoel hy, hy't vir mý saamgebring? Vir wat?

"Nog 'n mond om te voed," sê Betta en vee die sopperigheid met die rugkant van haar hand van haar ken af. "En dan eet hulle nie eens wat voorgesit word nie. Dis die dank wat jy kry. Nog so 'n stofpoepertjie ook. 'n Regte erdmannetjie."

"Hy't sterk hande en bene."

Anna lag meteens, maar nie soos wanneer mens vir 'n grap lag nie.

"Hoe oud is jy?" kraak haar stem.

"Amper dertien," lieg ek.

"Ek is sestien," sê sy.

Die hitte slaan om ons toe: stil, verblindend. Die skerp reuk van strooi, mis en modder raak nog sterker.

"Nou toe, as jy hier wil bly, moet jy wérk," sê Betta meteens, in drie paaiemente, want sy is besig om stukkies vleis met 'n skerpgesnyde stokkie tussen haar tande uit te woel.

As ek hier wil bly? Het iemand my 'n keuse gegee? En wat het sy uit te waai met hoe kort of hoe lank ek is?

"Jy kan jou sterre dank die pleisterwerk is klaar," sê Betta. "Dis 'n mán se werk, al kan jy sien ek skrik nie vir manswerk nie. Jy en Anna kan solank gaan klere was."

Klere was! Dis darem uitgereken vrouenswerk!

Die seekoeiseep is so wit soos die sneeu op Sneeukop se top. Anna sê haar pa het die laaste seekoei hier geskiet. Hét sy ooit 'n pa? Ons sit op 'n groot klipplaat langs die rivier, wasgoed om ons op die klippe uitgesprei. Anna het 'n kappie op, en af en toe spoeg sy 'n muggie uit, want sy sukkel om haar mond toe te hou. Die son steek my deur die laslappiehoed; ek sit met my voete in die water. Sy sit plat op haar boude, nie soos wat Suster Bernarda die meisiekinders gemaak sit het nie. Jasper Repink sou gesê het jy sien haar verlede én haar toekoms. Ons sit en vryf wasgoed tussen ons kneukels dat hulle rooi en wit en weer rooi wys, en selfs die troebel rivierwater word git toe ons Vuilbaard se klere uitspoel.

"Swem jy?" vra ek. "Hier vrek mens van die hitte."

"H'n-'n," sê sy. "H'n-'n, Betta wil nie hê nie."

"Wel, ék gaan swem," sê ek, nie rêrig ernstig nie – my revinnis van Raaswater en die lekkende skuit nog te vars – en begin my kruisbande afhaak.

Anna hou op vrywe. "H'n-'n!" sê sy, dringender as tevore. "Slang trek jou die water in."

"Watse slang?"

"Slang trek jou die water in!" Sy het 'n manier om bloot 'n sin te herhaal, in plaas daarvan om te verduidelik.

"Watter slang?" Ek is mos in elk geval nie van plan om te swem nie.

"Groot slang. Groter as huis."

"Ag, stront." Ek gaan staan op 'n klip, maak of ek wil in.

Sy spring op. "Moenie! Hy trek jou die water in." Huil sy?

Ek misreken my. Metdat ek omdraai, glip my voet op die gladde klip. Nie alleen is die kuil diep en skielik regaf nie, die stroom is onsigbaar sterk. Dis 'n vreemde krag wat my vat en my draai, en toe ek my weer kom kry, suig die stroom my in en tol my in die rondte. Rivier, riet, swartverbrande koppe, weer rivier, weer riet, alles draai om my; iets trek my voete die dieptes in, ek spartel en skop, maar die mag waarteen ek worstel, het nie arms of bene nie, dis iets wat jou borskas toedruk, dit slinger my om en om en ek sluk emmers vol water as ek wil skree. Oplaas sien ek deur die rondomtalie-warreling van rivier, riet, klippe en rivier 'n man met 'n hoed wat iets na my toe uithou, ek kry die ding beet, verloor my greep, kry dit weer beet, klou en grawe dat my naels afbreek, en dan voel ek hoe die ding in die water my stadig los, hoe die drukking om my bolyf en my onderlyf en my bene verminder, hoe iemand my aan die polse beetkry en teen 'n sandbank uittrek, en hoe water by my mond uitloop. Die hele tyd, onophoudelik, spring Anna op en af en maak die vreeslikste geluide, terwyl sy haar rok om haar bene wring en boste hare uit haar kop pluk.

"Maak jou droog," sê Willem, "en sê liewer niks hiervan nie."

Nou huil en lag Anna deurmekaar. Willem stap doodluiters terug na sy graaf, en eers ná 'n ruk dring dit tot my deur dat dit dieselfde water is wat nou so rustig en getem daar tussen die katoenstoele deur vloei.

Van die hele affêre sê ons niks. Al wou ek ook, sou Willem niks sê nie, en Anna hou haar ook asvaal.

"Watse geskreëry was daar vanmiddag by die rivier?" vra Betta, haar groot voorarms oor mekaar gevou. Sy staan die kosyn vol.

"Ma?"

"Jy't my gehoor, Anna."

"Ek't bietjie geswem, antie." Agter aan die punte is my hare klam.

"Het ek jou opinie gevra?"

"Ja, maar sy was bang ek kom iets oor."

"Jy kom nie weer naby die rivier nie."

"Ja, antie."

"Haar pa het voor haar oë verdrink," fluister Vuilbaard toe Betta loop.

Vuilskemer, met Betta en die baardman op die stoep doenig, kan ons van agter die koeler elke woord hoor wat hulle sê; ons kan elke piep en kraak van die katelsporte hoor. Ons is veronderstel om te slaap, buite, want in dié deel van die Onderveld slaap niemand in die warm maande binnenshuis nie, dis die hel vanself. Maar gelukkig is dit donkermaan, en Anna het my aan die hand kom vat tot agter die koeler asof dit iets is wat sy eenmanier doen. Betta se groot, Duitse ysterbed staan op die hoek van die stoep, sodat die luggie – as daar 'n luggie waai – bo-oor die slapers trek. Eers wil ons

ons vrek lag, want die baardman het op 'n keer in die koeler kom water skep, maar nagelaat om 'n lantern saam te bring. Toe hy die eerste sluk vat, het hy die hele koeler vol gespoeg en goddonderbliksem geskree, en toe weer 'n maal móér, móér, jou etterse spinnekop. Met al die swael en vuur het hy ons gelukkig nie hoor lag nie, want ons het geweet die een of ander tyd gaan iemand die dooie spinnekop skép. Nie hoeke spinnekop nie: 'n groot, vet bobbejaanspinnekop.

"Jy moet plan maak, Betta. Die meisiekind word groot; daar gaan moeilikheid kom."

"Daar was al moeilikheid."

Langs my druk Anna se arms snaarstyf grond toe, en ek kan die wit van haar tande sien, maar dit lyk nie of sy verstaan dat hulle oor háár praat nie.

"Met wie?"

"'n Rondloper, soos jy." Betta lag. Die bed kraak.

"Waar's dié nou?"

"Ek het sy trofee vir hom geknoop. Hy sal niemand weer molleveer nie."

"So watse moeilikheid?"

"Moenie maak of jy nie weet nie."

"Maar ek weet nie!"

"Julle máák mos net kinders; óns moet hulle grootmaak!"

"Oliewejesus. Daar was tog nie 'n kind nie ...?"

"Daar was amper."

"Hoe so: amper?"

"Sy was al vêr oor haar tyd toe ek dit agterkom. Ek het al wat raat is, probeer ..."

"Dit mag jy tog nie doen nie!"

"Jy weet goed op Omdraaisdrif maak Betta die wette."

"Maar dis moord!"

"Kyk hier, ek is vir jou goed genoeg as jy spuls is; verder lê jy net hier rond, so bly stil. Buitendien: as 'n kind nie welkom is nie, moet hy úit. Gelukkig het haar liggaam sélf agtergekom dis nie reg nie."

"Gelukkig dan ook, ja. Watter gedrog kan uit só 'n lyf kom!"

Sy klap hom só hard dat dit soos 'n sweepklap teen die koppe agter ons eggo.

Dae daarna dráái hy weer om haar met mooi broodjies, speel op sy skulpiesklavier en vuur haar aan met sy lag, en saans wieg en kraak die Duitse bed.

Maande kom en gaan; Vuilbaard prospekteer in die omgewing. Stryker kom nie uit nie. As ek hom daarna vra, sê die baardman net hy sal nog kom.

Ek dink aan wegloop, miskien dieper Duitswes se dorsland in, maar juis die stories oor hoeveel mense al met 'n opgeswelde tong, gebarste lippe, 'n verskroeide gesig en met ylpraatjies hier op Omdraaisdrif aangestrompel gekom het, laat my twee keer dink. Sal ek aan 'n bees of selfs 'n bok se stert oor die rivier swem? Ander mense het dit glo al gedoen. Maar my eie ondervinding, daardie eerste dag, is nog nie vergete nie.

En die lekkende skuit? Alleen sal ek nie regkom nie.

Die pont, wat maar af en toe werk as 'n verdwaalde reisiger hierlangs kom, is bo my krag. Nee, die rivier is breed en die strome sterk en die skuit lek, en daarom moet ek op Omdraaisdrif bly so lank as wat Vuilbaard hier bly.

Toe raak hy stilletjies een nag weg, asof die rivier self hom ingesluk het.

As ek gepraat het oor wegloop, het Anna my gesoebat. Sy het haar hare in nat slierte teen my aangedruk en my hande, wat nou al geleer het om bloedvloer te smeer en katoen te pluk en die joos weet wat nog, teen haar bors gedruk, so hard dat ek haar ribbes kon voel. Soms het sy my hande tussen haar sweterige bene ingedruk en saggies gehuil; haar hande, sterk en benerig, bo-oor my dom vingers; dieselfde hande wat bedags, saam met die ritmiese beweging van haar voorlyf, vloer na vloer geskuur het agter pruimsopvlekke aan.

19

Waarin die leser hoor van Stilkrans, 'n ophangboom, hoe 'n wolfhok gemaak is, en hoe 'n ouderling se draad kortgeknip word.

'n Baie lang tyd het verbygegaan sonder dat iets noemenswaardigs gebeur het.

Ek was 'n gevangene: agter my die verskriklike dorsland, Duitswes se dorre suide; voor my die ontsagwekkende rivier, wat selde min water gehad het. Nooit só min dat mens dit kon waag om die rivier oor te steek nie, veral nie met 'n lekkende skuit nie. En ek het my vrees vir die water nog nie afgeskud nie. Ek het geleer hoe om draad te span en ertjies te rol en katoen te baal; ek het my brood en vleis, ertjies en pampoen in die sweet van my aanskyn verdien; en geleer om my dieet stilletjies aan te vul met vye en ingelegde vrugte wat ek af en toe uit die spens kon skaai, en, as dit kan, 'n hand vol koring vir Josephine. Betta se houvas op my en op Anna en op Willem was groot. Sy was vir ons goed, sy het klere vir ons gemaak, en my toegelaat om tussen haar man se boeke te snuffel. Maar jy moes haar uitlos as sy partymaal bo-op 'n klipkrans wat oor die rivier kyk, gaan sit.

Stilkrans.

Dink ek aan die baardman, word ek skurweskof. Toe hy eers by sy heuningnes was, het al sy beloftes soos water in die sand weggeraak. En toe hy taai was van sy tros tot agter sy ore het hy net gerieflik van my, van Klaas Duimpie en Stryker en van Anaat en die ander vergeet.

Oor die raaisel het hy nog gesê dis duidelik dat die antwoord muishond moet wees; dié is tog die grootste eierdief.

Ja, dan kan dit net sowel jy wees, het ek gedink. Pure muishond.

Maar my pa is jy nie.

Of kón hy wees? Hy loop so orals rond! Bakoond, dink ek dan, bakoond: in jou sou hy nie pas nie.

Stryker het nooit op Omdraaisdrif uitgekom nie.

"Hy's skelm, man," het Vuilbaard oor 'n bord lensiesop geslobber, "waar't jy nou al 'n eerlike Koranner gesien? Hy sal jou sweet van jou afsteel en dit vir drinkwater verkoop. Gie-gie-gie."

Toe Willem op 'n dag twee delwers met die pont moes oorneem en kom vertel van Merensky en die ryk oesterskulpbeddings – die diamantparadys digby die riviermonding – het die kraagman se oë begin gloei. 'n Paar nagte later is Vuilbaard Laggerjan stil-stil vort; ek weet nie of hy Willem omgekoop het nie. Fortuin sal jy nooit kry nie, het ek hom toegewens, bly maar by jou uitgewerkte gate, by die Bettas wie se kooislaaf jy geword het. Betta het hom twee dae lank loop en slegsê, van sy voorgeslagte af tot by sy nageslag.

In my egg-box was, soos die leser kan verwag, 'n nuwe toevoeging, 'n heel besonderse instrument, wie se regmatige eienaar hom nie waardig was nie. Ek het Anna ure lank met die skulpiesklavier vermaak, en terselfdertyd ontdek dat ek 'n natuurlike aanvoeling vir musiek het. Selfs Betta, by die dag stuurser, het saans gesit en luister. En in die lig van 'n lantern het ek een aand, al begeleidende, gesien hoe dans twee skerpioene. Gelukkig het Betta hulle nie gesien nie, want sy had die nuk om alles wat lewe in haar onmiddellike omgewing met die draai van 'n hak, die kraak van 'n sweep of die geklap van 'n mauser kapot te maak. Vir haar, as onbetwiste heerser van hierdie uiterste uithoek, was dit die enigste manier om teen die wêreld te oorleef en die samelewinkie op Omdraaisdrif onder hak en hiel te hou.

En watter samelewing wás dit nie! Afgesien van Betta, wat haar in die sinkbad gewas het sodra die ghong van die gassilinder van oorkant af 'n afgesproke kode laat hoor, het Anna by die dag onmoontliker eise aan my begin stel, meestal met verdoemende gevolge vir my onderklere, wat Betta uit meelsakkies saamgeflans het. Self-raising, het Uncle later in ligter oomblikke gespot. Maar ek was amper dertien, en ek het die onderskeid tussen goed, kwaad en volslae hulpeloosheid begin ken. Dit het ál moeiliker geword om toe te sien hoe sy probeer om my aandag te wen of my koerasie te wek.

Toe gebeur iets deurslaggewends.

Vier afgemete slae galm dié herfsoggend oor die taai bruin water van die rivier. Betta, besig om oond skoon te maak, die fynhoutjies reeds reggesit om haar vuur aan die gang te kry, verstyf.

"O Here," sê sy ná die vierde slag, vergeet dat sy nog halflyf in die oond is, stamp haar kop teen die kosyntjie en uiter 'n string verwensinge wat die werfhoenders in alle windrigtings laat spat. "Hier kom ou Winkelbakkies weer aan. Waarom moet 'n ouderling altyd ontydig wees?"

Die vier slae galm weer van oorkant af.

"Ja, ja, jou ou geil wetter, ek kom, ek kom. Anna, bring vir Ma die verkyker … Niklaas, loop sê vir Willem om hier te kom, en sê hy moet gou maak, meneer is mos te vernaam om te wag."

Dit was die sesmaandelikse besoek van ouderling Vermaak van Rooistasie, minstens drie jaar agterstallig. "Ou Hamerkop is seker weer terug van die myne af. Nou's sy tong geslyp."

Volgens Willem het daar 'n paar stories oor hom rondgelê. Soos dat hy 'n hele paar grootmaakkinders het wat soos slawe vir hom werk. Meer kon ek nie uit Willem kry nie. Maar nou was Lot Vermaak terug. Om sy pastorale werk met hernieude ywer voort te sit.

Voordat Willem die roeispane kon gaan oplig, moes hy eers vir Anna wolfhok toe vat.

"Hoekom doen jy dit, Willem?" vra ek.

Anna loop net en lag; sy het vergeet van die galmende silinder; sy dink ons gaan likkewane tempteer of voëleiers soek tussen die riet.

Maar Willem swyg.

Dis eers toe ons naby die wolfhok kom dat Anna wil omspring, maar Willem vat haar met sy sterk hande só vas dat sy nie kan roer nie. Sy begin rem, soos Josephine daardie dag aan Vuilbaard se riem, maar dit help nie.

Die wolfhok, buite hoorafstand van die werf, is 'n lae hok met plat klippe, só gerangskik dat die ou vernieler daar inkruip agter 'n stuk rou vleis aan; dié hang aan 'n riem wat in die opening tussen twee klippe deur laat sak is. Pluk Wolf aan die sappige stuk vleis, laat gly die riem 'n swaar houtdeur t'knaps agter hom tussen twee gleuwe in en daar sít ta.

Anna byt aan Willem se kneukels, sy spoeg en sy skop en sy huil, maar hy los nie. Ek moet hom help om die houtdeur te laat toegaan sonder dat haar grawende vingers in die swaar deur se pad kom.

"Hoekom?" vra ek weer aan Willem. Dit lyk of hy wil praat, maar dan sluit sy lippe dig opmekaar.

Ek en Willem kom met krapmerke aan ons arms terug.

"Die tjint verstaan nie," hoor ek hom aan Betta sê, "sy sit haar nou nie bietjie teë nie."

Betta laat sak nie die verkyker nie. "Ek vra nie jou opinie nie, Willem. Jy weet hoekom ons dit moet doen. Loop haal die ou bliksem; hy't te perd gekom, hy's alleen. Kon ek verwag het. As jy hom oor die skuit se kant kan help, sal dit goed wees."

Willem skud net sy kop.

Maar ouderling Vermaak se ouderlingsklere is droog toe hy, stofjas oor die arm, oor die turf na ons aangestap kom, sy pap gesig op 'n ernstige plooi getrek. Hy haal sy hoed af en hou Betta se hand lank vas, maar soengroet haar nie soos ek ander gaste of reisigers sien doen het nie. Hy kyk my ondersoekend aan. Betta beduie hom by die voorkamer, wat altyd toestaan, in, pluk die swaar gordyn voor die venster weg. Sy trek die lakens van die tafel en stoele af en gaan sit aan die kop. Sy beduie my na die stoel langs haar.

"Niklaas se mense het verdrink," sê sy. Dit klink nie soos 'n verduideliking nie.

Hy hou my hand nog langer vas, sy hand hard, maar natgesweet. Maar sy oë dwaal kort-kort gang toe, asof hy verwag dat daar nog iemand moet verskyn. "Hoe tragies, hoe tragies. Hoe oud is jy? Gaan jy al skool?"

Hy wag nie op antwoorde nie. Hy bekyk my asof hy vir my 'n pak klere wil maak. Ek hou niks van sy sweterige handpalms nie, en ek wens die haan spring deur die venster en kom skyt op sy strepiespak. Uiteindelik los hy my hand; ek vee dit sorgvuldig teen my broekspype af.

"En waar is Anna?" Sy klein ogies kyk na my van onder wit wenkbroue.

Betta hou haar doof. "Sit, Vermaak," sê sy. Sy wys na die oorkant van die tafel, die vêrste van ons af. Hy haal 'n Bybel uit sy bladsak en sit dit langs hom op die tafel neer. "As jy kom kollekteer: ek het nie geld nie. En vir die sending gee ek in elk geval nie; dit weet jy."

"Nee, dis maar 'n roetinebesoekie, dis al."

Die gesprek wil nie vlot nie, al praat die ouderling dán oor die prys van katoen en dán oor sy ervarings op die myne. "Ja, Suster Betta weet, ek is daar weg toe ons eie mense op ons begin skiet het.

Dis 'n skreiende skande hoe die Ingelse mynbase ons mense uitbuit." Hy tower 'n paar ou koerante uit sy sak. "Ek het koerante saamgebring; jy kan self lees."

"Jy weet ek lees nie koerante nie."

Dit is 'n halwe waarheid. Ek het Betta nóóit sien lees nie. Sy stoot die koerante na my kant toe, maar ek glo nie dis omdat sy regtig wil hê ek moet lees nie.

Daar is foto's van mense wat voor 'n gebou saamdrom; party is aan die weghardloop, en op die voorgrond verskyn mense in uniforms.

Ouderling Vermaak vee die sweet, wat op sy bles begin dam maak, met 'n groot kakiesakdoek af. "Waar is Anna dan?"

Betta maak weer of sy hom nie hoor nie, en ek weet nie of ek iets moet sê nie. Van die wolfhok, wat ek nou vir die eerste keer gesien het, kan ek nie iets sê nie; ek ráái ook maar net die antwoord op sy vraag lê daar.

Toe hy vir die derde keer sweet afvee en sê: "Nou ja, ek wil graag begin met 'n stukkie uit die Bybel. Boet, wil jy nie vir Anna loop roep nie; dan bring jy sommer vir my 'n beker water saam ..." sê Betta: "Anna is veld toe agter die bokke; ek sal netnou koffie maak. Lees."

Ek kan veel gemakliker lees as ouderling Vermaak; ek het die skoling by Broeder Stellmacher aangevul deur elke stukkie gedrukte papier in die huis oor en oor te lees; en gelukkig was daar ook in die buitegemak 'n hele boks vergeelde tydskrifte. Dit is dus 'n pyniging om te sit en luister hoe worstel Lot Hamerkop deur vermaninge en suurdeeg wat die hele deeg suur maak en mense wat mekaar byt en opeet en dan die een deur die ander verteer word. Bowendien het sy stem verander; dit is dikker en dieper, asof hy met 'n mond vol stroop praat. Een gedeelte lees hy oor en oor; hy sê dis sy teksvers. "Want julle is tot vryheid geroep, broeders; gebruik net nie julle vryheid as 'n aanleiding vir die vlees nie, maar dien mekaar deur die liefde ..." Toe vertel hy van die verskriklikste dinge wat hy gesien het tydens sy werktyd in Johannesburg, van dobbelhuise en huise van ontug en sedelose vroue en hoedat die kwaad soos 'n aansteeklike pes deur die land versprei.

Terwyl hy vertel, word sy gesig – sy hele bles – al rooier en sweteriger, en sy hande al lewendiger, asof hy die gruwelike woorde en dade met sy hande aan die vorm is. Dit klink of sy tong en sy nat, vlesige lippe en sy slap wange oormekaarval om al die gruwele te beskryf. My mond hang oop. Ook oor al die heerlikhede.

Toe sien hy my weer raak en verander van koers, soos jy met 'n skuit maak as jy sien dit gaan op 'n sandbank sleep. Hy keuwel – dis Betta se woord – oor die vyfde en die sewende gebod en oor gehoorsaamheid en respek vir gesag.

Betta sit hom só en luister, haar arms voor haar op die tafelblad gekruis; asstrepies nog sigbaar op haar uitdrukkinglose gelaat, wat sy met die gaansitslag vlugtig met haar voorskootpunt afgevee het. Sy lyk glad nie beïndruk nie.

Toe hy 'n oomblik asem skep, vra sy: "Is jy nou klaar? Nou bid dan, my deeg kan nie wag nie. Ek moet nog oond warm maak." Sy gesig word nog rooier, en toe sê hy, stotterend: "Suster, ek wil hê ons moet ernstig praat ..."

"Ek is nie jou 'Suster' nie, Vermaak. En van wanneer af staan jy op 'n preekstoel?"

Hy kyk ongemaklik na my.

"Die kerkraad het gevoel ..."

"Ek dag jy sê dis 'n roetinebesoekie ... Kyk, ek het die kerkraad se briewe gekry. Hulle kan gerus sagter papier gebruik, dan't ek 'n beter doel daarvoor."

Vermaak sê 'n mens kan nie in sonde leef nie. Dan moet sy weer trou.

"Trou? My man is dood; ek het gekies om met hom te trou. Nou kies ek vryheid. Niemand skryf aan Betta voor nie."

Ek herken die skielike verandering in Betta se stem. Daar is iets skerps, soos wanneer jy besig is om 'n draad te óórwen; so 'n stygende plonk-ploenk-plienk-geluid net voordat dit breek. Ek maak my uit die voete, sê ek sal solank gaan vuurmaak. Toe ek uitstap, kan ek die dak en die meubels hoor kraak.

Maar die bakoond is nie vêr van die voorkamer se sonkantvenstertjie nie, en ek hoor hoe druk hulle woorde teen mekaar vas, hoe dun raak die draad aan Betta se kant. Dit klink vir my of dit oor Anna gaan, oor Betta, oor dese en gene wat hier aandoen en dan langer bly as wat fatsoenlikheid toelaat, oor stories wat rondloop. Selfs oor my laat val Lot Vermaak enkele woorde, en ek raak net so warm as die krapyster in my hande.

En waarvoor moet arme Anna daar anderkant die Ronderant in die wolfhok sit en braai terwyl Lot Hamerkop sit en woorde mors?

Maar toe het Betta genoeg. Ek hoor hoe haar stoel hard terugskuif, en die volgende oomblik roep sy vir Willem, haar stem soos 'n voorslagklap oor die werf. Sy begelei die ouderling skuit toe, en sy vertel vir die rivier en die kranse en al wat leef dat sy die wette maak op Omdraaisdrif, sy alleen, sy wat Betta is, nie die kerkraad nie. Net voordat Willem hom die skuit inhelp, dop sy sy bladsak om en hou iets wat vir my na borssuiker lyk, triomfantlik in die lug op. Nog steeds in dieselfde voorslagstem vra sy hom of die gesant van die Here se geheue dan so sleg is; het hy dan vergeet dat sy hom 'n jaar of vier tevore belet het om vir Anna omkooplekkers aan te dra, het hy dan geen skaamte oor hom nie? Sy skiet die rooi-en-witgestreepte lekkerny die water in.

Voordat Willem die skuit van die wal af stoot, sê sy nog vir Lot Hamerkop hy moet onthou om die tien-en-ses vir die oorbring aan Willem te gee; dit is haar tarief of hy nou die ouderling of die duiwel of dalk een en dieselfde is.

Betta hou nie op raas voordat sy, met die toetsslag, byna vergeet om haar hand betyds uit die oond te trek nie. Nou moet ek en die Here dit ontgeld: "Jy't hopeloos te veel hout gebruik, waar's jou verstand? Waarom moet ek so gestraf word met 'n naatlos meisiekind en 'n kriek?"

Dit is die eerste keer dat iemand só na my kort beentjies verwys, en ek is lus om seepsoda in haar koffie te gooi. Maar ek besluit daarteen. Sy sal waarskynlik niks oorkom nie.

Sy loop en tier: "Eendag sal hy hom vasloop, Lot Vermaak se dag kom ... maar wie sal my glo? Here, sal jy my glo? Net 'n vrou kan verstaan watter smarte ek met die kind deurmaak ... Die dokter? Hêei, Here, die naaste dokter is Nasilowski op Keetmans, en 'n Jood laat ek nie aan my kind vat nie. Na wie toe moet ek gaan? Die polisie? Almal 'n klomp mansmense! Giel Vermeulen, wat hom verbeel hy is vrederegter? Hy's nie vrederegter se gat nie! Hy kan dan nie eens in sy eie huis vrede gemaak kry nie! En jirreweet, 'n man is mos altyd reg! Wat weet 'n man? Die magistraat is 'n man, die predikant is 'n man; Lot Hamerkop wat hier aankom met sy onderbaadjie wat span en sy soetpraatjies, verbeel hom hy's 'n man; in die politiek is daar net 'n klomp mansmense ... hulle kak en ons moet die drolle optel. Elkeen wat met die skuit oor die rivier kom, kom loop stywestok hier rond, kom sê: laat sak jou bloemer. Maar vra jy bystand, wys hulle hakskene."

En toe, terwyl ek vir Willem wag, maak sy haar hare los en ek sien vir die eerste keer dit hang tot onder haar stuitjie, en sy kam en kam hulle en sy sing: *my geliefde hang in die bitterbessiebos*. Tussendeur redeneer sy nog weer met mening.

Ek en Willem loop met 'n effense ompad wolfhok toe omdat Willem 'n tierslagyster wil nagaan. Dis toe dat ek op die hopie bene afkom. Onder 'n kameeldoring. Aan die tak bokant my hang 'n riem; dit lyk na 'n lus. Willem verseg om iets oor die bene of die lus te sê; hy praat my net aan om vinniger te maak, dis 'n spookplek.

Toe ons teen vuilskemer met 'n leeg gehuilde Anna by die kombuis inkom, sien ek in die kerslig haar gebreekte naels en bloederige vingertoppe. Haar siepoë hang sak op sak, haar tong wriemel in haar mond rond, haar fut is uit.

Laataand, lank nadat ek en Willem vir Anna uit die wolfhok gaan haal het, sien ek Betta se sterk skouers en breë rug nog teen die luglyn op Stilkrans. Sy lyk soos een wat nie kan ophou hoes nie.

20

Waarin ons van 'n meisie hoor wat om 'n hopie bene dans, asook van 'n offerbok.

Die rivier het vlakker as ooit begin loop; dit het gelyk of 'n groot droogte op pad was. Die storie oor die ontdekking van diamante was nie sommer 'n storie nie; al hoe meer motors en mans met deftige sakhorlosies het die rivier begin oorsteek. 'n Verhoogde inkomste vir Betta. Die vlak vloeiende rivier en die baie sandbanke het dit net moeiliker gemaak om die pont te gebruik. Ouderling

Vermaak het nie weer sy vier, afgemete ghongslae oor die rivier laat opklink nie, en sy broederlike vermaninge was goeie saad tussen distels. Op Betta het die voorbeeld van Sodom, Gomorra en Johannesburg geen indruk gemaak nie, en sy het haar tallietaks in die sinkbad gewas as die reuse-ghong oorkant die rivier aankondig dat 'n ram onder die ramme aangekom het.

Nie dat hulle ooit oor haar baasgespeel het nie; sy het hulle gou laat verstaan wie die mauser op Omdraaisdrif hanteer. Maar wegbly kon hulle ook nie. Wil jy die wêreld met vreugde aanskou, soek jy die lekkerste mik.

Maar aan Anna vat? Ná die uitval met Lot Hamerkop het ek agtergekom Betta steek iets weg. Toe ek haar eendag oor die hopie bene onder die kameeldoring uitvra, was sy lelik omgekrap, maar daar was so 'n swikkie in haar stem. "Dis die bene van 'n man wat die koninkryk van die hemele van haar gekom wegvat het," en sy het na Anna, besig om 'n koperlamp blink te vryf, beduie.

Ek het dié antwoord nie verstaan nie; ek verpes dit as mense in raaisels praat.

Toe ek weer eendag in dié rigting koers maak, het sy my kortgevat. "Bly nou uitvra, en jy lyk ook so. Net bene."

Ek het weer na die bene gaan kyk. Alleen. Toe begin ek die bene op die sand onder die boom uitlê, amper soos Amy se ouma die kaarte uitgelê het. Selfs 'n kind sou kon sien dis die skelet van 'n besonder kort mens.

Sou dit 'n kind s'n wees?

Willem het net sy kop geskud toe ek hom uitvra.

"Is dit dan Klaas Duimpie s'n?"

Willem se songelooide gesig het niks verraai nie. Of het sy oë effens vernou?

"Wie is Klaas Duimpie?" het hy meteens gevra. "Ek ken nie 'n Klaas Duimpie nie."

Op 'n dag, nadat ek en Willem 'n tierslagyster nágeloop het, bring die tierspore ons weer verby die kameeldoring. Daar was neste in die ander bome in die omgewing. Groot familievoëlneste. Snaaks genoeg was hierdie boom, op sy alleenplekkie naby die ronderugrant, doodstil.

Maar nie nóú nie. Iemand was besig om ál rondom die boom te dans. Van vêr af kon ek sien dat dit Anna is. Haar hare was wild; dit het in alle rigtings gestaan. Sy het haar rok tot bokant haar knieë opgetel, sodat haar bobene wit afgesteek het teen die rooierige grond. Sy het op 'n onbekende wysie, wat sy alleen kon hoor, gedans. Al in die rondte, al in die rondte, al om die boom en die stukkies mens wat daar oorgebly het.

Willem het my aan my hempsmou gepluk en gewys ek moet stilbly. Ons is met 'n ompad huis toe.

As die gassilinder dong-dong-dong, gaan pas ek vir Anna by die wolfhok op.

Dis toe dat ek besluit het om 'n stukkie van die hemel aan haar terug te gee; en sonder dat ons liggame aan mekaar raak, het ek haar gesoen, terwyl haar sagte speensoekvingers vir Annerdinges knie.

Moeilike dae het aangebreek. Betta was 'n dier; sy kon dit aan my ruik. Sy kon dit aan Anna ruik; méér nog: sy kon dit aan Anna sién, maar sy het nie gesien hoe verwonderd Anna se oë is nie. Sy het niks gesê nie; aanvanklik het sy gemaak of sy niks merk nie. Op 'n dag, pas ná die skuit leeg teruggekeer het, haar uitgeputte gas op die suidoewer afgelaai deur 'n immer geduldige, swygsame Willem, kondig sy aan dat ons gaan bloedvloer smeer. Gewoond aan haar buie het ek niks gesê nie, hoewel ek gedink het my buitekamer se vloer is nog houbaar, die enkele deurtrapplekkies ten spyt. Maar goed, ons het 'n nuwe grondvloer ingesit. Betta self het hom gelyk geflodder; ek moes bystaan om beurtelings water en fyngestampte miershoop te sprinkel. Willem het intussen die bok gaan slag, en Anna moes die warm bloed opvang en karring. Ek het verwonderd gekyk hoe kunstig Betta die bokbloed in 'n dun lagie oor die gelykgemaakte vloer laat loop, hoe dit verswart en, ná uitdroging, met roulynolie gesmeer word.

"Dis nou 'n rámskamer," het Betta gesê toe sy haar hande met haar voorskoot afvee. Sy het my met spot in haar oë aangekyk, en dit was die enigste keer dat ek só iets by haar bespeur het.

Dié aand het ons bokvleis saam met rooiwolkoring geëet. My gunsteling; as ek 'n eersgeboortereg gehad het, sou ek dit daarvoor verruil. Anna het die middag sit en klippies uitsoek tussen die korrels, maar sy het so gesit dat sy my almaardeur in die oog kon hou.

Net een keer het Betta iets gesê wat my agterna laat wonder het: "Vir wat is jy so broeis, Anna?" het sy gesê. "Los vir Niklaas dat hy kan pampoen sny, vanaand eet ons voorstebos." Betta het koring in die melkhoutvysel gestamp en doppies uitgewan en gesing: *my geliefde hang in die bitterbessiebos.* Omdat daar hier en daar 'n reënspoor in die veld was, het hotnoskool ook op ons spyskaart beland. Dit het later gevoel soos 'n weldadige afskeidsmaal, of Kersfees. Die sous het om my mond gedam, want ek het laas op Bakoondskraal hotnoskoolbredie geëet, en die bokribbetjie was vét, en die aartappeltjies en die uitjies en die suring het geswém in die bredie. Voorstebos. Ek het my so bekoms geëet dat ek sleg geslaap het.

Middernag se koers gewaar ek skielik, spookagtig, die dansende skynsel van 'n kers. Ek hoor voete skuifel. Dis Anna, met Betta agter haar. In haar hande hou Anna 'n paar rooi angeliere. Onderstebo. Anna se wange gloei en haar mond hang oop. Eers wil ek uitbars van die lag, want haar lippe is rooi geverf en die rooi steek skerp af teen die eienaardige kantnagrok wat sy dra. Dan sien ek dis 'n trourok; dit was seker Betta s'n. Betta het gaan stilstaan; nou stamp sy vir Anna die kamer binne. Sy sê niks, maar sy knik met die kop na my kant toe, asof sy wil hê ek moet vir Anna aan die hand kom vat en bed toe lei.

Droom ek? Is dit 'n nagmerrie? Die ryk kos so laat in die aand?

Anna wag nie. Sy kom tot teen die kooi. Sy vat my vol in die mik; sy skeur my naghemp van my af en slinger die trourok agter haar op die bokvel. Ek probeer wegspartel en sy maak gromgeluide. Iemand, seker Betta, gooi 'n growwe tou om my nek. Ek kan voel hoe die lus span as ek wil wegdraai; dis seker agter die katelstyl gehaak. Anna knie my met haar vingers; ek hou op met spartel. Haar tong rasper oor my gesig, oor my neus, in my kieliebakke. Die sweet hardloop langs my nek af; sy lek dit op. Sy druk my op die bed vas en gaan sit wydsbeen bo-oor my. Die reuk van lyfpoeier, vermeng met iets anders, iets wilds, golf oor my. Sy druk haar tepels in my gesig; sy forseer my hande in die nat van haar lies in en begin wieg, haar oë dán toe, dán koorsagtig oop. Sy versit en werskaf my in haar in. Sy steun en lag en huil en haar hare val wild oor my, en ek kyk verwonderd en oop-oog na 'n splinter van die maan deur die rietplafon.

Draaijakkals

Willem kom maak my wakker. Hy sê ek moet kom help, daar's 'n hele geselskap wat wil oor, maar die pont sít op die sandbank. Toe ek traag opstaan, alles aan my taai, sien ek die trourok teen die hangkas. Op die vloer lê drie angeliere, nou verlep. Gisteraand se ete lê swaar in my onderlyf. Buite sien ek deur die vroemôremistigheid die vorm van 'n motor wat ek uit my kleinhuisiebiblioteek as 'n Hupmobile herken.

Tóé kom ek agter Josephine kom druk nie, soos elke môre, haar boksnoet in my hand op soek na geskaaide koringkorrels nie.

II

Douspoor

21

'N DRAMATIESE ONTVLUGTING IN EGTE WESTERN-TRADISIE.

Uit die wit newelwatte, soos 'n prentjie uit 'n vergete album, verskyn 'n motor wat soos 'n vlakvark lyk. Dit voel soos die dag toe die Silver Ghost vir die eerste maal op Bakoondskraal aangekom het. Noem dit maar voorgevoel.

Maar hier is niks van die weelde en die aristokrasie van die Rolls Royce nie. Hier is nie 'n vlieënde godin wat op die verkoeler skitter nie; die lampe is twee ogies wat my dof en skeel aankyk toe ek en Willem óm die pont deur die vlak water waad om te kyk waar die haakplek is. Ek hys myself op aan die voëlverskrikker se modderskerm.

Nie die weelderige kussings van die Ghost nie. Ondeugsame sitplekke, toegestapel onder tasse, mandjies, kombersrolle en 'n verskeidenheid velsakke begroet my. Ek sak weer laer. Agter modderaanpaksels kan ek kwalik die naam uitmaak. *Hupmobile.* Ek kyk met respek na die verslonste kar. *Die taaiste gedroggie op vier wiele.* So lui die opskrif van 'n foto wat ek uit een van die ou kleinhuisie-tydskrifte geskeur het. Hier is jou wrintiewaar 'n lewende eksemplaar. Al lyk dit of sy baas hóm behoorlik deur sy agterent getrek het.

Twee mense, hul broekspype hoog opgerol, is besig om die pont van die sandbank af te probeer kry. Een van hulle kom regop toe Willem praat. Ek weet nie wie se oë die meeste rek, myne of Uncle s'n nie.

Onmiskenbaar. Die spreeuneus, die streepsnorretjie.

"Dit help nie," sê Willem, "ons sal almal saam aan die pont moet lig." Nou kom die ander man orent: 'n skraal kêrel met 'n rooi gesig, nog rooier van die inspanning, en 'n bos hare soos 'n pompstofie se vlam.

"Aijaijai! 'n Wonderwerk! Sholem Aleychem, Alettus!" roep Uncle.

Die gewese minister. My peetpa. Onder begeleiding weg van Steenboksvlei. Hêei. Nou toe nou.

"Vossie! Ou Vossie!" Selfs sedige Piet Praaimus kan sy blydskap nie wegsteek nie.

Anderkant die motor, in die skaduwee, word 'n man so groot soos 'n jong seekoei wakker. Hy begin hik.

"Die lilliputter! Nou wil jy wragtag!" Aäron laat die pont gevaarlik wieg toe hy homself probeer stut. "Tag, maar jy het gegroei!"

Ek weet dis nie waar nie, maar dit laat my goed voel.

Die weersiens is so verrassend dat dit my eers later weer byval. Van Josephine.

En toe help dit my om 'n besluit te neem wat my hele lewe in 'n ander koers sou stuur, weg van Omdraaisdrif af.

Uncle, vergesel van Piet Praaimus en die vriendelike reus met die wynvatlyf, is op pad terug van 'n ekspedisie in Duitswes, maar oor die doel en die geslaagdheid van die safari is hulle vreeslik vaag.

"Ons het julle by Koffiemeul gaan soek," sê Uncle, "maar die mense daar het ons skeef aangekyk. Waar's die ander?"

Toe ek hom van Raaswater en van my vermoedens vertel, klik hy sy tong en steek 'n groot hand uit asof hy my hare deurmekaar wil maak. In plaas daarvan druk hy my op die skouer. "Jy hét gerys!" sê hy. "Wat het die mense jou gegee om te eet?"

Toe onthou ek van Josephine en kners op my tande. "Het julle plek vir my?" vra ek buite hoorafstand van Willem. "Ek wil saam."

Piet Praaimus vergesel my toe ek my velle gaan rol; hy hou vir Betta besig sodat ek met die egg-box en my bondeltjie buk-buk kan verbyglip pont toe.

Maar dit gaan nie só maklik nie.

"Vir wat loop jy so snaaks?" Anna staan skielik voor my. Haar leepoë lyk beskuldigend, asof hulle meer verstaan as wat sy kan sê. "Met al jou goed?"

Hoewel ek geleer het om gereed te wees met 'n antwoord, kan ek skielik niks uitkry nie.

"Vat my saam!" sê sy, en begin klou aan my hemp. "Vat my weg! Toe!" Ek kan haar asem ruik, ek kan sien hoe wriemel haar tong. "Tóé!"

"Ek kan nie," kry ek later uit. My mond is skielik vol spoeg; ek kan nie praat nie.

"Moenie my hier los nie!" dring sy aan, en toe ek probeer voortbeur, skeur sy my hemp.

"Julle het my bok geslag!" Ek spoeg die woorde uit en ek weet dis nie wat ek wóú sê nie. Maar dit het die gewenste uitwerking; dit is 'n taal wat sy verstaan.

Ek druk by haar verby en fluit vir Piet Praaimus en Uncle. Aäron help my op. Willem sê niks; miskien is hy al te gewoond aan die kom en gaan van mense. Anna bly staan op die modderbank, haar tone in die modder ingegraaf, haar hand langs haar mond, asof sy nog iets wil skree. Ek bêre my bondel en die egg-box tussen die ander goed in die warm maag van die Hupmobile en pluk my stukkende hemp uit om te help stoot. Dit kos bloedsweet; die sand wil nie laat los nie. En natuurlik sluk ek kort-kort water.

"Ek dink álmal moet af," sê Willem. Hy kyk beskuldigend na Aäron.

"Sê nou hier's krokodille?"

Maar toe Aäron eindelik sy lyf, onder hikke van protes, oor die kant laat sak, sy bene soos twee meelklonte onder die vaatjie van sy broek, begin die pont geredelik oor die sand gly.

Ook net betyds. Ons is skaars halfpad toe die eerste koeël langs Piet Praaimus in die pont vasslaan, en die tweede 'n gat uit die Hupmobile se flank ruk. Die mauser! Ek en Uncle help trek vir Piet en Willem aan die kabel. Ons moet ons lywe heen en weer swaai om uit die pad van die koeëls te bly. Aäron lê die hele tyd agter die Hupmobile en kreun. Hy roep al die profete tot getuies. Metdat die skote bedaar en ek omkyk, sien ek dat Betta en Anna die skuit in die water stoot. Anna weier om in te klim. Ons kan sien hoe soebat en dreig en blo Betta haar, maar sy ruk los en hardloop tot op die hoogste klip by die wasplek. Sy skreeu, maar ons is nou te vêr om te hoor wat sy sê. Ek sien dat sy haar klere van haar afskeur.

Ek voel oneindig dankbaar dat die skuit lek.

"Schmukkel!" sê Uncle toe ons die wal haal met die sweet – nie net van inspanning nie – blink op sy blas bolyf. "Waar het jy beland? By Amasones? Koppesnellers?"

Ek dink aan die geraamte onder die boom.

Aan Willem vra hy: "Jy wil nie ook saam nie? Daai vrou is kapabel en kapater jou as jy teruggaan!" Willem, stoïsyns soos altyd, kry net 'n plooi by; dit kan 'n lagplooi wees. Uncle is nog nie klaar nie. Uit volle bors skreeu hy oor die rivier aan Betta: "Mag al die tande in jou mond uitvrot, behalwe een, en mag die een wat oorbly, jou hel gee!"

"Waantoe gaan ons?" vra ek toe die knop in my keel sak.

"Ons gaan die sirkus haal. Maar éérs gaan ons die weersiens vier. Wat sal nou lekkerder smaak as gehackte Leber? Opgevolg met Haman se hoed, of mandelbroyt, en tsimmes mit katshke? Ai, mag die Klipfonteiners 'n geseënde jaar hê, almal van hulle, al die meisies en al die kokke!"

Al verstaan ek min, maak dit nie saak nie. Maar ek sê ook vir myself: Wag nou, wag nou, lig loop! Smeer jou stert botter, Vossie! Arra!

Ons ry die nag in.

Die Hupmobile is werklik 'n merkwaardige motor. Hoe oud, dit kan Uncle nie sê nie; trouens, hy het die "papiere verlê", is sy verduideliking. "Mense het nog te veel respekte vir mouters," verklaar hy, "die kollies ook; hulle vra nie jou papiere nie."

Wat sou van die Silver Ghost geword het? Ek durf nie vra nie.

"Nee, daar's nie fout met haar nie," sê Uncle en klap-klap op die stewige stuurstang. "Het ek jou vertel dat ons reisies gery het teen 'n trein, ek en sy?

"Sy het klás," sê hy. "Louis Botha het een gehad, en as hulle destyds vir Klaas Duimpie gejaag het soos hulle vir De Wet gejaag het – met 'n paar Hups – dan het hy sy gat gesien."

Hy lag nie, hy knyp my net aan die wang, iets wat hy een keer tevore gedoen het. Toe hy – nie-amptelik – my peetpa geword het.

Maar wou hy dan hê Klaas Duimpie moet gevang word?

Ek draai my gesig weg van hom af en kyk of ek die sterre verby die snorkende Aäron kan sien. Ná Vuilbaard Laggerjan kan ek selfs die reuk van gisting wat Aäron omgeef, uitstaan.

Maar ek is ook nuuskierig. Van wánneer praat hy?

"Het Uncle dan iets van hom gehoor? Van Klaas?" Ek is amper te bang om te vra.

Uncle trek skouers op en rol sy sigaar van die een mondhoek na die ander. "Ag, jy weet hoe dit gaan. Hier hoor jy 'n storie oor Klaas; daar slaan mense dieselfde storie dood. Hy is 'n lewende legende. Maar op Klipfontein het hy baie gekom."

"Dink Uncle hy is dood? Wat dink Uncle?"

"Uncle dink nie. Van dink kom stink."

Hoe nader aan Klipfontein, hoe makliker, dink ek, om die prentjie van Anna wat haar klere van haar lyf skeur, van my geheue se lei af te spons. En tog verskyn haar beeld kort-kort, op geheimsinnige wyse, weer. Meestal as 'n nagtelike verskynsel, grommend en lekkend en druipnat tussen die bene. Ek voel hoe Annerdinges snoet maak; ek sweef oor die aarde.

Ek kan Omdraaisdrif nie uit my uitkry nie; dis so deel van my soos die rens reuk van Betta se kombuis, of die soetsuur van geskaaide vye, en daardie eerste klewerige gesteelde oomblikke saam met Anna.

Gelukkig hou Piet Praaimus my besig met allerhande nuttelose inligting oor die muiltrein en die Klipfontein Hotel.

"Die snaakse ding van Klipfontein is dat dit tussen niks en nêrens is. Dit bestaan al 'n hele paar donkiejare, eintlik moet ek sê *muiljare*; dis waar Clarissa haar training gehad het. In die negentiende eeu het Phillips & King 'n hawe gesoek om koper goedkoop en góú te verskeep … Die maatskappy het eers op Hondeklipbaai besluit," vertel Piet, "en vir 'n paar jaar het die gehuggie voorspoed geniet. Vandag is dit net 'n petieterige vissershawe, maar daar was in 'n stadium nege handelshuise. Van die see af kon jy die swartgeteerde houtgeboue teen die wit sandduine sien soos domino's wat sommer daar neergesit is."

"Ag, wat 'n lelike plek; moet niks van sy glorie glo nie," sny Uncle hom kort. "Toe die aarde gemaak is, is dié stuk grond op tender uitgegee." Hy lag: "Jy kan 'n Hondeklipbaaier myle vêr uitken aan sy manier van loop. Soos 'n eend, hulle kry dit nie afgeleer nie, daar's nét sand. Maar hét die meisies boudspiere!"

Anna t'kam my vas; ek voel die senings van haar boude teen my span. Ek dwing myself om weer na Piet te luister.

En so, algaande, hoor ek hoe ondrinkbaar sleg die plek se water was; dat daar geen kantien was nie, en dat die koperryers hulle moes behelp met sestiengellingvate brandewyn. Die ruwe drywers het saamgespan en so 'n vat gekoop, dit met die sand langs gerol tot by 'n geskikte plek en daar, oor 'n paar dae heen, onstuimig dronk geword. Wat te verstane is, want hulle het hul bietjie brood en vleis met groot slukke brandewyn afgespoel; óók omdat die water so sleg was. Daar was selfs 'n "magistraat" wat booswigte sommer self moes aankeer. Nadat hy die oortreder letterlik sel toe gesleep het, moes die einste "magistraat" hom die volgende môre aankla, getuienis lewer én juts speel! Dit het ook gebeur dat hy 'n nota teen sy kantoordeur moes spyker, in dier voege: *Die selle is vol; oortreders sal aan die jetty geketting word. Op las.*

"Die arme bliksems!" lag Uncle. "Stel jou voor dit word hoogwater en hulle vergeet jou daar!"

Jetty? Hoogwater? Ek het nog baie om te leer.

Piet kry weer 'n kans om my kennis te verryk. Na baie briefwisseling en toutrekkery – én nadat spanne bandiete, sommige uit die Breekwatertronk (Klaas! Klaas!) bloed gesweet het om die Messelpad te bou – is daar toe tóg op Port Jollie besluit om koperhawe te word.

Toe gaan staan alles op Hondeklipbaai stil.

En waar die Namakwas nog kort tevore in Robbebaai robvleis kon droog en robvelle versmous, het die plek se naam na Port Jollie verander. Dis nou nie sy amptelike naam nie, maar dié onthou niemand tog nie. Die twee of drie vaste inwoners het tot tweeduisend aangegroei, en voor jy jou oë kon uitvee, is die smalspoor gebou. Uiteindelik van die kopermyne tot by Port Jollie, 'n volle 91½ myl. Bo-oor Anenous se berg. Verby Klipfontein. Hondeklip se dood was die Port se brood. Toe die Klipfontein Hotel verrys, het al die ongehoorsame meisies van die wêreld soontoe gefladder.

"Dis waar ons gaan ryk word," laat val Uncle droogweg. "En dis waar die meisies hoog skop!"

22

DIE STORIE VAN DIE MAN WAT SY BROOD OP DIE WATER
GEGOOI HET. VAN DIE HEERLIKHEID VAN AARDSE
SKATTE NÁ MOEITEVOLLE ARBEID.

"Daaimins, daaimins, daaimins! Nou sal die Port weer die óú Port wees!" Uncle vryf sy groot hande. Die Hup swaai gevaarlik in die sand, maar hy bring die motor behendig terug op die pad.

Dit lyk of Aäron, wat aan die slaap geraak het, 'n nagmerrie het: daar kom klein geluidjies by sy lippe uit en sy wange sidder.

Ja, vertel Piet, vyftig jaar gelede was die Port 'n jollie plek – vier kantiens, nie 'n enkele konstabel nie. Wys die booswig 'n koue sel met rotte, kakkerlakke en weeluise, en hy dink twee keer.

Betta se Wet. Die growwe tou. Die hopie bene onder die boom.

Wys hom 'n lus aan 'n tak, en sy lus verskrompel.

Het Betta die mens self daar gehang? Of het sy hom gemáák hang?

Sal ek ooit weet?

Die belangrikste van alles: *Wie was dit?*

"Jy hou mos van stories en raaisels," sê Uncle. "Kyk of jy hierdie een kan uitwerk." Uncle het graag – in sy mengsel van Onderveldse Afrikaans en Boerejiddisj – stories vertel: kroegstories, liegstories, skinderstories, anekdotes. En egte Joodse stories wat op hulle manier óók raaisels was.

Hy moet hard praat om homself bokant die gedreun van die Hupmobile hoorbaar te maak.

"Het ek jou al vertel, ben yuchidel?" sê hy, "daar is beter dinge om met brood te doen as om dit vir die voëltjies te strooi soos die dom Hansie en Grietjie.

"Daar was eendag 'n man wat lief was vir sy seun. Drie maal op 'n dag het hy die woorde *Werp jou brood op die water* vir sy seun herhaal. Toe die vader sterwe, het die seun dit onthou en, omdat hy sy vader se gedagtenis wou eer, elke dag 'n broodjie in die see gaan gooi. Mense het hulle koppe geskud en teen hul slape getik, maar 'n ou man het vir hom gevra wat hy doen. Toe die seun vertel, het die ou man gesê: 'Jy sal geseën wees; die tweede deel van die spreuk sal waar word. Steur jou nie aan die klomp stinkasems nie.'

"'Tweede deel? Watter tweede deel?' vra die seun.

"Maar die ou man was weg, daar het net 'n tolbos oorgebly, en dié het weggewaai toe die seun daaraan raak.

"Die seun het hom hieroor baie verwonder, maar hy kon nie 'n oplossing kry vir die spreuk wat begin met *Werp jou brood op die water* nie.

"Hy het getrou en kinders gehad, maar nooit opgehou brood op die water gooi nie. Elke dag het 'n sekere vis op hom gewag en die brood met een hap ingesluk. Die vis het vet geword en die vissies rondom hom sommer as voorgereg geëet. Die visse was magteloos. Toe hou hulle 'n vergadering en sê aan die koning van die visse – koning Walvis – 'U Hoogheid, naby ons bly 'n kolos van 'n vis wat elke oggend 'n dosyn of meer van ons verslind en elke aand nog 'n ekstra dosyn. Wat moet ons doen? As u nie help nie, sal hy ons uitwis!'

"Die koning het beveel dat die vis voor hom moet verskyn. Maar wat doen die vis? Net wat jy kan verwag: hy slurp die boodskapper op. Koning Walvis stuur 'n tweede gesant. Dieselfde gebeur. En so voort, totdat die vis so baie boodskappers verslind het dat die koning sy reuse-spelonk in die dieptes verlaat het om sélf te gaan kyk wat aangaan. Daar gekom, vra hy aan die enorme vis: 'Hoe kom dit dat jy so groot is? Die ander visse is nie so groot soos jy nie.' Toe vertel die vis hom van die man wat elke dag brood in die water gooi, en hoe die brood sy maag groter en groter maak.

"'Maar waarom eet jy dan jou broers?'

"'Wel, elke dag swem hulle om my, en voor ek my kom kry, het ek hulle verslind. Aptytwekkertjies. Twintig in die môre en twintig in die aand en soms 'n paar ekstra.'

"Walvis was smoorkwaad hieroor en hy het bevel gegee dat die man na hom toe gebring moet word. 'Dis maklik,' het die groot vis aangebied, 'as hy môre sy broodjie bring, sal ek uit die water spring en hom insluk.'

"Die vis wag toe op die plek waar die kêrel altyd staan as hy die brood in die water laat val. Hy het homself met modder bedek. Toe die man weer daar kom staan, het die vis net sy bek oop- en toegemaak en die man ingesluk. 'Wat het ek gedoen om dít te verdien?' het die man gewonder, en met sy vuiste teen die vis se maag geslaan, maar dit was donker en hy kon nie die hemel sien of 'n antwoord hoor nie. Toe het hy teen die wand van die vis se maag gaan sit en sy vader se woorde onthou en gesug: 'Sulke dinge gebeur maar. Het ek 'n keuse?'

"Koning Walvis het die vis gevra om die man uit te spoeg. Dit doen die vis toe ook, binne-in Walvis se bek, wat so groot soos 'n saal was, sodat die man kon regop staan.

"'Waarom gooi jy elke dag jou brood op die water?' vra die koning toe. 'Dis 'n snaakse gewoonte.'

"'Omdat my vader – geseën is sy gedagtenis – dit vir my geleer het; ek wil graag sy leringe gehoorsaam.'

"Toe sit koning Walvis hom saggies op die sand aan die kant van die spelonk diep onder die see neer. Hy leer hom die tale van al die kruipende en vlieënde en swemmende diere. Daarop bring hy hom tot by 'n woestynkus, waar hy hom op die sand uitspoeg.

"Die man was pootuit ná alles en het op die sand bly lê. Bokant hom het twee aasvoëls gedraai, 'n grote en 'n kleintjie. Toe vra die kleiner een vir die grote: 'Vader, lewe daardie man of is hy dood?'

"'Ek weet nie,' het die groot aasvoël geantwoord.

"'Ek sal afduik en sy oë gaan uitpik; ek hou van mensoë.'

"Maar die vader het gesê: 'Moenie. Hy mag máák of hy dood is, dan gryp hy jou.'

"Maar die jongetjie wou nie wag nie. 'Ek is te honger,' sê hy en vlieg reguit na die man toe; gaan sit so 'n ent van hom af en spring flop-flop nader, soos aasvoëls maak.

"Die man, nou al meer uitgerus, het wel elke woord verstaan – het hy dan nie die taal van diere geleer nie? Hy het sy hand uitgestrek en die aasvoël aan sy been gevang. Die jong voël het 'n keel opgesit: 'Help my, Vader, ek is gevang! Red my!' Toe hy sy seun se angskrete hoor, het die groter voël geweeklaag: 'My arme seun! Hoe kan ek jou help?'

"Toe het hy gepleit: 'Luister, goeie mens, waar jy lê, is 'n skat versteek. Dit het aan koning Salomo behoort. Grawe en jy sal dit kry, maar laat asseblief my seun gaan!'

"Die man het die jong aasvoël laat gaan en begin grawe. Onder hom kon hy iets hards voel – en daar wás dit, ja, 'n skatkis!

"'Waarheen moet ek met die skatkis gaan?' vra die man toe aan die groot aasvoël.

"'In die rigting waarin ons vlieg,' sê die aasvoël."

Piet Praaimus stamp aan my. "Dis net 'n Jood wat so 'n storie kan uitdink," fluister hy.

"Toe volg die man hulle?" Ek wil darem weet wat gebeur het.

"Hy het met die swaar kis oor die sand voortgestrompel totdat 'n leeu skielik voor hom staan. Terwyl hy sweet en sand uit sy oë vee, sê hy vir die leeu: 'Ek is 'n boodskapper van koning Walvis, en ek dra hierdie swaar kis na 'n nuwe bestemming. Van sy mooiste skatte is daarin. As jy 'n vriend van koning Walvis is, help my dan asseblief om die kis te dra.'

"Die leeu het verbaas geluister na die man wat sy taal praat, en by homself gedink: As ek vandag vir koning Walvis 'n guns doen, doen hy môre weer een vir my. Toe sê hy: 'Sit die kis op my rug, en klim self op. Maak jou oë styf toe, anders waai hulle vol sand.'

"Die man het so gemaak en die leeu het soos weerlig weggetrek; dit het gelyk soos 'n werwelwind deur die woestyn.

"Toe die leeu gaan stilstaan, het die man sy oë oopgemaak. Waar was hy? Voor sy eie huis! Hy het afgeklim en die kis van die leeu se rug afgehaal, sy oë vol trane van dankbaarheid. Die leeu het in 'n bolling stof verdwyn.

"In sy plek was daar 'n tolbos.

"Die man het probeer om die kis oop te maak, maar pure verniet. Hy het nie die spreuk geken nie.

"'Ai,' sug die man, 'al die moeite.'

"Toe hy weer sien, staan daar 'n ou man by hom.

"'Ek ken jou mos,' sê die man.

"'Ja, ek het jou gesê jy sal my na baie dae terugvind.'

"Toe onthou die man. En hy weet hoe om die skatkis oop te kry."

Uncle merk dat ek na hom kyk.

"Jy hoef my nie te glo nie. Maar die kleinste diamant in daardie skatkis was so groot soos lensiesaad, die grootste so groot soos 'n ganseier. So, die man het baie ryk geword, ook sy kinders, geslagte op geslagte na hom. En dít is hoe dit wat hy van sy vader geleer het, waar geword het."

My egg-box is ook 'n kis vol onopgeloste geheime. Ek wonder wat Piet sal maak as hy weet sy windroos reis saam, hier neffens hom.

Maar Piet Leermeester kan skaars sy beurt afwag om my verder oor die smalspoor se geskiedenis in te lig.

"Daar is nie net erts met die smalspoor vervoer nie. Die mynmaatskappy het die Klipfontein spesiaal vir die gerief van die reisiger gebou," verduidelik Piet. "Dis 'n saak van oorlewing; dit het jou 'n dág gekos om tot bo-op Klipfontein se steil berg te kom!"

Uncle wys na die snorkende Aäron: "Dis hoe hý hier beland het. Hulle moes 'n ekstra muil voor sy wa span; nou weier die Company om hom weer met die trein te laat ry. Selfs noudat Clara die trekwerk doen."

Clara, lig Piet my in, is die naam van die sterk lokomotiefie wat die trajek bedien.

Clara, Clarissa. Lokomotief, muil. Sou Clarissa nog leef? Sal ons die troue dier weer op die lyf loop?

Vir die meeste mense was – ís – die Klipfontein Hotel sinoniem met Sodom en Gomorra, vertel Piet. Minder bekeerlinge vertrek daarvandaan as wat daar aankom. Selfs die heilige Sint Franciskus sou hier nie hond haaraf maak nie.

"Oy, oy, Piet, jy doen die plek 'n onreg aan! Dis 'n institusie, dis 'n diens aan die samelewing, dis die oorspronklike herberg van die Barmhartige Samaritaan! Weet jy," en amper ry Uncle uit die pad uit, "hulle maak die héérlikste strudel; dit smelt op jou tong."

Aäron sal onder enige omstandigheid slaap, maar as daar oor spys en drank gepraat word, is hy oombliklik wakker. Hy kantel sy botteltjie moedersmelk – so noem hy dit – om die slaap uit sy mond te kry. "Wanneer eet ons?"

Uncle beduie voor ons uit. In die verte hang 'n wolk vuurvliegies in die lug. Nee, sê Piet, dis nie vuurvliegies nie, dis Klipfontein.

"Sit op jou hoed, shikkerel! Ons is byna daar!"

Meteens is die hotel se liggies nie meer vuurvliegies nie, maar brandende lanterns, en Piet beduie dis Bontoor-se-berg se donker vlek in die vêrte. Uncle raak onkeerbaar, lê op die klakson en begin saam met Aäron allerhande onhebbelike liedjies sing in 'n vreemde taal. Elke lied eindig hy met 'n versugting: "Og, gee my 'n paar maande om my te oorvreet aan druiwe, ryk kos en die soet sweet van die liefde, dis al wat ek vra."

Waar hy die druiwe vandaan wou kry, weet ek nie, maar met soveel chutzpah sou hy druiwe uit rissies kon toor.

Ek durf hom nie onderskat nie; bewys sy wonderbaarlike verdwynings en ewe wonderbaarlike herverskynings dit dan nie?

En Uncle en Aäron terg mekaar: "Hier kom die Vetste Man op Aarde!" of "Hier kom Lazarus die Pampoenkramer!"

Hulle jil selfs met my en Piet: "Oijoijoi, Piet, jy moet oppas dat jy nie die meisies aan die brand steek nie!" Of: "Het die amasones jou reg geleer? Schmuk! Schmuk! Jy's mos nie 'n feygel nie, is jy, lilliputter? Kyk, toe God die holtes van die mens se liggaam gemaak het, het hy hulle nie wonderlik gemaak nie?"

Dit laat my aan Stryker dink.

Dassie dassie loer by die klipskeur uit!
Wie wil proe van die moskonfyt?

23

VAN 'N LEGENDARIESE HOTEL WAAR MENS IN PLAAS VAN BROOD DIE SPREEKWOORDELIKE KOEK TERUGVIND, EN VAN ONGEHOORSAME MEISIES. DIE LESER WORD ERNSTIG VERSOEK OM DEERNIS TE HÊ VIR DIE AANVEGTINGE EN SWAKHEDE VAN DIE VLEES.

Ons hospita – *Moeder Owerspel*, verseker Piet my, nie Moederowerste nie – staan ons met ope arms en inwag. Letterlik. Dot is alles wat haar naam sê: kort, plomp, met bollende wange en bollende geesdrif en nog ander bollinge, wat die mees volhardende boetgesant na sy asem sou laat snak en alle berou soos mis voor die son laat wegraak. Die wedersiens met Uncle en Aäron is, in Piet se woorde, vulkanies. Sy druk Uncle teen haar vas asof hy die Verlore Seun self is.

"My favourite customers! Hoe gaan dit, mister Lazarus?"

"Kom jy nie agter nie?" sê Uncle, grinnikend, met sy neus in haar oor. Hy knipoog vir ons. Haar hand verdwyn in sy broek se voue.

"Oho! Oho! Is dit hoe die wind waai?" Daar is 'n geur van kruie aan Dot, iets tussen naeltjies en roosmaryn.

Aäron staan sugtend nader. Sy strek haar tot op haar toonpunte uit om hom te piksoen, en tot haar geluk trippel daar juis 'n kelnerinnetjie verby. Dit red haar van algehele versmoring.

Of dit haar geur was of haar trippeling, weet ek nie, maar die kelnerinnetjie kon net sowel 'n fee gewees het wat die sugtende man met 'n towerstokkie aanraak. Aäron vang haar om die pols met sy voorvinger, span sy massiewe arms om haar, tel haar in die lug op en rondomtalie haar sodat sy haar keer moet ken om toe te hou wat meisiekinders gewoonlik toehou. Dit help niks; ons sien 'n glimp van die paradys. As jy gewoond is aan tuisgemaakte onderklere is hierdie fyngoedjies soos skuinskoek na dáe se klinkers. Met haar voete steeds skoppend, en terwyl sy gilletjies van plesier laat hoor, spiraal Aäron met haar totdat al die lanterns dreig om flenters te val.

"Nee," sê Dot aan Uncle, "ek kan sien julle was te lank weg."

"Is die kat hier?" Henderson Jr., die eienaar, verduidelik Piet.

"Hy vry in die Kaap; te opstêrs vir ons! So die muise is baas. Kom, kom, ek moet dadelik vir julle gaan kos maak." Sy klap op haar hande toe ons die hotel se groot lounge binnegaan.

Aäron sit die giggelende kelnerinnetjie voor 'n groep welbedeelde meisies neer, en hulle jodel asof uit een mond 'n welkomsgroet. Ons het by Suster Francesca van feë en engele gehoor, en ek kon nooit dink presies hoe hulle moet lyk nie.

Hierdie plesierige twaalftal moet hul vlerkies êrens neergesit het.

Een van hulle lyk vaagweg bekend – breë gesig, oë effens wyd uitmekaar – maar ek kan haar nie dadelik plaas nie.

"Hier's nie baie gaste nie," sê Uncle, "hoe kry julle die tyd om?" Hy neem op een van die meisies se lang bruin bene plaas en laat gly sy arm om haar hare wat soos rooikoper glans. "Ons gelukkige aand, Nicolaas Alettus. Meisies, ontmoet my seun, my peetseun; hy's 'n wilde dier, pasop!"

Natuurlik wil ek my kort beentjies onder die naaste bank indruk, maar die meisie met die rooikoper hare trek my nader en laat my op haar ander been sit. "Ons sal hom gou mak maak!" sê sy.

Daar kom dansmusiek uit die rigting van die kantien, en 'n rookreuk hang die plek vol.

Dot staan in die deur. "Die diamond rush is aan; dis net die óú kroegvlieë wie se vlerke geknip is. They probably think al hierdie praatjies oor 'n fortune uit blink klippies is maar net nóg dopstories!"

"Clara loop nie Saterdae nie," fluister Piet. Clara, dit het ek al geweet, sleep haar swaar vrag bergop tot by die hotel, dan rus almal die nag hier uit, om eers weer teen agtuur die volgende môre – as jy betyds wakker word – die spoor myn toe te vat. Of af see toe. Na die jollie port toe.

"Dan's dit amper nie nodig om die mouter weg te steek nie."

Weg te steek? Wat sou Dot bedoel?

"Tog. Ek wil nie vannag in jou arms lê en dan stap die kollies by die voordeur in nie."

"Daar's kafbale en seiltjies in die skuur."

Uncle kyk na Piet en na my. Piet minteneer die Hupmobile by die skuur in. Ons bedek die motor sorgvuldig met seiltjies en pak haar met verdrag onder die bale toe. Met 'n tuisgemaakte stokkiesbesem vee Piet die spore sorgvuldig dood.

"Hoekom doen ons dit?" vra ek.

"Ons doen dit altyd," antwoord Piet filosofies. "Voorsorg."

Voordat ek hom verder kan uitvra, is ons terug in die paradys.

Toe trek Uncle my kroeg toe, sy harige, gespierde arm al weer om sy "marshmallow", soos hy Dot noem. Sy ogies blink bokant sy spreeuneus.

"Hou jy van surprises?" Voordat ek kan antwoord: "Jy't hom niks gesê nie, Piet? Mooi so, mooi so." Ek wil nog protesteer, my blaas is vol en ek het lanklaas op stelte geloop, so my gemoed is net so bedruk soos my blaas. Maar Uncle wil niks hoor nie. "Jy's g'n nudnik nie," sê hy net, "kom!"

My nuuskierigheid kry die oorhand.

'n Kroeg is 'n wonderlike plek as mens die eerste keer daar ingaan, en Klipfontein s'n is 'n rookgevulde, raserige vertrek waardeur ek skaars die spieëls en musiek en glase en bottels en gelag kan onderskei.

"Gooi daar 'n speek ... nee, maak dit 'n wiél!" roep iemand.

Die rook hang so dig soos toemis op 'n Augustusmôre. Daar is nie baie mense nie, net 'n meisie in 'n rok so persrooi soos kruidjie-roer-my-nie. Sy is bo-op die kroegtoonbank aan die dans, aan haar voete die paar kroegvlieë waarvan Dot gepraat het. In verskillende stadiums van beswyming of verrukking.

Daar is iets anders wat my aandag boei.

Op die vêrste punt van die toonbank staan 'n betowerde kissie: 'n vierkantige bruin kissie ongeveer so groot soos my egg-box, maar netjieser afgewerk, met die deksel opgeslaan, en 'n blinkswart skyf daarop aan die draai.

Dít moet 'n grammofoon wees.

Piet Praaimus bevestig my vermoedens. "Dis 'n HMV portable," sê hy, "die plate breek soos glas."

Die musiek kom krapperig maar meeslepend uit die koers van die kissie. Deur die rookwalms sien ek hoe die danseres se hande oor haar noupassende rok gly en hoe haar lang bruin bene speel met die oë van die verdwaasde toeskouers. Sy weet net hoe om die spleet in haar rok te laat oopmaak en toemaak.

Dan swaai die kroegdeure van buite af oop en die wind waai die walms weg en ek herken die meisie oombliklik.

Dis Amy Patience. Ek roep amper haar naam uit, maar sy is in 'n soort vervoering, en ek is bang sy donner bo van die smal toonbank af, of skop iemand se glasie om. Haar oë is amper toe. Sy is veel langer en voller van lyf as toe ons mekaar laas by die Mission op Steenboksvlei gesien het, toe ons Joy van haar af weggeskeur het. Sy is amper so groot soos haar suster – nou wis ek dat die meisie daar binne Maud moet wees, dié dat sy so bekend lyk!

Onbetwisbaar Amy, haar mond nog net so parmantig. Swaaiend, dansend, tergend, besig om fyn draaie te gooi om grypende hande. Ek raak onuithoudbaar jags. Het ek dan nie my neus in klam gras leer vryf nie? Tog huiwer ek, tog hou ek terug.

Amy herken my nie dadelik nie. Toegegee, sy verwág my ook nie hier nie. Miskien dink sy ek het tot die Novisiaat op Koffiemeul toegetree; sy sou my dus in die gewaad van 'n novise verwag. Maar sy waai al dansend vir Uncle en Piet soentjies toe ons by 'n tafeltjie gaan sit. Een van die mans met 'n swart mynerspet dink dis 'n uitnodiging vir hom en probeer op die toonbank klim. Hy val met groot rumoer anderkant af, tot vermaak van almal, wat fluit en blaas en brom en op die toonbank kap.

Ek kan my indink in die vreugde, die lafenis, die paradys wat hierdie plek vir vermoeide reisigers is. Piet Praaimus het vir my die prentjie mooi voorgeskilder: Kom jy uit die Kaap, moes jy in elk geval ná 'n vermoeiende seereis met die *Namaqua* oor die rowwe Weskus-see by Port Jollie se onaptytlike sink-en-hout-huise voet aan wal sit. Voet aan wal? So maklik was dit ook nie. Die kaai was hoog – bedoel vir verskeping en ontskeping – en net die mees akrobatiese passasiers kon soos ape teen die verroeste staalkonstruksies uitklouter. Vir die onfikses, die verfyndes en die waardiges is 'n reusemandjie onseremonieel laat sak.

Oorleef jy die sweef-en-swaai-maneuvers van die mandjie, ontdek jy skielik dat jy op 'n plek beland het waar die liewe Vader se klimate deurmekaar geraak het. Piet, wat al daar was, sê dis 'n stryd om te weet wat jy moet aantrek: terwyl die son die hel uit jou brand, waai daar 'n wind reguit van die Suidpool af. Son en see in 'n ewige stryd gewikkel oor die besit van die dorp. Dan wag die volgende verrassings op jou: water, teen 'n pennie 'n emmer amper te duur vir bad, en dan smaak dit soos gal, seker van al die verwensinge, want dit moes vyf myl vêr met 'n rolvaatjie gehaal word – g'n wonder daar was so baie kantiene nie! Dan nog 'n trein wat deur muile en geloof getrek word. Teen 'n slakkepas oor verblindende duinevlaktes. Die muile is inmiddels wel deur lokomotiewe vervang, maar die slakkepas het gebly. Buitendien is lokomotiewe gouer droëlewer as muile, en in die droëntyd is daar weer teruggeval op die Clarissas. Dis waar sy in die prentjie kom, óns Clarissa. Toe sy in 'n goeie reënjaar – Piet vermoed dit was 1900 of 1901 – sonder werk sit, het Vader Grau haar dienste bekom.

Teen die een muur van die kroeg, feitlik waar ons plaasgeneem het, is 'n stel kiekies. Ook van die muiltrein.

Amy se vertoning is verby. Kroegman Ted haal die plaat af, sit 'n ander plaat op die draaiskyf, wen die masjientjie op en kry die musiek weer aan die gang. Amy ontduik die talle gewillige vingers wat haar wil afhelp en kom tot by ons. Sy het my nou herken.

"Kola, is dit jy? Kan nie wees nie! Uncle, is dit regtig hy? Vossie?"

Sy is steeds 'n kop langer. Sy kom sit blaps op my skoot; omarm my en soen my vol op die mond. Haar mond is groter, haar lippe maak toe om myne. Waar's die kruie en die rooiseep van Bakoondskraal? Dis weg; ek druk my kop in 'n geurige bos laventelblomme, haar borsies twee kussinkies oor my ore. Dot voeg haar by ons. Uncle klap hande en bestel 'n ronde vir almal. Die toonbank kraak onheilspellend toe Aäron daarteen leun. Piet Praaimus, sy hare nog rooier in die lig van die lanterns, sê hy's nie danig honger nie; hy wil gaan lees. Dot sê sy stuur vir hom 'n bordjie kamer toe. "Met die mooiste meisie," sê sy, "... met Grieta."

"Boekevat," beduie Uncle met 'n knipoog na ons kant toe, en laat speel sy groot regterhand. "Omblaai, omblaai!"

Piet begin stamel en maak hom uit die voete.

"Jirre maar jý't verander," sê Amy en steek 'n sigaret aan. "Hoe oud is jy nou? Wag, jy moet nou veertien of vyftien wees," sê sy, "ek's vyf jaar ouer as jy, vyf en 'n half ..." Sy speel met haar vingers deur my hare. "Ek sal jou nooit geken het nie!"

"Vyftien of sestien," lieg ek, en ek voel jare ouer.

"O ja," lag sy, glad nie meer so uitspattig soos destyds nie; soos 'n dame, soos Suster Francesca sou gesê het sy moet doen. "Ek onthou die geneuk met jou ouderdom. Het jy dan nie saam met Anaat verjaar nie?"

Sou sy weet hulle is dood?

"Ek is twintig, sal jy dit sê?" vra sy skielik, en sit terug dat ek haar kan bekyk. My maag tol 'n slag. Nie dat sy so danig mooi is nie, glad nie. Sy het alles wat aan haar suster breed en wyd uitmekaar is, geërf, maar daar is veel wat begeerlik is aan haar. Vernaamlik haar houding, besluit ek. Haar lewendige oë. Haar oë soek na myne, sy wil hê ek moet vir haar iets sê. Sy wil hê ek moet vir haar sê haar drome het waar geword. Nes in haar ouma se voorspelling. En as ek kyk hoe goed sy daar uitsien, die klere, die krale om haar nek, die ringe aan haar vingers ... ja, dit gaan goed met Amy.

Haar hand gly yskoud tussen die knope van my hemp in. Skielik val dit my by dat Betta 'n hele bontspul knope aangewerk het: beenknope, groot blou meisieknope, klein geletjies. Ek sal vir my 'n hemp of twee moet kry. Maar sy sien nie die knope raak nie, haar vingers trommel oor my maagvel, sodat elke fyn haartjie in die omgewing van my naeltjie orent staan. "Jy slaap vanaand in my kamer," fluister sy.

"Is daar nog kos in hierdie plek?" brul Aäron skielik.

"Ons het nie 'n Jood om te slag nie," korswel kroegman Ted dubbelsinnig.

"Kyk, as 'n Jood honger is, eet hy nie kosjer nie," laat Uncle hoor.

"Nee," lag Ted, "en as die nood hoog is, eet selfs die duiwel vlieë!"

Dan begin Uncle skielik op en neer stap in die kroeg; ek sien die verandering oor hom kom soos toe ek my eerste les in toneelspel gekry het. In sy uitgestrekte hand hou hy die bakkie grondboontjies wat Ted vir die tweede keer op ons tafel neergesit het. Uncle kyk verby die rooi lanterns en dakversierings boontoe. Asof hy met iemand op die solder praat. "Oy," sê hy, "oy – wie't vir peanuts gevra? Het hierdie armsalige dienskneg nie genoeg gesuffer nie? Verdien hy nie meer as 'n handjie vol monkey-nuts nie?"

Dot loer in en sê die kos is klaar.

Ons eet soos konings, al is Uncle se drome van Haman se hoed en strudel nie verwesenlik nie, en al kyk Aäron bra verwytend na die begrafnisrys op sy bord.

Amy tap die bad vir my vol. Vól. Haar lus vir praat het sy nog nie verloor nie.

"Wat maak al die baie meisies hier?" vra ek. "Hier werk dan nie mans nie – behalwe Ted."

"Moenie simpel vrae vra nie," sê sy, "dan kry jy nie simpel antwoorde nie." Nog die óú Amy. Sou sy onthou hoe sy en Mias ...? Maar ek moenie simpel vrae vra nie. Dis eintlik my eerste kennismaking met 'n régte bad, 'n porseleinbad op gedraaide pote. Met badolie. As sy my alleen laat, raak ek nét hier aan die slaap. Dit is die saligheid vanself, balsem vir eelte en sere en snye en rowe. Ek sien Omdraaisdrif van my afskilfer; lê 'n hele ruk net stil en kyk hoe dryf ou druiwetros.

Meteens hoor ek haar nader kom. Sy kom sit t'knaps op die bad se rand, gekamerjas, sy ruik na soetsalie en na tjienkerientjee, en sy vat my hande in hare metdat ek wou toehou, en sy sê: "Moenie toemaak nie, dis een van die sewe wonders van die wêreld. Wat is daar nóg wat so vinnig kan groei?" En toe begin sy my tone vryf, een vir een, en haar aanslag is so sag soos die balsem van die water, elke beweging 'n boodskap wat jy nie met hart of verstand kan begryp nie. Maar Annerdinges hét.

Amy se kamer is eenvoudig: 'n hangkas, 'n spieëltafeltjie, 'n wastafel met 'n marmerblad. Maar daar is geurige blomme in die kamer, en ek is verwonderd. Buite, weet ek, staan die kraalbosse borriegeel oor die sand; elke greintjie kleur in die bos laventelblomme kom uit 'n waardevolle druppel dakwater voort.

Die mure is versier met knipsels: foto's en berigte oor goed wat ek nie verstaan nie, suffrajets en marsjerende vroue en werkers wat vlae swaai, en 'n geraamde foto van 'n vrou genaamd Johanna Brand. En een van 'n riempiestoel, 'n besonder groot stoel waarvan die sye sommer so wéglê, onder die rand van die spieël ingesteek. Vrae kom by my op: Wie is al dié vroue?

Met die punt van haar tong kielie sy my gedagtes weg. "Het iemand al vir jou gesê hoeke mooi oë jy het?" vra sy skielik. "Dis blouwater s'n," sê sy. "Jy toor met 'n mens." Haar lippe vat vol om myne. Sy is hoeka touwys.

"Vertel my," sê sy, toe ons later soos kinders in mekaar se arms wakker word, "vertel my van jou ondervindinge."

My revinnis? dink ek. Wat is daar om te vertel? Raaswater? Ou Vuilbaard Laggerjan? Die skilpaaie? Betta en Anna? Willem die Swyger? Die geraamte onder die boom? Josephine?

Toe ek haar van Josephine vertel, word sy stil. Josephine was een van ons. Het ons nie albei op ons rûe onder haar gelê en die warm melk in ons monde voel spuit nie? Toe ek haar van die skilpaaie vertel, bewe sy saam met my. Sy skater oor Vuilbaard Laggerjan. Maar oor Anna en Betta sê ek nie veel nie; ek weet nie hóé om dit te sê nie.

Toe ons oor Lot Vermaak praat, luister sy my uit en sit al regopper totdat die weerlig in haar oë speel.

In die plek van die sagtheid is daar nou 'n stramheid. Sy steek 'n sigaret aan.

"Jou Lot Hamerkop is gereeld hier, sónder ouderlingspak. Sy naam stink." Ek onthou dat Willem min of meer dieselfde gesê het. "Sy vrou weet nie daarvan nie, arme ding." Toe bly sy stil, asof sy te veel gesê het. "Word jy nou maar nie so nie," sê sy ná 'n rukkie.

"Hoe, só?"

"'n Baas."

"'n Wát?"

"'n Baas. Vir wie almal onderdanig is."

"Betta is nie. Soos ek jou vertel het."

Amy sit nog regopper. Die bokvelkaros val om haar bene oop. *Raai-raai: In die mik van die boom sit 'n wolhaarnes, in die nes sit 'n mossie op 'n knikkertjie* ... Netnou se warmte in my onderlyf is terug; ek wil haar omdop; ek wil haar tepels met my tong laat tuit staan. Maar sy rem weg.

"Kyk, Kola, almal sê altyd 'n vrou moet trou en haar man onderdanig wees en kinders in die wêreld bring. So't ek in die wêreld gekom. En sus Maud. En die nege wat nog by die huis is. Wat krepeer. Wat sal doodgaan as dit nie vir Ouma se waarsêery is nie. Dis nie vir my nie."

"Jy en Betta sal stryk. Beslis beter as jy en Lot Vermaak."

"Het jy geweet dis Joy se familie?"

"Wie? Betta?"

"Sien jy die stoel daar op die prent teen die spieël? Dit was Chrissie Vannéwer se stoel. Onthou jy? Die kwaai antie van wie Aäron ons vertel het?"

"Wat vir Klaas Duimpie onder die sambok gesteek het?"

"Dis maar één storie. Maar só groot was sy, en sy hét haar plaas soos 'n koninkryk regeer. Uit haar stoel. Sy is dood voor Joy gebore is. Joy het haar nooit geken nie; maar Joy se ma was haar oudste kind. En dié was Lot se eerste vrou."

"Wil jy vir my sê Joy is Lot Vermaak se kind?"

"Nie eie kind nie. Onthou jy hoe bang was Joy om saam met julle te gaan?"

En toe bly Amy meteens weer stil, asof sy besef dat sy nie met Anaat of Suster Francesca sit praat nie. "Dis genoeg om te sê Lot Vermaak is 'n moerskont. Ek wag net dat hy weer hier kom." Toe kyk sy my waterpas in die oë: "In ons ou wêreld was al vroue wat nie met hulle laat mors nie. Soos ou Chrissie. As sy nog geleef het, was Lot moerland toe."

Die blink in Amy se oë het die kleur van 'n meslem. "Het jy al van Rooi Siena Visser gehoor? En daar's nog Feia Dreyer, wat geheel die trein net vir haar laat stilhou. Mense soos Johanna Brand." Sy beduie na die portret. "Die ander meisies hier – Maud ook – dink ek's snaaks. Maar ek gaan nog Parlement toe."

Eers wil ek uitbars van die lag, dis so onverwags, maar haar oë keer my. Hier is 'n deel van haar wat ek nie ken nie. Laataand balsem, vroemôre bitterals. Lig loop, Vossie!

Dan versag haar oë effens. "Die wêreld is vol wonderwerke," sê sy. "Ons is twee van hulle, ek en jy. Maar die een is nie baas oor die ander nie.

"Kyk," sê sy toe ek haar onbegrypend aanstaar, "ek sal dit vir jou só uitlê. Mans raak groot met die idee dat hulle vrouens vir hulle moet koffie aandra. Of meneer dra die koffie aan, dan koop hy haar guns. Dit werk nie so nie. Ek wil die keuse hê. Om koffie aan te dra of nie. Soos nou: ek sal vir jou koffie gaan maak. Omdat jy Kola is." Sy pluk die hangkas oop en gryp 'n kamerjas. Asof hulle daarvoor gewag het, tuimel 'n bondel klere, 'n handsakkie en 'n paar boeke uit. Sy buk en prop die goed haastig terug.

Terwyl ek kyk hoe reëlmatig haar rugstring oorgaan in die geheimenis van haar kruis, en lê en dink oor die wonder van groefies en gleufies in die menslike liggaam, hang sy haar kamerjas om en druk die kas weer toe.

Wat Amy nie gesien het nie, is die koevert wat onder die hangkas ingegly het. Daar lê dit soos kannie onder 'n melkbos en gloei.

24

'n Raaiselagtige brief.

Liewe Amy

Ek hoop en vertrou dat hierdie brief by jou sal uitkom, want ek skryf aan jou uit 'n situasie van uiterste nood. Ek versteek die brief in 'n mandjie met vye wat meneer Vermaak vandag saam met ander negosie na die Hotel sal neem waar jou suster Maud werk. Miskien sien sy die brief en besôre dit aan jou. Waar jy jou ook al bevind.

Jy is dalk verbaas om van my te hoor. Jy sal nog meer verbaas wees om te hoor dat Mias en Joy ook leef. Ongelukkig kan ek nie dieselfde van Suster Francesca en van Nicolaas Alettus sê nie. Hulle het omgekom in dieselfde vloed wat ons hier by meneer Vermaak-hulle laat beland het. Suster Francesca se liggaam het ons in 'n rietbos in die rivier gekry. Maar van Vossie geen teken nie, die vloed het hom van ons weggeneem.

My liewe vriendin, as ek jou ooit weer sien, sal ek jou alles vertel van daardie verskriklike dag, of liewer nag, want dit het in die stikdonkerte gebeur. Baie nagte kan ek nie slaap nie, ek beleef dit weer. Jy sal onthou dat ons van Steenboksvlei af op pad was Koffiemeul toe. Twee nagte voordat ons die rivier by Omdraaisdrif sou oorsteek, het ons in 'n droë rivierloop geslaap op 'n plek wat hulle Raaswater noem. Daar was swaarweer in die lug, maar ons het ons nie gesteur nie. Miskien was ons te moeg – ons het die vorige dae swaar toemis en stofstorms belewe, en die verskriklikste hitte, skerpioene en spinnekoppe het ons geteister. 'n Slang het my gebyt; gelukkig was dit skrams. Of my bloed is te giftig! Al die plae van Egipteland. Maar daardie nag was dit die reent. Dit moes hoër op kwaai gereent het. Toe ons weer sien, was die water op ons. Ek het myle vêr – dit het gevoel soos myle, ek weet nie presies hoe vêr nie – afgedryf. Gelukkig het ek 'n stuk stomp in die hande gekry. Van die ander kon ek niks sien nie, maar ek dink nogal die bokke het betyds padgegee. En Clarissa. Diere het mos 'n voorgevoelte. Swerwervolkies het hulle seker gevang, of miskien geslag, die arme goed. Maar om te dink Suster het ons só vêr gebring, tot voor die Beloofde Land – dit was tog nie meer so vêr Koffiemeul toe nie!

Mias en Joy, so is my vertel, het die aand van die watervloed in die skotskar gaan lê, om weg te kom van skerpioene en ander gifgoed. Ook maar deur die genade, want die water het die kar teen 'n boom aangedryf, en daar het hulle soos blouapies aan mekaar geklou tot ligdag toe. Toe is hulle terug, min of meer soos ons gekom het, verdwaal-verdwaal ook by tye. Maar toe hulle regoor Rooistasie kom, was Joy baie siek, rêrig siek, nie aanstellerig nie – dié het sy uit haar uit geskrik. Jy sal onthou die kind se bors het so toegetrek. Mias het met haar hier kom aanstap, rasend van nie-weet-watter-kant-toe-met-haar-nie. Toe was ek al 'n dag hier, uitgerus, oor die ergste skok, en ek en Katrina Vermaak het alle rate probeer tot ons vir Joy weer mens gehad het. Woorde ontbreek my om Mias se voete aan jou te beskrywe, so stukkend en bebloed was hulle geloop.

Die twee het aan my geklou toe hulle sien ek lewe nog, gekneus soos ek was. Dit was seker die eerste en laaste keer dat Mias gehuil het, hy hou mos vir hom altyd so grootman. Maar nie dié keer nie. My hart was self klein.

Dit het weke geneem voordat Joy – en Mias – só herstel het dat hulle weer sou kon vortgaan. Mias het gevoel dis die beste om terug te gaan Mission toe, Steenboksvlei toe, en Joy was net so begerig om te gaan. Hulle wou natuurlik hê ek moet saam.

Maar die snaaksste ding is dat ek glad nie wou teruggaan nie. Of verder gaan, Koffiemeul toe nie. En beswaard soos ek is, voel ek vandag nog so. Katrina Vermaak het my hier nodig. Buitendien: Suster is dood.

Katrina Vermaak is al geruimige tyd alleen, die droogte en ander sake het haar man verplig om op die goudmyne te gaan werk. So hy was weg toe die Lewenslot ons daar, jy kan maar sê uitgespoel het. En dit het Joy tog te goede gekom. Sy het haar geskik. So het dit gelyk. Katrina se eie kinders is al drie afgesterwe. Die Griep het die eerste twee gevat, en 'n slang die derde, haar oogappel. Wat maak jy met gif wat so vinnig trek hier waar jy so vêr van alles af is? Die verwyt het haar aangetas. Twee uit die drie dae – so lyk dit vir my – is sy die kluts kwyt. Dan hoor dit stemme. Dan loop en sing dit aanmekaar. Gestuur om weglêhen se eiers te gaan soek, haar blondekoppie. Toe pik die sattang hom. Ons was van die begin af vir haar drie gifte van bowe. Sy het werklik geglo ons is deur die Voorsienigheid na haar toe gestuur. So het sy ons aan haar vasgehou. Gepleit by Mias en Joy om te bly.

Nou klink dit alles nogal rooskleurig. Maar my liewe vriendin, glo my vry, dis nie so eenvoudig nie.

Daar is nog die tweeling ook; dié is nou so ses, sewe. Dis haar man se kinders by iemand anders, so het sy vertel. Ek weet nie of dit waar kan wees nie. Hy is so 'n godvresende man. Hy het my eendag gesê hulle ma is aan nierstuipe dood – jy weet hoe dit met ons vrouens in hierdie vêr wêreld gaan! Hy het hom ontferm. Maar die tweeling! Dis altevol of hulle die Duiwel se kinders is. Sy kan hulle nie regeer nie, het ook nie veel uit hulle uit nie. Kom meneer Vermaak terug, is hulle die engele vanself. Hulle maak die lewe vir ons baie onaangenaam. Maar dis nie die grootste probleem nie.

Eers kon ek dit nie verstaan nie: Katrina Vermaak was buite haarself van vreugde, sy het aanmekaar loop en sê die Here het ons gestuur. Raaswater se vloed het haar haar drie gestorwe kinders teruggegee, so het sy ook aan meneer Vermaak geskryf, en hom gevra om papiere vir aanneming reg te kry en aan te stuur.

Hoe sit jy jou teë teen soveel hartseer?

Toe kom hy hier aan. Uit die bloute, papiere en al. Ons het nie 'n sê nie, wie is ons? Joy so wit soos wasklip, haar bors dadelik toe. Skielik was daar niks aan te doen nie.

Jy moes Joy gesién het, dis oor haar wat ek eintlik skryf. Hy is 'n groot man, dié meneer Vermaak, iets deftigs aan hom, met fyn maniere as dit hoe is, en tog was Joy van die eerste sien af vir hom bang. Bang en ook nie bang nie, ek weet eerlik nie hoe om dit aan jou te stel nie. Hy sal haar al om die hawerslag teen hom vasdruk. Dít kan sy nie uitstaan nie. Maar sy sê niks. Vir Mias kan hy voor sy twee oë nie verdra nie. Die arme kind doen niks reg nie, en as dit hoe is, stuur hy hom van Pontius na Pilatus. Maar as hy weg is, Transvaal toe na die myne toe, soos nou weer, dan kan jy sien Joy haal skoon anders asem. En Mias natuurlik ook. Maar Katrina verwag hom weer teen die naweek.

Ek skryf hierdie dinge vir jou in groot bekommernis, aan wie anders kan ek skryf? Joy praat nie met ons nie. Of sy nie kán praat nie. So ek weet nie.

Maar jy moet ook onthou dis nou ons nuwe nes. 'n Mens bevuil nie jou eie nes nie.

Ek moet nou ophou skryf. Daar is skimmel op die brood; ons het 'n paar dae onverwags misweer gehad, en ek moet brood bak. Hy eet net vars brood.

So, ek sluit maar.

Met baie liefde en toegeneentheid,

jou immer dienswillige vriendin,

Anaat.

PS Hier is nog enkele briewe van Let in my besit. Miskien bêre ek dit. Miskien moet ek dit verbrand. Dis nie meer van belang nie.

25

WAARIN NICOLAAS ALETTUS ONTDEK DAT HY – SOOS TOUMELKBOS – MAKLIK VLAM VAT, WAARIN AMY HOM LEER OM VINNIG AF TE KOEL, EN WAARIN DIE WENNER VAN 'N KRAGMETING SPOORLOOS VERDWYN. DIE HOOFSTUK WORD AFGESLUIT MET 'N ONDERSOEK NA DIE PARADOKS "WIE LOER, KRY NIKS".

Ek kon myself nie keer nie; soos die toumelkbosse wat ek brandgemaak het vir skilpadbraai, het die brief my laat vlam vat. En vinnig ook. Toe Amy met die beloofde bittertjie inkom, was my moer aan die oorkook.

Ek swaai die brief onder haar neus rond. Die geurige koffie kyk ek skoon mis.

"Vir wat sê jy my niks?"

"Jy't in my goed gekrap!"

"Kon nie help om te sien nie. Vir wat sê jy my nie?"

"Wanneer moes ek?"

"Stront. Jy wou dit vir my wegsteek. Vir wat?"

"Is nie!" Sy druk my op die bed terug. "Sit. Kyk hoe swel die are langs jou kop. As jy so aangaan, bars een van hulle."

"Te hel met die are langs my kop. Jy't hierdie brief vir my weggesteek."

"Is dit jou gewoonte om ander se briewe te lees?"

"Jy hoor nie wat ek vir jou sê nie. Anaat en Mias en Joy is springlewendig! En jy sê my niks."

"Die brief het nou die dag gekom. En natuurlik wou ek vir jou sê ... het jy nie gelees nie?" Sy kyk op die vloer langs haar.

Ek sluk swaar aan die koffie. "Van hoek tot kant ... Ek kan dit nie glo nie."

"Wat kan jy nie glo nie?"

"Jy was nie daardie nag by nie. Dan sou jy verstaan het. Eers het ek gedink dis net ek. Toe kry ek vir Josephine. Nou leef Mias en Joy en Anaat ook."

"Onthou jy wat my ouma in die teekoppies gesien het? Sy't vir Raaswater gesien."

"Ek verstaan nog nie hoekom jy my nie gisteraand al vertel het nie – daar binne."

'n Hand maak muis en vroetel tot binne pikafstand van Annerdinges af. Dié se kop trek bak.

"Kola, vir wat hou jy jou so dom?" Maar dan skarrel muis terug, oor my maagvel en langs my keel op tot in my nek. Kriewel in die haaskooi. My bui sak. Annerdinges krimp tot akkedisgrootte. Want Amy sê, met soveel ingehoue moerigheid dat ek haar móét aankyk: "Ons kan hulle nie aan hulle lot oorlaat nie. Ek wou nog met jou daaroor praat, maar ek het nie geweet hóé nie. Ek het dit nog nie eens vir Piet gewys nie."

Lieg sy? Maar vir wat? Sy tel die brief op, lees.

"Anaat skryf nie baie duidelik nie. Ek wil weet wat lê agter die brief. Dié houvas wat Lot Vermaak op hulle het – veral op Joy. En die papiere waarvan sy skryf. Dat hulle nie 'n keuse het nie. Hoekom nie? Elke mens het tog 'n keuse!"

Daar is iets só driftigs in haar stem dat sy my 'n oomblik aan Betta laat dink.

"Ek weet wat ons moet doen," sê Amy meteens. Sy staan op, skuif die brief onder haar bêregoed in en druk die kasdeur toe.

"Waatlemoentyd sal Lot hier verby, Steenboksvlei toe, om bandiete bymekaar te maak. Dan't hy nie genoeg werksmense op die plaas nie. Hy't groot grond. Alles onder waatlemoen en spanspek." Sy kyk my so lank aan dat ek ongemaklik begin voel. "Het jy revinnis van waatlemoen en spanspek?"

Ek het by Willem op Omdraaisdrif geleer om waatlemoene te takseer. Oor die spanspekke swyg ek.

Amy bekyk my soos Uncle daardie aand, lank gelede, voor hý bedelmonnik en ék armlastige geword het, druk-druk aan my kuif en aan my gesig; laat my sit en regop staan, stap om my, skud haar kop en byt dan weer vasberade op haar lip. "Daar is iets van 'n jakkals in jou, jy weet ... maar 'n bandiet is jy nie. Hier's werk vir my en Maud ...

"Dit kan nie hoër of laer nie," besluit sy ná 'n ruk. "Jy sal die dag as hy hier verbykom, moet deel word van die sebraspan; jy sal moet gaan uitvind wat daar aangaan, op Rooistasie."

"Hoe weet jy hy sal hier aankom?"

"Aankom sal hy aankom, hy *lê* agter Grieta!"

"Jy wil tog nie hê ek moet 'n bandiet word nie …?"

"Wil jy vir Joy-hulle help?"

Ons – Amy en ek en Piet Praaimus – het die plan later aand vir aand in besonderhede sit en uitwerk in haar kamer. Ek het eers gedink Piet sou teëskop, hy's mos 'n boekmens, maar mens moet hom nie vlak kyk nie. Hy lees die brief oor en oor.

Ons besluit om Uncle in ons vertroue te neem; hy is buitendien my peetpa; en ons reken op sy morele ondersteuning. Dalk selfs op die Hupmobile. Want hoe kry ons die ander – Anaat, Joy, Mias – weg van Rooistasie af? Wanneer spoed nodig is? Wanneer dinge vir ons nóú raak? Dat dit op tierasegat sal afloop, dié kon ons aanvoel.

Maar die noodlot spring ons voor.

Uncle en Aäron wil vort, Port Jollie toe. Hulle wil gaan kyk of daar nie makliker geld te make is uit die toeloop op dié dorp nie. Dobbel en skelm dop en langs die pad dalk 'n ou blinketjie of twee. "Die mense het nie vermaak nie," verklaar Uncle, "hulle suip hulle dood en gee die paar meisies wat daar rondloop, hel. Dink net daaraan," sê hy, "hulle hele lewe lank kry hulle swaar; skielik word daar daaimins ontdek. Wie sal so 'n goeie gawe miskyk? Hulle foeter almal soontoe en hulle maak sakke vol geld. Dan gooi hulle al hul rykdom by hulle keelgate af. Watter verlies!"

Dan kyk hy na Aäron en sê: "Aäron, jy weet van dobbel en ek het die verbeelding. Tussen ons twee sal ons 'n fortuin maak. En dink net, dis vir 'n goeie doel: ons gaan die klomp suiplappe wat nog nie 'n blinke gekry het nie, opbeur! En deel van die inkomste gaan natuurlik vir Piet wat wil gaan leer, en aan Amy, wat sekerlik meer ambisie het as om haar tiete in die bar rond te swaai, en aan Nicolaas, hy's mos darem nou ook 'n Lazarus!"

'n Mens kon verstaan hoekom Uncle so jeuk. Die groot depressie is besig om elke snytjie brood dunner te sny.

Maar van die sirkus waaroor hy altyd gepraat het, sê hy nou niks.

Beloftekos! hoor ek Stryker in my gedagtes. Ek vra hom of hy ooit *De Kleine Circus* gesien het. Rottekooper, weet hy te vertel, want hy weet mos alles, sit in die tronk. Toe ek hom vra wanneer kom óns sirkus dan, gooi hy sy hande in die lug en sê: "Ons leef in slegte tye, nudnik, maar jy sal nog saagsels en leeudrolle ruik, kyk maar."

Daarmee moes ek tevrede wees.

Hy het niks van stelte gesê nie.

Hy en Aäron en Piet Praaimus vertrek steeds op geheime ekspedisies. Hulle kom net so geheimsinnig weer terug. Die Hup word altyd onder die kafbale toegemaak. Uncle tower stringe krale, eksotiese reukwater en ander lekkerruikgoed met name soos Phul-Nana en Cherry Blossom te voorskyn, maar hy en Aäron bring ook ure in die kantoor deur saam met Henderson Jr.

Op 'n dag sê Henderson Jr. vir Ted hy is jammer, die bar gaan nou net oop wees op dae dat die trein verbykom, hy kan hom nie bekostig nie. Tensy hy bereid is om vir minder te werk.

Toe vat Ted sy goed. Maar Henderson Jr. kon dit nie bybring om self in die kroeg te staan nie, en hy bied my die werk aan; dis natuurlik vir hom 'n aansienlike besparing. Die enigste probleem is dat die gereeldste drinkebroers – Maans Miere, Tappies Bonthuys, Sias Stilstuipe en ou Frikkie Vlieëbroek – moeite het om my agter die toonbank raak te sien. Maar ook húlle raak ná 'n ruk daaraan gewoond.

My eerste ware nering!

Ek lig die dop-en-dam se prys stil-stil, 'n oortjie 'n slag, en hoop niemand loop Junior daaroor trompop nie. Baie oortjies maak gou 'n bottel vol ghienies. Die meisies verhoog ook hul tariewe. Mens moet jou aanpas by moeilike tye.

Ek begin geniet die werk, luister na die kroegstories, hou boek daarvan, en vra uit na Klaas Duimpie.

Maar selfs die egg-box – Klaas se trommeltjie – lewer nie veel op nie. "Nja," sê Maans Miere op 'n dag, "ek het Klaas goed geken, maar ek kan nie van die kissie onthou nie."

Maans Miere ken almal in die wêreld, tot die koning van Engeland ook.

Ek wys hom die raaisel. Hy maak, soos altyd, of hy kan lees.

Ek speel, soos altyd, saam en sê die rympie ongeërg op terwyl ek glase afdroog.

"Wie ben ik?
Ik vond een nest in de matjiesgoed
ik vrat een ei, dat zat mij goed.
Ik maak mijn make, ik vloog daar weg,
mijn hoofd vooruit, mijn staart verzeg ... "

Maans skud sy kop terwyl hy steeds na die papiertjie staar. "Nog nooit gesien nie," sê hy, en versit die vuurhoutjie waarmee hy tussen sy tande krap. Hy werskaf alewig met vuurhoutjies tussen die paar tande wat nog in sy mond oor is.

Ek kyk na die ander. Oom Frikkie Vlieëbroek slaan sy dop weg; soos altyd hou hy die glas lank in die lug asof hy dink dis die weduwee se kruik, daar móét nog 'n paar druppels wees. Hierdie keer hou hy die glas ekstra lank omhoog.

"Dis jammer die ou professor is nie nou hier nie," merk Sias Stilstuipe op. Almal kyk op, want hy verbreek selde die stilte.

"Professor?" Ek wip tot op Ted se kroegstoeltjie en van daar tot op die toonbank.

"Dis 'n ou kêrel wat rympies bymekaarmaak," sê Tappies Bonthuys, wat altyd na ghries ruik. "Hy wetter party slae hier rond en dan laat hy almal rympies opsê. Dan skryf die ou dit in 'n dik boek op. Hy was nou die dag hier."

Kom weer, professor, dink ek. Ek het iets vir jou dik boek. Dalk het jy die hele rympie, of miskien kan jy dié deel vir my uitlê.

'n Grappige voorval laat dink my weer aan *De Kleine Circus* en aan Nils se stelte.

Ek en 'n besoeker, 'n regte kaggelspinnekop van 'n vent, slaan eendag saam water af. Ons was ons hande in die wasbakstaandertjie en hy moet omtrent dubbeld vou en ek moet op my tone staan om iets in die spieël te sien.

"Ou Shorty," sê hy, "ons twee het 'n probleem."

"Jy's reg, ou Lange," antwoord ek.

Hy gaan voort. "My probleem is groter as joune."

"Hoe so?" wil ek weet.

"Jy kan jouself langer maak," sê hy, "maar hoe de bliksem moet ek korter kom?"

Dis toe dat ek weer aan Nils en aan die stelte gedink het.

Ook die merkies teen die muur in Amy se kamer het my laat agterkom dat ek beslis nie meer groei nie.

Piet het twee stewige bloekomlatte afgekap en ek het twee boeliebiefblikkies daaraan vasgemaak, eers vlakby die grond en later 'n entjie hoër, al hoër, totdat ek met gemak op my paar bloekombene oor die werf kon stap, tot groot vermaak van almal en tot ontsteltenis van die paar werfpoue.

Toe breek die dag van die kragmeting aan; die dag waarop Uncle se ydelheid sy sirkusbeloftes finaal soos los mis in die lug laat wegraak het.

Ek is aan die glase regpak. Toe ek weer sien, staan hy daar en inkyk: 'n man met 'n grys hoed, 'n grysgroen jas en 'n deftige pak met 'n glinsterende horlosieketting. Nie van hier rond nie. Hy plaas sy bestelling en kyk my vorsend aan.

"Is jy familie van Klaas Duimpie?"

Daar is tye wanneer 'n mens moet antwoord en daar is tye wanneer 'n mens moet swyg. Ek swyg, maar 'n glas val uit my hande. Flenters.

Dis Maans wat in sy origheid antwoord.

"Ja, die klong lyk nogal soos hy. Maar dié etter het ook so rond en bont gesteek ..." Hy spoeg die lag uit.

"Kyk hoe wit word die klong!" sê die vreemdeling en sluk sy brandewyn met een teug af. Hy hou sy glas uit. Sy hand is soos 'n broodskop – Uncle se gelyke! "Dan's jy seker 'n dwerg. Wat te groot is om in 'n sirkus te werk!"

Moet ek lag vir sy grap? Ek voel nie so nie; as ek fyngemaalde glas byderhand gehad het, het ek dit in sy brandewyn gegooi.

My stelte, wat ek hier binne net gebruik om die hoogste bottels by te kom, staan eenkant.

Piet Praaimus, wat op dié oomblik ingestap kom met sy boeke onder sy arm – hy hou daarvan om by een van die kroegtafeltjies te sit en lees – sit sy leesgoed netjies in 'n stapeltjie neer. Dit lyk of sy sproete soos kole begin gloei. Hy kom tot langs die man en sê: "Los vir Niklaas uit! Ken jy nie die verskil tussen 'n dwerg en 'n pikkie – 'n *midget* – nie?" Waar het Piet geleer om so astrant te wees?

"Wie's jy?" vra die man, sy neus op 'n plooi. "Die grootste vuurhoutjie in die wêreld?"

Piet, wat nie 'n bakleier is nie, weet duidelik nie mooi hoe om die situasie te hanteer nie.

"Ek het net gesê jy moet hom uitlos!" mompel Piet. "Hy kan nie help dat hy so kort is nie."

"En jy kan seker nie help dat jy so roes nie!" Piet is aan die omdraai, maar die besoeker is duidelik lus vir grappe maak. Hy probeer selfs om die paar versufte kroegvlieë in sy hand te kry. "Of hoe, manne?" vra hy. "Kan mens dan só rooi wees?" Sy lag is 'n uitdaging.

Piet staan daar met 'n effens geboë hoof. Hy byt op sy onderlip. Toe draai hy om. Dit lyk of hy die man se neus tussen duim en wysvinger wil vasvat. Ek glo nie hy was self seker wat hy wou doen nie. Twee harige broodskoppe druk hom terug, sodat hy steier. Toe trek die vreemdeling sy baadjie uit, ook sy onderbaadjie, en vou dit netjies op een van die kroegstoeltjies op. Daarop rol hy sy moue tydsaam oor twee gespierde voorarms op en neem die houding van 'n bokser in. Piet weet baie van fossiele en hoe oud die aarde is, en hy kan die fynste kaarte teken, maar hy het nie boeke oor boks nie. Ou Frikkie Vlieëbroek, alewig êrens heen op pad, maak hom haastiger as ooit uit die voete.

Amy, wat by die kroeg ingeloer het, som die situasie op en gaan roep vir Uncle en Aäron. Tydsaam bring Uncle 'n sigaar te voorskyn en sny dit met 'n skerp sigaremessie.

Daarop daag Uncle die besoeker uit om teen hom arm te druk. Wen hy, moet Onderbaadjie my om verskoning vra en vir hom – Uncle – 'n dop koop. Verloor hy, gebeur die omgekeerde. Die vreemdeling lag en doen opwarmoefeninge. Hy swaai sy arms 'n paar maal in die rondte, gaap en vra: "Links of regs?"

Die heel eerste armdruk in my kroeg! Die meisies kom loer in, en die paar gereelde drinkers vergeet skoon van hul volgende dop. Almal staan rondom die tafeltjie waar die kragmeting gaan plaasvind.

"Met of sonder kerse?" vra die vreemdeling, wat baie seker van homself lyk. Ek merk hoe hy dikmuis maak toe hy Grieta se kersierooi tuitmondjie tussen die toeskouers gewaar.

"Met," sê Uncle. Hy druk sy spreeuneus feitlik teen die man se gesig terwyl hulle regterhande mekaar vasgryp. Maud skuif 'n korterige kersie onder hulle hande in.

"Waar kry jy die neus?" vra Onderbaadjie, asof hy weet dis 'n teer punt. Sy arm- en nekspiere begin span, en onder sy hemp woel sy skof. Hy lyk vreeslik kalm; Uncle is so vrolik en onverstoorbaar soos altyd.

"By my Joodse pa," sê Uncle. "En waar kry jy die onnosel trek in jou oë?"

"Ek hou nie van Jode nie," sê die man.

"En ek hou nie van schlemiels nie."

"Vloek jy my?" vra die vreemdeling.

So probeer hulle mekaar met woorde – wat al hoe bitsiger gesê word – oortuig hoe belangrik herkoms is.

Piet gee die teken.

Op albei se gesigte is 'n gryns van konsentrasie sigbaar.

Dit voel vir my of ek sáám met Uncle beur, sáám met hom steun, sáám wanhoop toe dit lyk of die vreemdeling die oorhand begin kry.

Aäron, besig om weddenskappe in te samel, begin Uncle benoud aanmoedig.

Sweet druppel op albei gesigte. Spiere span glad en blink. Verbeel ek my, of ruik ek al die skroeireuk van brandende polshare?

Ek knyp my oë styf toe en hoor hoe selfs Maans Miere stil raak. Totdat Piet aan my stamp.

Met 'n magtige kraginspanning wring Uncle skielik sy opponent se arm agteroor en laat swaai die skaal in sy guns. Aäron gaan haastig voort met weddenskappe. Ek sien hoe kners albei op hul tande, terwyl die sweet in groot druppels langs hul neuse af pêrel.

Meteens kry Onderbaadjie dit weer reg om sy hand regop te dwing; dit lyk asof hy krag iewers vandaan kry. Hy grynslag. Hy is besig om Uncle se arm stadig maar seker oor te buig in die rigting van die kers. Die are span oor Uncle se blink voorkop en sy neksenings lyk soos bloudraad.

Maar deursettingsvermoë, dit weet die leser al, was nog altyd een van Uncle se sterkste eienskappe. Miskien is dit omdat Dot op hierdie tydstip inkom en sê hulle moet gou maak, anders raak haar melksnysels net so koud soos haar beloftes.

Met 'n boosaardige krag- of wilsinspanning buig Uncle sy teenstander se arm tot in die kersvlam. Dié keer is die skroeireuk – en 'n vlugtige sisgeluid – onmiskenbaar. Hy hou die man se pols daar.

Die volgende dag is Uncle en Aäron skoonveld.

Ek gaan kyk in hul kamers. Selfs die tekens van Dot se beloftes die vorige aand is so glad gestryk asof die lakens pas gepres is. Nie 'n baardhaartjie in die skeerskottels nie.

Ek en Piet gaan loer in die skuur. Die Hup is nog onder die kafbale.

Snaaks, ons het gedink die *verloorder* sou hom uit die voete maak. Van pure skaamte.

Dis die vreemdeling, sy regterpols opmerklik verbind, wat aan die brekfistafel die een of ander kentekentjie aan Dot en Amy en wie ook al wil kyk, wys, en sê hy verteenwoordig die gereg en as enigiemand inligting het oor Aäron Mendelstein en George McLachlan Lazarus, moet hulle asseblief onverwyld telegrafeer; die twee here kan hom help om 'n sekere saak op te los. Dit het iets met die ontvangs van gesteelde goedere te doen.

Is daar 'n trek van spyt in sy oë?

Die spyt slaan in koue woede om toe hy ontdek dat van sy Ford V-8 net spore en stukkies geel Kaapse modder agtergebly het.

Die ergste van dié afgeleë wêreld is dat jy nie sommer kan verdwyn nie, tensy jy jou kop soos volstruis in die sand druk. Saans mag die Klipfontein Hotel na 'n versierde koek lyk, maar in die skerp lig van die dag is daar net klippe, kraalbosse en sand. Waarheen vlug jy?

Maar die twee kamerade was weg.

Ons gaan staan spesiaal langs die treinspoor en wag dat die vreemdeling, sy pols steeds in 'n verband, met die koms van die volgende trein inklim. Op die bagasierak is nie net sy bagasie nie, maar ook 'n koffer of twee wat ek as Aäron en Uncle s'n herken.

Die vreemdeling wuif afgetrokke met die gesonde hand toe Clara blaas en in die rigting van Anenous se berg en die see begin puf-puf.

Ons wuif nie terug nie.

Uncle en Aäron het verdwyn asof hulle nooit bestaan het nie.

Amy stel voor dat ons haar heldersiende ouma moet raadpleeg voordat Lot Vermaak sy span bandiete kom haal en by die Klipfontein Hotel aandoen. Miskien kan sy sién wat op Rooistasie aangaan.

Vir die wis en die onwis sal ek die raaiselrympie ook saamvat. Dalk het sy meer helderheid daaroor as voorheen.

Amy – en Maud, bygesê – het onwrikbaar geglo in hul ouma Bam se vermoë om dinge waar te neem wat ons gewone sterflinge net van droom. Hulle het nie net vertrou op haar vermoë om oor die toekoms te orakel nie – daar wás haar voorspellings oor Raaswater, so wie is ek om te stry? – maar hulle was ook daarvan oortuig dat sy die waarheid oor onopgeklaarde raaisels kan opdiep.

"Sy weet presies wat van ons pa geword het," het Amy byvoorbeeld gesê.

Jack Patience, 'n Korniese mynwerker, het sy jong vrou in Redruth agtergelaat en 'n boot in Portsmouth gehaal om sy fortuin in die koperryke Onderveld te kom soek. Kneg gewees by 'n ystersmid. Agter gekkegoud aan gegrawe. Muiltrein gedryf. Smelting works help bou. Hy het goeie grond gesoek vir sy saad, en hy het dit – én warmte – by die weduwee Jossie Bam gevind, in haar riethuis met die netjiese blomtuintjie anderkant die sandsloot. 'n Rype vyftien jaar en dertien kinders later – daar was onder meer drie stelle tweelinge – het Jack een môre soos 'n vlieg in 'n smeltoond verdwyn. Toevallig het 'n groot hoop loongeld ook dié dag weggeraak. 'n Week lank het Jossie Bam, al haar kinders behalwe dié wat in die abbakros was, 'n falanks opgewonde mynwerkers, 'n paar bekommerde mynamptenare en 'n trits skuldeisers hom gesoek, maar hy was so goed as moerland toe. Dis toe dat Maud en die ouer kinders moes uitspring om iets vir die pot te verdien. So het Amy en 'n paar van haar boeties en sussies in die sorg van voogde of in armsorghuise beland; Amy op Bakoondskraal.

Jossie het nie gerus nie. Sy wou wéét, soos dit maar gaan wanneer iemand spoorloos wegraak. Dis toe dat sy ouma Bam se hulp ingeroep het.

"Bring vir my iets wat aan hom behoort, enigiets, geld, 'n brief, 'n sakdoek ..." Wat 'n hele soektog afgegee het, want hy het sy spore sorgvuldig doodgevee. Totdat Jossie Bam onthou het van die stukkende sokkie tussen haar heelmaakgoed. Ouma Bam het die sokkie met sy borriegeel sweetvlekke en roetstrepe bekyk, bevoel, beruik, haar neus op 'n plooi getrek en gevra of hulle dan nie iets beters kon bring nie. Toe het sy gesê: "Soek hom waar baie bote teen die kaai stamp, hy het iets te doen met die op- en aflaai van skeepsvrag."

Dit was nou nie heeltemal so eenvoudig nie: sy het 'n ingewikkelde toneel geskets waarin 'n matroospet, 'n houtbeen, 'n mak seemeeu en 'n krat Oosterse speserye 'n rol gespeel het.

Die werklikheid was ook nie presies so nie. Tafelbaai, het hulle gedink, en die Kaap omgekeer. Maar hulle het hom nie in die Kaap opgespoor nie. Wel op Lambertsbaai. Baie maande later. En hy hád 'n houtbeen – die gevolg van 'n ongeluk toe 'n swaar krat losgeruk en sy been vergruis het.

En daar wás 'n seemeeu by hom toe hulle hom vind, maar dit was nie 'n mak meeu wat op sy skouer sit nie; daar was 'n ordinêre, rats, wippende meeu op die swart pet. Die meeu het naarstiglik probeer om die rou, bebloede vleis rondom 'n vars koeëlwond agter Jack se regteroor weg te pik.

Hoewel die besonderhede dus ietwat verskil het, was ouma Bam se uitleg tog net so dodelik as die skoot wat Jack se aardse fortuinsoekery beëindig het. Haar roem was gevestig. En van toe af was daar by Amy nie die minste twyfel oor haar ouma se vermoëns om môre én gister soos 'n boek te lees nie.

Sy en Maud het geglo ouma Bam sou in staat wees om te vertel wat met Joy-hulle op Rooistasie aan die gebeur is (Anaat se brief, nou veilig in my besit, sou haar help).

En, het ek heimlik gedink, wat van Klaas Duimpie? Wat van die egg-box self? Mens weet nooit hoe sterk sy teenwoordigheid nog ná al die jare is nie? Ek het besluit om die egg-box saam te vat.

Maar hoe kom ons vier – ek en Amy en Maud en Grieta – op Steenboksvlei? Grieta, wat geweet het hoe om Henderson Jr. met haar lyf te pamperlang, het konsent gevra om haar suster se troue in Steenboksvlei te gaan bywoon. Amy en Maud moes saam om die bruid te help aantrek. Grieta self sou strooi, en ek sou die hofknaap wees. Glo op die suster se versoek. Hoe moes Henderson nou ook weet ál Amy en Maud se susters is getroud? 'n Cheesecutter, wat vir my maar taamlik belaglik gelyk het, het my uitrusting afgerond en Henderson finaal oortuig.

Henderson Jr. was in 'n goeie bui. Miskien het hy aan sy eie voorgenome troue gedink, glo 'n hoghe Kaapse skoonheid.

Hy het die storie gesluk.

"Wat van die customers?" wou hy darem weet. Dis Vrydag en Clara is reeds van Port Jollie af op pad met 'n span onstuimige delwers.

"Nee, ons sal hulle nie in die steek laat nie," het Grieta dubbelsinnig gesê. "Ons kan maar eers môre gaan. Ons sal dié wat Steenboksvlei toe gaan, se rit verder opvrolik, teen 'n ekstratjie."

Henderson het sy hande gevryf. "Klink goed," het hy gesê, "klink goed. Ek sal sorg vir lawaaiwater en padkos. Grieta, jy's nie so dom soos ek gedink het nie! Ek sien visioene van 'n nuwe besigheid! Dink net: Die Plesiertrein na Klipfontein!" Arme Henderson.

"Slim kjind!" het Amy gegrinnik toe Grieta die uitslag van haar sensitiewe onderhandelinge met Henderson Jr. bekend maak. "Die klein draadtrekker moet net onthou dat vleis en bloed ook rus nodig het."

"Het julle rêrig gedink ons gaan die jaerige stinkasems saamvat?" Grieta kyk ons met 'n soet glimlaggie aan. "Beslis nie ék nie. Ek het met Dot gereël." En toe vertel sy ons van die slaapdrankie wat die klomp net mooi ná hul eerste ekstase van hul aardse laste en luste sal laat vergeet tot lank nadat Clara by Klipfontein uitgestoom het. "Of hulle nou ander afsprake op Steenbok het of nie ... die treintjie is môre óns s'n."

Ons sit verstom na Grieta en kyk. Sy is gedoriewaar nie so dom nie.

En so kom dit toe dat Clara daardie gedenkwaardige Saterdagoggend op haar gewone tyd begin stoom puf – want selfs hier, waar andersins geen treine loop nie, word by 'n rooster gehou. Treindrywers en hul assistente op hierdie afgeleë trajekkie het die verleidinge van die hotel op die berg met stoïsynse berusting van hul lywe af gehou deur in die trein te slaap. Dot het gewoonlik hul kos soontoe gestuur saam met Dina of Dora, en selfs húlle het teruggekom sonder dat 'n haar uit sy plek of 'n knoop uit sy knoopsgat was. Voorwaar voorbeeldige dienaars van die samelewing, dié drywer en sy assistente. Nou ja, as Piet Praaimus selibaat kon bly; ander seker ook.

Piet kom ons afsien. 'n Lui-lui rokie wys dat Dot en haar helpers 'n versoeningsmaal berei. In my enigheid dank ek my sterre dat ek nie daar gaan wees as die klomp stinkasems wakker word nie. Dis ouens met are wat om hul arms loop, in Piet se woorde, soos drade om 'n armature.

My eerste treinrit word 'n onvergeetlike ondervinding. Langs my, met haar kop teen my skouer, lê Amy en soes, haar goddelike bruin knieë opgetrek op die smallerige kussing. Oorkant my, kennelik ewe ongewoond aan sulke vroegopstanery, sitlê Maud en Grieta. Wat 'n fees vir die geoefende oog! Hoewel Vader Grau se vermaninge oor dwalende oë en die gruisklippers op Suster Lydia se bidmatjie my nog helder voor die gees is, kan ek my oë nie van Amy se verskuiwende knieë, Grieta se lillende dye en Maud se bibberende borste af hou nie. Dit is soos die verruklikheid van 'n feestafel – Dot se verrassingstafel wanneer Uncle en Aäron terugkeer ná 'n sending. Maud se mond, effens oop, soos ryprooi tkoennebee. Grieta s'n op 'n effense glimlag geplooi, asof sy aan die plesiere van die lewe dink, soos om t'narrapap tydsaam in 'n sonhoekie te sit en eet. Sonspikkels op Amy se knierondinge en haar bruin bene.

So lê hulle. Drie reisdekens argeloos eenkant.

Die trein is leeg, afgesien van ons vier en 'n lading myntoerusting en ander voorraad bestem vir die koperkonings en hul onderdane. Piet Praaimus, ons skrifgeleerde, het aan die drywer verduidelik dat sy passasiers só lekker gekuier het dat hulle besluit het om op Klipfontein oor te bly totdat die trein Sondagaand draai. Dit sal net die drie meisies en die pikkie wees. Jongkêrel, het ek gebrom. Pikkie, het hy herhaal.

Ons het die trein vir onsself gehad.

Danksy my normale nagtelike rus is ek vir 'n paar hemelse myle alleenheerser, Annerdinges groei tot ongekende proporsies, en ek wil uit my vel spring wanneer Grieta haarself gemakliker skud, en haar strooimeisietabberd 'n skaduryke poort tot onheilige plesiere bied. Of wanneer Maud se bloes al styver span soos sy skuins sak teen die kussing; en Amy 'n slag iets skunnigs in haar slaap prewel.

Toe die belustigheid in ongemak verander, dwing ek my oë buitentoe. Soos wat die treintjie die gelykmatige afdraandes vat, kan ek my sit en verwonder aan die koddige klipformasies, die verslonste bloekoms by 'n verlate opstal, die stofdwarrels, die ribbetjiewolkies wat die westewind uitwaai, die troosteloosheid van mynhope, die regaf, rou wande van mensgemaakte kranse waar nou al tagtig jaar lank na die Skat van Monomotapa gesoek word.

Het ek my maar liewer by die gekweste skoonheid van die landskap gehou! Maar die vlees, vrees ek, was sterker.

Telkens vat my oë weer die dwaalpad, telkens word Annerdinges soos 'n rooikat in 'n hok. Dit voel asof die treintjie glad nie op spore loop nie, maar sy eie koers lugwaarts kies, wegsweef die blou lug in, hoog, sodat ek oor die rand van die aarde kan sien.

Terugskouend moet ek beken dit was die ekstase van mag. Ek het dit nie tóé so besef nie; Amy wel.

Sy word wakker sonder dat ek dit agterkom. Sy sien vermoedelik deur haar ooglede hoe rem my oë Grieta se bene wyer uit mekaar, hoe lek my tong oor my lippe as die sonlig om die draaie oor Maud se tepelvlekkies speel.

Sy sit met 'n ruk regop.

"Geil bliksem!" spoeg sy. "Jy sit en verlustig jou en óns slaap!"

Skielik krimp die hele wêreld tot 'n paar pilaartjies okkerneuthout en harde blou kussings vol swart roetspikkels. Met dié word ook Grieta en Maud wakker en kyk ons met verlepte oë aan. Die kodetaal wat daar skynbaar tussen meisies bestaan, is egter genoeg om rok oor knieë en bloese oor borste te kry. Ter wille van die fatsoen en die gewoonte.

"Haai sies, man, Kola! Hoe kan jy so onbruikbaar wees?"

Woorde droog in my mond op. Wat moet ek sê?

Maar toe, asof op 'n afgesproke teken wat ek nie kan sien nie, nóg minder verstaan, druk die drie my op die smal bankie vas en begin werskaf met my. Hulle klouter soos kinders – soos jong boklammers op Bakoondskraal se werf – oor my en speel met my en sê: Doen dit weer, en ons vertel vir Henderson. Met baie proeslaggies tussenin knie en brei hulle my en vroetel met hul hande onder my hemp en by my broek in en kattermaai tot hulle uitgeput is daarvan. Annerdinges weet eerlikwaar nie hoe hy dit het nie. Hy gee sy verleentheid plotseling te kenne en ontplof teen die okkerneutpaneel.

Amy soen my. "Dit kry jy van loer," sê sy. "Wie loer, kry niks."

Iets tussen skaamte, woede en ontreddering pak my beet, en Amy se hand is dadelik vertroostend by: "Is so 'n kuikentjie nie liefies nie?"

"Hond se kierie," lag Maud, "netnou nog was hy 'n basilisk!"

26

OUMA MAZAWATTEE, ANDERMAAL.
GEHEIMSINNIGE VOORSPELLINGS.

Omdat Amy, Maud en Grieta nie vir my kwaad was nie, het ons gehegter aan mekaar geraak, en die reis voortgesit soos engele wat 'n paar uur lank weer aardlinge word.

Godsgenadiglik het die treintjie nie ontspoor nie; Clara was net so spoorvas as Clarissa.

Saam met 'n blonde, bebaarde kêrel wie se hande Maud met moeite van haar bobeen af hou, lê ons die vyf myl Steenboksvlei toe in 'n rammelrige trokkie af. "Laat staan jou spulsgeit, het jy nie 'n vrou nie?" skree Amy vir die grynslaggende vent toe hy ons teësinnig bo-op die bult by die dorp aflaai en Maud 'n afskeidsknypie gee.

Steenboksvlei. Regs van ons die dadelpalms en geboue van die Mission. Spelende kinders. Priester, swart kleed, soos 'n verslonste kraai. Vader Trommelbach? Broeder Stellmacher kan dit nie wees nie, dié is seker al deur die kannibale by hul bredie ingeroer. Goed so.

Ons kies dadelik koers na die ouma met die Mazawatteeblikgesiggie, die sagte, wyse, kloutjiekrom hande, die norring stertswaaiende katte en die papegaai.

Is Ouma Bam nie bly om ons te sien nie!

"Jy't yslik groot geword!" sê sy tot my vreugde toe sy my sien. Toe sy my omhels, kan ek agterkom dat sy baie oud geword het: daar is fyn groefies om haar mond en die reuk wat aan haar kleef, is soos die reuk van verrottende vrugte onder 'n boom. Maar agter die brilglase dans haar ogies lewendig, soos altyd.

Alles is feitlik nog net soos met my en Mias-hulle se laaste besoek: die halfwas kokerbome lyk regtig nie groter nie, hoewel hulle stamme dalk dikker is; die halfmense kyk steeds noord of hulle die reënwolke uit die lug uit wil kyk. Die papegaai se stem – so kom dit vir my voor – is growwer, en hy het 'n paar woorde bygeleer, onder andere "maniemaritz, maniemaritz". Amy se ouma verduidelik dat die vuurvreter van langsaan, haar buurman, almaardeur haar siel kom vertorring en haar tyd kom mors met sy gepraatpraatpraat oor Manie Maritz en dat mens nie by Jode moet koop nie. Maar Spotter se huis brand nog af, sê sy, en sy maak vir ons tee in die bekende groot wit koppies met die smal voetstukkies.

Ons het Anaat se brief saamgebring. Ouma kan dalk, deur net aan die brief te voel of te ruik, agterkom wat op Rooistasie aan die gang is. So bekyk sy Anaat se brief. Sy beruik en bevoel die papier en sê dis moeilik, die geur het verslaan, die brief is seker taamlik oud. Sy sien ek en Amy kyk afwagtend na haar, en sy maak weer haar oë toe, en sy sug en sê dit help nie, daar neuk iets tussenin, 'n rietgordyn, 'n wasem, 'n mistigheid. Al wat sy sien, is stof en rooi duine en 'n meisie wat bitterlik huil.

"Hoe lyk sy?" vra Amy.

"Soos die maat van jou wat die slag hier was," sê Ouma.

"Dit móét Joy wees!" roep Amy uit.

"Of Anaat," stel ek voor.

"Wag!" sê Ouma, en bestreel die brief weer met haar krom handjies. "Ek sien ook 'n werksplek, 'n smidswinkel, daar is 'n aambeeld en hamers en sae en stroppe en stringe en skeie, 'n waenhuis of iets, daar hang velle om te droog, daar's lusernbale, verder ... niks."

Ons sit asemloos en wag. "Ek is jammer," sê Ouma en maak haar oë oop, "ek kan vóél dat daar iets verkeerd is, maar ek weet nie wát nie. Maar as ek julle raad verskuldig is: gaan kyk, en wees in julle pasoppens!"

Nou was die tee net reg: ons het in stilte gedrink en nagedink oor Ouma se woorde, en toe het die meisies mekaar laggend in die sy gepomp en die ritueel met die blare het begin.

Toe dit my beurt was en ek my koppie aangee, kyk ouma Bam my ondersoekend aan. "As ek my reg heue, was dit laas keer ook so," sê sy in haar sagte stem. "Met dié verskil: as jy mooi kyk, sit daar 'n spinnekop tussen die blare. Sien jy?"

Ek kan met die beste wil in die wêreld nie 'n spinnekop sien nie.

"Hy sit daar, maar hy is nie baie duidelik nie," sê Ouma. "Jou oog is ongeoefen, en dalk 'n bietjie ooreis."

Ooreis? Weet sy wat op die trein gebeur het? My wange word warm.

"Ons moet maar weer iets anders probeer," sê sy. "As dit 'n spinnekop is, sê dit dat jy knaend is, so knaend soos boklam wat speen soek." Die meisies lag en stamp aan mekaar.

"Daar is ook 'n donker sy aan dié teken," voeg Ouma nadenkend by. "Dit kan beteken dat jy so onverhoord op jou doel afstuur dat skelmstreke nie agterweë bly nie."

"Jood se kjind!" roep Amy uit, en "maniemaritz!" skree die papegaai onmiddellik.

"Maar kom, dis nie genoeg nie," sê Ouma Bam, en jaag die meisies by die kamer uit. "Orige goed. Hulle trek jou aandag af."

Daarop trek sy die agt-en-sewentig prentjieskaarte nader, en begin met die geheimsinnige ritueel.

Toe die onderstebo man weer, net soos laas, voor my op die tafel omdop, weet ek wat gaan kom. Terwyl 'n yskoue sweetstraaltjie teen my ribbes afgly, dink ek aan die geraamte onder die boom op Omdraaisdrif. Dinge is aan die gebeur waarvan ek nie weet nie; tog is ek op 'n manier deel daarvan. Dis 'n onbeskryflike gevoel. 'n Kuikentjie voor 'n baie groot slang.

Om die een of ander rede het die ou waarsegster dié keer meer te sê oor die kaart met die prentjie van die toring wat besig is om inmekaar te stort. Ouma Bam sê dis weerlig wat die toring getref het.

"Bose magte," sê sy. "Iets onvoorspelbaars gaan gebeur." Sy trek haar tjalie stywer om haar skouers asof daar 'n ysige luggie deur die oop venster kom.

Of het sy gesê *onvoorstelbaar*? Dis moeilik om alles wat gebeur het, aanmekaar te sit.

Sy kyk na die naasliggende kaarte. Toe sê sy: "'n Baie donker man gaan jou pad kruis. Kyk, daar lê die Koning van Swaarde langs die Toring. Omgedop, net soos laas. 'n Bitter slegte teken. Aan die ander kant lê weer 'n kaart wat op oorwinning dui. Miskien moet jy net aanhou – dink aan die spinnekop!"

Toe ek oor die raaisel vra, sê sy: "Ek kon nog nie die antwoord kry nie. Een ding moet jy weet: wát mens doen, doen jy in tweë. Doen jy goed, het jy reeds kwaad gedoen. Iets is van jou gevat en iets is vir jou gelos. Daar's 'n duskant en daar's altyd 'n ander kant. Jou lewe lank soek jy na die ander kant. Maar jy moenie moed opgee nie …"

Iets onvoorspelbaars, iets onvoorstelbaars. Wat ons nié wis nie (maar dalk het ouma Bam geweet), is dat 'n grap soms, soos 'n storie, 'n loop van sy eie neem. Anders as 'n voorspelling.

By Clara se omdraaiplek, die myn, het ek skielik gevra: "En hoe dink julle kom ons weer op Klipfontein?"

Maud wys na 'n smal waentjie met 'n pragtig versierde kap op 'n syspoor. "Die Company Special," sê sy. "Onthou jy, Amy, Jack het hom een of twee keer gedryf."

Maud kyk om ons heen, verby die sak- en matjieshuise tussen die verwaaide kraalbosse. "Hier loop nog baie muile," sê sy. "Ons kort net drie." Natuurlik: in die Klipfontein Hotel se kroeg hang daar juis 'n geraamde foto van die "Company Special in the Anenous Mountains c1880", kiertsregop op die smalspoortjie. Wat die c ook mag beteken, dit het bra vêr geklink.

Amy oortuig 'n halfsober drywer met 'n paar pennies dat Koningin Mies Victorie self – ha-ha, ja, sy leef nóg, njannies! – ons vóór middernag op Klipfontein wil terughê. Ons help die halsstarrige muile met volharding aankeer en span hulle voor die "Company Special" in, en ons vertrek in die skemer sonder dat iemand ons raaksien.

"Mies Victorie," bulder Maud, "hier kom ons!" Sy druk my op die slaapbank vas.

Min het ons besef dat Koningin Mies Victorie en haar gevolg – insluitende twee opregte Franse poedels, 'n persoonlike bediende genaamd Jemaaima, 'n motorbestuurder, Oswald, en 'n livreikneg met die naam Sebastian – pas die Knegsvlakte oorgesteek het in twee gehuurde motors ('n 1927-Chev en 'n 1925-Pierce Arrow, in hierdie stadium die eerste en enigste van sy soort in die land). Bestemming: Klipfontein. En min het ons geweet dat hul aankoms, later dieselfde aand, 'n ommekeer in ons lewens sou bring. Wat het ons geweet van die wonderlike weë van 'n bride-to-be? Sy wou Henderson Jr. verras. Maar ek loop al weer die storie vooruit.

Ons terugreis, hoewel stadiger as met Clara, was nog rumoeriger as die heenreis. Ek – en daardie ander onafhanklike kwelgees wat altyd kop uitsteek wanneer hy nie moet nie – het nie 'n les geleer nie.

Eers toe ons naby die Klipfontein Hotel kom, het ouma Bam se voorspellings ons bygeval en ons besadigder gemaak. Vir Grieta het

Ouma 'n tros kinders voorspel. Sy het voorgegee dat sy dink dis belaglik, maar ek het tog haar oë sien blink.

Maud sou 'n groot, blonde man – "seker 'n vatterige lorriedrywer!" het ons gegrinnik – op die lyf loop en in 'n ander land gaan bly.

Amy sou in 'n groot stad teregkom en met 'n boot reis. "Met 'n Kaapse visterman trou!" het Maud op haar beurt gespot. Maar Amy het haar kop agteroor gegooi en vêr gekyk, asof sy tot binne-in die Parlementsgebou kon sien.

Ek het hulle nie vertel wat Ouma in my kaarte gelees het nie, maar baie oortuigend gespog oor hoe ek nog groot naam gaan maak in 'n sirkus.

Toe ons die hotel vaagweg soos 'n melkbok se uier langs die donker flank van die berg sien lê, kon ons die lewendige ritme van die charleston hoor. Goeie Piet. Waar hy die meisies vandaan gekry het, weet ek nie. Hy moes die wêreld platgery het om die klomp galsterige gaste te pamperlang. Hulle het natuurlik moerig en met helse kopsere ontwaak, net om uit te vind dat die trein hulle in die wildernis agtergelaat het.

Amy het my dié aand die charleston leer dans.

Tussendeur het ons – Maud, Grieta en Piet, Amy en ek – ons planne afgerond. Lot Vermaak, verneem ons, is op pad. Ons besef dat ons nou sonder Uncle en Aäron se samewerking sal moet optree. Gelukkig sal ons die Hupmobile êrens in ons planne kan inpas. Ek sal as handlanger met Lot saamgaan; Piet te gelegener tyd met die Hupmobile agterna.

Die charleston tintel ons die nag in.

So oorverdowend is die lawaai dat ons nie die '27-Chev en die '25-Pierce Arrow se getoet hoor nie.

Ek was net besig om my kamerdeur oop te stoot, toe ek, kers in die hand, terugdeins voor die reusagtige skaduwee van 'n spinnekop teen die muur. Voor my neus, van die kosyn af aan die sak met 'n blink draadjie, hang 'n vaal spinnekoppie.

Op daardie oomblik het die motors onaards geronk en die Klipfontein Hotel se dae van ongebreidelde vryheid en glorie het tot 'n einde gekom. Die regte Queen was hier.

27

Waarin die leser verneem van die gevare van ondertrouery. Hoe die koms van 'n Kaapse lady die lewe vir die Klipfonteiners versuur.

Danksy die koerasie wat die terugrit en die passies van die charleston in my opgebou het, was ek al besig om my lyf vet te smeer vir 'n nag der nagte saam met Amy. Ek kon sien hoe seil ek in haar arms oor berge en dale. Ons het soveel maniere van sweef beproef dat ek werklik bedrewe begin raak het. Al wat nie wou werk nie, is ons nabootsing van die Hangende Naaldekoker. Daarvoor is my bene net te kort.

Henderson Jr. – besig om sy onvoorsiene ontvangste te tel terwyl 'n twintig stuks platsak, natgeswete delwers die systap van die charleston aanleer – het sy aanstaande glad nie verwag nie. Hy was dus net so verbaas as Dot en al die ander wat oopmond staan en kyk het hoe die twee voertuie kort na mekaar voor die Klipfontein Hotel stilhou en Winifred en haar entoerasie te voorskyn tree.

Ek het die skouspel deur Amy se venster gadegeslaan. Toe die stof rondom die twee donker motors terugsak aarde toe, het 'n deur aan die Pierce Arrow se ander kant oopgeswaai en 'n skraal man met 'n hangsnor het uitgeklim, sy stofjas uitgetrek, sy pak fyntjies afgestof en waardig ombeweeg na die agterste deur aan die passasierskant. Hy het die deur met 'n buiging oopgemaak, en as hy 'n keil opgehad het, sou hy waarskynlik die grond met die rand van sy keil aangeraak het. Die geroesemoes op die stoep het meteens heeltemal verstil; net uit die rigting van die kroeg het glase en verwensinge nog deur die lug getrek. Motors was in hierdie wêreld skaars, in die depressiejare nog skaarser, en dit was 'n skouspel dié. Ek het my by Piet gevoeg, wat oopmond na die magiese verskyning staan en kyk het. Hy het 'n slag diep asemgehaal en toe in tale begin spreek oor die statigheid van die Pierce Arrow.

En toe: Arra!

Haar Majesteit het te voorskyn gekom: eers 'n fyn voetjie, toe 'n besluierde hoed, daarna 'n glimp van 'n knie, toe 'n rysige gestalte, uiteindelik twee uitsonderlike groot oë wat die starende stoep met 'n mengsel van onverhulde selfvertroue en misnoeë aankyk. Aankyk is eintlik nie die regte woord nie; sy het verby ons, déúr ons, gekyk, asof na iets wat sy gevisualiseer het. Selfs Henderson Jr., in sy verslete kamerjas, met die lig van sy kantoortjie glinsterend op die geldstapeltjies agter hom, het nie deel van haar visie uitgemaak nie.

Intussen het ook die Chev se deure oopgeswaai, twee dikgevrete poedels het blaffend uitgespring, verby die uitgestrekte hande van 'n mollige meisie in 'n blou uniform geskarrel, vlugtig hier en daar gesnuif en hul bene terstond teen die stoeppilare gelig.

"Jemaaima!" Die stem het deur die dun, helder naglug gesny, nie brutaal soos 'n byl se kaphou nie, maar met die presisie van 'n sigaarmessie. Selfs die kroeg het stil geword; ek kon nog 'n laaste glas hoor breek. "Kry vir my 'n kamer gereed." Toe het sy haar na die maer man wat nog steeds die deur oophou, gewend. "Oswald, sorg dat Gigi en Gérard kos kry." Nou het sy Engels gepraat, maar nie soos Maud nie. Klinkers rond soos reëndruppels. By die aanhoor van hul name het die poedels na haar toe gestorm, en Oswald het hulle in sy arms opgetel asof dit 'n drie maande oue tweeling was. Intussen het die laaste lid van haar gevolg nader gestaan en op haar bevel gewag. "Sebastian," het sy goedkeurend gesê, "gaan saam met Jemaaima." Haar oë het vinnig oor die klein skaretjie op die stoep gedwarrel. "En sorg dat jy álles aflaai. Ek sal 'n bad verkies, maar nie te warm nie. Maak seker dat die bad silwerskoon is." Toe, asof iets haar byval: "En sê vir meneer Henderson ek sal hom oor 'n uur in die sitkamer ontvang."

Die toeskouers op die stoep het soos die waters van die Rooi See in twee verdeel toe Henderson Jr. se aanstaande bruid voordeur toe sweef. Vir my het dit gelyk of die aanstaande bruidegom, wat nou tussen Maud en Dot gestaan het, iets probeer sê, maar net sy lippe het beweeg, daar het nie 'n geluid uitgekom nie. Sy geluk, darem, dat sy neus nie iewers met Grieta of Maud se lang bene langs aan die spoorsny was nie. Appelkoospit!

"Heretjie!" het ek Piet Praaimus hier langs my hoor sê. Dit was die eerste keer dat ek Piet hoor laster het.

Daar was meteens 'n vreemde geur tussen die merkwaardige verskeidenheid geure van die Klipfonteinse boeket: iets tussen ryp papaja en pruikpoeier. Iets oordadigs.

Dat die Vorstin – soos Piet haar weldra gedoop het – se eerste, onverwagte besoek nie lank sou duur nie, was voorspelbaar. Toe Clara die Sondag met die laaste uitgeputte, leeggesuigde delwer spoor vat, tjoef-tjoef Port Jollie toe, het die Kaapse skoonheid haar toer deur die hotel – gebreekte bottels, bottels halfvol en leeg, oorvol asbakkies, agterdogwekkende kledingstukke, gestapelde stoele, 'n braakselstreep hier en daar – afgesluit en ernstig met haar aanstaande gesels.
    Gekantoor.
    "Waar dink sy val sy uit?" het Dot gebrom.
    "Dis 'n fyn beplande ding," het Maud gesê. "Sy gaan hom káál uittrek."
    Dot het haar delikaatste stel op tafel laat sit, haar heerlikste hotnoskoolbredie aanmekaargeslaan, almal die dining-room verbied en die laaste werfblom in 'n vaas wat net met Kersfees gebruik word, gesit, toe Piet met die sleutelbos klingelend in sy hand kom sê die Vorstin en haar gevolg is hoeka op pad terug Kaap toe. Henderson Jr. dié keer by, dit gaan glo oor die bruidsuitset, en – as hy Jemaaima reg verstaan, ná haar inspeksie ter plaatse – oor die "totale herskikking" van die Klipfontein Hotel. Nuwe meubels, gordyne en so aan. Daardie "en so aan" het taamlik onheilspellend geklink.
    Om die tyd om te kry totdat Lot Vermaak en sy bandietespan 'n nuwe hoofstuk tot ons lewens toevoeg, het ek my – soos Piet Praaimus – verder verdiep in die raaisels en geheimenisse van die lewe. Ons metodes het weliswaar verskil: hy het sy boeke aand na aand in stilte lê en deurblaai; my hande, al ratser en al wyser, het die ánder kuns van omblaai bemeester. So tussendeur het ek balanseeroefeninge gedoen, soos om 'n vol wynglas op Amy se styfgespanne maagvel in ewewig te hou terwyl ek daaruit drink. Mens weet nooit: kom Lazarus & Mendelstein se Sirkus dalk tóg eendag, meld ek my met dié toertjie aan. Dit wat gestort het, het ek nie verlore laat gaan nie. Ek en Amy het dááruit ewe veel lekkerkry gehaal, *'n snuifie hier, 'n snuifie daar ... soutslaai en klapperhaar!* Nou ja, smaak is iets wat 'n mens ook moet ontwikkel.

Verder het ek die dopstekers vermaak deur op my tuisgemaakte stelte te loop en die wonderlikste klanke uit die skulpiesklavier te toor. Toe ek dit flenters gespeel het, het 'n delwer vir wie Maud 'n sagte plekkie – nou ja, méér as een sagte plekkie! – gehad het, 'n sakkie vars skulpe van die Port af saamgebring. Ek kon 'n mooier skulpiesklavier aanmekaarsit. By gebrek aan gom of lym het ek soetmelkboslote gekou tot my kake lam was, maar op die ou end het elke skulpie, van groot tot klein, do-re-mi-fa-so voor my op die plankie gesit en ek kon my musiektalent verder ontwikkel. 'n Stapeltjie plate wat Ted tog nie sou mis nie (die plate het die dag van sy vertrek geheimsinnig weggeraak, die leser weet hoe die duiwel sy hand oor 'n ding hou as jy daarna soek), het my in staat gestel om nuwe wysies aan te leer.

Maar intussen het die besef nog nie tot my – tot ons – deurgedring nie: Die hotel was besig om van sy wysie af te raak.

Die harde werklikheid het tot ons deurgedring toe die boodskap kom: die Vorstin, nou *Mrs* Henderson, en haar gevolg is op pad terug.

"Waarvoor trou hy met die bitch?" het Maud gevra. "Het ek hom nie genoeg blow-jobs gegee nie?"

Piet, wat altyd die lewe oorpeins wanneer ander mense in onstuimige omhelsings is, het die vraag beantwoord. "Hy's bang hy trou met 'n niggie of 'n stiefsuster." Piet het verduidelik. Ondertrouery was in dié jare algemeen onder diegene op wie die lewe sy rug gedraai het. Bywonertyd. Depressietyd. Dis 'n wêreldwye verskynsel, het Piet gesê. 'n Gerespekteerde predikant het glo, as hy die buitewyke van sy uitgestrekte gemeente besoek, almaardeur gewaarsku teen onheilige verhoudings en bloedskande en sulke lelike goed, veral as hy so oor die gemeentetjie kyk en hy merk verdag eenderse trekke: week monde, opvallende wangbene, wegstaanore, kakebene soos damskroppe. Laat my dadelik bysê: stories hieroor het so aangedik in die buitewêreld dat mens net die helfte daarvan kan glo. Maar miskien het Henderson Jr. dié stories geglo.

Ook in dié afgesonderde geweste, die Onderveld, was daar heelparty niggies wat met neefs getrou het. Dit was by Henderson Jr. 'n obsessie om nié ter plaatse 'n lewensgesellin te kies nie, maar haar eerder doer vêr te gaan haal. Was hy bang sy pad kruis onwetend dié van 'n bloedverwant? Want sy ma was uit een van die groot en ingewikkelde Onderveldse families waar sowel die moeder as die vader twee of meer kere getroud was.

Arme man. Dis te verstane dat hy vir hom 'n bruid in een van die Kaap se spogbuurte gaan haal het.

Mev. – *Mrs* – Winifred Henderson se jakopeweroë het elke katelveer en elke koperlepel gememoriseer, geklassifiseer en gekategoriseer – en, nadat sy alles volledig geïnventariseer het, die hele spul afgeskryf. Eers opgeskryf. Toe afgeskryf. Ook diégene bo-op die katelvere. Net Grieta, Maud en Amy het haar waaksame oë oorleef; trosse kinders en afgeremde lywe was die ander meisies se voorland. Grieta omdat sy mooi was en "vername gaste" nie sou afskrik nie, Maud omdat sy 'n bietjie Engels kon praat. Amy omdat sy die kuns verstaan het om die Kaapse lady te vlei.

Niks was na haar sin nie. Nie Henderson Jr. se moestas nie. Nie die plakpapier met arabeske nie. Nie Dot se tafelversierinkies nie. Nog minder die kleurskemas van die kamers, die meubels in die lounge en die spyskaart (wat Dot persoonlik en immer getrou met twee bewerige vingers op 'n kiertsregop tikmasjien afgekletter het).

Binne 'n week na haar stralende aankoms by die Klipfontein Hotel was alles onderstebo en verkeerd.

Die pynlikste doring in haar vlees was egter dat die meisies – Maud, Griet en Amy – saans, veral op aande dat die treintjie stilgehou het, hul hande, gewoond aan verestoffers, om stewiger stele gesluit het. Nie dat sy preuts was nie; dit het bloot gegaan oor dinge wat nie by haar styl gepas het nie.

Dis 'n woord wat sy graag gebruik het – *styl* – en ons het nie mooi geweet wat sy daarmee bedoel nie. Wat ons wel aangevoel het, was dat haar koms die lot van die Klipfontein Hotel beseël het.

Van Uncle en Aäron was daar, sedert die kragmeting met die vreemdeling, nie taal of tyding nie. Ek kon net sowel vergeet om ooit in my lewe 'n regte sirkus te beleef. Al het Ouma Bam die twee ook op die rug van 'n olifant gesien. En al het ek op 'n dag 'n brief ontvang waarin Uncle verduidelik dat hy en Aäron die olifante en die bosvarke se hokke skoonmaak sodat hulle kan gewoond word aan diere. "Sirkus?" het Piet droogweg gevra. "Hoekom is daar ook *Prison Affairs* oor die koevert getjap, langs 'n stempel van die Nasionale Dieretuin?"

Uncle en Aäron sou die Klipfontein Hotel nie geken het as hulle skielik opdaag nie. Maud en haar sus Amy, stemmig uitgedos in sindelike maar onsinlike donkerblou voorskootrokkies en frilletjieskappies, sou hulle weerskante van die nuut geverfde ingang inwag en met 'n ligte kniebuiging verwelkom. Jemaaima het ure aan hul afronding gespandeer. En as Aäron dalk sy geliefkoosde rondomtaliedraai met een van hulle sou probeer, sou hy 'n afkeurende raps oor die kneukels kry. En Dot sou ingeperk word tot die donker, maar blinkskoon domein van koolstowe en swaar kastrolle. En Grieta sou die krulletter-spyskaart met 'n knieknik voorsit en dan ligvoets buite bereik van tastende hande en treiterende vingers bly. Alles eksie-perfeksie en vingerpuntfyn.

"Wie moet die Ingels lees?" het Dot gebrom.

"I will never read Dutch!" het die Vorstin met beslistheid gesê. Afgedaan.

Op die oog af het die statusverandering die Klipfontein se naam onder die hardebaarde min skade aangedoen. Mrs Henderson kon natuurlik nie uitvind wat in die stiller ure van die nag agter elke toe deur bedryf word nie, en sy sou dit in elk geval nie kon verhoed nie. En dít, bo alles, het die hotel voorlopig aan die gang gehou. Al wat nodig was, was 'n stel tekens. As jy die kodetaal geken het, was jy verseker van jou plek in katel of kooi.

Maar die besigheid het op my senuwees begin werk. Nie omdat ek Amy se katel aan hardebaarde wat na sweet en brandewyn ruik, moes afstaan nie – ons verhouding was in elk geval, so het die leser seker agtergekom, eerder dié van meesteres en leerjonge, of instruktrise en dissipel, watter beskrywings ook al pas – maar omdat dit soveel vermoeiender was as in die "ou dae". Die Vorstin het gedurigdeur gevit oor dat en dit: dán blink die kroegtoonbank nie voldoende nie, dán is die glase nie skoon genoeg na haar sin nie. Dan weer was die musiek wat His Master's Voice uitgedraai het, ondraaglik. Amy het hoeka net gedans – en hoe! en hoe! – die slag as Henderson sy vrou Kaap toe gevat het om vir haar nuwe klere of nuwe tafellinne vir die hotel te gaan uitsoek. Met Haar Majesteit se terugkeer het die geskal van die een of ander Ofski se Kroningsmars vir Tsaar Watsenaam die Derde opnuut die hotel se gange gevul. Amy en haar ousus was stemmig langs die voordeur gereed om hoë gaste te verwelkom. Kraakskoon kappies en donkerblou voorskootrokkies en geoefende knieknikkies. Dat die enigste hoë gas 'n verdwaalde brandsiek-inspekteur was, het die Vorstin nie ontmoedig nie.

Dora en Dina se broodpensies, wat moes kywie hou wanneer ons kattemaai, is summier van hul uitkykposte op die stoep verwilder, terwyl Henderson Jr., Oswald en Sebastian die swaar valiese, bultend van die klere, aflaai. Kyk, mens moet billik wees: sy – Mrs Henderson – was besig om 'n droom uit te leef. Wat sy nie besef het nie, is dat die verbyreisendes – hoofsaaklik fortuinsoekers, manne met baard blou op die bakkies – die Klipfontein nie anders wou hê as wat hulle hom leer ken het nie. Selfs haar liefde vir "goeie toneelstukke" en "opera" – sy het glo self op Kaapse verhoë "perform" – het min bygedra om die ou Klipfonteiners welgesind teenoor haar te stem. Die koffers vol kostuums, soveel dat Henderson Jr. verplig was om twee aangrensende kamers te ontruim vir die Vorstin se regalia, sou egter weldra vir ons tot nut wees.

Van opera gepraat: ek het my eendag oorhoeks geskrik, en ou Frikkie Vlieëbroek het bo van sy kroegstoeltjie afgetuimel sodat ons hom moes lawe, toe een van die groot spieëls teen die kroegmuur begin bars en in duisende stukkies op die vloer val. Kort daarna het twee bierglase verkrummel. Die Vorstin het, noudat sy behoorlik ingenestel was, die ingewing gekry om 'n aria in die badkamer te oefen.

In die ganse Onderveld is so 'n geluid nog nie gehoor nie. Clara se stoomfluitjie het die naaste daaraan gekom, maar die trein het nie so 'n vernietigende uitwerking op glase en spieëls gehad nie. Totdat hulle daaraan gewoond geraak het, het die hoenders verseg om te lê, die hotel se paar melkbokke het opgedroog, en een van Dora se eseltjies het die hasepad gekies.

Aan haar hoë C kon ek nog gewoond raak, maar dit het my grondeloos geïrriteer as sy 'n rondte by die kroeg maak om te kyk of alles nog "onder beheer" is. Dan het ek in my skoene opgerys en myself soos 'n spoegslang opgepof.

Ek was dus byna bly toe Lot Hamerkop (Lot Paddawang, soos Amy hom genoem het) se International een dag teen vuilskemer die lang bult opgedreun kom.

28

Waarin Lot Vermaak (bygenaamd Lot Hamerkop, bygenaamd Lot Paddawang …) andermaal sy verskyning maak, en waarin die vraag "Hoe vermom jy 'n dwerg?" opduik. Nicolaas Alettus verruil sy wynglas vir 'n tiemaans en begin dra die hoenderspoor.

Dit was – onder die enkele volhardende grondbesitters soos Lot Vermaak – die gebruik om seisoenwerkers soos vrugteplukkers en katoenplukkers elders te gaan haal. Goedkoop arbeid: by die Missions, by die armsorghuise, by die myne. Dis depressietyd, mense was bereid om bloed uit hulle hande te werk vir elke oortjie en elke oulap.

Toe Lot Vermaak dus begin "hande" soek vir die oes, het Piet Praaimus – van kamaste tot helmet uitgereken 'n kollie uit Port Jollie, danksy Mrs Henderson se garderobe – hom buite sig van die Vorstin se alsiende oë voorgekeer. Konstabel Piet het gesê hy't hier 'n klong aangebring vir werk op 'n plaas, maar die boer het skielik siek geword, en die Port se tronk bars uit sy nate. Sal meneer Vermaak dit nie oorweeg om die blikslaer saam met die ander in diens te neem nie? Hy is dan tog nou hier, en dis 'n oneindige omslommernis om hom terug te neem Port Jollie toe, want dis waar hy vandaan kom. Hy is sommer net hier agter, hy het hom in die waenhuis toegesluit. Hy is nie in voetboeie nie; die wet skryf dit nie voor vir minderjariges nie, maar hy is baie oorlams.

"Kan hy werk?"

"Seer sekerlik," sê Piet, en hy kyk reguit in Lot se oë. "Hy's wel aan die klein kant, maar hy het al op 'n erf gewerk."

"Is hy 'n moeilikheidmaker?"

Piet lyk soos 'n engel met 'n helmet. "Seer sekerlik nie," sê hy. "Eerste oortreder, so 'n bietjie stout gewees."

"Gesteel?"

"Wie steel nié?" vra Piet lakoniek en hy kyk na die klomp erbarmlike gesigte agterop die lorrie. "Ons gee mos nie die gevaarlike ouens uit vir werk nie. Ieder geval ..." Piet wys betekenisvol na die twee boerboele op die passasiersitplek.

"Bring hom môreoggend dat ek kan sien, konstabel." Sy bles blink soos een van Dot se kastrolle, en sy waterige oë bly dwaal na waar Grieta, soos beplan, in die skemerte langs die hoekpilaar huiwer.

Ons planne is agtermekaar. Omdat Lot my dalk kan herken – al het daar jare verloop sedert sy besoek aan Omdraaisdrif – het Amy en haar suster my onder hande geneem terwyl Grieta dié aand swingel smeer.

Arme Grieta.

Maar toe ek die volgende oggend op 'n veilige afstand van die International se kajuit staan – dankbaar dat Uncle my in die grondbeginsels van die toneelkuns ingelyf het tydens ons fondswerwing op Steenboksvlei – het Lot Vermaak my nie herken nie. Of miskien het Grieta hom dronk gevry.

Voor hom het daar meteens 'n korterige kêreltjie – weliswaar langer as 'n dwerg, met hoë skoene en 'n punterige hoed – gestaan, met 'n breë glimlag oor sy donker gelaatskleur en 'n rol komberse in die hand. Selfs Let Lyf sou my nie herken nie.

"Meneer soek waatlemoenplukkers ..."

"Wie's jy?"

"Alettus, meneer," sê ek, en ek hoes my van weg.

"Alettus!" Hy bars uit van die lag. "Wat weet jy van waatlemoene af?"

"Ek het revinnis, meneer, ek het in die Transvaal gepluk."

"Transvaal se waatlemoene is nie Lot Vermaak se waatlemoene nie."

"So verstaan ek, meneer." Vleitaal koop vryheid. Het ek dit nie by Uncle geleer nie?

"My waatlemoene en spanspekke is tot in die Transvaal bekend."

"Ja, meneer."

"Dis 'n sikspens die dag en vry slaapplek en kos. Sien jy hierdie hande?" Hy hou sy hande na my toe uit. Ek het die klipharde, sweterige hande van sy ouderlingsbesoek nie vergeet nie. Maar ek maak of ek hulle vir die eerste keer sien. Hulle is nie groot soos Uncle s'n, of pofferig soos Aäron s'n nie. Dit is twee eelte.

"Hierdie hande weet van werk. Ek werk saam met my mense." Ek kyk verby sy dun blou oë na waar die leerbruin vel aansluit by die babawit van sy kaalkop. Ek dink weer aan die man oorkant my aan Betta se tafel, sy hande om die Bybel gevou.

Ek onthou hoe sy Anna uit die gesprek – as jy dit 'n gesprek kan noem! – weggepraat het.

Ek dink aan Anaat se eienaardige brief.

Iets rym nie. Dis soos die raaisel; dit is asof Lot Vermaak se een helfte hier voor my staan.

Piet Praaimus, getrou aan sy aard, het my vertel wat hy van Lot Vermaak weet. Waar hy vandaan kom, weet niemand nie. Net eendag daar in die stuk wildernis naby die rivier tent opgeslaan. Pampoenpitte sommerso in die kleibarste gegooi om 'n begin te maak. Rivierwalle skoongekap. Erwe gesleep. Man-alleen. Alléénreg op die rivier.

Nou goed, nie hééltemal nie. Eintlik was die rivier die Systers s'n, en voor hulle die Afrikaaners en die Bontborse s'n. Maar die Boesmans het hoeka gewyk voor die vuurstokke, die Afrikaaners (Stryker se mense!) het ander jag- en weivelde gaan opsoek, en die Systers het hulle deur die soetighede van die lewe laat verlei. Volop wyn maak die hart gerus.

Lot Vermaak bekyk my van bo tot onder, terwyl ek, op my beurt, die geweer aan sy sy dophou. Dit voel asof maande en jare saam met die skaduwee onder my voete verbyskuif.

"Hy's bra klein," sê Lot Vermaak aan Piet, asof hy 'n slagbok bespreek. "Ek wonder of hy 'n middelslag-waatlemoen sal kan dra."

Ek wil andermaal sê dat ek wéét van waatlemoene – het ek dan nie by Willem van Omdraaisdrif alles geleer wat daar van die rankvrug met die soet, rooi binneste te leer is nie? – maar Piet, wat skuins langs Vermaak staan, rol sy oë. Ek onthou Amy en Maud se waarskuwings: Praat so min as moontlik, net as jy gevra word. Hy's die baas, daarom praat hy en hy alleen.

Toe sê hy: "Ek kan sweer ek het die klong iewers gesien."

Gevaarlike terrein. Ek kyk na my kniekoppe. Aan sy skaduwee sien ek hoe Piet sy skouers ophaal.

"Dis moontlik, oom. Hy't nie pa of ma nie, wegloop sal hy nie," voeg Piet rats by. "Sal oom hom vat? Ek is bietjie haastig, moet nog vanaand terug wees in die Port. Oom kan hier wag, dan gaan haal ons net sy goed."

So is ek en konstabel Piet om die hoek, waar hy vir oulaas raadgee. Ons spreek af dat ek hom saam met 'n besending waatlemoene sal laat weet wat ek kan uitvind.

So het ek dan my derde – of vierde – baas, as mens Betta byreken, gekry. Lot Vermaak. Lot Paddawang. Vir hóm was ek Alettus die skollie – nie die opgeskote knaap wie se hand hy in Betta se voorkamer in sy klewerige greep vasgehou het nie. En sy rol het eweneens verander.

Op die International se bak is 'n gekwetter soos dié van 'n klomp witgatspreeus. Dis boer Vermaak wat hulle die leviete voorlees, nie temerige, sagsprekende ouderling Vermaak nie.

"Klim! Ons ry deur die Dors," gaan hy voort toe hy die klap haastig agter my toestamp en ek hande-viervoet tussen die ander beland. My kop klap só hard teen 'n ysterreling dat my ore sing.

"Klim g'rus af, sommer so in die ry. Daar lê baie bene wat geselskap soek." Ek byt op my lippe. Skollies huil nie van seerkry nie. 'n Getatoeëerde arm trek my regop; om my staar beplooide gesigte na my, ek ruik vreemde asems. Pure ou skoene. Ek sien littekens, rowe. Voetkettings.

"Hier's 'n ekstra man," kondig Lot met 'n spotlaggie aan, "nie dat hy vir my na iets lyk nie. Gee hom van julle brood, Sprinkaan, en gee hom iets om te drink as hy dors word. Hy sê sy naam is Alettus – verbeel jou! Alettus!" Om my roer die klomp spreeus, en hulle verstil weer toe Vermaak bulder dat hulle moet stilbly; hy het nie kommentaar gevra nie.

Dat dié oomblik een van die vreemdste tye in my lewe ingelui het, het ek nie tóé geweet nie. Dit wat nog moes kom – veral dit wat met Anaat, Mias en Joy gebeur het – is mettertyd in my geheue ingeskroei. Maar op daardie dag, toe Lot Vermaak my soos vendusiegoed staan en bekyk het, het ek nie voorgevoelens gehad nie. Ek het net daaraan gedink dat ek vir Anaat en Mias en Joy laas gesien het op 'n plek met die naam Raaswater. Hoe sou hulle nóú lyk?

So bevind ek my toe op die stamperige bak tussen sweetlywe en dagga-asems.

Die een man, bygenaamd Slang – 'n S-vormige litteken van sy wangbeen tot op sy ken – het die tiemaans se oor by my bondel sien uitsteek, dit uitgehaal, in die rondte gedraai en bekyk asof hy iemand se vakmanskap bewonder. "Jy moet darem in 'n wonderlike breekwater sit, mannetjie. Met so 'n agtermekaar blik." Ek sluk wind. Slang se kyk is diep.

"Jy moet lig loop," sê Slang aan my toe ons deur die reling sien hoe Lot Vermaak vir Piet Praaimus op die skouer klop. "Dis sy manier: eers 'n klop op die skouer, dan 'n skop op die gat."

"Ja," voeg een van die ander, 'n kêrel met 'n oumensgesiggie, by. "Vra vir my, vra vir Sprinkaan. Hy klop 'n man soos hy 'n waatlemoen klop; hy klop om te voel waar hy die mes kan indruk." Ek ril.

Veel later sou ek weer aan dié woorde dink.

29

WAARIN NICOLAAS ALETTUS NUWE VRIENDE
ONTMOET, HOOR VAN DIE WATERMEID, EN OP
TWEE MANIERE LEER OM TE SWEEF. DIE GEHEIM
VAN DIE RAAISEL VOORLOPIG OPGEKLAAR.

Aanvanklik sit ek my nog en verwonder aan Lot Hamerkop se gedaanteverwisselings. Die mens is voorwaar 'n wonderlike ding.

Party mense loop elke dag dieselfde paadjie, soos Suster Francesca. Ek kan haar nog voor my sien: die nonnekleed, die weggesteekte hare ... Sou sy ooit hare op haar kop gehád het? Die oopgetrapte paadjie van die agterdeur af bokkampie toe en gemakhuisie toe: háár paadjie. Dan weer iemand soos Amy: onwettig en balhorig soos 'n boklam, doof vir vermaninge; maar so reguit soos 'n bekerpaal: *Vir wat moet daar ewe skielik wette wees om dagga te verbied?* So het sy gevra toe Piet met die koerant van Steenboksvlei af kom; daar staan dat die verbod nou amper oral geld.

Maar Lot Vermaak is 'n ander storie. Lot se eie skaduwee kan hom nie vertrou nie. So welsprekend en glad en gemaklik was dié man gisteraand dat die manne in die kroeg gedink het hulle gesels nog met hom, toe is vaalhoed se baas hoeka met Grieta om die hoek, sy hoed net daar op die kroegtoonbank agtergelaat.

Ek kan dié Lot Vermaak glad nie versoen kry met die een wat daardie gedenkwaardige dag druipstert van Omdraaisdrif af weg is terwyl Betta se verwensinge links en regs van hom verbytrek nie. En tog ís daar ooreenstemming. Piet het sommer gesê die man se mond- en oogspiere werk nie saam nie. Kortaf teenoor ons. Lang, vleiende sinne teenoor Mrs Henderson. Die ene glimlag, rojaal in sy beloftes van waatlemoene en spanspekke aan haar, wat hom – effens teen haar sin – "sjarmant" en "'n gentleman" genoem het. Sy ervaring in die Goudstad, ook met die Rooitaal, het hom seker goed te pas gekom. As dit nie so vreemd sou lyk nie, kon jy jou die bruingebrande boer, sy handpalms so hard soos houtskoppe, met 'n pluiskeil en 'n manel voorstel.

"Meneer Vermaak, sweetheart," sê sy in haar vloeiende sopraanstem, met 'n sweempie van 'n bewing hoorbaar, "dit sal 'n wonderlike gebaar wees. And then you must know that you will have the freedom of Klipfontein ..." Fontien, het sy gesê.

Hierop haal Lot Hamerkop sy hoed af en neem haar linkerhand in syne en druk dit teen sy lippe.

Deur die relings van die International begluur ons die toneeltjie. Slang stamp aan my: "Wie's dié verfokste koei?"

Agter haar rug staan Amy en Maud en gesigte trek; ek verstik amper van die lag, en onthou skielik dat Grieta, so het Amy my die oggend in die oor gefluister, nog in die bed is, te lyfseer om op te staan. The freedom of Klipfontein!

Hingsding!

Die onverwagte ruwe sjarme van die boer het ons Vorstin se voete skoon onder haar uitgeslaan, en sy het dié dag glo – so het Piet Praaimus my later vertel – deur die hotel gedartel asof sy 'n towerstaffie in haar hand het. Sy het in verskillende kostuums uit haar wonderbaarlike garderobe geparadeer en geneurie en gekwinkeleer en gekoer, sodat Dot uit vrees vir haar hoë C alle spieëls en glase met doeke toegegooi het, en sy het glo vir 'n ieder en 'n elk vertel hoe *sy* kultúúr na die ongekultiveerdes bring, tra-loe, hier is soveel onontdekte talent, tra-la, "... take, for example, the charming gentleman with the convicts on his truck, this morning; isn't it a pity that such a talented man should waste his time with watermelons and human garbage?"

Dít het ons natuurlik nie gehoor nie, maar die trek op haar gesig toe sy nou na ons kant toe kyk, was onverbloembaar. Asof sy iets ongans ruik.

Nou moet ek eerlik wees: Ons – ek en Sprinkaan en Slang en Buckle – het nie juis gelyk of geruik soos gaste wat gereed is om by 'n feesmaal aan te sit nie.

Die pad Rooistasie toe het ons min of meer in dieselfde koers gevat as die epiese tog onder aanvoering van Suster Francesca; ek het die klipkoppies soos trossies moesies oor die rooi sandvlaktes herken. 'n Onbeskryflike hartseer het van my besit geneem.

Kom daar nooit iets standvastigs nie?

Slang sit sy hand om my skouer. "Wie't jou gerob?" vra hy.

"Hoe: gerob?"

"Lyk of die hond jou kos gevreet het. Ek is nie 'n kalkoen nie, ek het oë gekry."

Ek kan hom nie van Anaat se brief vertel nie, maar stukkie vir stukkie lig ek my nuwe makkers in oor Bakoondskraal, Let Lyf, Stryker, ons reis saam met Suster Francesca, Raaswater, Vuilbaard Laggerjan, en my verblyf op Omdraaisdrif.

Sprinkaan, wat toe-oë sit en luister, laat val dat hy vir Stryker ken.

"Ai," sê ek, "ek wens ek het geweet waar's oompie Stryker!"

"Hy's die Richtersveld in." Sprinkaan sit en krap met 'n driedoringstokkie in sy oor.

"Dit het Laggerjan ook gesê. Agter daaimins aan."

"Glo die broertjie áls wat hy hoor?" Sprinkaan spoeg oor die bak se kant; die wind jaag die speeksel in alle rigtings.

Ek bly hom 'n antwoord skuldig. "Stryker het sy mense loop soek," sê hy.

"Ja," sê Slang, en hy laat hang die tussenwerpsel tussen ons voordat hy sê: "So soek ons. Ons is geuitoorlê, uit alles uit. Grond, vee, alles. Nie wánneer nie, nie 1913 nie. Hóéka."

Sprinkaan skiet die driedoring oor die reling en begin 'n rookding draai. "Dis nou een ding van Lot Hamerkop: op sy plek is daar nie 'n skaarste aan dié goed nie!" Hy beduie na die zol, wat hy nou brandmaak. "My rookgoed is gedaan. Hoe's dit met jou?" Hy teug diep en gee die vernuftig gedraaide zol vir my. Ek durf nie weier nie; dit sal die sekerste teken wees dat ek nie is wat ek voorgee om te wees nie. Ek dink aan Vader Grau se gebede, maar kan nie een onthou wat by hierdie geleentheid pas nie. Ek voel die klamte van die papier, ek teug versigtig, maar ek kan die hoesbui wat volg, nie keer nie.

"Hoe's dit, is die rookding te sterk vir die broertjie?" Dis Buckle, in wie ek dadelik 'n renons het.

Spot hy? "Ek het 'n kwaai griep gehad," sê ek. Ek gee die zol vir Buckle, wat oorkant my sit. Hy het 'n hangogie, wat hom erg onbetroubaar laat lyk. Hy kyk ondersoekend na my voordat hy die topper vat.

Meteens begin sweef my kop; ek loop op stelte bo-oor die Klipfontein Hotel; ek draai soos lammervanger bokant Bakoondskraal.

Hotkant, haarkant, willebessieblaarkant!
Waar's my daggapyp? O, waar's my daggapyp?
Aleksander Salmander,
dis die een, dis die ander ...
Vra my maar: ek ken die pad, ek kén!

Só sing Slang.

Ek het baie gou daarin geslaag om die vertroue van die sebraspan te wen. Met my skulpiesklavier.

Toe die International aan die gang kom nadat Lot Hamerkop stilgehou het sodat hy en sy honde kan pis, beproef ek my nuwe skulpiesklavier. Die drietal, versuf van die ondraaglike hitte en die stof, kyk die gerangskikte skulpies houtoog aan, asof dit orakeltaal kan praat. Maar toe die stokhamertjie koel waterdruppels uit die xilofoontjie toor, verkreukel die stroewe, opgeskroefde gesigte en die weggesakte ogies begin blink. Tandelose monde gaan oop, gebarste voete begin tik. Die voetketting ratel teen die bak, so erg dat Lot Vermaak met sy vuis teen die kap klop.

"Vlieg in jou moer in op!" sis Sprinkaan.

Die twee boerboele, wat skewekop sit en luister, blaf.

"Julle ook, julle naaiers!" sê Sprinkaan. Slang en Buckle lag tandeloos.

Slang grawe tussen sy pluiens en bring 'n nogal verslete bekfluitjie te voorskyn. Tot my vreugde ken hy ál Stryker se liedjies.

Ons speel 'n rukkie, en kort voor lank sing ek saam met Slanghulle breekwaterliedjies, asof ek jare agter die tralies was. *Bokkie sê my reg, want die trein trek weg ...*

"Sê my, Slang, ken jy nog rympies en raaisels en sulke goed?" vra ek versigtig.

"Ken ek nie rympies en raaisels nie! Dirk Ligter is 'n digter en ek is sy eige neef!" Hy resiteer:

> *"Gooi doepa by, gooi doepa by die voer!*
> *Kyk hoe stap ons, stap ons,*
> *stert omhoog, net die ore die roer.*

"Gee jou drie raaie."

Eers by die derde raai – skouperd – slaag ek daarin om die dagga by die voer en die spreekwoordelike klou by die oor te kry.

Slang is nou op sy stukke:

> *"Askies, ta'Sara, wat kos jou blare?*
> *Twallappiebos, maar duurder mettiejare."*

Die ander twee lag asof hulle dit vir die eerste keer hoor.

"Dit lyk vir my jy vang hom nie," sê Slang.

"Vang nie wat nie?" vra ek.

"Ta'Sara se blare."

"Wat daarvan?" vra ek. "Wat van ta'Sara se blare? Is dit nie dagga nie?"

Hulle lê soos hulle lag.

"Dis maklik," sê Sprinkaan, en hy blaai met sy hand soos Uncle dit sou doen. "Hoe ouer ta'Sara word, hoe slimmer word sy, hoe lekkerder ..."

"Hoe lekkerder, my broertjie ..." sê Buckle.

Hy kyk weer op 'n eienaardige manier na my.

"Ek ken ook 'n raaisel, my oompie," sê ek om my ongemak weg te steek, maar ook omdat ek weet: Hier's my kans!

> *"Ik vond een nest in de matjiesgoed*
> *ik vrat een ei, dat zat mij goed.*
> *Ik maak mijn make, ik vloog daar weg,*
> *mijn hoofd vooruit, mijn staart verzeg ..."*

"Maar ek ken nie die antwoord nie."

"Etse! Wat is makliker?" roep Slang uit. Sy ogies lyk nog wateriger as voorheen.

"Hooghollangs," sê Sprinkaan. Ook hy lyk nou behoorlik geróók.

"Is Watermeid," sê Slang.

Ek lyk seker vreeslik onnosel, want hy verduidelik: "Wie anders sal voëlneste tussen die riet loop uithaal?"

"Maar dis nie riet nie, dis matjiesgoed."

"Riet, matjiesgoed, biesiegoed, wat maak dit saak? Watermeid vermom haar soos Likkewaan, vreet eiers, kak in die nes en gaan weer vort. Is Watermeid, niémand anders nie. Vra maar vir die oumense."

Sprinkaan skud sy kop heftig op en af.

Buckle slaap, maar dit lyk of sy hangogie steeds oop is.

Toe die International teen amper-vuilskemer om die laaste sanderige draai skuif, lê die werklikheid voor ons: dieselfde sandomsoomde oewers as by Omdraaisdrif, maar met veel minder bosse. Bloubeesklou en swarthaak en 'n witgat of twee tussen die rotse; selfvoldaan herken ek die struike en bome wat Willem die Swyger aan my uitgewys het, en besef skielik dat my langbeenjare nie so doelloos was as wat ek dikwels gemeen het nie. Die rivier het iets daarmee te doen: bedags 'n stroom wat van vêr af blink en al blouer word soos wat jy nader kom; dan al bruiner, totdat jy met die afbuk groen en donkerder dieptes onderskei, afhangende van hoe sterk die stroom vloei, hóé troewel die water is. Want troewel is die ou Grote áltyd; net in die winter, as daar baie sneeu op vêrre berge smelt, is die troewelheid minder. Maar die Rivier en al die ander droë riviere rondom, tot die eenvoudigste ou sandlaagte, het name wat die vroegste mense gegee het: Hartbees en Leeu en Olifants en Buffels en Sambok en Koa en Hamab en Homs. Die Rivier is 'n draer van die troewel lewe self, inhalig én vrygewig, lewegewend én moorddadig. Watter geheime sal die rivier hierdie keer aan my toevertrou? Of vir homself hou? Ek sien Anna op die wasklip; Betta voor die bakoond. Maar hulle is vêr, stroom-op, anderkant die skrikaanjaende kranse van die Sambokberge.

Die rivier raak hier weg tussen 'n trop eilande. Daar is veral één – 'n groterige, met 'n klipkoppie in die middel. 'n Eiland agter fluitjiesriet. Daar sal ook gesaai wees, beduie Slang. "Die man is nie van hier rond nie." Hy wys na 'n kabel wat die eiland met die rivieroewer verbind; die kabel sny die lug soos 'n potloodlyn.

Ons dreun al langs 'n kanaal met bloubruin water. Blou van die lug, met yl wit wolkespikkels. Hoër op moet die tromp wees, die uitkeerwal.

"Hy's 'n engineer," sê Buckle, "hy het die voor op sy eie gemeet en gegrou; sonder hulp van die grootkoppe." Is dit bewondering wat ek in sy stem hoor?

Doringbome. Rosyntjiebome. Rietbosse. Dan druk die trok meteens die rietbosse opsy. Fyn turfstof slaan op toe ons stilhou. Die sebraspan werk hulself met groot moeite van die bak af; struikel een, struikel almal.

Ons staan op 'n ry en pis lang, verlossende strale teen die rietwortels. Ek help kooigoed aangee. Vermaak maak akkoord, gee bevele, lees leviete voor, nooi ons uit om weg te loop. Hy tik aanhoudend teen sy geweerloop. Waatlemoen- en spanspeklande lê en wegraak agter die horison. Hier is hard gewerk in die son. Hier gáán hard gewerk word; geen twyfel daaroor nie. Waatlemoene pluk jy vroegdag, dan kom die karweiwerk nog. En die skoffelwerk. Daar moet nuwe erwe gesleep word; dis skielik deel van die akkoord. Ek dink aan Uncle se storie van die groot vis. Die klein vissies kom nie eens agter dat hulle in die grote se maag rondswem nie.

Ons het nie by die opstal afgedraai nie; dié sit weg van die rivier, vertel Slang. Dit kruip weg agter hoë rooi duine; myle van die naaste bure af. Baie soos Omdraaisdrif, maar dáár het Betta ten minste beheer oor diegene wat die pont – die transportroete –

gebruik. Dit kom voor asof hier, langs die rivier by Rooistasie, nooit 'n vreemde siel aandoen nie.

Weerskante van die rivier lê verkreukelde berge. Kranse lyk of hulle met 'n skerp mes gelyk gesny is. Duisende dassies skarrel tussen klippe in.

Vermaak sit meteens geweer teen die skouer. Toe die skoot klap, rol die dassie bo van die lys af en val tussen die klippe in.

"Gaan haal," sê hy vir my, "dis julle aandkos."

Hy begin die voetkettings oopsluit. "Julle het gesien. Ek skiet nie mis nie."

Dat ons – die waatlemoenplukkers – so vêr van Rooistasie se opstal, en dus van Anaat, Joy en Mias af, sou wees, het ek (en natuurlik ook Piet Praaimus) nie voorsien nie. Dat ons boonop in twee werkspanne verdeel sou word – een om duskant, en die ander om op die eiland te werk – het ons ook nie geweet nie.

Vermaak is 'n vernufkop, gee dit nou maar toe. Hy het 'n soort kabelwaentjie geprakseer om werkers van die duskant van die rivier na die eiland, en waatlemoene van die eiland na die duskant oor te bring. Veel vinniger as 'n skuit. Diegene wat nog nie daar was nie – en mens kan niemand verkwalik nie, want dis inderdaad een van die onherbergsaamste uithoeke van die land – sal dit dalk moeilik vind om te verstaan, maar die beginsel is eenvoudig. Twee mynkabels – dikker as 'n man se bobeen – is met muilspanne teen Bokkrans uitgekarwei. Vir allerhande voorregte – soos 'n jaguitstappie op Rooistasie, elke jaar vir die res van sy lewe – het die myningenieur wat die kabels laat "wegraak" het, vir Lot kom raad- en handgee. En tronkbewaarder Cuthbert het in ruil vir vyf bottel van Lot se beste stookbrandewyn gesorg dat 'n span van sy taaiste bandiete onder die loop van sy geweer met die twee los punte van die kabels deurswem na die eilandkoppie toe. Dit was winter, die rivier het gesak, maar die water was so koud dat jou knaters so klein soos ertjies gekrimp het as jy dit binne-in waag. Dit het Slang my vertel; hy was een van die swemmers.

Eintlik was Lot Vermaak goed vir ons. Hy het sy belofte nagekom: hy het saam met ons gewerk, selfs naby ons gehurk as ons koffie opslurp, of gedroogde beskuit week. Maar ek het niks daarvan gehou as hy sy gesig op 'n ouderlingsplooi trek en begin teem oor verlore seuns, tollenaars en fariseërs, mosterdsaadjies of ontevrede landbouers nie.

Ek het net gehou van die storie van die man wat in die vyeboom geklim het omdat hy te kort van been was om die Here te sien.

En toe kry ek ook kans om hoog te vlieg en vêr te kyk. Hoe dan so?

Ons het begin om waatlemoene op die eiland te pluk. Ek – as die ligste – moes sorg dat die krat met waatlemoene aan die duskant kom.

My mond is droog toe hulle my die eerste keer aan die leuterige sitplekkie oorkatrol. Die bruin swelle van die rivier raas onder my. Toe my voete op die platform vastrap, vra Sprinkaan dadelik of alles reg is, ek lyk soos 'n spook. Gelukkig onthou ek Uncle se gevierde woorde: "Daar's nie fout nie," skree ek, en voel skielik warm vermeersel in my mond. Toe ek weer regop kom, besef ek dat die rivier my wil tem. "Se moer!" spoeg ek. "Ek laat my nie onderkry nie!"

Waaraan het ek gedink toe die kontrepsie al vinniger en vinniger met my oor die duiselingwekkende dieptes en die breë, malende stroom dik rivierwater begin gly, en ek soos 'n blouapie klou aan die greep? Miskien het die herinnering aan kleintyd se botterboomry op die blinkkranse bokant Dwarsrivier en aan Suster se trooswoorde oor nerfaf plekke gehelp, want na 'n paar dae het ek die ryery begin geniet. Ek het seker meer gekonfyt geraak. Veral die heenrit – met die leë krat – was 'n revinnis. Nou was dit die snelheid, die uitdaging en oorskryding van grense, die suiwer sensasie van vlieg, waaraan ek my kon oorgee. Die prentjie van die sirkusmense in my eggbox ... sou húlle dieselfde gevoel kry as hulle so deur die lug seil van sweefstok tot sweefstok? Heeea! Serannie!

Die terugreis, die krat borrendynsvol, is moeiliker en moeisamer, maar mettertyd word dit ook genietbaar. Nou kan ek die groen toppe van rosyntjie- en melkhoutbome sien, en kyk hoe die ape skarrel en koggel, en ek kan op dieselfde hoogte as die visarend sweef, en sien hoe 'n jakkalstroureëntjie in die verte streepmaak en die rotsbanke blink. In die drie weke wat dit ons gekos het om te oes, het ek meer oor die lewe gewonder as ooit tevore of ooit daarna.

Op een van die rotse het iemand – seker 'n bandiet – die woorde *God Slaap Nie* uitgekrap, en Sprinkaan het my vertel dat sy eie oupa se bokke op die eiland geloop het.

Die ryk slikgrond wat die rivier van afgeleë streke af bring, lewer 'n goeie oes op, en dié van ons wat op die eiland werk, kan ons dieet aanvul met die soet, bros krone wat ons uit ons wegsteekwaatlemoene laat oopkraak. Die pitte sal wie-weet-waar laer af met die rivier in 'n sloepwal beland en later aan 'n honger reisiger veel vreugde verskaf.

Maar die grootste deel van die oes is in die groot, beskutte koeler agter slot en grendel gehou totdat Lot Vermaak besluit dis tyd om mark toe te ry.

Ek bránd om Anaat-hulle te sien, maar ek moet my kans afwag. Dié geleentheid kom toe Lot Vermaak gaan bokke koop, glo anderkant Omdraaisdrif.

Respyt vir ons.

Die sebraspan maak van die kans gebruik om hul taai lywe en salpeterige klere in die rivier te was. Ek maak my, met die verskoning dat my maag ongans is en ek medisyne gaan soek, uit die voete.

Langer kan ek nie uitstel om by Mias-hulle te kom nie.

Ek vertrek 'n bietjie ongerus, dis waar. Want Buckle, sy seningrige lyf blink van die water, sê omtrent 'n halfdosyn keer hoe lekker die water is. Ek maak of ek dit nie hoor nie. Hy kyk my met sy verlepte ogie agterna asof hy wil sê: Ek watch jou, ek watch jou, jy moenie 'n voet verkeerd sit nie.

Ek dink aan belangriker dinge.

Sou die boerboele saam wees?

Wat word van my egg-box? Ek begrawe my kleinood stilletjies in die meelsagte turfstof in ons tent, skuif my slaapkaros bo-oor.

"Moet net nie dink aan wegloop nie," waarsku Slang. "Al kak jy ook, hier is dit stukke beter as in die breekwater."

"Die laaste ou wat weggeloop het, se bene lê onder 'n boom," voeg Sprinkaan by en ek gril.

Ek het ook nie gedink Sprinkaan en Slang en Buckle sóú wegloop nie. Elke aand het hulle, ná Lot Hamerkop se lang gebed, 'n stewige dop gekry. En genoeg dagga om hulle so fiks en so trippelend te hou soos Lot Vermaak se skouperde.

30

Waarin Vossie 'n gesusterde vriendin raakloop, en waarin die wêreld oop- en toegaan in 'n prentjieskamer.

Ek was te opgewonde oor die moontlike weersiens om my oor die breekwater te bekommer. Kortpad oor die klipkoppies. Halfpad anderkant af sien jy nog niks, maar iets stink soos die duiwel se asem self.

Jy is feitlik by Lot Vermaak se huis voordat jy dit besef. Die huis, soos die krale, is met gedreste klip gebou; dit smelt saam met die landskap, en eintlik sien jy die tekens van 'n werf eers wanneer jy agterkom rondom jou lê 'n korreltjiestapyt bokmis en jy hoor die paar varke kou-kou in hul kliphok klets. Dis dáár waar die walms vandaan kom.

En dan sien jy die kliptoring, soos 'n fort of 'n vesting, en verder agtertoe die platdak met die pampoene, en die stukkies werf, die hoenders en kalkoene en poue in die skaduwees. Nie 'n beweging nie; die warmte druk swaar op alles.

Maar die stilte is misleidend omdat alles so goed versteek is op hierdie skuins hellinkie langs die abiekwasleegte. 'n Huis het 'n persoonlikheid: Bakoondskraal se geboue, so kan ek my heue, was vriendelik; selfs Vader Grau se grotkerkie had iets gerusstellends; die Mission op Steenboksvlei was streng, byna onverbiddelik, hoekig soos Suster Lydia; Betta se aangelapte bousel met sy kleimure was soos skurfte. En voor die koms van die Vorstin was die Klipfontein Hotel 'n fees van liggies en vreugde.

Noudat die kliphuis van Rooistasie voor my lê, onverwags, omdat dit so goed met die omgewing saamsmelt, pak 'n koue gevoelte my beet. Daar is iets onheilspellends aan hierdie huis; veral die toring wat so strak aan die linkervoorkant teen die lug opstaan, lyk behoorlik sieal. Word dit deur die eienaardige, onverwagte stilte vererger?

Dan gewaar ek 'n ritmiese beweging. Onder die peperboom. Anaat!

Maar ís dit sy? Die vrou wat daar sit en koring maal, is so maer dat selfs ek met gemak om haar boarms sal kan vat.

Plat op haar boude, haar bene wydsbeen om 'n skuurklip, haar rok onder haar bobene ingeslaan, haar bolyf ritmies aan die skuur: vorentoe en agtertoe, vorentoe en agtertoe, gooi-hom-so-in, gooi-hom-so-in. Langs haar die emmer met koring.

Daar is iets in haar houding wat my oneindig hartseer stem.

Ek skuifel, lugtig vir die honde, sku met die stoep langs en reg rondom die kliphuis. Agter die sifdraad en die sifdeure is niks te sien nie. Ek skuur tussen die buitegeboutjies deur. Peperbome. 'n Rotstuintjie. Ek loer om die hoek. Dit is tóg Anaat? Daar is geen ander beweging nie. Waar is Joy en Mias? Waar is Vermaak se kinders dan? Sy vrou? Die honde? Almal seker saam met hom.

Ek gooi 'n klippie na die koringemmertjie, en dit skiet *ploenk!* weg. Anaat kyk half verbaas, half vies op. Wat sou deur haar gedagtes gaan? Die tweeling? Die opgewondenheid is groot en bonsend in my.

Asof van nêrens nie skreeu die pou meteens. Ek skrik my byna vrek vir die werfetterse ding.

Ek onthou die angsaanjaende geroep van Klawermuis se dae af; verpes dit. Ek staan doodstil, maar daar is geen beweging nie.

Anaat is weer aan die maal, maar sy kyk af en toe op, asof sy steeds wonder waar die klippie vandaan gekom het.

Nou kan ek nie meer wag nie.

Ek loop behoedsaam om die geboutjie, tot agter haar, en druk haar mond toe. Anaat spartel en wriemel só erg dat ek my verwonder oor haar krag. Of is dit verwildering? Ek buig oor haar voorkop.

Ek dog sy kry 'n stuipe-aanval soos Joy destyds. Had ek maar in 'n vensterruit gekyk, of in die drinkwateremmer onder die koelte-boom. Want toe onthou ek dat ek soos 'n bandiet lyk.

"Tattie!" sê ek, dit was my troetelnaam vir Anaat, "dis Kola, Tattie, dis Vossie, dis ekke, Amy het my gestuur."

Anaat, altyd onverstoorbaar, lyk stom-verskrik en bly, o so bly, alles tegelyk, en sy slinger haar arms om my nek en huil en lag.

"Jy leef!" sê sy oplaas. "Ek kan dit nie glo nie, dis jou géés! En kyk hoe gróót is jy!"

Ek vra haar uit. Waar's Mias? Joy? Vermaak se vrou?

"Bedaar, bedaar!" sê Anaat, maar self los sy nie my hand nie. "Katrina Vermaak slaap." Sy sê dit op 'n eienaardige manier, asof sy nie bedóél slaap nie. "En Mias is agter die bokke, hy's bokwagter; en Joy is met die kinders duine toe, sy's kinderwagter; en ek, ek maal koring, dit kan jy sien ..." Anaat lag en huil deurmekaar.

Haar hande is twee stukke skurwe leer.

Ek kyk in haar oë. Diep, dieper as wat haar lyf dit wil hê, is haar oë, diep soos dié van 'n mens wat plotseling te veel gesien het. Die oë van die man wat waansinnig uit die Wondergat gekom het, kan ek my voorstel, lyk só.

Sou haar oë só geword het die nag met Raaswater se vloed?

"En Lot Hamerkop is weg," sê ek, sommer om iets te sê, want ek kry skaam om so in haar oë te kyk. "Gaan bokke koop."

Sy antwoord nie; druk my hand net nóg stywer vas.

"Wat maak jy hier?" vra sy. "Hoe kom jy hier?"

Dit val my by van die boodskap. Die brief.

Moet ek haar die waarheid vertel?

Ek weet nie mooi hoe om dit aan te voor nie. Ek is mos nie veronderstel om te weet van die brief wat sy aan Amy geskryf het nie.

"Amy het my gestuur."

Anaat kyk my onbegrypend aan. "Maar hoe ... het jy te voet tot hier gekom?"

Hoe verduidelik ek dat ek nou 'n werkende bandiet in Lot Vermaak se diens is?

"Lot Vermaak het waatlemoenplukkers gesoek."

"Maar hy gaan haal altyd prisoniers."

Ek lig my hemp op sodat sy die frokkie kan sien wat Amy spesiaal vol hoenderspore gebrand het. Net ingeval.

Anaat kyk na my. Sy lyk verward.

"Hoekom maak jy dan of jy 'n bandiet is?"

"Ek móés. Dink jy die wetter sou my opgelaai het ...?"

"Jy moenie só van hom praat nie."

Nou is dit my beurt om verward te lyk.

"Maar jou brief ...?"

Anaat kyk op die grond voor haar.

"Dan het Amy die brief vir jou gewys?"

Ek knik. Sy bly lank stil. Dan skud sy meteens die gemaalde koring bymekaar. Die hoenders, wat die hele tyd verby ons gepatrolleer het, duik af op die enkele korrels wat val.

"Vergeet van die brief," sê sy.

Hoe verstaan ek dit nou? Ek vertel hoe versigtig ons alles beplan het; en dat Piet Praaimus net wag op 'n teken om ons almal te kom oplaai.

"Ons sal moet praat," sê ek. "Oor hoe ons die boodskap by Piet kry."

Maar Anaat sê net: "Vergeet van die brief. Ek het dit geskryf toe my senuwees my gepla het."

Ek kyk verstom na haar. Senuwees!

Maar dan weet ek: sy praat nie die volle waarheid nie.

Wag nou, wag nou, dink ek. Hoe sê Sprinkaan wanneer ek en hy Sondae sukkel om 'n stuk vislyn bruikbaar te kry voordat ons die poeliesman aansit?

Die lewe is soos 'n kraaines, jy sukkel jou desmoers om al die knope uit te kry.

Hier is knope waarvan ek die begin en die einde nie kan sien nie. Ek is nie seker of ek die knope wíl ontrafel nie. Wat wen ek daarby? Miskien is dit net daardie diepgewortelde samehorigheid wat alle weggooikinders deel, wat my aandryf.

Ek besluit om my asvaal te hou. "So jy bly lekker hier? Wat maak die ander? Waar is Vermaak se vrou?"

Anaat dra die emmer koring tot op die stoep, wat blink geskuur is.

"Meneer Vermaak se vrou slaap," sê sy weer.

Die manier waarop sy dit sê, maak my nuuskierig. Maar dis nou ook nie té snaaks nie, dink ek, want dis warm.

"Kom ek gaan wys jou die prentjieskamer," sê Anaat meteens, en sy vat my hand soos 'n mens 'n graaf se steel sou vat.

Prentjieskamer?

Ons loop deur die huis. Daar hang 'n skerp medisynereuk in die huis; dit laat my aan die jaar van die Groot Griep dink.

"Wat ruik so snaaks?" vra ek.

Anaat skud haar kop. "Ek ruik niks," sê sy. "Jy's die een met die skerp neus, ou Vossie. Dit onthou ek."

Ek raak aan 'n swaar deur, maar sy druk my hand plotseling weg. "Heiligskennis," fluister sy, asof die klippe kan hoor. "Dis meneer

Vermaak se kamer. Net hy kom hier. Niemand anders mag hier ingaan nie." Sy sê dit soos iemand wat 'n instruksie herhaal.

Ek voel aan die deur. Daar kom 'n eienaardige geluid uit Anaat se keel, amper iets soos 'n grom.

"Moenie, Vossie, moenie!"

Die deur is tog gesluit, dink ek.

"Waar's sy? Die vrou?"

"Sy is weer só," en Anaat beduie na 'n toe deur. "Dit gebeur baie as hy hier weggaan; dis of alles onder haar wegkalwe. Meeste van die tyd gaan sy aan die prente plak. In die prentjieskamer."

Ek bedwing voorlopig my nuuskierigheid. Ons loop regdeur agtertoe met die lang, koel, donker gang. Sy stoot 'n deur versigtig oop: 'n smal vertrek waarin die lig so dof skyn dat ek my oë knipper en dit 'n ruk duur voordat ek behoorlik sien. Buiten 'n stoel is daar nie 'n enkele meubelstuk in die vertrek nie, maar die mure, en selfs 'n deel van die enkele venster, is uitgevoer met kaartjies, van die soort wat jy in sigaar- en sigaretdosies kry. Max. United Tobacco. Muratti. Op die vloer lê 'n stapeltjie. Daar staan ook 'n flessie – seker gom of lym. Maar daar is nie 'n kaal kolletjie op die mure of selfs teen die houtplafon nie. Dis so kleurvol dat dit mens woordeloos laat. Buite begin knaag die ewige westewind aan die duine, fyn rooi stof tik teen die venster en sif op die dak. Maar hier neem die kleurryke prentjies jou vêr oor die duine en oor die diep blou see na onbekende wêrelde: *Hollandse tulpeveld*, lees ek by 'n prentjie waarop plate geel en rooi blomme verblindend na my gedraai staan; *Hollandse meul*, vertel die fyn byskriffie langsaan by 'n prentjie van 'n eienaardige huis met iets wat lyk soos 'n houtkruis met lemme; *Ardenne-woud*, vertel 'n see van bome; *Pelgrims by 'n Middeleeuse kasteel*, staan by 'n afbeelding van 'n bergvesting, die mense so klein soos muggies; *Huise in Dijon*, vertel die teks by 'n reeks Hansie-en-Grietjie-huise wat my terugvat na die skoot en die rustige stem van Suster Francesca; *Interlaken, met Jungfrau, Mönch en Eiger*, is die duistere bewoording by 'n landskap waarin alles lyk of dit onder Amy se talcum powder toegewaai is, selfs die bome en die berge is wit.

Dit duur lank voordat Anaat weer praat. "As dit hoe is, haal sy hulle af. Dan sit sy weer nuwes op."

Heidelberg aan die Neckar, 'n mooi stad weerskante van 'n rivier, alles groen en sag; niks van die klipneste van Bokkrans en die kaal, swart klowe van Tierwater se berg en die toorn van Grootrivier nie. Smal stadstraatjies in 'n ou deel van Stockholm. Fjords aan die Noorweegse kus. 'n Vissershawe. Mense, plekke, wêrelde verwyder van Rooistasie. Name, name, name.

"En as sy hulle klaar geplak het, gaan trek sy haar toe in haar kamer."

Ek luister half. My oë dwaal terug na 'n prentjie waarvan ek my amper nie kan losskeur nie. Die boggelrug van die Nôtre Dame, lees ek, en ek dink aan 'n jongmeisie, kind eerder as vrou, wat by 'n bakoond buk terwyl die sakkende son haar knobbelruggie se skaduwee rek en rek en rek.

Anaat wys dat ek op die stoel moet gaan sit. Sy self gaan sit langbeen teen die muur, asof sy glad nie meer daaraan gewoond is om op 'n stoel te sit nie. Sy begin vertel.

31

Hoe jy 'n onverwagse dood kan vryspring, net om stadig te sterwe.

Wat ek hier oorvertel, het glo plaasgevind tydens my verblyf op Omdraaisdrif, maar laer af met die rivier. Op Lot en Katrina Vermaak se werf. Bokkrans en die onbegaanbare Sambokberge en Tierwater se Berg lê tussenin. Dit het op dieselfde tyd begin as die dag toe ek die onwelriekende prospekteerder aan Josephine sien rem het in Raaswater se sand.

Toe die fratsvloed ons daardie nag in Raaswater se droë bedding oorval het, het die volgende gebeur:

Joy het, nog lank voordat die vloed in aantog was, uit vrees vir die falankse skerpioene en jaagspinnekoppe vir Mias oorreed om die bak van die skotskar te gaan opsoek. Hulle moes die kar eers aan die stilhouboom anker, en stewig ook; wie wil dan nou opdraand of afdraand slaap? En dít was hul redding, want toe die vloed ons met volle, oombliklike geweld tref, het dit die wa bloot vaster teen die stam aangedryf. Mias kon hoor hoe knars en kraak die wielspeke, maar die bouers van dié besondere kar, Kivell & Prescott, se naam is in ere gehou.

In angs en bewing, menende dat Vader Grau verkeerd was, die aarde vergaan ándermaal met water, het hulle aan mekaar vasgeklou en sodoende 'n band gesmee wat nie eens die dood sou kon verbreek nie. 'n Bonus was dat Joy haar Skotse fiedels en makerigheid terstond vir goed verloor het. Kom jy van aangesig tot aangesig met die dood, word elke kwaal 'n skeet, alle pyn verskiet.

Omdat die boom teen die wal gestaan het, het hulle die geweld van die vloed vrygespring, maar hulle moes hulpeloos toesien hoe die water ons verswelg. Natuurlik kon hulle nie véél sien nie, maar Joy wou haar kop op 'n blok sit dat sy ten minste gesien het hoe 'n malende tak die nonnekleed skep en vasdraai en vaster draai en Suster Francesca bleek maar gelate onder die water verdwyn.

Anaat het, soos ek, met die murg van die vloed afgedryf. Sy het so vas geslaap, sê sy, dat sy gemeen het sy droom dat sy sweef, net om die volgende oomblik agter te kom dat sy dryf, alles aan haar is deurdrenk. Die spoelwater het vir haar baie verder loop neersit as vir my, en taamlik onsag; sy het in die proses 'n arm gebreek. Omdat sy nie gou genoeg behandel kon word nie, het die arm skeef aangegroei. (Toe ek dít hoor, het ek aan die brief gedink: hoe min het sy oor haarself geskryf!)

Josephine en Clarissa het, voorgevoelig, die steiltes uitgesoek toe die vloed nog in aantog was; Mias en Joy kon hul angsvolle geblêr hoor. Ottilie, wat die neiging gehad het om vroemôre te begin dwaal, se weglopery het haar haar lewe gekos. Sy was vasgemaak. Mias het haar stewig aan 'n stomp geanker, om te verhoed dat hy die volgende oggend myle vêr na haar moet soek. Sy is met stomp en al rivier af, en sy het geëindig daar waar ek haar kry lê het met haar agterstewe in die lug en die mik oor haar nek.

"Geloof sy die Here, laat ek sy Naam grootmaak." Dit, sê Anaat, was die laaste woorde wat sy van Suster Francesca gehoor het.

Dis die heel moeilikste om te probeer uitlê watter koers die water met Suster Francesca gevolg het. Sy is waarskynlik die vêrste van almal gesleur, want haar verminkte liggaam is myle anderkant Rooistasie gevind, in 'n rietbos in Grootrivier, asof die ou Grote haar nóg verder van koers af wou dryf om seker te maak sy kom nie tóg, op die een of ander wonderbaarlike wyse, by Koffiemeul uit nie.

Ek het later na haar graf gaan kyk, na die kruis wat Mias uit wilgerhout gemaak het, en waarop Anaat slegs *Liefdevolle herinnering, Sr. Francesca* uitgekrap het. Niemand het geweet wat haar régte naam was nie. Selfs haar dagboek het nie lig op haar herkoms gewerp nie.

Gaan daar nóg van Ouma Bam se grillige voorspellings waar word?

Ek het ook, met meer as net 'n tikkie wrewel, teruggedink aan die engel wat destyds op Bakoondskraal aan Suster Francesca verskyn en haar 'n skuit oor 'n vol rivier geblo het. Ek het na Anaat se bossie vars rooi-en-wit rivierlelies gekyk. Suffel vir die betroubaarheid van engele.

Al troos, so het ons wat oorgebly het later saam besluit, is dat sy dalk, wie weet, deur iemand wat hierdie geskrif lees, tot heilige verklaar sou word. Sy was so oneindig goed vir ons; sy was 'n moeder wat self nooit gebaar het nie; sy was 'n onbevlekte maagd wat baie monde kon voed en baie hakskene met boksalf kon smeer. Haar laaste inskrywing in die dagboek bly my by: "Mag ek eendag sterwe met die wete dat ek iets vir my kinders beteken het."

My kinders.

En Anaat? 'n Ou bokwagter het Anaat by 'n veepos aangetref, koorsig van die pyn. Die ou man se kennis van veldmedisynes het haar uit haar beneweling gewek. Sy onthou dat sy haarself na die matjieshuis se opening gesleep het toe sy sy bekfluitjie in die vêrte hoor kla. Sy het gedink sy is van háár wysie af, dis net 'n opgeefsel, want die bokwagter se gestalte was dun en knakkerig soos 'n langbeenspinnekop s'n; sy bene twee bewende riete wat 'n ent bokant die grond sweef.

Die naaste plek waar iemand na Anaat sou kon omsien, was Rooistasie, en die ou man het 'n slee uit takke geprakseer en haar soontoe getrek.

So het Rooistasie 'n tuiste geword vir Mias, Joy en Clarissa en vir Anaat. Hulle het ná baie soek aangeneem dat ek en Suster Francesca en die twee bokooie nie die wolkbreuk oorleef het nie, en toe die ou bokwagter ná Anaat se onsamehangende vertellinge begin soek en op die jammerlike oorskot van die non afkom, het hulle uitgewerk dat my ligter skelet nog verder rivier af is. Hulle het my as vermis aangegee by Vermeulen, die naaste vrederegter – ja, die einste Vermeulen wat jare tevore, soos die gerug dit wil hê, Klaas Duimpie se vrugbare loopbaan kortgeknip het. Maar oor my naam kon hulle natuurlik geen duidelikheid verskaf nie. Toe Mias "Niklaas Duimpie" voorstel, het die vrederegter glo uitgebars van die lag en gevra of die slegwetter hierlangs ook bedrywig was; hoe oud is die klong, want Klaas Bekwaam is bokveld toe. En wat moet my naam nou wees: Beukes of Diedriks? Natuurlik het hulle selfs met my ouderdom nie raad geweet nie. Joy het net huilerig gesê ek is ouer as wat ek lyk, omdat ek so kort is. In die geharwar en hartseer het hulle vergeet dat Uncle vir my *geteken* het; dat ek ten minste, as mens hom kon glo, vir George McLachlan Lazarus as peetvader het.

"Sweerlik Klaas Duimpie se kind," het Vermeulen glo gesê en sommetjies gemaak. "Tien, elf, miskien twaalf? Met halfnaatjies weet mens mos nooit."

Hy het Mias, Joy en Anaat aangekyk asof hulle bokke by 'n veiling was.

Katrina Vermaak het gepleit; sy wou hulle daar hou. Goed, het hy gesê, sodra vriend Lot terugkom, kan hulle die dokumente teken waarvolgens Mias, Joy en Anaat deur aanneming die wettige kinders van Lot en Katrina Vermaak word. Dit het haar verbly, maar sy het nog steeds van tyd tot tyd haar gestorwe kinders se kleertjies uitgehaal, bekyk en weer in die klerekas teruggepak.

Ek bly Anaat uitvra oor die lewe op Rooistasie; ek wil meer weet oor Lot Vermaak en oor Katrina en haar drie kinders – en oor die brief wat sy vir Amy geskryf het. Maar Anaat slaan toe en begin om patrone in die stof op die vloer langs haar te trek: sirkels en gekurfde lyne soos die natreksels van die patrone op Vader Grau se kliptablet.

Toe staan Anaat op en stap voor my uit, die breek-arm stram langs haar sy. Sy vee die stene met die biesiebesempie skoon en skud die laaste krieseltjie meel wat tussen die stene en buite bereik van die hoenders was, sorgsaam op die bokvel byeen.

Sy wys my op die mensverlate, maar netjiese werf rond. Sonder om te vra, weet ek dat die veegpatrone oor die sand háre is, dat die rondomstoep so blink omdat sy elke môre op haar knieë daarlangs kruip.

"Daar is twee plekke waar ons nie mag kom nie," sê Anaat. "Die toring ..." Sy het met iets soos ontsag na die eienaardige kliptoring in die voorste deel van die huis opgekyk. "Mias is uitgevang ... hy't drie dae net water gekry om te drink." Dan sluk sy haar woorde in, asof sy haarself op iets onbehoorliks betrap.

"Waarom? Wat het hy gedoen?"

Dit lyk of Anaat diep nadink oor wat sy moet sê. Dit klink asof sy nie net oor Mias praat nie, maar ook met my. "Hy was nuuskierig; hy't een aand die sleutel ..."

"Maar wat ís in die toring?"

Sy haal haar skouers op. "Hy is vasgetrap nét toe hy die deur oop het. Dit was te donker om te sien."

"En die ander plek?"

"Die waenhuis. Dis waar die slang Katrina se witkoppie gepik het." Anaat wys na 'n groterige skuur; die swaar deur lyk stewig gegrendel.

"Die duiwel se smidswinkel." Anaat sê dit half ingedagte. Katrina Vermaak noem dit glo so wanneer sy neerslagtig is. "Daar is 'n blaasbalk. Die blaasbalk gaan haal die wind uit die hel." Daar is iets soos afgryse in haar oë toe Anaat my verby die plek lei. "Sy sélf sit nie haar voet naby die waenhuis nie."

Ons klim teen 'n rantjie uit, besaai met swart klippe wat lyk soos verbrande roosterkoeke, en ek kan Rooistasie uit 'n ander hoek beskou. Nou kan ek ook die pad – eintlik maar net twee dowwe spore – ágter Tierwater se berg sien omgaan, in die rigting waar Raaswater omtrent moet wees; ook die tweespoorpad teen die oneindige bult op soos wat die International ons gebring het. Vêr na die suidweste lê Klipfontein. Die plaaswerf self lê weggesteek tussen hoë rooi duine, en die wind wat hier nooit ophou met waai nie, skuif die duine na willekeur: oos of wes, noord of suid. Die verskuiwings is nie skouspelagtig nie, maar geskied oor jare. Tog moes Vermaak die pad na sy huis toe al drie keer verlê. Toe Mias met Joy en later die bokwagter met Anaat daar opdaag, was Lot al 'n paar jaar lank weg myne toe en al waaroor hy skryf, was dat hulle gaan staak omdat die kaffers nou amper net soveel kry as húlle; Jan Smuts is 'n kafferboetie en 'n verraaier. Dit was vir Katrina 'n bestiering toe éérs die bokwagter met Anaat en daarna die twee kinders daar aankom om haar eensaamheid op die afgeleë werf te verlig.

Want sy hoor almaardeur die stemme van haar gestorwe kinders.

Katrina wou glo 'n gedagtenissie vir haar drie kinders oprig, 'n steen met die woorde *In smarte ontvang, in smarte afgestaan*, maar Lot het gesê dis heiligskennis, sy moet nou vrede maak met haar kinders se dood en dit sien as straf vir tekortkominge. Maar teenoor Anaat het sy eendag in 'n helder oomblik opgemerk: "My kind, jy moet tog nooit trou en kinders kry nie. Die Here alleen weet waarvoor mens aand vir aand en maand vir maand deur hel moet gaan, nege maande lank moet uitsien en jou kinders met die grootste smart in die wêreld bring, net om hulle weer aan die dood af te staan." En tog het sy die kleertjies wat hulle gedra het en die kamer waarin hulle geslaap het, net so gelaat ná hul dood, asof hulle môre-oormôre van 'n uitstappie af sou terugkeer.

Anaat-hulle het begin gewoond raak aan haar vrese en haar stories wat almal met die dood geëindig het. Maar Lot Vermaak het 'n ewige stryd daarmee gehad die kere dat hy huis toe kom.

"Moenie vandag ry nie," sou sy sê. Die vrag waatlemoene sou klaar staan.

"Vir wat dan nie?"

"Ek het van 'n hen met kuikens gedroom."

"Bygelowe! Jy maak my siek ..."

"Almiskie. Ek dink nie jy moet vandag ry nie."

"Gots, vrou, die waatlemoene is gepluk en gelaai. Wil jy nou hê ek moet weer aflaai? Jy moet van jou verstand af wees!" Lot had 'n wonderlike manier om God as getuie te roep in al sy dispute met Katrina. Die ouderlingspreek, maar in 'n ander stemtoon.

"Eendag is eendag. Jy sal sien. Dan kom dit so uit."

Dan lag Lot net.

En eintlik wóú mens lag, sê Anaat, want Katrina het die vreeslikste goed gedroom, waarvan niks ooit uitgekom het nie.

Totdat Anaat een Sondag weer na so 'n droom sit en luister en skielik besef: dis *halwe* drome, dis *vervolg*-drome, dis soos die helftes van verhale, dis soos party van Stryker se optel-liedjies, *hulle moet nog aanmekaargelas word.* Toe begin sy ingaan op die saak, op dinge wat gebeur het.

"Wat het antie gedroom? Vóór die kinders ..."

"Ek onthou dit so helder soos vandag," sou sy sê, haar ogies soos twee waatlemoenpitte, glasig-swart, gefikseer op één punt bokant die stoof. "Ek het in 'n kaal kamer gestaan, besig om te knie, toe twee turkies skielik deur die venster kom en teen die muur kom sit."

"Twéé akkedissies?"

"Twee, duwweld ongelukkig."

"Glo antie regtig ...?"

"Kyk wat het gebeur." Sy het twee vergeelde babaportrette van die buffet af gehaal, vergetende dat sy dit al 'n paar keer vantevore gedoen het. "Die Spaanse Griep ..." Toe vertel sy van die ander droom: hoe die tier die blondekoppie in sy skerpgetande bek gedra het, al op 'n smal kranslys langs ...

Waar ander heldersiendes die ding sien gebeur *terwyl dit gebeur,* maar op 'n ander plek, of vooruit sien gebeur, maar dan haarfyn sê wat gaan plaasvind, sien Katrina onsinnige visioene.

En net so bygelowig as wat sy was, net so doodsbehep was sy. Dalk omdat sy – onbewustelik – vermoed het haar voorbodes word gefnuik, deurmekaar geroer ... Selfs as sy in 'n geselliger bui was, kon sy aand na aand vir Mias en Joy en Anaat gruwelstories sit vertel. Van hoe die Boesmans die Hottentotkinders by Kinderlê vermoor het; van reisigers en fortuinsoekers wat tot digby Rooistasie kom en dan 'n dorsdood sterf, hul songebleikte geraamtes onder 'n melkbos; van die skarlaken vrou en haar halfsin kind wat hoër op met die rivier bly en glo al 'n weerbarstige klimmeid in die bakoond gestop het ...

"Kom, ek gaan maak vir jou koffie."

"Wat van die vrou? Sal sy nie wakker word nie? En wanneer kom die ander terug?"

"Daar is oorgenoeg tyd."

Terwyl ons in die klein kombuisie wag op die pietfluit, ek en Anaat, en sy my baie dinge vertel en nie vertel nie, hang die stilte – af en toe onderbreek deur roggelsnorke uit die slaapkamer – en die vreemde reuke, die reuke van mottegif, balsem en kanfer, om ons.

Ek hoor dat Rooistasie nou 'n tronk vir Mias en Joy geword het, en dat sy weet dat die Here my gestuur het om vir Joy en Mias te kom wegvat. Sy kies haar woorde versigtig, asof sy bang is Lot hoor haar, asof hy alomteenwoordig is.

"En vir jou?"

"Ek kan nie hier weg nie."

"En waarom nie?"

Sy bly so lank stil dat ek wonder of sy die vraag gehoor het. Dan praat sy. "Mens kry partykeers iemand om te abba ... Het Let Lyf jou ooit neergesit toe jy abba-kjeend was? Nou, ek kan nie vir Katrina hier los nie."

"Al is sy só?"

"Al is sy hóé." Sy bly weer stil, asof sy die woorde versigtig afweeg. "Kry net vir Joy hier weg."

"Ek kan nie verstaan dat jy nie ook kan weg nie."

Sy kou haar onderlip voordat sy sê: "Hoe moet ek dit vir jou uitlê? Jy's mannetjiesmens."

"Jy's mos nie die Vermaaks se slaaf nie."

Ek dink aan Amy. Sy sou Anaat aan haar skouers skud, haar tot haar sinne klap as dit moet.

"Katrina ..."

"Ook nie háre nie."

"Ek is niemand se slaaf nie. Ek het jou gesê sy het my nodig. Kry net vir Mias-hulle hier weg." Daar is 'n koppigheid in haar stem.

"Maar jy kan nie jou lewe hier slyt nie."

Hierop antwoord sy nie.

Toe ek, voetseer en omgekrap, die aand vir Sprinkaan om raad vra, sê hy: "Ek kon die eerste dag al sê jy was nog nooit in die breekwater nie." Hy dolwe 'n gekrulde dryfhoutstompie uit die sand en vee en blaas die korrels uit die voeë. "Die lewe spoel 'n man op vreemde plekke uit. As jy dryfhout is, soos dié, sal jy nie wortels maak nie; môre vat rivier jou verder. As jy riet is, haak jy vas en jy groei. Anaat is fluitjiesriet."

Dit laat my dink aan wat Anaat gesê het oor Katrina se halwe drome. Ek wou nog oor my halwe raaisel met haar praat, want Slang-hulle se antwoord – dat dit na die watermeid verwys – het my onbevredig gelaat.

Eers baie, baie later, toe ek hoor Katrina is agter die laaste boktrop aan, en ek verneem Anaat dra Katrina se rokke en velskoene, en sy plak Katrina se prentjies, eers toe het ek die ander helfte van háár storie verstaan.

32

Van 'n skandelike maal.

Anaat het dit so bewerk dat Mias en Joy my besoek. By die afgesproke plek – 'n entjie bokant die tromp – het ons mekaar omhels soos mense wat uit die dood opgestaan het.

"Om te dink jy leef nog," sê Joy. Daar sit bloedspikkels rondom haar naels. "Vossie, hoe het jy dit reggekry om die verskriklike storm te oorleef? Het jy nege lewens soos 'n kat? Weet jy, toe Anaat my vertel, toe kon ek haar nie glo nie; sy moes eers jou spore vir my wys voordat ek gedink het ja, jissem, Vossie ís hier."

Mias en Joy kan nie ophou vat aan my nie. Asof hulle kort-kort moet seker maak.

Die gepraat bring ons naderhand by Katrina en haar doodstories.

Van één doodstorie het hulle baie gehou; Mias het herhaaldelik gevra dat sy dit weer moet vertel. Nou wou hy dit oorvertel.

Die storie van Bokkrans.

"Lank, lank gelede," het Katrina vertel, "toe daar nog wilde bokke in Tierwater se berg gehou het, en toe bokke nog soos mense kon praat, het hulle op 'n dag aan die stry geraak oor wie moet regeer. Daar was baie aanspraakmakers, maar veral twéé moes sake uitspook. Met die horings, natuurlik, maar dit was nie genoeg nie.

"Hulle het mekaar van 'n afstand af begluur, beproes, gestampvoet en toe begin kopstamp. Elke keer 'n kanonskoot deur die verlate klowe in Tierwater se berg. Geeneen wyk 'n duim nie: die koppe word laat sak, die voorpote die lug in opgetel, en dan kláp die horings. En die bloed lóóp. Maar albei staan!

"Toe het een van die ou grysbaarde glo gesê: 'H'n-'n, só kan dit nie, ek het 'n ander plan. Julle weet almal hoe gevaarlik die pad na die suiping toe is, met die tiers wat ammelie op loer lê ... Die een wat die veiligste pad kry, kan leier word. Akkoord?' Akkoord.

"En so slaan die twee ramme toe elke dag 'n ánder koers in met hul volgelinge, en as hulle weer terugkom op die werf, dan vergelyk hulle: dán het Tier een bok uit dié trop gevang, netnou weer twee uit die ander trop. Dit was maar net soos voorheen. Om die waarheid te sê: dit was erger, want noudat daar twee troppe was, het die tiers nog makliker onder hulle gevang.

"En toe kom daar 'n derde bok en hy skud sy geel baardjie in die wind en hy sê hy het die antwoord, hy ken die veiligste roete. Hulle laat hom toe voor loop, die twee strydendes hou hul horings 'n slag opsy en die bokke val almal agter die nuweling in. En dit werk toe ook, al moet hulle met die heel moeilikste roete bo-oor die krans. Niemand word gevang nie. Dit gaan net te goed.

"En toe begin die aarde eendag onder hulle bewe, so terwyl hulle suiping toe loop, en die rotse kraak en stort by hulle verby. Maar hulle lóóp, blindelings agter die nuwe voorbok aan. Toe hy by 'n atta skeur in die berg kom, sê hy: Volg my, ek spring bo-oor. En hy raap hom op. Maar hy het hom misreken en nie die anderkantste krans gehaal nie. Die ander het agter hom aan gespring en hulle desmoers geval. Daar het nie een bok oorgebly nie.

"Dis die storie van hoe Bokkrans sy naam gekry het."

Die tweeling het groter en by die dag gruweliker geword. Wanneer Lot Vermaak op Rooistasie was, kon suiker nie in hul monde smelt nie.

Was hulle vir hom bang?

Nee, het Mias gesê, hulle het geweet hoe om hulle voor te doen. Wag net dat hy op een van sy togte is. Met sy terugkeer, destyds, van die myne af, kon hy nie genoeg spog met die twee rammetjies nie. Nou het hulle, straffeloos, erg ongeseglike poetse op dese en gene begin uithaal.

Die ou bokwagter moes eerste deurloop: hulle het sy bekfluitjie vol water getap. Daarna was die fluit se klank nooit weer dieselfde nie.

Een wasdag het hulle Anaat se ondergoed in gouestroop gedoop. Toe sy wou skoon aantrek, was alles swart van die miere.

Mias het dit 'n keer gewae om hulle te verkla. Dit was 'n Sondag, en die twee luisgatte het die tuinkamp se hek gaan oopmaak. Wie't slae gekry? Nie húlle nie. En omdat hy durf sê het dis sweerlik húlle, het hy, met sy onversadigbare eetlus, 'n paar Sondae later die tol betaal.

Dis waar ek in die prentjie kom.

Lot Hamerkop het my talente gou raakgesien. Miskien was dit my boekkennis – die feit dat ek kon lees en skryf; boonop het Piet my goed geleer reken. Steeds goedkoop arbeid, maar bruikbaarder arbeid! Sprinkaan en Slang en die ander kon nie lees of skryf nie; hulle het klippiesgewys hul waatlemoene getel en met kerfies uitgereken hoeveel dae, hoeveel maande, hoeveel jare.

"Kan jy somme maak?"

"Optel en aftrek, maal en deel? Ja, meneer." Nie te gretig klink nie.

"Ek wil hê jy moet boekhou. Van die waatlemoene en die spanspekke: hoeveel daar op die lande is, hoeveel julle pluk, hoeveel julle laai – alles. As jy dit goed kan doen, sit ek jou vir twee dae 'n week by die huis. Daar's anderlike syferwerk." Hy druk 'n skooloefeningboek, soos dié wat ek by Piet Praaimus gesien het, in my hand, asook 'n potlood wat met 'n toutjie aan die boek vas is.

"Ek gaan baie bedrywig wees in die weke wat kom," vervolg Lot Vermaak, "ek het iemand nodig wat kan kophou."

"Ek sal probeer, meneer." Amper vra ek hom hoekom hy nie vir Mias gebruik nie, dié het tog op Bakoondskraal leer lees en skryf. Maar ek is nie veronderstel om vir Mias of vir Joy en Anaat te ken nie.

Lot Vermaak raak al hoe uithuisiger. Dán gaan koop hy 'n ram in die Karoo, dán gaan help hy die weduwee Betta met 'n pomp wat nie so lekker werk nie (Mias het later gesê dis juis oor sý pomp so lekker werk!), dán woon hy 'n kerkraadsvergadering by.

Twee nagte in die week kan ek my velle en streepsakke agter op die bak van die International oopgooi, iets waaroor ek baie bly is, want in die tent langs die rivier moes ek nie net Slang en die ander se snorke en steune en sugte en poepe verduur nie; daar was ook nog die kriewelende ses-, agt- en honderdpotiges waarvan daar in hierdie rivierwêreld so 'n oorvloed is.

"Skerpioene!" sou Sprinkaan spoeg terwyl hy die negende kromstert behendig met 'n mikstokkie in die sukkelrige dryfhoutvuurtjie inskiet. "Hulle't almal hiernatoe gekom oor hulle onvrede was met waar hulle geloop neersit is." Snaaks hoe vinnig die skerpioen homself doodsteek; voor die vlamme nog aan hom raak, sekelslaan sy stert.

Teen dié tyd praat Sprinkaan en Slang al sleeptong, en Buckle lê en snork. Die wyn wat Lot vir hulle afmeet, doof alle herinneringe aan die dag se sweet des aanskyns uit. Hulle droom van môre-oggend se opstaankoffie en boermeelpap en die daggaskyf daarna.

Ek het op Klipfontein gou wys geword oor die gees in die bottel. As ou Sias Stilstuipe of Frikkie Vlieëbroek inkom en sê "gooi daar vir my 'n speek!", of, rojaler op pensjoendag, "gooi daar vir ons 'n wiel!", dan was die spore van gister se rit met die wingerdkar nog oor hul tronies. Hulle het voor my oë gestaan en speeklos raak oor hul transportrydae. Só wou ek nie wees nie.

Van dagga is gesê dit maak die perd windmaker en die kleinjong getrou, maar 'n perd is ek nie. Ek het ook nie my ondervinding agterop die International vergeet nie.

Een van Uncle se sigare was in my egg-box, en ek het my voorgeneem om dit brand te maak as ek die dag iets hét om te vier.

Hoewel bevordering mens eensamer maak, kan ek die pad van die sterre bokant my kop nou in stilte en vrede lê en bekyk.

Boonop trek daar snags 'n luggie oor die trok wat my moeë, krampende ledemate en my kriewelende ballas afkoel. Nou verstaan ek waarom die huis hiér gekom bou is, teen die suiderluggie in en nie in die warm waaie van die rivier nie. Ek kan my teen sonsak by die handpompie gaan was, en my verkyk aan die spatsels rooi, oranje en geel van wolkies teen die diepblou agtergrond; en ek kan my verluister aan die geluide van voëls wat slaapplek soek, of aan die dowwe, veraf geklop-klop van grondgeitjies uit die sandwalle. Soms kan ek die skulpiesklavier uithaal, en my verbeel ál die werfdiere luister.

En as die westewind saans van vêr anderkant die kaiingkliprante en die duine van die see af kom, die vêr-vêr see, en koue lafenis bring, dan kan ek na die reëlmatige sjirr-doef, sjirr-doef van die Southern Cross-windpomp luister totdat dit deel van my slaappatroon word.

Praat – behalwe met die ou bokwagter wat nou al 'n bietjie saf in die kop is – is my egter belet. Ek hou my ook doelbewus eenkant en maak seker dat my gesprekke met Anaat, Mias en Joy onopsigtelik bly; ek is buitendien seker Lot Hamerkop het die tweeling aangesit om op ons te spioeneer. Jy kan skaars broeklosmaak of een se kop duik agter 'n driedoring op. Sien hulle jou, steek hulle tong uit, trek skewegesig en poep in jou rigting.

As Mias se verwensinge waar moes word, het 'n duin hulle toegeval, of het hulle in die puts afgebliksem.

Maar dit het nie gebeur nie, en aan hul onwettighede was geen einde nie. As hulle nie Anaat of Joy se bloemers aangetrek en daarmee kruis en dwars oor die werf gehol het nie, het hulle vlieëpapier aan die werfkat se stert vasgemaak en gekraai van die lag as die dier haarself vaster en vaster draai. Dreun Lot se lorrie die werf op, sit speel hulle doer eenkant met kerkgesiggies.

Maar ek sorg dat ek nie 'n voet verkeerd sit nie en Lot Hamerkop begin my vertrou. Ek weet dat dit my nog goed te pas gaan kom, en ek moet eerlikwaar sê dat ek my, sedert my eerste les in die toneelkuns daardie aand van die tennisparty op Steenboksvlei, met gemak in rolle kan inleef.

Ek het Lot Hamerkop se vertroue gewen deur presiés te doen wat hy verwag.

Maar ek moes lig loop. As 'n man se oë spleterig raak, kan jy hom nie vertrou nie. Vermaak se oë was so: nóú oop en baie helder, of hy in die hemel in kyk, dán twee splete wat rooi gloei, soos die kole binne-in 'n kole-yster.

Die dag waarvan ek éintlik wil vertel, was die tweeling besonder stemmig en opsy; heeldag teen die klipbanke daar naby die varkhok aan die speel met blikkies, al het Katrina en later Anaat hulle verbie. Joy was nie daar nie, sy is saam met Lot Hamerkop om hekke oop te maak; en dis eers toe hulle die aand sit en snater en aan mekaar stamp dat ons agterkom watter streek hulle op Mias uitgehaal het.

Om te eet is 'n ritueel; vir sommige mense meer so as vir ander. Miskien hang dit af van jou nering. Daar was ons etes aan Bakoondskraal se witgeskropte tafels: die blikborde dun sop, die waterige pap wat ek en Jasper Repink omgekeer het; daar was die slobberige olie-in-die-baard-etery van Laggerjan; daar was die vat-wat-jy-kry-etes en die gesteelde vyerolle by Betta. En daar was die heerlike verrassings wat Dot vir Uncle en Aäron berei het, liefdesmaaltye, elkeen van hulle. Dot sal dit berei tot die dag dat die dood haar drome van 'n permanente verbintenis met Uncle kom steel, of totdat Mrs Henderson, die Vorstin, haar wegjaag. Les bes was daar die soet, yskoue rooi hart van 'n skelm waatlemoen wat oopkraak; uit Sprinkaan se versteekte en ongeboekstaafde voorraad in die sloep.

Tot diep in die herfs het die Vermaaks saans teen rooiskemer buite geëet; ek self op beskeie afstand, natuurlik, soos dit 'n halfwas kneg met 'n vonnis oor sy kop betaam. Op die groot platklíp wat as drumpel tot die buitekamer dien.

Vermaak, met sy geweldige aptyt, skiet af en toe 'n stuk been wat nog afgekluif kan word, na my of na die honde toe. Ek spring op, vang dit netjies en swaai my laphoed met 'n oordrewe buiging voor my rond en knipoog onderlangs vir Mias en Joy. Hierna – dis deel van die ritueel – bring Anaat die swaar Familiebybel en 'n tweede lantern. Lot Vermaak begin lees, presies so swaar en afgemete en rukkerig soos daardie dag op Omdraaisdrif. Hy kyk soms opsetlik na my kant toe ... *eer jou vader en jou moeder en hulle wat jou vir dood opgetel het, wees dankbaar, wees dankbaar, jy mag nie steel nie* ... en bid sy lang gebed, wat by hom so maklik kom soos die oorsit van die International se ratte.

Onder sy lang seëngebed dink ek terug aan Sprinkaan se waarskuwing oor die waatlemoen en die mes. Ek sit en kyk, onaangeraak deur sy woorde, van my trappie af hoe duik die motte kop eerste in die bak met water wat langs die lantern neergesit is om die weerkaatsing op te vang. Hoe hulle spartel en later ophou spartel.

Dis onder een so 'n lang seëngebed dat dit gebeur.

Mias sit en wag woordeloos, voetseer en uitgehonger van heeldag se stap agter die boktrop. Omdat Lot, Joy en die ou bewekopbokwagter veld toe was om hout te maak, moes Anaat en Katrina regstaan met skottels geelrys en patats, en 'n stomende bokboud, wat Anaat in skywe gesny het. Terwyl Lot Vermaak die Here andermaal aansê om tog die blindes en die dowes en die weeskinders en hulle wat nie soveel voorregte soos ons het nie, te onthou, lig Tos die boonste skyf in Mias se bord op, en Jos dop die inhoud van 'n blikkie op die onderste vleisreep om. Hierna pas hy die twee snitte weer naatvas op mekaar.

Toe Mias, asvaal om die kiewe van die honger, wegval, stamp Tos aan Jos en hulle lag. Katrina kyk half hartseer, half verskrik na hulle; dae lank hoor sy al weer stemme.

Lot Vermaak kyk met 'n frons op toe die tweeling giggel, maar hy sê nie iets nie.

Joy merk niks nie; sy is dikbek oor wát-weet-ek-nie, want sy karring die kos in haar bord rond en kyk nie links of regs nie.

Metdat Mias die tweede hap in sy mond sit, wriemel 'n brommer – een wat die strooptog by die varkhok oorleef het – hom tussen die twee skywe los en fladder taai weg.

Dis toe tóg Joy wat eerste snap. Van die brommervulsel. Sy spring op, haar gesig so wit soos die tafellaken, so wit soos die dag in die Mission op Steenboksvlei. Ek hoor haar agter die waenhuis kokhals.

Anaat bly verslae staan, haar hande wit op die ronding van haar stoel se leuning. "Wat is dit nou met Joy?" vra sy.

Katrina laat haar kop in haar hande sak.

Die tweeling lê soos hulle lag.

Lot gaan voort met eet.

Mias staan stadig op, soos iemand wat nie kan glo wat gebeur nie. Hy draai om en spoeg die kos uit.

"Heiland," sê hy en begin hakkel, "ek eet nie weer aan hierdie tafel nie."

Lot breek die murgbeen met sy sterk hande en draai die murg tydsaam met 'n vurksteel uit. Máák hy of hy niks weet en niks hoor nie? Dan sit hy die been neer en begin om lastige stukkies vleis tussen sy tande uit te haal. Elke keer as daar 'n flentertjie vleis aan die driedoringtakkie vassit, suig hy dit af.

"So?" vra hy. "En mag ek vra wáárom nie?"

"Daar's brommers in die vleis," sê Mias, asof hy self nie kan glo wat hy sê nie.

Anaat se kneukels word nog witter om die stoel se leuning. "Is jy van jou verstand af?" vra sy hees. "Ek het sélf die vleis gesny, daar was niks."

"Daar is brommers in my vleis," hou Mias met opmekaargeklemde kake vol, en hy hark die twee oorblywende repe met sy vurk uitmekaar. Daar lê nog een dooie brommer soos 'n voos gedrukte rosyntjie op die onderste reep vleis.

"Kyk daar," sê Mias, en spoeg weer agter hom.

"Snaaks," sê Lot Vermaak, en hy maak die vleis wat in sy bord oor is, met die vurk los, "myne makeer niks. Vat weg sy bord, Anaat, hy is nie honger nie."

Die tweeling bars uit van die lag.

"Kan jy nie die brommer sien nie?" wil ek skree. Ek kan myself amper nie keer nie. Ek staan langs die tafel; hoe ek daar gekom het, weet ek nie. Ek sien hoe die geel lig van die lantern blouswart skaduwees oor Mias se gesig gooi. In die bak met water is nou 'n hele bolling motte aan die spartel.

Lot Vermaak se vuis laat die lantern sidder. "Wie't jou ge-order om hier te kom staan? Hoort jy hier?"

Ek beweeg haastig terug na die rand van die ligkring en draai my hoed al in die rondte.

"Dis hulle," hoor ek Mias sê, en ek sien hoe hy na Jos en Tos langs hom wys.

Lot sit sy mes en vurk kletterend neer. "Het jy hulle gesien?"

Die blikkie, wil ek sê, Jos het die snuifblikkie onder sy hemp ingedruk. Maar my tong is vasgelym in my mond.

"Anaat! Wat staan jy so?" sis Vermaak. "Vat weg sy bord. Jy kan mos sien hy's nie honger nie. Krap dit vir die honde uit."

Mias, sy oë teen hierdie tyd swart teen die wit van sy gesig, draai sonder 'n woord om en loop die nag in.

Katrina begin skielik huil.

"Stil, vrou!" Die mes se hef spring dié slag los, só hard kap Lot daarmee op die tafel. "Wee hom wat so ondankbaar is om die voedsel wat die liewe Here gee, van die hand te wys."

Toe ek op die vragmotor se bak onder my streepsak inkruip, sit Lot Vermaak en sy tweelingseuns nog en skeur aan die vleis. Ek hoor Anaat en Joy êrens agtertoe in die donker praat, maar ek kan nie hoor wát hulle sê nie. Dit klink of Anaat aanhoudend vrae stel, dieselfde vraag oor en oor, en of Joy bot dieselfde antwoord gee. Naderhand is ek nie seker of dit nie dalk die knaende geknars van die stange in die boorgat is nie.

Waar Mias is, weet ek nie. Ek word laataand wakker van 'n sifdeur se gekras en ek is daarvan oortuig ek sien hoe 'n skaduwee wat soos Joy lyk, by die stoep afsluip met 'n tiemaans melk en 'n stuk brood.

Die Southern Cross se stert swaai skielik om. 'n Windvlaag uit die suide. Die stange pomp vinniger. Ek kan niks meer hoor nie.

33

Van die geilheid van Bokram, die stertkant van Varksog en die les wat Tier geleer het. 'n Hoofstuk waarin Rooistasie rooiwarm begin word vir Nicolaas Alettus en sy makkers.

'n Ent weg van die varkhok en die bokkraal is die bokramkamp. Die ram gaan nie saam met die ander bokke veld toe nie. Metdat die ou bokwagter al stiksieniger word, is dit my taak om die balhorige bok kos te gee.

Daar is niks onderdanigs aan 'n bokram nie. Ek hou op 'n manier daarvan dat hy my met sy geel oë meet, dan kýk ek hom. Dit het algaande 'n speletjie geword. Met gloeiende oë sal die ram my staan en koggel as ek die lusern oor die paaltjies uitskud, en stampvoet, sy kloutjies klappend op die klip asof hy wil sê: Opskud! Opskud! Ek is nie van hier rond nie, ek is Lot Hamerkop se uitsoekbok, die ooitjies blêr agter my aan; die lammers wat jy in die lammerkraal sien speel, is my maaksels. Ek is 'n rám onder die boerbokramme; ek is 'n vaar met voor- en nasate; ek is oprég.

Maar wat is jý?

Miskien het hy gedink ek glo hom nie, want op 'n dag het hy, sy deurborende blik steeds op my gerig, sy peester – 'n staalveer, 'n rooi kolekrapper tussen sy gespierde boude – beetgekry en begin suig, sy rug krom, sy boude die ene speelse spiere. Ek het 'n klip opgetel en na hom gemik, maar hy het aangehou met suig. Ek wou wegkyk, maar ek kon nie. Toe gooi ek. Dit was 'n groot klip, en die hou was 'n voltreffer. Die ram het gesteier, en sy oë het 'n paar oomblikke verdwaas gelyk. Die kolekrapper het teruggekrimp; die skede binnegeglip, daar was blink spinnekopdrade en 'n soetskerp reuk oor die klippe, en meteens was die bok se pote digby my teen die paaltjies, sy skof gekrom, sy lippe van mekaar af weggetrek.

Ek kon dit nie verhelp nie: met die wegstap het ek aan Amy gedink, Amy met die moesie langs haar muis, en daar was 'n verlange in my lende en in my hart soos wat ek nog nooit gehad het nie.

Dit is in dié tyd dat Lot Vermaak al gereelder op sy togte vertrek het. Hy het vir niemand gesê waarheen hy gaan nie, net opdragte uitgedeel. Soms het hy 'n besending waatlemoene weggeneem, maar nie Klipfontein toe nie, en ek het begin bekommerd raak, want ons het die einde van die oes sien nader kom. Hoe kry ek 'n boodskap by Piet Praaimus uit?

Ek bespreek die saak met Anaat.

Sy skop steeds vas. Nou, nog meer as ooit tevore, het Katrina haar hulp nodig. "As Piet iemand moet kom haal, dan moet dit Mias en Joy en jy wees; ek kan nie vir Katrina in die steek laat nie."

"Wil jy dan jou hele lewe hier bly? Voetvel wees vir twee duiwelskinders?"

"Dis Katrina wat my nodig het."

Lot Vermaak wil teen ligdag ry. Bewaar jou siel as sy klere nie agtermekaar is nie. Hy dra nie gelapte onderbroeke nie. Dit het Amy al vir my gesê. Voor hy agter sy International se wiel inskuif, trek hy eers 'n stofjas aan oor sy dorptoegaanklere. Groet hy sy deemoedige Katrina en die kinders, los hy 'n Bybelteks. En 'n reeks vermaninge, nes 'n string winde. Dis wat Mias sê.

Sondae ry Mias en Joy saam; hy dring daarop aan dat hulle moet katkiseer. Mias, wat moet hekke oopmaak, sê hy verstaan nie hoekom Joy elke keer haar rok regskud wanneer hy inklim nie. Daar is veertien hekke op pad Namies toe, waar die kerk is.

Mias sê as Lot daar in die ouderlingsbank sit, die hare rondom sy bles skimmelgrys, sy manel plooiloos en sonder 'n stoffie, is sy gesig strak wanneer hy oor die gemeente tuur, sy oë afgerem deur die vermoedens van ander se sondes; 'n ware vesting van vertroue. Dese en gene vra gereeld voor en ná die diens sy advies oor sake so uiteenlopend soos wat om die jaar te saai, 'n ooi wat nie wil ram vat nie, en of hy dink 'n leergierige dogter moet tog maar kosskool toe. In dié dae, en veral in die Onderveld, is mense nie sómmer verder laat leer as standerd ses nie. Hulle moes uitspring en op die plaas help.

"Leer? Kyk na Joy," sal Lot sê, "sy is 'n sieraad by die huis. Wat moet sy met geleerdheid maak?"

Dít kan van Lot Vermaak gesê word: hy kán met sy hande werk. Dis nog nagdonker, dan hoor jy hoe roep hy op Katrina, en jy hoor die ritueel van blaker, vuurhoutjies trek, keelskoonmaak, stoofgeluide, die groot ketel wat sing met koffie- en skeerwater; jy hoor hoe die tiemaanse neergesit word, hoe slurp hy die vars, geweekte boerbeskuit. Winterstyd hoor jy hom karring met die stoofyster, jy hoor die water in die klein, geblomde waskommetjie op die stênd in die kombuis, jy luister na die sagte swiesj-swiesj van die skeerkwas, hoe die skerp skeermessie die baard afskraap, hoe die water beroer word, hoe hy skoon – maar altyd yskoue – water in die kom gooi om sy gesig te was. En jy lê en luister hoe die stoel kraak as hy gaan sit sodat Katrina by hom kan kniel om die stewels – hy het sy mynstewels op die plaas gedra – vas te strik. Sonder dat 'n enkele woord tussen hulle gewissel word. Ag, af en toe, ja, tweewoordsinne soos "Dis koud", gevolg deur haar "Koud, Boesman!" of: "Brood ingesuur?", gevolg deur haar "Gist'raand, Boesman". En dan sou hy, net voor die dag begin verkleur, die groot Bybel oopslaan en in sy hobbelrige dreunstem lees, 'n hoofstuk op 'n keer, of die hoofstuk nou tien of tweehonderd verse het. Dan sou jy weer die stoele hoor skuur, en die sugte hoor as hulle kniel en, nog voordat die eerste werfhaan op Rooistasie kraai, hoor hoe hy die Goeie Gewer aanpraat: dat dit goed moet gaan met die ploeëry vandag, of dat die pomp wat breek is, vandag moet regkom en 'n voorarmstraal water gooi.

Muisstil, asem-ophou, het Anaat my later vertel, sou sy lê en luister na alles, en eers haar asem puf! uitblaas as die sifdeur klap en die mynstewels oor die werfgruis knars.

Nee, op Rooistasie was hy soos 'n ware stasiemeester wat alles rangeer. Daar het nie 'n kuiken weggeraak nie, of Lot Vermaak het daarvan geweet of rekenskap daaroor gevra.

Baie mense het hom as die vermoëndste man in die kontrei beskou, en daarby gesê dat hy elke pennie verdien. Want waar kry jy 'n man wat so hard werk soos Lot Vermaak? Groet hom maar by die kerk, en jy sal agterkom, want hy't 'n manier om jou hand lank in sy leertaai, sweterige hande vas te hou.

Dis net die sakkerigheid in sy gesig wat met die jare opmerkliker is. Op 'n troufoto van hom en Katrina, twee koppe kleiner as hy, sien jy reeds die vae aanduiding van slapheid, van 'n klammerige neerhangendheid. As hy lag of eet, kan jy nie help om teësinnig te staar na die vogtigheid van sy lippe nie. Dit trek miskien ook die aandag af van sy oë onder die wit wenkbroue, oë waarin daar nie 'n greintjie warmte is nie. Geel soos bokram s'n.

Mias, gruwelike Mias, sê die liewe Vader was net besig om 'n varksog klaar te maak, Hy was met die sog se agterstewe besig, toe daar 'n onderbreking kom. Toe Hy Lot Vermaak se gesig aanmekaarsit, het hy vergeet van die sog.

"Met ander woorde," sou Mias sê as ek hom onbegrypend aankyk, "hy's 'n kont."

Hy sê Lot Vermaak sal, as jy hom aan 'n boom wil ophang, die tou uit jou hande uit praat.

"En wat meer is," sê Mias op 'n dag, "hy praat 'n meisiekind skoon uit haar bloemer uit."

Ons lê op ons rûe in die watervoor langs die lusernlandjie, ons koppe byna teen mekaar, ons gebarste voete in uiteenlopende windrigtings. Ek hoor hoe krummel Mias die kluite wat op die voorwal uitgewerk is.

"Vir wat sleep hy aljimmers vir Joy saam veld toe?" sê hy dan.

"Mos vir hekke oopmaak," sê ek, verbaas oor die vraag. Almal weet tog hoe sukkel die ou bokwagter om te sien.

"Vir hekke oopmaak, ja," sê Mias met 'n mond vol speeksel.

Die snaaksste van alles is die gevoel wat daar deurentyd in die huis met die toring heers as Lot Vermaak weg is. Dit is of hy nié afwesig is nie! Is dit omdat Katrina my soms, op Anaat se aandrang, by hulle in die kombuis op die vloer laat sit? Lot Vermaak is voortdurend dáár: nie net in die portret bokant die eettafel of in die ritueel van boekevat nie ("ons móét, kinders, julle pa kom nou hier ingestap"), maar ook in die spogpeitse teen die muur, in die blinkgevryfde jagtrofeë op die hoekkas ... maar verál in die portret: sy bles, die silwer haarkrulletjies weerskante van sy voorkop, sy slobberige wange, sy frons, sy deurborende blik, asof hy geen gesnede beeld onder sy oë duld nie. Hy hou ons vaderweet dop. Dink Katrina ook so? Waarom draai sy haar swart ogies kort-kort portret toe?

Lot se ongedurigheid loop daarop uit dat Katrina baie dae nie uit haar kamer kom nie. In die aand sien ek soms deur die smal venstertjie van hulle slaapkamer twee skaduweebeelde teen die muur afgeëts: Lot Vermaak se groot skaduwee half krom, gebukkend, soos 'n aasvoël oor 'n prooi, of 'n tier wat hom regmaak om te spring.

Een keer, nadat ons die klank van harde woorde agter die klipmuur gehoor het, het Katrina by Anaat verbygeskuur, haar gesig weggedraai, en sy is die donker in tot wie weet watter tyd. Die volgende dag was daar blou kolle onder haar oë, en haar mond was effens skeef. Sy het met die skewe mond probeer lag en gesê ons moet tog oppas vir die gangkas waarin sy haar vasgeloop het.

Dan, so gereeld soos klokslag, sou Lot Hamerkop die deure agter hom toeklap, die ou stiksiende bokwagter en Joy opkommandeer en buiteveld toe ry om te gaan hout maak.

En toe, een middag, toe ek en Sprinkaan en Slang en die ander uitval, staan Anaat daar.

Ek kan sien daar's fout: sy is asvaal in die gesig. Nee, sê sy omkyk-omkyk, sy weet nie wat aangaan nie, Joy staan nou elke oggend met rooigehuilde oë op, maar jy kry niks uit haar nie. Behalwe vaneffe, en toe was dit nie Anaat wat haar uitgevra het nie. Joy was aan die skille uitdop vir die varke, en toevallig was Anaat in die gemak neffensaan. Miskien het Joy dít hoeka geweet, miskien wou sy hê Anaat moet hoor wat sy sê? Sy het die emmer met die suur, gistende swynebry tot langs haar op die klipmuur gehys en toe die ot grinnikend na haar opkyk, gesnik: Julle is ál wat verstaan, júlle sal my mis as ek van Bokkrans afspring of die een of ander konkoksie drink.

Anaat het dadelik die miergif en die blou vitrioel en die seepsoda in 'n ou wakis weggebêre en die sleutel om haar nek gedra. Rampe kom gou en die Satan is uitgeleer. Nou was dit nie die makerigheid van Bakoondskraal se dae nie; dié het Joy by Raaswater weggeskrik. Hier was iets anders aan die gis, en niemand het geweet wát by die brousel bygeknoei is nie.

Vir die eerste keer vandat ek op Rooistasie is, het Anaat gepraat op die trant waarin sy die brief aan Amy geskryf het.

Stryker, sê Anaat, het altyd vertel van die paljasgoed wat die manne deurmekaar werk om hulle sterk te maak of om die meisies se harte botter te maak: !kharib, aangevul met rosyntjies en doppruim- en taaibosbessies en – as dit gereën het – vlieënde miere en ander, onnoembare vlieënde en kruipende goed. Hy het vertel hoe hy hom as kruipkjend sit en verwonder het hoe die kalbas – later die seeppot en nousedae die petrolblik – se inhoud staan en wérk. Asof 'n geheimsinnige mag aanhoudend êrens binne-in aan die woel is om úit te kom. Dit roei voortdurend, onophoudelik in die rondte, die geelbruin, korrelrige massa wat dig toegebroei word onder die karosse, en net die paar oomblikke as iemand daaruit skep, daardie magtige maling van energie wys, en 'n geur skerper as dié van wildenaeltjiebos laat úitklim uit die kalbas. Hoe skerper, hoe sterker.

Dis dáárdie maling wat ons die oggend voor ons vertrek van die Mission op Steenboksvlei gesien het, toe Vader Trommelbach en Mary die kok vir Joy skaars kon vashou. Nou was die energie op die oog af weg, maar die bestanddele was nog daar; dit wag net om onder die kombers toegegooi te word. Dit was asof dieselfde kragbron in Joy aanwesig was as in haar ouma Chrissie Vannéwer. Met dié verskil: almal rondom lywige ouma Chrissie moes dit ontgeld; hier was Joy, maerder en maerder aan die word, met haar gesig soos een met koors. Tog, sê Anaat, jy kan maar aan haar raak, haar vel eenmanier soos myne en joue.

Ons het met Joy se vreemde toestand nie raad geweet nie.

As sy net wou prâát! Maar nee, net daardie één keer – juis daarom het Anaat so geskrik – toe sy van Bokkrans en van gifmengsels gepraat het, het die troewelheid deurgeslaan. Joy het van tyd tot tyd 'n houthangertjie in die vorm van 'n kruisie begin dra. Waar het ek só 'n hangertjie gesien? Lot was knaphandig: hy het houtspeelgoed vir die tweeling gemaak, wat dit natuurlik alles deurgetrek het. Al die meubels in die kliphuis was sy handewerk; en vir Anaat het hy twee olienhoutblakertjies gesny. Maar dit was tog iets heel anders. Die hangertjie het 'n boodskap gehad wat ons nie kon verstaan nie. Maar dit wás 'n boodskap. Mias wou nie dat sy dit dra nie, maar as jy weer sien, dan dra sy dit. Opgetel, sê sy. Opgetel se agterent, sê Mias.

Nog 'n ding, het Anaat met 'n frons gesê. Wat is dit wat Joy een aand, voor etenstyd, halsoorkop kamer toe laat hardloop het om die gelukbringer te gaan omhang? Wat was hier aan die brou?

Hoe stel jy vas wie gooi snags – as almal slaap – wildebessies by die gis?

Toe Anaat een oggend ons blikborde met geurige boermeelpap bring, het sy vir my gefluister dat Lot Vermaak beplan om vir 'n kerkraadsvergadering Steenboksvlei toe te gaan, en dat hy 'n besending vrugte wil saamvat. Daar kom glo 'n sirkus (die éérste regte sirkus in die dorp se geskiedenis); hy moet – koes, Grieta! – by die Klipfontein Hotel langs ry. Kan mens nie 'n boodskap by Piet uitkry nie? Ek het geweet daar lê al feitlik 'n volvrag waatlemoene in die koelkamer.

Sirkus? Kan dit wees? Ek het haar van Lazarus en Mendelstein vertel.

"Ag! Uncle …!" het Anaat gesug. "As sy drome geld was, was hy 'n miljoenêr."

"Almiskie."

"Sê nou jy's reg. Sê nou dis Uncle se sirkus. Dis dan nóg beter: Piet sal sy hulp inroep."

"Om te wat?"

Daarop het nie een van ons 'n antwoord gehad nie, maar die móóntlikheid het darem getroos.

Ek kon die nag nie juis slaap nie; wanneer ek wel geslaap het, het ek soos 'n blouaap aan 'n draad bokant die rivier geswaai. Een keer het ek natgesweet wakker geskrik; die rivier het afgekom en iemand was onder my in die maling van die bruin, skuimende waters aan die verdrink. Ek het my arm uitgestrek, maar kon die grypende vingers nie bykom nie. Die byna deursigtige, uitgeteerde arm en vingers het bekend gelyk – en tog kon ek nie uitmaak wie dit was nie.

Stryker had 'n bêrestorie oor 'n tier.

Tier, sê hy, draf mos wyd oor dese aarde, agter kos aan, en om pekaters te maak. Traak nie met blyplek saam nie, slaap nou hier, dan daar.

Maar hoekom dan so? Tier wás nie altyd so geswind nie; hy was lui en kos was ook volopper in die vroeëntyd. Jy kan sê hy steek net sy poot uit, daar waar hy op melkhoutboom se tak lê, dan loop Duiker in sy naels vas. Só gemaklik het Tier geword dat hy begin dink het hy is die koning van die diere – nie Leeu nie.

Toe dink Leeu by homself: H'n-'n, dít sal nie werk nie; netnou-netnou dink die ander diere ook so! Laat roep hy toe vir Jakkals. Al die diere moet aangesê word om vêr van Tier se houplek af te bly. So gesê, so gemaak. Jakkals loop praat sy prate, en Duiker en Poel-petaan en Springbok en Rooihartbees hou wyd van die klipkoppie met die melkhoutboom waar Tier bly. Tier moes hom maar ver-werdig om op te staan; hoe dan gemaak met kos? Maar hy sien en hoor en ruik niks. Nie 'n duikerspoortjie, of 'n veertjie van ou Raas-bek die poelpetaan sien hy nie. En nêrens hoor hy Springbok se onrustige gesnuif-snuif of kloutjie-geklap nie. Of ruik hy Hartbees se vars kuttels nie. Toe, skielik, !ghwa, daar staan Jakkals voor hom in die rooisandleegte. En Tier se maag skree. Hy weet Jakkals het kleintjies. Maar dán raak Jakkals weg; dán sien hy Vossie se stert tussen die melkbosse deur. So lok Vossie vir Tier tot naby sy nes. Toe hy nou sien, dis nog so twee klippe se gooi vêr na sy nes onder die tkomklipbank, toe sit hy die stuk in, toe lê hy óóp huis toe. Daar gekom, sê hy vir mevrou Vos: "Vrou, vrou, Tier is op ons spoor; hy wil ons kleingoed opvreet! Gee hulle elkeen 'n lekker knyp, dat hulle skree!" Mevrou Vossie maak toe so. Tier hoor die kleingoed skree en sy mond water. Maar wat nou? Toe hy nader kom, hoor hy Jakkals vir sy vrou vra: "Vrou, wat is dit met die kinders dat hulle so skree?" "Nee," sê dié toe, "hulle skree oor Tier se bloed; jy weet mos hoe erg hulle oor tierharslag is."

Tier het nét daar in sy spore vasgesteek en laat vat, om op ander plekke kos te soek. So moes hy elke dag vêr draf, want die diere was lugtig vir hom. Hy het so maer geword dat hy amper nie 'n skaduwee gegooi het nie. Toe hy vir die hoeveelste keer sonder kos huiswaarts keer, kon hy dit nie meer uithou nie, en hy vreet al sy kleintjies behalwe één op. Mevrou Tier het hom verjaag. Hoe dan nie! So het dit maar aangehou. Dan loop hy maar hier 'n losloop-wyfietjie raak, dan weer daar. Eet maar sprinkane en af en toe 'n dassie wat al te oud geword het om onder hom uit te hol. Dan's dit weer só, dan's die wyfie weer in die ander tyd, maar die kleintjies is skaars daar of Tier vreet hulle op. Behalwe nou een. Verjaag sy hom weer. Koning Leeu het hom seker jammer gekry, want toe hy hom eendag so brandmaer en uithangtong onder 'n kameeldoring sien lê, met die skaduweekolle spoor-spoor oor sy vel, besluit Leeu: hy moet maar régte kolle kry, dan sal hy sy prooi makliker bykom. So gemaak, en Tier het sy kolle. En dit gaan beter met hom.

Maar sy slegte gewoontes – soos dié dat hy sy eie kleingoed sal opvreet, of dat hy nooit rus vir sy voete vind nie – dit het hy behou.

Laat roep Leeu vir Tier op 'n dag en sê: "Lyk 'n koning so? Met kolle om hom weg te steek? Sonder 'n trop om te lei? Jy's nie 'n koning se gat nie."

34

Van weglopery, 'n geskenk vir 'n polisieman, en die verrassende verskyning van ou kamerade.

"Ek verstaan jou nie, Anaat. Jy sê self hier's fout, ons moet maak dat ons wegkom. Maar jy wil bly."

Katrina, weer in een van haar stilstuipes, skuifel by ons verby, rok tot op haar voete, so swart dat dit lyk of dit aan jou sal afgee, soos stoof. Oë diep in hul spelonke. Jy kan maar praat, sy hoor jou nie. Haar liggaam is so skraal soos 'n seun s'n. As dit nie was vir die rok en die hare wat los om haar kop hang nie, en die lyne op haar gesig, sou jy gedink het dis 'n seun.

Anaat se oë draai in Katrina se rigting. Sy het nie nodig om te antwoord nie.

Ek kyk na die blinkgevryfde stoele en tafels, ek sien Anaat op haar knieë op die stoep, besig om stofspore en spoegmerke weg te vryf; buite, op die koel werfgruis, met die mandjies wasgoed om haar, besig om die gras- en kraalmisvlekke uit die tweeling se klere en die kakiegroen vlekke uit Lot Hamerkop se dorptoegaankouse te was, vryf-vryf-vryf tussen die kneukels, totdat die kneukels deurskynwit is, en die water in die waskom bruin; besig om seep te kook in die hoek langs die waenhuis; besig om die werf met 'n biesiebesem te vee; besig om lepels en messe en vurke in die werfsand te skuur en blink te vryf; besig; besig; besig.

"Maar jy kan nie jou hele lewe lank hier bly nie."

"Wie sê?" vra sy, en vir die eerste keer merk ek 'n effense weerbarstigheid in die mik van haar ken, naas die sagtheid in haar oë, haar treurige oë wat my herinner aan Suster Francesca. Anaat moes nog net 'n nonnekleed omhang, die Suster met die treurige gelaat, drie-uur in die middag in stille gesprek met die God in wie sy so onwrikbaar glo.

"Maar óns moet hier weg."

"Dis die beste, ja," sê sy in haar sagte, eentonige stem, "vir jou en vir Mias en veral vir Joy."

"Hoekom verál vir Joy?"

"Sy word groot; sy en Mias is baie geheg aan mekaar; hulle moet hul eie baantjie kry. Dis nie 'n plek vir 'n jongmeisie nie." Sy sê dit soos iemand wat twintig jaar ouer as háár vyf-, ses-en-twintig is.

Ek voel aan dat dit nie die volle storie is nie. Maar die tweeling is op pad, ek kan een van die honde hoor tjank. Die sifdeur op die voorstoep klap, hulle laster soos spreeus deur die huis. Ek moet my uit die voete maak. Hulle het hoeka agtergekom ek en Mias ontmoet in die lusernland, want Lot Vermaak het ons een middag met uitvaltyd daaroor laat bontstaan op die gruis.

Dié aand, toe almal al slaap, het Mias langs my op die International se bak ingeskuif en gesê hy en Joy wil wegloop. Ek kon dae se sweet aan Mias ruik, maar die sweetreuk is veraangenaam deur die reuk van die veld wat aan hom kleef.

"Maar waarnatoe?" fluister Mias. "Te voet kan dit nie; dié kant toe lê dieselfde stuk dors waardeur ons saam met Suster Francesca getrek het. Jy weet hoeveel beendere lê langs die pad."

"Rivier-af of rivier-op; dan't julle altyd water."

"Ons het ook so gedink, maar daar bly mense: die Repinks op Ondermandjie, en Mal Betta op Omdraaisvlei."

"Nou wat maak dit saak?"

"Jy weet hoe dit is. Almal is hóm onderdanig."
"Nie Betta nie."
"Miskien nie," antwoord Mias. "Maar nou het hy weer die ram by haar geloop koop. Ons is bang die mense lewer ons uit. Nee, die beste is dalk oorkant toe, Duitswes toe. Ons kan altyd probeer om op Koffiemeul te kom."
"Weet jy watter kant toe Koffiemeul lê?"
Mias, sy gesig selfs in die maanlig sigbaar rooi van heeldag in die son loop, beduie vaagweg noordwaarts.

Die vlug is vir 'n Saterdag beplan. Dit kan nie gebeur wanneer Lot Vermaak weg is nie, want hy neem Joy nou pal met hom saam. Net Saterdae lê hy gewoonlik 'n uur of wat op die ysterkatel op die stoep en snork; en Mias reken dis die aangewese tyd.

Hulle vertel nie vir Anaat nie. "Hoe minder mense weet, hoe beter," verduidelik Mias toe ons drie – hy voor, Joy in die middel, ek agter – die gevaarlike pad oor Bokkrans aandurf.

Ons is net aan die afsak, skuins bokant die plek waar die kabel vas is – die plan is dat ek Mias en Joy tot op die eiland begelei – toe alles skeef loop: 'n klip raak skielik onder Joy se voete los en sy gly uit Mias se greep, teen die skuinste af.

Sy val met 'n dowwe plof teen 'n rosyntjieboom se stam.

Sy gryp na haar enkel en skreeu van die pyn.

Nou is ek verplig om vir Sprinkaan, Slang en Buckle te gaan roep.

Tot my verbasing loop ek aan die onderpunt van die kliplysie trompop in Buckle vas.

"Wat maak jy hier?" vra ek.

"Hêei, broertjie, dit kan ek mos vir jou ook vra!" sê Buckle, wat wydsbeen voor my in die paadjie staan.

"Daar's nie nou tyd vir stories maak nie," sê ek. "Iemand het seergekry."

"O, iemand het seergekry ..." herhaal hy, "en die broertjie is mos nou boss boy op die plaas."

"Gee pad," sê ek, en ek haat dit om boontoe, na sy vermakerige tronie, te kyk.

"Ons is mos nou niks," sê Buckle, wat nie wyk nie. "Ons is mos nou drek."

"Ek het nie lus vir strontpraat nie," sê ek, want ek hoor Joy kerm van die pyn.

"Iemand het seergekry; ek moet vir Hamerkop gaan roep."

Dan hoor ek 'n voertuig dreun. Hoe het Lot geweet waar ons is? Of wat gebeur het?

Buckle staan met 'n galante gebaar opsy sodat ek kan verbykom. Nou begryp ek.

Die blikslaer het ons afgeluister of gesien wat ons plan is.

Lot Hamerkop het met die International tot naby Bokkrans se onderpunt gery. Joy, haar voet nou so opgeswel dat dit drie keer so groot soos die ander een is, lê bibberend langs Mias op die bak toe Lot ons terugry huis toe en aan Anaat se sorgsame hande afgee.

Oor wegloop word niks gesê nie. Mias prewel iets van vinkneste soek; dit klink onoortuigend.

Anaat is ontsteld. Het sy vermoed van die wegloop? Is sy kwaad omdat ons haar nie gesê het nie?

"Julle weet julle mag nie rivier toe nie," sê Lot, terwyl die peits klap-klap teen sy broek. Sy wange maak slobbergeluide.

Ek is bly hy het nie die groot bokvelsak met proviand gesien wat ek en Mias in 'n klipskeur laat afsak het nie. Ek sal dit môre doudag moet gaan haal.

Ek en Mias het dié aand op ons mae geslaap.

Nou is Piet Praaimus ons enigste uitweg. Joy se naels bly stompaf gekou.

Toe breek die dag aan waarop Lot Vermaak Steenboksvlei toe ry. Oor Klipfontein.

Gelukkig is Joy se voet nog so geswel en seer dat sy haar nie uit die stee kan roer nie. Slang, Sprinkaan en Buckle gaan saam om hand te gee; dis ook die einde van hul diensyd op die plaas.

Ek het eintlik gehoop Vermaak vat my saam, maar ek dink hy is kwaad oor wat met Joy gebeur het.

Ek het Lot Hamerkop gesmeek om één waatlemoen by die Klipfontein Hotel af te gee vir konstabel Piet. "Meneer weet, die man wat my by meneer besôre het; hy kom altyd daarlanges ..." Ek het dit laat klink of hy Kersvader en ek sy regterhand is. Miskien was hy spyt oor die afranseling, of miskien was hy net ietwat verbaas.

"Dis nie aldag dat 'n bandiet vir sy bewaarder 'n geskenk stuur nie."

"Konstawel Piet was nog altyd vir my goed, meneer."

"Ek is bly dat jy dit insien. Mens moet dankbaar wees in alle dinge." Hy het sy stofjas oor sy ouderlingspak aangetrek.

Tussen die waatlemoene, hul enkels weer in kettings, het Slang, Sprinkaan en Buckle gesit.

Buckle het nie na my gekyk nie. Slang het my hande styf vasgegryp, die spore van die laaste paar weke se harde werk en van Lot Vermaak se goedkoop wyn diep mote oor sy gesig. "Piet-my-vrou, piet-my-vrou," het hy gebrom, "het nooit 'n eie huis nie. Kokkewiet, kokkewiet, dié is nêrens tuis nie. Maar Draaijakkals slaap onder elke bos." Wat wou hy met dié afskeidswoorde sê? "Skilpad," het Sprinkaan met dagga-ogies, so rooi soos bloedlemoene, bygevoeg, "vat dae om by die water te kom. Maar daar gaan nog 'n dag wees dat Skilpad daar kom en sê: Die water is myne."

Dié raaiselagtige groet sou ek later weer onthou; maar op daardie oomblik was my gedagtes byna pal by die boodskap vir Piet.

Tussen die donkergroen en groenbont waatlemoene agterop die International was daar één streepkop waarop ek met my duimnael in netjiese groewe uitgekrap het: Konst. Piet Brand. So was ons afspraak: dit was Piet se voorstel die aand voordat hy 'n kollie en ek 'n prisonier geword het. Skryf Yssel as ek moet wegbly, skryf Brand as ek moet kom, het Piet gesê, en dit het goed geklink, want Piet lees baie, hy sal weet.

Hoe Piet dit reggekry het, weet ek nie – miskien het ek sy talente onderskat – maar hy het 'n plan gereed gehad waarop ek behoorlik jaloers was.

Piet en Amy het naamlik andermaal uit die Vorstin – Mrs Henderson – se garderobe geput, monderings, tooisels en gewade daaruit opgediep en hulle met die Hupmobile na Steenboksvlei gehaas terwyl Grieta vir Lot Vermaak besig hou. Grieta, tot haar voordeel, darem nou al meer ervare.

Op Steenboksvlei aangekom, is Lot Vermaak deur die bestuurder van die sirkus verwelkom, einste Piet. Glo keil, swaelstertmanel, peits in die hand, alles. Piet Sirkusbaas het neusoptrekkerig aan Lot gesê hy is nie uitsoekerig nie, maar daar in die Kaap waar hy vandaan kom, is hy gewoond aan besonder lekker waatlemoene. Dié vrugte lyk tweederangs en verdrietig, maar hy wat Lot is mag sy lorrie daar naby die tent kom trek. Net nie te na aan die leeuhok nie; leeus is sensitief vir reuke. Vermaak se ogies het glo vernou, maar Piet – alias die sirkusbaas – het nie verder hierop uitgebrei nie; net gebid dat die drankie wat Amy die regte sirkusbaas ingejaag het, hóú.

Die aand, toe daar nog net so vyf, ses waatlemoene oor was, het Piet glo weer breëbors 'n draai by die lorrie gemaak en 'n lofrede aangehef: ja, toevallig is dr. Merensky, die wêreldberoemde geoloog, en mnr. Blok, die Eerste Sekretaris van die Departement van Mynwese (of was dit nou Lande?), op besoek aan die omgewing; hulle het vanmiddag saam geëet, daar is van Rooistasie se waatlemoen voorgesit, en almal het gesê dit kom sekerlik uit die akkers wat Petrus daar by die hemelpoort in sy vrye tyd besproei.

Nou, sê Piet, het die Eerste Sekretaris die wens uitgespreek dat hy bitter graag die plaas waar sulke heerrrrrlike waatlemoene vandaan kom – veral in 'n depressietyd soos hierdie – sou wou besoek.

"Dié Merensky ... is hy 'n Jood?"

"Nog so nooit nie!" het Piet uitgeroep.

Grieta het eenmanier uitgevind watter politieke winde op Rooistasie waai.

"Hy's 'n Duitser, en 'n goeie vriend van Manie Maritz daarby."

"En die Sekretaris?"

"Ag, meneer weet mos hoe dit met kripvreters is. Hy't gesê hy sal graag een van Rooistasie se waatlemoene wil saamvat Parlement toe."

By die aanhoor hiervan het Lot Vermaak se ogies verder vernou, en sy wange het geklop-klop soos t'gnabbera se keelvel. Die paar waatlemoene wat nog op die bak oor was, het hy – tot almal se verbasing – terstond onder die vermaerde lap kinders wat daar rondgestaan het, uitgedeel.

'n Jaguitstappie is beklink. Piet het aangebied om die kortasemige Sekretaris en die geoloog met die haakneus op Rooistasie te besorg. Hoe anders as met die dienswillige, geharde Hupmobile? Alle tekens van kaf- en lusernbale is met groot sorg verwyder.

Eerste Sekretaris Blok het aan alles behalwe vernietigende droogtes en depressie herinner. Nee, hy was eerder, soos sy naam aandui, 'n blok van 'n vent wat selfs die sware Hupmobile laat kreun het. Met 'n rooibont sakdoek het hy aanhoudend die sweetpêrels van sy voorkop afgevee, en hy het van tyd tot tyd 'n teug uit 'n geheimsinnige botteltjie maagmedisyne geneem. Deur die opening waar sy onderbaadjie oor sy biervaatjie span, krul swart maaghare in alle rigtings.

Piet en Amy het alle pogings laat vaar om Aäron te kamoefleer.

Die wêreldberoemde geoloog, dr. Merensky, sou egter selfs vir Anaat om die bos lei. Driestukpak, goue horlosiekettinkie, brilletjie soos Slimjannie Hofmeyr s'n, hare middelpaadjie, en in nouste simpatie met die heersende politiek: Smuts se baardjie en Hertzog se snor. G'n potloodsnorretjie meer soos toe ons Uncle die eerste keer leer ken het, of sonder moestas, soos met ons tweede ontmoeting, die dag by Omdraaisdrif toe Betta se koeëls om ons gefluit het nie.

Dit was dus 'n uitgelese geselskap wat "die kranigste motor suid van die Sahara" deur elf sandleegtes, oor sestien duine en deur twaalf poorte en twee-en-dertig oopmaakhekke tot onder die grootste boom op Rooistasie se werf, 'n vaalkameeldoring, besorg het, die Eerste Sekretaris se wange so rooi soos klapperbos.

Piet Praaimus maak of hy vir Mias en Joy en Anaat – en vir my, wat op beskeie afstand staan, gereed om die valiese huis toe te dra soos dit 'n oorlams kneg betaam – nog nooit gesien het nie. Uncle, alias dr. Hans Merensky, kyk eweneens verby ons. Sy snor is nou gryser as voorheen, so ook sy hare wat onder sy vaalhoed met die swart band uitsteek. Maar hy knipoog darem vir my en – het ek my dit verbeel? – stryk met sy hempskraag langs my wang.

Ek weet nie wat Lot Vermaak vir Katrina vertel het van die hoogwaardigheidsbekleërs se besoek nie, maar sy het haar beste rok aangetrek en hulle handewringend en met 'n verbouereerde glimlaggie verwelkom, haar ogies soos twee swart sade.

Wat ek en Piet Praaimus – wat nie eens kans gehad het om meer as twee gemompelde woorde te wissel nie – nié geweet het nie, is dat Lot Hamerkop, vrederegter Vermeulen, 'n vent met die naam Kruger en 'n vierde man uit die Transvaal hoeka besig was met 'n aksenawele plan om 'n groot aandeel in die diamantrykdom van die Weskus te verkry.

Die koms van Eerste Sekretaris Blok en die vermaarde geoloog dr. Merensky was dus soos 'n strepie reën op die regte tyd; hulle moes nog net oorlê hoe en wanneer hulle die skaap in die opslag loop injaag.

35

OOR DIE VYFDE GEBOD, DIE VERLEIDELIKHEID VAN KLIPPIES EN DIE BUITENGEWONE UITWERKING VAN BOERBLITS.

Lot Vermaak het met arms vol presente teruggekom. Hier, meteens, was 'n spandabelrigheid aan die man wat andersins so suinig was dat hy sleg geslaap het as 'n waatlemoen breek val. Uitgesprei op die greinhouttafeltjie in die kombuis was 'n dieprooi kopdoek vir Anaat, 'n kardoes aanmekaarlekkers vir Mias, 'n rooi kralestring vir Joy, 'n Josef Rooigjert elk vir Jos en Tos, en 'n voorskoot vir Katrina. En 'n grammofoon – eintlik, volgens die etiket: 'n *graphophone* – vir die huis; byna 'n gelykenis van die een in Klipfontein se kroeg.

Ek kon van my lêplek af sien hoe staan die kinders en ook Joy en selfs Mias verstom en kyk hoe Lot die naald uit die blikkie *Golden Needles* haal, hoe hy dit in die arm skroef en die slinger vleismeultjie-draai. Ek kon my voorstel hoe die hondjie uit sy een-oor-op, een-oor-af posisie al vinniger in die rondte begin draai totdat hy in die wit maling verdwyn – of weer uit die werweling te voorskyn kom. Die stem was helderder as die Vorstin s'n.

Maar die grootste present – en dit het hy natuurlik nie geweet nie – was dat hy vir Piet Praaimus en vir George McLachlan Lazarus en Aäron Mendelstein – ekskuus: die Sirkusbaas, die legendariese Klipdoktor en die Eerste Sekretaris – binne reikafstand van ons gebring het.

My peetvader, my Houdini-pa!

Anaat, op 'n dag, pas na die brommer-episode: "Jy weet, Mias, ek mis ook soms my eie ma en pa. Maar eintlik mag ons nie kla nie. Kyk hoeveel seëninge ontvang ons." Haar oë het treurig gebly, maar sy het voortgegaan: "Hulle voorsien in ons behoeftes. Elke dag wat die son opkom." Anaat anker haar aan die preek wat Lot Vermaak vroegoggend gelees het. *Watter mens is daar onder julle wat, as sy seun brood vra, hom 'n klip sal gee?*

"Ja," sny Mias in, "brommers in my vleis!"

Ek voel naar, amper so naar soos Joy daardie aand. Hoe dikwels het ek nie by die varkhok verbygeloop en gesien hoe draai die grootvlieë oor die nat, stinkende mis nie? Hoe boor hulle in die vergane vleis van 'n skaap wat slangkop gevreet het?

Maar Anaat is vasberade: "Almiskie. Meneer had mos niks daarmee te doen nie."

"Meneer! Ek weet nie vir wat is jy so in hom ingekruip nie."

"Ek's g'n in hom ingekruip nie," sê Anaat, haar liewe gesig nog langer as gewoonlik. "Maar jy weet wat Vader Grau altyd gesê het: 'n Dwase seun is 'n verdriet vir sy vader en bitter smart vir haar wat hom gebaar het."

"Hy's nie my pa nie. Net soos Vader Grau dit nie was nie. En sy's nie my ma nie. Ek hét nie pa of ma nie. Ek is my eie versorger. Maar jy wil hê ek moet prens en vree wees om soos 'n slaaf te werk. Jy self ook. En Joy. Die ou suinige hoerjaer; jy weet maar te goed hy sal vir jou t'gie voorsit in stede van wildsvleis as hy die slag kan."

Dit was 'n bietjie onregverdig, het ek gedink. As Lot Vermaak gaan skiet, kry almal wildsbraad. Of fyngekookte wildsvleis op soetsuurdeegbrood.

Aan die ander kant: as Lot Hamerkop kan toelaat dat sy onmoontlike spruite súlke poetse bak ... wie sê die swartpotjie fynwildsvleis wat Anaat die aand voor Sprinkaan-hulle se vertrek saam met 'n hele tiemaans wyn rivier toe gebring het – "om die waatlemoenplukkers se afskeid te vier" – wás nie jakkalsvleis nie!

My gedagtes word onderbreek deur 'n gebrul van die stoep af. Die Eerste Sekretaris skud en hyg soos hy lag vir 'n grap wat Lot vertel het.

"Pure vertoon oor húlle hier is," sê Mias toe ek en hy lankuit in die watervoor lê. Die musiek draal tot hier. Daar heers amper 'n gesellige atmosfeer op die stoep: Joy lag skril, die tweeling huppel aan Anaat se hande. Ek hoor hoe karring Mias in die kardoes om vir hom een van die aanmekaarlekkers los te kry.

"Jy eet darem."

"Ek prissemeer mos hier op Rooistasie word ek gemoerák, van vaaldag tot donkernag, kyk hoe lyk my gesig van die son, kyk hoe lyk my hande en my voete. So ek vat wanneer ek die kans kry, en méér ook."

"Dink jy Piet en Uncle gaan ons hier wegkry?"

"Daar staan die kar mos." Mias wys vaagweg na die Hupmobile se staanplek onder die vaalkameeldoring.

"En dan? Jy en Joy en Anaat is deur aanneming wettig Lot Vermaak se kinders."

Mias snork. Hy kraak 'n lekker tussen sy tande. "Lyk dit vir jou so?"

Wat kan ek hierop sê?

Hulle hét darem soort van 'n pa en 'n ma.

Wat het ek?

Vae herinneringe aan Ma-Let, herinneringe wat al dowwer en dowwer word, net soos wat die portret van Klaas Duimpie met sy voet op die kar se treeplank al geler en geler word in my egg-box.

In Katrina se prentjieskamer word die prentjies wat sy opplak nie geel nie. Stof en vlieëmis, dié's daar wel, ja.

In die een hoek is daar 'n reeks Bybelprentjies met tekste. Een van hulle het ek ook in Vader Trommelbach se kantoor gesien – nie 'n kaartjie nie, maar 'n baie groot prent, een van Vader se versamelstukke. *En Hy het saam met hulle gegaan en in Nasaret gekom, en Hy was hulle onderdanig.* So lees die onderskrif by die prent van Jesus, Maria en Josef. Die timmerman is by sy werkbank aan die skawe dat die houtkrulle waai. Jesus staan by 'n slypwiel, in sy regterhand iets wat amper lyk soos 'n beitel. Sy ma – sy laat my baie aan Suster Francesca dink! – hou sy hand vas asof sy wil sê: Mooi so, getroue seun; só slyp jy ook jou verstand tot wysheid en geduld; daar lê nog baie loutering voor. Maar Jesus het nie gebarste hande of sere aan sy bene nie. Dis 'n meisierige Jesus met sorgvuldig geborselde lokke en handjies so saf en so wit soos roosterkoek voor jy dit op die vuur sit.

Dis duidelik dat Lot sy gaste wil onthaal. Daar word gepraat van 'n jagtog en ook sy buurman, Vermeulen, se naam duik op.

Ons – die slawe en die drie "gaste" – moes eenvoudig by mekaar uitkom vóór die beplande jagtog. Ons moet tog strategie bespreek, sonder dat iemand ons sien of hoor.

Uncle se plan, en in 'n sekere sin ook die koms van vrederegter Vermeulen en sy vriende, het dit vir ons maklik gemaak.

"Meneer Vermaak," sê dr. Merensky met 'n steelse knipoog na my kant toe, "ek wil bietjie in die veld gaan stap. Uit die aard van my werk ..." In sy hand is 'n hamertjie en 'n klipbeitel. Op sy kop 'n helmet.

"Reken, doktor, ek het nét so 'n hamer en beitel! Alettus, jy ken die veld al 'n bietjie, jy gaan saam met die doktor!"

Het Lot Hamerkop op daardie oomblik in sy waenhuis gaan kyk, sou hy gesien het sy hamer en beitel hang nie meer op hul plekke nie. Die lang tafelgebed – hierdie keer, gedagtig aan die vername gaste, nóg langer as voorheen – het aan Uncle die kans gegee om 'n boodskap in Mias se oor te fluister, en so verder tot daar waar ek oor my blikbord buig. En dit het my die geleentheid gebied om my kabouterlyf deur 'n houtluik in die waenhuis te wikkel – net soos wat Klaas Duimpie hom glo deur menige skeurtjie gewikkel het. Net toe Lot Vermaak omstandig vra dat die Here ook die gaste se verblyf hier op Rooistasie moet seën en vrugbaar maak, glip ek die verlangde implemente in Uncle se hande en ek kry 'n vriendelike kloppie op my kop.

Skielik voel dit vir my of ek iets beteken; of selfs 'n pikkie soos ek die een of ander geheimsinnige doel in die lewe het.

Die beswete, amegtige Eerste Sekretaris Aäron sien nie kans vir ons staptog nie. Op die koel stoep kan die onwettige tweeling die hele middag lank die blaasbalk van die uitgestrekte kolos se wange en lippe dophou; vir die eerste keer in hul lewe sprakeloos.

Joy se voet is nog nie lekker nie, hoewel sy darem soos 'n mank gans oor die werf waggel. Haar oë is minder dof; ook die kringe wat soos kneusmerke onder haar oë verskyn het, is kleiner. Anaat wil vir Katrina met die berg skottelgoed help, en Mias moet terug bokke toe.

Ek – én Piet, én Uncle – kan kwalik wag dat ons buite hoorafstand kom.

"Nudnik!" sê Uncle, en druk my teen hom vas. Ek ruik sigaarrook en duur seep. "Mayn einsinkel! Eers beland jy by wilde amasones, dan by 'n hoerhuis, nou by 'n bullebak. Wat gaan môre en oormôre met jou gebeur? Het jy vergeet om jou broodkrummels in een van Grootrivier se kuile te gooi? Hm?"

Maar ek hét nie vergeet nie; daar is steeds die kontrepsie waarmee ons die waatlemoene van die eiland af gaan haal het. Ek vertel Uncle daarvan; gaan wys hom die kabel bo van Bokkrans af. As ons eers dáár kom, is dit weg-voor-die-perde. Aan die oorkant lê en roep die vaalwit sand en die kameeldoringvlaktes van Duitswes. Rivier sal ons nie verraai nie. Wind sal ons spore toewaai.

Mias – so het ons dit uitgewerk – sal, so vêr hy kan, hekke op die pad Omdraaisdrif toe laat ooplê. Piet sal vir Uncle en Aäron tot by Betta se pont vat. Hoe die sware Hup met die nou nog swaarder Aäron hierdie keer by die sandbanke gaan verbykom, is natuurlik 'n vraag. Waaroor ons glad nie sekerheid het nie, is of Betta sal agterkom dis dieselfde mense op wie sy 'n paar jaar gelede haar skietvermoë beproef het. Maar miskien herken sy hulle nie. Op die sandpad Koffiemeul toe – of waarnatoe dan ook; Uncle het 'n hele paar moontlikhede genoem, met Windhoek as 'n opwindende hoogtepunt: "die land is 'n paradys, jy sal sien" – sal hulle vir ons wag. Piet streep sommer daar op die waaisand tussen die klipplate vir ons 'n roete uit.

Toe ons teen vuilskemer op die werf terugkom, knapsak vol klipmonsters, staan Vermeulen se Diamond T, jagkar agterop, langs die Hupmobile. Jaggewere word bevoel en bekyk.

Vermeulen ken jy van vêr af uit aan sy stem en aan sy lengte. Hy praat asof daar niemand anders op die werf is nie, en elke keer as hy begin praat, gaan die bont werfhaan aan die kraai, en die nonnetjie-goups vlieg uit hul versamelneste op. Vermeulen haak sy duime by sy kruisbande in en kyk af na dr. Merensky.

"Wat is jy, doktor? Jood of Ingelsman?"

"Nein, nein, Deutscher!" sê Uncle, trek sy helmet dieper oor sy spreeuneus en tik met die hamer teen een van die klipmonsters.

Ek bekyk Vermeulen nuuskierig. Is dít die man wie se vrou Klaas Duimpie destyds, volgens oorlewering, soveel plesier verskaf het in haar ure van eensaamheid? Breë skouers, lank, 'n beduidenis van 'n skof, arms bruin soos potbrood; spekrolle bokant sy kraag. Oë so blou soos die blou van Katrina se beste stel; Anaat is juis aan die koppies regsit.

Hoe Kruger gelyk het toe hy – volgens oorlewering – destyds vir Vermeulen gehelp het om Klaas Duimpie vas te hou, weet ek nie, maar hy het muggels oor sy hele lyf; dit kan ek sien toe hy by die handpompie buk om die sweet en stof van sy bolyf af te spoel. Hy doen dit in die laaste strale van die son, en maak seker dat Joy en Anaat hom kan sien; 'n man van om en by veertig, skat ek, maar met niks vet aan hom nie. Wel die dikste lippe wat ek nóg aan 'n mens gesien het: hulle sou jou kon insuig. 'n Vuurslag van 'n man, sou Amy hom noem as sy sy oë kon sien. Oë wat boer op Joy.

Die derde man in die geselskap is 'n jong Transvaler, 'n lang skraal vent. Hy sprak g'n sprook; sit net loensoog om hom en kyk. As jy met hom praat, kyk hy op jou kuiltjie.

Vermeulen neem ongevraag een van die klipknoetse uit Uncle se hand en bekyk en bevoel dit: "Julle geleerde mense kan nou sê wat julle wil, maar vir my lyk dit na gewone t'komklip." Hy kap die brosserige klippe teen mekaar.

"Aber nein!" roep Uncle uit en raap die brokstukke haastig bymekaar asof dit pêrels is. "Genau nicht, genau nicht." Hy tower 'n vergrootglasie uit sy binnesak en skroef dit oop. Met die een oog toe tuur hy na die onaansienlike stukkie klip. "Hulle is mikroskopies klein, maar as u nou hierdeur wil kyk, dan sien u die spore."

"Spore?" Die ander staan nader.

"Ja, ja ...! Ganz genau!"

Sirkusbaas Piet, ons belese kameraad, snel hom te hulp. "Lazarusiet," doen hy aan die hand.

"Lazarusiet?" Word Lot Vermaak se oë nóg geler?

"Ach ja, ach ja, dié ken u natuurlik nicht." Ek sien hoe sabander sy ogies; jy kan amper die gloed bokant Uncle se kop sien staan soos bokant 'n stoof. "Dis 'n nuwe ontdekking. Lazarusiet word in die mouternywerheid gebruik – ja, ja, im Automobil ..."

Lot Vermaak draai die stuk klip in sy hande rond, ruik 'n slag daaraan en neem die vergrootglas uit Uncle se hand.

"Mens sien nie die erts nie!" roep hy. "Ek sien dit nie." Hy het mos in die myne gewerk, kon hy ook gesê het.

"Jy kan dit alleen maar met 'n lamp sien," sê Uncle, en hy begin senuagtig na 'n sigaar soek. Hy sou nog senuagtiger gewees het as hy geweet het dat Lot Vermaak so 'n lamp – 'n bloulamp – in sy toringkamer het. Ou Paddawang het al – tot groot vermaak van die tweeling en tot ontsetting van veral Joy, wat verskriklik bang is vir al wat kruip, kir of ritsel – met dié lamp skerpioene wat snags spookagtig op die werf rondstap, betrap; jy kon hulle fosforagtig sien gloei.

Maar gelukkig hoor Lot dit nie, of hy dink nie op hierdie oomblik aan sy lamp nie; sy swart oë fynkam die klip.

"Voel net die gewig," sê Uncle.

Lot Hamerkop tel 'n stuk vuurklip, min of meer nét so groot, op en weeg die twee klippe in sy hande. "Voel vir my net so lig," sê hy, "miskien ligter."

"Dis wat ek bedoel." Uncle sluk swaar. "Dis hoekom hulle dit in die mouter wil gebruik, omdat dit so líg is, nicht wahr?"

Vermeulen praat onderlangs met Lot Vermaak. Ek sweer ek hoor hom iets van uitlanders brom. Dan vra hy: "Dink doktor dit kan ontgin word?"

"Seer sekerlik!" sê Uncle, met 'n mate van behoedsaamheid in sy stem. "Na ons nog geologiese opnames gedoen het ... dit sal maklik wees."

"Waar?" vra Kruger. Hy karring aan sy vingers, sodat die spiere op sy voorarms speel.

Dit is 'n moeilike vraag. Rondom Rooistasie se werf is daar veral vuurklip, bruin, verweerde graniet en 'n eienaardige blinkswart klip met rooi spikkels; dié lê een hele kant van Bokkrans se berg vol, dit lyk soos aanbrandsel. Die bros bruin klip wat Uncle in die knapsak geprop het, is net so volop as die vuurklip en die graniet – trouens, dis so volop dat 'n mens dit glad nie oplet nie. Ook op Bakoondskraal en by die Mission op Steenboksvlei is die wêreld besaai met die brosserige bruin klip. Dít wat Uncle lazarusiet noem.

Kon hy nie iets meer buitengewoons gekies het nie?

"Oos," sê Sirkusbaas Piet, wat klink asof hy dr. Merensky se assistent is.

"Ja, ja, oos," sê Uncle, wat – dit kan ek nou duidelik en met 'n skok van herkenning sien – naarstiglik uit sy toneelverlede put. Vis op droë grond. Maar hierdie keer is hy die verstrooide professor. "Ach, ek raak partymaal deurmekaar met die rigtings. Und so weiter."

"Hoe vêr oos?" Vermeulen se stem laat die lanterns op die stoep ratel. Sy plaas, Rusiemaakpoort, lê suidoos, 'n hele ent anderkant Raaswater.

"Dis moeilik om te bepaal," sê dr. Merensky. "Die rif duik soms weg. Onder die sand, nè? Maar ek sal my kop op 'n blok sit dit slaan weer uit – mens sal dit met instrumente kan bepaal."

Vermeulen lag agter uit sy keel. "Daar by my lê baie hiervan," sê hy, "die wêreld is vervuil van die goed."

"Dis waar ons gaan jag," sê Lot Vermaak, "dalk kan die Herr Doktor kyk of jou plaas se t'komklip ook van die ... watnouweer? ... lazarusiet ...?" Tydsaam plaas hy 'n bietjie snuif op sy breë wysvingerpunt.

"Ek verneem doktor weet ook baie van diamante ..." Die Transvaler praat vir die eerste keer. Lot Vermaak trek die snuif hoorbaar in. Kyk hy en Vermeulen vir mekaar?

"Dis sy éintlike kos," laat Aäron val.

"Dis hoekom die Geagte Sekretaris saamgekom het," borduur Piet voort, "hulle is op pad delwerye toe ..."

Lot Vermaak nies meteens oorverdowend: 'n paar hoenders wat onder die boom sit en vere pluis het, spring verskrik op en spaander kekkelend weg.

Kruger, Vermeulen en die Transvaler kyk vinnig na mekaar.

Etenstyd praat Joy amper haar mond verby. Toe sy die enemmelemmertjie bokmelk by Kruger aanvat, vra sy: "Wil Uncle nie nog melk hê nie?"

"Dis *doktor*, nie *uncle* nie!" slobber Lot vermanend.

"Och, och, Milch – ons het eintlik iets sterkers nodig, nicht wahr?" Dr. Merensky laat 'n senuagtige laggie hoor. Hy wip die klipknoets op en af in sy handpalm. "Het ons dan nie 'n ontdekking om te vier nie?"

Lot Vermaak sit van sy beste boerblits voor. Dit, het Mias my verseker, word met vrederegter Vermeulen se medewete en aandeelhouding in groot geheimsinnigheid êrens tussen Bokkrans en Tierwater se berg in 'n spelonk gestook, en daar kom wilderosyntjies en aggenysbos by. Laasgenoemde gee glo die eintlike skop daaraan, maar dit laat ook al die winde van die wêreld in jou warrels maak. Soos wat hulle aan die úitbeur is buitentoe. So gebeur dit dat Uncle – dr. Merensky – midde-in 'n sin deur een so 'n opborrelende wind oorval word.

"Ai, gut opgegrepst!" het hy spontaan gesê, en sy hand voor sy lippe gehou, maar ek kon aan die kraalogies bokant die spreeuneus sien hy het byna sy mond verbygepraat. Dis nie 'n Duitse uitdrukking nie; dis Jiddisj.

Trouens, dit sou Hitler, oor wie se opgang daar in die loop van die aand kort-kort iets gesê is, se ore laat tuit. Gelukkig was die tonge al los en die ore minder skerp.

Drank – so het ek agtergekom – maak party mense stomdronk, ander net lekkerlyf, enkeles muisstil. Sommige se voete begin jeuk.

Lot se boerblits maak die vyftal mans om die tafel daar op die stoep so katools soos Augustuskatte.

Mias kry – deur bemiddeling van Joy – vir ons elkeen 'n proppie van die boerblits in die hande.

Dit het 'n besondere uitwerking op my.

Kyk, dit is nie my eerste kennismaking met die onoorwinlike gees van die bottel nie. Toe ek kroegman vir Henderson was, het ek af en toe geproe of die bier nie verslaan het nie. Of daar het minder as 'n sopie jangroentjie oorgebly. Nou ja. Kan dit tog nie weggooi nie. Maar toe ek hierdie proppie agter in my keel skiet, voel dit of dit 'n deel van my tong – en sommer al my sorge – wegbrand. Terwyl 'n onverklaarbare gevoel in alle rigtings vanaf my maag versprei, afwaarts en sywaarts en opwaarts en na toon- en vingerpunte toe. Ek word 'n volle kop langer as my vier voet twee en 'n welgeluksaligheid sprei oor my. Annerdinges verroer ligweg, en my bene en gewrigte en arms begin stadig losraak van die lorriebak waarop ek en Mias sit-lê.

'n Besonder aangename sensasie, dit moet ek erken. Nie een van die vreemde mengsels in Henderson Jr. se kroeg had dieselfde uitwerking op my of op die gereelde besoekers nie. Trouens, die Klipfontein se "speke" en "wiele" het op die ou end net één effek gehad: dit het ou Frikkie Vlieëbroek nog haastiger gemaak en ou Sias Stilstuipe nóg stiller, en die ander nóg magteloser oor die toonbank laat sak. Maar Lot Hamerkop se voggies uit die spelonk in Bokkrans het sluimerende gewaarwordinge wakker gemaak. Ná 'n tweede gesmokkelde proppie het ek die kooigoed van my afgestoot en begin losdryf van die International se bak – ek het op stelte oor die werf gesweef.

Die tweede proppie het nie dieselfde uitwerking op Mias gehad nie. Hy het met loodsware voete na sy agterkamertjie gestrompel en aan die slaap geraak nog voordat hy behoorlik oor die drumpel was.

Anaat was onaangetas deur die soetskerp geur van die blits; sy het vooroor geboë langs haar kersie in haar dagboek sit en skryf. Katrina, wat eweneens niks gedrink het nie, was in haar prentjieskamer besig om kaartjies af te haal en te vervang met nuwes.

Maar, soos ek gesê het, die manne om die tafel was so belustig soos tien bokramme. Vermeulen se gelag het los klippe op die rant agter die ramkamp laat afgly, en selfs die stil Transvaler met die slap ogies het begin hande klap toe Joy, behoorlik aangetas deur die tiermelk uit die Bokkransgrot en aangevuur deur lomerige musiek vanuit die *graphophone*, sulke eienaardige, langsame en aanvanklik byna onopsigtelike bewegings met haar smal skouers en ronde heupe begin uitvoer. Haar oë was net so vasgevang deur die lanternvlam soos dié van die koningskewer buite teen die gaas.

Kruger se gladde bruin lyf – glad van die sweet, want dit was warm, maar ook glad omdat sy vel so besonderlik veerkragtig was – het geblink in die lig van die lantern. Van waar ek was, kon ek sien hoe dryf Joy al nader aan hom. Het ek my verbeel? Al nader, al nader, asof sy aan dié gladde, blink vel en aan die spelende spiere wil vat.

"Dans!" het Kruger uitgeroep, en toe Vermeulen, tóé selfs Lot Vermaak, die sweet blink op sy voorkop. "Toe, Joy, dans vir ons!"

Het Joy stilletjies van die boerblits gedrink? Ons het agterna só bespiegel. Of was dit omdat sy sleg gevoel het oor haar amperse blaps aan tafel? Sy het mank-mank begin, maar algaande vergeet van haar seer enkel, haar oë starend verby Kruger se glurende oë, Vermeulen se nat lippe en Lot se swetende bles.

36

WAARIN DIE VORS VAN DIE ONDERVELD OP DIE SPYSKAART BELAND EN NICOLAAS ALETTUS 'N BIETJIE MEER OOR SY HERKOMS TE WETE KOM.

Die dag van die jagtog staan ons vroeg op: die sterre lê nog besaai oor die naghemel toe Anaat se pietfluit my wek. Die vragmotorbak is onverwags koud, dit word winter. Selfs die voëls dommel nog, net hier en daar roep 'n bontrokkie vakerig. Slaapdronk skottel ek my by die handpomp, die water diep uit die maag van die aarde verbasend lou. Maar die oggendwindjie tintel oor my vel, en Annerdinges, wat gedurende die nag buitensporige afmetings aangeneem het, onvoorspelbare opligter wat hy is, krimp tot normaler proporsies nadat ons 'n lappie volstruisdruiwe wit laat opskuim het. Vêr weg, na my linkerkant toe, gewaar ek drie donker silhoeëtte wydsbeen, strale blink in die lig van die môrester: Vermeulen, Kruger, die Transvaler. Die onbesnedenes. Doktor Merensky en die kolossale Eerste Sekretaris, wat moeite het om sy knope weer vas te kry, staan om vanselfsprekende redes – miskien lyk dit na snobisme – verder weg. Aäron is nog aan die vasknoop toe ons gelyk-gelyk by die agterdeur aankom, die ander al aan die koffie drink en jaggewere regkry. Ek bly staan op beskeie afstand, soos dit 'n deugniet betaam.

Die jagters bespreek en vergelyk hul toerusting. Anaat skarrel rond met die groot koffiepot en dik snye brood met bokvet en waatlemoenkonfyt. Vir die eerste keer merk ek dat sy knieknik, soos Suster Bernarda die meisies geleer het.

Dit wil voorkom of Lot se boerblits geen nagevolge vir die jagters ingehou het nie. Almal is in 'n goeie luim, en dit ontlok selfs by Anaat, wat so selde lag, 'n wegtrek van die lippe.

Ek verkyk my aan die ritueel: kakiebroeke en baadjies, sakke met flappe, patroonbande, hoede met versierings van muskeljaatkatvel, swaar stewels, die nagaan van patrone, die skuinshou en afkyk in die lope.

"Wat kyk jy?" vra Kruger skielik toe hy my in die ligkring by die onderdeur gewaar. Hy korrel in my rigting, sodat ek agter die deur afsak.

"Die klein knopgat is baie astrant," hoor ek hom sê.

"Wat kan jy van 'n baster verwag?" slobber Lot.

"Wat? Is dié klein oorlams 'n baster?" vra Kruger. "Met blou oë nogal ... "

"'n Mens moet hulle voor die voet vrek skiet," sê die Transvaler.

"Die Woord sê mos dié wat nie warm of koud is nie, maar lou, sal uitgespuug word ..." Lot se stem.

O Vader, dink ek, hulle gaan nog die jagtog met gebed en teksvers begin.

Maar meteens is daar 'n krieweling in die omgewing van my ruggraat. As ek dan 'n *baster* is, dan is ek al iéts.

Dit word 'n oggend van verrassings en openbarings. Die jagkar wat Vermeulen spesiaal vir die duineveld gebou het, word hup, houvas! onder sy seil uit bo van die Diamond T gehaal – 'n eienaardige kontrepsie wat aan 'n jaagspinnekop laat dink: daar is geen kap of deure nie, net 'n stuurwiel en 'n raamwerk van pype en stange, asook 'n sestal sitplekke en, natuurlik, plek vir 'n bok of drie, vier. Piet Praaimus, wat nou eers opgestaan het, vergeet skoon om te gaan pie. Hy stap al om die vreemde monster; kan sy hande nie van die gedroggie afhou nie. Verbeel ek my, of trek Hupmobile sy neus op 'n plooi? Aäron, net so verbluf as ons oor Vermeulen se ingenieursprestasie, verdwyn hygend terug stoep toe, karring in sy koffer en bring iets te voorskyn waarvan Piet my al vertel het, maar wat ek nog nooit gesien het nie: 'n swart kissie, heelwat kleiner as die egg-box, met iets wat lyk soos konsertinavoue vóóraan. Hy laat rus die kissie op sy maag en kyk daarin. Waai met sy hand op en af voor die konsertinabek. Wat sou hy maak? Dan beweeg hy agteruit, dán links, dán regs. Uiteindelik skud hy sy kop, praat met Piet. Die sirkusbaas beduie na die liggloed waar die son nou amper te voorskyn kom en hou sy hand omhoog. Toe Piet die swart kissie by Aäron neem en speels in my rigting mik, besef ek: dis 'n kamera. Ek bránd om daarin te kyk.

Om sy nek bengel nog 'n vreemde voorwerp; ek lei af dat dit 'n vêrkyker is.

"Ek jag nie met die geweer nie," sê die Eerste Sekretaris. "Ek jag met die kamera." Kruger proes. Bo tussen die klippe hoor ek die bokram antwoord. Kruger se harige, fris arms knak geweerslotte oop en toe; hy mik met die een geweer na die ander na waar die son begin opkom. Kleinsonop. Dan kyk hy weer in die rigting van Joy se kamer. Ook maar goed Mias is nie nou hier nie; ek kan hom al op sy tande sien kners.

Lot Hamerkop en Vermeulen is aan die messe slyp. Die Transvaler draai die slypwiel; sy ogies bly nooit op een plek stil nie; hulle neem van alles, roerend en onroerend, op die werf besit.

Waar ís Joy?

Uncle draai aan sy snorpunte en druk aanhoudend aan sy helmet, asof die ding nie vanoggend wil pas nie.

Toe die son so groot soos die voorwiel van 'n wa op die luglyn lê, kom ons op die gemsbokke af. Die jagkar het ons tot by die voet van 'n groot duin gebring, 'n duin wat rondom 'n losklipkoppie gevorm het.

Ek gewaar 'n vreemde reuk; iets onverklaarbaars. Eers dag ek dis die volstruisdruiwe wat ons met ons voete kneus. Dan besef ek die reuk kom van die jagters af; dit is die geur van hul honger.

Die Eerste Sekretaris moet kort-kort rus; ek en hy vorm die agterhoede. Kruger en Vermeulen is héél voor, die Transvaler en Piet Praaimus net agter hulle, daarna volg Uncle en Lot Hamerkop. 'n Hele entjie verder sukkel Aäron, sy gesig blink, sy flenniesakdoek reeds deurnat. Ek dek die agterhoede met twee bladsakke waarin water, koffieflesse, beskuit, droë tersalle en vyerolle is.

Vermeulen, die leier, beduie opeens dat ons moet stilstaan en stilbly; hy en Kruger sak op hul hurke af; kruip dan maaglangs verder. Kruger gooi 'n slag duinsand in die lug en sê iets vir Vermeulen. Vermeulen lek sy voorvinger nat en hou dit omhoog. Hy skud sy kop, beduie na links. Die hele prosessie swaai soontoe. Aäron lyk soos 'n enorme skilpad wat domweg met sy pote roei om oor die swaar sand te kom; dit geluk hom nie om in 'n reguit lyn vorentoe te werk soos die ander nie. Ek kry hom jammer en bied hom my vry hand aan. So kom ons toe tog bo.

DRAAIJAKKALS

Oplaas lê hulle nou langs mekaar tussen die duinegras: Vermeulen, Kruger, Herr Doktor Merensky en die Transvaler naaste aan die klipkoppie. Die kneg op respekvolle afstand agtertoe. Aäron beduie stilweg dat ek moet nader skuif; hy wys met sy duim ondertoe tussen die graspolle deur en gee vir my die vêrkyker aan. Eers haal hy 'n klein flessie uit die vêrkykersak en lê en suig daaraan soos 'n baba aan 'n suikerprop.

Na 'n lang gesukkel om my oog in te kry, sien ek hulle. Onder ons, waar die twee duine deur 'n biesieleegte geskei word, staan 'n troppie gemsbokke. Op die hoogste punt, op 'n uitloper van die oorkantste duin, staan die mooiste dier wat ek nog gesien het. Van vêr af het ek al die bokke gesien speel oor die haaivlak, maar nou, deur die vêrkykerlens, aanskou ek die vorstelikheid van hierdie dier wat so vernuftig saamsmelt met die rooibruin duinsand en die oranjewit vuursteen en swart ysterklip langs die leegte.

Dit lyk of die gemsbokbul reguit na my kyk. Onverskrokke, rustig, trots, nie aanmatigend soos die stink bokram nie. Of hy wil sê: Hierdie duinewêreld is myne, hier is ek die heerser, niemand anders durf hier oortree nie.

As daar 'n God is, dink ek, moet hy sulke oë hê. Die oë van 'n gemsbok. En die grasie van die dier.

Versigtig draai ek die vêrkyker na links en ondertoe: daar is seker 'n dosyn koeie, by almal is kalwers. Sommige kniel in die skaduwee van 'n t'kauboompie. Een van die koeie kyk ook in hierdie rigting.

Ek dink terug aan Josephine se oë: sag en begrypend, soos 'n moeder s'n; aan Clarissa s'n, onderworpe en gedwee. Josephine wat soveel gegee het: melk, lammers, haar sagte, warm lyf teen die koue van die Karringbergse rante. En op Omdraaisdrif: haar bloed.

"My pa het nog van die landdros self toestemming gekry om voor die voet te skiet. Man, hier het in die voortyd tróppe geloop," het Vermeulen gisteraand sit en vertel; sy stem knallend oor die werf. "Hulle was 'n pláág; hulle't al ons veld opgevreet ... Toe kom een of ander idioot van die Smutsregering hier aan en sê ons roei die diere uit, ons moet kwansuis kampe maak. Ga. Span jy draad om my, vat jy my vryheid weg."

Hy bly 'n oomblik stil. "Waarvoor is hulle dan hier? Waarvoor het die Goeie Gewer hulle in soveel hordes hier laat bly? Nie vir ons beliewe nie?"

Die Goeie Gewer, dink ek. Vir hulle skoonheid, om die landskap lewe te gee! En ek onthou Stryker se bêrestorie oor hoe die diere gestry het wie die mooiste is. Skiet vir Pou, dink ek, die vrekselse windgat, hy verdien 'n koeël. Op jou werf loop 'n helse tros poue rond, Lot Hamerkop, en ek is seker op Vermeulen se werf ook, én op Kruger s'n. Skiet die hoerjaers.

Ek onthou Stryker se beskrywings van springboktrekke, van die reën wat wegbly en weer kom, en die wild wat agter die reënruik aantrek in hul duisendtalle, in die dae toe nog net Stryker se voormense in die Kaiingveld en in die Boesmanland en langs die Rivier gebly het.

Toe elkeen sy bul gekies het en aanlê, wil ek opspring en my arms swaai en skree, maar Aäron en Piet Praaimus het seker agtergekom wat deur my gedagtes gaan; hulle pen my vas.

"Wil jy als beneuk?" sis Piet by my oor.

Die skote klap feitlik gelyktydig. Toe ons by die gemsbokbul buk, kyk ek in die dooie, gebreekte oë, en die oë kyk deur my. Toe begin die messe en die kneukels werk, die growwe sout word gesprinkel, en dis duin-op en duin-af met die buit. In die jagkar lê die diere – steeds die kleur van duinsand en vuurklip en ysterklip – oorhoop. Ek ruik pensmis en bloed en die kruie van die veld.

Uncle lek aaneen oor sy lippe; hy kyk kort-kort oor sy skouer, asof hy verwag dat daar 'n bul op die kam van die duin gaan verskyn. Sy regterhand bewe so dat hy die mauser met sy linkerhand moet minteneer. Ek kry daardie selfde lus wat ek kleintyd aan Vader Grau se tafel gekry het: om hom teen die skene te skop.

"Herr Doktor skiet verbrands goed!" Vermeulen se stem – of die knallende hou tussen Uncle se blaaie – laat 'n bobbejaan-brandwag teen een van die skier steiltes van Bokkrans antwoord. Uncle kyk net voor hom uit.

"Ek wil daardie bobbejaanmannetjie 'n les leer," laat die Transvaler meteens van hom hoor. Sy gesig het die kleur van die t'kauboombessie se sap. Sy nekskoot was die suiwerste. Ramboeliestert! Ook Kruger en Vermeulen is hoogrooi in die gesig. Kruger lyk kapabel en skiet al sy patrone uit op 'n norring kelkiewyne wat vêrlangs verbystreep.

En toe beur Kruger en die Transvaler vort, agter die bobbejane aan, en deur die vêrkyker sien ek hoe tuimel 'n bobbejaan nes 'n mens van 'n krans af. Toe die son water trek, moet Aäron bóntstaan met sy kamera: Kruger links, die Transvaler regs, tussen hulle die grynsende gevreet van 'n kolos van 'n kees.

"Gots," roep Vermaak uit toe hy die afnemery sien, "dis nes die poskaart met Koos Sas se portret," en hy verdwyn in die toringkamer, net om kort daarna te voorskyn te kom met 'n poskaart waarop die lyk van die berugte moordenaar deur twee polisiemanne vasgehou word. "Ter stywing van fondse vir die ACVV, Steenboksvlei," lees die Transvaler, en bars uit van die lag. "Vir wie gaan onse Eerste Sekretaris geld insamel met hierdie bobbejaan?" Plegtig skud hy die bobbejaan se slap poot.

"Ja, ja," lag Vermeulen van die handpomp af, waar hy sy gesig was terwyl ek aan die swingel hang, "dis maar goed Jurie Dreyer het hom dié slag geëien – anders het die vloeksel nóg mens doodgemaak." Hy proes die water van sy gesig af weg, en bulder dat ek moet pómp. "En nou moet jy weet, Jurie Dreyer was amper die enigste kollie in hierdie hele geweste … En hóéveel skelms het nie al hier rondgeloop nie! Nee, dis dié wat ek sê: my regulasies hét ek as veldkornet, maar as die kollies min is, moet 'n man maar die wet in eie hande neem."

"Onthou jy vir Klaas Bekwaam?" vra Kruger, wat nou sy stink voete onder die handpomppyp kom hou.

"Pomp, blikslaer, pomp!" sê Vermeulen. My arms raak moeg, maar hulle meen blykbaar die ding pomp vanself.

"Klaas Duimpie?" Hy kyk Kruger vlak voor die kop. "Jy moet nie sy naam in my geselskap noem nie."

Ek laat skiet die swingel by die aanhoor van my vermeende vader se naam. Vermeulen en Kruger kyk gesteurd op. Kruger sê iets wat ek nie kan hoor nie, maar 'n rukkie later, toe hulle elkeen langbeen in die stoepkoelte sit, en ek die vuurmaakhout nader sleep, hoor ek Vermeulen aan Lot Vermaak vra:

"Dié halfwas klong wat jy hier op jou werf aanhou, waar kom jy aan hom?"

"Wie? Alettus?"

"Die bakoonddanstertjie, man."

"Hy's baie oorlams."

"Dié kan ek sien. Maar jy moet lig loop. 'n Hond wat uitgebaster is, kan jy die minste vertrou. Hy sal nóú voor jou stertswaai, netnou byt hy jou in die hakskeen."

Later die aand, terwyl 'n swygende Katrina en Anaat en Joy die gemsbokvelle staan en losknie en Mias se mes gemaklik en geoefend langs voorafbepaalde roetes loop, sit die jagters – minus die Eerste Sekretaris, wat van hoofpyn gekla het – rondom die vuur. Hul lywe en hul skaduwees teen die waenhuismuur swaai en dans soos wat hulle die jag herleef. Toe die boerblits begin trek, vergeet Vermeulen dat hy Kruger verbie het om oor Klaas te praat.

En toe vertel hy, met kleur en geur, van die gebeure op die vlak anderkant Bakoondskraal. Dis weer 'n ander variasie as die een wat hul destydse metgesel Van Dyk die wêreld ingestuur het. Wie is ek om te verskil? Ek lê maar so en luister. Hier is Vermeulen én Kruger, hulle weerspreek mekaar nie. Wat is dan die waarheid?

Anaat en Katrina maal en sny vleis. Hulle is stil. Hier gaan ounag toe gewerk word, dis vier groot bokke. Joy en Mias word aangesê om vleis te braai. Eers die lewer en die hart.

"Dis lusmakers," sê Lot.

"Ha!" roep Kruger uit, "en dit gee koerasie, of hoe, Joy?"

Mias byt op sy tande.

Lot Vermaak se oë lyk soos die swart albasters wat ons eenkeer by die Mission op Steenboksvlei uit gebreekte bottelnekke gehaal het.

Uncle drink met méning.

Ek trek my oppehopie op die drumpelklip voor die waenhuis, Vader Grau het gesê die deler is so goed as die steler. Ek het die vuur gemaak. Is ek nou deler?

"Klaas was 'n gevaarlike skelm," sê Vermeulen, terwyl hy die boerblits uit sy snor suig, "klein soos hy was. Hy het rondgegaan en mense rot en kaal besteel."

Ek kan sweer hy wys na my.

"Hy was net so ondermaat. Voorkoms bedrieg. Nee, Klaas was geswind. En geslepe. My pa het altyd gesê dis oor hy hans grootgemaak is. Dit was mos die oumense se gewoonte: vat 'n voorkind by hulle aan huis, laat hom voor die vuurherd slaap. Hy raak verwen, hy raak hans, hy hou hom wit, hy raak 'n oorlas. Voor jy jou kom kry, het jy 'n adder aan jou boesem. My pa het my altyd vertel van 'n sekere Vannermerrel uit die Hantam wat galg toe is oor sy vrou. Dié is glo verwurg, en almal het gesê dit moet Vannermerrel wees, want hy en sy vrou het baie gestry, dinge wou nie uitwerk tussen hulle nie. Maar toe kom dit later uit, sê my pa, dat 'n hanshotnot die moord gepleeg het."

"Toe's die onskuldige al gehang?"

"Engelse magistraat gewees, wat verwag jy? Daar was glo getuienis. Maar jy weet mos hoe werk die Engelse se koppe. Kan nie diep genoeg inkruip nie."

"En dié Klaas Duimpie: is hy ook hans grootgemaak?"

"Dié weet hulle my te vertel. Roof, plunder, hy't mos slim geraak. Houtjie van die galg. Nes Romand Brandrug, van hom het julle seker al gehoor, en slinkser as Klaas Waters én Klaas Cloet. Perdedief, skaapsteler, beesslagter. Hy't niks ontsien nie."

"Weerlose vroue." Kruger wil nie laat los nie.

Vermeulen kyk waarskuwend na Kruger en stop sy pyp. "Breek in op 'n plaas nie vêr hiervandaan nie. Molleveer die meisiemense. Toe trap ons hom op Steenboksvlei. Hy ontglip ons. Ons soek hom tot by Karringberg. Maar hy's net weg. Skoonveld. Ons het 'n spesmaas die Roomse steek hom weg, vra uit, maar jy ken die Roomse. Ek druk my geweer onder die pater se neus, maar hy maak of hy niks weet nie. Nee, Klaas het ons hel gegee."

Dapper Vader Grau, dink ek. Hêei, Klaas Duimpie! Hitse!

"Toe kry ons sy spoor. Ons sien hy's nie vêr voor nie. Jaag hom flou, keer hom vas. Hy wil nog dié kant en dourie kant toe stories maak, maar ons looi hom uit. Toe…" en Vermeulen sit vorentoe en beduie met die mes waarmee hy 'n stuk vleis afsny, "toe knip ons sy draad." Hy lag en beduie tussen sy bene in.

Hulle lag dat die sterre skud.

37

OOR GRIPPIES EN GROEWE. NICOLAAS ALETTUS
ONTDEK NUWE GEHEIMENISSE VAN DIE RIVIER EN
UNCLE SE GEOLOGIESE KENNIS WORD DEEGLIK
OP DIE PROEF GESTEL.

Die Transvaler wil opsluit 'n tiervel hê. Tierwater se berg toe. Die gopse in, tot waar die jagkar kan haal.

Aäron sien nie kans vir die tweede jagtog nie. Die agbare Eerste Sekretaris vee aanhoudend sweet af, vat aan sy t'norro en aan sy elmboë en kla van sinkings. Maar ek sien hy loer vir Uncle. En dis nie lank nie, toe sê Doktor Merensky hy kan ook nie saam nie, hy wil die klippe – die lazarusiet! – verder ondersoek. Kan die knopneusklong – dis nou ek – saam om te help dra? En Piet sê ook, ja, hy wil graag met Herr Doktor saam, dalk loop hy nog 'n weesbobbejaan vir die sirkus raak.

Hier kom dit, dink ek. Mias het hoeka 'n kan water, 'n paar slopies windgedroogde vleis, boerbeskuit en halfkroonvye in die Hup gaan versteek. Hier kom dit.

Het Lot Vermaak lont geruik? Toe ons weer sien, is die tweeling by en Mias op die jagkar; die boktrop gaan nie vandag veld toe nie. Van wegkom geen sprake nie.

Maar ons uitstappie word tog iets besonders. Uncle, wat glad nie van plan was om nóg "lazarusiet" te soek nie – hy wou sommer hier anderkant die eerste duin 'n paar klippe gaan optel om op die stoep neer te sit, vir die wis en die onwis – kom onverwags op 'n eienaardige klip af. Dis eintlik aan die tweeling te danke. Hulle wil hul speelplek onder 'n bakkrans vir die ooms gaan wys.

Daar is vuurgemaak, daar lê verroeste blikkies, beentjies wat deur miere kaalgevreet is. Daar is ook dolossies en visblikkarretjies en kommetjiestukke, en aan 'n riem wat oor die hele breedte van die grot gespan is, hang dooie sprinkane, veldmuise, voëltjies, selfs 'n klein hasie, netjies met pendorings aan sy ore vasgesteek. Oor alles dryf 'n stank wat jy nie kan beskryf nie. Ons waai brommers weg.

Die tweeling kyk met afwagting na Uncle. Hul langwerpige koppe, spits kennetjies, pitjie-oë en puntige oortjies effens skuins gedraai. Afwagtend kyk hulle.

"Ons is jagters, oom," sê Jos.

"Niemand skiet so goed met 'n kettie soos ek nie," sê Tos, en Jos spreek hom nie teë nie. Ek ook nie; 'n klip het my eendag op my stuitjie gevang toe ek aan die bale verpak was, maar die skuldige was natuurlik dood.

Ons beur buitentoe. Piet keer klippe om soos 'n bobbejaan wat skerpioene soek. Ek klim langs die bakkrans verby, boontoe, agter vars lug aan, en om te kyk hoe vêr ek kan sien. Ek klim tot heel bo. Die kop bied 'n wonderlike uitsig, en hier waai 'n luggie soos wat ek nog nooit ingeasem het nie. Die asem van engele. Die bakkrans se kop bied 'n uitsig oor die rotskoppiewildernis waardeur die rivier vleg; hier en daar sien mens die groen van rivierbosse, en as jy fyn luister, hoor jy selfs 'n visarend roep of blouapies kwetter. Hoër op, anderkant Tierwater se berg, lê Omdraaisdrif.

Wat sou van Anna geword het?

Word sy nog wolfhok toe gevat?

In die verte, op die hoogvlakte, staan 'n eensame, gitswart berg. Moet Oorlogskop wees, waar die Duitsers teen Morenga geveg het, teen Stryker se mense. Die kop heers oor die vlaktes wat afloop na die gebroke Onderveld hier langs die rivier. Om die een of ander rede maak die kop my bang. Ek probeer die gevoel van my afskud.

Daar, weet ek, lê Duitswes. Tussenin kronkel Gariep. Die Rivier. Hoe lank sou dit Gariep geneem het om hierdie uitgestrekte vlakte, hierdie stuk dooimansland, so oop te kerf, so aan te vreet dat die rou senuwee – die bruin en swart en spikkelbont berge – so bloot lê?

'n Paar salige oomblikke het ek die wêreld aan my voete. Tog is ek teleurgesteld. Het ek gehoop om 'n ánder landskap te sien, 'n droomlandskap? Die paradys?

Dis eerder asof 'n mens gedwing word om terug te kyk, om 'n oerlandskap te betree. Sou hier – lank vóór vetlampies se tyd – ook mense gebly het? Piet Praaimus sê so.

Piet grawe al. Hy sê mens sal op oorblyfsels afkom.

Maar dis Uncle wat die eintlike ontdekking maak. Ek hoor hom uitroep vanaf die groot, plat klip, half met waaisand bedek, waarop hy gaan sit het. Terwyl hy na die oorsaak van 'n gekriewel onder sy broekspyp soek, gewaar hy die groewe. Hy begin die sand weggrawe. Hy roep vir Piet. Piet, so opgewonde soos 'n hond vir wie jy 'n murgbeen blo, se vuurrooi hare word, as dit kan, nog rooier.

Hulle blaas die groewe skoon.

Toe daar klaar gegrawe en geblaas is, lê voor ons, teen die skuinste van die blouklip in lyne presies ewe vêr van mekaar af – Uncle het dit met 'n vuurhoutjie gemeet – 'n tweeling van die tekening in my egg-box. Dis die ware Jakob dié.

Noudat Piet dit skoongeblaas het, is die spiraalvorm duidelik.

"Kyk," sê Piet met ontsag in sy stem, "dit lyk soos die riffels op die water in 'n dam. As jy 'n klip daarin laat val." Hy kyk na my. Ek onthou. Ons het dit in die vywertjie voor die Mission op Steenboksvlei gedoen. So op die klipmuurtjie gesit en 'n dadelpit daar laat inval.

"Dis sommer 'n klomp strepe," sê Tos.

Jos spoeg eenkant.

Uncle, sy helmet op, lyk nou werklik soos 'n klipdoktor. Hy kyk na die middelpunt van die uitkringende groewe asof dit hom insuig.

Piet is die klip al aan die losgrawe.

Terug op die werf bring ek Vader Grau se natreksel vir Piet, wat nog altyd na die klip sit kyk. Die brakkerigheid slaan om sy blaaie uit; hy het die swaarste gedra.

"Dis gemaak deur die mense aan wie die wêreld éérste behoort het," sê Piet. "Wat sou hulle vir mekaar – of vir ons – wou sê?"

"So dis nie maar net 'n klomp grippies nie?" Ons fluister; mure het ore.

"Ek het in 'n boek van hierdie selfde prente gesien. Of wat amper so lyk. Sulke patrone. Party vierkantig of ruitvormig. Hulle is oor die see gekry."

Hoe vêr sou *oor die see* wees? Piet se verbeelding het sweerlik met hom op loop gesit. Ek sê hom so.

"Dis 'n taal," hou Piet vol. "Hulle wóú iets sê. Ek wens ek het geweet wát." Piet se dink loop vêr; ek sien dit aan sy oë.

"Stryker het hom altyd in 'n roes ingespeel en ingedans; ek sweer dis presiés wat dié mense gedoen het."

Piet dans om die klip, in die rigting waarin die spiraal loop. Hy lyk soos 'n sprinkaan met 'n afvlerk of 'n volstruis wat 'n wyfie se aandag wil trek.

"Het jy geweet dié tekening is van 'n klip uit Vader Grau se grot? Ek bedoel: dat Vader dit nageteken het?"

"Ek was te klein. Maar Suster Francesca het dit vir my gegee." Piet kyk my aan asof dit 'n halwe waarheid is. Miskien onthou hy van sy kompas wat voete gekry het.

"Onthou jy iets van die grot?"

Hoe anders? "Ons het mos daar geslaap, ná die rukwind." Wie kan die rukwind vergeet?

Skielik pak Piet my aan albei skouers beet.

"Los my!" sê ek, want Piet weet nie altyd hoe sterk hy is nie.

Piet gee effens skiet, maar sy oë boor in myne. "Onthou jy die altaarklip? Waarop die lig 'n sekere tyd van die dag val?"

"H'n-'n," sê ek, maar dit wil deurskemer: 'n groot, besonder plat klip, 'n tafelklip.

"Daar was groewe op."

"Nee, ek onthou nie."

"Dis hulle hierdie," sê Piet Praaimus, sy gesig gloeiender. "Vergelyk nou hierdie prent met die platklíp hier voor jou. Wat sê jy?"

"Dis dieselfde!"

"Dit lyk so."

"Wat bedoel jy? Ek kan mos sien dis die symste."

"Kyk weer," por Piet my aan.

Ek kyk sorgvuldig na die klip en dan na Vader Grau se tekening.

"Hulle lyk vir my eenders."

"Dis waar. Maar daar is iets wat belangriker is. Die groewe hier voor jou op die klip loop links om."

"Die groewe op die prent ook."

"Dis 'n natreksel; dis van 'n kiekie afgeteken. Vader het die klip met 'n bokskamera afgeneem."

"Ek verstaan nie."

"Wat sien jy as jy in 'n spieël kyk en jy lig jou regterhand op?"

"Dit lyk of jy jou linkerhand oplig."

"Presies. Hierdie klip se boodskap loop links om; Vader s'n loop eintlik regs om."

"Soos twee helftes wat op mekaar pas."

"Soos twee helftes. Tensy ..." Hy lyk skielik teleurgesteld.

"Tensy wat?"

"Tensy Vader Grau dit júis verkeerd om geteken het."

My kop is seer. Hierdie redenasies is bo my vuurmaakplek. Boon-op duik die tweeling se koppe agter die Hupmobile op; ons moet ophou praat. Piet maak of hy die grippies verder skoonblaas.

Dan sê hy: "'n Mens is net soos hierdie klip. Jy het 'n *draad*. As jou draad só om loop, soek jy jou lewe lank na iemand wie se draad andersom loop."

Die warmte van die laatherfs laat my lus kry om rivier toe te gaan. Op die werf is geen beweging of geluid nie. Die tweeling sit en vermaak hulle, hoenderveer in die hand, met Aäron se gesnork: asem hy in, buig die veer tot teen sy neus, asem hy uit, buig die veer na hulle toe. Ek hoor papier ritsel; Uncle sit en lees in die koerante wat die Transvaler saamgebring het. Piet is terug bakkrans toe om nog groefklippe te soek. Katrina het haar seker in haar prentjieskamer teruggetrek. Joy is so moeg van die vleisbewerkery dat sy al voor die middag lê en slaap; ek sien haar voete toonkant onder by die katelstyl afhang. Anaat is nêrens te sien nie.

Ek loop rivier toe, maar nie net om te gaan swem nie. Ek wil kyk of daar nie iets agtergebly het op die ouwerf waar Sprinkaan-hulle moes slaap nie: Hou jou oë op die grond, het Stryker altyd gesê, en armoede sal jou nie ken nie. En miskien lê daar nog 'n vergete waatlemoen in die kuil?

Heelpad loop en dink ek: As dit méns is wat die groewe op die klip gemaak het, was hulle dan hier voor Rivier? Of was Rivier hier voor húlle? Ek dink my vas.

Op pad soontoe kry ek ook kans om oor ons strategie na te dink. Dit lyk asof ons planne tallietaks in die wiele gery word. As dit nie Anaat is wat dwarstrek en sê sy kan nie saamgaan nie, dan hou Joy vir haar alte orig met Kruger saam. Ek voel soos 'n vasgekeerde rooikat.

Wat is dit wat Joy só maak? Een oomblik is sy ontouwys soos 'n bok wat nie aan 'n riem wil wees nie, die volgende oomblik is sy soos 'n hanslam al om Kruger se bene. Sy moenie dink ek het dit nie gesien nie. Mias kan slange vang.

Ek mis vir Sprinkaan en Slang, maar die agterbakse Buckle mis ek glad nie.

Voor ek my kom kry, is ek verby hul slaapplekkie. Die fynturf plof om my voete. Hier's niks, hulle het nou nie eens 'n merkie aan 'n boom agtergelaat nie. Rivier se kant toe lê groot rotse soos dikgesuipte blouluise.

Ek loop die landerye om. Alles lê nou braak. Ek loer in by die rousteenhuisie oor die voor naby die tromp. Hiér het iemand iets uitgekrap, maar die pleistering het losgegaan, so ek kan nie uitmaak wat daar staan nie. Iets van verlate en iets van vergeet. Sou dit Katrina wees? Die houtkosyne van die twee deure weerskante van die bakkiespomp is voos gevreet deur die ja-oempies. Laat die termiete als van hom opvreet! Ek raak aan die hout, dit verpoeier onder my vingers.

Ek pluk my klere in die hardloop af. Maande se werk in die son het my al my skrik vir Gariep laat vergeet.

Ek kyk na my koddige skaduwee, draai dwars, maar die skaduwee word nie langer nie. Dis net Annerdinges wat sê: Hier's ek! Mens moenie aan hom dink nie. Toe ek nog kaalstert op die abbavel gelê het, dit onthou ek nou, het Stryker gemaan: Los vir pietermannetjie, hy groei jou uit! Hy word jou baas! My gedagtes spring na Amy Patience op die rand van haar bad. Die agtste wonder van die wêreld, dan nie? Nie 'n ondanige baas om te hê nie.

Ek gaan lê onderkant die tromp by 'n klein stroomversnelling. Ek hou aan die klippe vas en voel hoe die water my onderlyf en my bene optel en wieg. 'n Onbeskryflike gevoel van vryheid spoel deur my. Annerdinges, die ou aartsverraaier, staan kierts. Gots, netnou kom hier 'n vis. Ek verlang na Amy; haar hand gly om ou Koggelman.

Die wit straal raak weg in die skuim van die rasende water. Ek gaan staan op 'n kweekpol om droog te word.

Ek soek my klere. Dan steek ek vierspoor vas. Ek kan sweer iemand sing.

Ek val plat agter die naaste lap riet. Ek kruip nader. Pure likkewaan, maar sonder sy stert.

Net-net sien ek 'n beweging agter 'n gladgevrete rots. Ek skuur my maagvel nerfaf op die warmgebakte klipbank; ek skroei my borskas en ander, gevoeliger dele; ek soek na koeligheid en gly geluidloos met 'n sloep langs tot agter die volgende rietpol.

Dis Anaat.

Dis nie dat ek vir Anaat wil afloer nie; eerder dat ek nie haar oomblik van vrede wil versteur nie.

Anaat, seker daarvan oortuig dat almal nog op die jag uit is, of besig is om rykmaakklippe te soek, gaan sit op 'n rosyntjieboomstomp wat deur die een of ander vloed skeef gedruk is. Die stomp hang handhoog bokant die stil vloeiende water van die kuil. Sy het haar werfdrarok uitgetrek en haar hare losgemaak. Sy sit en sing een van Stryker se ou liedjies:

Dissie sukkelmaantjie
dissie sukkelmaantjie
ek verlang my bokkie
met die silwer traantjies.

Ek kan byna nie glo dis sy nie. Haar voete swaai soos 'n kind s'n in die water. Eers sit sy net en sing, sit en kyk oor die bruin oppervlak van die water wat byna ongemerk vorentoe skuif, steeds vorentoe, met duisende spoelklippies wat diep ondertoe wag vir die volgende groot water om hulle 'n ent weg te versit – twee tree in duisend jaar, of duisend tree in twee tellings. Dan begin was en skuur sy haar hande en hakke met 'n growwe klip en maak haar naels skoon met 'n haakspeld wat sy aan haar rok vasgesteek het. Sy was deeglik, asof sy méér as die bloed van die slagbokke uit haar wil uitkry. Sy kyk lank na haar eie weerkaatsing. 'n Paar keer buk sy om die water te beroer.

Dis amper asof sy haar voorberei vir iets. Sy borsel haar lang hare. Aan die riet se skaduwees kan ek sien hoe skuif die tyd verby, maar ek durf nie beweeg nie.

Sy kyk weer in die waterspieël. Sy druk aan haar lang neus, ontbloot haar lippe, vee oor haar mond; begin trek langsaam uit, die pêrelwit onderrok en die tuigie waaruit haar borste soos spanspekkies val. Sy vryf en streel oor haar lyf. Ek moet my vuis in my mond druk om nie hoorbaar asem te haal nie. Die knoppe van haar skouerbene beweeg weemoedig heen en weer soos haar hande oor haar liggaam gly. Dis of sy na musiek luister wat niemand anders kan hoor nie. Die bewegings word al vinniger. Dan staan sy op en begin dans: stadig en rukkerig, met haar hande bo haar kop tol sy in die rondte; die ruie bossie hare tussen die skerpte van haar heupbene klou daar soos 'n baba-otter. Sy draai en draai tot sy in die water van die kuil verdwyn en weer opkom. Dan gly sy weer weg in die kuil.

Ek haal geluidloos asem, skuif behoedsaam agteruit, gryp my klere en draf koes-koes met 'n omweg huis toe.

Ek kom feitlik saam met die tierjagters op Rooistasie se werf aan. Tier het die beste daarvan afgekom, hoor ek aan Uncle-hulle se uitvraery en aan die ander se knorrigheid. Die Transvaler, wat so graag Engelse woorde tussenin gebruik, het nou selfs van hulle vergeet.

"Het jy toe jou sirkusbobbejaan gekry?" vra Kruger spottend aan Piet, en die Transvaler sê aan Uncle: "Moenie vergeet dat ons nog moet besigheid gesels nie." Waarna sou hy verwys?

Lot is moerig omdat Anaat nie regstaan met koffie nie; hy verskree Mias en Joy om die gaste te bedien.

Katrina is steeds in haar prentjieskamer: sou sy daar in die middel op haar stoel sit, met die duiselende prentjies om haar? Sneeu in Switserland, naaldbome in Noorweë, blomme wat nooit-ooit in hierdie rooiduinsand sal groei nie ...

Die laatmiddaggesprekke word ernstig. Vermeulen, Kruger, die Transvaler en Lot Hamerkop verdwyn met biltong, boerblits, tabak en snuif in die toringkamer. Mias, wat seker tydens die tierjag 'n spesmaas gekry het, klouter soos 'n kat teen die klipmuur op en gaan lê agter die kliplys wat teen die skadukant van die toring doodloop. Trek sy ore plat, soos hy later aan my vertel het. Stil soos rietmuis. Deur een van die smal openinge – die toringvertrek had nie vensters nie, net openinge in die klip, soos 'n blokhuis se skietgate – hoor hy skerfies gesels.

Só het Mias dit later vir my vertel:

"Ek het sommer geweet dis 'n gekonkel toe die vier daar ingaan. Dit vreet my hoeka op: Wat ís in die toring? Wat steek Lot Hamerkop daar weg? En vir wat loop kantoor hulle nou sónder Uncle en Aäron? Of Piet?

"Dit was warm, al het ek aan die koeltekant gelê. Maar ek hou uit, want ek wil mos wéét wat voer hulle in die mou. Het ek dan nie genóég sweet weggegooi hier op Rooistasie nie? Kyk hoe lyk my hande." Mias, maar 'n jaar of drie ouer as ek, dus een-en-twintig, se hande lyk soos 'n ou man s'n.

"Ek dink dit was Lot Vermaak wat eerste gepraat het, die verettering. 'Kyk', het hy gesê, 'ons kon dit nie beter getref het nie. Hier het ons 'n klipdoktor van naam én nog 'n man uit die minister se kantoor, jy kan maar sê uit die Parlement. Ons het hulle saf gemaak en vet gevoer, nóú's dit tyd vir vuurmaak.'

"Toe sê die Transvaler iets wat my nie bietjie laat skrik nie. 'Wag,' sê hy, 'ek vertrou nie die vrede nie. Hoe seker is jy dié klipkwak is eg? Jy weet hoeke kansvatters loop op die delwerye rond.'

"Ek kon hoor hulle sit en herkou aan wat hy sê. Maar Lot sê na'rand: 'Ek weet darem nie. Kyk sy kennis van klippe. En ek het al sy portret in 'n koerant gesien …'"

Hoera vir die Vorstin! Hoera vir haar garderobe!

"'Jy vergeet dit was Jack Carstens wat eerste …' hoor ek Kruger sê. Toe stry hulle oor Carstens. Dit was baie deurmekaar; al wat ek weet, is dat iemand gesê het Jack was onnosel, hy't sy eersgeboortereg aan die uitlanders verkoop, hy't sy eie mense bevark, die Jode het hom voorgespring.

"En toe sê Vermeulen: 'Hoe seker is ons dié Merensky is nie 'n donnerse Jood nie?' En iemand anders – seker Kruger, dié kan nie sy oë van Joy af hou nie – sê weer die Eerste Sekretaris lyk vir hom na 'n regte gaip, die man slaap dan net heeldag. Verder wonder hy waar hy vir hom laat klere maak. Vir sy postuur. Aan hulle lag kon ek hoor hulle sê ander lelike goed ook oor Aäron.

"Toe kom die Transvaler met 'n plan. Hy stel voor hulle toets vir Uncle. Met 'n stukkie glas. 'Nou goed,' sê Lot Etterkop" – Mias het in sy opgewondenheid graag op name voortgeborduur – "'ek dink julle sien spoke, maar ek het so 'n stukkie glas hier. Van die myne af saamgebring.'"

Mias is soos 'n swartslang teen die klipmuur af om Uncle te loop naaldsteek.

Die res is geskiedenis: Uncle – ekskuus: Herr Doktor Merensky – het al die lanterns wat daar in die huis is, laat aandra. Hy het die stukkie glas – wat hy nou moet dink 'n diamant is, of, soos die Transvaler sê die "real thing" – op 'n kleedjie laat lê. Hy het dit onder 'n vergrootglas – wat Piet by Henderson Jr. present gekry het – ingeskuif. Toe het hy nog, terwyl almal hom aankyk asof hy 'n towenaar is, 'n bondel gekleurde sout of iets (ons het later verneem dis lewerkristalle wat Aäron af en toe moes drink) in 'n fles met water opgelos, die stukkie glas daarin laat sak, dit effens geskommel, lank daarna gekyk en toe gevra of hulle dink hy's 'n aap, dis glas.

38

Waarin Nicolaas deur vuur betower word, waarin Joy vir oulaas dans, en 'n doodgewone bankskroef vir iets totaal anders aangewend word as waarvoor dit gemaak is.

Dié aand word daar op paslike wyse feesgevier. Omdat Uncle die toets met vlieënde vaandels geslaag het, moet Lot Paddawang opnuut van sy boerblits afstaan. Ter wille van die Gemütlichkeit, soos Uncle dit te pas en te onpas noem.
    Ek pak, soos gewoonlik, die vuur aan. Ek gewaar 'n skerpioen. Seker die warmte wat hom gelok het. Soos Sprinkaan keer ek hom in 'n brandende kraaltjie vas. Kyk hoe hy homself die genadesteek toedien. Daar is iets in die lekkende vuurtonge en in die skroeireuk van die vuur wat my opgewonde maak. Ek gooi hout by en kyk hoe die vlamme hoër skiet, hoe die vonke boontoe sweef. Dit word 'n stáánvuur. My vel word warm; my hele lyf word gloeiend. Ek sleep nog stompe nader, stapel hulle op mekaar, luister hoe die hout kraak en knars. Soms hoor 'n mens amper menslike geluide.

"Is jy van jou verstand af?" sweepslag Lot se stem skielik agter my. "Onnosel misbaksel! Wil jy die hele plek afbrand?"

Anaat help my kole uithark vir haar rooster. Daar is 'n snaakse smaak in my mond, asof ek te veel rook ingeasem het. Die vuur verlig die hele werf. Skaduwees dans teen die waenhuismuur.

Wildspastei en roosterkoek word bedien. Anaat het die deeg vir die roosterkoek al vroegdag ingesuur en die plat deegstukkies nou eenkant, op die loukole, met haar spookwit meelhande sit en omdraai-omdraai. Joy en Mias is, soos dit verwag kan word van twee dankbare grootmaakkinders, behulpsaam by die rooster en met die aandra van die blikborde en die messegoed.

Toe Joy en Anaat die stomende wildspastei en binneboudwarm roosterkoek bring, het die vrolikheid al vêr deur die naglug getrek. Dit moet van 'n afstand af omtrent klink of 'n trop blouape op 'n versteekte stookketel afgekom het.

Die rede? Oorvloed. Iewers vanuit die donker dieptes van die toringkamer kom 'n vaatjie te voorskyn; dié word sommer op die slagbank staangemaak waar die bloed nog in klodders in die groewe sit.

Iemand soos ek, wat geleer het om op die rand van lig- en ander kringe te beweeg, kyk nie die onderliggende opgejaagdheid mis nie.

Daar is Kruger wat aanhoudend met sy hand teen sy bobeen slaan-slaan. Niemand aan tafel merk dit op nie, maar van waar ek sit, is die ongedurige beweging duidelik sigbaar.

Vermeulen se stem is nie net hard nie, maar dit wil-wil deurslaan, asof hy 'n oop senuwee raakbyt.

Die Transvaler voel kort-kort of sy blink, gedeelde hare nog op hulle plek is.

Lot Vermaak, gasheer, is stiller as gewoonlik, soos 'n diaken wat op derdegelui wag, terwyl hy elkeen se bewegings haarfyn dophou.

Met die vaatjie op tafel kom ek vir die eerste keer agter Uncle is vir dié soetgoedjies amper net so lief as vir ongehoorsame meisiekinders. Hy gooi die een na die ander beker by sy keel af.

Miskien is dit van pure senuwees, maar hy dans vroegaand op die tafel en sing opruiende Joodse liedere – die ander dink vermoedelik dis Switserse Duits.

Aäron, wat altyd sy sakflessie byderhand het, het 'n sterker gestel wanneer dit by vuurwater kom. Maar ook hy raak – nadat die ooreenkoms tussen Lot, veldkornet Vermeulen, tweede-in-bevel Kruger, die Transvaler met die rondspringoë, die vermeende Eerste Sekretaris en die befaamde klipdoktor formeel gesluit en beklink is – met sy kop op die tafel aan die slaap, oënskynlik doodtevrede met die kontrak.

Plan: Om 'n bietjie oesterskulpgruis van die riviermonding af deur te smokkel. Dis tog waar die eerste diamante gekry is.

Plan: Om sewe of agt "diamante" op 'n geskikte plek langs die rivier te plant, net daar waar die oesterskulpgruis ingewerk is.

Plan: Die Eerste Sekretaris het buitelandse kontakte: hy sal iewers, waar die regte ore dit kan hoor, iets laat val.

Plan: Die wêreldberoemde dr. Merensky sal hom beskikbaar stel vir prospekteerdery ter plaatse.

Plan: Die stuk woestyngrond word te koop aangebied.

Plan: Dit word die koper in die oor gefluister dat daar enorme hoeveelhede lazarusiet lê en wag om ontgin te word – ou Henry Ford en sy motorbouers staan al tou vir die wonderklip.

Dis dus nie vreemd dat die Transvaler saam met Herr Doktor op die tafel dans nie. Selfs Vermeulen sing-sê in sy dreunstem al om die hawerklap *hier wil ek nie bly nie, want hier's nie plek vir my nie*, of ja-wat, gee tog maar die land terug aan die hotnos, dis nie 'n plek vir 'n christenmens nie.

Hoe later hoe kwater. Teen die muur, in die lig van die vuur wat nou nog hoog opvlam, krul en sidder hul skaduwees.

Net Lot Hamerkop en Kruger hou hul in. Maar hulle is soos perde wat daggavoer gevreet het; jy sien dit aan hul spiere, aan hul skouers. Hulle kan nie wag om te begin trippel nie.

Danksy die vuur kan ek hul dophou en oplet met hoeveel taktiek hulle drink. Proe-proe. Hulle hou 'n kampie groenvoer uit, ek weet nie wáárvoor nie.

Nou is my werk afgehandel; ek versit stilweg na my kooigoed op die donker bak van die International. Ek is moeg ná al die wederwasies van die dag. Buitendien steek 'n aandluggie op; ek kan dit aan die vinniger draaiende wiel van die windpomp hoor. Dis 'n skraal windjie. Toe ek die ou, geskifte bokvelkaros wat Joy een aand vir my uitgesmokkel het, oor my trek, kom ek net vaagweg agter His Master's Voice word opgewen. Hulle het Joy opgekommandeer om vir hulle te dans.

Toe, vir die eerste keer sedert ek op Rooistasie gekom het, bring Anaat vir my 'n tiemaans skuimende bokmelk.

"Is dit Joy wat dans?" vra ek. My ooglede voel of jy hulle met byewas toegemaak het.

"Laat haar dans!" snou Anaat, en sy bly lank stil.

Sy gaan nie dadelik terug huis toe nie. Sy bly kyk na die wriemelende skaduwees teen die muur.

"Dit lyk my daar kom niks van julle planne nie," sê sy dan.

"Wag maar," sê ek, "en jy sal sien."

Ongelukkig werk sake nie altyd presies uit soos wat jy hulle beplan nie.

Ek weet nie hoe lank ek geslaap het nie, maar ek skrik wakker van 'n vreemde geluid.

Eers dag ek dis 'n pou wat buitenstyds roep, of 'n jakkals baie naby aan die werf.

Maar dan kom ek agter die geluid – 'n hortende gesteun – kom uit die waenhuis. Daar skyn lig deur die skrefies van die waenhuisdeur. Ek is erg deur die slaap, maar ook nuuskierig.

Voordat ek kan ondersoek instel, is Mias en Aäron by. Ja, knik hulle, hulle het die geluide gehoor.

Of Kruger en Lot Vermaak in 'n staat van belustigheid alle voorsorg oorboord gegooi het, weet ek nie, maar die waenhuisdeur, andersins graftoe, staan op 'n skrefie oop.

Ons kan met een oogopslag sien wat aangaan: Joy, wydsbeen gespalk op die werkbank, haar rokke omheen, haar kop agteroor gebuig, haar hande grawend in die lug. Lot Hamerkop, splie-nakend, bo-oor haar gesekel. Kruger wat haar arms in 'n ystergreep vashou.

Vir die eerste keer sedert ek hom ontmoet het, is Aäron sy gewig in meer as ponde werd.

Eerste Sekretaris Blok swaai die natgeswete Lot om en pen hom teen die werkbank vas.

Op dieselfde oomblik moker ek met 'n juk, die eerste langerige voorwerp waarop ek my hande kon lê, oor die bonkige Kruger se rug. Hy sak met 'n pynkreet inmekaar.

Intussen woel Mias Lot Vermaak se hande met 'n riem agter sy rug vas. In die proses beland sy peester in die skroef en ek dink by myself: Nou verstaan ek Betta en Anna se storie, so hier's vir Joy en hier's vir Anna. En ek draai vás.

Hêei, dit alles het baie vinnig gebeur.

Joy, haar gesig dán wit en dán rooi, haar oë koorsagtig, haar hele lyf natgesweet en bibberend, maak haar rokgoed bymekaar en gaan sit oppehopie, half gewillig, half onwillig onder Mias se beskermende arms. Sy vroetel aanmekaar aan die halskettinkie en prewel onsamehangend.

Wat gaan als deur Lot Vermaak se kop?

Sy gesig, waarin sy oë nou onnatuurlik groot is, is bleekblink en sakkeriger as ooit; sy wange net so afgerem soos sy twee knaters, wat agter die skroef uitpeul.

Is die raserny in sy oë en die skuimerigheid om sy mond teen *my* gemik?

Ek dink so. Ek is nie veel groter as een van sy honde nie.

Want toe hy praat, kyk hy na my. "Die wêreld is groot, en die wêreld is klein. Jy's voorgod nie klein genoeg om daarin weg te kruip nie. Ons paaie sal weer kruis."

Toe spring Mias met Joy aan sy hand op en sis: "Hier kan jy sit tot kismaakdag!" en hy draai die skroefswingel vaster en vaster en ons grendel die deur toe en gooi die sleutel in die puts af en laat spat.

Lot Hamerkop brul.

Toe eers Anaat en toe Katrina vervaard in hul nagkabaaie oor die werf storm en verwilderd rondkyk, en skud aan die omgevalle Vermeulen en die Transvaler, toe blink die Hupmobile se stof al 'n láng streep in die maanlig na daar waar die paaie vurk.

Piet, wat die tekens reg gelees het, het agter die stuur gesit toe ons uitstorm. Uncle het die deur vir Aäron oopgehou.

Ek en Mias en Joy, wat kort-kort die bloed teen haar bene met Mias se geskeurde hemp moes afvee, het koes-koes agter die klippe en oor die t'gouroerante en tussen die bloubosse en die melkbosse deur genael, gelaat ooplê sonder om om te kyk of te dink. Ons het eers gehalt toe ons die growwe sand vir die plief-plaf-turf van die rivier se flanke verruil.

Eers toe ons die grootklip waaraan die kabel op die eiland vas is, teen die helling laat afrol tot in die water, het ek skielik onthou dat ons nie vir Anaat tot siens gesê het nie.

III

Dwaalspoor

39

Oor strome water en strome geskiedenis.

"Die geskiedenis hou net rekening met vername mense en wat hulle gedoen het. Ek stry nie dat die hoofstroom belangriker is nie – maar sonder die droogste lopie, wat een keer in 'n leeftyd afkom, sal 'n rivier nie sy volle loop hê nie. Dis ons, die onbekende, naamlose syriviertjies, wat 'n streek sy ware aard gee. Daarom moet ons weet wie ons is. En daarom moet ons stemme gehóór word!"

Hierdie woorde van Piet Praaimus, vurig deur Amy beaam, sal ek nie vergeet nie, want dit het op 'n vuisslanery uitgeloop.

Dit het tydens ons verblyf op Klipfontein gebeur. Wat het tot die vuisgeveg gelei?

Piet Praaimus se werk op die posroete tussen Steenboksvlei en Klawer het hom 'n paar keer ook in die Kaap besorg. Dis hier waar hy na opruiende toesprake gaan luister en vir hom 'n swart pet gekoop het. Nie om sy rooi boskaas weg te steek nie. Omdat werkers dwarsoor die wêreld dit begin doen het.

Toe Piet nog 'n klompie poskantoorwerkers ompraat om swart pette aan te skaf en na toesprake te gaan luister, het hy 'n week se noutis gekry; dis hoe hy op Klipfontein beland het.

So was daar die opspraakwekkende optredes van Kwegyir Aggrey, wat van die Goudkus af kom, en Darius Dausab, glo familie van Stryker, albei swarter as die swartste koolstoof, albei bekend vir hul uitsprake oor bruin en swart samewerking téén kolonialisme. Enkele luisteraars was glo beïndruk, al was dit net omdat Kwegyir links en regs uit Latyn en Grieks kon aanhaal en omdat hy vir versoening gepleit het. Piet, met sy gesonde respek vir die kom en gaan van beskawings, het ons dae lank in die kroeg besig gehou met grepe uit die toesprake, soos oor hoe jy eers jouself moet vind om by ander uit te kom, dat een groep nie oor 'n ander behoort te heers nie en so aan.

Sulke uitsprake was nie gewild onder die grondbaronne en die mynbase nie. Aggrey sou, volgens Piet, nooit weer hier toegelaat word nie, en Darius Dausab het verdwyn.

Mense het in dié tyd met moordgedagtes by Klipfontein aangekom. Is vreemdelinge dan nie wéér besig om die Onderveldse rykdom – daaimins wat die Here self daar geplant het – in hul sakke te pak nie? Enigiemand met 'n sigaar in die mond is as vyand nommer een beskou; 'n haakneus daarby en jou graf was al bestel. Só hoog was die gevoelens teen "uitlanders" en hul meelopers.

Daarom het Piet hom seker geroepe gevoel om oor regte én oor vergifnis te praat. Hy was behoorlik aangevuur deur die gladde Goudkusser se oproepe tot versoening en samewerking.

Die delwer wat die geveg begin het, 'n man met puisies oor sy hele gesig, het uitgeroep: "Vergifnis? Wie moet ek vergewe omdat my pa en ma in die Ingelse Oorlog gesterwe het? Omdat my broer deur die Scouts verraai en deur die Kakies opgehang is? Omdat my oom in die Rebellie deur sy eie mense doodgemaak is? Omdat ek soos 'n slaaf op die spoor gewerk het? Wie moet ek vergewe omdat my kleims onder my uit gesteel word deur Jood en Ingelsman?"

Amy het gesê dis net soos mans is, hulle dink met hul voëls en hul vuiste. Wat van al die ander onderdruktes, die naturelle, die vroue ...?

Toe was die gort gaar. Een van Puisiegesig se trawante het die daad by Amy se woord gevoeg en haar met 'n betrekhou tussen die veerpyltjiespelers ingeslinger. Piet, wat wou tussenbeide kom, het 'n sny bokant die oog opgedoen.

Uncle en 'n Engelse besoeker het onmiddellik vlam gevat en die delwer het op sy sitvlak agter die kroegtoonbank beland, waar Aäron sy pogings om asem te haal, verder belemmer het deur bo-op hom te gaan sit. Amy het die delwer wat haar betrek het, aan die kuif beetgekry en sy neus teen die kroegtoonbank platgestamp. Hierop het Lily sy kruisbande aan die kroegstoel vasgewoel, en hy het 'n hele ruk onderstebo gehang voordat iemand koue water oor sy bebloede gesig gesmyt en hom 'n paar klappe gegee het om hom by te kry.

Waarom ek aan al hierdie dinge gedink het terwyl ons blindelings koers kies, weg van die rivier af, weet ek nie met sekerheid nie. Maar dink, moes ek dink; ek kon nie praat nie, nie een van ons kon praat nie. Aan die gebeure in die waenhuis kon ek nie helder dink nie; dit het onwerklik gevoel.

En hoe kán 'n mens met Joy praat oor wat gebeur het?

Stilbly durf 'n mens ook nie. Ek en Mias het begin om stories te vertel. 'n Mens moes Joy se gedagtes besig hou; haar sinne verdoof met die doepa van Stryker se stories. Ons was nou in die wêreld waar Stryker se voormense gebly het. Waar hulle bloed in die sand weggesyfer het. Duitswes.

Stryker was nie, soos Kwegyir Aggrey en Darius Dausab, toespraakmaker nie; sy geskiedenis het hy in oustories oorvertel – 'n geskiedenis wat maar net bólangs in geskiedenisboeke genoem word; 'n geskiedenis waaroor die koerante maar min te sê gehad het; in elk geval min wat met die waarheid strook.

Stryker het altyd ons monde laat oophang met sy stories oor diere. Maar dit was nie 'n dierstorie wat Joy die meeste aangegryp het nie.

Dis 'n waar storie, dis nie uit Oompies se duim gesuig of sommer 'n optelstorie nie, sou Stryker ons voorlig, terwyl ons bondelslaan om sy voete. Ek was daar, op Anaat se skoot, en langs my Amy Patience, wat aaneen lastige vrae vra, sodat Stryker met haar net soveel geduld moes hê soos een wat 'n seeppot oppas. Styf teen haar het Joy gesit, die ene gonsbors van opgewondenheid. Agter hulle Mias en Jasper Repink, wat aaneen probeer om hul groottone onder die meisiekinders se rokke in te woel. Aan die ander kant Koos Botter, Simon Blootsvoet, Jaatjie Jut en Fytjie Melk, wat alewig in haar tande gewerskaf het of daar senings vassit. En eenkanterig, besig om met 'n t'knooibostakkie in die assies om die vuur te werskaf asof hy diep binne-in geheime soek, Piet Praaimus.

My voormense het anderkant Gariep, in Duitswes, gebly. Daarso in die omgewing van Nantses, naby Oorlogskop, en veral by Heiraxabes, die plek van die gombome, die bome met die lang, soet geelbruin stringe gom en die krom peule, en daar was volop waterse, en volop kos vir die bokke. Toe kom daar oorlog, ek dink dit het begin oor 'n bok wat gesteel is. In die ou dae sou die mense die ding tussen hulleself opgelos het, maar die Jermanne het gesê nee, hierdie ding moet voor die hof kom. Dis net die geleerde mense wat kan besluit wie is reg en wie is verkeerd.

Toe kom die moeilikheid.

DRAAIJAKKALS

Die man wat hom teen die Jermanne verset het, was Jakob Morenga, 'n vêrlangse oompie van my. Kyk, die mense was woelig oor die Jermanne wat hul so kom hiet en gebied. Hulle kén toe mos al van padgee, padgee. Het húlle voormense dit nie al in die Hollanders se tyd ge-ervaar nie? Van tóé af al is hulle mos uit alles uit geruil om die poeierkwaste aan die Kaap vet en vrolik te hou. Uit die Kaap uit moes hulle padgee, uit die Rôeveld en die Hantam ... !Nuxabes wat Vioolfontein geword het, wat Jakkalsdraai geword het. Nie hoeveel jaar nie, toe was daar nie 'n enkelte bees oor nie. En die helfte van die mense verkneg. En toe hulle langs Gariep gaan bly het, is hulle daar ook verjaag ... hulle álmal: die Afrikaaners, die Bosmans en die Booysens, die Cloetes, die Diergaardts en die Dawidse, die Engelbrêe, die Farmers, die Gertzes en die Hendrikse, Ouvader Izakse en sy hele nageslag ... Toe hy by die Systers kom, het daar blink spore teen sy wange af gelê.

Ek – en die ander seker ook – het hierdie enkele uitbarsting van Stryker nie mooi verstaan nie, maar ek weet dat Piet Praaimus hom later daaroor ingevra het.

Oorkant Gariep het hulle lank vrede gehad, van watergeeplek tot watergeeplek versit en heen en weer getrek soos wat die veld en die wild uitgespaar is.

Toe kom die Boere en die Jermanne met hulle geld en hulle wyn en hulle bou kliphuise en meet die grond vir hulle uit, en die sendelinge kom, en die handelaars en die soldate kom. Wat was ons mense nou teen die oormag? Hulle het groot gewere gehad, en die Schutztruppe het die wêreld platgery op hul vinnige perde. Nogtans het my oompie Jakob Morenga hulle drie jaar lank – drie jaar lank! – koudgesit in die klipneste en op die vlaktes van Groot Namakwaland. Tot heel op die end, toe hy hom in die berge by Kumkum loop terugtrek het, 260 man sterk, teenoor die vyfduisend Jermanne.

Toe besluit die kapteins om die vroue en die kinders en die swakkes te laat deurtrek, deur Gariep na Britse gebied, en daar, op Pella, is hulle in die Mission versorg. Ek was een van hulle: 'n klong van twaalf. Ons is Gariep deur net daar waar my voorvaders die land ingetrek het, by 'n groot drif in die rivier – mense, dis 'n gróót rivier as hy sy waterse uit die vêrste lande loop haal! Pella se mense was vir ons góéd. Op Pella het ek by een van die Susters leer viool en bekfluit speel.

Maar ek wou nog van die vlug vertel. Hulle trek halsoorkop, nè, dis hier vat en daar vat en daar gaan hulle, want die koeëls gons soos bye.

Dis toe wat Heitsi-Eibib die swakstes genadig is, die siekes en dié met die bewehande, hulle wat orals vandaan uit die dassiegate en die erdvarkgate en die grotte van die Spelonkberge aan die optrek was om anderkant die veiligheid van Gariep te kom ... Dis toe dat hy hulle in plante verander. Daar staan die plante vandag nog, die halfmense is dit, hulle staan daar met hulle se koppe teruggedraai na die land wat hulle moes verlaat. Soos Lot se vrou staan hulle daar. Maar Jerman se koeël het hulle nooit nie gekry nie.

Maar daar sal altyd dié wees wat moet swerwe, wat moet soek, wat vreemdelinge is in hul eie land.

Hoe het dinge verloop vandat ons so halsoorkop van Rooistasie af padgegee het?

Nadat ons ons vir oulaas bekoms lê en drink het aan Gariep se water en die watersak volgemaak het – Mias het dit in die gouigheid van die International af gegryp – het ons nie weer omgekyk nie.

In hierdie wêreld van min bome en kaal vlaktes maak selfs die sekelmaantjie en die melkweg genoeg lig om mee te loop as jy nog helder in die kop is. Ons ís, van die skrik.

Piet se kompas is in my egg-box en die egg-box is in die Hupmobile. Ons het net die sterre om te weet waarheen ons loop.

Ons slinger blindelings oor rantjies en deur leegtes, en 'n hele paar keer hang ons soos gekweste bobbejane teen 'n krans. Meestal hou ons in die sandleegtes.

Joy loop kop onderstebo. Sy loop en speel onsiende met spoelklippies wat sy met die drinkslag opgeskep het.

Hoe lank het dit Rivier gevat om hulle so rond, so glad te kry?

40

Die ontbinding van die aarde.
Waarin opregte Ondervelders ontmoet word en ons hoor hoedat onopregtes hulle uit als verneuk het.

Rysmier, sloop, ondermyn, ontduik, draai jou alie vir die wêreld. Jou diederiks. Gots, is dít dalk hoe Klaas een van sy baie name gekry het?

Terwyl ons voortsukkel op Piet Praaimus se instruksies, dink ek oor wat Stryker gesê het. Swerwers. En ek dink aan dit wat Piet vertel het. Die juk moet af.

Maar ek het nog baie om te leer. Die moeilikste is om tekens te lees; nie net dié van die natuur nie: ek weet hoe bloukop die wolke sit en úitkyk, hoe ja-oempies se nesmakery sê die water kom. Maar ménsetekens. Mens is so bontsinnig.

Die swaar, remmende sand vreet aan ons bene sodat ons kort-kort moet rus. Totdat ons oplaas weet ons kan nie verder nie. Snaaks, dis Joy wat nie wil ophou nie; al praat sy nie, sy sleep haar bene deur die sand. Maar dan oorval die moeg haar ook.

Ons raak aan die slaap, Joy in Mias se arms opgekruip. Ek druk vir my 'n biesiepol plat.

Ek ruk kort-kort wakker. Dan droom ek dat Lot Vermaak my bene op honderd plekke breek. Soos jy hout breek. As dit hoe is, laat sak hy 'n laken met smulgeregte voor my en sê: Eet! Net as ek weer kyk, verander die geregte in krioelende brommers en kakkerlakke en maaiers. Opeens is ek helder wakker. Joy het haarself – en ons – wakker geskreeu. Dit kos Mias baie paaiwoorde voor sy ophou bewe. Ons begin weer loop.

Is dit mense met geboë hoofde wat, binne roepafstand van ons, teen 'n rantjie langs beweeg, in die teenoorgestelde rigting? Dan besef ek: Dis die plante wat eers mense was, waarvan Stryker ons vertel het. Die gedagte troos my.

Mense op soek na hul verlore helftes. Dié is êrens, ongetwyfeld is dié êrens.

Ons slaap weer en word wakker toe douspoor al vaalspoor is, toe die son hoog sit. Ons is dom. Ons moes al wáár gestap het in die koelte van die oggend.

Nou gaan die son ons vang.

Ons kom op 'n voetpaadjie af, maar kom later agter dat dit 'n dwaalspoor is; dit lei ons terug rivier toe. Ons moet omdraai.

Joy is so wit soos uitgebrande asbos, so wit soos die dag by die Mission, donkiejare terug, toe sy vloerstuipe gekry het.

"Ons moet stadig met die water," maan Mias. Hy praat uit revinnis van sy dae agter die boktrop.

Die honger knaag. In ons haas om weg te kom het ons nie eens 'n slopie stormjaers gegryp nie. Mias het darem 'n paar tersalle in sy broeksak, maar dié is so sout dat ons suinig daarmee werk.

Piet, wat sy kaarte presies teken, was koppig van sekerheid. Naby Oorlogskop, het hy gesê, sal ons mekaar kry. Dis waar die pad van Omdraaisdrif langs loop. Koffiemeul toe. Hoe tempteer die naam mens nie! Vars, gemaalde koffie uit Mary se kombuis in die Mission!

Ek weet nie of mens moet gaan sit nie, maar my kort beentjies hou ook nie so lank soos Joy en Mias s'n nie. 'n Witgat – die eerste volwaardige boom wat ons teëkom – bied genadiglik uitkoms, maar ná 'n ruk kom ons agter dis ook die plek waar al die Liewenheer se brommers hul jaarlikse saamtrek hou. Met dié dat Mias nie aangename herinneringe aan brommers het nie, word dit 'n gepynigde rus. Ons kan darem stukke witgatwortel uitgrawe en daaraan knaag om die ergste hongerpyne te stil.

Om water te spaar sit ons van Joy se optelklippies onder die tong. Dit maak dat ons nóg minder praat, maar dit help teen die vretende begeerte na water. Af en toe haal Mias sy klippie uit, beduie na 'n bos of 'n boompie en sê 'n naam wat hy by die ou bokwagter op Rooistasie geleer het.

Dit mag eienaardig klink, maar ek besef 'n waardevolle ding: In hierdie harde wêreld leer – en leef – mens uit die nietige. Tsawib! sal Mias roep, en na 'n kort, stewige boompie met druipende, slordige takke wys, ons soontoe neem en 'n hand vol swart bessies so groot soos potlekker se nael versamel.

"Eet," sou hy sê, "dit smaak nie hóé nie, maar dit sal help teen die hongerte." Die amper koeëlronde vruggies sal niemand anders dalk beïndruk nie, maar ek en Joy eet of dit koningskos is, en ons verluister ons toe Mias vertel hoe die ou bokwagter nog kort voor sy dood vir hom 'n kareehoutkierie gemaak het, met pragtige glansswart inlegwerk van die tsawibboom. "'Om saam te vat as ek doodgaan,' het die ou gesê, bid jou aan," het Mias gelag en die watersak vir 'n halwe telling voor ons gebarste lippe gehou.

Ek sou wat wou gee om die ou bokwagter se kierie te hê.

Suster Francesca se engeleskaduwee – sy wóú so graag hierlangs trek, Koffiemeul toe – het af en toe oor ons geval en ons moed gegee as ons 'n bult uitklim net om nóg een en nóg een voor ons te sien.

Ons het onder 'n tsawibboom ingekruip en nog bessies geëet en geslaap en opgesukkel en blindelings geloop, snags al op melkweg se spoor, totdat Skerpioen omtrent reg bokant ons is. Dan het ons styf teen mekaar aan die slaap geraak. Hoe hoër ons uit die vallei klim, hoe kouer het dit geword.

Waar was Oorlogskop? Die hoë kop, wat bo van die bakkranskoppie af so ontsaglik op die hoogvlakte gelê het, het van die aarde se aangesig af verdwyn. Die hoogvlakte self is pure verbeel: van arend se wagpos af lyk dit seker vir die menseoog so glad soos 'n laken; ons was drie miskruiers wat elkeen aan 'n bolletjie hoop vashou.

Toe ons Oorlogskop uiteindelik sien, het die berg – pikswart, 'n hoop koffiemoer – kat-en-muis met ons begin speel. Leegte af, leegte uit, leegte af, leegte uit. Kom jy onder, is die kop weg. Ons drink die laaste bietjie water in die yl skaduwee van 'n kritikom en begin praat oor wie ons hier sal kry lê. Joy en Mias yl in hul slaap, ek seker ook; ek word 'n slag wakker en kou van die kritikomblare. Ek gril my byna dood, want die blaartjies is harig en dit laat my dink aan die poets wat Anna ou Laggerjan gebak het met die bobbejaanspinnekop in die drinkwateremmer. Maar al proe die blaartjies na niks, kan ek voel hoe die speeksel vergader.

Ons sleep weer voort en gewaar Oorlogskop se dowwe vorm teen die naglug. Dit gee nuwe moed. Van die Bakkranskop af het dit gelyk of Oorlogskop sommer net hier anderkant lê: nou kom hy nooit nader nie.

Groot is die vreugde toe ons op 'n hele kolonie duiwelsklou afkom, stokkerig, rankerig, geen teken van die mooi helderrooi trompetblommetjies nie – maar ons grawe ons naels stomp agter die knolle aan. Want, sê Mias, daar's nie net water in die knolle nie, die oumense droog die knolle en maak 'n wondertreksel daarvan. Dit gee lewenskrag.

Die son brand egter genadeloos, en gedagtes maal in my kop. Waar is Piet-hulle? Wat het met Anaat gebeur? Hoe sou Lot Hamerkop losgekom het? Het sy pyngeroep die ander uit hul roes gewek? Het Kruger bygekom? Sal Piet my egg-box oppas?

My tong begin dik voel in my mond, my oë swem; ek skrik toe ek drie mense – of is dit volstruise? – 'n ent voor ons op die glykvlak bokant die grond sien sweef. Dit lyk of hulle oor 'n dam sweef; dán word die drie twee, dán een. Skielik word die gestalte 'n maer, verpotte kokerboom. Oral lê geraamtes van bome en diere.

Oorlogskop is veel nader toe ons op 'n dag met sonsak meen ons sien 'n vuurtjie in die verte. Is ons harsings voos gebrand? En die geluid? Is dit 'n lied? Is dit serafsgesange? Nee, tog, onmiskenbaar, die geween van 'n konsertina op die effense nagluggie.

Dis die kinders wat ons eerste gewaar: soos meerkatte skarrel hulle voor ons op en lê oop vuur toe. Af en toe gaan staan een stil en kyk om, asof hulle net so min in óns bestaan kan glo as ons in húlle s'n.

Mias kry net skor geluide uit; ook my stem dra nie vêr nie.

Die snaaksste van die hoë, donker berg is dat dit op 'n sanderige vlakte staan: die gitswart rotsblokke lê soos potskerwe op die sand, in 'n byna eweredige formasie. Daarvandaan neem die witbont sand oor. Ons slinger oor die plek waar die kinders gespeel het. Daar lê honderde bruingeroeste boeliebiefblikkies, onoopgesny, maar uitgedroog. Ons is te moeg om dié raaisel te probeer verklaar.

Het iemand hier uit water uit geraak, met net die vrag soutvleis om 'n groot honger in 'n nog groter dors te omskep? Of was hier 'n oorlog, en het 'n hele leërskare soldate sonder rantsoen op vlug geslaan?

In die laatmiddagskadu van die swart berg staan twee matjieshuise. Ons pogings om soontoe te hardloop, moet seker potsierlik lyk. Die konsertina hou op speel, en 'n manstem roep: "Huipie! Huibrecht!"

Droom ons? Yl ons? Die stem klink asof dit uit die berg kom. Die kinders het in die een matjieshuis verdwyn en loer grootoog na ons. 'n Kort, regop vrou met swaar, breë heupe maak haar verskyning. Sy is nog besig om haar kappie om te bind. Sy gaan staan langs haar man. Hulle kyk na ons of ons verskynsels uit 'n ander wêreld is.

Die man, biltongrig, met groewe oor sy hele gesig, stel homself as Swartsarel Brand voor. 'n Gepaster naam, dink ek, kan jy nie kry nie. Hy is besonder blas; hy kan netsowel deel wees van die berg agter hom. Tog is daar iets verrassends aan sy gelaat: die mooiste paar helderblou oë, wat waterpas na jou kyk. Sy handgreep is lank en innig, maar nie klam soos Lot Vermaak s'n nie.

Voordat ons iets kan verduidelik, sak Joy tussen ons inmekaar. So bespaar sy ons baie verduidelikings.

Die vrou praat vinnig op die oudste dogter, wat 'n kommetjie water bring. Met Joy se kop op haar skoot, doop Huipie Brand die punt van haar voorskoot in die water en druk-druk dit saggies op Joy se gesig en gebarste lippe.

Ek verduidelik dat ons aan die diamante soek was langs die rivier toe iemand uit die bloute op ons begin skiet. Hoe sal mens tog nou die waarheid aan hierdie eenvoudige mense tuisbring?

"Betta," raai Swartsarel Brand onmiddellik. "Dit skiet mos as dit hoe is op als wat beweeg."

Hy beduie terug, naastenby in die koers waaruit ons gekom het. Dit lyk of hy revinnis het van Betta se humeur. Maar hy sê: "Bóér kan Betta. Sy's my naaste buurvrou." Hy lag 'n bietjie. "So lank die veld hou." Ons kyk oor die donker wordende landskap hoe 'n troppie skaap, gelei deur 'n voorbok met 'n bengelende klok, om die rotsbesaaide voet van Oorlogskop aangeloop kom. Veld?

Een van die dogters – ek tel ses stuks, en in die matjieshuis kraai nog 'n baba – meet so-o versigtig water af in 'n deurgesnyde houtvaatjie wat as krip dien. Sy praat met die diere, sy noem elkeen op die naam – dis Mieta en Ousus en Gousblom en Bella en ek weet nie wát nog alles nie – en die verbasendste is dat die diere nie die water uit haar hand storm nie, maar hul beurt afwag soos 'n klomp skoolkinders in 'n ry; soos ons met ons sopkommetjies langs Bakoondskraal se opskeptafel, vyftien, sestien jaar gelede.

"Johanna het 'n slag met diere," sê Swartsarel toe hy sien ons staan oopmond na haar en kyk. Hy lag. "Hier agter," en hy beduie na waar 'n klomp van die potskerfklippe 'n natuurlike kraaltjie vorm, "het sy 'n skilpad, 'n ystervarkie en 'n groukat op hok."

"Yselvalkie, gloukat," sê 'n dogtertjie – seker die naasjongste – agter haar ma se rug uit.

Swartsarel Brand lag. "Toe, jy," sê hy, "loop sê vir Gloudien-goed om koffie te maak vir ons besoekers. En 'n eetdingetjie daarby; hulle is asvaal." Aan ons sê hy, verskonend: "Ons brou hierso maar ons eie wonderkoffie." Hy wys na 'n yl rytjie witgatbome in die verte. "Daar's my boord koffiebome. Genoeg koffie vir 'n paar jaar."

Ek onthou: Anaat aan die vorentoe en agtertoe roei soos sy witgatwortelmurg in die vysel stamp en maal; hoe sy dit daarna in die platpot brand en half om half met winkelkoffie meng.

Mias keer die laaste paar druppels uit die kommetjie op sy tong om.

Die koffie kon netsowel deur die engeltjies self gemaal gewees het.

Ons eet koningskos: melksnysels en gatbrood. Ons hoor dat Oorlogskop in die Duitsers se oorlog teen die Bondelswarts en tydens die Botha-inval 'n heliograafpos was. Dit verklaar die boeliebiefblikkies. Ons leer dat die water wat ons drink, eintlik *warm* water is uit 'n fontein: ons gaan steek ons hande in die borrelende water en ruk hulle dadelik terug. Johanna wys hoe sy en haar susters op 'n ry staan om die kruike warm water aan te gee tot daar waar 'n kokerboomkoelertjie dit onder 'n skerm staan en afkoel.

"Smôrens is dit yskoud," sê Huipie.

Ek kan dit goed glo; ek onthou Omdraaisdrif se koeler, en hoe die wind deur die dun skywe stam blaas.

Daar hang 'n kruitruik oor die fonteintjie, asof die skraal stroompie wil vertel dat die stryd met die geweer nog iewers binne-in die hart van die berg woed.

"Dis die stroompie waar Elia gebly het toe die kraaie hom gevoed het," lag Swartsarel Brand, maar sy sporrieblou oë lyk ernstig.

Ons slaap die slaap van dooies op 'n stapel saggebreide bokvelle en kom die volgende oggend agter dat Swartsarel, Huibrecht en die trossie kinders op die kaal grond geslaap het.

Dis skaars lig toe ek wakker word. Huipie en die oudste meisiekinders is al by die bokke doenig. Ek hoor melk in emmertjies spuit.

Die tevrede geblêr van die bokke. Maar wat my eintlik wakker gemaak het, is 'n diep dreuning wat klink of dit reguit hier na Oorlogskop se kant toe kom, kompleet 'n motor of motorfiets of selfs, verál, 'n jagkar – ek krimp ineen by die gedagte.

Met jou peester in 'n bankskroef het jy dalk tóg nog tyd vir wraakplanne.

Ek probeer vir Mias wakker skud, maar ek kan netsowel 'n klip skud. Onrustig lê ek en luister.

Johanna bring koffie en stel my gerus. Dis 'n koningstor, sê sy. Hulle skeer lank voor sonop so kniehoog oor die veld, dan klink dit nes 'n ding met 'n masjien.

"Hoekom is jy so kolt maal jou neus so gloot?" vra Mottie, die kontantste van die kleintjies. Sy kan haar oë nie van my afhou nie. Mias en Joy, wat nou wakker is, lag lekker.

"Mot!" betig Johanna haar. "Mens praat nie so met grootmense nie."

Ek voel 'n hele paar duim langer. Johanna is ook aan die kort kant, soos haar ma, en sy het haar ma se mooi vel.

Ons kyk hoe voer Johanna haar ystervarkie goed wat sy tsammas noem en ons luister hoe blaai hy sy penne oop, tsirts, tsirts, en ons kyk na sy nuuskierige, vriendelike ogies en snuffelneus. Mias sê Rooistasie se bokwagter het gesê hoeke lekker vleiskos die ou pennedraer het.

Johanna gee Mias 'n vernietigende kyk en krap die varkie agter sy ore.

Ma-Let was lief vir diere; van my vroegste herinneringe is dié aan 'n gekweste bakoorjakkalsie wat sy vertroetel.

Johanna tel die groukatjie in haar arms op. Die katjie lyk mak, maar haar naels is klouskerp.

En Ma-Let self? Sy was tog meer as net Let Lyf? Wildekat wat mak gemaak is? Of mak kat wat wild geword het?

En Klaas Duimpie – as hy nog leef – vlug hy voor die beskawing uit, of is hy groukat wat sy kloue dán hier, dán daar inslaan en weer padgee?

Ons raak ongeduldig om die pad te gaan opsoek, maar Swartsarel hou vol dat daar die week geen voertuig verbygekom het nie. Om die een of ander rede versuim Uncle en Aäron en Piet

Praaimus nog iewers. Ek wil liewer nie daaraan dink dat dié iewers dalk Omdraaisdrif kan wees nie.

Ons ry met Swartsarel se eselskarretjie na die pad wat anderkant die berg verbyloop. Die tros meisiekinders, op die twee naasoudstes na, ry saam. Al praat Johanna haar aan, wil die haasbekkie aanmekaar by my weet hoekom ek so kort is. Ek dink aan die uitgeholde miershoop – hul bakoondjie – neffens die skilpad se hok.

"Ek is in 'n miershoop gebore," sê ek, wetende dat dit darem 'n halwe waarheid is, en dit lyk of dit haar voorlopig tevrede stel. Maar sy bly my aankyk.

As alle aanduidings reg is, is ek nie so vêr verkeerd nie.

Maar nou sweef ek verby miershope en berge en dale; ek galop oor die aarde met my stelte, want Johanna se sagte skouertjies raakraak aan myne en die hemel ruik na viooltjies.

Ons kom by die pad waar Uncle, die gewese klipdokter, Aäron, die gewese Eerste Sekretaris van die een of ander Minister, en die nimlike sirkusbaas, Piet Praaimus, veronderstel is om ons in te wag. Of andersom.

Het ek gesê *pad?* Dis eintlik niks meer as 'n droë sandrivier nie, soos die een waarlangs ons van die Gariep af weggekoers het. Met spore wat van vêr af soos vingerstrepe lyk, maar by nadere aanblik die spore blyk te wees van motors wat gemaak was vir ander, groener lande se gelyker paaie en nie vir die uitdagings van dié woestynland nie. Kol-kol kan jy die skop- en grawemerke sien waar 'n voertuig vasgesit het.

Ouspore, ja. Maar geen vars spoor nie. Swartsarel, wat die veld fyner kan lees as 'n Boesman, lyk dit my, en gewis net so veldgeleerd is as Stryker, laat ons troei staan en knak sy lang lyf oor die spore. Dit lyk kompleet asof hy aan die sandkorrels ruik. "Nee," sê hy ná 'n ruk en wys na spoortjies en 'n sleepsel wat die pad moeisaam kruis, "skilpad is so teen verlede week verby en sedertdien het hier nog nie 'n voertuig gery nie."

Nou hoe nou? Het die amasones van Omdraaisdrif vir Unclehulle beetgekry? Of was die vlees sterker as die gees, toe versuim hulle maar daar? Waar spanspek eers 'n bysteek het, daar gaan perdevlieg ook in.

Of het hulle toe tóg besluit om die ander pad, die een Klipfontein toe, te vat? Verraad! Dit kan mos nou nie wees nie. Die akkoord was duidelik: by Oorlogskop sal ons krymekaar.

"Seker fout met die pont," stel Mias voor.

"Of Mal-Betta het ..." Maar Swartsarel voltooi nie sy sin nie. Ek weet. Ek kan die sin klaarmaak. Dit kan ook wees dat sy hulle herken het. Haar geweer staan sweerlik gelaai.

Dit sal darem lol om die lywige Eerste Sekretaris aan die boom op te hys.

Terwyl ons so langs die pad hurksit, vertel Swartsarel van sy swaarkrydae. Hy is uitgehonger vir geselskap.

"Ek was dom," sê hy, "ons was almal dom, toetentaal t'ghommie. Weet jy waar kom die daaimins vandaan wat die uitlanders en die Transvalers nou agter doringdraad uithaal? Ek't hulle uitgehaal, ek en Theuns Blootvoet en sy broer Koos Eensaam; ons het vir doktor Merensky gewerk ..."

Doktor Merensky? Ek en Mias loer na mekaar. Hier kom trawal met lang treë aan. Tensy ...

"... 'n goeie man as daar ooit een was, ek weet nie of hy Doeitser of Jood is nie, maar 'n goeie man. En slim! Nie net van daaimins af weet hy iets nie. Van alles. Alle soorte klippe: tentelaait, asbes, sjielaait, goud. Dié wêreld is vrot ..." en Swartsarel se oë kyk vêr, "vrot van die minerale. Boekgeleerd, man, en moenie hom van vrugtebome vra nie, dié ken hy ook. Nee, hy's 'n geleerde man."

Ek kan sien Mias kners op sy tande. Dis duidelik dat Swartsarel, goeie mens, selfs weet watter kleur sokkies dr. Merensky graag aantrek.

Nou ja, hopelik het dr. Merensky intussen van sy vermomming ontslae geraak.

"Weet julle," en Swartsarel laat sand deur sy vingers gly asof dit diamantgruis is, "ek kon hande vol blinkes in my sakke gesteek het as ek wou ... Hónderde. Kon 'n ryk man gewees het. Maar ons Sandvelders het nog altyd daarop gestáán dat ons eerlik is. En geduldig. Het die natuur dit nie vir ons geleer nie?" Hy pluk 'n droë grassprietjie en begin kou daaraan. "Want die regering het gesê elke bojaan wat vir gon en negosie rondloop, kan nie sommer voor die voet daaimins optel en daarmee maak wat hy wil nie. Ons het verstaan: die gehele gebied sal geproklameer word, dan word dit óns delwery. Die Onderveld syne. Dis tog óns grond, daar het wettig of onwettig nie ander mense voor ons gebly nie. Dis my g'loof dat die Here die stene daar geloop plant het vir ons, vir sy stiefkinders. Seker omdat hy gevoel het hy moet ons beloon vir ons swaarkry. En nou? Nou kan jy nie eens 'n skaap wat dour inraak, loop uithaal sonder om 'n koeël deur jou kop te kry nie.

"En ons wag maar, wag maar, al die tyd geduldig. En in die tussentyd word dit droog, so droog soos die liewe Here die Sandveld nog nie gemaak het nie. Julle weet, boeties, ek het baie skaap gehad: oor die tweeduisend, toe vloor ek in twee jaar se tyd meer as die helfte.

"Toe is dit pad toe. Daar moet pad gemaak word vir die blink menere in hul blink mouters: die treintjie tot by Klipfontein en verder het te stadig geraak. En Huipie trek maar so saam; wáár moes ek haar met die kinders laat staan? Ek is dan uit my grond uit? So bak sy maar brood vir die padmakers. En die tyd stap aan, en ons hou maar geduld met dese en gene se regeringsbeloftes.

"Maar dis nog nie die ergste nie. Die ergste is hoe hulle vir ons gelieg het." 'n Bitter klankie slaan deur in sy stem.

"Kyk, toe is daar hoorstories van daaimins hier en daar, by Grootmist, by Spoegrivier, affer na Koiingnaas se kant toe en so. Nóú sal ons mos darem 'n aandeel kry in die besigheid. Sê wie? Toe ons ons oë uitvee, toe is die hele stuk, van Grootrivier se mond af tot ek-weet-nie-waar-nie kastig diamantgrond. Staatsgrond. Maar hoe het dit gebeur? Een man versprei die gerugte, dan kom daar weer 'n ander een en hy sê: Nee, die grond is maar net gesout. Niks werd nie. Hou maar julle grond. Toe gaan lê die ding. Maar dit bly droog, ons bly aan die uitlêplekkies toe trek, en dit alles kos gjeld. Op 'n dag kom daar 'n kêrel uit die Kaap of die Transvaal uit, jy kan hom deur 'n ring trek, en ja, hy soek grond, groot grond, hy wil op groot skaal met mowwe boer. En dis dáár waar hy 'n toekoms vir die mofskaap sien – einste daar op ons seegronde, waar ons gedink het daaimins is. En hy rol die note so tussen sy vingers, hy rol hulle sommerso." Swartsarel demonstreer. "Toe ons ons oë uitvee, is die grond als opgekoop en die Transvalers haal die een na die ander daaimin daar uit. Bakhande vol. Die grond onder ons uit geproklameer. Jy, wat daar gebore is en wie se skaap daar geloop het, mag nie jou voet daar sit nie. Nie eens in die see se water nie.

"Dáár het ek manne by die koekepanne sien werk soos slawe. Met die sestienpondhamers en die grawe, en die koekepanne lóóp, jy moet lááí om voor te bly, die crusher is honger. Die manne word siek: tering en al wat borskwaal is, hulle raak vol sere en bloedvinte, maar dít traak die blink menere nie, nie eens dat jy môreoggend 'n siek man se werksklere moet aantrek nie. Saans, as ons bokvet aan ons stukkende hande smeer, hoor ons die gehoer-en-rumoer van Port Jollie se kant af soos daar gewerk word met óns stene se geld. En die blink motors, dié ry ons onder stof. Groet nie eens terug nie.

"As die goewerment net nie so agteraf was nie! Nou kyk, daar was 'n paar mense wat aan hul grond vasgehou het. Die Coetzees, dink ek, die Goosens, die Mosterts, die Schreuders ... hulle't nie verkoop nie. Maar toe maak die regering 'n wet wat sê jy mag nie op jou eie grond prospekteer nie. Nou toe, waar's hulle tóé?

"Nee, van regerings moet jy my niks vertel nie: hulle is die een so skelm soos die ander. As ek kan, trek ek onder alle regerings uit.

"Dis nie dat ons alles vir onsself wou hê nie. Die regering was natuurlik bekommerd ons sal die mark toestop. Oorstók. Nee, het ons gesê – ek dink nog dit was ou Jan Nelson wat ons afgevaardig het om met die kammakastige 'gevestigde belange' of watse belange dan ook te loop kantoor – nee, ons sal beurte maak op die diamantgrond. As 'n man sy paar duisend gemaak het, is dit eers weer 'n ander man se kans. Maar nou net van ons plaaslike mense, dit spreek tog vanself. En ons onderneem om nie die mark te oorvoer nie. Jy kan sê 'n diamant-*boerdery*." Moeg gepraat, gooi Swartsarel sy hande in die lug.

"Maar doof. Als wat ons voorstel, val op dowe ore. Toe besluit ek: ek versit. Met eerlikheid kom ek hier nie verder nie. En met skelmagtigheid wil ek my nie ophou nie.

"Partykeer dink ek: ek kan verstaan dat 'n man skelm raak as jou owerstes jou bedrieg. Daar is dan ook mense wat niks verkeerd sien met diamantdiefstal nie ... Of om 'n ander man se gruis te sout met jóú stene nie." Swartsarel sug.

'n Diederikie vlieg uit die ruigte op met 'n wurm in sy bek. Ek kyk hoe hy die wurm vir sy wyfie voer.

Johanna stamp aan my.

"Het jy gesien?" vra sy.

Ons loer vir mekaar. Haar kniekop raak aan my arm. Die gevoel wat in my opslaan, lig my skoon van die grond af op. Ek ruik weer viooltjies en ek hoor skaars dat sy sing: *Klaasdiedriks is 'n skelm voël, hy weet nét hoe om met harte te goël.*

Ek sak af aarde toe met dié dat haar pa weer praat.

"Met skelmstreke hou ek my nie op nie. Ek is nie so grootgemaak nie. Eer jou vader en jou moeder en jy mag nie steel nie. Gee die koning wat hom toekom. Dis hoekom ek daar weg is; ek wil vry wees ... Maar eendag, dié sweer ek jou voor, al is dit nie ek nie, maar my kinders of kindskinders, eendag gaan ons die land terugvat."

Op 'n manier, dink ek, kon dit Stryker gewees het wat hier praat. Of ek.

Dis net dat Swartsarel wit is en Stryker swart en ek tussenin.

Ons kyk oor die kaal, klipbesaaide vlakte. Oor die honderde spore in die sandpad; die yl strepies gras en opslaggies waar 'n verdwaalde buitjie misreën geval het; die donker berg waarteen die matjieshuisies hiervandaan soos vaalgebleikte bokkuttels tussen die swart klippe lê.

"Intussen het ek darem die fontein," sê Swartsarel.

Hy sit skielik regop. "Daar kom hulle," sê hy.

Die stof wat ná 'n rukkie tussen die koppe deur begin kurktrekker, oortuig ons. Die Hup bokspring tussen die bome deur, ry g'n niks reguit nie, kom ente-ente soos 'n krap skuinsdwars oor die sand na ons toe aan. Ons kan hoor hoe die masjien swaarkry waar die sand dik is. Die volgende oomblik skiet hy weer soos 'n prop oor harder grond.

Swartsarel beduie Piet teen 'n klipbank uit. Die Hup stuiptrek tot stilstand. Aäron val-val by die deur uit, sy hare gekoek van die stof. Hy gryp-gryp na lug en na sy flessie. Swartsarel se meisiekinders kan hul oë nie van sy massiewe liggaam af hou nie; Johanna druk die haasbekkie se mond toe.

Piet Praaimus en Uncle lyk nie veel beter nie. Die sweet straal Piet af en sy hare is glad nie meer rooi nie, maar wit. "Magtag," sê hy, "maar dis 'n stuk geskiedenis van 'n pad!"

Ook my egg-box is tóé van die stof.

Ek en Mias en Joy kyk verlig na mekaar. Piet is weer Piet, en Uncle is nie meer dr. Merensky nie.

"Sal die blessitse kar aan die eerste die beste koper verkoop," brom Uncle. "Die ding kook aanmekaar." Hy gee die motor 'n skop teen die modderskerm.

"Dis nie die kar se skuld nie," sê Piet Praaimus, halflyf onder die sissende enjinkap in. "Ek is seker daarvan dis daardie onwettige tweeling se werk."

Aäron sug net en vat nog 'n sluk uit sy weduweeskruikie.

"'n Hond sal nie soveel teëspoed op die lyf loop nie," sug Uncle terwyl hy op 'n klip gaan sit. "Waarom word George Lazarus altyd uitgesoek?" En hy slaan sy oë hemel- en grondwaarts.

41

Waarin ons helde tydelik rus vind op Koffiemeul en ou bekendes – pelgrims met uiteenlopende sendings – mekaar weer raakloop.

Koffiemeul kry sy naam van drie eenderse pikgitswart koppe – kleinboeties van Oorlogskop – wat soos hopies gemaalde koffie blink en gepunt oor 'n breë sand- en kalkvlakte lê. Die dorp self kruip op teen 'n kalkerige heuwel, en 'n passasierstrein stik 'n grys soom van rook om die huise.

Wuiwende sakdoeke en hande, stoom wat pof en verdamp. 'n Deurdringende fluit, nie so pieperig soos Clara s'n as sy van Klipfontein af wegtrek nie.

Ons sit en kyk na die skommelende waens. "Nou sal ek seker nog drie-en-dertig jaar moet wag vir die volgende trein," brom Uncle, sy yler wordende krulhare en snorretjie weer skoon, sy aantreklike blas gesig weer blink. Soos ook ons ander s'n; Swartsarel se warmfonteintjie is toorwater, soos Piet sê.

Die lou fonteinwater het ook 'n dowwe glans in Joy se oë teruggebring.

Uncle kon sy oë nie van Gloudien en Johanna af hou nie, en ek het – met 'n gevoel wat ek nou herken as gistende jaloesie – die tekens gelees. Dit was tyd om te groet. Swartsarel het my hand net so lank vasgehou as toe ons daar aangekom het.

"As die Here wil, sien ons mekaar weer," het hy gesê, en ek was diep onder die indruk van sy reguit kyk. Ek het geweet hy hou van my, maar dit het my onrustig gemaak. Johanna het lank in my oë en toe voor haar op die grond gekyk toe ons groet.

Ek verbeel my 'n welgevormde handjie wat 'n sakdoekie omklem. Wat wuif en dan al wuiwend in die Hup se truspieëltjie wegraak.

Waar die kalkpad die spoor kruis, moet ons wag totdat die trein verby is en die swartgeklede spoorwegman die rooi vlag laat sak. Ons waai vir die vrolike passasiers. Uncle, voet op die Hup se modderskerm, sy helmet getoon, sy broek by sy kamaste ingesteek, word met vingersoentjies en uitroepe van bewondering begroet. Ek moet sê ons lyk na 'n eksentrieke ekspedisie of 'n klomp pioniers. Enigiemand wat hierdie land se sandpaaie oorwin, is 'n pionier.

Ek klop die gehawende Hupmobile teen sy modderskerm: welgedaan! Iewers ratel iets los en kletter grond toe. Toe ons die dorp skeef-skeef indryf, soek Piet die enigste werktuigkundige en Uncle en Aäron die naaste hotel op.

Die Duitse invloed op die dorp is sterk: jy kan dit aan die huise en winkels sien, en aan uithangborde met Duitse name. Ek, Mias en Joy ondervind moeite om ons los te skeur van 'n uitstallinkie vleise, polonies en worse. Ons het lanklaas maag stilgemaak.

Wat is die verrassing groot toe ons 'n bekende gestalte aan die oorkant van die straat sien stap: fier soos altyd, dog veel, veel ouer as toe ons op Steenboksvlei van hom afskeid geneem het. Maar die tred is onmiskenbaar. Stryker! By hom is 'n opgeskote seun wat moet uithaal om by te bly. Stryker het nog nooit trippens gesoek, soos 'n donkie nie. Waar anders kom sy naam vandaan?

Ons storm op hom af.

"Stryker!"

Hy hoor sy Bakoondskraalse karrienaam en swaai om, verras.

"Etse!"

"Ons het agter oompie se stories aangeloop," sê Mias, sommer om iets te sê.

"Dis my klong," spog Stryker met die seun langs hom. "Obadja. Maar ek noem hom Schnaps."

Die seun, koolstoofswart, sodat sy tande skerp afwys teen sy gesig, steek onmiddellik sy hand uit. Sy voorkop is groot en rond, sy gesig ook, maar sy oë en neuskoker sit diep, sodat dit lyk of iemand hom by geboorte 'n hou tussen die oë gegee het. Van die kant af lyk sy gesig ingeduik.

"Na voorkoms sy mama se klong," sê Stryker trots, terwyl hy agter sy maer knieë teen 'n palmboom aanleun en ons, soos van ouds, in 'n halfsirkel om hom sit.

'n Vrou hang by die venster van die bakkery langsaan uit, kyk ons half verbaas, half vies aan en beduie met hande vol meel en deeg. "Runter da!" sê sy, maar Stryker steur hom nie aan haar nie, en sy verdwyn met 'n gemompel terug in die geheimenisse van die bakkery, waaruit die verleidelikste geure aangewaai kom.

"Julle is seker honger," sê Stryker. "Hoe't julle hier gekom?" Hy vra nog baie ander vrae, skud sy kop bedroef toe hy hoor wie ons begeleiers is, en op die ou end word ons omgepraat om – soos hy – in die Mission te oornag.

"Dis al plek waar ek en Schnaps durf bly," sê hy. Meer hoef hy nie te sê nie; ons kom agter hoe dorpe werk.

Hulle keer pas terug van 'n pelgrimsreis, sê hy, hy en Obadja – en hy wys na twee muile wat onder 'n peperboom vasgemaak staan. En hy's op pad Riemvasmaak toe, om vir hom te gaan vrou vat; hy handel net 'n bietjie besigheid af.

"Waar is Schnaps se ma dan?" vra Joy die vraag wat in ons almal se gedagtes is.

"Sy's afgesterwe," sê Stryker. "Met Obadja se geboorte. Dis 'n lang storie."

Hy wil alles van ons weet.

Ons val mekaar behoorlik in die rede om te verhaal wat sedert ons afskeid 'n klompie jare gelede op Steenboksvlei gebeur het, en hy luister geduldig en met groeiende verbystering. Toe ons van Suster Francesca vertel, haal hy sy hoed af en draai dit in sy hande rond. Ons knip die dramatiese deel voor ons dolle vertrek uit Rooistasie kort. Ons noem nie eens Lot Vermaak se naam nie.

Die Vader wat ons ontvang, is nie dieselfde een wat destyds uit die Vikariaat aan Suster Francesca geskryf het nie. Tussen die ander geskrifte in my egg-box is daar Vader Roussel se versoek aan haar om die ontberinge wat Vader Michelet en Broeder Chabrol van hul wou afskud, op haar tenger skouers te neem. Vader Roussel, lig Stryker ons in, is aan tering en bekommernis dood.

Vader Panzer lyk anders as die meeste priesters met wie ek kennis gemaak het. Met sy breë, fris bolyf is hy die ewebeeld van 'n stoeier. Hy vertel energiek van sy toegewyde Oblate Susters en van sy woestynkudde. Ons verneem dat Suster Agnes ook tot hoër diens geroep is. Maar, soos hy met 'n skouerophaling en 'n skewe glimlaggie sê, as mens die klaagmuur dag vir dag uitklim, kry die engele jou jammer. Dan steek hulle op 'n dag 'n hand na jou uit. Vader Panzer se glimlag en sy vriendelike, ronde brilletjie wis alle verdere vergelykings met stoeiers uit. Ek wonder of hy 'n vlieg kwaad sal aandoen. Te meer nog omdat hy Stryker se verduideliking goedvertrouend aanvaar en ons soos 'n herbergier met 'n wye swaai van sy hand uitnooi om saam te eet en daar te oornag. Onder sy dak is alle siele welkom.

Dis 'n eenvoudige maal van sop en brood en wyn, maar ons eet soos konings. Daar is selfs twee harde kussings op my stoel, sodat ek en Mias vir 'n salige uur amper ewe lank is!

Hoe nou gemaak met Uncle en Aäron, albei teen hierdie tyd waarskynlik hoogs onbekwaam? Deur bemiddeling van Piet vind ons uit dat twee ontfermende kroegengele, die susters Haastige Hetta en Bekkige Beulah, die twee kalante onder beskerming geneem het, aangesien hul kêrels – 'n drywer en 'n stoker – pas vanoggend met die trein weg is De Aar toe en nie voor oormôreaand sal terugkeer nie.

Seker op die trein wat ons sien vertrek het. Uncle het glo summier 'n pryslied op die Suid-Afrikaanse Spoorweë en Hawens aangehef; dit gebeur maar selde dat iets so steeks as 'n treinrooster tot sy voordeel strek. Verveel die nonne en die novises ons, het Uncle glo met sy groot hande om Haastige Hetta se middeltjie gesê, moet ons maar die geestelike vreugde vir wêreldser plesier verruil en by die kroeg aanmeld. Daar huppel soms 'n oulike blonde Duitsertjie rond, maar haar pa is 'n sodomiet of 'n Antisemiet, Piet is nie presies seker wát nie.

Hy wat Piet Praaimus is, wag net op die regmaak van die Hupmobile, dan wil hy besigheid gesels. Hy wil al die geld wat hy op Klipfontein gespaar het, gebruik om die strydros te koop. Dan wil hy deur Duitswes reis op soek na rotstekeninge, klipgravures, meteoriete, fossiele – enigiets wat die mens se herkoms kan verklaar. Daar het juis kort tevore 'n meteoriet in die rigting van die Gariep geval, sê Piet. Ek onthou. Die nagdonkerte op Rooistasie is een aand skielik deur 'n verblindende wit lig verhelder. Lot het net klaar gebid, toe die ster vlakby ons verskiet, gevolg deur die opligtende hemel na Omdraaisdrif se kant toe, en 'n dowwe slag net daarna. Katrina en Joy het dadelik onder die tafel ingekruip. Katrina het gemompel dat dit die Hand van Bo is. Lot het haar hardhandig daar uitgehaal. Sy het die hele tyd sit en bewe soos 'n hond wat gif ingekry het.

Lot het dit as 'n teken van Betta se sondigheid gesien; ek en Mias het stilweg bespiegel dat dit iets met sý lang gebede te doen mag hê. Dié aand, onthou ek, het Lot Hamerkop ná ete ekstra lank gebid, en daar was baie verwysings na die laaste dae in sy gebed. Joy het nagmerries gehad en ek het tot in die voordag gelê en kyk na die sterre. Ek het gewens nóg een breek los uit die swart deksel van die nag en val bo-op Lot.

Sou dit gloei? Sou dit glinster? En is daar 'n gat waar dit vandaan kom?

En nou moes ons vir Piet groet. Hy het so rooi soos 'n waatlemoenskyf geword toe Joy hom omhels, en twee keer gewaai toe die Hup in 'n bolling kalkstof verdwyn. Ons het gewonder of ons hom ooit weer sou sien.

Stryker het oor Schnaps se ma vertel. Sy was 'n Damara-meisie, so swart soos kameeldoring se pit, met die mooiste, helderste lag.

"Breek kameeldoringpeul oop, en wat sien jy eerste? Jy sien die helderwit melerigheid, dan die pitte. So was sy," sê Stryker, en sy oë kry 'n vaalte oor hulle. "Sy lag jou toe as jy nog vêr aankom." Hy bly 'n oomblik stil. "Met Schnaps se geboorte het daardie lag weggegaan."

Stryker se stem breek so effens. "Die ding het só gekom. Ek was by mý mama se mense op Warmbad. Daar kuier Dairos toe en dis liefde met die eerste aanblik. En so aan, dinge gebeur mos. Toe kom die Smuts-regering, hulle't by die Jermanne oorgevat, wanneer was dit? Ná die oorlog? Maar met jakkalsstreke: koop hier om, blo daar. Op die ou end was ons net so sleg daaraan toe as onder Jerman se bewind. Mense het soos slawe gewerk: aan die spoorlyn, op plase ... Kos en klere gekry, ja, maar wat kan jy môre-oormôre daarmee maak?

"Maar die draai het gekom toe hulle nou onse honde belas, die jaghonde. Waarmee moes die tax betaal word? Toe het Abram Morris gesê: tot hiertoe en nie verder nie. Maar julle weet hoe dit is as jy nie wátse wapens het nie, hoe verweer jy jou teen vliegtuie en bomme? Want dis wat hulle gedoen het: gekom bomme afgooi op ons. Abram Morris dood, meer as honderd ander dood, nog vyfhonderd opgesluit ... 'n Paar het ontvlug, min of meer dieselfde pad as in Morenga se tyd. Suidwaarts. Hier af, rivier oor. Moenie vir my vra hoe ons daar gekom deur het nie! Gelukkig was Gariep nie baie vol nie ... Maar ek glo tot vandag toe Heitsi-Eibib het die waterse makgemaak vir ons ... Pella se mense was goed vir ons, net soos destyds: Suster Eva, Suster Christina, Vader Bommelen, Broeder Hayes – hulle het vir ons uit die water gehaal en vir ons gesorg asof ons hulle se eie kinders was. Mag die seën van die Heilige Sint Christophorus op hulle rus.

"Maar die skrik en die swaar was te veel vir Dairos.

"Toe sy sterwe, het Vader Bommelen gelees van Obadja wat die priesters versteek en hulle brood en water gegee het. So staan dit in die Boek van die Konings. Toe sê ek, ons kind se naam sal Obadja wees, die sorgsame. Ter gedagtenis aan húlle sorgsaamheid. Maar toe hy vier was, of vyf, het hy eendag met die besoek van die Biskop op dié se skoot geklim en 'n glasie brandewyn leeg gedrink – toe noem die Biskop hom Schnaps."

Ek vertel hom van my ontmoeting met Vuilbaard Laggerjan en hy spoeg eenkant toe. Ek sê hom dat die prospekteerder gemeen het hulle sal mekaar in die omgewing van Omdraaisdrif raakloop.

Stryker skud sy kop. "Arrie, maar die ou etter kan lieg!" sê hy.

Ek herinner hom daaraan dat hy saam met Vuilbaard van Steenboksvlei af weg is, Richtersveld toe.

"Nee, dit is so. Ek wou nie handlanger word by die Mission nie," sê hy. "En ek wóú Wonderspelonk toe. Toe hoor ek die ou soek iemand om te help prospekteer. By die Pokkiespram. Toe dink ek ja, hier's my kans."

"Toe help oompie hom?"

Stryker skud weer sy kop. "Hy loop agter dwaalligte aan. Een of ander versteekte skat, hulle noem dit die Boesmanparadys. Volstruiseierdoppe vol roebies en daaimins en so. Daarmee het hy my verpes, dag vir dag. Of ek 'n Boesman is. Die ou sleghalter glo vas ek weet van so 'n skat. Ek het maar saamgespeel ... en toe't ek die ou gelos. Maar ek verneem hy't weer my spoor gevat; hy sal sweerlik nog hier uitslaan."

"Wat is snaaks aan die Wonderspelonk?"

"Die Wonderspelonk is dié plek van alle plekke vir onse voormense. Die eerste gebod sê tog dat jy die Here jou God moet liefhê met jou hele hart, dan nie? Dis op klip geskrywe ..."

Daar kom 'n bitter klank in Stryker se stem. "Toe ek by die Wondergat kom, toe sien ek daar is reeds mens. Nie pelgrims nie. Fortuinsoekers, Vuilbaard se bloedbroers. Maar Heitsi-Eibib laat hom nie vermaak nie. Die gat loop 'n osriem of twee regaf, dan swaai dit dwars, dan raak die aarde weer weg. Ek weet nie of die een man vasgesit het nie. Toe hy ná dae uitkom, was hy voriehere spierwitgrys en stom."

"Het hulle toe iets gekry?"

"Nee, hulle sal ook nie. Maar soek, sal hulle bly soek. Geldmaak en rykword is mos 'n wurm wat jou eenmanier van binne af opvreet.

"So by so: aan wie behoort die plek? Behoort dit nie aan hulle wat eerste daar was nie? As 'n hond 'n been loop begrawe, doen hy dit dan vir ander honde se beliewe? Nee, die plek behoort aan hulle wat die klippies vir versiering gedra het.

"Wat my die seerste maak," sê Stryker, "is dat ons nousedae in kampies geja word, al het ons vroeër jare van dieselfde bokooi se melk gedrink. Julle sal sien, noudat julle in Jerman se land is: skif jou vel net 'n bietjie, is jy niks.

"En daar is mense wat hulle maar laat voorsê. Wat vergeet van Morenga en van Abram Morris. Wat soos donkies geword het wat hulle laat slaan. Van my sê hulle glad: ja, so was Stryker nog altyd, dit kom daarvan as die bloed van 'n Bondelswarts-ram met dié van 'n Damara-ooi meng ... gatstotnogtoe, sal dit dan werk? En so het baie mense dit van ander gesê: miskien uit vrees, miskien uit onsekerheid oor wie hulle is.

"Wie tel halfmaantjies, wie kan nie die fynkrulle miskyk nie, wie merk die koffievlekke op, wie let op die lippe, op die vorm van die neus, op die vaal van die oë, op die kleur van die tandvleise en die hand se binnekant? Jou eie brood se muf sit nie altyd waar jy dit kan sien nie! Maar dié wat gister se matjieshuise vergeet het, dié wat vergeet het dat hul oumas plat op die grond gesit het, en húl oumas, en dié s'n tot terug in Rut se tyd, plat op die grond met die handmeultjie, die gatskuurklippe tussen die knieë; hulle wat daarteen stry as jy sê jy't gesien hoe trap hulle se oumas die askoek of die riel of die bobbejaandans; hulle wat vir hulle muurhuise gebou het met wit mure buite en bottelgroen mure binnekant; hulle wat die koffie van die melk wil skei – hulle was nie baie nie, maar hulle het meer geword.

"En ek? Ek wil vrede hê. Ek wil in die oggend opstaan en my bokkietjies loop voer en water gee, ek wil my kinders sien speel en groei en sterk word ... In die aand wil ek musiek maak, wil ek speel vir die maan wat kop uitsteek en weer sy kop gaan bêre ..."

Stryker het sy viool en sy mondfluitjie uitgehaal en homself én vir ons in 'n swymeling ingespeel en iewers, laat die nag, voor hy sou groet om na sy bruid toe te gaan, 'n rympie opgesê ter ere van haar na wie hy nie meer mag omdraai nie:

> *"Julle kan al die kameeldorings vat*
> *al die bome met die halfmaantjiepeule*
> *hierdie een kry julle nie*
> *sy's my skaduweeboom, sy's my kosgeeboom,*
> *al die voëls van die wêreld kan nesmaak in haar takke."*

Met die aanhoor van dié rympie kon ek nie anders nie, ek móés vir Stryker weer oor die nesmaakraaisel uitvra.

"O ja, Kola, ek is al amper vergeet." Hy dink 'n oomblik na, dan skud hy die woorde uit sy geheue:

*"Ik vond een nest in de matjiesgoed
ik vrat een ei, dat zat mij goed.
Ik maak mijn make, ik vloog daar weg,
mijn hoofd vooruit, mijn staart verzeg ... "*

Hy sug. "Maar ons is nie nader aan 'n antwoord nie, Kola. Behalwe ..."

"Behalwe wat?" Ek skuif nader.

"Behalwe miskien ... Dit kan 'n voël wees. Hier in ons voëlwêreld kry jy vier soorte ma's: ou Raasbek, ou Hotnot-platvoet, wat jou liederlik sal aanvat as jy naby haar nes kom; Volstruis, wat so domastrant is dat sy sommer haar nes net so in die oopte sal los; Kelkiewyn, wat myle vêr sal vlieg vir haar kinders se water; en Rooikopvink, wat te lui is om haar eie nes te maak, nou loseer sy by die nonnetjie-goups ..."

Ek dink 'n oomblik na. "Korhaan en Kelkiewyn is dit nie, want dié broei sommer tussen die klippe. Volstruis kán dit wees as jy dink: *dat zat mij goed.* Ja, die vreter is omtrént dikgevreet – maar in die matjiesgoed sal sy nie nes gemaak kry nie al staan sy op haar kop. Vink? Selfde probleem. Versamelvoëls maak nie nes in die matjiesgoed nie."

"Jy het kop gekry," sê Stryker, en ek voel hoe ek langer word.

"Dis die laaste reël wat my onderkry," sê ek.

"Nee," sê Stryker, "dis die laaste twéé reëls."

"Of die stuk wat kortkom," sê ek.

"As daar 'n stuk kortkom."

En daarby het dit vir eers gebly.

Wie ben ik? Die raaisel, wat één van haar galante vir Ma-Let gegee het, was nog net so onopgelos soos altyd.

Dis net soos Stryker gesê het. Jy kan hom van vêr af aan sy aardskuddende lag uitken, die volle toonleer daarvan, aangevul met die blaasbalkgefluit van sy bors, en die hoorbare klap van die pruimpie in die koper-kwispedoor. Natuurlik het ek Vuilbaard Laggerjan nog nie vergeef nie. Maar hier was nou die geleentheid om – namens al die skilpaaie van die Onderveld, of waar hy ook al sy vuil voete sit – soete wraak te neem.

In my egg-box is daar naamlik (saam met die vergeelde dokumente en die skulpiesklavier) 'n fyn en besonder kunstig gedresseerde kristal wat skitter en vonkel soos 'n reeds geslypte diamant.

Eers moes ek Uncle en dalk ook Aäron se samewerking verkry. Kan hulle hulself losskeur van Haastige Hetta en Bekkige Beulah? Is dit nie te veel gevra nie?

Maar gelukkig toon Uncle tekens van uitputting of verveling – ek vermoed albei, want Haastige Hetta het seker nie verniet haar bynaam gekry nie. En gelukkig is Stoker en Drywer op pad terug.

Kan Uncle weer in Herr Doktor Merensky verander? Welseker. Joy voorsien die nodige grimering. Aan Aäron kan mens steeds nie veel doen nie – hier 'n das regtrek, daar 'n straatveër-omslag gelyk maak of 'n breë lapel platstryk – maar ministers en hul sekretarisse ís mos maar 'n bietjie breed van lyf.

Alles het daarop gedui dat 'n dramatjie in die kleine voor ons oë sou afspeel.

Toneel 1: Die bebaarde en behaarde prospekteerder sit wydsbeen op sy kroegstoel, 'n Kleine-Kleine in sy vuiste. Fräulein Vogel, die hotelbaas se blonde dogter – na wie se kuiltjies my oë kort-kort dwaal – koes behendig wanneer Vuilbaard praat; ook die ander glase staan in 'n wye halfsirkel buite die straal van sy woorde. Verrassingselement: ou Vuilbaard het 'n slag weer sy baard getrim, en sy klere lyk beslis beter as die pluiens waarin hy my die eerste keer begroet het. Net die asem is nog dieselfde. Lawa uit die derms van die aarde.

Toneel 2: Terwyl Vuilbaard breedvoerig vertel hoe hy 'n klein fortuintjie gemaak het uit 'n sak waardelose toermalyn – "die goed is so bros soos suiker, goe-goe-goe!" – duik 'n kort kêreltjie met 'n punthoed en opgeboude skoene langs hom op en bestel ongeërg 'n bier.

"Donnerwetter!" sê Baardman vir die blonde kelnerin, "maar die muggies hier in julle wêreld is groot!" Die kêrel met die punthoed maak of hy dit nie hoor nie. Maar ná 'n rukkie steek hy 'n vinger in die bebaarde man se sy, maak sy vuis vinnig oop en toe en drink verder aan sy bier.

Toneel 3: Die bebaarde reus se geeltand-gryns verstar. Hy vergeet onmiddellik al die grappe wat hy nog wou vertel, sleep-dra die klein mannetjie na 'n aangrensende vertrek, loer skunnig oor sy linkerén sy regterskouer en begin kweel soos 'n voëltjie ná 'n onverwagte reënbui. Maar sy bui wissel vinnig: hy bekyk die skitterende kristalletjie, ruik daaraan, hou dit teen die lig en sê hy gaan net gou sy sespondhamer haal ter wille van goeie trou en kameraadskap. Terwyl hy dit sê, loer hy deur bier- en whiskydeurdrenkte wenkbroue na die klein mannetjie. Sien die klein mannetjie die ou grote se loens oog raak? Maar dié maak andermaal of hy niks gehoor het nie.

Vuilbaard probeer 'n nuwe taktiek: hy sê hy het 'n bietjie suur in sy rugsak, die vriendjie moet net gou wag ... Geen reaksie nie. Die muggie hou vyf en daarna drie vingers in die lug; die ander hand se vuis styf om die kosbare steen geklem.

Nou volg 'n stilte waartydens net die roggeling van Vuilbaard se bors gehoor kan word.

Dan verander sy stemming skielik: dit lyk asof hy hom soos 'n bakkopslang oppof; hy troon oor die klein mannetjie, wat nou 'n enkele keer benoud na agter kyk.

Toneel 4: Op die regte oomblik, net toe die klein mannetjie weer sy vuis oopmaak en die kristal die glans van die lanterns vang, kom Uncle en Aäron – dr. Merensky en die Eerste Sekretaris van die een of ander Minister – die vertrek binne. "A!" sê Herr Doktor, en gooi 'n paar Duitse woorde wat hy die laaste tyd in die kroeg en by Hetta geleer het, tussenin: "Wie siehst du aus, kleiner Bumser? Het my vriendjie nog 'n blinke gekry?" En, oordrewe beleef aan die geeltand-prospekteerder: "Ach, bitte, ek is doktor Merensky," en hy stel homself – en die Eerste Sekretaris – omsigtig aan Vuilbaard bekend. Laasgenoemde se skelm ogies spring rond tussen die klein mannetjie, die klipdoktor en die indrukwekkende regeringsgesant. Dan gaan sy mond stadig oop. Hy praat, maar sy stem is weg. Mens kan aflei hy wil sê: Dié Merensky? Die man wat kan klippe lees?

Uncle neem die diamant by die klein mannetjie, weeg dit in sy handpalms, hou dit teen die lig en sê: "Vlekkeloos!" Hy korrel weer daarna en verklaar gesaghebbend: "Suid van Lüderitz, nicht wahr? Kan sweer dit kom uit die Boesmanparadys ..." Vuilbaard se ogies vernou verder.

"Hoe weet u dit?" Die klein kêreltjie veins die uiterste verbasing.

Dis die teken vir Aäron se bydrae. "U weet natuurlik dat dit onwettig is om 'n ongeslypte diamant ...?"

"O ja, o ja," antwoord die kleintjie, "ek was juis op pad na die Polizei ..."

"Goeie seun, goeie seun!"

Dr. Merensky klop Punthoed op sy skouer. "Gaan nou dadelik soos 'n wetsgehoorsame burger na die gereg ... sofort!"

Exit Herr Doktor en die Eerste Sekretaris.

Vuilbaard vee die sweet met 'n verkreukelde sakdoek af; die klein ventjie beweeg deur toe, waardeur die twee geleerde here reeds verdwyn het.

Toneel 5: Voordat die klein mannetjie 'n voet by die deur kan uitsit, kry Vuilbaard sy stem terug. 'n Ruig behaarde hand pluk die buksie aan sy skouer, sodat hy die kamer weer binnetol.

"Vyfhonderd," spoeg die prospekteerder, met sy oë vasgenael op Punthoed se toegeknelde hand.

"Agthonderd," sê die klein mannetjie, wat nou kort-kort oor sy skouer loer.

"By die Polizei sal jy nie eens dertig pond kry nie. En dalk opgesluit word op die koop toe. Ryswater met muisdrolle. Gie-gie ..." Die klein mannetjie kry 'n kameraadskaplike stampie.

"Agthonderd," byt hy vas.

"Vyf-vyftig."

Die klein kêreltjie roei deur toe.

"Wag," sê Laggerjan, en nou is hy ernstig. Hy tower 'n rinkelende twaksakkie uit die talle voue van sy klere. Hy druk die deur gewigtig toe; staan met sy volle gewig daarteen. Hy sweet so dat mens dit kan ruik.

"Ek gee jou seshonderd."

Ek is daar weg met seshonderd en vyftig pond, heelwat meer praktiese ervaring en 'n gevoel dat skilpaaie ook iets kan regkry. My eerste klinkende sukses op die gebied van finansiële onderhandeling. Uncle het intussen weer van gedaante verwissel, 'n bottel rum uit die kroeg gesmokkel, en ons is teen een van die kalkbulte uit, waar ons in die helder maanlig oor die vlakte kon kyk hoe blink die stoom van die trein voordat dit die lang halfsirkel om die dorp vat en die stasie instoot.

Toe almal nugterder was, is die geld verdeel.

Mias en Joy se koppe staan Kaap se kant toe; hulle wil so vêr moontlik van Lot af wegkom; 'n nuwe lewe gaan begin.

Uncle praat van Kimberley; hy kan nie sonder 'n ryding klaarkom nie. Hy het in die koerant gelees dat 'n Ford V8 Convertible – een soos Bonnie en Clyde s'n, lui die advertensie so ewe – daar te koop is. Aäron het net sy hande in die lug gegooi en sy flessie uitgehaal.

"Ons kry jou weer hier," verseker Uncle my terwyl hy 'n sigaar tussen sy lippe rol. "Wie weet, dalk nog met 'n sirkus!"

Daar het 'n advertensie teen die kroegdeur verskyn waarvan die ink nog nat was toe ek dit onder *Herr Vogel, Bestuurder: Pension Kaffeemühle,* se neus druk en met Aäron ter ondersteuning langs my vertel hoe *pünktlich* ek die kantien van die Klipfontein Hotel bestuur het.

Ek gaan sien vir Uncle en Aäron weg. Teen die stasie se houtdeur is 'n verbleikte, geskeurde sirkusplakkaat. Bokant 'n tekening van iemand wat hom- of haarself op 'n sweefstok balanseer, is daar in vetdruk allerhande buitensporige beloftes: DIE VETSTE MAN IN DIE WÊRELD! DIE SLAPSTE VROU IN DIE HEELAL! DIE DWERG WAT SWAARDE SLUK! en nog talle meer.

Daar ry my sirkus, dink ek. Daar ry die vetste man op aarde. En die skelmste wetter. En hier staan die amperdwerg.

Toe het hulle, soos met 'n floustoertjie, in 'n swart roetwolk verdwyn.

Jou verdienste! hoor ek iemand skree.

Ek swaai om. Uit die laaste wa wuif 'n hand met 'n sakdoekie. Johanna!

Nee, dis net iemand wat 'n papierkardoes by die venster uitskiet. Vier, vyf stofbeenkindertjies sak daarop toe soos hoenders op 'n koringkorrel. Agter hulle, teen 'n sinkpondok, staan twee mans en twee vroue, so bewegingloos soos donkies.

In die verte, met die stofpad langs die treinspoor, stap 'n regop figuur en 'n seuntjie. Stryker en Schnaps?

Maar hulle is gister al weg.

Ek draai terug. Ek sê die soet, koel, ronde klinkers van Gudrun se naam oor en oor terwyl ek terugsweef hotel toe.

42

ARBEID ADEL. 'N HOOFSTUK WAARIN DIE GELOOF IN
DIE WONDERWERKINGE VAN GOEIE SPYS EN
DRANK HERBEVESTIG WORD.

Beloftekos. Dis hoe ek – vir die soveelste keer – voel toe ek die verrimpelde sirkusplakkaat in my hotelkamer sit en regsny om by die briewe, die poskaart met Koos Sas, die prent van die steltloper en my ander kosbare dokumente te voeg. Het die ou wetter my dan nie al hoeveel maal 'n sirkus geblo nie?

Ek herkou aan sy laaste woorde. "Daardie sirkusbaas op Steenboksvlei was 'n groot skelm. So skelm dat hy jou eie skoenveters aan jou sal verkoop sonder dat jy dit agterkom. En wat het hy aan die arme, liggelowige mense kom wys? Vat nou die diere. 'n Paar tandelose leeus wat deur 'n ander sirkus die trekpas gegee is, 'n brandsiek kameel wat op sy dag seker die stadigste dier in die Kalaharikameelpatrollie was, 'n ongeleerde sjimpansee, 'n paar onversorgde perde wat hy met linte en ballonne opgedollie het ... noem jy dít 'n sirkus? En die clowns? Ook in die pad gesteek – niemand wou vir hulle grappe lag nie. Een of twee kêrels wat op hul hande loop – noem jy dit akrobate?" Uncle het nog neerhalende goed oor die sirkus kwytgeraak, en toe gesê: "Ek sal jou 'n égte sirkus wys. Wag maar. Ek weet nét waar om die regte mense en diere te kry; nie sulke uitskot nie, maar fabelagtige diere en mense wat asemrowende toertjies kan uithaal."

Wie is nou die bedrieër, wie die eerlike? Om die een of ander rede, so voel dit vir my, word ek altyd met beloftes ingeloop. Geduld se lampolie was aan die opraak; die pit het al flouer gebrand. Tog was daar diep binne-in my nog vonkies vertroue.

Ek het wel ernstig begin pieker oor die meriete van eerlikheid en dergelike deugde. Koos Sas op die ACVV se poskaart. Moordenaar van 'n predikant se seun. 'n Oog vir 'n oog. Daar staan hy: mensbobbejaan. Was hy voëlvry? Piet Praaimus het gesê die *C* van *ACVV* staan vir Christelike.

Wat is die waarheid? Is dit geregverdig om soms kluitjies te bak? Jou los te lieg? Iemand toe te sit? Lot Hamerkop het een aand – nadat Anaat gekla het sy kan nie voorbly om brood te bak nie, iemand help homself – met sy hande op die Familiebybel gesê: As jy lieg, steel jy. Die gebod sê jy mag nie steel nie. Hy wou weet waar die brood heen verdwyn. Die tweeling het dadelik vinger gewys. Daardie aand het Mias op sy maag geslaap.

Nou hoe nou? Wie het Joy se lag gesteel?

Dis alles vrae waarmee ek ernstig worstel. Maar Mias en Joy is weg. En Koos Sas is geskiedenis. Al wat oorbly, is allerhande stories met stertjies, en hierdie vergeelde poskaart. Ek wonder hoeveel geld het die ACVV ingesamel met hulle bobbejaan.

Ek glo nie Herr Vogel, die hoteleienaar, het hoë ideale vir my gekoester nie.

Hy het bloot iemand gesoek wat die glasstukke kon bymekaarvee, die bierbekers kon was en die spatsels en die spuugvlekke uit die koper-kwispedore kon vryf.

"Vir 'n bord goeie kos," het hy gesê, en sy snorpunte liggies laat tril. Dít, het ek opgelet, doen hy as hy wil wys dat hy nie teenspraak duld nie. "En as jy goeie werk doen, betaal ek jou, miskien so oor 'n maand of twee, ses sjielings die maand. Maar dan mag jy geen glase breek nie. Dit is 'n proeftydperk. Jy moet jouself bewys. Reg so?"

Een oggend, toe die winterkoue spookagtige misvingers vêr oor die land instoot, terwyl ek besig was om die voorraad swaar, swart Bockbier wat pas per trein uit Swakopmund aangekom het, uit te pak, het ek en Gudrun Vogel in mekaar vasgeloop.

My onsekere herkoms, gebrek aan goeie verwysings en inkennigheid bring mee dat ek my op 'n afstand hou. Gudrun, met haar vrolike rooi, groen en swart skort en haar opgewekte geaardheid, het met almal grappe gemaak; sy kon dit bekóstig, want haar vader was nooit vêr nie. Wanneer sy in die nabyheid is, slier ek rond: vryf glase wat al twintig keer skoongevryf is, vir die een-en-twintigste keer skoon, poets blink spieëls nog blinker, poleer glansende koperrelings dat jy elke beweging in die kroeg in hulle kan waarneem. Dit alles om in Gudrun se nabyheid te wees. As haar haarvlegsels beweeg soos wat sy omdraai om 'n glas vol te maak, sien ek wuiwende koringare. Buk sy om 'n skoon glas van die onderste rak te haal, dink ek aan appels wat net-net begin verkleur. Staan sy op die trapleertjie om 'n bottel by te kom, herinner ek my die gladde stammetjies van botterbome op Bakoondskraal.

Maar elke keer as ek haar pa se swaar stewels in die gang hoor, word ek 'n duim of wat korter, en as Herr Vogel in die kroeg kom staan om toe te sien dat sy gaste hulself nie te buite gaan nie, hou ek my lyf figurant, wat natuurlik nie moeilik is nie. Ek het met die jare agtergekom dat handlangers en knegte hul oorlewing aan onopsigtelikheid te danke het. Dit was soos met die Vorstin se aankoms op Klipfontein: die hooggeplaastes sien jou nie raak nie. Dit hang net af hoe goed jy die kuns bemeester om 'n soort menslike meubelstuk te wees, 'n stokinsek, 'n doodhouer. Jy smelt saam met die omgewing, soos vuilgoeddraer. Ek kan ure op my hurke sit om dié gogga dop te hou: jy sal dink dis 'n repie blaar, 'n stokkie en 'n paar grondkorrels. Dan beweeg die stukkie rommel en jy weet hy't jou probeer bluf.

Natuurlik help 'n uniform – ek het dit as 'n kostuum beskou – ook baie. Dis so goed as 'n vermomming. Mense sien net die uniform raak. Dit word 'n soort speletjie: om te kyk hóé bewegingloos jy kan wag, hóé geruisloos jy kan beweeg. Baie reisigers het, vanweë die afstande en die onrybare paaie, verkies om in die onberispelike *Pension Kaffeemühle* te oornag. As 'n deftige heer per ongeluk sy wandelstok laat val of sy hoed van die toonbank afstamp, was ek so vinnig soos 'n swartslang by om dit op te raap, en net so vinnig het ek weer teruggekeer na my oorspronklike posisie van onsigbare teenwoordigheid. Die betrokke heer sou dan skaars agterkom dat iemand die hoed of kierie weer in sy hand of op die toonbankblad plaas; dit kon netsowel vanself daar beland het. Uit die aard van die saak het niemand my vir my bedagsaamheid bedank nie. Ek het maar net gehoop dat Herr Vogel dit raaksien en onthou wanneer betaaldag aanbreek.

Maar die nuwe maand het gekom en gegaan, en ek het begin glo dat ek my rol te goed gespeel het. Net soos sy klandisie het Herr Vogel my nie meer raakgesien nie! En nou was dit feitlik onmoontlik om my knegsrol opsy te skuif en luidkeels aan te dring op betaling.

Kyk, ek het origens soos 'n koning geleef. Frau Vogel, eintlik 'n nooi Steenkamp uit die verre Hantam, was wyd en syd bekend vir haar koninklike spyskaarte, en dit moet ek beken: ek het nog nooit in my lewe so goed geëet nie. Selfs al het ek nie in die eetkamer met sy twee glaskandelare en sy tafels met damasdoeke en kunstige droë versierings gesit nie, maar op 'n bankie langs die kombuis se agterdeur, met 'n paar vlieë en die hotelkat as geselskap, het ek soos 'n vors geëet.

En hoewel my bed in die agterkamertjie – 'n smal sel tussen dié van die stuurse kok, 'n Vambo met 'n onuitspreekbare naam, en sy hulp, 'n vent wat ongelooflik kon snork – bepaald nie so luuks en so stewig was as 'n hotelbed nie, het ek laas op Klipfontein so goed geslaap. Met dié verskil, natuurlik, dat die eensaamheid my begin opvreet. Amy Patience was nie hier om my op wonderlike nagtelike ontdekkingstogte te neem nie, en as ek in die middel van die nag wakker word met haar hand ferm om Annerdinges geslaan, dan het die gesnork van langsaan die ou stingel dadelik laat verwelk.

'n Mens kan van brood alleen nie leef nie, het Uncle graag gesê; ek wou tog aardse goed bymekaar maak. Ek hét darem af en toe 'n fooitjie gekry, wanneer ek die een of ander deftige heer en dame se bultende koffers van die stasie af tot by hul kamers karwei. Die koffers was soms amper net so hoog soos ek, maar dan het ek een van die stasietrollies gegaps – tot groot ontsteltenis van Simpel-Koot, die kruier, wat meestal langbeen in die son gesit het, sy pet oor sy oë. Ek het uit die aard van my nering ook 'n oog ontwikkel vir handsakke en beursies – die vettes, die geborduurdes; nie die plattes en die uitgerafeldes nie. Beursies is goed wat meestal ondoeltreffend ontwerp is, hulle gly maklik uit iemand se hand of sak. Met geoefende ratsheid raap jy dit op, en terwyl jy die stof afslaan, beland 'n oortjie hier en 'n oulap daar (soms selfs 'n sjieling!) op onverklaarbare wyse in jou uniform se sak. Ek was jakkals genoeg om nie méér te vat as wat nodig was nie, in elk geval nie voordat hulle al 'n paar drankies geniet het nie. Merkwaardig hoe Maibock of Parfait d'Amour 'n mens se opmerksaamheid verminder. Nou het ek ook só geredeneer: as iemand onnosel genoeg is om sy geld deur sy keelgat te gooi, dan sal hy 'n tiekie hier of 'n sjieling daar nie eens mis nie.

Wanneer ek dus saans my agterkamertjie se deur sluit en my eggbox se slot oopknak, kon ek sien dat die stapeltjie munte aangroei.

Die beginsel, liewe leser, daarmee sal u met my saamstem, was verkeerd. Maar as jy moet kies tussen beginsels en oorlewing, wat kies jy?

Ek is in diens geneem sonder dat ek 'n sent betaling ontvang het. Ek het voortdurend aan Stryker se stories oor die behandeling van sy mense – die Bondelswarts – gedink, en by die dag wreweliger geword as Herr Vogel in die kroeg kom rondstaan, sy duim en wysvinger natlek en sy snorpunte draai.

Maar ek was in 'n onbenydenswaardige posisie. Want Gudrun se appels en koringare het met die maande ryper en begeerliker geword, en my drome – aangehelp deur die ryk hotelkos – al geiler.

En toe gebeur die onvermydelike. Die dag met die uitpak van die nuwe besending Bockbier stapel ek die leë houers om hulle op die ashoop in die vêrste hoek van die hoteljaart te gaan gooi. Gudrun besluit op daardie selfde oomblik om by die oop gangdeur in te kom.

Goed, goed, ek moet toegee dat my uitstekende gehoor en my tydsberekening hierby 'n rol te speel had. Ek het gewéét sy sou die kroeg se buitedeur kom oopgrendel, dit was tienuur.

Met die valslag het ek gesorg dat ek so half onder haar beland, sodat sy nou nie te hard val nie. Niks is so onromanties as 'n nerfaf elmboog of 'n gekneusde kniekop nie. Die armvrag bierhouers het natuurlik ook gehelp om ons val te stuit.

Met die geur van vars appels en die tekstuur van koringare om my het ek 'n verskoning uitgestamel. Hoewel sy geskrik het – haar groot bruin oë was maar 'n vuurhoutjielengte van myne af – het sy gou aan die lag gegaan. Twee skoenlappers wat van koringaar tot appelbloeisel vlieg met 'n rinkelfyn klokkie tussen hulle, en ek meen ek het iets daaroor te sê gehad. Die lag het haar so hulpeloos gemaak dat sy vooroor op my bors gesak het. Ek kon die sagte binnekant van haar bobeen iewers teen my regterknie voel, en 'n paar sekondes lank het ek weer met die kabel bo-oor Gariep gesweef.

Nie oorhaastig wees nie, het ek vir myself en vir Annerdinges gesê, nie nou alles bederf nie. Ek het haar dus hoflik opgehelp en

– met behulp van die Duits wat ek myself aangeleer het – drievoudig om verskoning gevra. Sy was nie kwaad nie, en van daardie oomblik af het ek opgemerk dat sy af en toe in my rigting kyk, soms bier booor 'n glasie se rand mors, en meer dikwels – as daar niemand in die kroeg is nie – lank in die groot kroegspieël tuur. *Shmuk! Jy is verpot, maar uitgevreet! Haar blom het dalk nog nie eens oopgegaan nie!* Het iemand dit gefluister? Nou ja, raak mens belustig, skud jy sulke influisteringe gemaklik van jou af.

Eendag – drie en 'n half maande sonder betaling het al verbygegaan – het sy 'n glas laat val. Ek was vinniger as akkedistong. Herr Vogel, wie se ore nog veel beter as myne moet wees, het met die gang afgemarsjeer en my aan my ore orent gepluk.

"Ich war's!" het Gudrun uitgeroep. "Nicholas hat keine Schuld daran …" Sy het my naam altyd op Duits uitgespreek, en dit het in my ore gesmelt soos haar ma se kaaskoek in my mond.

Herr Vogel het my ore gelos en ek het die twee voet teruggeval.

Dié aand was daar 'n sagte kloppie aan my deur. Niksvermoedend het ek oopgemaak; my bolyf natgesweet, want ek het weke tevore strawwe oefeninge begin doen om te kyk of dit nie groei sal stimuleer nie. 'n Fris vent (ek dink sy van was Van Biggelen) was op 'n lesingtoer deur Duitswes en toe die gereelde kroegkraaie hom vra om sy spiere vir hulle te wys, het dit 'n onuitwisbare indruk op my gemaak. Veral toe ek sien hoe Gudrun haar asem intrek.

Ek het die sweet van my gesig gevee, die handdoek nonchalant om my nek gehang en my hakke so 'n duim of wat van die grond af gelig. Krimp, neus!

"Ek kom net dankie sê." Gudrun het haar oë neergeslaan en met die kantrand van haar rok se bolyf gespeel. Sy het seker gemerk dat ek vlugtig verby haar loer, hotel se kant toe, want sy het my dadelik gerusgestel:

"Vati en Mutti is na die burgemeester se onthaal toe." Ek het onthou om verbaas te lyk. Toe, as 'n soort bygedagte (die weë van die hart is wonderlik): "Ek is so 'n bietjie bang. Daar het twee sulke snaakse ouens ingeboek …"

Elke aand het ek al ál wat moontlikheid is, oorweeg – elke moontlike stukkie dialoog gerepeteer – daarom het dié gebeurlikheid my nie heeltemal onverhoeds betrap nie.

"Ek skottel net gou, dan kom ek, gnädiges Fräulein."

"Skottel?" Die twee skoenlappers se vlerkpunte het liggies aan mekaar geraak. Die woord skottel het nog nooit so mooi geklink nie.

"Was." Ek het die handdoek 'n paar slae oor my nek heen en weer getrek en gehoop my borsspiere toon dat al die sweet nie verniet was nie.

Sy het half oor my skouer geloer na die wastafeltjie in die hoek. Toe trek sy haar mond op 'n tuit. Haar stemmetjie pleit: "Jy kan mos in die hotel kom bad. Daar is 'n stortbad ook."

Het ek nie die mirakel van 'n bad by Amy leer ken nie? Die baie aanpassings wat ek al in my betreklike kort, maar ervaringsvolle lewe moes maak, het my geleer om altyd nuwe dinge te beproef. Ek het my beste hemp – ek had, buiten die uniformstelle, maar twee! – gegryp, gebid dat die kok en die koksmaat al slaap en Gudrun na die hotel gevolg.

"Daar brand ook 'n vuur," het sy met die gang af beduie. "As daar nie reeds gaste is nie, kan ons daar gaan sit." Sy het seker gesien dat die skielike koue uit die suide en suidweste – die mis was in vuilblou vlagies aan die oorkom – my vel vol knoppies trek. Ek dink nie dit was net van die skielike koue nie.

Natuurlik het die stort onklaar geraak. Nadat ek 'n paar keer met die koue en die warm krane geëksperimenteer het, het ek geskree dat ek besig is om te verys.

"Draai kleiner die koue kraan," het sy voorgestel, maar ek het tandeknersend gemaak asof ek inderdaad besig was om te verkluim, my hande in 'n ystergreep om die opstandige Annerdinges.

"Ek weet nie hoe werk dit nie," het ek teruggeskreeu, "ek het nog nooit voorheen gestort nie."

Oor wat toe gebeur het, liewe leser, sal ek ter wille van die fatsoenlikheid grotendeels 'n sluier trek. Genoeg om te sê dat ek die hele aand deur koringlande en appelboorde gedans het, en dat ek kamer toe geslinger het toe ons Herr Vogel se Mercedes-Benz SSK hoor aankom. My lippe het skielik nie meer aan my behoort nie. Ander liggaamsdele ook nie. Sy het die kuns verstaan – en wátter kuns is dit nie! – om my telkens tot op die rand van die afgrond te laat sweef, dan te laat ontspan, voor sy my weer opwerk.

Soos dit maar gaan met oordaad het ek dié nag – en, moet ek bely, nog baie nagte daarna – les opgesê. Bo en behalwe die geilheid van haar lyf was daar die goeie Duitse wyn wat sy vir my aangedra het, tesame met die ekstra bord gebakte aartappels, 'n kombinasie van eend en Eisbein of varkvleis in netvet gebraai (een van haar ma se Hantam-resepte), Sauerkraut of Rotkohl, afgerond met kaaskoek en kersielikeur.

Soveel energie gaan nie onopgemerk verby nie. Al bly dit selfs net by vermoedens. Gudrun, so is daar onverwags besluit, moet na die een of ander Deutsche Privatschule in Kaapstad en ek het 'n salaris begin verdien.

"Ek is baie tevrede met jou werk," het Herr Vogel langs sy neus af gesê, "en al is jy so 'n bietjie aan die kort kant, wil ek hê jy moet Gudrun se werk agter die toonbank oorneem. Ons het besluit om haar, ter wille van 'n goeie opvoeding, na 'n privaatskool te stuur. Intussen benodig ek 'n betroubare persoon met kennis van die werk." Hy het sy snor se punte gedraai. "Jou proeftydperk is nou verby."

Ek was baie hartseer oor Gudrun, maar wat kon ek doen? Ek het my voorgeneem om die vier, vyf maande se salaris wat Herr Vogel my skuld, op die een of ander wyse te verhaal.

Die geleentheid het hom gouer voorgedoen as wat ek verwag het.

Intussen het die wind begin om dag vir dag uit die noorde te waai, die bloukoppe het bo in die driedorings gesit, die kok het van rumatiek gekla en die miere het met koorsagtige haas gewerk. Al die tekens was daar dat die groot droogte nog voor die einde van die jaar 1933 beëindig sou word.

43

OOR LIKSENSE EN BYE EN OOR NICOLAAS ALETTUS
WAT HOENDERKOP RAAK, VERGESIGTE SIEN EN UITVIND
DAT DIE WOORD *GEREGTIGHEID* BAIE INGEWIKKELDER
IS AS WAT HY VERMOED HET. OOK OOR DIE OU
TEENSTRYDIGHEID DAT 'N MENS GRAAG TERUGKEER
NA DIE VLEESPOTTE VAN EGIPTE, MAAR DAT DIT NIE
ALTYD VIR 'N VOËL RAADSAAM IS OM TERUG TE KEER
NA DIESELFDE NES NIE.

Wie permitte uitgevind het, weet ek nie, maar die slegwetter wat sy verstand dáárvoor ingespan het, het die mens se eeue oue strewe na ongebondenheid erg befoeter. Vroeër, sal die ouer mense jou vertel, kon jy jou vee laat loop waar daar 'n veldjie was; jy kon vee ruil met wie jy ook al teëkom, jy kon jou penswinkeltjie dra of jou handkar stoot of jou smouslorrie trek waar mense om 'n uitlêplekkie – gewoonlik 'n vlei – of met 'n Nagmaal bymekaar was. En Stryker sal, gedagtig aan die onderdrukking van die Bondelswarts-rebellie wat hom en sy Damara-blom op die vlug laat slaan en haar haar lewe gekos het, sê: Voorheen kon jy jou jaghonde gebruik om die volop wild plat te trek. Sonder om vergunningsgeld te betaal. Die land was wyd en die land was vry. En Swartsarel Brand sal saamstem: Voor die dae van die graslisensie kon jy van jou bokwa af kyk waar die weerlig uitslaan, klippies tel tot die dreuning by jou kom, uitwerk hoe vêr dit is en soontoe versit. Volop water. Agtdae-opslag.

En het iemand ooit vir Kristijonas Lazarus na sy liksens gevra? In hierdie uitgestrekte en afgeleë geweste was jy maar te bly om 'n slag 'n trekseltjie koffie of, dalk met Krismis, 'n stringetjie krale of 'n kopdoek wat akkels maak, in die hande te kry. Daar was vrede op aarde en in alle mense 'n welbehae.

Selfde met die daaimins. Die een oomblik loop jou skape op vergunningsgrond, die volgende oomblik mag jy nie jou voet daar sit sonder 'n permit nie.

Dranklisensies was nog in die eerste paar dekades van hierdie eeu so skaars soos briewe uit die Kaap. 'n Man met 'n stookketel was 'n gerekende man. Verseker van lewenslange vriendskappe. Wie wil nou drie dae te perd sukkel tot by die naaste bottelstoor? Jy verloor mos al jou lus! Bo in die Karringberge of onder langs Gariep het 'n stookketel handig te pas gekom. In dié onerbarmlike wêreld kan g'n dienaar van die gereg jou buitendien verras nie; sies tog, die kamasdraer het feitlik dood van die dors by jou aangekom, dan lawe jy hom sommer met daardie einste verbode voggies. So 'n slukkie suiwer boerblits laat vergeet mens gou van al die sware verantwoordelikhede wat op jou skouers rus. Dit laat vergeet jou geheel van die doel van jou besoek. Wat nou net nog oortredings was, lyk al gou na blote onnutsighede.

Maar vir dié wat nie oor die geriewe van 'n stookketel beskik het nie, of vir wie die godedruppels nie beskore was nie ... vir húlle het Moeder Natuur spesiaal voorsiening gemaak.

Bye.

Hierdie ongelooflike skepseltjies is nie net geskape om stuifmeel van blom tot blom te dra nie. Of om oortreders opsy te klits of die lug tydens 'n bruilofsvlug te verdonker nie. Nee, hierdie hardwerkende insekte, so het Uncle my hoeka ingelig, is ook deur die Groot Alwyse geskape om ure se genot aan die mens te verskaf.

Het Simson dit nie geweet nie? Is sy uitdaging aan die huweliksgaste nie die begin van alle raaisels nie?

Saam met die heuningbye wat die Skepper na hierdie wêreld gestuur het – omrede hier, ná die geringste ou buitjie, soveel wonderlike blomme as 't ware oornag opslaan – het Hy natuurlik ook die saad van die bierwortel gestuur. Einste die wortel wat Dawid, volgens die spreekwoord, gesoek het toe hy skaap opgepas het. Mias het bierwortel gekén. Hy het my gewys waar jy hom kan uitgrawe as dit die slag gereën het: op sawwe plekkies tussen kliprantjies, miskien, maar meestal in skaduweeplekkies, en dan moet jy maar bid Ystervark het nie ook die briefie gekry nie.

Stryker het glo een Oujaar skelm vir die ouer seuns !kharib gemaak. Volgens Mias was ek nog te jonk om daarvan te drink, en hulle was ook bang die drank maak my so manhaftig dat ek alles gaan uitlap waar Suster Bernarda se skerp ore dit kan hoor. Bierwortel gegrou, drooggemaak, fyngemaal in 'n vysel wat Let Lyf saam met 'n enemmel-emmer uit die kombuis gesmokkel het. Intussen het Jasper Repink en Daantjie Derm, twee regte maergatte, al in die klipskeur in die Byneskoppie afgesak en 'n paar vet koeke uitgehaal. Die heuning is oor die t'kombosvuurtjie in water gesmelt, die was is uitgekam en die soetigheid uit die sterke is by die bierwortel gevoeg. Toegemaak soos 'n babatjie. Môre roer hy al boontoe. Stryker sou proe en sê: Nee, nog te soet. Maar as Stryker eers gesê het daar hardloop duisend duiweltjies oor jou tong, dan, dán was die !kharib reg.

Vanwaar hierdie lofrede op 'n geheel en al onwettige brousel?

Een aand ná toemaaktyd is ek besig om merke van die toonbank te vee, toe ek stemme in die gang hoor. Herr Vogel s'n, ja, dié kan mens van vêr af uitken, en nog twee ander. Instink laat my onder die toonbank induik. Ek hou my lyf muis agter die gordyn-afskortinkie.

Eers hoor ek hoe my heer en meester die ander twee stilmaak. Min of meer in dié trant: "Wag, wag, daar brand lig. Laat ek eers gaan kyk ..."

Dan roep Herr Vogel die ander. "Die Luft ist rein. Julle kan maar inkom, kêrels. Die Arschloch het natuurlik vergeet om die lampe uit te draai. Taugenichts! Verdammte Mücke!" Die verdomde muggie is natuurlik ek. Ek kan sweer ek hoor hoe draai hy aan sy snor se punte.

"Praat jy van die stofpoepertjie wat jy in jou dogter se plek aangestel het? Hy kan seker nie die lampe bykom nie!" Waar het ek al daardie lag gehoor?

"Is jy seker dis veilig?" vra die ander, onbekende stem.

Ek hoor hoe die gangdeur op knip getrek en die sleutel gedraai word.

"So veilig soos by die Polizei self!" roep Vogel uit. "Jy praat so, maar ek moet sê die ventjie verbaas my nogal. Miskien het sy vorige ervaring hom gehelp ..."

"Vorige ervaring?"

"Op die smalspoor by die kopermyne. Klipfontein. Daar was hy Gastwirt. As ek hom moet glo."

"A! Klipfontein!" Dis duidelik dat die man aan wie die bekende stem behoort, al daar was. "Onthou dat ek julle van Grieta vertel ..." As aptytwekker laat glip hy 'n skunnige opmerking. Die toonbank bo en onder my vibreer soos hulle lag.

"Klipfontein! Klaas Duimpie se uithangplek."

Ek spits my ore.

"Een van sy uithangplekke. Maar wag, so van Klaas gepraat." Ek hoor 'n deur oop- en toekraak op 'n plek waar daar nog nooit voorheen 'n deur gekraak het nie. Ek kyk of daar nie 'n skrefie is om deur te loer nie. Maar Duitse deeglikheid sluit my van die res van die kroeg af. Iets word met 'n dowwe slag bokant my neergesit. 'n Bedwelmende geur slaan in al vier hoeke van die vertrek vas. Dan is dít die oorsprong van die gisreuk wat ek die laaste ruk bespeur, maar nie kan plaas nie!

'n Hand grawe rakelings by my verby tussen die bierglase; ek ruik die suur van Herr Vogel se laarse. Gelukkig is die geur uit die gistende houer bokant my kop sterker.

"Klaas se resep." Die geluid van vloeistof wat in 'n glas opskuim.

"Wat? Klaas Duimpie s'n?"

"Genau so."

"Ek dag Klaas is net 'n legende." Dis die vreemde man se stem.

"Hy is. Maar toe hy eendag hier verby is, het hy die resep aan my pa gegee."

"Ek bedoel: ek dag die vabond is dood." Die man klap sy lippe. "Sattang, maar dié goed smaak!"

"Nee, ek weet nie of hy nog leef nie. Ek dink so. Hy is biltongtaai. Maar hy was amper dood toe hy hier aankom. So vyf, ses jaar terug. My pa was saam met 'n patrollie hier af na Kambreek toe. Kry hulle hom langs pad, 'n yslike wond aan sy been. Die kouevuur het al begin. Hy het in tale gespreek toe my pa hom bo by die Mission aflaai. Maar hulle het hom deurgehaal, die Vader weet hoe, en op 'n dag het die ou hier uitgeslaan met sy bondel, gesê hy sien my pa verkoop versterkwater; wil hy nie 'n geheime resep vir karriebier hê nie?" 'n Oomblik hoor mens net teuggeluide. "En dis hý hierdie."

"En nou wil jy die bier bemark?" Andermaal die bekende stem, wat tot dusvêr min gesê het.

"Ja, maar die wet is streng. Wie sal dit beter weet as jy!"

"Dit ís so. Jy kan karrie nie met óf sonder permit van die hand sit nie. Maar ons kan altyd 'n plan maak."

"Is jy seker dit sal verkoop?" Dis weer die vreemdeling.

"Hoe proe dit, Strauss?"

Nou weet ek ten minste wat sy naam is.

"Manjifiek!" roep Strauss uit. "Op Klaas Duimpie!" Glase klap teen mekaar.

"Op Klaas Duimpie! Mag hy – of sy nagedagtenis – lank leef!" Stem Nommer Twee, die stem wat so bekend klink. "Dis 'n wenresep! Weet jou vrou hiervan?"

"Julle is die eerstes."

"Nou wil jy hê ons moet anderpad kyk ..."

"Die een hand was die ander, nicht wahr?" Glase klink bevestigend.

Bekende stem praat weer. "Weet julle wat het dié Klaas Duimpie gesê toe hy hoor hy is voëlvry verklaar?" Toe die ander ontkennend antwoord: "'Kwit,' het hy gesê, 'ek het nooit gedink my voël is ónvry nie!'" Weer die bekende gelag. Waar het ek dit gehoor?

Plotseling verskuif die gesprek na daaimins, en na mense wat gemeen het dat hulle vinnig ryk kon word deur blinkes te plant. Nou weet ek wie se stem so bekend klink: die armdrukker in die Klipfontein-kroeg! Die man met die jas! Toe hy so met 'n omweg verneem of 'n fris geboude Joodjie en sy massiewe rasgenoot nie onlangs by die hotel aangedoen het nie, bons my hart so hard dat ek bang raak die toonbank vibreer saam.

"Genau!" roep Herr Vogel uit. "Maar hulle is weer weg – met die trein. Kolonie toe. Jodegespuis!" roep hy uit en steek 'n tirade af wat Manie Maritz se hart warm sou laat klop.

Al geruime tyd praat mense oor die opkoms van 'n nuwe party in Duitsland; 'n tak van die NSDAP – die Nationalsozialistische Deutsche Arbeiterpartei – is onlangs by die huis van die plaaslike skoolhoof gestig. Selfs Von Lossnitzer en majoor Weigel was hier met hul stram rûe, permanente wangplooie en stywe nekke. Herr Vogel het soos 'n waansinnige rondgedraf; ek het met groot behae op hul skoene gespoeg voordat ek dit poets.

Dié aand – my litte stram van die hurksit in die kroeg – trek ek 'n ou vriend nader. Die skulpiesklavier. Ek speel die half hartseer lied van Stryker as die verlangste hom opkeil. Dis die lied van Grootrivier se voël.

Toe maak ek seker dat my deur toe is en ek rangskik 'n kraffie met twee glase op die omgedopte paraffienkis wat as bedkassie dien.

In die kraffie sit en lewe die !kharib.

Die drie onderhandelaars het só geseglik geraak dat hulle die tuisgebroude bier nét so op die toonbank vergeet het toe hulle *Sieg Heil! Sieg Heil!* daar uit is.

Dis mos 'n sonde om sulke godenektar te laat verslaan.

Klaas Duimpie, hou jou glas, laat ek hom volskink. Ons drink op jou, waar jy jou ook al bevind, duskant of anderkant.

So tussen my en Klaas se gedrinkery deur kom skop 'n vraag my kort-kort teen my skeen: Vir wat bly die speurder so agter Uncle en Aäron aan karring?

En waar bevind my appelbloeisel van 'n Gudrun haar?

Hoe leër die kraffie, hoe minder bekommer ek my oor die speurder. My gedagtes is by appelbloeiselnektar.

Wat ek – en die speurder – nie geweet het nie, is dat Uncle van Kimberley af op pad terug was in sy steenkoolswart '33 Ford Convertible, uit die boks uit, net soos die een wat Bonnie en Clyde beroemd gemaak het; gekoop met die inhoud van 'n twaksakkie wat eens op 'n tyd – jy kon dit ruik – aan Vuilbaard behoort het.

En al het ons speurder ook vermoed wie so nonchalant uit die blinknuwe afslaankap van die grondpad af trein se kant toe waai, sou hy Uncle nie kon agternasit nie. Want die trein was op pad Kolonie toe; Uncle op pad Duitswes toe.

Die weer, wat van vroegdag af al reg rondom opgesteek het, het hier en daar met geweld begin losbars en 'n verdwaalde wolkbreuk het die spoor en die pad naby Draghoender weggeswiep pas 'n driekwartier nadat Uncle daar verbygery het.

Toe hy teen vuilskemer op Koffiemeul aankom, asvaal en byna onherkenbaar van die stof, het daar nog net enkele druppels oor die barre suide begin val. Maar na die noorde en ooste toe het die were swart en onheilspellend gelê. Met weerligflikkeringe wat al vinniger op mekaar volg, asof 'n geheimsinnige reus êrens in die verte met sy vuurslag en tonteldoos sit en speel. Daar was 'n geweldige stofstorm aan die opkom. Oral het deure en luike toegeklap, en die ondergaande son was die kleur van 'n bloedlemoen. Die aarde het verpoeier onder die aanslag van son en wind.

Ek het hom gelukkig sien stilhou.

"Uncle kan nie die kar hier los nie."

"Hoekom nie, ben yuchidel? Wat pla?"

Ek het hom vertel van die armdrukker en van Herr Vogel se anti-Joodse gevoelens. Die herbergier sal *sofort* agter die speurder aan laat telegrafeer! Hier is nog min motors op Koffiemeul; syne sal aandag trek. Selfs noudat almal in hul huise agter toe deure en luike skuil.

"Dan vat ons môre die pad. Noorde toe. Kom jy saam?" Hy raps die spoggerige motor met die handskoen en ons trek dit by die Mission onder 'n steier. Daarna smokkel ek 'n klapperhaarmatras na my buitekamer en luister tot ounag na Uncle se gesellige gesnork en die gedreun van die storm in die verte. Later kan ek tussen dié twee – die gedreun en die gesnork – nie meer so mooi onderskei nie.

'n Mens hou nie altyd rekening met aardse begeertes nie. Toe Uncle wakker word, verneem hy dadelik na die twee grasweduwees.

"Och!" roep hy nou uit, "my vriend, my vriend! Is die weë van die vlees en die gees nie wonderlik nie? Hetta was vir my goed toe ek laas hier was, waarom sal ek nie my dankbaarheid aan haar gaan betoon nie?" Hy het 'n pêrelsnoer uit sy valies gegrawe en gevra of Drywer en Stoker al verbygestoom het. Ek kon hom inlig dat Drywer en Stoker nie vandag of môre of selfs oormôre sou terugkeer nie. Daar het berig gekom dat die spoor op verskeie plekke verspoel het. Drywer en Stoker sit iewers in 'n Karoo-hotelletjie en pomp moer.

"Sies tog!" sê Uncle by die aanhoor hiervan. "Dan moet ek dadelik die nuus aan Hetta en Beulah oordra. As jou hand jeuk om iets te doen, laat hom dit dadelik doen. Sê die Woord nie so nie?"

Ek dink nie die Woord sê dít nie, wil ek teëstribbel, maar Uncle is al besig om sy immer parate lendene te omgord.

"Oppas vir die Hitlerjugend!" skreeu ek nog, want ek wis dat daar nou – ná Von Lossnitzer en Weigel se besoek – al 'n tak op Koffiemeul was.

"Fok die Hitlerjugend!" roep Uncle net.

Intussen is ander magte besig om met vuur en swael te speel.

Ek ruik dit deur my oop kamervenster: die reuk van reën op die dorstige veld. As jy 'n bietjie dieper snuif: die reuk van kruit en swael, die reuk van bomenslike magte.

Dit het die weg voorberei vir die eerste groot reëns in jare; die Groot Vloed van '34 was aan die uitswel. Jy kon dit ook aan ander tekens om jou sien: bloukop het nou al knaender op driedoringbos gesit; langasem het snags geskree of jy hom betaal; skaars ou reënvoël – ja, einste Grootrivier se voël! – het sommer hier oor die dorp kom roep asof hy ons wou waarsku; die miere en die ja-oempies het gewerk soos besetenes.

Het die dorpenaars iets agtergekom? Of was te veel van hulle aan die vergadering hou? Aan die luister na die sterk, effe histeriese stem van 'n jong Gauleiter uit Windhoek? Klippe is saans op Lenhoff en Tempelhoff en Cohen se winkeldakke gegooi. Iemand het selfs, met verf wat hy ten duurste by einste Lenhoff gekoop het, teen Tempelhoff se muur geverf: *Juden raus!*

Het jy al gesien hoe knyp bobbejaan skerpioen se angel af? Soos oogknip. Uncle het, salig onbewus, met sy kop tussen Haastige Hetta se warm borste ingekussing gelê, sy ogies toe soos 'n kat s'n van lekkerkry terwyl Delila oor sy hare streel, toe Bekkige Beulah – skoon nurks van nydigheid omdat Aäron nie by is nie – hier en daar laat val dat Hetta 'n besoeker het. Nogal een met 'n spreeuneus. En 'n kaalkop swingel.

Valensjiaa, het die Gauleiter se paar vriende loop en sing en op hul vuiste gespoeg terwyl hulle na Hetta se spoorweghuisie marsjeer, *wie de hel het jou vertel die Jood se voël is sonder vel ...?*

44

Waarin besin word oor twee soorte snuf in die neus.
Die leser kan dalk ontstig word deur beskrywings
van ongeoorloofde liefde en die interpretasie van
voorskrifte oor seks.

As die meeste van die krygers nie so onvas op die bene was nie, sou Uncle hulle waarskynlik nie ontduik het nie.
Valensjiaa! Valensjiaa!
Ek weet nie of Gudrun se sodomieter van 'n pa snuf in die neus gekry het oor Uncle; dat ek hom in my kamer laat slaap het nie. Kan wees. Ek vertrou die koksmaat hoeka nie. Maar dit kan ook wees dat Herr Vogel – valkoog wat hy is – een van Gudrun se soetemalingbriewe uit die vêrre Kaap onderskep het. Feit is: ek het daardie selfde oggend ná *Frühstück* opdrag gekry om my goed te pak.

"Wat van my noutisgeld?" het ek dit nog gewaag, want ek het ander afgedanktes só hoor vra. Die volgende oomblik is ek andermaal deur die rens reuk van Herr Vogel se laarse bedwelm. Ek het my op my agterstewe buite in die stofstraat bevind, tot vermaak van al wat verbyganger is, terwyl my skamele besittings om my neerreën. Die egg-box gelukkig half bo-op my, anders het die deksel sweerlik oopgespring. Ek het stilletjies eenkant gespoeg.

Ek en Uncle was vreemde pitte in die meultjie, en al het Koffiemeul s'n gewoonlik langsaam gemaal, was ons nóú meteens onwelkom.

Ek moes vinnig aan my eie toekoms dink. Dis hier waar die geskiedenis 'n rol speel: Wat was, sal weer wees, het Suster Francesca graag gesê. Het menige held uit my verlede dan nie 'n rusplek aan die voete van die Gesalfde Maagd gekry nie? Die Vikariaat was die aangewese – eintlik enigste – uitweg. Selfs vir 'n onbekeerde Jood.

Want hoewel Lutheraan en Metodis, Protestant en Katoliek, Jood en Mohammedaan in dié jare op afgesonderde plekke soos Steenboksvlei en Koffiemeul betreklik vreedsaam naas mekaar geleef het, was die tekens van 'n diepgewortelde jaloesie tog altyd daar, onder die oppervlakte. 'n Gewedywer om God, het Vader Panzer dit genoem, en ons met ope arms verwelkom.

Ek moes ook aan Klaas Duimpie dink toe Uncle die volgende aand aan my en Vader Panzer sit en vertel van sy noue ontkoming.

"Wat gaan aan?" vra Uncle, sy kop tussen sy hande. Sy swart hare groei nie meer so dig soos altyd nie, merk ek; sy skouers buig 'n bietjie vooroor. "Wat het in die Duitsers gevaar?"

Koffiemeul is klein, daar woon baie Duitsers, en 'n amoreuse Jood het in dié opgesweepte tyd, met baie berigte en gerugte uit die buiteland, net so min kans op oorlewing as 'n haas voor 'n klomp foksterriërs.

Dat die jag op Joodse hase oop was, het ons begin agterkom. En toe Uncle, sy klere geel van die stof, die aand op hande en voete tussen die melkbosse deur gekruip kom tot op die stoep voor Vader Panzer se kamertjie, het ons besef hoe ernstig die vervolgers is.

Uit piëteit het Uncle, sy andersins keurig geborselde krulhare in 'n warboel en vol stof en strooistoppels, die meer sensasionele gedeeltes van sy skelm ontmoeting met Haastige Hetta verswyg. Ek kon my wel die prentjie – Uncle rustig slapende tussen Hetta se kussings – voorstel; ek weet nie of Vader Panzer kon nie.

"Die lewe is wonderlik en vol verrassings," het Uncle meteens gestamel en opreg dankbaar gelyk. Dit was Bekkige Beulah wat – uit pure afgunstigheid, so lyk dit nou, agterna besien – laat val het dat daar 'n Joodse Maljan in die hoenderkamp is. Maar dit was ook einste Beulah wat, onder beskutting van donkergrys swaarweerwolke, genael het om te gaan sê *Simson, Simson, die Filistyne is op jou!* En dis einste Beulah wat hom met 'n skelm paadjie gelei het tot by 'n hoop hooi ágter in haar pa se stal buite die dorp. Daar het hulle glo – toe die ergste strawaas verby was en die juigkommando met harke, grawe, knuppels, sense en ander Middeleeuse kap- en snygoed die laaste keer vloekend en singend verbygedraf het op soek na die voëlvry Jood – wegkruipertjie gespeel tot dit begin lig word het oor die kalkrantjies in die ooste.

Vader Panzer het, wyslik, nie uitgevra oor die wegkruipertjie-spelery nie.

Maar dít het ek nog altyd van George McLachlan Lazarus en ook van Klaas Duimpie bewonder: Goliat – Uncle is minder beskeie oor Annerdinges – se merkwaardige vermoë om die dood waterpas in die oë te kyk.

Vir eers het Uncle nou genoeg gehad. As dit op knieë en elmboë gaan, krimp selfs die magtigste Goliat ineen. Was Vader Panzer nie so goedvertrouend en mensliewend nie, het ou Spreeuneus 'n ernstige skrobbering gekry. In plaas daarvan laat slaap Vader hom in die spesiale gastekamer.

Gelukkig het Uncle baie slaap nodig gehad.

'n Brief van Gudrun – hierdie keer geadresseer aan Nicolaas Alettus, p.a. Vader Panzer – het my meteens voor nuwe uitdagings gestel.

My liefste woestynvos, skryf sy, *ek kan jou nie sê hóé ek na jou verlang nie. Die Heimweh brand in my soos 'n dors wat ek nie self kan les nie.*

Ek voel verskriklik sleg oor wat Vati jou aangedoen het. Ek wens so ek was daar! Maar dit moet ons nie verhoed om mekaar te sien nie. Ek sal nog aan 'n teken dink – ek weet nie nou al of jy na my toe moet kom en of ek jou moet kom opsoek nie. Ons sal maar moet sien; dis soos 'n keuse tussen Skilla en Charibdis, want ek dink nie Vader Panzer, die goeie man, sal té gelukkig wees as hy weet ons ontmoet in sy Vikariaat nie!

Waaroor sal ek eerste skryf, die goeie of die slegte nuus?

Kom ek begin maar by die goeie, want ek kan skaars wag dat die tyd daarvoor aanbreek.

Raai wat?! Ek kom een van die dae huis toe. Ons sluit vroeër en ek kan nie wag dat die trein hier uit Kaapstad moet wegstoom nie.

Ons was vandag op 'n wonderlike uitstappie na die Pier en daarna op Woodstock se strand – onthou dat ek jou nog daarvan vertel – maar selfs die bootrit al langs die Pier kon nie my brandende begeerte blus nie; ek het by tye gevoel ek kan in die ys-yskoue water spring.

Wat is mooier én pynliker as die verlange na die geliefde?

Ongelukkig dink almal nie so nie, nè?

En nou die slegte nuus.

Daar is iets wat my laat lag én my ontstel, en ek weet nie wat jou reaksie gaan wees nie. Maar ek wil jou tog vertel. Tante Astrid, wat nie haar krag uit God put soos haar naam sê nie, maar eerder uit die duiwel, pas my op asof ek 'n kosbare besitting is. 'n Regte tandeknersende ou Griesgram van 'n pretbederwer. Toe ek nou die dag ná klas by die huis kom, moeg van die steil klim tot hier bo in Tamboerskloof, wag sy my in met 'n kledingstuk wat ek nie anders kan as om te beskryf as 'n uitvindsel van 'n verwronge gees nie. 'n Korset van ivoor of elpebeen, ek is nie seker wát nie, dit kan net sowel 'n walrus se hoektande wees, bedraad ook, so voel dit, want daar is iets hards in die dik, sagte rubber wat alles bedek. Dié hele kontrepsie, luister mooi, moet ek tussen my bene deur woel en om my middel vasgespe, en as dit van tante Astrid afhang, moet ek nog 'n klein slotjie daaraan vasmaak, soos by die Middeleeuse voorloper van hierdie scheissdreckige uitvindsel.

Loop ek dan rond? vra ek tante Astrid. Maar sy sê niks. 'n Vriendin vertel my haar ma het ook so 'n patent – 'n harnas, noem ek dit – aan haar suster opgedwing nadat sy haar betrap het. Betrap waarmee? wil ek weet. Maar Coritta, dis die vriendin, swyg soos die graf. Sê net die goed kom in verskillende groottes.

Ai, ek mis ou Jakobregop. Soetstingeltjie. Druk solank 'n soentjie op die ou se neus.

'n Akrobaat is ek nog nie, liewe Gudrun. Maar Annerdinges is meteens so opstandig dat ek net moet keer of hy lees self verder.

Intussen leer ek hard. Geskiedenis is saai; Engels 'n pyniging, maar Miss Weatherstone sê ek skryf lieflike opstelle; Duits is poeding; Fisika vervelig; Fisiologie interessant; Algemene Kennis verspot maklik, en in Afrikaans het ons nou die dag Langenhoven se dood bietjie meer as 'n jaar gelede herdenk.

Die ekstra studie buitemuurs by die Girls' College is egter immer etwas!

Behalwe die Musiek en die Kuns is daar veral een meester van sy vak, 'n nuwe jong lektor wat Filosofie gee en ons onderlê in die beginsels van Tao. Wag maar, as ek huis toe kom, dan wys ek jou hoeveel maniere daar is om die fluit te speel, hoe om die bloeisel teen die volmaan te verf, en hoe om die wolk te beheer voordat die aarde reg is vir die goeie reën.

Liefste, ek sien uit na die ure saam wanneer ons siele weer één sal word soos op die oomblik dat die son in die weste verdwyn en die volmaan in die ooste opkom.

Ek begryp nie mooi wat Gudrun hier bedoel nie. Maar êrens diep binne-in my begin 'n wete posvat en uitswel tot 'n soort instinktiewe kennis, 'n wete dat daar in die honderde myle lug tussen ons veel meer sweef as lig en stof.

Op die laaste bladsy lees ek iets wat my verstom. Sy en haar vriendin Coritta is 'n ruk terug, net voor die Mei-verkiesing, deur die lektor in filosofie saamgenooi na die toespraak van 'n vrou wat haar graag vir die verkiesing wou beskikbaar stel. Die vrou – 'n dramatiese spreker wat veral die jonger vroue in die gehoor op hulle voete gehad het – het glo begin deur te sê dis 'n skande dat vroue eers drie jaar tevore stemreg gekry het, en dat Hertzog nou die *Eingeborenen* s'n van hulle wil wegneem. *Wat dink jy?* vra Gudrun.

Ek weet nie wat om te dink nie. Ek onthou hoe Lot Vermaak koerante rondgeswaai en Smuts 'n kafferapostel genoem het, "want my leier sê so". Dit was met die verkiesing in '29. Maar ons tusseninners het nog nooit met 'n skoon kop gedink oor stem nie.

Ek dink sy is reg; maar my pa maak my dood as hy dit sien. (Verbrand tog asseblief hierdie brief!) Ek sal haar toespraak vir altyd onthou. Sy het met soveel vuur gepraat oor vroueregte en die regte van minderhede. Haar naam is Amy Patience.

Ek lees die volgende sin oor en oor sonder om dadelik te verstaan wat ek lees, want my oë keer elke keer terug na die naam. Amy Patience. Daar kan net een Amy Patience wees!

Dan vloei Gudrun se slotparagraaf oor my en ek weet ek sal die brief nooit kan brandsteek nie. Ek sal dit aan my egg-box toebetrou.

Ek is die maan, jy is die son; ek is die vink met die rooi borsie, jy haantjie-kordaat; ek lewerik, jy diederik; ek hou my nessie warm vir jou.
Jou Gudrun

45

Waarin son en maan mekaar ontmoet.

Daar is iets hartseers in die koms van die maan en die wegraak van die son wanneer dit volmaan is. Maar solank dit duur – solank die vuur van die son nog daar is, en die glansryke verskyning van die maan nog huiwer bokant die horison – dán, dán verdwyn alles wat tussenin kom, alle weerstande, alle hindernisse.

Toe ek die trein hoor – want sien kon ek dit nog nie, dit was anderkant die kalkrantjies – het ek my oor die stuk veld agter die Mission gehaas tot by die windpomp 'n ent buite die dorp, net langs die spoorlyn.

Toe ek die pluimwolkie sien, was my hart nie meer weggesteek agter die tralies van my ribbekas nie; dit het soos 'n rooi vlag aan die windpomp gewapper: Hier is ek! Hier is ek! Ek staan op stelte! Sien jy my raak?

Toe die trein met Gudrun uit die verte aangepuf kom, stadig en statig soos wat dit 'n trein betaam wat 'n prinses bring, dans ek die riel bo-op die platform van die windpomp.

Of dit die ongenaakbaarheid van die dorpenaars was, en of daar 'n ander rede was, weet ek nie, maar Uncle was vir die eerste keer nie baie ingenome toe ek hom vertel het dat Gudrun huis toe kom en dat ek nie kan wag om haar weer te sien nie.

"Daar kan net onheil uitbroei," het hy gesê. "Jy moet vergeet van haar."

Was hy afgunstig? Hy het afgetrokke geklink, maar nie onvriendelik nie, en vir die eerste keer kon sy glimlag nie die fronskepe tussen sy oë laat verdwyn nie. Onheil? Was die gejuig oor die nuus dat Hitler pas rykskanselier geword het, nog dawerend in sy ore? Onheil? Op 'n plaasliker vlak? Vir Uncle, ja, want nou is Drywer en Stoker weer hier.

Maar wat my betref, was daar onskuld en engelevlerke in die lug.

Onheil? Onheil uit die betowerende glimlag van 'n prinsessie? My kop het begin sweef sodra ek aan haar dink; ek kon nie eers 'n sin agtermekaar gesit kry om my peetvader te antwoord nie.

Nou sit ek hier, en 'n ligte wind waai, en die stange onder my kners op en af soos hulle sukkel om iets uit die dorre aarde te kry. Die windpompwiel swaai half moedeloos dán suid, dán wes asof uitkoms uit daardie rigting moontlik kan wees. Maar dis nie water of reënwolke waaraan ek dink nie; ek dink nie eens daaraan dat die bitter begrafnisweer uit die suidweste kan kom en soos 'n grys kombers oor Koffiemeul kom lê nie.

Want daar kom my ghantang aan, al met die lang-lang ysterbaan, so sing my hart.

Die trein beweeg, soos altyd, langsaam óm die dorp. Ek waai vir Drywer en Stoker met hulle roetsnorre; ek skoppelmaai my voete soos 'n kind – en vir hulle lyk ek seker soos 'n nuuskierige knaap; ek span my oë om te kyk of ek my lewerikie kan uitken tussen al die koppe en skouers wat by die vensterkosyne uithang.

Sal sy my sien?

Die eerste wa gaan verby, die tweede, die derde, die eetsalon ... Dan sien ek haar.

Ek het vir haar geskryf dat ek op die windpomp sal wag, maar ons het nie afgespreek waar ons mekaar sal ontmoet nie. Ek kan haar blonde krulle sien soos wat sy uitleun by die treinvenster; dan bak sy haar hande om haar mond om 'n woord te vorm: Wáár?

My voete behoort nie meer aan my nie; my arms het vlerke geword; ek is 'n hamerkop wat besig is om stokke en gras en blare aan te dra vir my nes hier bo-op die platform.

Ek beduie met my wysvinger. Grondwaarts. Hiér, wys ek, nét hier. Toe die trein om die draai gaan en haar wa buite sig knak, skarrel ek met die leertjie af op soek na 'n sagte plekkie.

Die liewe Vader het dit in sy alwysheid só bestem dat droë rivierlopies 'n uitkoms bied aan diegene wat nie oor die luukse van 'n hemelbed of selfs gewone ledekant beskik nie. Nie vêr van die windpomp af nie kronkel 'n droë lopie uit die rigting van die kalkrantjies oor die vlakte. Hier is die wêreld plat, maar die dorpskoorstene is buite sig.

My bedrywighede word gadegeslaan deur 'n bloukopkoggelmander. Sie jy, sê ek, dan mik-mik hy in my rigting en hy blaas hom op en sy kop verkleur in al die skakerings van rooi na blou na pers.

Toe, toe, jy sal nou-nou 'n maat kry, dink ek.

Sy kon nie iets saambring nie; dit sou te opvallend wees. Ek het 'n reisdeken uit die Mission gesmokkel en gesorg dat ek elke klip groter as my pinkienael uit die sandbed verwyder. Teruggeskarrel en die Brötchen en Dauerwurst wat ek vanoggend uit die kombuis geskaai het, gaan haal; asook 'n slank bottel Liebfraumilch en twee glasies uit Vader Panzer se voorraad.

Die wag van 'n minnaar op sy geliefde is die soetste pyn denkbaar.

Wie ook al na die eensame windpomp sou opkyk, sou seker gedink het dis 'n kat wat daar sit en wag op die volmaan.

Dis reeds skemer en die ondergaande son gloei nog net op die punte van my windpompvlerke toe ek haar sien kom. Sy kom met 'n ompad, al langs die spoorlyn ry sy met 'n fiets wat sy kwalik beheer; dis myle te groot vir haar. Daar sit 'n skewe, parmantige hoedjie op haar kop, en haar hare krul om haar ore, kennelik korter en modieuser as toe ek haar laas gesien het. Ook haar rok is langer; dit lyk asof dit die rok is wat haar moeilik laat ry.

Ek seil teen die windpomp af.

Sy sukkel met die fiets toe sy afklim; ek smyt dit eenkant toe, sodat die voorwiel bly draai.

Alle woorde en alle voornemens is skielik weg. Gudrun het in die jaar lank en slank geword; ek, daarenteen, duime korter.

Ek steek my arms na haar uit en hou haar om haar middel vas. Dié is so dun dat dit voel of duim en middelvinger mekaar by haar rugstring sal ontmoet.

"Jakkals," sê sy, hier iewers bokant my, "ek kan dit nie glo nie."

Ek kan die sagtheid van haar appelrondinge teen my voorkop voel; ek druk my neus in die geur van haar ritselende rok; ek hou haar so styf teen my vas dat sy kreun. Sy woel my hare deurmekaar en ek kyk op na haar. Is dit die maan wat in die donker van haar oë weerkaats?

Wanneer 'n okkerneut oopgesplyt word, sê Uncle altyd, pas die twee helftes volmaak op mekaar. Maar die okkerneutboom is 'n selfsugtige, besitlike boom: niks groei naby haar nie.

Ek wil nie nou aan die boom dink nie.

Ek kan die stulping van haar okkerneutjie net-net met die punt van my ken voel; dis nie weggesteek tussen die blare van haar lang, loshangende rok nie; en ek onthou van die korset waaroor sy geskryf het. A! Nou kan ek iets sê, want ek het al begin dink my tong sit vas in my droë keel.

"Jy het nie 'n harnas aan nie."

Sy lag skelm. "Hoe dink jy dan? Hoe sal jy die maan kan sien as sy geharnas is?"

Ek wil haar in my arms neem en haar dra, maar ek weet dat dit potsierlik sal lyk, dat selfs die maan en die windpomp en die driedoringbosse vir ons sal lag.

"Kom," sê ek, "ek het vir ons Brötchen gebring, en wyn ..."

"Ek durf nie lank bly nie," sê sy, en daar is 'n hartseer klank in haar stem. "Ek het vir Mutti gesê ek gaan 'n ent ry omdat ek moeg is van die lang treinreis, maar sy sal bekommerd raak as ek té lank wegbly."

"Dis net die begin," sê ek dapper. "Hier is ons." Sy vly haar op die reisdeken neer; ek skink wyn en dink daaraan dat ek net so vêr van die Kaffeemühle se Oog af verwyderd is as die maan van die aarde.

Toe ons klaar geëet het, sê sy: "Dis ons liefdesmaal."

Wanneer ons so langs mekaar lê, die fyn spoelsand sag soos 'n donsveerkussing onder ons, is ek nie so bewus van ons lengteverskil nie. Ou Klopdisselboom wil bars van ingenomenheid as haar sagte elmboë net naby hom verbybeweeg.

"Mein Gott!" sê Gudrun, wie se stem ook ryper en ouer klink as 'n jaar gelede. "Mein Gott, maar ek het na jou verlang!"

Ek streel oor haar oop skouers, van haar slank nek af uitwaarts tot by haar skouerknoppe, ek voel die warm nabyheid van haar mond, ek ruik die jasmyngeur in haar hals, ek bêre my gesig in die appelbloeiselboord. Terwyl ek my baadjie onder haar blonde krulle invou, knoop sy my hemp los en verberg haar gesig teen my borskas. Ek skuif die rok oor haar skouers af en murmel in haar nek. Twee maanaanbidders, sê ek, en sy lag en sê: *Sei doch nicht so neckisch*, maar sy laat my toe om oor haar sagte tepeltjies te streel totdat die puntjies hard en ferm is.

"Son en maan is in ewewig," fluister sy, en sy vroetel met haar neus om my oor.

Die wonder van die liefdesewewig is dat dit alles wat skynbaar onversoenbaar is, gelykmaak en alle verskille oplos in die lug. Ons kom fluisterend maar opgejaag ooreen dat variasie die sleutel is tot sukses. Filosofie, dink ek. Tao, nè? Sy is 'n besondere student. Maar dít was sy nog altyd, vandat ek haar leer ken het. Wag, wag, nie gedagtes nou op dwaalspore stuur nie.

Kom sy dit agter? Met ongelooflike toertjies sorg sy dat Annerdinges nie belangstelling verloor nie. "Nie slapies nie, Stingeltjie," sê sy, "nicht schlafen ..." En Stingeltjie gehoorsaam en word Stam.

"Ek is 'n somermeisie," fluister sy terwyl sy op haar maag draai, maar sonder om Stingeltjie uit haar greep te verloor, "gelukkig ook, anders sou dit moeilik gewees het om die maan met bloeiseltakkies te verf ..."

Toe ek die volgende oggend en die oggende daarna met my vinger oor die spoortjie van 'n bokkie in die sand trek, het ek weer dieselfde gevoel ervaar: die sagte hale van my skilderkwas oor die wit landskap van die maan.

46

Oor hartseer, skuldgevoelens en 'n Noagsvaart deur die woestyn; Nicolaas Alettus se geleidelike transformasie van bedelstaf tot entrepreneurskap.

Wie of wat ons verraai het, weet ek nie. Miskien het iemand die fietsspoor gevolg. Miskien het Uncle sy mond verbygepraat. Ek het opgelet dat sy tong al losser raak. Hy sou sing-sing van die kroeg af terugkom en iets sê soos: "Hêi, Niklaas, wat het jy met Klein Voëltjie gemaak? Die ou kalkoenmannetjie dreun die hele hotel op."

Die oggend nadat ek die maan beskilder het, het ek – soos 'n jakkals na sy lêplek – teruggegaan na die sandlopie. Dit het taamlik gedou; die soet teegeur van volstruisdruiwe het oor die veld gehang. Ek het gekyk hoe blink die spindrade in die eerste strale van die son. Ons spore was klam; die buitelyne van die holtes wat ons lywe in die sand gemaak het, donkerder. 'n Duikertjie moet in die laatnag verbygekom het, het ek gedink, want haar grawemerke was vars. Douspoor.

Ek het by die Pension Kaffeemühle verbygesluip en niks gewaar nie. Ek het teen die windpomp opgeklim en geluister hoe leeg die pype klink, en sy het nie gekom nie.

En toe kom Uncle een middag sê Gudrun en haar ma is voor hanekraai al vort, Kolonie toe, na haar ouma in die Hantam. As dit van Herr Vogel alleen afgehang het, was Bokspoortjie op 'n skip Bremen toe.

Gudrun het nie kom groet nie. Dit was tog feitlik onmoontlik, al het ek geredeneer dat die koeël nou in elk geval deur die kerk was. Ek dra nie 'n verwyt teenoor haar in my hart nie. Hoe kan sy dit verhelp? Hoe kan óns dit verhelp? Hoe kan laventelbos dit verhelp as die wind haar geur die wêreld inwaai? Want wat is wind? En wat is plant? Die een bestaan tog nie sonder die ander nie.

Dat ek en Uncle ons posisie – ons verblyf – ernstig moes heroorweeg, was so duidelik as daglig. "Ook hier moet ons suiwer wees, etnies suiwer," weerklink kaptein Von Lossnitzer se toespraak kort-kort deur die dorp. "Die meultjie moet suiwer koffie maal."

Rooistoffel, wat vroeër met Betta getroud was, het een aand met 'n gebreekte neus en bloed bokant sy oor en teen sy wang by die Vikariaat aangekom; Dorkas, die Namameisie wat sy sinkhuisie met hom deel, huilend agterna. "Dit was die jong Duitsers," het sy gesê, "hulle het hom gepak en hom geslaan en op hom gespuug. Hulle het gesê hy maak net halfnaatjies en daar kom 'n nuwe wêreldorde waarin g'n plek vir halfnaatjies is nie."

Veel langer durf ons nie bly nie.

En of Gudrun Vogel, my klein Duitse lewerikie, se skielike verdwyning uit my lewe iets daarmee te doen gehad het, weet ek nie, maar ook ék was by die dag ongeduriger. Nie dat my verblyf by Vader Panzer onaangenaam was nie. Inteendeel, die joviale Vader het my soos die seun behandel wat hy nie mog hê nie. Ek het dikwels ure saam met hom in sy kantoortjie deurgebring, 'n vredespyp gerook (hy had 'n hele versameling wonderlike pype en die geurigste tabak), na musiek geluister op sy grammofoontjie – en in ruil vir dié gulhartigheid het ek sy voorraad Rynwyn aangevul deur Vogel se Vambo-kok stilletjies van goeie tabak te voorsien. Die een hand was die ander.

Vader Panzer se wynkabinet – weggesteek tussen Bybels en konkordansies, stapels stofbelaaide dokumente en beduimelde leggers, was, naas die grammofoon en die stukkie van sy lessenaar voor sy elmboë, die enigste hoekie in die kantoor wat gelyk het asof dit gebruik word. Soos Vader Panzer se bril. Net 'n klein deeltjie was skoon; die res vol vetspatsels, vlekke en stof. Daar was boeke reg rondom en tot byna teen die dak, maar nêrens het 'n boek regop gestaan nie. Leggers en papiere het op verskeie plekke soos erg wankele torings van Babel getroon, en die riempiesbank waarop besoekers moes plaasneem, was sorgeloos toegepak met papiere, houers of boeke. Selfs die voorraad pype was nooit in die drietal pyphouers nie; trouens, ek het die indruk gekry dat daar so baie pype was omdat hulle almaardeur in die papierwildernis wegraak. Die rakstapels het voortdurend gedreig om inmekaar te stort as jy dit net naby hulle waag. Hier sou selfs die Pous verdwyn.

Ieder geval, Vader Panzer, met 'n gloed van onvervalste goedhartigheid op sy gelaat, sou die deur agter ons grendel nadat hy eers links en dan regs in die gang af gekyk het om seker te maak een van die susters kyk nie toe nie. Dan sou hy tussen die papiertorings deur koes, by die verskuilde kabinet buk, 'n bottel Liebfraumilch te voorskyn bring en iets sê soos:

"Verstommend! My voorraad hou besonder goed sedert jy by ons begin tuisgaan het, Nicolaas Alettus!" Wanneer die Vambo-kok met 'n swaar gewete kom bieg oor sy diefstal, het ek gesorg dat Vader Panzer deur 'n ander priester, wat skaars by die biegvenstertjie kon bykom, vervang word.

Die weggaan van my lewerikie het my omgekrap. Die leser sal my nie verkwalik as ek sê dat ek 'n nare, fyn beplande komplot teen my vermoed het nie. Waar is die Hantam? 'n Eiland iewers in die diep blou see, naby Tristan da Cunha?

Ek kon dit nie verhelp nie, ek het elke dag 'n brief aan die Hantamse Steenkamps gestuur en duidelik bo-aan geskryf dat die inhoud vir Gudrun bedoel was.

Ek het maar alte goed besef die verhouding tussen my en Herr Vogel was so delikaat soos dié tussen twee lande op die randjie van oorlog. Natuurlik kon hy niks bewys nie. Oor my en die lewerikie. Maar ek moes hom vermy. En sy was nou sekerlik te bang om op my uitgerekte briewe vol hartstog en verlange te antwoord.

Miskien het Vader Panzer met pastorale wysheid of kleindorpse insig geweet van my verbode liefde. Daarom sou hy die versteekte drankkabinet se sleuteltjie onder sy kleed laat ingly en vir ons wyn inskink.

"En jy hoor nog niks van Gudrun nie," sou hy sê-vra. Ek het besef dat hy die enigste mens op Koffiemeul is met wie ek my geheim – my aanbidding vir Gudrun Vogel – kon deel. Tydsaam sou hy die wyn met sy lippe uit sy walrus-moestas suig en hartseer glimlag.

"Miskien moet ek jou 'n bietjie raad gee. Mens gaan pen nie 'n bokooi elke dag op dieselfde plek in die lusernakker en verwag sy moet oorleef nie. Moenie van Gudrun – of van jou hart, dis dieselfde – 'n bokooi maak nie." Die hartseer glimlag het twee lyne geword wat die moestas skielik nie kon verberg nie. Was daar iewers in sý lewe 'n lewerikie of 'n duiker-ooitjie?

Ook my hartseer sou Vader Panzer nie ontgaan nie. Deur bespatte lense sou hy my ondersoekend aankyk, die naaste pyp tydsaam opsteek en vra:

"Wat pla jou vanaand, my seun?"

Dis Kersfees, wil ek sê, dis swaar om alleen te wees met Kersfees. Mias en Joy – sy is nou 'n telefoniste – het wel 'n mooi kaartjie uit die Kaap gestuur en my handjie-kaie gemaak, maar van die ander hoor of weet ek niks nie. Het ek skuldig gevoel omdat ek nie wou teruggaan nie? Omdat ek nie op die kaartjie gereageer het nie? Omdat ek vir Amy en Anaat uit my gedagtes geskuif het?

"Wat ís skuld, Vader? Wat beteken *skuldgevoel*?"

"'n Uiters komplekse vraag," sê Vader Panzer ingedagte, terwyl hy tydsaam tabak begin meng in 'n dolfhoutvyseltjie wat 'n dankbare gemeentelid aan hom geskenk het. "Skuld impliseer immers dat jy oortree het, dat daar reëls of wette bestaan." Met groot presisie knie hy die tabak in die vyseltjie en sê my aan om nog wyn te skink.

"Kom ons kyk na 'n paar gevalle," sê hy. "Jou Joodse vriend oortree omdat hy voortdurend rokke jaag."

Ek dink na en skud my kop. "Nicht so einfach," sê ek, trots op die optel-Duits waarmee ek Gudrun nog eendag wil verras. "Soms hardloop die rokke agter hóm aan."

Ons gesprek vorder nie. Hier is 'n terrein wat Vader Panzer dalk nie goed ken nie. "Die hart van 'n vrou is duister," sê hy ten slotte, terwyl hy sy wynglas ietwat oorhoeks na my toe uithou.

"Skuld het twee sye," sê hy later, verwonderd, asof dit nou hý is wat met die probleem opgesaal sit. "Vat nou die oorlog teen die Bondels. Wie was reg en wie was verkeerd?"

"Die owerheid," sê ek pront, want van die oomblik af toe ek en Jasper Repink ons borde waterige pap op Bakoondskraal se tafel omgedop het, het ek min agting vir gesag. "Die owerheid was verkeerd, want hulle het die onskuldiges onderdruk. Met geweld." Ek het onthou wat Stryker vertel het. Van die bomwerpers.

"Das stimmt," sê Vader Panzer, "maar was die eienaars van die honde so ónskuldig? Het hulle nie die honde gebruik om die wild uit te roei nie? Om weerlose skape te vang nie?"

Ons gesprek het tot laat in die nag op 'n see van Liebfraumilch rondgedobber.

Want, het ek geredeneer, het die arme Bondels nie só gekrepeer van hongerte dat hulle nie anders kón nie? Die Duitse boere, het ek hom herinner, het klipkastele gebou en Kassler und Kartoffeln geeet. Die plaaswerkers het in hutte en hokke gebly. Hulle het nie 'n *keuse* gehad nie.

Maar ék kan nog kies, het ek vir myself gesê, gedagtig aan die bokooi. En voordat Vader Panzer my bekeer en ek my in die novisiaat bevind en 'n avontuurliker lewe vir die sielige kloosterkleed verruil, wil ek darem eers daardie avontuurliker paadjie beproef. Die lewe lê voor my soos die melkweg voor die maan.

Ook Uncle moes goed bevriend geraak het met die kok, kon ek sien aan die kiste drank wat in die Ford gestapel was. "Die schlemiel van 'n sodomieter," het Uncle die nag gemompel toe ons verby die donker Pension Kaffeemühle dreun, "my geld is mos goed as ek sy bier in sy krip uitpis, maar agter my rug noem hy my name." Hy het by die venster uitgehang en "Goyimmm!" geskree en vet gegee, die dorp uit. Herr Vogel se verdiende loon, het ek gedink, maar oor die drank was ek bekommerd. Was Uncle van plan om alles self uit te drink? Dit het so gelyk, want hy het met 'n bottel in sy hand bestuur. Maar miskien was hy net bly om weg te kom; sy rustelose gees gepaai.

Die Ford, gedoop Bonnie, se neus het teen die noordewind ingebeur. Voor ons het die weerlig van die weste af om tot in die ooste bly uitslaan.

Ons het rég onder die geopende hemelsluise in gery. Daar was nie tyd vir nadink of oplet nie. Dan sou ons waarskynlik gesien het die swaarweer maak rondom ons toe, soos 'n leërskare wat ons omsingel. Omdat dit so lanklaas gereën het, het ons nie daarop ag geslaan voordat die Groot Storm van 1934 sy blitsende swaarde met ons gekruis het nie. Toe die eerste swaar, los druppels die stof voor ons in die motorligte opslaan, het ek my vrees onderdruk deur aan Gudrun te dink. Vader Panzer het my van 'n verliefde monnik vertel en gesê Gudrun is my Heloïse. Uncle het gesê hy't die storie ook al gehoor, ek moet oppas, die monnik was sy ballas kwyt.

My lewerikie. Sou sy nou iewers, geharnas, lê en slaap? Die vorm van haar skulpie in my hand; die warmte van haar lyf. Dis 'n half lekker, half pynlike gewaarwording, wat my opstandige onderdaan teen die poorte van die katedraal laat hamer. Geharnas? Word sy Gudrun nie iewers in 'n diep en donker kerker aangehou nie? Gaan hy haar ooit weer sien? Sal sy tevergeefs wag op die son, soos wat hy tevergeefs wag op die maan?

Maar dís die *ontdekking* wat my kasty, vandat ons moes stilhou om water af te slaan en Uncle bewonderend staan en kyk hoe blink die maanskyn op my krom boog – die ontdekking, naamlik, dat my gevoel vir Gudrun amper ononderdrukbaar is. Die ontdekking, verder, dat die opstandige onderdaan inderdaad 'n reus aan die word is, 'n onverwags vrugbare uitloper van my petieterige landskap; 'n skiereiland wat nog 'n see van meisies se harte onstuimig en skuimend gaan breek, soos Uncle dit bewonderend en erg poëties opgesom het toe ek dit waag om hom daarvan te vertel.

"Dis nie iets om jou oor te kwel nie, ben yuchidel!" sou hy uitroep. "Dis iets om oneindig dankbaar oor te wees! Ek is self nie 'n reus nie, maar dís nie wat saak maak nie. Wat saak maak, is dat hulle Dawid vir Goliat aansien. En in jou geval is daardie transformasie maklik. Is jy nie geseën nie?"

Is daar 'n greintjie jaloesie in sy stem?

Die groot druppels, wat 'n rukkie opgehou val het, begin weer: vinniger, groter; raseriger op die kap, selfs bó die dreuning uit. Die nag het die maan ingesluk. Dit begin reën, afgebroke, maar in geel strome, en Windhoek lê nog 'n dagreis vêr.

Die liefdesbed in die droë sandlopie sal nou 'n geel stroom water wees.

Ons ry weer onder die wolke uit, of hulle seil onder ons uit. Die reën is nog nie verby nie, maar voorlopig heers die maan.

Agter ons blink die dorre landskap.

In later jare sou die mense na 1934 verwys as die Jaar van die Vloed of die Jaar van die Groot Water. Hulle sou met die skrik en verwondering nog vlak in hul oë vertel hoe dit teen die einde van '33 – ná die afgryslikste droogte wat die land nóg geken het, en 'n wêreldwye depressie – eers hier en daar, maar dikwels met meer lawaai as neerslag, begin reën het, en toe dae en nagte aaneen – 'n geelperskereën, 'n Noagsreën, 'n oorstalligheid van water, 'n lééu van 'n weer wat oor die hele land brul; 'n reën soos nog nooit tevore nie. Die meeste reën in menseheugenis, het hulle gesê, en dié met draadlosies het met hul neuse binne-in die wonderbaarlike, krakende uitvindsels gesit om die ongelooflike nuus landwyd aan te hoor: dit reën op Heilbron in die Vrystaat, dit reën op Rietbron in die Karoo, die Here is goed, dit reën in die Bosveld en die Onderveld; die sluise van die hemel het geopen oor Duitswes.

Baie het natuurlik nie net na weerberigte geluister nie; daar was ook berigte oor die opkoms van 'n nuwe soort wêreldmag, 'n nuwe orde, en af en toe is musiek gespeel wat seuntjies en dogtertjies soos stokmannetjies laat marsjeer het. Verhale oor die Engelse Oorlog en veral die Huiloorlog is opnuut van die geweerrak of tussen die ingelegde vrugte van die spensrak af gehaal en afgestof, en nuwe klere van swaarkry en verbittering is aangetrek. 1902 en 1914 was nog vars in baie se geheue. *Eie verraad en koppigheid word vergeet; net heldedade word onthou; dít is geskiedenis,* het Vader Panzer op 'n aand gesê. Ook in dié opsig was die oorgang tussen 1933 en 1934 'n waterskeiding.

Ons het die nag ingery en nie geweet dat die Ford Convertible weldra 'n ark in die woestyn sou word nie. Nog minder het ons geweet hóé groot die ander soort vloed was wat vanuit Duitsland oor die wêreld begin spoel het. Uncle het wel ná sy nagtelike ondervindinge op Koffiemeul begin agterkom dat iets giftigs aan die gis was.

"Jy moet oplet, ben yuchidel," sê hy, "wanneer mense swaarkry, soos met 'n oorlog en nou weer met die droogte en die depressie, dan word hulle maklik soos 'n klomp Gadareense swyne."

Nou begryp ek waarom Vader Panzer en Uncle een aand so knaend oor varke geredeneer het. Ek dink dit het begin omdat daar dié aand net Schweinefleisch und Kartoffeln aan tafel was, en die goeie priester het baie sleg gevoel daaroor.

"Ons het van jou vergeet, my vriend," het Vader gesê, gedagtig aan die Talmoed se swaar woord oor onrein diere.

Maar die varkribbetjie het lê en spetter, en langsaan was die aartappels die kleur van kaiings en die speltbier die kleur van koring as die son daaroor ondergaan. Uncle het sy skouers opgehaal. "Ek is gelukkig," het Uncle vervolg, "ek is half-Ier, en die Iere het heidense harte en bekeerde siele. Buitendien," hy het sy oë hemelwaarts gedraai, "wie kan nou sulke gasvryheid van die hand wys?" Vader Panzer het so hartlik hieroor gelag dat sy bril aangeslaan het; en ek het gewonder of dit nie net Uncle se neus en sy koggelmander was wat Joods was nie.

Die Ford spin soos 'n vet kat oor die gelyker dele. Maar die vreugde is van korte duur; hoe nader na die berge toe, hoe onvoorspelbaarder word die pad. Die sand is plek-plek erg los en verspoel, en Uncle raak geselserig, dalk omdat hy so aan die stuurwiel moet klóú. Dit verg baie konsentrasie en behendigheid, en dalk wil hy sy gespannenheid oor die donker were wegsteek.

"Ek weet nie veel van godsdiens nie," sê hy, "want Dad het uit die Tora vermaan en Moeder uit die Kinderbybel, meestal wanneer Dad gaan smous het. Maar die storie van die varke wat so mal geword het ... Jy moet net genoeg selfvertroue hê, genoeg chutzpah; mense sal enigiets glo. Kyk wat nou in Duitsland gebeur. En hier. Die mense trop agter 'n man aan wat sê hy rook nie, hy drink nie, hy bad of skeer nie in warm water nie, want dis vir sissies, hy slaap net vier of vyf uur ... Wat 'n verlies! En hulle vra hierdie mal Spartaan om 'n kabinet te vorm. Wat het in hul gevaar? Kyk nou maar, een van die dae dra al wat jongkêrel is so 'n tandeborselsnorretjie." Uncle, wat ingedagte oor sy eie potloodstrepie vee, praat oor 'n vergeelde koerantberig wat Vader Panzer vir hom gewys het.

Ek onthou die berig. Om die waarheid te sê, dit is nou deel van my versameling. Maar ek wil dít nie vir Uncle sê nie; hy kan dit dalk verkeerd verstaan. Ek onthou hoe ontsteld hy was oor die berig nadat Vader Panzer dit kopskuddend vertaal het. Dit handel oor die reaksie van duisende mense nadat Von Hindenburg aangekondig het dat Tandeborsel die nuwe Duitse leier is. "Heil Hitler!" het hulle glo geskree, "Deutschland erwache! Juda verrecke!"

Op die agterkant van die knipsel is twee berigte, met foto's, wat my meer interesseer as die aanstelling van 'n wildvreemde Duitse leier met lawwe gewoontes.

Die een berig handel oor die maak van 'n rolprent iewers in die Suidsee, waar 'n monster genaamd King Kong, vyftig voet hoog, 'n tenger blonde meisie (Gudrun! Gudrun!) soos 'n veertjie in sy reusagtige aapklou vashou terwyl hy oor palmbome stap asof hulle vuurhoutjies is.

Die ander berig – eintlik net 'n foto met 'n onderskrif – is van 'n kaalkopvent, ene J.D. Morgan, met 'n *midget* op sy skoot. Sy lyk soos 'n elfie uit 'n prenteboek van Suster Ottilie – soos 'n lewende pop, 'n miniatuur-grootmensie; alles aan haar is eweredig kleiner en oneindig mooier as aan die afskuwelike vent op wie se skoot sy sit.

Ek sou haar teen my wou vasdruk.

Van haar sou Uncle nie durf sê nie – soos van Gudrun: *Sy groei nog, ben yuchidel! Kyk na haar ma. Kan jy nie die ooreenkomste sien nie?* Die liewe goeie Frau Vogel, née Steenkamp, het rondinge soos boerpampoene. *Vergeet van die blonde verleidstertjie, een van die dae lyk sy nes haar ma. Sy sal jou soos 'n wyfiespinnekop opvreet!*

Ek kyk weer na J.D. Morgan en die elfie. Sou hulle ook in 'n rolprent speel? Dis een begeerte – naas die sirkus – wat aan my vreet: om 'n rolprent te sien.

"Ach," sê Uncle gewoonlik as ek die gesprek in so 'n rigting stuur, "wat dink jy van my, mayn kleyner? Dat ek nie my beloftes kan hou nie? Jy moet net nie vergeet nie, my klein vriendjie, 'n rolprent is nageboots leef, 'n sirkus is kunsmatig leef. Daar buite lag almal vir jou." Hy bly 'n oomblik stil, asof hy wil sê: Vergeef my!

Ook ek bly stil.

"Daar buite is die lewe self," vervolg Uncle, "hard en skurf en lekker – hoe kan dit anders wees?" Wil hy regmaak wat hy verbrou het? Wil hy verduidelik? "Jy's lank nie meer die *pisherke* wat Let Lyf rond-abba en kort-kort moet droogmaak nie, is jy? En so van pis gepraat: van nou af is dit ek en jy, en ons gaan nog baie voor dieselfde krip staan."

En dáárin vind ek altyd troos: dat hierdie ou haan wat my peetvader is, my ook as sy *gelyke* aanvaar; net soos die kinders van Bakoondskraal mekaar as *gelykes* aanvaar het. Nie as 'n misvormde buksie, nét te lank om in 'n sirkus te werk en nét te kort om sy man agter 'n kroegtoonbank te staan nie.

Gelukkig is daar nóg troos. In my egg-box is daar nou ook, naas my oorspronklike besittings en die neerdrukkende berig met die foto's van King Kong en die elfie agterop, 'n bundeltjie Engelse gedigte, weliswaar onverstaanbaar, maar die papier is geurig van ouderdom: die kreupel Alexander Pope se *Collected Poems*. Toe Vader Panzer die boek plegtig in my hande druk, het ek eers gedag hy maak 'n grap, want ek het mense op Koffiemeul 'n keer of wat hoor sê: "Daar stap die paap met sy aap!" Dis nou ek; en Pope is tog *pous* ... Maar Vader Panzer se bewondering – selfs 'n geraamde skets! – het veral uit twéé dinge gespruit.

Dat Pope as Katoliek, en as boggelrug, dit so bitter gehad het tussen mense wat sy geloof as kettery beskou het. Dááruit het die ronde Vader met sy ronde brilletjie soveel krag geput dat hy so regop soos 'n egte Pruis deur die strate kon stap.

En – ná 'n gesprek oor die dood – sy dramatisering: *O, grave, where is thy victory? O, death, where is thy sting?*

Ek het my kosbaarhede – die paar bejammerenswaardige besittings, vir my meer werd as korale – 'n slag deurgekyk.

Die vergeelde foto's van – na alle waarskynlikheid – Klaas Duimpie (sou ons hom dalk tóg nog hier in die godverlate Duitswes kon raakloop, my glibberige, legendariese oukêrel?); en dan natuurlik die berugte Koos Sas, regop gehou soos wat jy 'n knewel van 'n bobbejaanmannetjie sou regop hou.

Het ek vir myself gevra wáárom ek die knipsel bêre? Dalk omrede dit my op 'n vreemde wyse aangegryp, selfs ontstel, het?

Daar is ook nog die tekening – vaal verbleik, vol skeure – van die steltloper uit die ou sirkusplakkaat.

Die doolhofagtige sketse wat Vader Grau gemaak het van die klipgravures op Bakoondskraal, aangevul deur 'n bewerige natreksel, met perspotlood, deur Piet Praaimus. Van die een uit die spelonk op Rooistasie.

Die skulpiesklavier.

'n Blonde krulletjie, 'n veertjie uit my lewerik se donsveredos. Die krulletjie laat my dink aan die rotstekeninge: hare spiraal links om, myne regs om.

En dan my nuutste toevoeging: die klein bundeltjie verse van my lyfgenoot, Alexander Pope.

Die paaie van die berge af noordwaarts is plek-plek beter, plek-plek ellendiger as dié waarmee ons nou reeds kennis gemaak het – en húlle was lewensgevaarlik. 'n Redelike ent ry jy oor harde, kalkagtige grond, maar dan begin kruis jy die talle droë rivierbeddings wat weerskante van die berge strek. Hier moet jy telkens spoed verminder, anders breek daar 'n veer, en Henry Ford het sekerlik nie sy produkte op grammadoelapaaie getoets nie. Met elke slaggat het dit gelyk of die stamp vir Uncle seerder maak as vir Bonnie. 'n Mens moenie vergeet nie, het ek dit vir myself uitgewerk, Uncle het 'n groot deel van sy lewe in voertuie deurgebring – of hy nou stilletjies met 'n Maxwell teen 'n lang afdraand in Kaapstad weggekom het, en of hy, wuiwend met albei polse dig bymekaar, soos 'n minister van Steenboksvlei af begelei is. 'n Mens kan maar sê die outomobiel was sy léwe.

Dis net jammer dat almal nie sy vreugde oor die ontwikkeling van padvervoer gedeel het nie. Want dan sou die paaie aansienlik rybaarder gewees het. "Ben yuchidel," sou hy sug, "wat is dit met mense dat hulle nie vooruitgang kan sien as dit na hulle toe aankom nie? Kyk na die toestand van die paaie. Die mense dink nog met die verstand van iemand wat met 'n oskar ry." En 'n rukkie later, as 'n onverwagse bedding los sand met 'n geknars onder ons inskuif, sou hy uitroep: "My arme kar! 'n Os het meer verstand as dié land se padmakers!"

Mense glo jou nie maklik as jy vertel hoe die paaie desjare daar uitgesien het nie. Waar 'n sandrivier se loop hom daartoe leen, is die kronkelende gelykte summier as Autobahn ingewy. As een vasval, ry die volgende aan die linkerkant verby en die ander volg sy voorbeeld. 'n Rukkie gaan dit goed; dan val een weer vas en die ander ry 'n wye draai, want so 'n sandrivier is mos breed. Met die gevolg dat die eintlike pad soms tientalle treë breed is, en wee die oningewyde wat in so 'n doolhof van spore beland!

Die storm-tegniek werk hier, net soos in die duineveld, die beste. So het Uncle verduidelik, terwyl hy na 'n laer rat terugskakel en vet gee sodra ons van die harder grond af in die sandwildernis beland. Bonnie kerm en swaai heen en weer, Uncle klou aan die wiel asof sy lewe daarvan afhang, en my voete trap iewers vas soos wat ek rem. Ná 'n ewigheid sidder ons weer op harder grond tot stilstand.

Die eerste haan het nog nie op die naaste hekpaal gespring om die wonder van die nuwe dag te besing en sy henne te beïndruk nie, toe staan en sluk ons, op een so 'n harder eiland, 'n haastige beker koffie af naby Groenfontein, die paar huise spookagtig wit teen die donkergroen kameeldorings en die blouswart were wat die koms van die dagbreek verberg. Uncle, wat in elke gehuggie iemand ken, het dit eers oorweeg om by Tryna of Truia (ek onthou nie haar naam so goed nie) te gaan oondbroodjies soek, maar hy het tog daarteen besluit. Onder al sy ligharigheid het Uncle 'n gevoel van onrus verberg; ek kon dit aanvoel, maar ek het nie geweet hoe om hom daaroor uit te vra nie. Tydens ons reis, dieper Duitswes binne, sou hy telkens koerante koop en veral berigte oor gebeure in Europa lees. Die berigte, wat ek nie goed kon verstaan nie, sou hom laat frons, en hy sou 'n nuk ontwikkel om – te pas en te onpas – oor sy skouer te loer. Tussen ons besittings op die agtersitplek het die leë bottels meer geword.

Vanwaar die kommer? Ons – veral Uncle, wie se baie togte hom deur die ganse Duitswes geneem het – het mos baie vriende gewen. "Ben yuchidel," sou hy altyd sê, "dis belangrik om vandag vriende te maak, dan het jy môre-oormôre minder vyande."

En nou het dit skielik gelyk of Uncle agter elke swarthaak of kokerboom se stam 'n vyand van die een of ander aard verwag. Voordat ons die eerste groot dorp bereik het, het hy Bonnie se nommerplate in die gietende reën omgeruil. So kletsnat was hy dat hy 'n ruk lank bibberend met sy kop teen die stuurwiel gesit het terwyl die water 'n poel aan sy voete vorm en teen die sitplek afloop.

"Jy dink seker ek is ondankbaar oor die reën?" het hy plotseling gevra. "Maar ek is nie; die reën gaan ons baie help."

Hoe?

Terwyl ons nog so ry, amper asof dit sy woorde wou loënstraf, het ons meteens begin dryf. Die wolke het die ganse aarde bedek, die reën het sonder ophou gestort, sodat selfs die Convertible se seilkap nou op plekke meegegee het onder die vallende water se gewig. En hier, meteens, dryf ons, asof die pad in 'n rivier verander het. Ek het aan my eerste ondervinding van 'n malende rivier teruggedink, aan Raaswater se onverwagte vloed, en ook aan die dag op Omdraaisdrif toe ek die stroom wou aandurf en my voet geglip het.

Uncle klou hulpeloos aan die stuurwiel, terwyl die swaar motor soos 'n veertjie in die rondte tol en 'n mens net bossies en klippe teen die sye en die onderstel hoor skraap. Dit lyk of die water déúr die motor loop, asof dit iewers aan Uncle se kant ingeforseer en weer aan my kant uitgeforseer word. Die hele tyd sê ons niks nie, ons klou net vas.

Meteens kom die Ford met 'n byna dierlike gekerm tussen takke en klippe tot stilstand, en in die halflig kyk die verbaasde ogies van 'n half-versuipte geitjie my tussen opdrifsels deur die voorruit aan, asof hy wil sê: Jammer, ek was laat, Noag, maar kon jy nie so 'n bietjie gewag het nie?

Bonnie staan, soos 'n gapende seekoei, neus omhoog teen 'n doringbos, agterstewe in die sand.

Ons sukkel uit en staan vir mekaar en lag. Danksy Uncle se baie reiservaring kan ons die Ford weer, by wyse van spreke, vlot maak. Die water vloei intussen vinnig weg en trek in die sanderige grond in, asof die hele droë aarde 'n reuse-spons is.

By 'n sandsloot hang die treinspoor, versier met opdrifsels, soos 'n verslonste hangbrug bo-oor die sand. Het die water ons hiér gevang, was ons nou al by die see.

Omdat dit die begin van 'n nuwe jaar – ook 'n nuwe skooljaar – is, verduidelik Uncle, is die pad (of wat daarvan oorgebly het) buitengewoon bedrywig. Onderwysers en hul gesinne is op pad terug ná 'n ruskansie in die Kolonie. Nuwe onderwysers is op pad om hul pionierswerk in die Groot Dorsland te gaan aanpak. Trewwelaars, boere, regeringsinspekteurs ... Almal gly-gly op pad iewers heen, plek-plek 'n hele konvooi motors wat die een na die ander vasval, wildvreemdes wat mekaar help uitgrawe. Mans in stemmige wit hemde en onderbaadjies. Vroue wat koffie maak en aandra en die padkos tussen hulle verdeel. Kinders wat in die afloopwater of in die nat sand speel solank die prosessie aan die gang is en daar tree vir tree gevorder word na die volgende harder, rybaarder trajek. Jy sou kon sê dis 'n uitstappie, 'n piekniek. Maar dan kyk jy die modderspatsels en die nat, slymerige broekspype en onherkenbare kouse en skoene mis.

Dis toe dat Uncle besluit om my te wys hoe *eerlike besigheid* lyk. "Net sodat jy darem 'n alternatief het om in swaar tye op terug te val ..." sê hy. "As 'n brood met rosyntjies en korente in jou skoot val, gaan jy sê 'ek wou liewer koek gehad het'? Nee!"

Ons kom by 'n rivier wat eers nie 'n rivier was nie, bloot 'n vlakte, maar wat nou soos 'n groot binnelandse meer lyk. Dit wat veronderstel is om die hoofpad noorde toe te wees, raak rustig onder die water weg en verskyn weer teen 'n sandwal in die verte. Aan weerskante staan en slaan ongeduldige bestuurders op hul handskoene, maar dit lyk of die water, so dik soos dikmelk, nie gou sal afloop nie.

Uncle, wat teen 'n kalkklipkoppie uitgeklouter het, wink my skielik opgewonde nader.

"Jy weet mos van muile, nie waar nie?" vra hy. Hy wys na 'n paar hutte, waar kleingoed om 'n oggendvuurtjie dans. "Hier kom ons petrolgeld."

Na 'n uur of wat se onderhandelinge met 'n statige ou grysaard en sy drie flukse seuns, begin George McLachlan Lazarus met sy deursleepdiens. Tien sjielings per motor. Ons begin met Bonnie, ter wille van die demonstrasie en die goeie geloof. Ons raak deurnat en bemodder, maar Uncle sê pionierswerk is nog nooit in weelde gedoen nie.

Die eienaar van die muile, wat vyf sjielings kry vir elke motor wat in een stuk op die oorkantste wal aankom, begin in Nama en nog sewe ander tale op sy botterkoppe praat.

Dit gaan nie sonder haakplekke nie. Die span van ses begin skaars om Bonnie deur die vinnig vloeiende water te sleep, toe word eers 'n string en daarna 'n swingel afgeruk. Nie lank nie, of 'n oogklap sit skeef en ta verseg om 'n voet te versit, terwyl Bonnie vervaarlik oorhel. Die arme diere is senuagtig; nie daaraan gewend om 'n gedrog met groot, blink oë agter hulle aan te sleep nie. Ons moet ook rekening hou met die gewig wat die tuie moet dra – hulle is so swak soos die bande van 'n ou, uitgediende abbakros.

Maar nou ja, oplaas het ons vir Bonnie onder groot applous aan die ander kant, en 'n vindingryke Duitser neem *sofort* foto's van ons: van die touleier af tot by Uncle die ene spierwit glimlag teen 'n bemodderde gesig, met klere wat aan mekaar klont.

Tussen sonop en sononder sleep ons vyf motors deur. Ek was nog nooit in my lewe so lyfseer nie!

Nadat vonkproppe drooggemaak en letsels reggedokter is, sukkel sommige mense verder: die rantjieswêreld suid van Windhoek darem nie meer so buite bereik nie. Ander besluit om die koue nag

– vererger deur die feit dat alles deurdrenk was – in hul motors deur te bring.

Ook ek en Uncle krul ons, doodmoeg, op Bonnie se ongemaklike sitplekke op en slaap die slaap van dooies.

Die aand is Anaat, Gudrun en die elfie om die beurt in my gedagtes. Die oggend, my lyf nog seerder, oorheers net één besef: Hier kom 'n nuwe avontuur.

47

Waarin Nicolaas Alettus andermaal beledigings opvréet, steeds meer van die toneelkuns te wete kom, en 'n afspraak met 'n melancholiese beessmokkelaar gemaak word.

Dit wil nie ophou reën nie. George McLachlan Lazarus kyk met 'n Noagsgesig na die wolke en vra: "Watter stommeling het vir sóveel gevra?" Maar toe die silwergeld in sy broeksak klingel – net toe daar repe blou in die wolkkaros verskyn – klink dit of hy iets prewel soos "Wie was nou so dwaas om te vra dat dit moet óphou?"

Omdat ons geld dringend nodig had – nie bloot uit jammerhartigheid nie – dáárom het ons drie dae by die onbekende rivier wat in 'n meer verander het, vertoef. Dáárom het ons modder, muskiete en slegte maniere getrotseer. Uncle meestal droëlyf agter die stuur tussen gillende meisies; ek en die botterkoppe glad en glyend vóór die ingespande motor; die mans aan die sykante om die motor vlot te hou.

Ons was nie ál mense wat munt geslaan het uit hierdie oorstroomde roete (die enigste tussen Duitswes en die Kolonie) nie. 'n Paar uur benoorde ons, sou ons uitvind, was 'n span Rehobotters met hul osse besig om dieselfde te doen. Toe Uncle hoor die ondernemende Basters vra 'n halfkroon per kop méér vir hul dienste, het hy ons deursleepfooi terstond aangepas en gesê ek moet oplet: besigheid werk so. Nou ja, *eerlike* besigheid.

Dit het my laat terugdink aan Suster Francesca se vertelling oor die Fariseër en die tollenaar. Was dit dan nie die Fariseër wat só lank gebid het dat die tollenaar kans gekry het om al sy geld uit sy saalsak te verduister nie? Min of meer soos wat ek myself op Rooistasie kon behelp tydens Lot Hamerkop se lang gebede. Dáároor het ek g'n berou nie. Was die tollenaar, toe hy betrap is, nie vreeslik boetvaardig oor sy streke nie? Ek onthou so iets: dat sy kort gebed hom gered het; hy het nie gaan staan waar almal hom kan sien, sy hare uit sy kop getrek, 'n sak oor hom gegooi en as oor sy bles gestrooi nie.

Daaraan het ek alles gedink terwyl ek róéi om die balhorige span muile aan die beweeg te kry: dis harde maar eerlike werk, volgens Uncle glad nie vergelykbaar met die oneerlike manier waarop die regering reisigers laat tol betaal nie. Een aand, terwyl ons ons muwwe, nat skoene oor die vuur sit en droogmaak, vertel hy my dis dié dat sy Dad en ander smouse dikwels te voet met hul bondels en penswinkeltjies gereis het. As jy gelukkig was en jy had 'n kolperd met vier wit pote, kon jy verniet deurgaan. Dad-hulle het gou uitgevind: met 'n bietjie kalk en eierwit kan jy baie regkry; net jammer die dier het ná 'n dag in die son verskriklik gestink!

Kyk, wat ek van die lewe weet, het ek by Uncle geleer. En hy kon mens om elke draai verras met wat hy uit die lewe haal.

Maar ménsekennis? Dié doen jy natuurlik maar self so langs die pad op. En vir my was dit dalk makliker omdat mense bo-oor my kop gekyk het. Dis iets wat aanvanklik seergemaak het, maar ek het gou besef hoeveel voordele dit inhou as iemand jou vir 'n voëlverskrikker of 'n bogsnuiter – of albei – aansien en bo-oor jou kop praat. Jy kan soveel meer waarneem. Ongesiens kyk na trekkings en uitdrukkings, en luister hoe stemtone verander. Die geilheid en die goorheid ruik. So volkome ignoreerbaar dat iemand in sy neus sal grawe of 'n string poepe sal los sonder om van jou teenwoordigheid bewus te wees. Veral noudat die modder deel van jou lyf geword het en die klam weer Ma-Let se fynkrul in jou kroontjie terugsit.

Maar word jy dán betrap!

Missus Simms – sy en haar man was op pad Kolonie toe om hul

bleek seun by een van die *berhoemde* Engelse skole in die Kaap te gaan inskryf – was omgesukkel omdat die reën hul planne in die wiele ry. Hulle was nou al twee dae laat, en sy het gekla en gemurmureer en geneul vandat hulle puftend en sugtend daar kom stilhou het totdat ons hulle die volgende oggend deurgesleep het – teen 'n spesiale tarief, soos Uncle dit genoem het. Arme meneer Simms het natuurlik gedink dis goedkoper, terwyl dit eintlik duurder was. "Jy moet oplet, ben yuchidel," het Uncle gesê, "as dit stinkrykes is, en hulle is onnosel daarby, pas jy jou tariewe aan. Hulle voel nie die geld nie, nog minder weet hulle hoe dit moet wees om nié geld te voel nie. Verstaan jy?"

Al wat ek verstaan het, was dat missus Simms my bemodderde tronie wél raakgesien het, en dit terwyl sy besig was om salig aan haar beaarde bobeen te krap waar 'n vet muskiet haar bygekom het.

Ek het weinig van die Engels verstaan, maar dit het min of meer geklink asof sy vir haar man sê: "En ek hou niks van die *bloemin hanshotnotjie* nie. Hy beloer mens om elke hoek en draai." Die *bloemin hanshotnotjie* kon ek verstaan, want dit was Afrikaans. Daarna het sy iets gesê soos dat ek eintlik, soos my broers en susters, net 'n glimlag en krale behoort te dra – verbeel jou! Ek het haar amper van my broers en susters van Bakoondskraal vertel, maar sy sou tog nie verstaan nie. Sy het my aan die Klipfontein Hotel se Vorstin laat dink; dié kon haar suster gewees het. Ek het Mister Simms jammer gekry; hy het sommer eenkant op 'n klip gaan sit en gesukkel om die klam twak in sy pyp brand te maak.

Toe het ek opnuut agtergekom watter uitwerking Uncle op die vroulike geslag het. Sy het Uncle nie dadelik gesien nie; hy was agter die rantjie om – soos hy laggend gesê het – die Jood te gaan verneuk en te gaan skottel. In dié dae, sou hy later sê, het dit baie keer so stols gegaan dat daar net elke tweede dag tyd vir broeklosmaak was. En dis waar. Ons het gebárs; en die vermoede dat daar makliker maniere van geldmaak is, het sterker by my posgevat.

Ieder geval, ek was oor missus Simms se gedaanteverwisseling aan die vertel. Die een oomblik nog teem sy teenoor haar bleek, opgeskote seun oor die ongeluk waarin sy selfsugtige pa hulle laat beland het. Die volgende oomblik staan Spreeuneus, bruingebrand en in die wit pak wat hy altyd vir die aande uitgehou het, langs haar en streel kalmerend oor haar slank arm en fyn, beringde hand. Dalk wou sy haar hand wegtrek, maar instink het anders besluit. En Uncle vertel vir haar in die mooiste taal – het hy Pope se *Collected Poems* uit my egg-box gaan haal? – presies hoe verruklik sy óndanks die senutergende omstandighede is. Meneer Simms het dóúr na die sonsondergang gesit en kyk.

Daarna het die stroop uit haar mond gevloei. Nadat ek my gesig gaan was het, het sy nie weer die woord *hanshotnotjie* gebruik nie; wel gepraat van ons *Mediterreense* voorkoms. Toe meneer Simms ons betaal, het sy iets gesê soos *Pappie, dink jy nie hulle verdien méér nie? Wys jou net.*

Toe ek, veilig aan die oorkant van die stuk water, vir die soveelste keer 'n laag modder van my afskraap, het ek seker gemaak dat ek my spierwit boude in haar rigting wikkel.

Dan was daar die man wat die moddermeer een oggend – dit het net begin lig word – droogvoets oorgesteek het. Ek het pas wakker geword met 'n waterloot so wederstrewig soos 'n waterwyser se mikstok, toe ek die vreemde apparisie gewaar. Dit was 'n reisiger, 'n man van onbepaalbare lengte, want hy het vir hom twee reuse-stelte uit jantwakpale gesny, en daar was hy nou, sy bondel op sy rug vasgemaak, besig om voetjie vir voetjie vorentoe te versit. Wag, het ek gedink, ek droom nog, ek gaan net gou fluit, maar toe ek terugkom, was ou reierbene wat so treetjie vir treetjie oor die water aan die kom was, skoonveld. Pff. Selfs van die stelte – die pale – g'n teken nie. 'n Ligdagspook? Ja, het Uncle, opgekrul onder 'n bondel klere en komberse op Bonnie se agtersitplek, deur die slaap geprewel, dit moet Ahásveros die Wandelaar wees. Sal die vervloeking dan nooit ophou nie?

Maar ek was byna seker dis Klaas Duimpie.

"Kom slaap, mayn kleyner! Klaas Duimpie is dit nie. Is hy dan nie 'n legende nie? Droom liewer van 'n mooie meydel!"

Ek het koffie gaan maak, steeds onseker oor wat 'n *legende* is. Party mense is *lewende* legendes – dis hoe Herr Vogel, my geliefde Gudrun se pa, met vurige oë na sy *Führer* verwys. En vir ander, so lyk dit my, is 'n legende iemand wat nooit bestaan het nie.

Uncle se onversadigbare behoefte aan die geselskap van *meydels* is onverwags bevredig toe drie skooljuffrouens, op pad Keetmanshoop toe, in 'n regop Chevvie opdaag. Dis tóé dat ek van 'n krapperigheid in my keel bewus word; dit het elke keer gekom wanneer die drie juffers aan Uncle se bruingebrande boarms raak en hom vra om die een of ander dom toertjie uit te haal. Waarvoor moet hy ook sy moue so hoog oprol?

Toe breek die laaste oggend aan, en Uncle is haastig om in Windhoek te kom. Buitendien het dit vir eers opgehou reën; die sonsondergang is elke aand vuriger soos wat die wolkbank ooswaarts skuif.

Ons is net besig om ons bagasie – klere en komberse wat die egpaar Simms onwetend aan ons geskenk het – vas te maak, toe dit gebeur. Bonnie se kap is afgeslaan, sodat ons die heerlike náreënlug – die geur van kruie en klam gras – kan insnuif. Meteens word ons aandag getrek deur die hartseer geroep van twee kelkiewyne. Die son het pas vir 'n oomblik tussen die lae wolkbanke en uitgereënde wit pluise in die ooste deurgebreek; dit is nou kelkiewyne se vliegtyd.

Maar kelkiewyne vlieg nie twee-twee nie. Toe sien ek, bo-oor Bonnie se kleibespatte seilkap, hand aan hand bo-op hul motor se neus aan 't balanseer en aan 't wuif, twee meisies, op hierdie afstand niks meer as 'n ligblou en 'n rooi vlek aan die oorkant van die lap water nie. Hulle moet pas daar aangekom het, seker kortby geslaap, en hulle was iets aan die skreeu, en die verlepte trewwelaar wat ons nog vir oulaas teen sononder deurgesleep het, was net besig om sy komberse uit te skud.

"… hoe het julle daar oorkant gekom …?" So het dit min of meer geklink.

Ons vriend met die negosiemotor het stilswyend na ons kant toe beduie.

Ons het kortliks oor ons ridderlike plig geredekawel – kortliks, want Uncle se wyse (en dalk profetiese) uitspraak oor vriendskappe vandag, minder vyandskappe môre was baie deurslaggewend. Ons het teruggetrompetter dat ons 'n plan sal maak, ons gesigte in 'n poel helder water gewas, 'n vuurtjie met klam hout aan die gang gesukkel, uiteindelik koffie gemaak en toe koers begin kry na die gestrande maagde.

In die stil spieël van die poel water het ek vir die eerste keer besef dat ek nie *vermink* is nie, wel anders van *fatsoen*. Maar dié besef het net 'n oomblik lank geduur. Soos wat ek meestal lyk, my hare gekoek van die modder, my klere taai aan my lyf, kan ek darem ook nie vir 'n hingsding aangesien word nie. Net my gesig voel skoon. "Mens weet nooit," sê Uncle terwyl ons, uiteindelik meer respektabel, voel-voel en gly-gly deur die modderas waad soos twee verslonste watervoëls. 'n Flamink en 'n halfwas maraboe, sou ek my die prentjie later voorstel, op soek na platannas in die pappery wat die vloed agtergelaat het.

Ons is al verby die halfpadmerk toe Uncle my aan my arm gryp. Die skaduwee wat altyd oor sy gesig kom wanneer hy van Europa lees, was vlugtig daar.

"Dis 'n strik," sê hy. "Ons is lelik om die bos gelei. Plein bedonner. Kyk mooi, daar sit 'n man agter die stuur." En waarlik, agter die twee wuiwende maagde kon ons, deur die modderbespatte ruit, die kop en skouers van 'n figuur met 'n Hitlersnor herken.

Toe ons by die motor – 'n besmeerde Maxwell – kom, staan die twee susters al soos meerkatjies kiertsregop langs die stomende masjienkap. Die blydskap straal uit hul breë glimlagge, vol lippe, roospienk wange. Hul begin nes opgewonde kinders dans. Maar terwyl ons teen die wal opklouter, waar die kunsmatige binnelandse moddermeer die pad weggevreet het, en waar ons en die muile nou reeds met elf motorkarre af- of uitgesukkel het, is ons deurentyd bewus van die grimmige gesig agter die stuur.

Maar nog voordat die twee oorstelpte meisies hulself behoorlik aan ons bekend kan stel, werp sy rysige gestalte 'n skaduwee oor my en gedeeltelik oor Uncle. Ek moet my nek behoorlik agteroor gooi om meneer Obbes in die oë te kyk. So 'n lang mens het ek nog nooit ontmoet nie.

Alles aan meneer Obbes is groot en druipend: sy hare, kort gesny en swartskimmel, druip oor sy voorkop, sy druipende wange rem sy oë afwaarts, sy neus haak op halfses oor sy snor vas, sy moestassie hang mistroostig bo-oor sy stram lippe. Sy bokbaardjie – gryser as sy hare – hang leweloos regaf.

Meneer Obbes, geklee in 'n swaarmoedige steenkoolswart pak, is die presiese teenoorgestelde van sy twee jong metgeselle, wat hom, tot ons verbasing, as "Pappa" aanspreek.

Aan sy effens meerderwaardige stemtoon kom ons agter hy sien ons vir Rehobotters aan. Ek sê: *effens* meerderwaardig, want dis die dilemma van die heersers, soos Uncle dit later aan my verduidelik het: sodra hulle in 'n posisie van afhanklikheid kom, moet hulle kan toegee sonder om prys te gee.

Ná 'n gesoebat by die eienaar van die botterkoppe word Clarissa se agterkleinneefs opnuut gehuur om die Maxwell en sy kosbare vrag veilig aan die oorkant van die moeras te kry. Ek bid net dat daar nie nóg motors in aantog is nie; selfs al het ons ondernemende optrede ons 'n paar pond tien in die sak gebring. Die touleier – dis nou ek – het al 'n paar slae byna onder die modder verdwyn. My hande is vol eelte, ek is vrek moeg en pers van jaloesie omdat Uncle al die voordele vir homself hou. Hy sit kamma hand by deur net langs die treeplank te stap en die twee susters, hul rokke omhoog gebondel, te paai en te sus en allerhande mooi dinge vir hulle te sê.

Meneer Obbes moet sy swart pak se broek en baadjie uittrek, maar hy hou die onderbaadjie aan en sy aspersiekleurige bene lyk in 'n ommesientjie of hulle in bruinsous gedoop is.

Wat 'n prosessie!

Maar ons bereik die oorkant van die moddersee veilig en probeer – terwyl die mejuffroue Obbes onderlangs giggel – ontslae raak van die modder. Die een juffrou Obbes, merk ek met waardering, het 'n hals so slank soos 'n swaan; die ander – sou hulle 'n tweeling wees? – 'n moesie soos 'n padwyser reg in die poort na haar paradyslike boesem.

Ondanks sy onrustigheid oor ons herkoms, is ou Bokbaard beïndruk met die bekwaamheid waarmee ons hom en sy twee dogters in veiligheid bring.

"Ek kan sien julle skrik nie vir harde werk nie," sê hy. "Dis goed so. Kyk hoe baie mense loop net bakhand rond. Bedel en steel." Hy sug swaarmoedig; sy hand op die bult klere – die Simmse se skenking – op Bonnie se agtersitplek. Ek ontwikkel skielik 'n behoefte om te gaan water afslaan. Wie sê die Simmse het hom nie gewaarsku teen twee opportunistiese samaritane nie? Van agter die beskutting van die vaalbosse hoor ek hoe teem meneer Obbes voort oor kafferboeties en Smelterpolitiek en hoe die wêreld reggeruk moet word. Sy toespraak word gelukkig opgevrolik deur die susters se verspottigheid. Hulle is so spanjools soos twee katte.

Toe ons groet, roep meneer Obbes vir my en Uncle eenkant toe en kyk soos 'n kategesemeester op ons af.

"Lyk of julle vir enigiets kans sien," sê hy weemoedig.

Uncle, 'n vinnige begryper, antwoord bevestigend en loer onder sy wenkbroue deur na die mejuffroue Obbes. Hier kom 'n belegging!

"Ek het die ideale werkie vir ondernemende mense," sê meneer Obbes op 'n manier wat dit laat klink of hy spyt is. Hy delf 'n fles uit sy baadjiesak en skink vir Uncle 'n drievingerdop in die silwerkleurige doppie van 'n koffiefles wat deur een van die dogters aangegee word.

"Daar is nog ander mense betrokke," voeg hy by, voordat Uncle hom in die rede kan val. "Dis so 'n losse soort verbond. Maar dis goeie geld." Meneer Obbes sug. 'n Reus met so 'n bedroefde voorkoms kán net 'n klipkapper wees, dink ek. Of miskien 'n grafgrawer. Niks anders nie. Ek sou graag vir hom wou werk, net om naby die hupse tweeling te wees. Ek sou selfs klippe karwei.

Maar toe Uncle 'n ooreenkoms met meneer Obbes beklink, gaan dit nie oor klippe nie. Wel oor beeste. Meneer Obbes, wat plase in die Protektoraat het, het gely onder die langdurige droogte. Hy hoef dit nie te sê nie, dink ek toe ek na sy weemoedige wange kyk. Die droogte se langdurigheid staan op sy gesig geskryf.

Om 'n lang storie kort te maak: hy kan beeste goedkoop in die hande kry – sê nie waar nie, sê nie hoe nie, iewers anderkant 'n grens – en hulle in die Marico-Bosveld verkoop. Teen 'n aansienlike wins. Maar vir hierdie bedryf het hy hardwerkende handlangers nodig. Die veewagters hét hy; dis van die naturelle wat destyds in die Vrystaat en Wes-Transvaal van hul grond af gesit is en wat toe oor die grens tot in die Protektoraat gevlug het. In 1913. Maar onderhandelaars het hy nié. Van die twee wat daar was, is een dood aan malaria; die ander een het spoorloos verdwyn. Van sy bene, vermoed meneer Obbes, is sop gekook. Hy sê dit asof dit die natuurlikste ding ter wêreld is. Ek pluk aan Uncle se mou om hom van die ooreenkoms te laat afsien, maar hy skud my soos 'n lastige blindevlieg van hom af.

Die stuk wêreld tussen die Makarikari, waar sy plase is, en die Marico-Bosveld is vrot van die malaria as dit die jaar goed gereën het, soos nou, vertel meneer Obbes verdrietig verder.

Waar die Marico-Bosveld ook al is. Dis Katja en Olga, wat mekaar onder groot gelag daag om die diepte van die modderige water aan te durf, hul rokke amper tot by hul stuitjies gelig, wat my van malaria en veral van kannibale laat vergeet. Meteens klink die beestrek ten minste avontuurlik. Onderwyl ek staan en droom hoe Katja en Olga Obbes my in die wêreld van beeste inlyf, maak Uncle en die swaarmoedige boer akkoord.

"Oor elf maande," sê die boer sonder om te glimlag.

"Oor elf maande," sê Uncle met sy hand op sy hart, en hy knipoog vir Olga Obbes.

"Ons praat dus nou hier van beeste *smokkel*, nie waar nie?" vra Uncle.

Meneer Obbes kyk triestig langs sy neus af. "Dis nie 'n woord wat ons graag gebruik nie," sug hy. "Ek het goeie vriende onder magistrate, veldwagters, grensbeamptes en selfs onder die Polizei." Meneer Obbes se hand streel weer oor die bult klere op die agtersitplek. Dié keer, dink ek, doen hy dit aspres. Maar sy oë verraai niks buiten weemoed nie.

Uncle is diep ingedagte toe ons groet en meneer Obbes sy dogters, wat kennelik meer energie het as wat vir hulle goed is, tot bedaring kry.

Het Uncle sy meester in die toneelkuns teëgekom?

48

WAARIN TOULEIERS, GAULEITERS, VLEIERS EN VERLEIERS MEKAAR AFWISSEL EN NICOLAAS ALETTUS 'N DANDY WORD.

Later die aand, toe ons vir Bonnie teen 'n oorhang staanmaak en 'n vuurtjie aanslaan, sê Uncle vir my: "In Obbes en sy vriende het jy met gesoute smokkelaars te doen. Maar wat doen jy as daar 'n vis met 'n string pêrels in sy bek na jou toe aangeswem kom?"

Ek hoor skaars. Ek dink aan Katja met die goue vlegsel en die moesie.

Uncle moet my gedagtes gelees het, want hy sê: "Ben yuchidel, jy moenie jou kop breek oor die gouehaar-meerkatjies nie. Môre kom ons in Windhoek en dan dra al die stad se meisies sjampanje aan! Die meerkatjies sien ons eers weer oor 'n jaar ..."

"Elf maande," val ek hom in die rede.

Uncle lag en steek sy hand ouder gewoonte na my uit asof hy oor my kop wil vryf. Maar ek buk en begin om my skoenveters, nog geklont van die modder, los te maak.

Uncle grawe op die sitplek, kantel 'n bottel en laat spat dit aan skerwe teen 'n klip. Sy ander hand soek-soek agter hom na 'n tweede.

Ligdag skottel ons in 'n plaasdam. Uncle knip sy snorretjie andermaal tot 'n potloodstrepie. Ek sprinkel van die koue, vars water oor my gesig en my hare. Streel hoopvol oor my gesig. Nog geen stoppels nie. Nie eens die beduidenis van 'n melkbaardjie nie. Op pad na een-en-twintig is my wange so glad soos 'n baba se maagvel. Maar, troos ek my, so wil die legende oor Klaas Duimpie dit ook hê. En ek seep my in vir Windhoek.

Wat doen Uncle héél eerste toe ons Windhoek binnery? Hy trippel met sy kenmerkende spreeustappie om die Ruiterstandbeeld en skreeu "Prima! Prima!" totdat 'n polisieman op voetpatrollie fronsend nader staan. Toe bedaar Uncle en vertel dat die skepper van die standbeeld glo selfmoord gepleeg het. Omrede hy vergeet het van die perd se tepeltjies!

"Dít," sê Uncle, "is die raserny waartoe perfeksionisme mens kan dryf."

Het dit my getroos? Ek weet nie. Soos Mias altyd gesê het terwyl ons donkiemis optel op Bakoondskraal: Vader Grau kan nou maar sê wat hy wil, maar ons is van oorskietklei gemaak. Anders sou ons nie hiér gewees het nie.

Ons verblyf in Windhoek is vol verrassings. Terwyl hy sing van sy horing wat oorloop van oorvloed soek Uncle eers sy ou spore op – spore oopgetrap tydens vorige besoeke. Die weduwee Pfaff, ongelukkig nou weer getroud, verseker sy hom met 'n spytige trekkie om haar mond; Fräulein Fröhlich, tot haar verdriet – so sê Uncle – verloof aan 'n stokkerige offisier; die susters Von Lieres op besoek aan hul niggies in Duitsland. Gisela Niebuhr met vakansie in Swakopmund, Manuela Mirakis terug Griekeland toe. Nou wie bly dan oor? wonder ek met 'n tikkie leedvermaak.

"A!" roep Uncle, ná sy aanvanklike teleurstelling. "Daar is één wat my nie in die steek sal laat nie!" En so is dit ook. Die weersiens is soos 'n elektriese storm en daaropvolgende vloed. Vriendelike Fanny – haar van is Voordewind – spring in Uncle se bruingebrande, harige arms en klem albei haar blink kuitjies om sy middellyf en ry hom bloots, van die poskantoor waar sy werk, tot by haar kamertjie in die losieshuis teen die bult, die *Pension Laufs*. Daar, gebalanseer op Uncle se been, demonstreer sy 'n akrobatiese omhelsing wat my na my asem laat snak. So bly is sy oor die weersiens dat sy my glad nie raaksien nie. Ek kan net so goed 'n deurstuiter wees. Maar ek is opnuut oortuig van Uncle se kwalik verborge talent.

Fluit die ou hings se bors 'n bietjie? Ek skryf dit toe aan die opdraand.

Ek maak my stilletjies uit die voete, 'n bietjie verlore, want na dié verwelkoming lê daar sekerlik 'n hele paar sessies voor. Ek kan nie eens vir Bonnie daar onder in die Kaiserstrasse gaan haal nie; dit sukkel te veel met die pedale.

Losies is skaars. Ons is verplig om in Frau Laufs se pakkamer in te trek. Sy is 'n goeie mens, verseker Fanny ons, net vreeslik inhalig. Die groot vrou met die goedaardige gesig, wat elke oggend 'n halwe brood en ses eiers verorber, maak met wetenskaplike noukeurigheid seker dat óns porsies presies een agste van die bord vul.

Ek word onuitspreeklik weemoedig. Uncle leef op koue water en speeksel, maar ek kan saans nie aan die slaap raak nie omdat my maag skreeu van die honger. As ek aan die slaap raak, treiter blonde demone my in my drome. Soms is dit één: 'n nimfie met die naam Gudrun; meermale is dit twee susters, een met 'n moesie en 'n goue vlegsel wat skitter in die lig van die ondergaande son. Ons sweef op 'n kleurvolle tapyt deur die lug bo-oor die berge rondom Windhoek, en hulle slaan hulle arms om my en vryf oor my wange en soen my tot ek skaars kan asemhaal.

Het my talent – miskien moet ek dit 'n *nuk* noem – om te fantaseer, hiér begin? Of was dit maar 'n uitbreiding van my kinderdrome, en van my wensdenkery daar op Rooistasie, op Lot Vermaak se tuisgemaakte sweefspoor?

Menige môre word ek wakker met die laken om my nek gedraai; ou Annerdinges so pers soos 'n mannetjieskalkoen.

En 'n honger wat my tot diefstal dryf. Ek wag my kans af, en toe Frau Laufs een middag lê en snork, hardloop ek so vinnig as wat my kort beentjies my kan dra tot by 'n messeslyper met wie ek dikwels langs die straat gesels, vra hom om die spenssleutel na te boots, blo hom die helfte van die spens se rykdom en gaan terug, net betyds om die oorspronklike sleutel op sy plek agter die slaapkamerdeur op te hang. Pas nadat ek die deur weer agter my toegetrek het, hoor ek Frau Laufs gaap en poep met die opstaanslag.

Dié nag hol ek 'n heel, vars brood uit, vul dit met 'n mengsel van kerrieboontjies en frikkadelstukkies en eet my trommeldik.

Die volgende dag loop en brom Frau Laufs dat sy seker is die bakkery het haar verneuk; daar is net vyf brode in plaas van ses.

Ek bring dié nag weer 'n besoek aan die spens en vervang die kerrieboontjies deur repies spek, kaas en fynvleis. Dis so 'n ryk mengsel dat ek die helfte van my kokerboom – dit is hoe Koffiemeul se mense dit noem – vir die volgende aand bêre.

Frau Laufs is so briesend soos 'n beer en loop die Nama-vrou wat in die kombuis werk, die volgende môre terstond storm. Dit kos mooipraat, met heelwat vloeke in Duits en in Nama tussendeur. Op die ou end maak Frau Laufs die sleutel aan 'n kettinkie om haar nek vas.

Ek raak slinkser. Brood is te opvallend; ek laat verdwyn van die agterste bottels ingelegde vrugte, 'n repie gedroogde vleis links en 'n repie gedroogde vleis regs, 'n string droë vye en, by uitsondering, van die dun skyfies koue wildeswyn waarop Frau Laufs haarself Sondae trakteer. Op dié manier kom sy nie so gou agter dat haar voorraad verminder nie.

So hou dit maande lank aan: Fanny wat haar opraap en, wydsbeen om Uncle se middellyf, allerlei beloftes in sy ore fluister terwyl hy die steil bult losieshuis toe uitdraf soos 'n spogperd wat nou net dagga gevreet het. Ek agterna om deurwagter te speel, want Frau Laufs is nie gediend met manlike besoekers wat te laat kuier nie.

Mettertyd merk ek egter dat sy die staanhorlosie minder dophou; sy hou mý in die oog. Sou sy iets vermoed? Gelukkig kan ek haar besig hou met uitgerekte stories oor die hartseer van my kinderdae. Dan sê sy selde iets; sy sit en torring aan haar geruite kamerjas se tossels en luister intens. Soms verskyn daar 'n vogtigheid in haar oë. Ek dik natuurlik erg aan: in my verhale word Vader Grau 'n monster; suster Bernarda 'n bloedsuier.

Ons sit saans in die klein kombuisie en sy maak haar geliefkoosde kruietee – al waarmee sy nie suinig is nie. Dis 'n mengsel wat my kop laat duisel. Sy het 'n sagte hart, want sy vra my telkens om die verhaal van Suster Francesca se verdrinking weer te vertel, en dan haal sy haar sakdoek uit en vee haar trane weg. Met al die dramatiserings en uitweidings beweeg ek my later self tot trane; dit moet dus hier wees waar ek my begaafdheid om te oordryf en te dramatiseer ontdek het.

Sy het seker iets van my eensaamheid verstaan, want op 'n aand laat draai sy 'n plaat met Duitse dansmusiek op die grammofoon en ons sit en luister in stilte daarna. Ek kon my verbeel hoe sweef Gudrun in my arms oor die gladde vloer van 'n balsaal, hoe fluister sy allerhande ondernemings in my oor.

Daarna het sy die plaat amper elke aand gespeel. Dan sit ons so en luister tot die laaste note wegraak. Sonder 'n woord sit ons so. Tot vanaand.

Frau Laufs, goeie mens wat sy is, buk oor my sodat haar tepels teen die sagte sjiffon van haar nagjurk digby my wang punt. Elke tepel orent asof in nabootsing van Annerdinges, wat alreeds weer sy eie kop volg. Daar is dinge in die natuur wat mekaar herhaal, wat na mekaar uitreik – hoe kan 'n mens dit ignoreer?

"Sal jy met my dans?" fluister sy terwyl sy die naald in die groef laat gly.

Frau Laufs is massief. Daar is iets Pruisies aan haar, sê Uncle altyd, met ontsag in sy stem. Sy het 'n stewige gesig, met 'n vol, wye mond en 'n byna manlike ken; maar in teenstelling daarmee is daar 'n ondeurgrondelike hartseer in haar oë, asof sy jare se pyn met haar saamdra.

Frau Laufs se hande sluit om my middel. So moet 'n sprinkaan voel wat in mensehande beland, dink ek, terwyl my neus in die omgewing van haar naeltjie wegraak. Die geur van die kruieseep wat altyd die huis vol hang wanneer sy bad, stuif in my neusgate op. Ons wieg op die maat van die musiek; haar maag stoot my dán links, dán regs van die kombuistafel verby. My gevoelige neus bespeur ander, malser geure en ek begin huis-paleis-pondok speel met die knope van die los trui wat sy oor haar nagjurk dra. Sy skop 'n stoel uit die pad en lig my sonder moeite op die tafel voor haar, en ek trek die dun, pers lintjie wat haar borste binnehou, los en begrawe my kop tussen die enorme vrugte van haar vlees. Ek moet omtrent lyk soos die blouapie wat ek eens, lank tevore, teen 'n papajaboom op Omdraaisdrif uitgejaag het; hier sit ek nou, vasgekeer deur die stam van haar lyf, met die soet, swaar geur van papajas om my. Sy stroop die nagrok van haar marsepeinwit lyf en sy trek my orent op my knieë en stroop my broek van my af en neem my in haar sagte mond. Ek vryf en vryf in die haarkrulle wat teen haar nek af golf en sy laat my om haar bolyf klou en dra my in haar sterk arms na haar verebed.

Ek merk dat sy 'n portret met die foto van iemand in uniform gesigkant muur toe draai. Ons sink weg tussen berge donse en my tong lek die soutstrepies uit die voue wat haar lyf onder my maak. Sy het al die ervaring van die wêreld, want sy lei my en sy paai my en sy laat my inhou tot sy gereed is om runnikend en dawerend saam met my oor die duisend heuwels van Windhoek te galop tot waar ons krygshaftig bo-oor Afrika kan uitkyk.

Of Uncle iets gemerk het, weet ek nie, maar ek kry soggens met agtuurtjie skielik twee snye brood en dubbel soveel gebakte eiers.

Uit die aard van die saak hoef ek nou ook nie meer die spens so gereeld te besoek nie; ek dink tewens nie eens daaraan voordat die eerste lig my soggens met my kop teen een van Frau Laufs se borste betrap nie.

Bedags, of wanneer sy ander besoekers het, bevind ek my in 'n kroeg of in 'n luidrugtige Stube, veral Simon s'n, waar ek Telleressen aandra of die mense met my skulpiesklavier vermaak. Ek koop vir my 'n paar opgeboude stewels by Rosenbaum, en verwonder my aan die vrees waarmee die kort, kaalkop winkelier telkens opkyk sodra 'n nuwe klant die winkel binnekom. Dis of hy die dood self verwag. Met die uitstap sien ek daar is sulke eienaardige kruise teen sy donkerblou Fordjie se deure gekrap. By Jeske se hoedewinkel skaf ek vir my, ná dae se gemeet-en-pas 'n groot, gepunte hoed aan en volgens die spieël lyk ek so ietwat na die Gestewelde Kat. Maar Jeske, wat in sy houtkantoortjie na krakerige Duitse marsmusiek luister, verseker my dat ek *perfek, perfek* lyk.

Die manier waarop hy my aankyk toe ek betaal, laat my ongemaklik voel. "Jy hou van mooi klere, nè?" sê-vra hy dan.

Ek stamel 'n antwoord. Hoe kan ek tog nou vir hom sê dat die opgeboude skoene en die punthoed my langer laat voel?

"Ek het werk vir jou," sê hy dan. "Het jy enige ondervinding van vensteruitstallings? Van winkelpoppe?"

Uncle het my al geleer dat dit lonender is om eers ja en later nee te sê, en my beursie is leeg. Daarom sê ek, ná 'n oomblik se huiwering en gedagtig aan my maskerades op Steenboksvlei en Rooistasie: "Welseker; ek hou daarvan om klere te verwissel."

Die antwoord stel hom tevrede en ek word aangestel as winkelvensterversierder. Die lang betiteling laat my kop duisel; en selfs toe Uncle my aankondiging begroet met *Oy, oy, schmukkel, dan is jy nou 'n dandy!* doen dit nie afbreuk aan my gevoel van trots nie.

Jeske, kom ek gou agter, is 'n Gauleiter. Ek laat val af en toe 'n beledigende woord oor Jode.

Om die een of ander rede dink ek Jeske het my ook aangestel om sy vriende te vermaak, want wanneer hulle opdaag, maak hulle altyd grappies oor die Berlynse dieretuin en oor sjimpansees en dan wys hulle na my. Partykeer het hulle my selfs teen die muur of langs die winkelpoppe staangemaak en allerhande vergelykings getref. Sekere woorde – *Arier, Aristokrat* – was bo my vuurmaakplek. *Arschloch* nie. Dit het gou my bynaam geword tydens hulle sessies: "Arschloch, bring das Bier! Arschloch, schneller mit dem Kaffee! Arschloch, wie siehst du wieder aus? Raus!"

Dan het ek my weer klein gemaak, soos korhaankuiken, asvaal saamgesmelt met klere en hoededose en houtafskortings, omdat die gereelde samekomste van Jeske en sy vriende my gefassineer het.

Na motteballe ruik hulle, militêr-regop stap hulle, een of twee gemonokel. Ek let op dat daar af en toe besendings donkerbruin uniforms aankom, maar dit word nie uitgestal nie; een van die besoekers laai dit in sy motor.

Jeske se winkel het uitstalvenstertjies vlak weerskante van die breë houtdeur, en hier kan ek my ondervinding met kostumering –

nou ja, dít wat ek op Klipfontein met behulp van die Vorstin se garderobe geleer het – prakties en kreatief toepas sonder om iemand te hinder. Die vergoeding is skandalig, maar ek kan hemp en broek aanmekaar hou en my losies by Frau Laufs sonder 'n oogknip betaal. Sy gee my nou selfs afslag, want, sê sy, ek het haar weer geleer om die lewe vas te vat.

Dit is natuurlik ook lekker om self af en toe 'n nuwe hoed of 'n fleurige hemp aan te skaf en in die warm sonnetjie – die uitstalvensters is twee broeikassies – hoofbedekkings van die een na die ander kop te verskuif, eers só en dan weer só. Of om al die hoede af te haal en na die klomp kaalkop-poppe te kyk; ook dít verskaf my plesier. 'n Mens leer die klein dingetjies waardeer as jy self klein van postuur is.

Herr Jeske hou daarvan dat ek die hoede verwissel, want dit lok klante na die winkelvensters en uiteindelik na binne en dan rinkel die geldlaai. Selfs toe ek 'n keer 'n uitrusting by die rokwinkel langsaan leen en 'n bypassende kerkhoed en hoëhakskoene daarby aantrek, skeel dit Herr Jeske nie veel nie. Hy verkoop die dag 'n hele paar Tom Mix-hoede en een Bowler, en drie klante doen navraag oor die petite *Mädchen* in die venster.

Meestal maak my werk as uitsteller my onopgemerk. Dan hoor ek gesprekke wat my my ore laat spits. Gewoonlik tussen die heer Jeske en 'n paar mans met tandeborselsnorretjies. Ook bekendes, soos Von Lossnitzer en Weigel. Hierdie gesprekke vind oor die middaguur plaas, wanneer die meeste mense slaap, of saans ná werk. Dan kom Herr Jeske se besoekers by 'n agterdeur in.

"Heil!" sou hulle mekaar groet. Ook die woord "Kameraden" duik kort-kort op.

Een aand vra Jeske my om koffie te maak.

"Kyk so!" roep hy uit toe ek binnekom. Hy sê dit asof ek die lewende illustrasie is van iets wat hy pas verduidelik het.

Die vier mans – die een het 'n indrukwekkende wit snor, twee van die ander het kortgeskeerde bruin hare, en die laaste man kam sy sluik hare oor sy kroontjie na links – kyk my so deurdringend aan dat ek ongemaklik voel. 'n Vetgevoerde varkie en vier slagters; Jeske slyp sy mes teen sy skoensool. Ek bewe toe ek die skinkbord tussen hulle neersit. Die koffie stort.

"Lümmel!" skreeu Jeske. Sy asem, wat na verrotte blare ruik, keer my agter die tafel vas. "Waarvoor wag jy? Gaan maak skoon! Bring ander!"

Terwyl ek die skinkbord skoonvee en die koffie op die klein stofie verhit, hoor ek stukke van die gesprek wat skynbaar op my betrekking het.

"Dis hulle wat moet verdwyn," sê een van die mans. "Die narre."

Wat bedoel hy met *verdwyn?*

"Jawohl," voeg een van sy kamerade daaraan toe, "hulle het geen bestaansreg nie. Hulle is nét soos die sigeuners en die Jode: hulle vervuil die aarde."

"Toe maar, hulle tyd kom vinnig nader," sê 'n derde, gesaghebbende stem.

As ek net janlap byderhand gehad het, het ek die koffie gedokter. Net toe ek dit oorweeg om 'n motteballetjie in elke koppie op te los, bulder Jeske in die kombuisdeur: "Beeil dich, Kobold, beeil dich!"

Salig onbewus van wat daar in *Die Hutschachtel* uitbroei, gaan Uncle voort om sy juffrou Voordewind teen Bonnie se gladde modderskerm of sommer staan-staan met die room van sy horing te oorlaai. Hierna rol hy met groot vreugde 'n sigaar van mondhoek tot mondhoek en steur hom weinig aan my waarskuwings of aan die vreemde kruise wat Rosenbaum se motor ontsier. Jou oplettendheid, of jou gesigsvermoë, so lyk dit my, het iets met jou liggaamstemperatuur te doen: styg dit, sien jy nie dinge soos hulle is nie. Uncle se vel het bestendig gegloei; sy vroeëre waaksaamheid skoon vergete.

Intussen het iets anders my aandag geboei.

Eers dag ek ek verbeel my, maar toe die kêrel – hy is seker so 'n raps oor die vyftig – die sesde agtereenvolgende dag naby die uitstalvenster verbydraal, begin ek oor hom wonder.

Terwyl ek die winkelpoppe se naaktheid bedek, loer ek van onder my punthoed na die vreemdeling. Wat my onmiddellik opval, is sy skraal bou en donkerige gelaatstrekke; gelaatstrekke wat besonder bekend lyk, maar wat ek tóg – dit kan ek sweer – nog nooit gesien het nie. Die feit dat hy 'n groot strooihoed dra, bemoeilik my waarneming. Dis iets wat nogal snaaks lyk by sy loodkleurige pak klere, dié strooihoed, maar dan moet 'n mens onthou dat die son hier oor die Windhoekse middaguur genadeloos brand.

Moet ek my baas inlig? Of het dié kêrel iets te doen met Herr Jeske se geheimsinnige besoekers? Is dit iemand wat agtergekom het dat hier dinge onder die hoed uitbroei, by wyse van spreke? Werk hy vir die Suid-Afrikaanse regering, vir die nuwe Administrateur? Daar is baie spanning tussen die Duitse konsul en sy ondersteuners, aan die een kant, en die Suid-Afrikaners, aan die ander kant. Dié spanning, op die spits gedryf toe die Angola-Boere 'n paar jaar tevore teruggekom het, so het Frau Laufs my vertel, borrel nou weer boontoe, skerp en giftig soos swaeldampe. Nie almal voel so nie, sê sy, maar die Bundesleute en die geheimsinniger Deutsche Front wen vinnig veld.

Sou hy iets van hulle weet?

Maar dan is hy mos 'n vriend, redeneer ek met myself. 'n Moontlike vertroueling, noudat Uncle se enjin so oorverhit is dat hy van die wêreld om hom vergeet het.

Of spioeneer hy op my? Is hy 'n soort brandwag; iemand wat moet kywie hou terwyl donker geheime hier binne gestook word?

My verbeelding sit maklik met my op loop. Laat ek dit maar erken.

Daar's hy. Meteens, asof hy die hele tyd in die boom oorkant die straat gesit het. Hy laat my aan 'n akkedis dink – 'n turkie wat so onsigbaar soos 'n modderstrepie op die leiklip sit en dan meteens begin lewe. Hy kom met gladde bewegings oor die straat gestap; dit lyk asof hy aan 'n toebroodjie kou. Ek hou hom uit die hoek van my oog dop.

Jeske se vriende is reeds by hom in die kantoor; die winkeldeur is toe vir etenstyd en ek is besig om 'n besending nuwe hoede uit te pak en oor die spierwit gipsgesigte met hul blinde oë te pas.

Die akkedismannetjie – ek doop hom sommer ou Tkorteman, want hy herinner my aan die akkedissies wat ek ure lank kon sit en dophou op Bakoondskraal en later op Rooistasie – skuifel van winkel tot winkel. Vandag bly hy die langste hier digby Jeske se uitgeboude vensters staan, asof hy plesier daaruit put om my te sien werk. Ek voel ongemaklik. Het hy nie iets beters om te doen nie? Seker 'n staatsamptenaar; hulle werk hier naby, in die *Tintenpalast*, die Inkpaleis. Noudat hy so naby staan, lyk sy gelaat donker as gevolg van vlekke wat feitlik sy hele gesig bedek. Sou hy kleintyd verbrand het? Koos Botter se kleinboetie het eendag 'n pot kokende pap oor hom omgetrek; sy gesig was nooit weer dieselfde nie.

Of is dit bloot lig- en skaduweekolle wat die strooihoed oor sy gesig gooi?

Ek maak of ek Tkorteman toevallig vir die eerste keer sien. Ek kyk op, in sy akkedisoë.

Noudat ek regstreeks na hom kyk, sien ek dat hy nie veel langer as ek is nie. Hy dra opgeboude stewels, blinkswart en glad. Seker dié dat sy manier van loop 'n mens ook aan die glybewegings van 'n akkedis herinner.

Glimlag hy in my rigting?

Eintlik trek sy lippe net van sy tande weg. Ek kry die indruk dat hy die hele tyd 'n glimlag agter sy lippe dra, hy het net vir die regte oomblik gewag.

Ek lig my hand in 'n effense groet. Meteens weet ek nie hoe om die hoed oor die model voor my se kop te kry nie.

Dan is hy weg, net so glad en voortreflik as wat hy verskyn het.

Wag, neem ek my voor, môre loop ek hom tromp-op. As hy 'n hoed wil koop, moet hy so maak, nie elke dag staan en kyk hoe verander ek die uitstalvenster nie. Wat het hy by my verloor?

49

Waar is Tkorteman? 'n Vrugtelose soektog en 'n huis met 'n horing.

Ek wag in die gangetjie tussen *Die Hutschachtel* en Schlenther se *Konditorei*. My maag skree as gevolg van die heerlike geure wat met die gangetjie aangesweef kom; ek voel soos Uilspieël, maar sonder 'n oulap. Ek hou die boom oorkant die straat dop. Ek het my strategie goed uitgewerk. Sodra die akkedisman verskyn, sal ek die venster van die straat se kant af gaan beskou, asof ek wil seker maak dat die uitstalling eksie-perfeksie is.

Tkorteman verskyn sonder dat ek gesien het waarvandaan; so

skielik dat dit my vir 'n oomblik onverhoeds betrap. Het hy uit 'n ander rigting gekom?

Dan gaan ek tot aksie oor: ek loop tot voor die venster, tree 'n paar passies terug tot in die straat, hou my kop skeef, dan links en dan regs, beweeg weer vorentoe.

Toe ek weer sien, staan hy langs my. Daar is 'n duisend plooie om sy oë en om sy mond, wat weer in 'n grynslag vertrek.

"Diederik," sê hy en hy steek sy hand na my toe uit. Ook dié beweging laat my aan die glymaneuvers van 'n reptiel dink.

Ek raak sy skubberige hand vlugtig aan; so 'n bietjie aarselend, want niemand het homself nog ooit regtig aan my bekend gestel nie.

"Geniet jy jou werk?" vra Tkorteman, wat nou sy arms voor sy bors kruis.

Ek stamel 'n antwoord. Ek glo nie hy kon hoor wat ek sê nie, maar dit lyk of hy lank oor die antwoord nadink. 'n Oomblik loer sy ogies straat-af en straat-op. Dan sê hy:

"Ek maak die lekkerste koffie. Met egte room. En kaaskoek." Hy beduie na die bakkery skuins agter hom. Hy krabbel iets op 'n stukkie papier en druk dit in my hempsak. "Kom maak gerus 'n draai, dan kan jy proe."

Ek ruik die geur van Schlenther se *Konditorei*.

Tkorteman gly weg in die skaduwees.

Diederik se huis is nie vêr van die Ausspannplatz af nie; 'n mens ruik deurentyd perdepis. Daar is heelwat bome weerskante van die lang, reguit paadjie. Ek klop aan die voordeur, wat oopstaan, maar niemand maak oop nie.

Ek klop weer, dié keer hamer ek met die koperklopper, maar steeds is daar geen reaksie nie. My gevoelige neusvleuels bespeur ook nie die geur van vars koffie nie. Sou hy iewers in die agtertuin wees? Sou hy 'n hond of ander troeteldier hê; het hulle gaan wandel? Ek klop weer, langer dié keer, en roep versigtig in die skemer gang af: "Meneer Diederik ...?" Is dit 'n speletjie? Gaan die akkedisman skielik uit een van die donker vertrekke verskyn en my verras?

Maar niks gebeur nie. Die huis is stil; buiten vir die gekraak van die dak hoor ek niks.

Ek besluit om te gaan kyk, maar dis sterk skemer in die gang.

Nêrens is die flou lig van 'n kers of lantern te bespeur nie. Die vloerplanke kraak onder my stewels. Van skrik beland my hart agter in my keel toe ek meteens 'n vae vorm met uitgestrekte arms uit die donkerte voor my sien verskyn. Maar dan herken ek my punthoed in die vollengtespieël.

Ek roep weer, fluisterend, want ek kan my nie so vêr kry om te skree nie. Niks gebeur nie.

Uncle.

Ek draai om en drafstap terug na Frau Laufs se losieshuis. Van vêr af hoor ek reeds Uncle se badkamer-aria; die geur van lekkerruikseep hang die hele straat vol. Die Ford Convertible staan groot en blinkgevryf voor die losieshuis. Was sy 'n vryperd, het Bonnie geproes.

Dié keer is Uncle meer geneë om na my storie te luister. Die horing van oorvloed is seker amper uitgeput, dink ek. Soos ons geld – as dit nie vir my werk by Jeske was nie. My vermoedens word bevestig deur die onrustigheid in Uncle se donker oë, die reuk van verslane brandewyn en die bos blomme waarmee hy agter die stuur inskuif.

"Pisherel," sê hy goedig, "as geluk te lank duur, word dit 'n oorlas. Hoe soeter en ryper die perske, hoe bitterder die pit."

Tja, dink ek, hy is uitgekuier. Fanny Voordewind het hom alles gewys wat daar te wys is; sy begin hom verveel. Ek het hoeka agtergekom Uncle dra angeliere aan as ou Jakopregop begin verlep.

In die stilligheid hoop ek Tkorteman het net gaan sigarette koop, of koffie, of beskuit.

Maar die huis aan die Ausspannplatz is steeds onverlig; die voordeur wawyd oop. Die hele buurt is stil, asof al die huise saamsweer om dinge geheim te hou. Ons hoor mense sing en marsjeer, maar hulle is vêr.

Uncle bring 'n toorts, wat hy waarskynlik vir allerlei ontdekkings gebruik, van onder Bonnie se voorsitplek te voorskyn en ons gaan klop weer aan.

"Is jy seker dis die adres?" vra hy en bekyk die papiertjie in die flits se lig. "En is jy seker hy wou dat jy vanáánd oorkom?"

"Doodseker."

"Ek vertrou nie vreemde mans wat 'n mens na hulle huise toe nooi nie," sê Uncle, nou in die gang.

In die spieël sien ek hom frons.

Ons stap eers vlugtig deur die hele huis. Hy skyn met die lig by elke vertrek in en die skaduwees maak allerlei duister spronge, asof om ons aandag af te trek.

Op die kombuistafel lê 'n mes en 'n broodplank met krummels; daar staan ook 'n beker. Uncle ruik daaraan en bekyk die beker se bodem aandagtig.

"Vanoggend se koffie, vanoggend se krummels," beduie hy.

Eenkant staan ook 'n sinkbadjie met vuil skottelgoed. Ek ruik die effens ontaarde reuk van vis uit 'n blikkie nadat dit 'n hele dag in 'n toe huis gestaan het.

Ons fynkam die agtertuin, maar tussen die digte bome en struike is geen teken van Tkorteman nie. Op die gruis van die oprit is ook geen motor- of skoenspore nie.

In die kombuis maak Uncle 'n lantern brand.

Daar is nie baie meubels in die huis nie; in die gang is daar net 'n hoederakkie, waarop 'n sestal hoede uit *Die Hutschachtel* hang.

"Die kêrel is nogal lief vir hoede," sê Uncle toe hy 'n hangkas in die hoofslaapkamer oopmaak. 'n Hele paar hoofbedekkings – jagtershoedjies, Beierse hoede, kalotjies en selfs 'n sjako – tuimel uit.

Ek sê niks, maar dit voel 'n bietjie aanmatigend om deur die vreemdeling se goed te krap.

"Is hy getroud?" vra Uncle, terwyl hy 'n modieuse fedora uit een van die rakkies haal. Hy hou die lantern omhoog en fluit saggies deur sy tande.

"Hoe moet ek weet?" vra ek. Die besigheid begin op my senuwees werk.

'n Vreemdeling nooi jou vir koffie en kaaskoek – die eerste gebaar van vriendelikheid wat 'n onbekende nog ooit teenoor jou geopenbaar het – en dan verdwyn hy onverklaarbaar.

Uncle bring 'n jakkalsstola te voorskyn, asook 'n skoendoos met silwer dansskoene, die prys – 5/6 – 'n aanduiding dat dit onlangs gekoop is.

Die gefluit deur sy tande word 'n duidelike gesis toe Uncle die Akkedisman se onderklere uitpak. Hier is fyn onderklere by; selfs "falsies" en "uplifts".

Uncle frons. "Die kombuis sê vir my hier was lanklaas 'n vrou; tog is hier vrouegoed."

Hy kyk lank en aandagtig na my; vra my uit oor Tkorteman se maneuvers.

Ek haal my skouers op en vertel hom weer, dié keer breedvoeriger.

"Hy het 'n fancy in jou gevang," sê Uncle. Hy lag.

Ek bly verslae stil.

"In my?" Dink hy dalk ek is 'n meisie omdat ek een of twee keer vir die grap meisieklere in Jeske se uitstalvenster aangehad het?

"Shmoyger!" sê Uncle; sy gesig skielik op 'n plooi getrek, asof hy nóú eers die oorskietvis uit die kombuis ruik.

"Kom ons gaan terug," sê hy, doof die lantern en skakel weer die flitslig aan.

Maar by die oop voordeur draai hy skielik terug slaapkamer toe. Hy hou die krae van hemde en die binnesakke van baadjies in die skerp lig van die toorts.

"Niks," sê hy toe ek vra, "hier is nêrens 'n naam nie."

Ek beduie na die kleinerige skryftafel langs die half-opgemaakte bed.

Bo-op die lessenaartjie merk ek nou vir die eerste keer 'n stapeltjie papiere onder 'n klip. Die geskriffies is in 'n netjiese, regop handskrif. Dit lyk na rympies, los gedagtes, raaisels, dagboekinskrywings. Uncle blaai vlugtig daardeur en skud sy kop. Toe hy dit neersit en afbuk om die lessenaar verder te ondersoek, laat glip ek die papierstapeltjie in my baadjiesak.

In die skryftafellaaie vind ons geen aanduiding van 'n naam nie. Daar is ook nêrens portrette teen die mure nie, anders sou 'n mens dalk uit die foto's se rugkante iets kon wys word: 'n naam, 'n beskrywing.

Daar hang wel 'n geraamde muurteks.

> *Like two doomed ships that pass in a storm*
> *We had crossed each other's way;*
> *But we make no sign, we said no word,*
> *We had no word to say.*

Op pad om sy koerasie vir oulaas op Fanny te gaan verspil, laai Uncle my af. Ek sit langs Frau Laufs se tafel. Vanaand hang die geur van kruieseep soos die damp van 'n waterval tussen ons, en sy laat haar oë nie van my af wegdwaal nie.

Ek vra haar uit, maar sy ken niemand met die naam Diederik of iemand wat aan sy beskrywing beantwoord nie.

"Akkedisagtig, sê jy?" Sy lek oor haar vlesige lippe, 'n gewoonte wat my grondeloos irriteer. "Skurf?"

"Nee," sê ek, "nie soos 'n geitjie nie; soos 'n turkie, glad en leeragtig."

Hy het my wel nuuskierig gemaak; sy verskyning was soos dié van 'n mooi vlinder, soos daardie skoenlapper wat ek as kind agternagesit het omdat ek dit wou besit, met my oë, en met my hande. Ek wou dit vang en in my hande toevou en tussen my twee duime daarna loer. Ma-Let was agter 'n halsstarrige bok aan, toe ek ook van my sitplek in die koelte weggelok word deur die pragtige bloupers vlinder wat op die kraalbos neffensaan kom sit en haar vrolike vlerke in die son flits: oop en toe, oop en toe. Ek het ál Ma-Let se vermaninge vergeet en van ons bondels af opgestaan en krombeentjies agter die wippende skoenlapper aangehuppel, sonder om om my heen te kyk. So het ek verder en verder van die skaduweeboom af beweeg, tussen die beboste rantjies in, die skoenlapper net-net buite bereik van my grypende vingers. Dit was asof die skoenlapper geweet het ek wil haar vang, asof sy 'n soort speletjie met my wou speel, want sy het nooit te vêr van my af beweeg nie. Maar net soos ek aan haar wil raak, versit sy 'n entjie. Wie het eerste moeg geword vir die speletjie? Ek kan nie onthou nie; ek was nog te klein. Ek herinner my wel dat ek 'n verkeerde koers ingeslaan en later onder 'n bos aan die slaap geraak het. Stryker, wat laatmiddag van Steenboksvlei af teruggekom het, het my spoor gevat. Hulle het my in die gitdonker onder die bos kry lê, bibberend van die koue, bang omdat ek die dansende lanterns van vêr af gesien kom het, maar nie geweet het wat dit is nie, want die wind het alle stemme weggewaai.

Let Lyf het my onophoudelik teen haar vasgedruk.

Lanterns in die nag. Nou is die nuuskierigheid my weer oor. Ek raak aan Frau Laufs se sagte, vet voorarm – 'n sein vol beloftes – en leen 'n lantern en vuurhoutjies by haar.

Windhoek is dof verlig en vol skaduhoeke; nog net hier en daar sit enkele mense in die nagkoelte en gesels. Iewers lag 'n vrou asof sy 'n knyp gekry het wat haar aanstaan. Twee katte kom nikssiende vlak voor my voete verbygejaag en keil mekaar skreeuend agter 'n heining op. In die vêrte roep 'n donkiemerrie. Die meeste mense is al hul huise binne; hier en daar hoor jy musiek, selfs 'n roerend mooie sangstem. Maar dis 'n vlinder wat ek op 'n ander aand met my lantern sal wil opsoek. Tkorteman se geheimsinnige, oopstaande huis, sy skielike verdwyning, interesseer my meer. En ek wil buitendien graag na die raapsel papiere in my sak kyk, want met Frau Laufs soos 'n snuffelende, besitlike koei al rondom my, haar kalfie wat sy so graag aan haar laat pomp, sal ek nooit rus en vrede kry nie. En met Uncle wat wil versit na ander weiplekke, verwag ek 'n emosionele uitbarsting wat sal eindig met die blompot druipend oor sy ore; die pragtige angeliere tot niet getrappel deur 'n woedende juffrou Voordewind. En dan sal hy my die hele nag wakker hou met lamentasies oor die ondankbaarheid van die vroulike geslag. En praat van 'n nuwe bestemming.

Ek kom weer by die huis met die laning bome. Hierdie keer staan die deur toe.

Hy was dus net winkel toe.

Ou gai, dink ek, ou gai. Uncle sal hom slap lag as hy dit moet hoor. Dit bewys maar net weer dat daar vir elke vreemde verskynsel êrens 'n logiese verklaring moet wees.

En die klere dan? vra 'n stemmetjie.

Ai, shikkerel, hoor ek Uncle uitroep, loop 'n mens dan nie die mooiste vrugte van die lewe mis as jy jou blind staar teen die dorings nie? Pluk, my jong vriend, plúk!

Die sagte onderkleertjies behoort waarskynlik aan 'n slank akkedisvriendinnetjie, dink ek. Dalk beplan hy 'n fees der feeste!

Hierdie keer laat ratel ek die klopper, en vir die eerste keer merk ek dat dit 'n baie bekende vorm het, tot in die fynste besonderhede, soos die riffie waar die gladder kop begin. 'n Kunstig afgewerkte voël, so turks en so weerspannig soos wat die legende dit van Klaas Duimpie s'n wil hê. 'n Jakopregop der Jakopregops. 'n Bul der bulle.

50

Nicolaas Alettus word gevang.
Hy beland in 'n politieke addernes.

Hoor ek 'n stem van iewers af roep of verbeel ek my? Nee, daar is dit weer: "Kom binne!" Dan is hy tog hier. Ek stoot die deur oop.

Meteens gryp twee arms my van weerskante af vas. Die lantern word uit my hand geklap. 'n Hand so hard soos 'n klou word oor my mond geslaan; ek word al skoppend met die gang af gedra. In die dowwe lig is dit onmoontlik om uit te maak wie of wat my aanvallers is: in die spieël gewaar ek net my eie skoppende bene. Dan word 'n doek om my oë gewoel en so styf vasgetrek dat dit voel of my linkeroor na binne toe omgedop word. Instinktief probeer ek om 'n vinger tussen my slape en die doek in te woel, maar dis onmoontlik. Dit voel of my kop in 'n ysterpars beland het. Hande dop my sakke om, skud my skoene uit, ondersoek elke spiertjie in my liggaam, stuit 'n pinkiebreedte van Annerdinges, wat nou oppehopie lê: pure slak sonder dop. Ek word in die rondte gedraai en vorentoe gestamp.

Ek bevind my weer in die kombuis; ek ruik die skerp reuk van vis wat die hele dag gestaan het. Waar sou Tkorteman wees? My bene wankel onder my; die ondeurdringbare doek voor my oë neem alle gevoel van rigting weg: bo is onder en onder is bo, ek weet nie of ek in die koers van die agterdeur kyk of na die sinkbad wat ek voorheen opgemerk het nie.

"Ach so!" sê 'n bekende stem, wat ek nie dadelik kan plaas nie. "Dan het die muggie in die web vasgevlieg!"

Ek weet nie wat ek moet antwoord, en óf ek veronderstel is om te antwoord nie. Dit voel in elk geval of my stem weg is.

Al waaraan ek kan dink, is dat iemand my verraai het, om watter rede ook al. *Akkedis.* Akkedis self het 'n lokval vir my gestel. Maar hoekom? En waar is hy nou? *Frau Laufs.* Sy het haar web soos 'n vet wyfiespinnekop vir my gespan en ek het in die taai drade vasgevlieg.

Sy maak maar of sy niks van Akkedis af weet nie. *Uncle.* Hy was netnou nog hier, saam met my; nou is daar geen teken van hom nie. Maar *jy*'t hom tog gevra om saam met jou te kom, sê 'n stemmetjie. Goed, dan is dit jou eie skuld. Jy het oop en bloot in die val geloop.

Val? Maar wie het aan so iets gedink? Moes Jeske-hulle se gepratery my hierop voorberei het? My gedagtes maal in die rondte.

'n Stoel skuif agteruit. "Bring hom," sê die stem op Duits. Dis 'n stem wat nie teenstand duld nie.

Ek kry my woorde terug. "Wat gaan aan?" vra ek. "Wat wil julle van my hê? Geld het ek nie." Ek wil my sakke omdop, maar ontdek dat my polse nie van mekaar af kan beweeg nie.

Niemand antwoord nie.

Dan word 'n doek om my mond gedraai. Ek moet omtrent soos 'n gewonde soldaat lyk.

Iemand stamp my en ek strompel by 'n deur uit; die naglug is koel teen my gesig. Sou dit die agterdeur wees? Gruis kraak onder my skoene. Waar is my hoed?

Net toe ek aan my hoed dink, plak iemand dit oor my ore. Dit vererger die drukking van die stywe doek. Ek hoor motordeure oopen toegaan. 'n Groot hand vat my skielik agter my nek vas en boender my by 'n deur in; ek ruik die leer van 'n motorsitplek. Ek word regop gepluk; weerskante slaan die sweetreuk van my gevangenemers in my neusgate op. My punthoed word verder oor my oë geforseer. Vir enige buitestander moet dit taamlik onskuldig lyk. Vier mans op 'n uitstappie, 'n slapende kind tussen hulle, sy feeskalot skuins oor sy tronie. Ek probeer weer praat, maar my lippe kan nie roer nie en ek bring skor, skaars hoorbare geluide voort.

Die motor het 'n kragtige enjin. Ons ry met 'n grondpad, 'n hele ruk ry ons so, terwyl die mans wat voor sit, so vinnig praat dat ek nie kan volg nie. Af en toe klink bekende woorde en name op, soos Deutsche Bund, Kameraden, Brenner, Weigel, Voigts en Von Lossnitzer. Ook die Duitse Konsul se naam duik op. Maar dit beteken vir my alles niks.

Toe, ná wat soos ure gevoel het – ek het alle besef van tyd verloor – ry die motor stadiger en ons beweeg oor 'n stamperige plaaspad. Ek hoor grassade teen die kante en teen die onderstel skuur; die motor knars en kraak deur knikke.

Met die uitklimslag word die doek van my oë afgedraai, maar my polse is nog agter my rug vasgewoel. Ook die windsel om my mond word verwyder; ek kan die vars naglug vryer inasem. Ek sien plaat op plaat doringbome in die maanlig. Gras wat byna gloei, so geel is dit, want dis winter. Hoë, gepunte miershope. Donker mensefigure, waarvan een bekend lyk: die man met die sneeuwit snor wat dikwels by Jeske opdaag. En toe hulle my omdraai: 'n hoë, kasteelagtige huis, met trappe wat voor my opstrek na die stoep. Iewers, binnetoe, brand 'n lamp.

"Neu-Heusis," sê die man met die wit snor. "Hier kan jy maar skreeu. Net die jakkalse sal jou hoor."

Ek bevind my in die deurkosyn van 'n moerse vertrek met 'n hoë plafon. Aan die punt van 'n lang tafel sit 'n man wat ek nog nie voorheen gesien het nie. Hy het 'n oogglas en 'n streng gesig wat baie aan 'n perd herinner. Hy het 'n donkerbruin uniform aan, en die knope skitter in die lamplig. Bokant hom hang 'n Duitse vlag teen die muur, en daar is ook 'n skild gemonteer, waarop twee ontsagwekkende arende met uitgestrekte kloue voorkom. Tussen hulle hang een van die eienaardige kruise wat ek nou al oral in Windhoek teen Jodewinkels en teen motors gesien het en wat Uncle 'n hakekruis noem. Daar is ook 'n inskripsie, maar ek kan die gekrulde letters nie ontsyfer nie. Ek kyk terug, oor my skouer. Vanuit die portaalgang lei nog trappe boontoe, maar daar brand nie lampe nie. Ek is dus nie seker of die boonste deel van die huis bewoon word nie. Dat die huis voorheen aan ryk mense behoort het, is duidelik. Dit kan jy aan die sierplafonne sien, en ook aan die muurskilderye wat rondom strek. Alles is in skakeringe van geel en groen, maar die groot tafel waaragter die man sit, is van 'n donker hout met donkerrooi vlamme; spieëlblink.

Die twee mans wat langs my in die motor gesit het, neem weerskante van die kosyn stelling in. Hul bewegings is strak en presies, soos soldate s'n, al het hulle nie uniforms aan nie. Die man met die wit snor marsjeer tot langs Perdegesig aan die bopunt van die tafel. Hakke word geklap, maar van die gesprek is min hoorbaar. Witsnor plak 'n klompie papiere op die tafel neer en wys na my. Perdegesig bestudeer die papiere.

Die vierde man, die een wat voor langs Witsnor in die motor

gesit het, hou my voortdurend in die oog. Sy manier van kyk herinner my aan Broeder Stellmacher. Maar hy glimlag nie. Dis vreemd wanneer iemand jou so aankyk; jy kan maar wegkyk, sy oë trek jou soos 'n magneet terug, neem jou hele gestalte in, verswelg jou.

Nog 'n paar geüniformdes kom die vertrek binne. Ek herken enkele van Jeske se gereelde besoekers. Jeske self is nie tussen hulle nie.

Hulle vorm egter die agtergrond. Dis Perdegesig, Witsnor en die man wat nie sy oë van my af kan hou nie, wat sentrale posisies om die tafel inneem.

Die man aan die bopunt van die tafel praat in my rigting. Nou praat hy stadig en duidelik, asof hy wil seker maak ek verstaan wat hy sê. "Waar is Diederik?" vra hy. Hy moet 'n besonder lang man wees, want sy reghoekige borskas troon bokant die tafel uit. Hy het kort, geelbruin hare en ysblou oë en die ander spreek hom as Kapitän aan.

"Toe, antwoord!" Ek voel 'n elmboog – dit kan ook 'n geweerkolf wees – in my sy.

"Ek weet nie." Ek moet dit twee keer sê; my stem klink dof en rasperig.

"Jy het 'n afspraak met hom gehad."

"Hy was nie daar nie." Hoe weet hulle van die afspraak? Wat het hulle daarmee te doen?

"Dit weet ons ook. Daarom vra ons jou: *Waar is Diederik?*"

Ek haal my skouers op.

"Antwoord my!" Die stem klap deur die vertrek.

"Ek ken hom nie," sê ek, "ek weet niks van sy bewegings af nie."

Die oogglas blits gevaarlik in die lampglans. Toe Perdegesig weer met my praat, dog ek hy spreek my aan as Fritz, want dit klink aanvanklik so. Maar ek kom agter wat hy eintlik sê.

"'n Frats soos jy het nie bestaansreg nie. Nog minder as jy 'n spioen vir die veragtelike Suid-Afrikaners is ... En so is die man wat homself Diederik noem. Kultuurlose drek; dis wat julle is." Hy blaai weer deur die papiere. "Wie het jou gestuur?" vra hy dan. Die oogglas blits in my rigting.

"Ek weet nie mooi waarvan meneer praat nie."

Perdegesig staan op. Nou kan ek sien dat hy werklik buitengewoon lank is, met breë skouers. 'n Indrukwekkende figuur.

Hy is kwaad. Hy sprei die papiere voor hom uit. "Hierdie geskrifte dui daarop dat jy en Diederik kop in een mus is. Dat julle daarop uit is om my organisasie ..." – hy maak 'n driftige, dramatiese gebaar wat die hele vertrek met al die geüniformdes insluit en op die hakekruis agter hom tot rus kom – "om die Deutsche Front binne te dring."

My liewe leser, stel u die gekke situasie voor. Daar staan ek, totaal onskuldig ingetrek by 'n komplot waarvan ek niks verstaan nie; beskuldig van spioenasie en godweetwat. My mond moet oopgehang het.

"Soos 'n idioot staan jy daar. Kyk hoe lyk jy! Wat dink die Administrateur van my om sulke swaksinniges op my spoor te sit?" Hy tel een van die papiere op en laat val dit weer dramaties op die tafel. "En wat is dit hierdie? Moet nou nie maak of jy nie weet nie – ons het dit in jou sakke gekry!"

Natuurlik. Ou Akkedisman se gedigte – of wat dit ook al mag wees. Die paar velletjies papier wat ek in my sak gedruk het.

Ek haal weer my skouers op. Dit maak Perdegesig woedend. Hy slaan met sy vuis op die tafel, sodat die lamp 'n ent wegskuif.

Dan praat Witsnor met hom, maar in 'n lae, sagte stemtoon. Hulle roep die ander man, wat ek by gebrek aan inligting nou maar Loensoog sal noem, nader, en vir die eerste keer neem hy sy oë van my af. Hulle wissel 'n paar gedagtes; dan kondig Perdegesig aan dat ek in Loensoog se bewaring sal bly totdat ek die geheime kode – hy swaai die velletjies papier in die lug rond – verklaar het.

Kode? Ek wil iets sê, maar die sweterige lummels langs my ruk my van balans af en sleep-dra my teen die trappe op asof ek 'n dooie dier is wat hulle nou gaan afslag.

"Jy hou vir jou onnosel," sê die een, en hy gee my 'n harde vuishou in die sy. Ek sweer my kortrib het gekraak.

"Zwerg!" roep die ander een uit en spoeg eenkant toe.

Ek word by 'n vertrek ingestamp en omdat ek nie my hande kan uitsteek om my val te stuit nie, skuur ek my splinternuwe hemp tot niet en my skouer stukkend toe ek die splinterige plankvloer tref. Venstertralies gooi dik skaduwees teen die mure; die maan skyn helder in die Suidwesnag. In die een hoek is 'n matras; in die teenoorstaande hoek blink 'n slopemmer. Hoe dink hulle moet ek pis as my hande nie los is nie, wonder ek.

Iemand moet ook daaraan gedink het, want ek het my pas tot op die knopperige matras gewurm toe ek 'n slot hoor oopgaan en die deur krakerig oopgestoot word. 'n Gestalte staan in die deur; nog een sny die tou tussen my polse deur. My blaas pyn; ek moet myself dadelik gaan verlig. Die skuim staan in die emmer.

Die man wat in die deur wag, gee 'n fluit. "Donnerwetter," hoor ek hom teenoor sy makker sê, "dan is dít wat hulle van dwerge sê, tog waar ..." Dit klink asof daar bewondering uit sy woorde spreek. Darem iéts waarmee ek hulle troef, dink ek.

Ek slaap feitlik nie; die onopgeklaarde gebeure spook by my. Sonder 'n kombers is dit ook te koud om te slaap, en ek krul my op soos roltoe.

Tot my verbasing kom Loensoog en twee vreemde kornuite my haal. Vroeg, want die eerste voëls het pas begin sing. Loensoog praat nie, maar ek voel sy oë gloeiend op my.

Weer word my hande geboei; weer word ek geblinddoek, dié keer met minder hardhandigheid.

Ons ry met 'n slegter grondpad; plek-plek so stadig dat dit voel asof ons stilhou en dan duim vir duim met kliptrappies na benede sak. Ek raai dat die son al ooghoogte sit toe ons by ons bestemming aankom. Ek het nie die vaagste idee of ons suid, wes, oos of noord van Windhoek is nie.

Ek kan wel agterkom dat ons deur 'n ingewikkelde stel swaar hekke gaan. Hiervandaan ry ons net 'n klein entjie voordat die motorenjin afgeskakel word.

Bevry van die blinddoek, sien ek 'n omgewing wat oënskynlik nie veel anders lyk as waar ons gisteraand was nie; dis net meer bergagtig. Naby die huis, anderkant 'n hoë heining, loop koedoes. Hulle versit effens toe ons nader kom, maar wei dan ongestoord voort. Ek word weer – soos met die jagtog op Rooistasie – bewus van 'n diep hartseer in my oor sóveel koninklike volmaaktheid. Koedoes, soos gemsbokke, is nie grootmaakkinders nie.

Sal Frau Laufs en Uncle na my begin soek? Arrie, dis altyd Uncle wat verdwyn. Dié keer wys ek hom 'n lelike punt.

Loensoog – ek het intussen geleer dat sy van Wiesner is – loop nou skielik oor van vriendelikheid. Jy kan hom eintlik geselserig noem. My hande word losgemaak, ek kan loop waar ek wil, ek sien hoe hulle lakens – toe van die stof – van ghrênd meubels afhaal, daar word vuur gemaak, en toe die pype warm is, word die bad vir my uitgewas en vol geurige water getap. Ek ontvang selfs 'n kamerjas; myle te groot, maar snoesig. Voor ek my kom kry, bevind ek my tussen kussings op 'n hoë stoel langs 'n tafel wat die ewebeeld van die een op Neu-Heusis is: rooiblink gepoleer. Ek voel bietjie soos 'n prins, bietjie soos 'n slaghamel.

Wiesner sit aan die kop van die tafel; ek sit aan sy regterhand en die ander twee oorkant my. Die tafel is keurig gedek; daar staan ook 'n karba en vier glase.

"Het die luiperds kos?" vra Wiesner. Een van die ander knik.

"Net genoeg," sê hy.

Luiperds? Is dit waarom ons deur so 'n ingewikkelde hekstelsel moes ry?

Wiesner, sy oë andermaal soos kooltjies vuur, verduidelik. "Die luiperds is daar om ongewenste elemente buite te hou – of binne, as dit moet."

"En die koedoes?" wonder ek hardop.

"O, hulle weet die luiperds is agter draad. Partymaal dink ek hulle tart die roofdiere ..."

Ek het 'n spesmaas waarom al dié dinge vir my gesê word. Hier sal meer as gewone slimmigheid nodig wees!

Stomende wildspastei word aangedra. Ek moet net keer of die kwyl loop by my mondhoeke uit.

Wat gaan aan? Gisteraand was ek 'n gevangene, nou is ek 'n gas. As 'n vetgemaakte speenvarkie snuf in die neus kon hê, dan was ek daardie varkie.

Wyn! Onmiskenbaar: daar skink Herr Wiesner dit uit die karba in my glas. Ek droom nie.

Die oomblik toe ek die glas na my lippe bring, ruik ek: dit is 'n swaar, beleë wyn. Ek voel ongerus, maar wie kan sulke geurige wyn weerstaan? Het die wiel van geluk opeens vir my gedraai?

Die tafelhoof lig sy glas in 'n saluut.

"Welkom!" sê hy. "Welkom, vriend. Ervaar egte Duitse gasvryheid."

Iemand het intussen die voorgereg voor my neergesit, en in almal se borde lê dit: twee ronde kluitjies in 'n suursousie, so wil dit voorkom, amper nes stormjaers. Die een kornuit se lippe smak, terwyl slurpgeluide verraai dat die ander kêrel alreeds die sous uit die bakkie opsuig. Hy is seker net so honger as ek, maar ek voel steeds nie gerus nie.

Ek proe versigtig.

Gudrun se ma het eendag 'n tradisionele gereg uit haar geliefde Hantam aan 'n paar spesiale gaste voorgesit – die dokter en die dominee en die skoolhoof en hul gades – maar hulle was nie baie dapper nie; het net hier en daar gepeusel, dit deurmekaargewerskaf en gesê oe! en a! en hm! dis héérlik, maar dis so ryk, ons is bang ons eet ons mae vol en ons kan raai wat u nog gaan opdis, so asseblief en dankie. En toe ek die bordjies wegdra, was daar nog genoeg lammerpeertjies oor om my die hele nag nagmerries te gee.

Hierdie stormjaertjies in sous smaak amper soos saggekookte lammerpeertjies.

"Ottermann!" blaf my gasheer skielik en die man oorkant my vee sy snor met sy servet skoon. "Miskien kan jy aan ons – en veral aan ons gas – vertel hoe hierdie ... e ... kosbaarhede in ons besit gekom het."

"Dit was makliker as wat ek gedink het," sê Ottermann. Die trots slaan deur in sy stem. "Elders in die wêreld, soos u weet, is bewers die gewildste ... Bewerknaters is 'n delikatesse, 'n uiters gesogte lekkerny ... Die jagter sal die bewer dae lank agtervolg en wag vir die geskikte oomblik voordat hy toeslaan ... Soos u weet, moet die diertjie se kroonjuwele lewend afgesny word, anders smaak hulle na niks."

Verbeel ek my? Of hoor ek hoe tonge weerskante van my rasperig oor droë lippe skraap? Het Wiesner en Dressel, die ander kornuit, 'n fraksie vooroor geleun?

"Maar nou ja, so moeilik is dit nou ook nie, want bewers is – soos u weet – toegewyde en ywerige werkers. Hulle kry net nooit genoeg van swoeg nie ... Hulle word dus maklik betrap. Wat wel soms gebeur, so word vertel, is dat die vasgekeerde bewer sy eie klootjies afbyt en vir die agtervolger gooi ... Maar die oomblik as die juweeltjies van sy liggaam losgemaak word, verloor hulle al hul magiese krag. So, bewer en balle moet as 't ware in één asem ..."

So, dink ek, en ek kyk na die leë bakkie voor my, dít was dan bewerballetjies. Ek weet nie presies wat 'n bewer is nie, seker 'n soort meerkat, maar nou ja: as 'n mens lammerpeertjies kan eet ...

Maar Ottermann verras my.

"U sal moet toegee dat hierdie werklik 'n uitsonderlike lekkerny is ..."

"Ongetwyfeld," sê Wiesner. "Ons brand om te weet, vriend, ons brand om te weet ...!"

'n Paar sekondes hoor jy net onrustige asemstote.

Ottermann tik-tik met sy mes op die tafelblad, asof dit 'n deel van sy antwoord is.

"Die onversadigbares. Dié wat rond en bont ..." Hy bedwing hom. "Hulle wat nooit genoeg kan kry nie ... Eers bied jy hulle 'n wekmiddel aan, natuurlik, om die hormone behóórlik aan die werk te sit ..."

"Spaar ons gas die ongure besonderhede," sê Wiesner.

Vir die eerste keer merk ek 'n skerp, rissieagtige reuk. Dit kom nie van die borde voor ons nie; dit borrel saam met Loensoog se woorde buitentoe.

"Verskoon my, Herr Wiesner. Dis my grootste swakheid, ek word maklik meegevoer. In elk geval: die operasie verloop maar amper soos met die bewers." Betekenisvol word weer met die vlymskerp messie getik. Het ek my verbeel, of het Ottermann dit ook 'n slag oor sy skoensool geslyp? "Jy wag bloot tot die ywerige kêrel nou sy besigheid aan die doen is ... Stel u 'n raaf vóór paring voor: huiwerend in die lug, met uitgestrekte vlerke, kloue gereed ..."

Raaf? Raafballetjies?

"Dan, soos 'n vlieënier wat hom gereed maak om te land ... die wiele wat sak." Ottermann bly dramaties stil. Maar dan hou hy sy linkerhand in die lug voor hom en met sy regterhand maak hy twee vinnige snye in die lug. Die meslem flits.

"Party ouens is so besig, hulle kom dit nie eens agter nie," sê hy, en dit klink asof daar spyt in sy stem is.

Wiesner klap liggies in sy hande en beduie met gekromde wys- en middelvinger lieswaarts. "Judenhoden," sê hy, en dit dring baie stadig tot my deur dat hy van Rosenbaum, Katz, Cohen of Levy kan praat. Of van Uncle! Juis van Uncle, sy pere altyd iewers aan die skommel.

'n Gevoel van misliktheid kruip weerskante van my kakebeen boontoe. Ek haas my na die badkamer. Tussendeur hoor ek die drie mans lag; dawerend lag.

Toe ek terugkom, sê Wiesner: "Jy moet minder dramaties wees, Ottermann; jy het ons gas ontstel." Die drie kyk spottend na my.

"Nog sigeunerbloed, menere?" vra Loensoog.

Hy skink my glas weer vol. "Julle Vaalpense darem! Kan geen grap vat nie. Nicht wahr?" Weer die deurdringende blik, asof daar 'n vuur binne-in hom brand.

Ek wil eers protesteer en sê ek is 'n Ondervelder, nie 'n Vaalpens nie, maar dan val dit my by dat die meerderwaardige besoekers wat by Jeske aanmeld álle Suid-Afrikaners so noem. Vaalpens. Dickpens. En, liewe leser, dit moet ek steeds toegee: my gans te dun beentjies laat hierdie ronde lyfie van my altevol na 'n koringkriek lyk.

Dan sê hy, amper as 'n soort nagedagte: "Maar eintlik is dit wat hulle verdien. Die vervloekte hawiksneuse!"

Dan liewer 'n Vaalpens as 'n hawiksneus.

Die res van die aand verloop – hoe sal ek sê? – betreklik aangenaam. Die gebraaide wildevark en aartappels word voortreflik bedien deur 'n jong Herero in koksklere. Hy lyk bedees, maar wanneer hy na Wiesner of die ander kyk, wys sy oë die vuur wat in rooikat se oë sit. Die atmosfeer is deurentyd gespanne, asof daar iets onder die oppervlak huiwer.

En toe bring Wiesner die velletjies papier te voorskyn en druk dit onder my neus. Hy druk ook 'n potlood in my hand. Ottermann en Dressel staan op, asof hulle wil seker maak dat ek my aandag by die geskriffies hou; dat my oë nie dwaal nie. Wiesner steek 'n sigaar op en leun agteroor. Hulle wag.

Ek blaai deur die stapeltjie. My kennis van gedigte strek so vêr as Pope, en ek verstaan sikkepit van sy *Collected Poems*, waardeur ek af en toe blaai. O Dood, waar is jou angel?

Newwermaaind angel. Ottermann, met sy skerp mes, en Dressel, wat 'n knuppel aan sy sy dra, troon oor my. Loensoog blaas sy rook in my gesig.

Vir my vriend, Ernst Schlengemann, staan daar langs die eerste gedig. Ek lees die woorde stadig.

"Wie is Schlengemann?" vra Wiesner. Sy oë verklap dat hy weet. Waarom vra hy dan?

Ek wil my skouers ophaal, maar onthou dat dit nie 'n gebaar is waarvan mense soos Witsnor, Der Kapitän en Wiesner hou nie.

"Weet nie," sê ek, en Ottermann laat speel sy mes in die lig van 'n wintersonstraal wat deur die venster kom.

"*Ware student-wees,*" lees ek, en ek verduidelik: "Dis die naam van die gedig."

Dressel snork, en Wiesner sê: "Spaar ons die detail. Ons stel nie in die gedigte belang nie; dis in elk geval speletjies vir verwyfdes. Ons wil weet wat die kode is!"

'n Gevoel van magteloosheid kruip met my ruggraat op. Ek begin stadig lees.

"Ons is vrolik, ons vier die lente nou;
Kan jy glo, ons was studente getrou?
Die pad na Suidwes loop vêr en wyd,
Die jaar is verby, nou heers vrolikheid ... "

Ek hou op met lees. Ek loer uit die hoek van my oog na Wiesner, wat vol afwagting bo-oor sy sigaar na my kyk.

"Ja ...?" vra hy.

"Eerlikwaar, meneer," sê ek, "dis 'n gediggie, niks meer nie."

"Die ander ...?"

Ek blaai om. "*Reis na Windhoek,*" lees ek. "*Portret van die Namib.*"

"Dit klink onskuldig genoeg."

"*Ter nagedagtenis: Ernst Allester Schlengemann,*" heet nog 'n gedig.

"Dis 'n Duitse naam," merk Wiesner op, "en dis nou die tweede keer dat die naam voorkom. Wat maak jy daarvan?" Waarom vra hy my as hy weet?

"Niks, meneer. Ek weet nie wie Schlengemann is nie. Maar dit lyk of hy reeds dood is."

"Jy weet goed genoeg," sê Wiesner. "Ook dat hy dood is. Vier jaar gelede al. En moenie maak asof jy nie weet hoe hy probeer het om die Duitsers te verdeel nie," voeg hy daaraan toe. "Half-Duits, half-Engels, half-Afrikaans ... alles half. Mein Gott, hoe kan jy respek hê vir so 'n basterding? En dan nog met 'n Bremense van!"

Ek kyk hulpeloos na die bladsy voor my, blaai dan om. Die buitelyne van 'n embleem lê voor my, asook 'n vierreëlige vers. Die embleem is nie voltooi nie; maar bo-aan staan die letters WAB, en onderaan Windhoekse Afrikaner-Broederskap. Op die embleem is die omtrekke van die kaart van Suidwes-Afrika sigbaar, en dit word deur 'n voël vasgehou. Die voël self is egter nie geteken nie, net die kloue en 'n gedeelte van die bene. Met groot sorg is ook enkele vere geteken, sodat 'n mens netnet die onderkant van 'n voël met gestrekte kloue kan uitmaak.

"Lees!" beveel Wiesner.

"Ons deel met elkander
die soet en die suur
en strewe tesame
vir Taal en Kultuur!"

Dis in 'n ander handskrif. Dalk Schlengemann s'n? Bo-aan kan ek net-net die woorde *Aan Diederik* uitmaak.

"Dis die soort snert waarmee hulle hul opgehou het," sê Wiesner. "Schlengemann en sy trawante. Toe hy redakteur van *Die Suidwes-Afrikaner* was. Dan lyk dit nog of hulle die Duitse arend wou gebruik ... Mísbruik. Verdammt!"

"Wat weet jy van dié spul?" vra Ottermann. "Want ons het gemeen die Broederskap is kaputt met Schlengemann se dood. Ons was verkeerd. So: wat weet jy?"

Ek weet nie wat om te sê nie. Sê ek ek weet nie, glo hulle my nie. Sê ek ek weet, sal ek iets oprakel waarvan ek niks weet nie. Ek sit hier op 'n nes vol adders.

"Praat!" dreig Dressel.

Ek blaai verskrik om. My oë bly skielik op die sesde bladsy vashaak. Die gedig het nie 'n naam nie.

Ik vlegt een nest in de matjesgoed
ik legd' een ei, dat valt mij zoet.
Daar komt de meidjie, zij schopt'em dood.
Wat maakte ik nu voortaan groot?

"En nou?" wil Wiesner weet.

Ek hoor hom skaars. Ek is so opgewonde, so verdiep in die rympie, dat ek begin bewe.

"Het jy iets gekry?" vra Wiesner weer. "'n Kode? 'n Oplossing?"

"Ja, meneer," sê ek, maar besef my fout. "Nee, ek bedoel: néé, meneer, dis niks, dis net 'n raaisel."

"'n Raaisel, nè?" Is daar 'n swikkie van waansinnigheid in sy stem?

"Ja, meneer, 'n raaisel; dis nie een van die gedigte nie, meneer. Die taal is anders; dis nie juis Afrikaans nie. Dit lyk na iets wat iemand gehoor en toe neergeskryf het ..."

Wiesner ignoreer die laaste deel van my antwoord. "Die taal anders? Dan kan dit dalk 'n kode wees ...?"

Ek probeer die rympie wat in my egg-box is, oproep; ek skryf dit met die potlood oor, langs die ander een.

"Wat doen jy nou?" vra Wiesner.

"Ek onthou 'n soortgelyke rympie, meneer."

"Jy het dit netnou 'n raaisel genoem."

"Dit is 'n raaisel, meneer, maar dis in die vorm van 'n rympie."

"Rympies, raaisels, gedigte – dis tog alles Scheisse!" merk Dressel op.

"Zwitterding!" sê Ottermann.

"As dit 'n raaisel is, moet dit seker 'n oplossing hê," dring Wiesner aan. Ek voel sy oë op my brand. Hy teug diep aan die sigaar.

"Ek het gedink die eerste raaisel – my raaisel – het 'n tweede deel, wat dan die antwoord op die eerste sal wees, meneer. Soos twee helftes van 'n lemoen – maar nou pas die tweede helfte nie."

"Wat bedoel jy?"

"Ek weet min van raaisels en gedigte af, meneer, maar dit lyk vir my asof hierdie raaisel maar net 'n tweeling van die eerste is; iets soortgelyks."

"'n Variant? 'n Afwyking?" Hy sê dit met intense afkeer, asof hy oor 'n basterdier tussen 'n klomp opregtes praat. Weer die rissie-reuk; soos sooibrand wat diep uit sy maag opslaan en met elke lettergreep uitwalm. Ek draai my gesig weg en knik. Ek kyk na die twee variante – soos hy dit noem – voor my. Iets maak nie sin nie.

Ik vond een nest in de matjiesgoed
Ik vrat een ei, dat zat mij goed.
Ik maak mijn make, ik vloog daar weg,
mijn hoofd vooruit, mijn staart verzeg ...

Ek kan steeds nie 'n antwoord op die raaisel: *Wie ben ik?* vind nie. Verder sien ek dat die woord *matjiesgoed* verskillend gespel word. Beteken dit nou dit kom van twee verskillende mense? Dat die mense wat dit neergeskryf of opgeteken het, niks met mekaar te doen het nie? Of beteken dit bloot dat een van hulle nie kon spel nie? Ek bekyk weer die een wat tussen Diederik se gedigte staan.

> *Ik vlegt een nest in de matjesgoed*
> *ik legd' een ei, dat valt mij zoet.*
> *Daar komt de meidjie, zij schopt'em dood.*
> *Wat maakte ik nu voortaan groot?*

Wie is die *meidjie*? Wat op aarde het 'n meidjie – as dit is wat ek dink dit is – met die hele gedoente te make?

Nou merk ek, baie dof, asof die potlood-inskripsie al aan die verdwyn is, aan die onderkant van die bladsy die woorde *Van een trekvoël aan 'n ander*.

Trekvoël? Weer pak 'n opgewondenheid my beet. Wie sê Klaas Duimpie het nie dié raaisel in sy eie handskrif vir Akkedis oorgeskryf nie? Gerugte wou dit tog hê dat die altyd onrustige Klaas Duitswes ingetrek het?

Ek blaai terug na die eerste bladsy, vergelyk die handskrifte. Nee, dis dieselfde. Akkedis moet dit opgeteken het.

My gedagtes neem my so vêr weg dat ek vergeet van Wiesner en sy kornuite.

"Jy mors ons tyd, baksteen," sê Wiesner grimmig. Hy rond die sigaar-as pynlik netjies in 'n asbak voor hom af.

Ek blaai vinnig deur die res van die pakkie. Almal lyk na gedigte oor die natuur; daar is selfs een of twee oor die liefde. Ek gaan weer terug na die raaisel. Die *raaisels*.

"Het die luiperds genoeg kos gekry?" vra Wiesner skielik.

Waarom vra Loensoog só 'n vraag? Juis nóú?

"Hulle kry nooit genoeg nie," antwoord Dressel.

'n Oplossing skiet my te binne. Nie vir die raaisels nie. Vir die dilemma waarin ek my bevind.

"Hier is beslis iets geheimsinnigs, meneer Wiesner," sê ek versigtig, en ek probeer verby die gloeiende kole van sy oë kyk. "Maar al die inligting is nie hier nie." Ek tik-tik op die bladsy voor my. "As u my toelaat om my werk by Herr Jeske voort te sit, mag Diederik weer te voorskyn kom; hy is die een wat tog met my wou kontak maak. Die sleutel tot die raaisel lê by hom."

51

Nicolaas Alettus word van brandstigting verdink,
promoveer tot spioen en verskaf teësinnig vermaak.

Toe hulle die blinddoek, waaraan ek nou amper gewoond begin raak, verwyder, is ons terug in Windhoek. Die stof en die stamperige pad lê agter ons. Ons hou oorkant 'n huis stil wat tot in die grond afgebrand het: net die besmeerde mure staan nog, asook enkele bome wat die vlamme vrygespring het omdat hulle 'n bietjie verder weg is. Daar moet intussen 'n verdwaalde reënbui geval het; die roetsmeersels het 'n neerdrukkende uitwerking op my.

"Jou handewerk," merk Ottermann op terwyl hy sy naels met sy flitsende mes sit en skoonmaak. Ek kyk hom oopmond aan.

"Moet my nie so aanstaar nie, Judenbengel, dis jý wat die lantern daar ingedra het, onthou jy nie?"

Daar kom sit 'n koue gevoel in die omgewing van my blaas. Die aand toe hulle my ingewag het: die lantern wat geval het ... Dis Tkorteman se huis!

"Maar jy hoef nie bang te wees nie," sê Dressel. "Solank jy vir ons werk, is jy veilig. Intussen hou ons die lantern; jou vingerafdrukke is daarop." Ek wil nog protesteer, maar hy maak my stil. "Daar is mense wat in die lantern sal belangstel. Die Polizei, byvoorbeeld."

So word ek weer uitstaller. Maar die Südwester-Deutsche Front wil my nie onder hul oë laat uitgaan nie, daarom moet ek my intrek in *Die Hutschachtel* se pakkamer neem. Dressel en 'n ander vent, wat gereeld eenkant toe spoeg as hy my sien, hou my met valkoë dop. Die naaste wat ek aan die straat kom, is die uitstalvenster self, en dan luier een van die twee poenskoppe – Dressel of Slymbek – altyd in die omgewing rond. Maar net só dat die verbygangers hulle nie kan sien nie.

Al wat opdaag, is Tkorteman.

Nou ja, redeneer ek by myself, sal hy my dan nie verdink van brandstigting nie? Aan die ander kant: hy het tog verdwyn vóórdat ek of Uncle of my gevangenemers daar opgedaag het? En juis waarom het hy hom uit die voete gemaak? Sulke raaiselagtige vrae hou my besig, maar ek vind nie 'n oplossing nie; net soos wat ek nie die tweeling-raaisel opgelos kry nie. Tog wéét ek instinktief dat dit iets met my en met my geskiedenis te make het. Die Deutsche Front is skynbaar weer oortuig dat dit die een of ander sleutel bevat wat húlle geheime op die lappe kan bring.

Onsinnig! Alles onsinnig!

Maar ek sit met die gebakte pere. Brandstigting word vermoed; net een misstap, en ek word aan die polisie uitgelewer. Met die lantern. Niemand om vír my te getuig nie. Téén my wel. 'n Hele linie Ausspannplatzers wat my die aand met die lantern gesien loop het.

Akkedis se huis is 'n swart murasie; waar bly hy nou? Of sal hy juis kom, omdat hy my terugkeer sien as teken van my onskuld? Hoop hy dalk ek het sy stapeltjie gedigte gered?

Maar al wat opdaag, is Tkorteman. Hoe langer hy wegbly, hoe sekerder word Jeske en sy trawante dat hy wel 'n spioen is. Nóg sekerder is hulle dat ek die een of ander geheime skakel is.

Wat doen 'n arme weeskind soos ek? Op wie beroep jy jou? My peetpa – met of sonder papiere – doen nie eens die moeite om te kom kyk wat van my geword het nie; hy het waarskynlik 'n nuwe heuningnes gevind.

Al dié gedagtes maal deur my brein terwyl ek materiale glad stryk en opvou, broeke pars, hoede afstof en my agterstewe vir die straat wys.

En toe tik Uncle een oggend teen die glas. Hy druk sy krom neus nog krommer teen die uitstalvenster; sy oë die ene vraagtekens, sy hande oop langs hom, asof hy wil vra: *Wat het ek gedoen dat jy my só behandel? Is jy nou so in die Nazi's ingekruip dat jy van ons vergeet het?*

En daar staan ek. Dressel of Slymbek nie te vêr nie; ek hoor papiere ritsel. *Der Stürmer.*

Ek plaas my vinger op my lippe en trek my mond op 'n plooi en my skouers op 'n hoop om my moedeloosheid aan hom te sein. Dan hou ek my polse oor mekaar om te beduie dat ek gevange gehou word. Dit lyk nie asof Uncle verstaan nie. Hy frons en tik met sy vinger teen sy kop, asof al my osse nie in die kraal is nie. As ek net 'n skryfding by my gehad het!

Ek hoor voetstappe. Ek beduie driftig dat Uncle moet padgee. Net toe Dressel by die klein deurtjie inbuk om te kyk hoe vorder my rangskikking van hoede, verdwyn Uncle in die stegie tussen *Die Hutschachtel* en Schlenther se *Konditorei*. Hy lig sy hande en skouers vir oulaas in wat skynbaar 'n gebaar van absolute onbegrip is.

Dressel, sy knuppel in sy lyfband, kondig aan dat Jeske die aand 'n onthaal vir die een of ander belangrike gas uit Duitsland aanbied en dat ek moet help met die opdiening.

Jeske se woning, byna 'n replika van die kasteelagtige huis by Neu-Heusis, word deur vier besonder onvriendelike Dobermanns en 'n halwe leër gewapende mans bewaak. Die huis, bo-op 'n koppie net oos van die middestad, word van nuuskierige oë afgeskerm deur 'n enorme klipmuur. In die ligte van die blinkgepoetste Mercedes-Benze en DKW's wat stadig teen die skuins oplopende pad opkruip, glim glasstukke bo-op die muur. Ottermann en Dressel beman die traliehek; Slymbek ontvang die gaste met hul swart aandpakke en swewende boesems by die swaar houtdeur. Die een vent lyk op 'n haar soos Herr Vogel; toe hy sy keil afhaal, is sy hare net yler. My hart slaan 'n slag bollemakiesie, want ek dink aan 'n paar volmane gelede. Gudrun, my Gudrun!

Toe eers Von Lossnitzer en Weigel en daarna Wiesner, Witsnor en Der Kapitän, vergesel deur die eregas, opdaag, almal so styf soos laaistokke, vorm Jeske se personeel 'n erewag. Die meisies in hul volkse drag knieknik; die borselkopkêrels gee 'n dramatiese saluut en klap hul hakke teen mekaar. Ons word deur twee laaistokke kombuis toe gemarsjeer. Uit die ry oorkant my loer 'n soetskeel meisie, nie 'n duim langer as ek nie, van onder beboste wenkbroue na my. Sy kyk so openlik na my dat ek skoon ongemaklik raak. Dan begin die stroom kelners vloei en ons beweeg net af en toe by mekaar verby.

Die eregas, 'n man genaamd Bohle, steek 'n lang en dramatiese toespraak af waarvan ek weinig verstaan, buiten dat hy kort-kort sê hoe noodsaaklik *Heimführung ins Reich* is. Dan volg die uitroepe wat ek 'n paar keer reeds gehoor het, onder meer toe die bende met hul harke en tuinvurke vir Uncle op Koffiemeul agternagesit het:

Heil Hitler! Heil Hitler! Iemand wen 'n grammofoon op en opruiende musiek word gespeel. Toe die musiek ophou, roep 'n man en 'n vrou aan weerskante van die onthaalsaal: "Nog Wagner! Nog Wagner!" Ek en die ander opdieners skarrel soos krieke rond met stomende skottels; ek sorg dat daar gereeld iets in die papierkardoes wat ek onder een van die trappe versteek het, beland. Ek is nou al moeg vir die muwwe stukkies Pumpernickel – my dagrantsoen by Jeske.

Dit moet nou net so gebeur dat die soetskeel meisie met 'n skinkbord verbytrippel toe ek die kardoes onder die trap inskuif.

"Wat maak jy daar?" vra sy, haar ruie wenkbroue oppehopie.

Ek kan nie 'n woord uitkry nie.

"Toe maar," sê sy dan. "Ek sal nie sê nie ..." Dit klink asof sy nog iets wil sê, maar dan leun sy vooroor en soen my. Sy het 'n groot mond, met klam lippe. Dit duur net 'n oogknip, maar haar lippe sluit so ferm om myne dat ek bewus word van 'n krag veel groter as dít wat ek by Gudrun gewaar het. Daar is 'n fyn snorskimmel op haar lip; dit kielie my.

"Komaan!" bulder iemand skielik vlak by ons ore. "Wat staan en vry julle so hier agter die trap?" Hy praat op die toon waarop met kinders gepraat word; die kelnerkostuums laat ons bepaald halfwas lyk.

Weg is sy, ek kan skaars glo dit het gebeur. Ek vee-vee oor my lippe, proe bloed, snuif aan my vingers. 'n Sweempie van goedkoop reukwater. Iets houterigs: 'n okkerneutgeur.

'n Paar oomblikke troon ek bo al die ander uit.

Dan sien die eregas my raak, net toe ek die wynkraffie voor hom en Der Kapitän hervul.

Ek hoor hom aan Der Kapitän vra: "Wie's dié Lilliputaner?"

'n Lang en ingewikkelde verduideliking volg. Dit word deurspek met uitroepe soos "Ach so?", "Kobold!" en "Lyk hy nie 'n bietjie soos Goebbels nie?", waarop die tafel skud soos almal lag. Die hemel alleen sal weet wie Goebbels is. Toe ek my uit die voete wil maak, word ek teruggeroep deur ou Perdegesig.

Nou volg 'n vertoning wat dawerende applous ontlok.

Perdegesig lei my aan my oor tot op die sagte tapyt in die middel van die vertrek. Sy naels vreet in die sagte vel van my oor. Rondom my is die mure versier met portretstudies van Hitler en ander, vir my onbekende figure. Tussen die portrette hang gedrapeerde vlae en gemonteerde hakekruise.

Rondom my is ook die tafels wat ek die hele aand bedien; ek sien kouende kake en skeurende tande deur die rookwalms. Links en regs van my giggel 'n vrou van te veel wyn. Onder die tafel deur sien ek hande op knieë; hande wat nooit stil is nie, knieë wat wieg en skommel. 'n Mens dink soms in die vreemdste omstandighede aan die vreemdste dinge. Terwyl die greep op my regteroor steeds pynliker word, onthou ek my ontdekking, lank, lank gelede, van Mias se oomblikke van glorie toe Amy sy kaal voet onder die tafel tussen haar bene vasget'kam het.

Maar nou is daar geen tyd vir aangename herinneringe nie. Perdegesig – deur sommige as Dokter Brenner aangespreek – pluk my kelnerkeps van my kop af en begin met 'n lesing oor my voorkoms, my herkoms en – ten slotte – my toekoms.

"Kyk na die vorm van die kop," verduidelik die arts ter toeligting. "Dis nie fier en vertikaal soos by ons nie; dit het die vorm van 'n eier, horisontaal gesien. En binne-in, daarvan kan ons seker wees, is op sy beste semels – of," en hy druk sy neus onder gelag toe, "eiervrot."

Dan versit hy sy greep en pluk my kop opsy. "En kyk na die vorm van die neus," sê hy, asof hy 'n figuur op 'n komiese skildery beskryf, "is dit nie komieklik nie? Kompleet 'n aartappel wat tussen klippe voos gedruk is!" Woerts pluk hy my kop weer anderkant toe. Die tafels skud van die lag; party gaste slaan met hul hande op die tafel.

"Wat van sy nek?" skreeu iemand.

"Die nek is tipies," vervolg die arts. "Kort en slap, genau so wie der einer Schnecke!" Die onthaalvertrek dreun.

"Nou kom ons by die vingers," beduie my begeleier terwyl hy my linkerhand in net so 'n stewige greep as my regteroor vasvat en my van tafel tot tafel rondneem. "Nou dít mag wel die hoofkenmerk van die tussending, die Halbblut, wees. Sien u die vlekke op die vel, die onsuiwer naels ...?" Ek rem terug, maar sy greep word net sterker.

"En dan die bolyf, die onsuiwer proporsies ..."

"Hou op!" skreeu 'n meisiestem meteens.

'n Oomblik kyk almal na die plek waar die kreet vandaan kom; selfs Perdegesig draai om. Iemand fluister iets aan hom. Die meisie met die ruie wenkbroue en die swart lippedons word uit die ry omstanders gepluk en vorentoe gestamp. Twee mans moet haar vashou, want sy skop en byt.

Dan kry hulle haar in bedwang. Sy staan met gejaagde asem agter my; ek kan nie mooi agterkom wat hulle met haar doen nie. Plotseling besef ek: ons staan rug aan rug; twee skilpaaie voor 'n muur van vuur.

Die lesing in menslike fisiologie word voortgesit. Hierdie keer is sý die model.

52

TROOS NÁ DIE VERNEDERING. NICOLAAS ALETTUS WORD DEEL VAN 'N KORTSTONDIGE OPSTAND, PLUNDER 'N KOMBUIS EN DEEL SY BUIT MET 'N SOETSKEEL COURTISANE.

Die onthaal is feitlik iets van die verlede. Die vertoning is verby. Tog breek daar kort-kort lagbuie uit wanneer ek of Utti – so heet die meisie met die soetskeel oë – met koffie of likeur binnekom. 'n Toegif met twee hansworse.

Tydens een van ons laaste opdienrondtes gryp sy my skielik aan die hand. "Ons moet hier uit!" sê sy.

"Hoe?" vra ek. Daar is die hoë mure met die glasskerwe. Die hekke. Die wagte. Die Dobermanns.

"Kom!" gebied Utti, en sy verdamp in een van die gange. Om 'n hoek hardloop ek tromp-op in haar vas. Sy hou haar hand oor my lippe toe ek wil praat en beduie grootoog na 'n kamerdeur. Stemme. 'n Gegiggel en gelag. 'n Manstem. Utti pluk aan haar voorskoot; druk haar frilletjieskappie reg, beduie dat ek my moet skaars maak en gaan klop aan die deur, wat op 'n skrefie oopstaan. Sy maak keelskoon, en toe 'n man haar bars vra wat sy wil hê, hoor ek haar iets van 'n bestelling en van sjampanje brom. Deur die plant waaragter ek skuil, sien ek hoe sy knieknik. Dan slaan die deur in haar gesig toe en sy wink my. Die gelag en gegiggel gaan voort van agter die toe deur, maar net toe ek verbysluip, swaai dit weer oop en twee meisies, eweneens kelnerinnetjies te oordeel na hul kleredrag, kom uitgetrippel. Die een verdwyn in die kamer langsaan; die ander in 'n kamer verder af met die gang. Ek koes agter 'n marmerbeeldjie weg toe die man, besig om sy broek se gordel los of vas te maak, op sokkies verbykom, sy gesig so rooi soos 'n kalkoen, sy kaal bolyf nat van die sweet. Terwyl hy so in die verbygaan met sy broek sukkel, kry ek 'n ingewing en steek my voet uit. Hy slaan neer en slinger my 'n string verwensinge toe. Maar dit gee my die kans om verby te skarrel.

Utti is kwaad. "Vir wat doen jy dit? Wil jy hier bly?" Sy pluk my by 'n trap op en glip by 'n gangkas in. Sy trek die deur dig en ek kan nie 'n hand voor my oë sien nie. Ek voel haar uniform teen my arms skuur; ek gewaar weer die vreemde, deurdringende okkerneutagtige geur.

"Sjuut!" fluister sy dringend toe ek iets wil sê, en sy hou haar hand oor my mond. Ek byt haar liggies in die sagte vleis van haar duim. Sy sit haar arm om my, trek my nader en vir die tweede keer soen sy my met 'n honger wat ek nog nie voorheen teëgekom het nie. Ons sit met opgetrekte knieë, want die ruimte in die kas is beperk. "Draai dwars," sê sy onverwags, en wikkel haar bene om my. Sy soen my op dieselfde driftige wyse as voorheen, asof sy presies onthou waar ons opgehou het en waar om te begin. Weer is daar die soutsmaak op my lippe. Sy het die tande van 'n knaagdier. Dis so donker dat ek steeds nie enige vorm kan uitmaak nie, en 'n oomblik wonder ek of sy dit dalk so beplan het. Die geskiedenis herhaal homself, dink ek ook: pure bakoond is dié gangkas. Haar knieë knel myne vas, gee skiet, knel vas. Dan verdwyn alle rede en ek verloor totaal kop, want ou Koggelman het meteens 'n klam nessie gewaar waarin hy sy heethoofdigheid kan afkoel. Ons ry skoppelmaai, ons gly wiegend weg deur die nag.

Toe ek my weer kom kry, staan ons by 'n luik in een van die huis se baie kamers, ons hande taai inmekaargevleg. Utti, wat die deur sorgvuldig agter haar toegetrek het, beduie na die bed. "Ons kon hier ..." lag sy. "Maar nou ja. Baldakyne is nie vir bediendes nie."

Ek kyk haar onbegrypend aan, maar sy lag net. Wanneer sy lag, verdwyn die swart donsstrepie op haar bolip. Ek wens sy wil aanhou lag. Ek wens sy wil weer haar breë mond om myne sluit. Ou Goliat maak opnuut gereed om op te staan, en ek trek haar onder die troonhemèl in.

"So ja," protesteer sy, "genoeg vir een aand. Wil jy hê hulle moet ons kaalgat hier vang en afransel?" Sy soek-soek onder die talle matte in Jeske se slaapkamer. "Ons moet hiér af," beduie Utti meteens, dop 'n veelkleurige tapyt om en vroetel aan een van die vloerblokkies. 'n Luik swaai oop. Koel, klam lug en die geur van boomwortels en ou blare begroet ons. Trappe raak weg in die maag van die aarde.

"Wag," sê ek, en ek gryp 'n juwelekissie langs die hemelbed en hou dit na haar toe uit. Utti skud haar kop, maar rol dit tog in haar voorskoot toe.

"Die kerse," sê sy. "Ons sal hulle nodig kry." Ek gee die twee blakers weerskante van die bed vir haar aan. Ook die vuurhoutjies.

"Kom!" sê sy, maar dit val my meteens by van my kardoes met kos. 'n Ernstige gevryery maak 'n mens honger. Vir die tweede keer raak my impulsiwiteit my oor en ek glip terug met die gang, trappe op en trappe af. In die loop gryp ek 'n skinkbord met glase en probeer so regop en so waardig as moontlik loop wanneer ek mense hoor. Aan die stemme en geblaf van honde klink dit asof die gaste aan die vertrek is.

Die kardoes is nie meer waar ek dit versteek het nie. In die kombuis gewaar ek twee blonde kelners, plat op hul boude, my kardoessak tussen hulle. Eenkant sit 'n kok en slaap. Dis die bedeesde Herero van die plaas.

Die kardoes lyk baie leër as toe ek dit laas gesien het.

"Dis myne!" skreeu ek.

"Kom vat dit," sê die een kelner, en hy spoeg 'n pruimpit rakelings by my oor verby. Ek sien sy skewe tande.

"Kom probeer," nooi die ander een tussen happe hoender deur. Ek dink aan Jeske en aan die Pumpernickel en aan Utti en ek word smoorkwaad. Ek storm op die twee boosdoeners af en beland binne-in 'n emmer met skille. Hulle lê soos hulle lag. Ek loop hulle weer storm en die een, 'n fris vent, tel my aan my hempsknope op.

Hy smyt my dat ek op my rug in die hoek beland. Hy hoef nie eens van sy hurke af te beweeg nie.

Hierná gebeur dinge vinnig. Die kok, wat intussen wakker geskrik het, tree toe tot die geveg. Omdat hy 'n slagtersmes in sy hand het, besluit ek om voorlopig die aftog te blaas. Maar dan merk ek dat hy die mes in die pad van die twee kelners hou wat gereed maak om op my af te storm. Hulle is so verbaas dat hulle weer gaan platsit.

"Julle het my ma en pa vermoor!" sê die kok, asof hy op dié oomblik gewag het. Weer laat hy my aan rooikat dink, soos op Wiesner se plaas. Elke spier in sy lyf is gespanne, en hy staan effens krom. Daar is waansin in sy oë; dit lyk asof hulle die blink van die slagtersmes weerkaats. "Dink julle ek het dit vergeet? Dink julle ek het vergeet van Von Trotha? Van die Vernichtungsbefehl?" Daar kom amper 'n histeriese klank in sy stem. "'Die volk van die Herero moet die land verlaat … Binne die Duitse grense sal elke Herero, met of sonder geweer, met of sonder vee, doodgeskiet word …' Onthou julle dit?" Toe een van die mans wil beweeg, veeg die lem deur sy kuif. "Nee, sit nou daar, volksmoordenaar! God, hoe het ek en ander nie gely onder julle grondhonger nie!" Hy ruk sy kokspet af, smyt dit op die grond en trap daarop. "Slawe het ons geword, ons wat die slagting oorleef het, ons wat Waterberg vrygespring het. Slawe!" Dit lyk asof hy van my vergeet het. Ek staan steeds vasgekeer, in die hoek van die kombuis. Toe dit lyk of die een kêrel, nog steeds komieklik op die vloer, wil beweeg, kap die kok met dieselfde presisie waarmee hy 'n ui deurkap, 'n punt van die man se skoenveters af.

"Mensch! Du bist blöd!" roep die vent uit en gryp sy stewel vas, asof sy groottoon daarmee heen is.

"Dis nie ék wat mal is nie," sê die Herero, ineens kalmer. "Moenie dink ons het vergeet nie. Hoe kán ons vergeet? Hoe dúrf ons vergeet? Wat het Von Trotha gesê? 'Ek sal die vroue en kinders nie langer spaar nie. Ek sal hulle terugstuur na hulle volk, of ek sal hulle laat skiet.' Watter volk? Wat waar bly? Dis ons land dié; ons het geen ander grond nie." Hy skep 'n slag asem. "En toe laat skiet hy. So: hoe kan ons vergeet? Hier kom julle met Hitler, dis al weer so, die Messias, die 'Groot Generaal van die magtige Duitse Keiser sê …' Julle dink mos ons hoor nie. Julle dink mos ons verstaan nie."

Die uitbarsting is so skielik, so onverwags dat die twee, wat nog altyd op die vloer sit, nie 'n woord uitkry nie.

Ek is nou so opgesweep dat ek Jeske se kombuiskaste begin omdop. Ek ruk sakke oop, skop blikke dat hul deksels oopspring, smyt meel op die vloer, gooi eiers teen die mure stukkend en prop van die Brötchen en Bratwurst wat oorgebly het, by my hemp in. Die kok kyk my goedkeurend aan. Net toe ek die aksie begin geniet, klink uitroepe uit die gang op. Iemand moet iets agtergekom het. Die kok begin retireer na die muur tussen die deur en die twee wagte, wat nou tekens van lewe en opgewondenheid toon. Ek glip by die agterdeur uit en wurm my deur 'n venster terug in die gang. In die kombuis is die hel los.

Net toe ek met bultende maag – volgelaai met brood en wors en 'n driekwartbottel Rynwyn – by Utti aankom, klink daar iets soos 'n pistoolskoot op. "Wat gaan aan?" sis sy, haar stem bewend van ontsteltenis. "Wie skreeu so? Wat klap so? En waar was jy?" Ek wys na my boonste hempsknoop, waar 'n stukkie Bratwurst soos 'n groeisel onder my nek hang.

"Is jy van jou verstand af?" Sy hou die tapyt met een hand opsy en laat die luik sak. "Wat het in jou gevaar?"

Ek bly haar 'n antwoord skuldig. Waarom móét ek haar antwoord? Sy besit my tog nie. Maar dis sy wat, 'n rukkie later, toe ons asems minder jaag en ons al 'n stywe ent met die kliptonnel langs gehardloop en soms gehande-viervoet het, sê: "Jy hou vir jou jakkals hier by my."

Ek ken die uitdrukking; sy gee te kenne dat ek by haar aanlê. Arrie. Wie het die gevryery begin?

Maar sy neem die leiding en ek laat haar begaan. Hoe kom ek anders onder hierdie klomp helstene uit? Ons kruip verder; op een plek borrel water uit. Die stoom staan op die water.

"Dis waar die plek sy regte naam kry," sê sy, "Ai-//gams." Sy spreek die naam uit soos wat ek vermoed Stryker dit sou doen, met 'n welluidende klapklank.

"Wat is jy, Utti?" vra ek. "Duitser of Baster of wat?"

"O, ek is 'n ietsie van als," lag sy. "My ma is van Rehoboth, maar my ouma praat Nama. Stel dit jou tevrede?"

"Seker," antwoord ek, want ek dink aan die woorde wat ons toegevoeg is: Lilliputaners, Luise, Halfmense.

Utti, wat voor my kruip, swaai haar bankies uitdagend en aspres. Sy halt by 'n plek waar twee kleiner sytonnels by die hooftonnel aansluit.

Ons eet. Sy eet met dieselfde oorgawe as toe sy my gesoen het. Sy pluk haar voorskoot los en vee eers my mond en toe hare af. "Ons moet ruil," sê sy. "Trek uit jou broek." Sy stroop haar romp af.

"Die skoene," protesteer ek. "Ek sal nie met die skoene regkom nie."

"Ons gaan albei kaalvoet verder," sê sy.

Nou besef ek aan wie sy my laat dink: aan Amy Patience. Dié sit seker al in die Parlement. Of sy trek iemand se draad.

"Gaan jy regs," sê Utti. "Ek gaan links. Toe, jy't nou geproe. Jy weet waar jy nog kan kry." Haar lippe sluit weer om myne. Dan kyk sy na my; altans, die lui ogie kyk na my skouer. Sy lag 'n bitter laggie. "Ek is maar net 'n mens," sê sy. "Maar as dit vir jou belangrik is om te weet wie my pa is: hy was nou net daar binne, maar hy weet nie dat ek sy dogter is nie. Dit kom van rondsteek." Sy sug. "Die een met die wit snor en die houdinkies." Sy sug weer. "Maar ek word goed betaal. Jeske huur ons vir spesiale okkasies. Die lang blondines is natuurlik kroonwild. Maar as daar nie meer een oorbly nie, vat hulle my. Hulle weet. As 'n man jags is, kyk hy net mik toe." Toe verdwyn sy in die tonnel wat skuins na links oploop.

53

Waarin 'n dandy op sy skulpieSklavier speel
(en op sy moer gespeel word); waarin ons leer dat
'n kroegmelée selfs uit iets so onskuldig as musiek
kan ontstaan – 'n skermutseling waartydens 'n
vreemdeling in 'n jas uit die niet opdaag.

My kop wil bars. Hoe het ek in Simon se kroeg beland? Alles wat die laaste ruk met my gebeur het, tuimel soos 'n moddervloed by my verby.

Dít onthou ek: Ek het iewers tussen bome en aalwyne, op een van die rantjies wat die Windhoekse buurte van mekaar skei, uit die grond gedop. Meerkat uit sy gat. Háár gat. Frilletjieskappie op, romp aan. Afgesukkel tot in Uhlandstrasse. Kaalvoet kelnerin langs die straat. Vol skrape en kneusings.

'n Samaritaan wat my opgelaai het, wou summier sy nardussalf oor my kneusings giet, maar ek het hom in my diepste basstem verseker dat dit nie nodig is nie. Sonder 'n woord verder het hy my naby Frau Laufs se losieshuis afgelaai, waar ek besluit het ek het 'n laataand-dop nodig ná soveel wedervaringe. Die Hup was nêrens te sien nie en uit Frau Laufs se kamer het snorke en die reuk van verteerde uie gekom. Genoeg om enigiemand na rum te laat gryp!

En nou bevind ek my in Simon se kroeg.

Onder my voel ek hout, dit moet 'n vloer wees. Dit ruik na braaksel en suur wyn en sooibrand en spoeg en rookdeurtrekte gordyne.

Hoe het ek hier beland? Hoekom het niemand my wakker gemaak en hier uitgedra nie? Rondom lê stoele, sparre, stukke bekleedsel, bottels, veral gebreekte glas. Kon hulle my nie sien nie?

Ek sleep myself met moeite onder die omgedopte stoel uit waaronder ek lê. My lippe proe na bloed en iets steek brandend in my dy. Ek pluk 'n glassplinter uit en skop 'n knopkierie wat my op 'n ongemaklike plek knel, dat hy deur die lug trek en teen die pyltjiesbord val.

Deur die boonste vensterruite – die ander is toegeverf, daarna met hakekruise en belasteringe bekrap – word dit stadigaan ligter.

Ek strompel tot by die deur. Gesluit. Ek krap aan die verf op die glas en tuur deur die skrefie na buite. Daar hang 'n swaar mis oor die stad, iets wat buitengewoon is en miskien een of twee keer elke vier jaar voorkom, want Windhoek is vêr van die kus af. Nie 'n beweging buite nie; nie 'n lig wat brand nie. Ek draai om, soek 'n heel spieël.

Wat het hier aangegaan?

Ek klim op 'n stoel – die enigste wat nog pote het – en kyk tussen die paar oorblywende likeurbottels deur na my gesig in die spieël.

Twee erg verlepte oë begluur my van onder 'n verfrommelde punthoed. My neus lyk nog groter as wat dit is. Ek spoeg op my mou en vee die bloederigheid van my lippe af.

Ek het my uitspattigste klere aangetrek omdat ek 'n uitvoering sou moes gee om my dop te verdien.

Utti, gewillige Utti, is nie net met my hemp en broek vort nie, maar ook met my beursie.

Jakkals verander van hare, word gesê. Ek hét al sulke brandsiek kolle. Maar vir so 'n okkasie moet 'n man tog ópdress.

Aan die ander kant: hoeveel sorg ek ook al aan my voorkoms bestee, hóé ek ook al my lengte kunsmatig probeer verander, in my sokkies en in ander se oë is ek vier voet vier en nie 'n aks langer nie.

Die trop-ding is nou sterk in die lug. En mense kan wreed wees. As jy nie soos hulle lyk nie, stoot hulle jou uit.

Uncle was die laaste tyd so bedrywig met Fanny en ander skones dat hy nie die vrees in Rosenbaum en Katz en Cohen en Levy se oë gesien het wanneer dié soggens hul winkeldeure oopsluit en dit saans weer toesluit nie. Hy was selfs te besig om agter te kom dat Levy se winkelvensters een môre toegespyker was.

Dit het by hom verbygegaan dat 'n vreemdeling met 'n swaar jas en 'n hoed oor sy oë plotseling een aand sy verskyning in Die Kaiserkrone, in Simon se Stube, gemaak en 'n paar ouens se polse papgedruk het.

As hy iets agtergekom het, kon hy my gewaarsku het.

Maar wat presies hét vanaand gebeur?

Ek onthou die kroeg was nogal bedrywig. En Simon Schlenther

het my weer kom vra om iets op my *Muschelharmonika* te speel. Soos tevore het hy my kruisbeen op die kant van die toonbank laat sit, met een van my verspotte punthoede op, geklee in 'n tamatierooi hemp en 'n komkommergroen broek, blommetjieskruisbande, Alpesokkies en skoene met gespes. Só het ek meermale die jolige, wiegende drinkers begelei, tot hulle my doodsing: *Bier aus Bavaria ist gut für Malaria* ...! Soms bring iemand 'n viool of 'n trekklavier of 'n trompet saam, en dan gaan dit eers lekker. Gemütlichkeit maak korte mette met politieke verskille.

Maar vanaand het dinge sleg verkeerd geloop.

Ek kyk na dít wat van die kroegtoonbank oorgebly het. Die aand se gebeure tuimel terug. Ek gaan sit kruisbeen bo-op die toonbank.

Simon het vir my 'n glas rum aangedra en ek het weggeval met S*arie Marais* en *Die kat kom weer*. Daarna nog 'n paar ander gunstelinge.

Totdat iemand met mesdun lippe en 'n swaar aksent vra: "Ken jy nie iets anders nie? Iets wat die volksgevoel uitdruk?"

Dis tóé dat ek dink aan Jeske se plate wat hy uit Duitsland bestel het. Die opswepende melodieë ...

Ek speel die *Horst-Wessel-Lied*.

Waar was jy? Die kroeg verander binne 'n ommesientjie in 'n strydperk.

"Was spielst du da, Knirps?" vra 'n fris boer – ek meen sy naam is Hartmut – en sluk sy Kleine-Kleine weg. "Ons is nie 'n klomp Nazi's nie!"

"Sê wie?" vra 'n ewe fris vent, 'n Nolte-kêrel wat daarvoor berug is dat hy van moeilikheid soveel hou as van brandewyn. "Hitler ist mein Führer!" Met dié gooi hy die veerpyltjie. *Bull's eye*.

Die volgende oomblik lig die boer wat eerste gepraat het hom aan sy kraag op, so 'n duim of wat. Maar Bull's Eye span al sy kragte in en bring sy regterknie boontoe.

Ek skuif die skulpiesklavier onder die toonbank in.

"Jy moet nou kyk," sê Simon, "hoe party ouens wat gister nog Nazi's was, hulle skielik uit die voete maak. Dieselfde met die ander kant; dit hang net af hoe die geveg verloop."

Ek glo nie Simon het verwag dat die geveg só woes sou verloop nie.

Toe die knie hom tref, gooi dit die fris boer effens van stryk en sy greep verslap. Met dié kry Bull's Eye 'n regterhaakhou in en Hartmut steier agtertoe. Die vloeke borrel saam met die bloed by sy mondhoeke uit. Dan, met sy volle gewig agter die hou, stuur hy sy teenstander bo-oor 'n tafeltjie waar die manne nou opgehou het met kaartspeel. Ka-dwa! 'n Stoel desmoers. Boer Hartmut draai om om die bloed en stukkies gebreekte tand met bier uit sy mond te spoel. Maar Bull's Eye gryp 'n stoelpoot en knuppel hom met 'n betrekhou van agter dat hy inmekaarvou soos 'n os wat in 'n takkraal gaan lê.

Skielik is die kroeg in twee kampe verdeel: dié wat aansluiting by Duitsland begeer, en dié wat Suidwes as 'n vyfde provinsie van Suid-Afrika sien.

"Daar staan al 'n paar bome met lusse aan," koggel een van die Duitsgesindes. "Daar sal julle dikpense nog kolossaler opblaas; daar sal die geraamtes van verraaiers verbleik in die son ..."

"Daar wag al 'n sel of twee, drie in Pretoria," skreeu een van die opponente, "vir Hitlerhonde soos julle ... Mag die kakkerlakke hulle dikvreet aan jul klote!"

Nou klim almal in.

Stoele, stoelpote en bottels vlieg deur die lug; iemand skree soos 'n maer vark en probeer 'n veerpyltjie uit sy agterstewe loswikkel. Ek koes agter die toonbank in, maar die rum het my soveel bravade gegee dat ek dit ook nie kan verhelp om, met 'n goedgemikte hou, 'n groot bierglas in Nolte se gesig te laat ontplof nie. Voltreffer.

Simon, wat nou onthuts lyk en nie meer wyshede kwytraak nie, is besig om die polisie te skakel, maar 'n grootwildjagter met 'n onversorgde rooi baard lig hom van die foon af op en smyt hom deur die deur wat na die krip lei.

Ek knip my oë. Rooibaard is bekend as 'n saggeaarde man.

"Ons pret kom bederf, nè!" roep Rooibaard uit. "Stront met jou, Simon," sê hy vir die kroegman, wat uit die rigting van die krip teruggekruip kom met iets soos motballetjies in sy hare. Rooibaard skop hom weer by die latrinedeur in. Dan pluk hy die foon uit die muur sodat die pleistering afval.

Dit raak onveilig om oor die toonbank te loer. Dít besef ek toe 'n swaar spieël langs my aan stukke spat. Ek sak agter die toonbank af en loer deur 'n spleet.

Waar die man met die jas vandaan gekom het, weet niemand seker tot vandag toe nie. Maar hy is meteens dáár; 'n ou bekende, want ek eien hom aan sy krom vinger; en hy trek sy rewolwer se sneller twee keer, dakwaarts, sodat een van die hanglampies aan stukke spat. 'n Opslagkoeël laat middel-C op die klavier in die hoek piengg!

Toe swaai iemand vir oulaas 'n verdwaalde stoel deur die lug, en dit glip weg, bons teen die houtmuur agter my en tref my teen die kop.

Noudat ek alles min of meer gerekonstrueer het, pla die stilte my. Sou hier ander gaste wees? Hoekom kom soek Uncle nie na my nie? Of was hy hier en het hy die man met die swaar jas – sy nemesis – herken en toe katvoet padgegee? Waarom het Obbes so stil-stil verdwyn?

En waar is die man met die jas nou?

Ek ruk aan die binnedeur, menende dat hy oop is.

Potnagtoe. Ek skop en slaan aan die deur; dit maak net die verblindende kopseer erger. Ek probeer deur die sleutelgat loer, maar ek kan niks sien nie. Ek probeer luister, maar ek kan niks hoor nie.

'n Angstige gevoel pak my beet. Waarom suis my ore so? Het die stoel my doof gemaak?

Ek snuif in die lug. Hierdie tyd van die oggend – ongelukkig weet ek nie hoe laat dit is nie, want die kroeghorlosie se derms hang op die grond – behoort iemand in die kombuis doenig te wees. Vuur te maak. Kos op te sit. Spek en eiers. Braaiwors. Roosterbrood. Ek is waansinnig van die honger.

Maar die hotel, die stad, die wêreld – skyn dit – is in 'n roes.

54

PIET PRAAIMUS MAAK SY OPWAGTING EN GEE 'N LESING
OOR DIE GESKIEDENIS EN OOR SPIRALE.

Ek probeer die buitedeur. Die slot is toegankliker; een van die kunsies wat ek by Uncle geleer het, loon die moeite. Ná 'n rukkie se gekarring glip die deur oop. Die klam, koue mislug – regte ntwangweer! – slaan my amper van my voete af. Maar dit laat my tog beter voel. Die oggendlig sukkel nog om deur die mis te breek.

In die mistigheid bemerk ek die dowwe vorm van 'n motor wat bra bekend lyk.

Vlak onder Die Kaiser se helder verligte kroon herken ek die Hup.

Die motor is swaar gelaai en so vuil dat 'n mens nie kan sien watter kleur dit is nie. Heeltemal toe onder 'n vingerdik laag stof (miskien was dit voorheen modder, uit die groot reëntyd?), asof dit maande lank deur die wêreld se woestyne geworstel het. So swaar is die motor gelaai dat hy feitlik op sy hurke sit, asof daar 'n vrag klippe in die kattebak is. Net die sitplek langs die bestuurder is leeg.

Ek loop nog so met 'n opgewonde tinteling om die motor, toe iemand van agter af aan my skouer raak.

"Nicolaas!" Piet Praaimus bekyk my op en af. "Ou Vossie! Dan is dit tóg jy?" Dit lyk of hy dink sy oë bedrieg kom. "Jy lyk soos 'n krismisboom!" Hy druk my teen hom vas, soen my selfs op albei wange – gebare nogal vreemd aan Piet. Hy stoot my weer opsy, bekyk my andermaal goed: "'n Vernielde krismisboom! Waar loop jy so vroeg in die môre rond? En wie het jou so opgefoeter? Het jy in iemand se slaai gekrap?"

Hy dra pet, maar dit is nie om sy vlamrooi krulledos weg te steek nie; dié bol in elk geval weerbarstig langs die sye uit. En hoe steek jy sproete soos Piet s'n weg? Sy gesig, wat miskien effens langer geword het, het waarskynlik nog sproete bygekry.

Piet lyk opreg bly om my te sien, en nie 'n bietjie trots toe hy sy Rosamunde aan my bekend stel nie. Rosamunde staan kop en skouers bo hom uit; 'n blonde reusin so reg uit die Teutoonse mitologie, soos hy met trots uitlê.

Het Piet sy roeping versaak? Nee, hy is steeds op die spoor van klippe en klipgravures, aan 't snuffel agter die betekenis van eeue oue gedagtespore, en daarvoor het hy die land van hoek tot kant deurkruis, selfs oor die grens na die Protektoraat toe beweeg, ook 'n ent in Angola in. Die Hup lyk asof hy tot by Timboektoe was, maar Piet sê laggend, met sy arm om Rosamunde: Nee, dit kom nog. Hulle werk vir die museum, verduidelik hy; hulle het materiaal versamel en dit nou gebring – 'n stuk meteoriet uit Damaraland, klipgravures uit die Khomas Hochland, 'n primitiewe stokkies-almanak uit die Kavango, geheimsinnige kliptablette uit die Hunsgebergte. Gipsafdrukke. Alles wat 'n argeoloog – en dís wat Rosamunde is – nodig het om die "taal van die veld" te verstaan en te ontsyfer.

"Ek bestuur maar net die kar," lag Piet, maar Rosamunde gee hom 'n hou op sy skouerblaaie dat hy hik.

Weldra sit ek, veelkleurige kriek, ineengedoke en nerfaf op 'n stoel in Piet-hulle se kamer. Die ene selfbejammering.

"Wie't jou so geslaan?" vra Piet, en Rosamunde tap warm water in die erdeskottel op die spieëlkas. Sy begin vee bloedspatsels van my gesig af, verwyder glassplinters en maak wonde skoon. Sy ruik so vars soos laventelbos.

"Jy gaan 'n paar kneusings oorhou," sê sy, met 'n stemtoon wat verraai dat sy meen ek verdien dit.

En Piet Praaimus? Sy bos rooi hare vlek die kussing. "Dít kon ek gedink het," sê hy, terwyl hy agter Rosamunde se blonde maanhaar insak, "dit sal net jy wees wat my wittebrood kom verskimmel." Maar sy oë lag darem.

Rosamunde kom hom met haar elmboog by. "Moenie dat hy jou belieg nie," sê sy, "ons is al 'n maand of ses getroud. Ons het nog nie 'n huis nie; ons bly in 'n tent, maar dis ook geriefliker in die veld. Ons bly maar hier by Simon oor wanneer ons artefakte museum toe bring of voorraad kom haal."

Artefakte?

Dis Piet wat my onuitgesproke vraag beantwoord.

"Die aarde is soos 'n groot legkaart," sê hy. "Af en toe ontdek iemand 'n stukkie wat êrens inpas. Dis die lekkerste: om sulke stukkies bymekaar te maak, om te kyk waar hulle pas. Maar ek sal jou later wys. Vertel nou eers wat jy gemaak het dat almal mekaar wou vermoor?" Hulle het laatnag aangekom, by die nagportier gehoor van die kroeggeveg.

Ek haal die skulpiesklavier onder my punthoed uit en demonstreer. Die klank is nie suiwer nie; my klaviertjie het seergekry. Maar dis onbetwisbaar die Horst-Wessel-Lied.

"Stommerik!" roep Piet uit. Hy hou sy hand op. Ek kry 'n les in eietydse geskiedenis, weliswaar nie onpartydig nie. Ek hoor alles van Hitler se opkoms en invloed oor die laaste tien, veertien jaar, en ek begin die vrees in Rosenbaum se rollende oë verstaan. Het ek dan nie self amper luiperdkos geword of aan 'n boomtak geswaai nie?

"Daardie ouens in die kroeg weet nie waaroor dit gaan nie," sê Piet ernstig. "'n Klomp dronklappe, dís wat hulle is. Maar ook hulle kry die gif bietjie vir bietjie in." Dan glimlag hy. "Ek hoor netnou by die portier dat Conradie vir Weigel-hulle land-uit gesit het. Dis goed so."

Ai my ma, dink ek. Wie't gistraand vir my gekleineer? Bloemin verdiende loon. Conradie is die nuwe Administrateur; hy duld glo nie nonsies nie.

"Waar kom jy aan alles?" wil ek darem weet, al het ek nog altyd bewondering gehad vir Piet se kennis van die geskiedenis.

Rosamunde antwoord. "Een van die gereelde besoekers by Jeske is my pa. Hans-Joachim Streicher." Natuurlik, dieselfde ferm kakebeen. Dieselfde blonde krulhare; Streicher s'n kortgeskeer. 'n Ongemaklike man, met militêre maniertjies.

"Ekskuus," sê ek, "maar ek hou nie van hom nie."

"Dit maak twee van ons," sê sy sonder om 'n oog te knip. "Hy maak elke dag of ons familie van Julius Streicher is."

"Wie is Julius Streicher?"

"Die man agter *Der Stürmer*," sê sy, en vra: "Het jy al 'n beervark gesien? 'n Groot wit Deen?" Ek dink aan Rooistasie se slobberende varke met hul rooi ogies en dik skowwe.

Dis duidelik dat Piet ernstige bedenkinge oor my kennis van die wêreldgeskiedenis het. Tot laat in die nag hoor ek van die komplot agter die afbrand van die Reichstag, van die onnosel piromaan Van der Lubbe wat vanweë sy brandlustigheid reg in die hande van die Nazi's gespeel het, en nog vele ander verwarrende dinge. Reichstag? Piromaan? My ore suis behoorlik.

Toe maak Wiesner-hulle amper van my ook 'n brandstigter. Die lantern is hoeka nog in hulle besit. Daar is meer slange in die gras as waarvan die slimste jakkals weet, het Stryker altyd gesê.

Daarom is Piet seker reg: dis beter om iets van alles te weet ... Ek maak my bene dankbaar toe met die kombers wat Rosamunde vir my aangee.

Toe die son al by die kamervenster instroom, sit ek regop. Rosamunde se hare lê soos 'n goue ruiker teen Piet se rooi haredos. Buitekant, weet ek, bloei die bruidsbome wit in die oggendson.

Ek moet weer ingesluimer het. Iemand skud my meteens hard aan my skouers. Dit is Piet. Die kamer is skemerig, maar daar syfer maanlig deur 'n gordynskrefie binnetoe. Het ek die hele dag geslaap?

My maag skreeu; ek bespring die skinkbord met klipharde roosterbrood – seker vanoggend s'n – op die spieëltafel.

"Luister!" sê Piet. Ek hoor mense sing. Dit is die stemme van kinders of jongmense. By tye klink dit asof hulle marsjeer. Nie baie nie; seker so vyftien stuks. Soms skreeu hulle iets uit, soms juig hulle. *Führer befiehl, wir folgen dir!* Die rollende l'e en r'e klink helder in die kraakskerp lug op. Piet gaan staan by die venster en probeer luister. Dan kom hy terug en vertel wat hy gehoor het.

"Hindenburg is dood," sê hy. "Onthou wat ek vroeër gesê het. Nóú sal die adders vooruit boer. Jy moenie dink omdat Weigel en Von Lossnitzer land-uit is, is daar nie meer gif om te spoeg nie."

Die volgende dag, die 4de Augustus, is alles rustig. Ná werk stel Piet voor dat ons "iets sags" in die kroeg gaan drink; dis darem my verjaarsdag.

'n Geleende een, dink ek.

Die kroeg is stil; die tekens van die groot baklei feitlik uitgewis, die glasstukke lank reeds bymekaargevee. Net hier en daar herinner 'n gekraakte spieël of diep skraapmerke aan die gebeure. Geheimsinnige brandmerke. Wou iemand die plek afbrand?

In die kroeg het Simon my verskoning met 'n handgebaar afgemaak – ek moes net belowe: nooit weer die Horst-Wessel-Lied nie.

"Dit sal jou leer," sê die joviale kroegman darem, "om nie jou ore vir alles uit te leen nie. Onthou net één ding," voeg hy laggend by, "Horst Wessel was 'n hoerjaer, *genau so*, en baie sal jou vertel hy is ons Duitsers se nasionale held. Maar uit 'n gehoer-en-rumoer is al legendes gebore."

Ons sit nog so en filosofeer toe vyf blonde kêrels by die swaaideure inkom. Hulle marsjeer na 'n tafel toe, een van die tuintafels wat Simon voorlopig by die biertuin "geleen" het.

Piet, wat met sy rug na die blonde vyftal staan en skynbaar glad nie eens oplet dat hulle binnegekom het nie, is in sy element. Hy wys ons 'n skets van een van die artefakte wat hy en Rosamunde museum toe gebring het. "Kyk hierdie spiraalvorm," sê Piet – en sy lang middelvinger volg die effens oneweredige lyne van die nagetekende patroon. "Vossie, onthou jy nog Rooistasie s'n en die een wat Vader Grau nagetrek het?" Ek kyk in my leë glas vas; ek onthou maar te goed. "Ek het Vader s'n verloor," sê hy, "maar ek kan my die patroon nog baie goed voorstel. Dis dieselfde."

Ek knik, maar sê niks oor die verlore skets en die geheime van my egg-box nie. Ek dink net daaraan dat die lewe vol onopgeklaarde raaisels is.

"Hierdie gravures is eeue gelede gemaak," vervolg Piet, "nie net hiér nie, régoor die wêreld. Doktor Kellner van die museum sê vir my daar is soortgelyke spirale in Australië gevind, in Argentinië, in die gebied van die Asteke in Sentraal-Amerika, in Frankryk. Party spirale draai links om, soos die horlosie loop. Ander draai in die teenoorgestelde rigting, soos 'n maalstroom of 'n werwelwind." Ek dink aan die dag by die rivier op Omdraaisdrif; die onbeskryflike gevoel van angs dat iets besig is om jou afwaarts te suig. Ek gril. "Húlle," sê Piet, en daar kom iets onheilspellends in sy stem, "húlle is die destruktiewe magte, die magte van die hel. Dit het die makers van hierdie gravures besef ..."

Simon, wat intens luister, val hom in die rede: "Maar waarom? Waarom het hulle dié twee soorte spirale geteken?"

"Doktor Kellner sê hulle worstel nog baie met die antwoorde op sulke vrae, Simon. Dalk het hulle maar net agtergekom dat die natuur sulke patrone skep. Maar hoekom? En omdat jy nie weet nie, teken jy, boots jy na. Dis soos met dwarrelwinde. Dis 'n natuurmag. Hulle wou dit bloot voorstel, soos wat grotbewoners die handelinge van diere wou voorstel deur die dans en deur hul rotstekeninge ..." Piet teug aan sy ligte bier. "Miskien wou hulle selfs die sterre naboots ... Het julle al op 'n mooi, skoon aand gekyk hoe lê die spirale van sterrestelsels in die lug?"

"Dis maar net sterre bymekaar," sê ek. "Toevallig in so 'n spiraalvorm."

Maar Piet kyk my deurvorsend aan, terwyl die rooi vlamme op sy wange uitslaan.

"Níks is toevallig nie," sê hy, maar dan lyk dit asof hy nie lus is om te argumenteer nie. "Dit kan ook wees dat hulle – deur die patrone na te boots – dié mag wou besweer ..."

"Teenwerk?" vra Simon.

"Genau. Dis natuurlik alles für die Katz; dis poep teen die wind. Die een mag word voortdurend vervang deur 'n volgende. Die een sterrestelsel, so sê die geleerdes, word gebore; die een net langsaan gaan dood."

Simon neem 'n bestelling en skuif dan terug na ons; die pers oogbank wat hy ná die geveg oorgehou het, soos 'n sweer op sy gesig. Piet se teorieë interesseer hom.

"Maar daar moet tog Iets of Iemand in beheer van die nuwe en die sterwende stelsels wees," sê hy.

"Hoe weet ons dit?" vra Piet en dit klink asof sy boekkennis hom alles laat vergeet het wat hy by Vader Grau en Suster Ottilie geleer het. "Al wat ons weet, is dat daar waarskynlik twéé Magte aan die woel is, vir ewig en vir altyd, net soos wat dit in die natuur uitgewys word: die mag van die een wat sê *ek skep*, en die mag van die een wat sê *ek vernietig*. En dis die balans tussen dié twee wat alles aan die gang hou."

Ek hang aan Piet se lippe. Vir die eerste keer begin ek iets verstaan.

"Ons staan op die draaipunt van groot veranderinge ... Mense is verward ... Die spiraal draai nou andersom. Party is bang, party is opgesweep ... Die honde is op jag, die jakkals kruip weg ..."

Het Piet skalks na my gekyk?

"Wat bly dan oor?" vra Simon, terwyl hy ons glase skoonvee.

"Jy bedoel: hoe oorleef jy?" vra Piet. "Elkeen vind sy eie manier.

Maar een ding weet ek: Die draaikolk wil jou insuig. Om aan sy rand te bly, is moeilik."

Ek dink aan Anaat by die rivier; aan Lot Vermaak. Hoe naby aan die suiging is sy nie! Of het sy al deel geword daarvan? Die gedagte maak my koud tot in my maag. Ek onthou vaagweg flitse uit 'n nagmerrie wat ek gehad het. Hoe naby aan die suiging kan jy kom?

"Dis soos vir 'n mot." Piet kyk op, beduie na een van die lampe waar 'n mot draai en al hoe vinniger inspiraal totdat hy met 'n ligte gesis verdwyn.

Op 'n stuk bierkarton teken hy een van die hakekruise teen die geverfde ruit ná. "Gestel jy sit die swastika aan die draai ..." sê Piet. Toe hy sien ons verstaan nie, boor hy 'n gat in die middel en druk sy potlood daardeur. Hy draai die hakekruis in die rondte, vinniger en al vinniger, teen die horlosie in draai hy hom. Dit word 'n donker kolk.

55

Waarin die einde van Nicolaas Alettus se kort, betreurenswaardige lewe in die vooruitsig gestel word. Hy beland op 'n transportlorrie en reis Donker Afrika in 'n hangkas binne.

Die vyf jongelinge – almal nou ook nie só jonk nie – het by 'n hoektafeltjie plaasgeneem en Telleressen en bier bestel. Daarna het hulle vooroor gebuk sit en gesels, hul koppe feitlik teen mekaar. Toe kon 'n mens sien dat die blondheid van hul hare in grade verskil: van wit-verbleik tot 'n heldergeel wat my aan die twagras van my geliefde Onderveld laat dink het. Maar almal kortgeskeer en netjies. As dit nie was dat hulle gewone klere aangehad het nie, sou ek gedink het dis militêre offisiere.

Juis die een met die songeel hare en die frisgeboude kêrel langs hom het vaagweg bekend gelyk, maar in die halfdonker kon ek hulle nie dadelik plaas nie.

Alles het goed gegaan totdat ek die Sauerkraut en eweredig gesnyde varklende op 'n skinkbord vir hulle neem. Piet was êrens by 'n telefoon, besig om reëlings met Rosamunde te tref, want hulle sou op 'n tog na die Aha-berge vertrek; iemand het glo op ruïnes van die een of ander verlore stad afgekom. Simon was in die kombuis doenig; daar was fout met die stoof.

En laat my maar bieg: my ou swakheid, 'n verterende nuuskierigheid, het van my besit geneem.

Is dit nie 'n swakheid wat kenmerkend is van alle weeskinders en grootmaakkinders nie? Ek dink vandag nog dít is wat Piet Praaimus van kleins af verteer het. Om te weet wat sit aan die onderkant van 'n klip: 'n skerpioen, 'n baba-akkedissie, 'n fossiel ... of eweredig gekerfde groewe en strepies en grippies wat hom kon laat brom: *Ek het 'n taal ontdek, nou moet ek dit nog net ontsyfer!* En is dit nie dieselfde dryfveer wat Amy Patience aangevuur het om 'n slag die ministers voor stok te kry nie? Piet sê juis hy het gehoor Amy steek deesdae vurige toesprake in die Kaap af; sy het iets met die Klerewerkersvakbond te doen.

Die vyf Ariërs maak nie aanstaltes om hul elmboë of die asbakkies uit die pad te skuif sodat ek die swaar skinkbord kan neersit nie. Een van hulle kyk skielik op; met skrik herken ek die vloek wat my koskardoesie vir hom en sy maat toegeëien het. Ek herken hom aan sy oneweredige gebit; dis soos 'n genetiese afwyking wat die res van sy regop, byna adellike voorkoms in die skadu stel. Hy het my ook herken.

"Ach so!" sê hy, "hier is ou Zwergnase al weer." Hy draai hom om na sy vriende toe. "Laat ek julle voorstel: Nicholas, der Kobold ... der Nimmersatt, der Beutelschneider ..."

"... mit dem Judenfreund," voeg die frisserige een langs hom by.

"... mit dem Judenfreund," herhaal die ander, asof in 'n koor.

Ek moet nog vier keer bier bring. Elke keer kry ek 'n les in anatomie. Ook 'n rits nuwe byname, waaronder Kalaharispinne, Narr, Tropf en Pygmäe.

Toe hulle uitstap, gryp Skewetand my hoed en balanseer dit in die binneplaas op 'n droë tak van die bruidsboom. Die bonkige kêrel pluk meteens 'n vet rewolwer uit en skiet twee gate, presies langs mekaar, deur die bol van die hoed.

Woorde kon die boodskap nie duideliker uitgespel het nie.

Soos 'n mens kon verwag, was Uncle nou skoonveld, die Ford Convertible ook. Ná die standjie in die kroeg, die algemene skoorsoekery en, bowenal, die teenwoordigheid van die man met die swaar jas, het hy vir eers genoeg gehad van die Nazi-holmolle. Hy het darem 'n geheimsinnige boodskap by die jonkvrou Voordewind gelaat: *'n Vis met 'n string pêrels in sy bek is beter as 'n blink snoer om kraai se nek.*

"Jy vra verniet vir my wat dit beteken," sê Fanny, duidelik die josie in omdat Uncle haar so skielik vir Bonnie en die ooptes verruil het. "Hy het nie eens gesê waarheen hy gaan nie. Vir my part kan hy netsowel maan toe wees. Ook maar goed so, want my baas het my al gedreig, gesê ek is my job kwyt as ek so met die Joodjie rondflirt." Sy ruk haar op, asof dit ék is wat dit gesê het. "Hy's die lááste een om te praat, die blêrrie haas, hy dink ek weet nie watter katte knyp hý in die donker nie!"

"Hoe so?" vra ek, sonder veel belangstelling.

Haar antwoord laat my regop sit. "Man, daar werk so 'n ou verpoepte mannetjie in die Inkpaleis. Lyk kompleet nes 'n akkedis, loop ook soos een, jy weet, gly-gly, met swaaiheupies, maar voor jy weet waar hy is, is hy langs jou. Regtig 'n slymerige vent."

Haar beskrywing pas Diederik haarfyn.

"Jy bedoel ..."

"Dis presies wat ek bedoel. Hulle is nie bout en moer nie. My baas is 'n trassie." Fanny en Amy kon familie gewees het; sy steek nie haar afkere of haar talente onder 'n maatemmer weg nie.

Meteens het ek nou 'n verklaring vir die fyngoed in Diederik se kas. Oorlede kas.

Dit val my skielik by dat iemand 'n swaard oor my kop hou. En 'n lantern met my vingerafdrukke daarop.

'n Punthoed met twee netjiese koeëlgate.

"In any case," babbel Fanny voort, "met George Lazarus is ek klaar. Hy's niks anders as 'n blêrrie bloedsuier nie!"

Hieroor moet ek nadink.

Uncle oorlaai gewoonlik sy vriendinne met geskenke. Maar dan is dit goed wat hy tweedehands by Aäron of 'n ander smouskennis gekry het: ringe waarvan die stene ná 'n maand verbleik of uitval; pêrels wat in water oplos. Tog vergeef hulle hom keer op keer, want die geskenk wat hy éintlik saambring, neem nooit in waarde of in omvang af nie. In die gees van die oplaaiende nasionalisme en militêre korrektheid praat hy deesdae daarvan as sy Generale Staf.

Fanny bedoel seker al die snoeperye en etes waarvoor sy moes betaal.

"So, good riddance!" sê sy en smyt 'n geruite onderbroek wat waarskynlik aan die onderwerp onder bespreking behoort, by die venster uit, in die rigting van Frau Laufs se vullisdrom. Generale Staf se moer.

"Dit laat my mos dink," sê Fanny, en sy gryp die boodskap weer by my. "Wie de hel dink hy is die kraai?" Sy pluk die pêrels om haar nek met soveel geweld af dat hulle oor die vloer saai. Ek grawe hulle onder die stof en duiweldonse uit.

"Jy kan dit maar vir hom teruggee as jy hom sien. Sê vir die slinkse Semiet waar hy die pêrels kan opdruk."

As jy hom sien. Waar sou Uncle wees?

Maar dis die pêrel-rympie wat my 'n sterk spesmaas gee. Al is daar nog 'n maand of wat oor, het hy sweerlik vir boer Obbes gaan opsoek. Daarvoor sit ek my kop op 'n blok. Ek kyk weer na Uncle se raaiselagtige boodskap. Dit herinner sterk aan iets wat hy gesê het ná ons kennismaking met Obbes. *Wat doen jy as daar 'n vis met 'n string pêrels in sy bek na jou toe aangeswem kom?*

Nooit anders nie. Hy is soontoe, al is hy 'n maand te vroeg vir die beestrek. Ek rol my velle, soos ons altyd op Bakoondskraal gesê het. Windhoek raak vir my ook te warm. Hier kom ek in elk geval nie nader aan antwoorde op al my vrae nie. In plaas daarvan om een raaisel op te los, het ek nog raaisels bygekry. En Klaas Duimpie is 'n groter skim as ooit tevore.

Ek neem langs 'n krakende Hupmobile, wat self na 'n argeologiese ontdekking begin lyk, afskeid van Piet en sy Rosamunde. Piet groet my met die verrassende nuus dat iemand hom gesê het hy het vir Klaas gesien. Wel, iemand wat soos Klaas Beukes (alias Diedriks, alias Niekerk, alias Church, alias Nogietsanders) lyk. Hy smokkel drank in

Kimberley en Barkly-Wes se wêreld, maar hy skuil vermoedelik nou in die Protektoraat. Piet lyk onseker; hy praat met veel groter gesag oor rotstekeninge. Ek wens hulle 'n vrugbare wildernisverblyf en 'n trop Neanderdalkinders toe. Piet bloos vuurrooi.

Ek meld my op Frau Laufs se aanbeveling aan by 'n transportryer wat met sy Diamond T-vragmotor negosie na Maun vervoer. Frau Laufs, onder die indruk dat ek elke naweek so getrou soos 'n bees by 'n soutlek sal aanmeld, verswelg my in haar arms.

Dan is ek vry.

"By Obbes gaan werk? Ken jy die Kgalagadi? Dink jy nie dis die verkeerde soort werk vir jou nie?" vra die groot vragmotorbestuurder.

"Ek ís maar so klein," sê ek, "maar ek is knaend."

Die man lag. "Wel, ek sal jou 'n kans gee. Waar kom jy vandaan?"

Ek haal my skouers op; beduie vaagweg in 'n suidelike rigting.

"O," sê hy, "Rehoboth se wêreld?"

Ek is nie seker wat om te antwoord nie. Sommige van die mense wat voertuie deur die Rehoboth-rivier gesleep het tydens die vloed, was blond, met blou oë. Met soel velle, soos myne.

Ek laai die heel dag paraffienkiste, kartondose en sakke, terwyl die transportryer ander besigheid afhandel.

Die pad Protektoraat toe kan kwalik 'n pad genoem word. Die eerste ent, tot by Gobabis, waar mnr. Craill 'n paar mans huur om 'n klompie lendelam meubels en kiste op te laai, kan nog gaan. Hoe verder ons van Gobabis af ooswaarts ry, hoe meer word dit 'n onrybare sloot, met hoë sandwalle en gras wat plek-plek selfs bokant die vragmotortjie se kap uitsteek. Wanneer ons wel, as gevolg van 'n kalkbultjie, hoër is as die gras, spat wildsbokke weerskante van ons weg; die springbokkies met gestrekte pronk en akrobatiese sprongie wat ek hulle beny.

Die groot man begin sing: *Clementine* en *Oh, Susannah* en *Love is Teasing*:

> "O, love is teasing, and love is pleasing,
> And love is a pleasure when first it's new,
> But as it grows older it waxes colder
> And fades away like the morning dew."

Hoe langer hy sing, hoe treuriger stem dit my. Die leser sal verstaan:

Dis die hartseer van 'n grootmaakkind wat wens hy het geweet. Wie hy is, waar hy vandaan kom, waar sy pa se spore lê?

Die baie reën onlangs het ook sy merk op die pad gelaat; daar is slaggate en knikke en deurstampers. Buitendien is daar elke vyftien tree 'n kalkrif. Dit word 'n uitmergelende reis, en ek wonder hoe Uncle en Bonnie dié pad aangedurf het. Dis natuurlik nou as ek nie die voël aan sy stertvere beet het nie.

Die slegter wordende pad het klaarblyklik geen uitwerking op die transportryer nie. Hoe verder ons die boendoes inry, hoe minder mense ons gewaar, hoe harder en vroliker sing hy. Tussendeur wys hy my die diere en die digte boskasies. "Hou jou oë oop vir leeus," sê mnr. Craill – wie se bynaam, Tinkie, deur sy fors liggaam weerspreek word. Hy lyk soos 'n rofstoeier en hy vloek soos ou Baardman, die prospekteerder; maar hy lag nie in paaiemente nie.

"Vir Krisjan Obbes moet jy net so lugtig wees soos vir die groot katte," sê hy skielik, terwyl hy die lorrie in 'n gelyktetjie na 'n hoër rat oorskakel.

"Hoekom so, meneer Craill?"

"Hy is die koning van hierdie geweste," sê hy. "Of hy dink hy is. Hy weet die goewerment sit in Londen; vir die Hoë Kommissaris skrik hy nie."

"Hoekom moet ek vir hom bang wees?"

"Vir keisers en konings moet jy altyd lugtig wees," sê Tinkie Craill. "Moet geen grootkop vertrou nie. Dié ding van eer jou vader en eer jou moeder en daarom moet jy op jou knieë gaan voor die fokken koning; dis sommer alles kak."

Sou Obbes daarmee gediend wees dat Uncle, en nou ook ek, 'n maand te vroeg vir ons afspraak opdaag? Ek besluit om Tinkie Craill 'n bietjie uit te vra.

Maar eers duik daar 'n ander probleem op.

"Waar's jou paspoort?" vra die groot transportryer. "Ons is nie vêr van die grens af nie."

Aan my verbaasde gesig kan hy seker sien ek weet nie eens wát dit is nie.

Hy trek van die pad af.

"Ek is danig lus en laat loop jou terug. So. Soos jou vinger." Hy skink koffie.

"Ek weet niks van paspoorte af nie, meneer."

"Dêssit!" Hy trommel met sy vingers op die dak, terwyl ek dink aan die leeus wat langs die pad terug Gobabis toe lê en wag.

"Toe maar," sê hy ná 'n ruk. "Ons gaan twee keer oor die grens, by Rietfontein en by Olifantsfontein, maar ek ken al die kêrels en hulle ken vir my. Hulle weet dat my lorrie skoon is." Hy merk seker dat ek na die modderbespatte ruit en na die stowwerige, ghriesbesmeerde kajuit kyk, want hy lag: "Dit beteken dat ek my nie met skelmstreke ophou nie."

O! dink ek. Ek moet maar nie te veel oor die rede vir my besoek aan Krisjan Obbes praat nie.

Nogtans sluit hy my agterop in 'n hangkas toe; dis onder seil saam met die ander huisraadjies, glo die eiendom van 'n onderwyser wat op Ghanzi gaan skoolhou.

"Soos 'n muis!" lê hy my die swye op. "Jy durf nie hoes of proes nie. My goeie naam is op die spel ..."

Ek maak my tuis bo-op 'n vrag komberse en kussings.

Ná die eerste grenspos, waar alles glad verloop het, laat hy my weer 'n ruk langs hom sit. Die pad sny deur 'n hoek wat die Suidwes-Betsjoeanaland-grens maak.

"Het meneer Craill nie 'n Joodjie hier gesien verbygaan nie?"

"Joodjie?" Hy lag uitbundig. "Vlug hulle dan nou al Protektoraat toe? Sies tog, Krisjan Obbes sal hulle ook maar hel gee."

"'n Joodjie met 'n Ford Convertible ...?"

"'n Ford Convertible nogal! Nee, ek ry dié stuk geskiedenis twee keer 'n week; ek ken al die mense, ek weet presies wie waarnatoe gaan. Die enigste mense op hierdie pad, behalwe ons, is die onderwyser en sy vrou. Hulle kom agter ons aan; hulle't 'n trokkie gehuur. In Gobabis."

Dis nou 'n grap, dink ek. Ek was vas oortuig die sleutel tot die raaiselagtige boodskap wat Uncle in Fanny se bewaking gelaat het, lê in wat hy die dag daar langs die briesende rivier gesê het. Van die vis met die string pêrels ... Nou is ek nie eens meer seker of dít is wat hy gesê het nie.

Tinkie Craill moet gesien het hoe bekaf ek lyk, want hy sê: "Hoe lyk die Jood van wie jy praat?"

"Korterig, blas, met 'n spreeuneus," sê ek, "en hy rook sigare."

Tinkie Craill kyk my ondersoekend aan. "Klink nes die onderwyser. Maar dit kan nie wees nie. Hy praat Afrikaans soos ek en jy, en hy het 'n vrou by hom. Of is dié Jood ook getroud?"

Ek bars amper uit van die lag, maar hou my in.

"Nie sovêr ek weet nie," sê ek. Iemand is met 'n slap riem gevang.

Dis net die vrou – Uncle se metgesel – wat ek nie kan verklaar nie.

Wat ek nog minder kan verklaar, is waarom Uncle dan nie vir my 'n paspoort gereël het nie. Hy moes tog geweet het …?

Voordat ek verder kan wonder, hou Tinkie Craill met sy Diamond T in die middel van die pad stil, sodat ek weer in die hangkas kan skuil.

Aan die gepraat kan ek hoor dat daar 'n vreemde beampte by die tweede grenspos aan diens is.

"Waar is Riempies?" vra Tinkie.

"Sy skoonma lê op sterwe," sê iemand. "Nou's dit net ek en Akker, oom Tinkie."

Akker, dit kan ek duidelik hoor, is 'n nuwe besem. Hy praat nie van *oom Tinkie* nie; hy gebruik woorde soos roetine-ondersoek, smokkelary wat 'n man moet kortvat, en hy tik teen al wat meubelstuk is asof hy soek na 'n versteekte laai.

"Maak 'n bietjie dié kis oop, meneer," sê hy, so ernstig soos iemand wat verwag dat daar dalk 'n lyk in die trousseaukis lê. Die kis is die enigste ordentlike meubelstuk.

Ek dink vinnig. Daar is nie veel kaste en kiste op die vragmotor nie: 'n paar afgeleefde stoele en 'n tafel, 'n kombuiskas, 'n dubbelbed, 'n ysterkatel, die hangkas en 'n hele paar paraffienkissies wat volgens Craill volgepak is met Meester se boeke.

Ek wonder in die stilligheid of ek Uncle al ooit sien lees het.

Maar wie sê dit ís Uncle?

En die bruidskis? Dié is nie van hier rond nie; ek het eendag een by Cohen sien staan; 'n duur stukkie hout.

Tog: volgens Tinkie beantwoord die skoolmeester aan die beskrywing wat ek van Uncle gegee het.

"Wat is in die hangkas?" hoor ek die doeaneman vra. Ek krimp ineen en hou op asemhaal. Iemand tik-tik teen die hout; ek knyp aan 'n nies wat net-net wil uitbars omdat ek reeds onder die kussings ingekruip het en nou ontdek dat dit verekussings is.

"O," lag Tinkie, en ek bespeur 'n skeutjie senuagtigheid in sy laggie, "dis volgestop met Meester se brandewyn."

Wat nou? wonder ek. Dis tog seker onwettig ...

Die nuwe grensbeampte meen skynbaar dit is 'n goeie grap, want ek hoor hom grinnik. Maar dan vra hy die sleutel en iemand pluk die hangkasdeur oop.

Ek knyp my oë toe. Jammer, meneer Obbes, ons groot planne met die beeste sal eers moet bly ...

Kan jy nou meer! Die deur word toegemaak sonder dat iemand die vrag kussings opgelig het. My kinderlyf het my andermaal gered. Toe die Diamond T begin beweeg, haal ek asem. Net toe ek dink ons is buite hoorafstand, los ek die nies. Dit ontplof herhaaldelik in die donker ruimte van die hangkas.

56

Nicolaas Alettus bevind hom in die Protektoraat, maar voel nie baie beskermd nie.

Die petalje met die hangkas laat my opnuut nadink oor eerlikheid. Tinkie Craill het self vertel hoe onkreukbaar hy is – of is dít nie wat hy bedoel het toe hy gesê het hy hou hom nie met skelmstreke op nie? Tog het die nuwe doeaneman – Akker – herhaaldelik dankie gesê en ek is daarvan oortuig ek het bottels hoor klink.

Eerlikheid is seker die rekbaarste begrip denkbaar.

Maar dan onthou ek dat Tinkie, toe die Diamond T sy woorde wegdreun, geskreeu het: "Klein kapteintjie, grootste drol!" Akker behoort kennelik tot die grootkoppe in wie Tinkie so 'n gly het.

Kgautsa, ons bestemming, is 'n hele paar uur se ry van die grens af. Die eerste ent is die pad skurf en klipperig. By Rietfontein, waar ek my verkyk aan die helder water wat deur die kalkklippe loop, word dit sanderig. Tingerige Boesmans, die mans geklee in deurtrekkers en die vroue in tietaans, kyk ons half verstom, half nuuskierig aan. Die duisende voëls in die waterpanne kyk ons glad nie aan nie; ook die wild – elande, koedoes en enkele kameelperde – steur hulle nie aan die Diamond T nie.

"Hulle is nog nie mensverskrik nie," sê Tinkie. "Dis my Afrika. Ek is hier gebore. Ek skiet net wanneer ek moet."

By Habbakoebies staan die Betsjoeanas ons vanaf hul paalhuise en aankyk, swygsaam soos hul herkouende beeste. Die vars reuk van beesmis, klei en strooi van 'n nuutgeboude huis bring onaangename herinneringe terug toe ons stilhou: ek ruik weer die mengsel van bloed en mis en ek dink aan Omdraaisdrif en aan Betta en Anna en aan Josephine ...

'n Lemoenboordjie en 'n windpomp is die eerste tekens van 'n nedersetting, maar steeds verwonder ek my oor die besonder smal pad, wat vanweë die sagte rooigeel sand dieper en dieper in die gras skyn weg te sak, so smal dat dit my hardop laat wonder wat sal gebeur as daar 'n ander voertuig van voor af kom. Op 'n manier pas dit, dink ek, want mens en voertuig smelt saam met die rustige omgewing, met die uitgestrekte grasveld en die mopanies, soos wat Tinkie die vreemde bome noem.

"Seker maar bo-oor klim," lag Tinkie.

In werklikheid, vertel hy, is die meeste mense hierlangs geduldig; niks jaag hulle aan nie. Die twee voertuie sal stilhou en daar sal oor en weer na mekaar se welstand verneem en saam koffie gedrink word. Of iets sterkers.

"Dan sal die swaarste voertuig teen die sandwal uit, as dit moet, sodat die ligter een kan verby. Ons skuur dikwels skouer in hierdie wêreld," sê Tinkie, en ek verwonder my weer oor die sagte streep wat deur hierdie reus loop, soos vars fonteinwater oor kalkklippe.

"Ek het 'n droom," sê Tinkie opeens, terwyl hy na 'n laer rat terugskakel toe ons 'n laagte met dik sand aandurf.

Ek vra niks; mens moet 'n respekvolle swye bewaar as iemand oor drome praat. Ek onthou van Vader Grau se droom en hoe die windstorm alles vernietig het; ek onthou Suster Francesca se droom van vreedsame hereniging op Koffiemeul – en hoe Raaswater se fratsvloed alles uitmekaargesleur het.

"Ons is nou hier in die hartjie van suidelike Afrika," sê Tinkie, "in 'n woeste wêreld, wat nie veel verskil van die eerste dae, die tyd toe alles begin is nie." Hy vertel van die magtige Okavango wat sy hart en sy lewe hier in die Kgalagadi prysgee; van die rivier wat stadigaan sommer net wegraak in die sand. Hy vertel van die Botletle, wat nie weet of hy kom en of hy gaan nie; van die éintlike dorsland, suid en suidoos van ons, die dorre waterlope, die ylbeboomde vlaktes en die duinereekse.

"My droom," sê hy, "is dat dit vir altyd so sal bly. Maar partykeer kry ek die gevoel dat ander mense my droom in 'n nagmerrie wil verander: Krisjan Obbes droom van 'n breë pad van Windhoek na Pietersburg of sommer reguit deur die Bosveld Jaansburg toe ... Seker dat die swernoot toe-oog kan smokkel."

Hy bly 'n lang ruk stil; grawe dan twee lemoene uit die deurmekaar dieptes van die vragmotorkajuit en vra dat ek dit moet afskil.

"En Obbes droom van 'n beeskoninkryk wat sal strek van Gobabis tot by Lobatse ... hy sal nog in 'n bloemieng koei verander soos Nebukadnésar."

Ek vra nie uit nie.

"Ngamiland en die Kgalagadi vra nie vrae nie en verwag nie antwoorde nie," sê Tinkie, "dit het min om te gee, en tog ontvang jy baie."

Ek dink na oor wat hy sê. Hy is deel van die land, besluit ek. Hy vra nie weer oor my herkoms uit nie; hy maak nie opmerkings oor my punthoed met die koeëlgate nie. Hy aanvaar dat dit van myself afhang of ek hier gaan oorleef.

Ons hou by 'n platdakhuisie – 'n haelverdriet, noem Tinkie dit – stil en hy beduie na 'n langwerpige geboutjie met moddermure 'n ent weg van die huis. Agtertoe staan 'n stewiger grasdakstruktuur.

"Die skoolplaas," sê hy. "Kgautsa. Krisjan het die skool laat bou en gesorg dat die Kerk dit administreer. Dis gerieflik; die kinders hoef nie aangery te word koshuis toe nie. Verder is hy die baas. As daar gejag moet word, sluit hy self die skool. As daar lande gemaak moet word, besluit hy dis nou vakansie: Meester en seuns moet agter die dolploeg en die ghrop. Dis hier waar ons moet aflaai; Meester en sy vrou sal seker eers môre hier aankom."

Hy skreef son toe terwyl hy dit sê, en ek wonder waar Meester en sy vrou gaan oornag: tussen brullende leeus of huilende hiënas? Ek kan nog nie glo dat dit Uncle is nie; maar nou ja, hy het nog altyd vir alles kans gesien.

En dié land vra nie vrae nie.

'n Norring kinders hardloop ons tegemoet; lag en spring teen Tinkie op asof hy tyding van die wêreld vêr anderkant die grasbegroeide duine bring. 'n Boer en sy vrou – albei met vriendelike blinkronde gesigte – ontvang ons met boudwarm beskuit en varsgemaalde koffie.

In die eenvoudige voorkamer staan 'n grammofoontjie soortgelyk aan die een wat ek op Klipfontein leer ken het.

Toe die boer merk dat ek die kontrepsie bekyk, sê hy: "Al wat ons van die wêreld daar buite het, behalwe nou die koerant, wat veertien dae laat hier aankom; of gouer, as Tinkie onthou om een saam te bring." Ek is seker daarvan dat Tinkie nie juis sal onthou om 'n koerant saam te bring nie; trouens, ek dink nie hy lees koerant nie. "Die mense op ander plekke het draadlose; ons het dit hier probeer, maar dis pure verniet," vervolg die boer. Maar dit lyk nie of dit hom baie pla nie.

"Wanneer kom Meester?" vra hy vir Tinkie, wat met 'n hele tros kleingoed op sy skoot sit en koffie teug. "Ek het amper gedink dís die nuwe onderwyser," sê hy en wys na my. "Maar toe hy afklim, sien ek: nee, hy lyk of hy self nog kan skoolgaan!" Hy sê dit nie met venyn of met bybedoelings nie; tog raak ek selfbewus aan my punthoed.

"Meester is nie veel langer as hy nie," lag Tinkie; "hy het miskien 'n bietjie meer lyf."

"O," sê die boer en hy kyk na my, "dan kom werk jy seker vir Krisjan Obbes."

Dit lyk asof die vrou haar lippe dunner maak. En is dit 'n spier wat langs die boer se linkeroog spring?

Met die hulp van die boer se werkers dra ons die meubels na die onderwyserswoning; eweneens 'n platdak, 'n entjie agter boer Burger en sy vrou se huisie. Sou Uncle – ás dit hy is, bygesê – afmetings bekom het vir die linoleumrolle wat ons aflaai? Die kleivloere is ongelyk, maar ons rol solank die koel linoleum – groen, met 'n geel randjie, oop. Ek merk dat hier geen badkamer is nie; wel 'n spens. Jy sou jou moet skottel as jy wil skoon kom, dink ek. Nou ja, dis Uncle se probleem.

"Wat is die meester se naam, meneer Craill?" vra ek.

Die groot man, wat die hangkassie waarin ek geskuil het, eiehandig tot in die slaapvertrek dra, sê: "Noudat jy dit vra, ek kan nie mooi onthou of hy my gesê het nie." Hy skuif sy hoed terug en krap sy kop. "O ja," sê hy dan, "hy hét my gesê. Ons is albei van Ierse afkoms. Hy is McLachlan."

Die boervrou kom verras ons met vars melk, eiers en brood.

"Julle moet maar eers hier slaap," sê sy, "die meester sal tog seker nie omgee nie." Sy kyk na my en dan, onseker, na Tinkie Craill.

Terwyl ek die klompie kissies min of meer in 'n ordelike ry bymekaarstoot en wonder wat Uncle binne-in gestapel en daarna toegespyker het om dit soos boeke te laat voel, hoor ek die boervrou en Tinkie by die voordeur fluister.

"Rehoboth …" hoor ek hom sê.

"Seker maar 'n hansbastertjie," sê sy; dis al volledige sin wat ek hoor.

So kry ek nog 'n toenaam. Knopgat. Muggie. Kobold. Hansbastertjie. Ag nou ja.

Dis nogal 'n vreemde gevoel wat my beetpak toe Tinkie Craill 'n sestal eiers oor 'n blinknuwe pan breek sonder om te mors, en ek besef: Uncle het dié pan gekoop; dis sonder twyfel Uncle. Wat voer hy in die mou?

Die hele tyd, terwyl Tinkie met hartstog oor die Kgalagadi praat, duik boer Obbes se donker oë en vierkantige snor voor my op en ek begryp nie hoe hy hier inpas nie. Of het Tinkie Craill eintlik aan Obbes gedink toe hy sê: "Soms gebeur iets wat die ongereptheid versteur … 'n vreemde element in die wonderbaarlike wildernis. Dis soos die mal Schwarz wat die water van die Okavango wil tem om die woestyn te besproei …" Maar toe ons op Obbes se werf stilhou, fluister Tinkie Craill: "Lig loop, knopgat, lig loop. Hy mag spin soos 'n kat, maar hy kan brul soos 'n leeu."

Obbes maak of hy my nie herken nie; hy groet my trouens glad nie. Maar nou ja, 'n mens groet nie 'n handlanger nie.

Ek het nie tyd om daaroor na te dink nie. Tussen die bome deur kom twee perderuiters aangejaag; hulle lê plát soos hulle ry; hulle jaag resies. Ek sien net skrams verby die stoep hoe hulle uit die saals spring, bevele aan 'n opgeskote seun skreeu en laggend die huis inhardloop, en hoe hulle, terwyl hulle in die gang af hardloop, hul bloesies losmaak asof hulle wil kyk wie is eerste by die groot sinkbad wat, so vermoed ek, reeds vol stomende water in die badkamer staan.

    Dis eienaardig hoeveel helderheid daar soms in één oomblik vasgevang word. Vir 'n baie lang tyd dié nag wip-wip Olga en Katja se sagte meisievoorlywe deur my gedagtes; geleidelik word dit onder my skilderkwas twee bokkies wat met oopgesperde pronk bokant die hoë gras uitspring.

57

'n Meester van vermomming, maar nie van geleerdheid nie.

Die stofstreep wat Tinkie se Diamond T agtergelaat het, hang nog oor die vroegoggendveld toe Uncle stilhou. 'n Strikdas kondig sy verhoogde status aan.

    "Jy het dus die boodskap gekry," sê hy, op die oog af baie bly om my te sien.

    "Waar's missus McLachlan?" vra ek, want van Uncle se veronderstelde bruid is daar nie eens 'n rokspant te sien nie.

    "Deel van die bluf," sê Uncle. "Ek sal jou later vertel, help my aflaai."

    Ek dink aan die kissies met boeke, die dubbelbed en die trousseaukis. "Dis 'n duur bluf," waag ek dit.

    "Ek sou nooit die werk gekry het as ek nie getroud was nie," sê Uncle. Hy beduie na sy neus, asof hy daarmee wil sê: Net 'n operasie kan my Semitiese herkoms verdoesel. "Gelukkig onthou ek van Sue, sy's 'n stuk wat nooit vrae vra nie. Ons het voor die landdros getrou; daarna is ek en sy reëlreguit kerkkantoor toe om die saakgelastigde te gaan oortuig dat ek nét die persoon is om hier te kom skoolhou."

"Die kinders kan nie wag om hul nuwe meester te sien nie," laat val ek spottend.

Uncle kyk my aan en gooi vir homself 'n dubbeldop. "Alles vir die sáák!" sê hy en lig sy glas.

Ek kyk om my; dis veels te vroeg om brandewyn te drink, wat nog te sê 'n dubbele. As Uncle se voël hom nie besig hou nie, kry hy die groot dors.

Miskien merk Uncle my ongemak, want hy sê: "Obbes is groot geld. As jy vir hom wil werk, moet jy jou rol baie goed speel."

"So vroeg in die oggend?" vra ek, bedoelende die glas in sy hand.

"O, dít? Ek het my huiswerk gedoen," sê Meester McLachlan. "As jy in sy goeie boekies wil wees, moet jy doen wat hý doen. Hy staan op met 'n bord spek en niertjies, vier hardgekookte eiers, net soveel snye brood en koffie. Dan begin hy sy dag met 'n dubbeldop. Tuisgebroude brandewyn; hulle noem dit Kalahari Konjak. Mopaniewurms en gegiste maroelas word daar ingedonner, vertel hulle my. Dis sy ritueel. Ek het nog altyd oorleef omdat ek ander mense se rituele respekteer."

Uncle slaan die brandewyn weg, maar ek voel nog nie oortuig nie. Verbeel ek my, of is daar 'n groter gejaagdheid by hom, 'n onsekerheid, 'n weifeling?

"Wat het van Sue geword?"

"O, sy is deeglik betaal."

"En as die plaasmense – die kinders se ouers – vrae vra?"

"Dis maklik. Sy kom later." Hy beduie na die bruidskis. "Dis hoekom die kis hier is." Dan, asof hy my gedagtes lees: "Jy dink tog nie ons gaan vir altyd hier tussen die barbare bly nie?"

Ek onthou hoe die gawe plaastannie, vroegoggend met koffie en beskuit vir my en Tinkie, oor die fyn afgewerkte hout gestreel het.

"Obbes het gereël, Obbes het betaal." Meester McLachlan begin sy skoolboeke uitpak. Dit verstom my dat alles in soveel besonderhede uitgewerk is.

Wanneer vertel Uncle my wat aan die gang is? Wat my rol in die maskerade is?

Dit gebeur eers laat die aand, nadat ons – Meester en sy grootmaakkind (en dit, liewe leser, het vir my na die enigste stukkie "halwe waarheid" geklink!) – 'n welwillendheidsbesoek aan die plaaseienaar en aan die ander ouers gebring het.

"McLachlan? Ai, Meester, die Skotte was mos nog altyd goeie onderwysers!" sê een eerbiedwaardige patriarg, wie se lang wit baard moeilik te versoen is met sy trop kinders: ses meisies en ses seuns.

Ek merk dat Uncle hom nie reghelp nie.

"En wanneer kom Mevrou dan?" wil een van die tantes weet. Sy sit breed op haar stoel. Agter haar loer 'n vyftal van Meester se leerlinge nuuskierig na hul nuwe onderwyser en na sy hansbastertjie.

Meester haal sy skouers op. "Sodra als hier ingerig is," sê hy. "Ek kan tog nie verwag dat sy haar ouers se spoghuis sommer net so vir die nederige onderwyserswoning moet verruil nie." Woorde soos *spoghuis, beter gewoond, invloedryk, opoffering, wildernis* en *pionierslewe* word deel van die dag se woordeskat, en die volgende oggend word 'n paar ordentlike meubelstukke afgelaai: 'n riempiesbank, 'n formidabele leeuvel, 'n opgestopte pou, 'n paar dolfhoutornamente, selfs 'n klompie ivoorsnuisterye. Vars melk, vars brood, tuisgemaakte kaas wat na ou skoene ruik maar baie lekker smaak, lemoene en nartjies, stapels beskuit ... Dit word daagliks deel van ons dieet. Met duidelike plesier, sy voete bo-op die leuning van die fyn afgewerkte riempiesbank, sit en skil Uncle 'n lemoen. As dit kom by mooi broodjies bak, is hy in sy element.

Ek sê nie vir Uncle dat ek ten minste één swakplek in die noukeurig uitgewerkte ontwerp raaksien nie. Ek sê nie dat Tinkie Craill onder die indruk is dat ek vir Obbes kom werk – trouens, dat hy my teen die beesboer gewaarsku het nie.

Toe Uncle hoor dat Tinkie my tot hier gebring het, lag hy net en sê: "Ach, schlemiel, wat 'n *fool* is hy nie! Hy kon al skatryk gewees het as hy nie so eerlik was nie!"

"Kyk," sê Obbes in sy melodieuse stem toe hy een aand laterig by ons besoek aflê, 'n kas Kalahari Konjak onder die arm, "dis alles 'n kwessie van oorlewing en van koelbloedige besluite ... Jy sal sien, Duimpie, dis soos die wêreld is as jy hom onder jou voete wil bly voel. Het jy al beeskalf gery? Ons hou partykeer 'n rodeo hier, soos die Amerikaners, dán moet jy sien!" Sy melancholiese gesig rimpel effens, soos 'n bees se vel wanneer daar 'n vlieg kom sit. Jy kan dit nie juis 'n glimlag noem nie. Hy vryf oor sy bokbaard; sy swart oë bly onpeilbaar. Hy skink 'n drievingerdop en gee dit vir my aan. "Laat waai!" sê hy en lig sy glas. Hy lyk nie vrolik nie. Die lang gesig is, soos die dag toe ons ontmoet het, 'n masker van neerslagtigheid, asof die wêreld se ellende op hom rus.

Uncle sit hoeka met sy glas in die lug. "Op ons samewerking," sê Obbes. Ek wonder in die stilligheid waar Katja en Olga is, maar besluit dan dat dit nie wys is om nou uit te vra nie.

Ek drink te tydsaam na Obbes se sin. Uncle maak allerhande aanmoedigende gebare agter Obbes se rug, maar ek kan die brousel nie so vinnig by my keel af kry nie. Rum behou tog iets van die aroma van gegiste suikerriet; hierdie goed smaak vir my soos wat natgereënde karton behoort te smaak.

Die koning van die Kgalagadi sit agteroor en skuif sy hoed na sy agterkop. Oor sy hoë, diep voorkop lê 'n paar sweetnat skimmelhare. Dit lyk asof hy ontspan, asof hy sake in beheer het.

"Laat ek jou 'n ding van oorlewing vertel," sê Obbes, en vir die eerste keer merk ek sy reusagtige ore, heeltemal buite verhouding met sy kop. "Weet jy wat maak die Boesmans hierlangs as daar 'n tweeling gebore word? Hulle sit albei buite in die koue neer. Die een wat die nag oorleef, blý leef."

Die res van die aand, met vreemde krioelende en vlieënde insekte om ons en om die lampe, word strategie bespreek.

"As jy vinnig en maklik wil geld maak," sê Obbes, "moet jy stadig en presies beplan." Uncle sit en skud sy kop op en af. Hy laat my dink aan 'n handskoenpop wat Suster Francesca een Kersfees gemaak het om ons te vermaak. Die pop se kop was met 'n spiraalveer aan die res van sy lyf vas; sy kop het onophoudelik geknik, tot groot vermaak van almal.

"Hoe gaan die skoolhouery ons planne beïnvloed?" vra Uncle darem. "Ek bedoel: vyf dae van die week ..."

"Hier rond steur ons ons nie aan kalenders en skoolkwartale en skooldae nie. As die seuns op die jag nodig is, laat ek net weet. As daar met beeste getrek moet word, maak ons die skool toe. Intussen gee dit jou – hoe sal ons sê? – die ideale dekmantel." Daar is niks luidrugtigs aan sy woorde nie; hy sê dit asof dit iets alledaags is.

Inderdaad sit-lê hy nou daar soos 'n katmannetjie wat hom nie aan die wêreld steur nie. Jy kan hom amper hoor spin.

"Jy kry mos jou instruksies van dominee Le Roux," sê Obbes. "En hy kry dit van die Britse Onderwysdepartement. Weet jy waar sit húlle? Aan die ander kant van die aardbol. Jy hoef vir niemand brief te wys nie. Jy sê net eenvoudig: Die skool sluit vir twee dae, of die skool hervat eers oor 'n week ... Jy sal sien hoe belangrik is 'n meester hier."

Uncle kyk hom vraend aan.

"Hier doen jy enigiets wat van jou gevra word: hier's nie 'n dokter nie, so jy speel sieketrooster; hier's nie opvoerings of bioskope nie, nie eens draadloos nie, so jy moet die mense vermaak; as iemand nie 'n vorm kan invul nie, kom hulle na jou toe; as iemand doodgaan, moet jy hom of haar begrawe."

Uncle lyk 'n bietjie verlore. Vir my voel dit of ek aan die voet van 'n onbeskryflik hoë berg staan.

"Gelukkig," vervolg Obbes, "gelukkig moet alle versoeke deur my gaan. My woord is wet."

Versigtig sny hy een van die sigare wat Uncle hom aanbied, met 'n messie gelyk en lek-lek aan die gedeelte wat hy tussen sy geel tande inskuif. 'n Oomblik lyk hy soos 'n dier wie se lippe wegtrek in 'n waarskuwende gryns.

Uncle lyk steeds bekommerd, asof die gedagte aan 'n begrafnis hom droefgeestig stem. Hy skink nog 'n dubbeldop en slaan dit so vinnig weg dat ek verbaas na hom kyk. Hy skud sy kop soos 'n hond wat deur water gehardloop het.

"Dit beteken," vervolg Obbes in sy rustige, sagte, effe hees stem, "dat ek hier rond die mag het oor lewe en dood." Hy swyg, asof hy wil hê die woorde moet, soos die rook van sy sigaar, in die meubels en gordyne intrek.

"Maar dit beteken ook dat jy partykeer koelbloedige besluite moet neem. Daarvoor het jy koelbloedige, lojale ondersteuners nodig." Hy swaai meteens sy voete van die riempiesbank af en onder die tafel in. Hy haal 'n draaipotlood uit sy hempsak en begin skryf agterop 'n sigaretdosie. Dit lyk na berekeninge.

Toe hy weer praat, gaan dit oor grensbeamptes.

"Riempies se ma, dit weet ons, lê op sterwe. Dit beteken dat hy nog vir minstens 'n week buite aksie sal wees. En die klein Akker dink die son skyn uit sý gat. Toe ek nou die dag daar deur is, was hy sommer baie astrant oor die kartonne rookgoed wat ek vir ou Shongwe en die Boesmans by Xai gebring het. Maar wat, op die ou end het hy uit my hand geëet! Die probleem is net: hy hou nie van my nie; en hy is van Marico. Môre-oormôre wil ek die grens by Marico oor en dan loop ek hom weer op die lyf."

"Nou praat ons van duisend beeste," sê Uncle, met 'n bekommerde frons tussen sy oë.

Obbes leun vorentoe. Die masker van melancholie maak plek vir 'n uitdrukking van onversetlikheid.

"Vir banggatte het ek nie tyd nie."

"Dis nie wat ek bedoel nie," sê Uncle haastig. "Maar dis 'n groot klomp beeste om met één slag ..."

"Dis 'n groot klomp geld wat ek julle betaal," sê Obbes.

Uncle vryf sy hande. Hy skink nog 'n dop en ek merk dat die glas tussen sy vingers liggies bewe.

"Ek het net vir jou die prentjie geskilder," vervolg Obbes. "Daar is vir my geen ander manier nie; daarom het ek júlle gevra. Twee volslae vreemdelinge." Hy bly 'n oomblik stil, teug aan die sigaar. "Met bek-en-klousiek het jy nie 'n kat se kans nie."

Ek wil nog vra wat bek-en-klousiek is, maar Obbes staan op.

"Ons kan 'n baie goeie prys op Marico kry. En dan het ek nie tyd vir kwarantyn of ander regulasies nie. Dis reg, of weg!"

Hy buk by die deur uit na sy motor.

Dan draai hy om. "Daarna is dit Kimberley toe, wildveiling toe. Daar's party ouens wie se eiers jeuk vir kontant. En hier bo in die Tuliblok is 'n perd wat enigiets sal betaal vir 'n paar vars elande en koedoes ... Enigiets. Dis goeie geld," sê hy toe Uncle weer wil praat, "maar die bek-en-klou is in ons pad. Nou ja, dis 'n volgende opdrag. Mits ..." – hy huiwer 'n oomblik – "mits julle die eerste een goed uitvoer."

Dit lyk asof Uncle nóg iets wil sê, maar weer spring Obbes, wat 'n treetjie nader gekom het, hom voor. Hierdie keer praat hy hard, asof hy wil hê die hele Kgautsa moet hom hoor.

"Jy het die plaaslike gemeenskap – die ouers – ontmoet. Vir 'n skoolmeester het die mense baie respek. Maar dan moet hy in sy spoor trap. Hier was eendag 'n jong meestertjie wat nie sy hande van een van die ouer meisiekinders kon afhou nie. Hulle het hom oor 'n wawiel gespalk en met sambokke gelooi." Hy stap na sy motor toe, maar draai weer om. Die sigaarpunt gloei in die donker. "En wat my dogters betref: Katja en Olga sal julle leer perdry. Maar hulle is ál wat ek in die wêreld het. Die man wat aan hulle vat, sal ek self besny. Maar nie soos die Jode nie." Hy maak kerfbewegings, soos wanneer 'n mens biltong sny.

Waarom het daar 'n ligte siddering deur Uncle se skouers gegaan? Die gedagte aan 'n Ngamilandse besnydenis? Tog nie. Moet die blote opnoem van Katja en Olga se name wees.

Toe Krisjan Obbes wegry, sê ou Spreeuneus: "Ek is nou so jags, ek sal 'n spook naai."

58

Waarin Meester en sy hansbastertjie opgevoed word in die weë van die Ngamilanders.

Die skooltjie, deur Obbes geskenk en deur die ouers van Kgautsa en die omliggende Ngamiland gebou, is van wit kalkklip, wat hier volop is. Dit het 'n netjiese staandak van gras; wát Obbes ook al gesê het, dit is duidelik dat die kleingoed se opvoeding belangriker is as Meester se dubbelbed. En dan vergeet 'n mens nie die gasvryheid van die ma's en pa's nie. Party kinders kom per donkiekar skool toe, agt myl vêr. Die kinders praat die plaaslike Boesmandialek vlot, tot bittere ellende van my Joodse peetvader, die nuwe onderwyser. Want hy is daarvan oortuig dat hulle allerhande lelike goed agter sy rug van hom sê. Engels praat hulle nié, al staan Betsjoeanaland onder voogdyskap van Sy of Haar Majesteit.

Die ouers en die kinders ag hul vryheid baie hoog. Soos een ou oom van onder sy ruie grys wenkbroue vir Uncle gesê het: "Meestertjie, die Hollanders het ons uit ons grond geverneuk; die Ingelse het met die Kaffers geheul om ons uit ons grond te kry; die Kaffers het ons rot en kaal besteel; die Jode bedrieg ons nog altyd ..." Uncle het nie 'n wangspier verroer ná die kordate geskiedenisles nie.

Af en toe, as dit nodig word op die plaas of in die huis, word een van die wilde Boesmans te perd ingejaag, gevang en makgemaak. Van die babas word selfs deur die boere grootgemaak. Mak Boesmans is baie op hul plek; hulle sal nie eens die skottelgoed in die kombuis was nie, maar dit buite in die sand en as skuur totdat dit blinker as blink is. 'n Boesman wat kan tolk, se oorlewingskans is die beste, want hy is onmisbaar vir die polisie en vir iemand in Krisjan Obbes se posisie. Ek meen, die gereg het nie juis baie rede gehad om hul vertroue in Obbes te plaas nie. Maar hy het sy mak Boesmans soos konings behandel, sodat 'n hele netwerk van Boesmans sy ore en oë kon wees.

Die polisie patrolleer die uitgestrekte, sanderige gebied met kamele, en dan is die duinmense se ingebore vermoë om met min water klaar te kom, nuttig. Hulle begrawe waterhoudende tsammas onder die grond op plekke wat net hulle kan opspoor, diep genoeg dat wild dit nie kan uitgrawe nie.

Ek het my daarop toegespits om die klein mensies, by wie ek my nogal tuisvoel, se veldkennis ook myne te maak. Gou was ek in staat om die tekens van die veld – 'n vlak spoor, 'n dieper spoor, gebreekte of gekneusde takkies en blare – te lees soos wat Piet Praaimus die verre verlede van klippe af kan lees. Dit het my eerste ervaringe van spoorsny, saam met Stryker, ook weer uit my geheue wakker geskud.

Op 'n manier was dit dus goed dat ons ons nou reeds aan die omstandighede en die leefwyse van die mense van Ghanzi en omstreke kon wen, al was ons eintlike afspraak met Obbes eers vir 'n bietjie later.

Of het hy en Uncle dit so beplan? Om moontlike dwarsboming uit te skakel?

Hoe dit ook al sy, ek het alles geleer van tollies en jong ossies en brandmerke en tsetsevlieë en bek-en-klousiek; terwyl die skoliere, wat veronderstel was om enigiets van die *Trap der Jeugd* of die *AB-Jap* tot by logaritmes te leer, húlle in die posisie van leermeesters bevind het. Meester het hulle elke dag veld toe geneem, en daar het hulle ons vertel hoe om dié wêreld se gifplante van eetbare veldkos te onderskei, hoe om water in die hande te kry as jy nie water hét nie, hoe om uit die pad van gevaarlike diere te bly.

Of hulle het hul onhandige stadsjapie van 'n meester en sy hansbastertjie tot by ou Tom geneem. 'n Ou Batswana (soos die

Betsjoeanas hier genoem is), met 'n gesiggie soos 'n patat wat deur klipperige grond moes worstel en 'n maag met 'n enorme rooi vlek – volgens hom veroorsaak toe hy een winternag te naby aan 'n vuur geslaap het. Sy verminkte hand en arm het vertel van die keer toe hy hom teen 'n uitgegroeide luiperd moes verweer.

"Die ou was ampertjies dood," sê hy van homself. "Maar ou Tom het vir tier vrek gemaak. Met 'n lang mes."

Ons het by Tom geleer hoe om die plae van hierdie wêreld te tem: 'n salf, stinker as stinkbessie, waarmee jy die dodelikste nagbesoekers, die malariamuskiete, kan oortuig dat jou bloed ondrinkbaar is; 'n paar kunsies met die mes, om jou teen 'n mamba op 'n paringstog te verweer; hoe om die lawaaierige Dickpense, die koringkrieke wat selfs die muskietnette vol gate vreet, die stryd aan te sê ...

En dit was nogal 'n stryd, want Dickpens is 'n respekwaardige stryder: hy retireer net 'n paar duim op 'n keer, mik goed en spuit 'n verblindende stof in jou oë, akkurater as wat Jasper Repink of Mias ooit kon hoop om te ghwel. Dickpfenze is kannibale wat op gekweste makkers toesnel en hulle huitjie en muitjie opvreet. Blerrie hiënas van die goggawêreld, want as jy met 'n stukkende toon aan die slaap durf raak, kan jy seker wees ta probeer vir homself 'n stukkie soetvleis toe-eien. Nie verbasend nie dat boervrou Burger 'n plan bedink het om op groot skaal van die lastige koringkrieke ontslae te raak: 'n drievoetsloot al om die groentetuin; kleinsonop al langs die sloot af met 'n petrolblik om die gevallenes bymekaar te maak; daarna seeppot toe.

Interessant, het ek in my enigheid gedink, dat Perdegesig, Witsnor en die ander die inkommers in Duitswes Dickpense noem!

Dan is daar die reuse-duisendpote, wat jou aan 'n trein laat dink wat om bergpasse kronkel. Vir my en Uncle het ou Tom met 'n knipoog vertel dat 'n spatseltjie van hierdie reënwurms se bitter lewensvog 'n meisiekind glo vreemde dinge laat doen en na haar asem laat hyg. Ek het in die stilligheid besluit dat ek dit nog op Katja en Olga gaan uittoets. Kom die tyd daarvoor.

Ook die haarskeerders, die jaagspinnekoppe wat ek so goed uit my Omdraaisdrifse dae onthou, het hul lojaliteit aan die Afrika-aarde bevestig deur te skarrel net waar hulle wil. Jy sit nog so, dan voel jy 'n skraal windjie deur jou beenhare kielie. Kan jy maar weet: ou rooies is hier en hy is op pad boontoe.

En die rysmiere! Dit het twee stelle veters gekos voordat Uncle besef het hy kan dit nie waag om sy skoene langs die bed neer te sit nie; hy moet hulle oor 'n stoel hang. Die linoleum is vol gate gevreet nog voordat Meester dit aan sy bruid kon wys. Van 'n wit fugihemp van Uncle het net 'n paar stukkies confetti oorgebly toe dit een nag op die vloer beland het.

"Hoe vinniger julle leer, hoe beter," sê boer Obbes weer een aand toe hy en Uncle, met oopgespreide kaarte voor hulle, 'n strategie sit en uitwerk vir die grootste smokkeltog in die geskiedenis van die Protektoraat. "Julle sal al die veldkennis nodig hê om deur die Dors te kom sonder om 'n enkele bees langs die pad te verloor of om 'n enkele spoor prys te gee." Hy het 'n datum genoem, en toe verduidelik wie ons sou vergesel. Daar sou twee Boesmans wees wat die Dors ken – dis die gebied ten suidooste van Kgautsa, Maun en Ghanzi, die hele gedeelte tussen hier en die Transvaalse grens; die eintlike Kgalagadi. Dis plek-plek feitlik waterloos, met uitgestrekte sandduine en verdorde vlaktes voordat jy die doringveld kry, wat weer op plekke ondeurdringbaar is.

"Self kan ek nie meer gaan nie, dit weet julle," sê Obbes. "Hulle ken my bewegings te goed. Daarom het ek dit só beplan: My bees wei op verskeie plekke. Die duisend wat ek wil hê julle moet Marico toe vat, sal op Xai wees. Dis die vêrste suid waar genoeg water en gras is. Intussen raak 'n klompie van my ander bees op Leeuhoek weg; dis die veepos wat die vêrste noord lê. Daar's een van my veewagters vermoor, of hy't verdwyn en ons kry net sy bloedspoor. Ek meld die saak aan, en al Batswanaland se dienders, die kameelpatrollies inkluis, sak op Leeuhoek toe. Dis soos dambord speel: nou's daar 'n helse gaping oop."

Die tannie van die plaas, wat geen ooghare vir boer Obbes het nie, maar wat tog 'n soort sagte plekkie vir Meester se hansbastertjie ontwikkel het, het my al die een en ander oor hom vertel. Koelbloedig is nie die woord nie.

"Buiten dat hy so suip," het sy vertel, "is hy 'n gewetenlose geweldenaar. Jy sal dit nooit sê as jy hom so aanhoor nie, nê? Kamma sag soos 'n lammetjie. Maar hy't 'n hart van klip. Vat nou die Boesmans. Dis ook mos mense. Maar wat het hy nou die ander dag gedoen?" Sy skep 'n slag asem en hou haar hand voor haar mond. "Jy moet tog nie daaroor praat nie, dan kom ek in die moeilikheid," sê sy, en sy kyk om haar rond; mens weet nooit wanneer een van Obbes se mak handlangers binne hoorafstand is nie. "Kyk, hulle het natuurlik hulle streke, dis waar, hulle is maar wilde goed. Jy is 'n Baster, jy't genoeg beskawing in jou. Maar steel steel hulle as hulle die kans kry. Dis in hulle in; jy sal dit nooit uit hulle kry nie. Nie met geweer en gebod nie."

Snaaks, dink ek, dis amper asof sy dit met 'n soort verlange, met 'n soort afguns sê.

"Kyk, hulle sien dit nie as steel nie. Hier op Gobabis was nou eendag 'n saak, die landdros het dit uitgegooi, van 'n wilde Boesman wat 'n mak Boesman se slagbok gesteel het. Dis syne, het die wilde Boesman geweet te vertel; dit loop saam met die koedoes en die elande op dieselfde aarde. En daardie aarde is vir die mens – vir hóm – gemaak. Dis maar die ou storie, van Kain en Abel."

Sy skep 'n tweede stroopdeurdrenkte waatlemoenstuk uit 'n glasfles in my blikbord. Ek versit 'n slag op my hurke.

"Maar ek dwaal af. Ek wou jou nog sê wat Krisjan Obbes met twee beesdiewe aangevang het. Eers het van die omgewing se boere gehelp om die verlore bees en die diewe te soek. Pure verniet. Ook die polisie kon g'n spoor optel nie. Toe sê Krisjan Obbes glo hulle moet hóm 'n kans gee. So het hy en een van sy mak Boesmans die kwaaddoeners opgespoor, maar die polisie kry niks uit hulle uit nie. Niks. Dis so goed of hulle nog nooit bees in hulle lewe gesien het nie. Toe vat Krisjan weer oor." Is haar gesig rooi van opwinding? Syfer daar tog 'n bietjie bewondering deur? "Obbes het eenvoudig die belhamels aan sy bakkie se buffer laat vasmaak en aangeskakel asof hy wil ry. As die bakkie vat, dan vat Boesman-se-kind ook. Dit borrel sommer so uit, sê Burger vir my, want hy ken Boesmantaal. Hulle vertel waar hulle die bees weggesteek het en hoeveel van die bees daar al doodgemaak is. Hulle sal die orige bees teruggee, die baas moet tog net nie ry nie."

Die boervrou skep nog 'n suikersoet waatlemoenstuk in haar piering uit en sny dit met die lepel in eetbare stukkies.

"Die Kampmagistraat hier op Ghanzi wou laat aankla, maar Krisjan Obbes het gesê nee, los maar. Slim gewees, want daardie einste twee skelms beland toe in sy diens, bid jou aan."

Dieselfde aand kom Krisjan Obbes weer oorgery, 'n platpot met groenpampoen, gestoom op elandslewer, langs hom op die sitplek. Toe hét ek en Uncle al 'n bord gestopte vetderms met marámas, wat soos grondboontjies lyk en smaak, en onder die as gebraai word, agter die blad. Maar nadat Uncle 'n viervinger saam met Krisjan Obbes weggeslaan het, is hy van voor af honger.

Nou is die finale voorbereidings vir die tog getref. Ek en Uncle moes die uiteindelike roetekaart bestudeer en memoriseer asof ons elke koppie en doringboom wil leer ken. Die smokkeltog – en die gebeure by Leeuhoek, wat as weerligafleier of rookskerm moet dien – is tot op die minuut uitgewerk. Met militêre presisie.

Kort-kort skink Obbes vir Uncle, wie se oë reeds verlep lyk, nog van die Kalahari Konjak en sê plotseling: "Toe julle ons daar anderkant Kalkrand deur die rivier gesleep het, het ek geweet hier is twee mense met uithouvermoë en ondernemerskap. Ek het geweet ek sou op julle kon staatmaak."

Ja, dink ek, met die twee hupse meisies op die enjinkap was dit nie te moeilik nie. Nie verniet het Tinkie Craill met die wegryslag na Katja en Olga as twee trultreiteraars verwys nie.

"Nou maak ek weer op julle staat. Kom ek speel oop kaarte. Julle kan self uitwerk hoeveel ek vir elke bees kry. Dis in elk geval klaar gereël, mits die beeste in 'n goeie kondisie by Marico aankom, en mits álmal daar aankom. Gebeur dit so, wag daar 'n duisend pond vir julle. Gebeur dit nie, haal die duiwel julle!"

Selfs hierdie woorde klink nie na 'n dreigement nie; dit word in dieselfde rustige, melodieuse stem geuiter as vantevore. Die swart ogies verraai niks nie.

Maar vir die eerste keer kry ek die gevoel dat Uncle iets aanpak wat bo sy – ons – mag is.

"Ek is ongerus oor dié besigheid," sê ek aan Uncle toe Obbes wegry en ons onder die nette inkruip. "Om 'n goue tand uit 'n priester se mond te steel, lyk vir my makliker."

"Ach, ben yuchidel," sê Uncle, en hy raap sonder om te kyk 'n halfjekkie onder die bed uit. Hy moenie dink ek het hom nie gesien nie, al versluier die muskietnet die halfdonker kamer nog verder. Die reuk van ou, nat karton slaan in my neusgate op. "Jy bekommer jou verniet. Alles sal regkom. Die plan is haarfyn uitgewerk: dis die Boesmans wat die harde werk het, nie óns nie. Verstaan jy nie mooi nie? Ons gaan maar net agterna, en as ons naby Lobatse kom, by die grenspos – wat is die plek se naam nou weer? – dan meld ek my aan, pampiere in orde, alles kosjer, en voor jy jou kom kry, sien jy fireworks."

Die vuurwerk – eintlik 'n paar groot feesklappers – is Uncle se idee, want ons behoort 'n dag of wat voor ghaaifoks daar aan te kom. Indien alles goed gaan, bygesê. Obbes, die jagter, het gemeen dat 'n ánder teken, soos drie skote met 'n mauser, dalk meer doeltreffend sal wees.

"Dis 'n wonderlike idee, maar sal dit nie te veel aandag trek nie, meneer Obbes, as ek iets mag sê?" Uncle was soos 'n hond wat by sy baas se voete lê en stert kwispel. Daarop het hy die idee van die vuurwerk genoem.

Net voordat Uncle snorkend aan die slaap raak, prewel hy nog iets van miljoenêrs.

"Dis maklik *gesê*," kap ek terug, "maar eend lê die eier."

59

Waarin Nicolaas Alettus 'n nuwe rymetode beproef en ontdek dat die Sewende Hemel 'n reuse-spelonk is.

Voordat Uncle sy opgekropte frustrasie op boervrou Burger se wasgoed – spookagtig in die maanlignag – kon verspil, het ons opleidingsprogram begin. Ter voorbereiding van die lokaas by Leeuhoek en die tog deur die Dors het Krisjan Obbes en sy twee voskopmeerkatjies, Katja en Olga, ons onder hande geneem. Krisjan het ons leer skiet; die meisies het ons leer perdry. Natuurlik alles onder die vaandel van weerbaarmaking; iets waarteen niemand in dié afgesonderde wêrelddeel beswaar sou kon hê nie. As jy die lig van kennis na hierdie donker deel van Afrika wil bring, moet jy ook die vuur uit die geweerloop ken. Buitendien: een van die dae is dit jagtyd, dan maak Krisjan Obbes die skool summier toe, en dan moet Meester en sy hansbastertjie saam.

Van die skietery onthou ek nie veel nie. Dis te meganies, maar ek weet wel dat Meester McLachlan man en muis verbaas het met sy vaardigheid.

Hoeveel Uncle van perdry geleer het, weet ek nie, maar ek is wel daarvan oortuig dat Olga 'n paar dinge by hóm geleer het.

En ek? Wat moet ek sê?

Katja se onkonvensionele metodes is deel van die juwelekis van my herinnering, gebêre in die egg-box van my geheue.

Sy kom haal my, haar koringgeel hare lossies agter haar kop vasgebind, 'n onpeilbare trek in haar oë, haar hoë jukbene rooi, asof die son haar geraps het. Haar kakiebloesie kan kwalik die energie van die tweelinglammers binnehou. Toe sy die werf opgetrippel kom en haar blouskimmel dán links en dán regs van my verbystuur, amper tergend, vou die rybroek so slank en naatloos om haar bobene dat ek nie dadelik seker is of sy 'n kortbroek of 'n langbroek aan het nie. Sy lag uitbundig toe ek voor haar inskuif en sy die teuels in my onbeholpe hande laat gly. Ek ruik die sweet van die perd, 'n vae geur van kruie, van roosolie, die reuk van haar hare. Ek voel haar teen my aandruk, haar arms met die fyn-fyn goue haartjies weerskante van my skraal lyf. Haar bevele is soos kriewelinge in my oor – ek luister nie na 'n woord wat sy sê nie. 'n Paar tsessebies word skaterend agternagesit. Ek sien die water in 'n vlak pan glinster; ek voel hoe haar bolyf teen my druk, vaster en vaster en vaster. Haar asem is warm in my nek. 'n Vlugtige oomblik raak haar elmboog aan my sy en die mopanie- en doringbome om ons los in mekaar op. Ek sien nie meer met my oë nie.

Natuurlik hou ek my dom, sodat ons die volgende dag en die dag daarna verplig is om dieselfde maneuvers uit te voer.

Katja het inderdaad my onuitgesproke wens gehoor, die feetjies of demone het dit in haar oor gefluister, want op die vierde dag het sy 'n los rok aan, en 'n bloesie wat nog stywer pas as die vorige kere. Sy kom 'n paar minute ná Olga, wat reeds saam met haar dom stadsjapie vertrek het.

Nou is ons opeens alleen. Dié keer ry ons vêr, suidweswaarts, ons jaag oor die hoë wuiwende gras en oor uitgestrekte rooi sandvlaktes waar miere so groot soos kewers rondskarrel en ek, behóórlik opgehits, sou verkies om af te saal en in die los rooi sand rond te rol. Maar sy knibbel aan my oor en sê: "Nie hier nie, nie hier nie; die miere stink soos aas nie kan stink nie, maar as jy haastig is, draai jou om en kyk na my ..."

Wat ek natuurlik doen, wie sal nou so 'n uitnodiging weier?

Haar hand – of dalk was dit die wind? hoe sal ek met sekerheid weet – laat glip 'n bloesknoop deur sy knoopsgat, en die hele aarde galop skielik om my: die tuitmiershope, die spierwit, gladde kalkklippe wat hier en daar bokant die gras uitsteek, die wit van twee bokspringende lammertjies.

Waar vind 'n mens woorde genoeg om die skoonheid van die vrouebors te besing?

Daar was die langbeensit van vroue wat winkeltjie toe gekom het op Bakoondskraal, besig om kleingoed te soog – te tê of pram te gee, soos die sê was. 'n Bevryde bors ligbruin in die son. Daar was die byna potsierlike pieringtepeltjies wat ek, weggeskuil onder bed en tafellap, kon sien wanneer Amy en Joy vergelykings tref. Later Amy se stewige tweelinkie, effe wyd uitmekaar, asof daar nog plek gelaat is vir 'n derde tussenin. Daar was die hemelse gesteelde glimpe in die trein tussen Klipfontein en Steenboksvlei. Astrant en ferm en ontwykend tegelyk, en geurig soos die veld, Gudrun se hals terwyl ons soos twee skoenlappers teen mekaar bly fladder. En armsalig klein bo die tralies van ribbe, Anaat s'n by die rivier. Daar was Fanny Voordewind se uitbundige rooi keëls wat sy sonder skroom vertoon het wanneer sy haar hare in die son droogmaak en ek, baie geleë, aan die deur klop op soek na Uncle. En natuurlik die reusagtige sponse van Frau Laufs, geneig om alle geluide van die wêreld daar buite op te suig en my, half-versmoord, soos 'n vis te laat snak wanneer ek weer deur die oppervlak breek.

Nou was hier Katja s'n. Fyn, gepunt, met 'n effense ronding van onder, 'n tartende moesie presies daar waar die twee heuweltjies bymekaarkom. Haar tepeltjies beloer die wêreld soos twee erdmannetjies, stokstyfregop.

Ek kan dit nie verhelp nie: ek raak stokspuls.

Katja sien my opgetoënheid en haar hande vou om my heupe asof sy my wil nader trek; haar oë tegelyk vogtig en skerpblink, vêr en naby. Sy gryp my regterhand in hare vas en druk dit onder haar mik in. Die warmte en die vogtigheid daarvan verbaas my; die growwe perdehare por my aan en ek leun vooroor om die punt van haar tong met myne aan te raak. Sy praat op die perd, wat begin stap. Die rustige deining van die perd se rug voer my tot onmeetlike hoogtes, maar net voordat ek op stelte oor die hoogste kruin verdwyn, laat sak sy my weer tot onder in die vogtige, moerasagtige dal en ek besef dat stelte my hier nie van ondergang gaan red nie. Onder my vingers skuif alle belemmeringe weg; die growwigheid wat ek voel, is nie die perd s'n nie, dit behoort aan Katja. So ook die geur van mos en heuning en die soutsmaak van bloed op ons lippe. Sy het haar bene om my geslaan: ons is die twee balanseerkunstenaars op my verbleikte sirkusprent; ons vorm 'n tablo op die perd se rug. Haar hand sluit vas om die één deel van my liggaam wat alle abnormaliteite en beperkinge soos mis voor die son laat verdwyn. Ek kan voel hoe dig die sagte, ferm sye van haar lippe om my sluit.

Om ons vervloei die gras van die veld en 'n ongekende vryheid neem besit van my en, so kan ek dit aanvoel, van haar.

Al wiegend op die genade van daardie vryheid ry ons 'n spelonk binne in 'n wêreld waar daar nie berge is nie.

IV

Spoordood

60

Waarin Nicolaas Alettus wreed tot die werklikheid terugkeer en 'n smokkeltog byna rampspoedig begin.

Krisjan Obbes se ingewikkelde, maar noukeurig uitgewerkte planne het 'n skielike einde aan my en Katja se besoeke aan die Sewende Hemel gebring.

Een van sy Boesman-spoorsnyers het een oggend voor skool met 'n briefie by die skoolhuis aangekom.

Die tyd het aangebreek, het daar gestaan. *Die skool sal vandag vir 'n week sluit. Dit gee julle tien dae uit en tuis. Die bees wag, soos afgespreek, op Xai. Die kameelpolisie is reeds op pad Leeuhoek toe. Die kontakman op Marico sal die geld aan julle gee sodra hy die bees getel het. Onthou net: hy kan tel en ek kan ook tel. Verloop alles goed, wag julle volgende opdrag – die Kimberleyse wildveiling. Hou julle oë en ore oop.*

Dis al. Ek draai die briefie om en om in die hoop dat daar iewers, in 'n soort naskrif, sal staan *En Katja gaan saam* – maar die draadjie is geknip. Ag nou ja, troos ek ou Koggelman, wat is tien dae? Jy het rus nodig.

Meester, so is die gerug versprei, moet as geleerde man en as pas aangestelde kommissaris van ede ('n taak wat alle skoolmeesters op hierdie buitepos te beurt val) saam met die geregsdienaars Leeuhoek toe – indien 'n lyk gevind word. Hoewel niemand ooit die oorledene gesien het nie, het gerugte gouer uitgebroei as 'n swerm sprinkane. Die hele polisiemag van Noordwes-Betsjoeanaland is op Leeuhoek en by Kgautsa gesien en al meer gerugte is toegevoeg: hiér het 'n beeswagtertjie verdwyn, dáár het 'n vrou wat gaan water skep het, weggeraak.

Volgens plan sou Krisjan Obbes se adjudante die storiepap nóg dikker aanmaak deur uiteindelik met 'n afgryslik verminkte kopbeen op Kgautsa aan te kom: mensvreterleeu se werk, nie moord nie. En dan is Meester ook weer terug om alles met sy bokskameratjie af te neem en die doodsertifikaat te teken as dit moet.

Hoe dit ook al sy: gerugte is dikwels soos stories waarvan die besonderhede deurmekaargeloop het, of, soos professor Posthumus my later sou vertel, soos ou volksliedjies en volksraaisels: die kop van een is op die stert van 'n ander vasgeskroef, en die proses het sommerso aangegaan, sodat jy later nie meer kop of stert kan uitmaak nie. Wie het die liedjie gemáák? Wie het die raaisel uitgedink? Wie het die grap of die oustorie aanmekaargesit? Die geskiedenis neem sy eie loop.

Hoe presies die gerugte versprei is, wis ons nie; ons was op pad suidooswaarts, saam met die uitsoek-groepie Boesmans. Soos wat dit in dié deel van Afrika wel dikwels gebeur, het die gerugte ons vooruitgeloop; miskien het hulle ons selfs op ons tog vergesel, wie sal weet? Ook die weë van die storiedraer is duister.

Maar die twee mense wat die suidooswaartse tog deur die Dors saam met die Boesmans aangepak het, sou ten minste op 'n afstand en dalk selfs van naby nie herken word nie, al was hulle in die Ghanzi-omgewing en veral op Kgautsa nou bepaald geen onbekendes nie.

Want Meester het sy strepiespak, sy strepiesnor, sy netjiese hoedjie, sy bokskamera en sy strikdas verruil vir 'n Bosveldvoorkoms: sonhelm, kakieklere, laarse, 'n weerbarstige stoppelbaard en 'n geweer oor die skouer. Die pak klere sal voorkant toe weer nuttig te pas kom wanneer George McLachlan Lazarus, alias dr. Merensky, alias Meester McLachlan, alias wie ook al, die pak klere en wit oorjas van 'n Onderstepoortse veearts aantrek om die duisend stuks bees vry van siektes te verklaar, net ingeval die koper dit vereis.

Sy assistent, uitgevat in 'n bosbaadjie wat jaartse te lank vir hom is, dra 'n kortbroek en skoene sonder sokkies. Op die oog af, en selfs van naderby, wanneer jy net die skynsel van melkbaard sou gewaar, sou jy dink dis die Bosvelder se opgeskote seun. Albei blasserig; die Afrika-son se werk.

Om met duisend beeste deur die Kgalagadi te trek, is geen maklike taak nie: trek jy te vêr noord, is die koors en die tsetsevlieg jou voorland; trek jy te vêr suid, dryf jy ál verder agter lugspieëlings en hersenskimme aan totdat jy oplaas met gebarste, soutdroë lippe besef jy is by al die watergate verby.

Gelukkig, dan, vir Krisjan se makgemaakte Boesmans. Hoewel 'n mens hulle andersins deeglik in die oog moes hou, het die eienaardige effek wat die blote noem van die naam *b's Krisjan* op hulle gehad het, ons verstom.

"Onthou jy wat ek altyd oor die stinkrykes gesê het?" vra Uncle terwyl hy sy bene langs 'n skemervuurtjie uitstrek. Die koffieketel sing. "Ek het altyd gesê dat dit my geen slapelose nagte besorg om hulle in te loop nie ..." Hy spoeg die punt van 'n sigaartjie wat hy behendig afgebyt het, in die vuur. Hoewel ek nie seker is of dit presiés is wat hy gesê het, of wanneer hy dit gesê het nie, voel ek, noudat die eerste twee dae van ons Dorstrek agter die rug is en eintlik sonder voorval verloop het, heel *gemütlich* en tevrede.

Net twee dinge pla my, en dit lyk asof ek nie juis aan één van die twee iets kan doen nie.

Die een het met Uncle se toenemende aptyt vir brandewyn te doen. Die ander met Katja. Met laasgenoemde kan ek in my drome afreken, maar eersgenoemde is 'n ingewikkelde saak, wat ek ook nie durf waag om met Uncle te bespreek nie, want hy draai net sy rug op my of stap die donkerte in.

Dis die eerste keer dat hy só iets doen. Oor ander goed kan ons ure redeneer, sodat ek soms voel hy – en ek – keuwel vir die lekkerte daarvan, maar as dit kom by die onderwerp in die plat botteltjie, sluit hy so dig soos een van Krisjan Obbes se kraalhekke; niks kom daaruit nie; niks gaan daarin nie. Hy is versot op die Kalahari Konjak.

Vir die heel eerste keer ná Suster Francesca se dood kry ek die gevoel van 'n onnoemlike verlies; 'n gevoel wat aangevuur word deur die ongelooflike rooi, hartseer sonsondergange van die Kalahari, die egte Kgalagadi waar selfs doringbome nou skaarser en skaarser word.

Dis byna asof Uncle se gesig sienderoë verander – maar natuurlik het ek dit nog net nie opgemerk nie: sy spreeuneus, wat hy weliswaar nie kan verbloem nie, begin homself kamoefleer met 'n netwerk van aartjies. Algaande word Uncle se natuurlike blas vel blouerig. Hy begin rondrol in sy slaap. Hy skrik met 'n gil wakker en pleit in 'n mengsel van Jiddisj en Duits, waarin selfs Hitler se naam opduik. Hy begin in die nag opstaan; hy tas-tas na die bottel soos 'n baba; hy drink die brousel saam met sy koffie.

En nou sê hy weer, uit die bloute: "Dis maklik om die stinkrykes in te loop. Om in iemand soos Lot Hamerkop se gesig te poep. Maar weet jy hoe moeilik is dit om mág af te skud?" Waarna verwys hy?

Die eerste paar dae verloop sonder noemenswaardige voorval. Waar ons die moeraswêreld verlaat, sien ons een oggend vroeg vir oulaas hoe 'n visarend vanuit nêrens op die stil, skoon, helder water afskiet en 'n silwerblink vis in sy uitgestrekte kloue gryp. 'n Beeld waaraan ek lank daarna, en nou nog, waar ek hier gekluister is, vashou: die vryheid van die visarend.

Naby Tsahume kry ons egter 'n voorsmakie van die wilde magte wat hierdie deel van Afrika beheers. Die Boesmans, wat in 'n soort U-formasie ágterom die beeste beweeg, met die stof en die reuk van beesmis ingedamp tussen hulle, ons op ons perde 'n entjie agtertoe, besluit om halt te roep. Mens en dier is dors ná 'n lang en warm oggend; dit was 'n swaar skof. 'n Uitloper bome uit die bosryker noordweste skiet hier suidwaarts die Kgalagadi in. Linksweg, sê Goorkop, die leier – dis 'n naam wat Krisjan Obbes hom gegee en onder groot gelag aan ons verduidelik het, 'n naam waarvan die taai geel man self seker niks begryp nie – linksweg, aan die oostekant van die bosskiereiland, is kalkpanne. Daar sal water wees, en die bees sal wil lek aan die kalk; dis dalk 'n goeie uitspanplek.

Omdat die son nog nie by watertrek is nie, wil Uncle eers aanstoot, maar die Boesman lyk so ernstig – asof hy van dinge praat wat vêr anderkant enigiemand anders se begripsvermoë lê; klipspirale wat net hý kan lees – dat Uncle oplaas instem. Nie sonder teëstribbeling nie; en juis dit veroorsaak 'n oponthoud wat amper noodlottig is. Of miskien was dit 'n waarskuwing wat maar daar in die wildernis lê en wag het; ek weet nie.

Waarom hy agter geraak het of wat presies gebeur het dat hy so digby die ruigtes beweeg het, weet ek ook nie. Dalk het Uncle 'n nood ontwikkel; of dalk 'n behoefte aan die inhoud van die platfles in sy bosbaadjie se sysak. Ek self het vanweë die sussende uitwerking van die son lomerig op my goedgeaarde perd voortgery, my gedagtes kort-kort aan die wegloop na Katja se perdrylesse. Ek wou nog na hom roep, want ek het in 'n verlore oomblik gewaar dat hy te vêr na links en te naby aan die bosuitloper was. Maar dit was te laat. Die volgende oomblik het 'n verwoede gedierte uit die ruigtes op hom afgestorm: ek kon sy perd sien steier. Ek het hom hoor skreeu en op dieselfde oomblik het die twee Boesmans naaste aan hom hul perde omgepluk.

Eers dog ek dis 'n bees, 'n dier wat dol geraak het, maar die snorke was dié van 'n wilde dier. In die maling van stof en takke kon ek die kenmerkende vorm van 'n buffelbul se horings, sy haarklossies en sy skof sien. Uncle was nóú sigbaar, dan weer nié; ek het hom hoor roep en die perd benoud hoor runnik, maar die stof was so dig dat die Boesmans gehuiwer het om te skiet.

Toe hy dit die aand by die vuur herleef, het 'n nuwe soort bewerigheid in sy vingers gekom, en eers nadat hy 'n nuwe bottel halfpad gekantel het, het Uncle vertel hoe hy gevoel het. Eers tóé het ons besef hoe naby aan sy dood hy was. Hy het dit – deur die geluk, hoe anders? – reggekry om sy arms en bene om die malende dier se kop te slaan, en so het hy geklou, soos 'n apie. Dié oomblikke het herhaalde kere in die nag na hom toe teruggekeer. En in die nagte hierna.

Pleks dat dit Uncle van die platflessie laat wegbly het, het dit die teenoorgestelde uitwerking gehad. Jy kan amper sê dit het vir hom as verskoning gedien; en ek het ernstig bekommerd geraak oor die voorraad, want waar op aarde sou hy dit kon aanvul? En wat vang ons met hom aan as hy agterkom dat daar nie meer 'n druppel uit die laaste fles te haal is nie?

61

Sending onvoltooid.
'n Nuwe begin vir Nicolaas Alettus.

Hoe ons sonder die Boesmans deur die Dors sou gekom het, weet ek nie. Die Protektoraat is 'n aangrypende maar onbarmhartige land en water is skaars, of moeilik bekombaar. Bome – na die suide toe hoofsaaklik doringbome, veral kameeldorings – verskaf enkele kere koelte wanneer die son bedags genadeloos brand, maar oor die algemeen is die reisiger hier, net soos in groot dele van die Onderveld, uitgelewer aan die grille en nukke van die natuur. Nietemin versuim ons in die koelte van 'n paar mopanies. Dit lyk nie of ons Boesman-begeleiers dit nodig het nie, maar hulle weet dat óns nie sonder die rus kan klaarkom nie. Op die pad van Kgautsa af Xai toe wys die leier-Boesman die briefieboom vir ons uit. Hier, so het Piet Praaimus my al vertel, het die jagters van vroeër – soos die meester-jagter Van Zyl – 'n boodskap gelaat vir wie ook al op die spoor van bloed en derms aan die optrek was uit die rustiger, makgemaakte Boland en Swartland en Overberg en Stormberge: *Groot springboktrek op pad na die Aha's. Gekweste leeuwyfie by Willem-se-put. Bulle met groot tande in die omgewing van die Makarikari ...*

Nee, ek het nie die briefies van die briefieboom gesien nie. Ek weet net dat hy bestaan; ek kon dit aan die beskermde gladdewandholte in die stam sien en ek het geweet geen geveerde vriend sou hier skuil nie. Hier was ook stukkies houtskool van vure van lank gelede, sommiges varser as ander.

Die watergeeboom het wél water gehad: vars, met die smaak van fonteinwater, soos water wat lank in 'n houtvat gestaan het, maar heerlik koel en drinkbaar. 'n Soort wildevy, waarvan die gekrulde stamme 'n natuurlike vaatjie vorm. Jy kon – mits jy 'n dun armpie het, soos die Boesmans en soos die uwe – 'n bakhandjie water skep en dit versigtig, o-so-versigtig boontoe bring. 'n Langerige hol rietstingel werk natuurlik beter; dan suig jy die lewegewende vog uit die boom se maag op.

Maar suid- en suidooswaarts was die bome skrapser, die water minder en die son genadeloser.

Wild – ook vir die pot – raak skaarser. Toe Uncle-hulle op 'n oggend 'n wildsbokkie agternasit en hy haar kwes, buk ek by die spoortjies wat die storie van haar laaste marteling vertel: die sleepmerke, die slingertog. Ek merk dat ons begeleiers hul koppe skud en soos 'n swerm versamelvoëls aan die klets gaan. Wat sou hulle sê? Hulle is beslis nie ingenome met Uncle se skietvermoë nie, dink ek. Uncle, wat hom verbeel hy is 'n grootwildjagter nadat hy eergister in die maanlig 'n erdvark geskiet het, gooi hom teen 'n boomstam plat en kommandeer Goorkop en sy makkers om die bokkie te gaan soek.

In die douklam sand vryf ek oor één duidelike bokspoortjie, net voor die plek waar sy in die ruigtes verdwyn het. Daar kom 'n opwelling in my; ek dink aan Gudrun. Dan sien ek bloed aan die gras, en die opwelling verdwyn.

Die volgende oggend ontwikkel ek 'n kwaai hoofpyn en ek bly naar. "Seker iets geils geëet, ben yuchidel," spot Uncle.

Ek het nie lus om te antwoord nie. Ek voel amper lus om hom iets toe te snou, soos "Lekker Eisbein geëet gistr'aand, Joodjie!" Maar ek swyg iesegrimmig. Terwyl ons trek, dink ek daaraan dat my lewensreis tot nou toe uit spirale bestaan het, en dat dié kringe af en toe vlugtig aan die kringe van ander reisigers geraak het. Maar soos wat kringe op die oppervlak van 'n pan met water wegraak, so dreig ook hierdie kringe om in die vergetelheid te verdwyn.

Is die smokkel van duisend beeste vir 'n duisend pond dít wat ek nog altyd wou gedoen het? Uncle sê: *Joegaai, Mordegaai! Weet jy wat jy met duisend pond kan doen? Jy kan vir jou 'n biesnies koop. Of 'n hele hoerhuis. Dink net, al die heerlike vleeslikheid!*

'n Besigheid? Is dít waarvoor ek bestem is? Om weer, soos vir Jeske, anderman se gatlakei te wees?

Hoe weet 'n mens waarvoor jy bestem is? Wié bestem jou?

Ek dryf al verder weg van die antwoord op die vraag wat my van my vulletjiedae af agtervolg: Vossie, Vossie, waar kom jy vandaan?

Die egg-box, wat nou in 'n saalsak op die pakperd se rug is, hou die antwoord dig.

Koepie, koepie, watter hand? Ek en Ma-Let sit in Stryker se taaibosskerm; Ma-Let hou 'n rondeklippie agter haar rug en koggel my om raak te raai.

"Linkerhand!" kraai ek, en Ma-Let lag dat haar boggeltjie klein word as sy haar regterpalm met die klippie daarin oopmaak.

Een aand, net voor sonsak, kom klikklak een van die Boesmans met sóveel opgewondenheid dat die hele bende agter hom teen 'n duin begin opsluip. Omdat ek minder bewerig voel, gaan ek agterna. Wat hulle sien en met onverstaanbare blydskap vervul, is 'n elandbul, donker teen die luglyn van 'n volgende duin: 'n kolossale dier, met 'n keelspek wat tot byna op die grond hang. Aan hul gebare kan ek aflei dat Goorkop en sy mense juis oor hierdie keelspek besonder opgewonde is. Eers dag ek hulle gaan hom skiet, maar hulle doen dit nie. Dié aand om die vuur word die koms van die geheimsinnige elandbul – so lei ek af – in die vorm van 'n dramatiese storie vasgelê, en hulle dans die ounag in. Maar die koorsigheid vat my so vas dat ek ente-ente nie seker is of ek hulle hoor kreundans en of dit hersenskimme is nie.

My toestand word daagliks erger. Dit verplig ons om nóg stadiger te trek, tot ergernis van Uncle, wat die dae voor ghaaifoks aftel.

"Linkerhand!" roep ek, seker kliphard, want Uncle, wat langs my ry, hou albei perde in.

Koors? Nee, koors het ek nie, sê ek, net 'n onbeskryflike hoofpyn, en dan is daar die naarheid wat my oor my perd se skof laat hang, my arms langs sy flanke af. Maar Uncle voel oor my natgeswete voorkop en aan my nat hempskraag en swets.

Toe ek dreig om af te sak, moet een van die Boesmans by my sit. Ek ruik die rens vet waarmee hy sy lyf insmeer; van hóm is ek skaars bewus.

Daar is kringe voor my oë.

Dis nie malaria nie.

Dit kán muskietkoors wees. Dié slaan selfs op die droogste plekke uit as dit onverwags baie gereën het. Saam met die pape, die skottel-paddastoele wat so 'n lekker dis maak. Nou wil ek naar word as ek net daaraan dink.

Die Boesmans dra vir my gemaalde en fyngestampte wortels, gemeng met water, aan. Dit help nie.

Die dag voordat ons by die grens moet aankom, voel ek tog ietwat beter. Die terrein is minder gelyk en dit raak ruier, ons nader die westelike Bosveld.

"Miskien het een van die konkoksies gehelp," sê ek vir Uncle, wat ons groet om die grens 'n paar uur noord te gaan oorsteek. Hy moet, soos afgespreek, 'n gedaanteverwisseling ondergaan. Pak. Strikdas. Wit jas. 'n Boesman ry saam om die roete aan te wys en aan Uncle te beduie in watter kloof ons met die beeste sal wag totdat hy die teken gee.

"Is jy seker?" vra George McLachlan Lazarus, wat met groot kommer op sy gesig na die vlak van die brandewyn in sy laaste platfles kyk. Die veearts, so kan ek my skielik voorstel, en dis vir my komieklik, sodat ek onverwags skudlag en almal my vreemd aankyk, die veearts gaan êrens by 'n Bosveldkantien instrompel en sê: *Hiert my darlienks! Sien julle kamele? Skink vir my 'n drievingerdop!*

Maar ek voel beter, sê ek vir Uncle. Julle kan maar vertrek. Hulle maak so, en ek raak uitgeput aan die slaap. Dit kon ook andersom gebeur het. Miskien het hulle éérs vertrek, en toe het ek aan die slaap geraak.

Ek weet nou nie meer nie.

Toe ek wakker word, voel ek weer ellendig; erger as gister. Ek sit op die saalsak ná 'n nag se slegte slaap; my kop duisel; gesigte wat na my toe oorbuk, word groter en kleiner, dit is asof ek vorentoe en agtertoe wieg. Iemand forseer 'n bitter vloeistof by my mond in en dan is daar skielik, net nadat die dag gebreek het, 'n sonsverduistering.

Toe ek wakker word, kyk ek in die binnekant van 'n skommelende vragmotor vas. Aan die gerammel en gedreun en aan die skrapse paneelwerk kan ek agterkom dit moet 'n vragmotor wees; dit kan dus nie die Ford Convertible wees nie. Hoe sou dié in elk geval hier kom?

Is ek nog deurmekaar? Yl ek? Droom ek?

Wat het van Uncle geword? Van die beeste? Die Boesmans?

Ek draai my kop, wat voel asof dit onder 'n groot klip lê – ek het laas so gevoel onder die stuk stomp by Raaswater – en probeer uitmaak waar ek my bevind. Is ek vasgemaak? Nee, dis maar net my arms wat stram voel, omdat ek tussen 'n hoop bagasie ingewerskaf is. Aan die gestamp en vibrasie en enjinhitte kan ek agterkom dat ek aan die passasierskant lê met my kop op 'n kombersesak, maar half onder die paneelbord in; my voete omhoog, gestut deur die sitplek, waar nog bagasie gestapel is. Dit ís die een of ander soort vragmotor, maar die posisie waarin ek lê, maak dit vir my onmoontlik om te sien wie die bestuurder is. Ek gewaar net 'n deel van 'n kakiehemp met opgerolde moue, 'n bruingebrande arm, swart behaard, en 'n stukkie wit wat onder die opgerolde mou wys. As ek my oë tot op die uiterste inspan, kan ek 'n deel van 'n man se nek en die kant van sy gesig sien, maar net-net nie sy oë nie.

Uit die rigting van sy voete kom 'n walm wat ek nog net by aasblom gewaar het.

Die bestuurder probeer sing. Wat my ore bereik, klink soos kwêvoël. Dis nie Tinkie Craill nie.

Aan die wyse waarop die reisgoed gestapel is, kan ek agterkom dat die eienaar van die bagasie moeite gehad het om vir my plek in te ruim. Ek kan my ook voorstel dat ek taamlik dooiegewig was toe hy my ingelaai het.

My tong voel soos 'n droë stok in my mond, my lippe sit aan mekaar vas, maar die hoofpyn en die naarheid is feitlik weg.

Die vragmotor rammel só dat ek twyfel of ek die bestuurder se aandag sal kan trek.

Ek maak so luid as moontlik keelskoon.

Die bestuurder skrik kennelik, asof hy ingedagte is – dalk het hy van my vergeet? – want hy trap só hard rem dat 'n seilsak en 'n swaargelaaide koffer van die sitplek af op my neertuimel.

Deure klap oop en toe. 'n Harige hand pak die koffer en die seilsak beet en red my van versmoring. Dieselfde hand trek my tussen die res van die bagasie uit. Ek kan weer behoorlik asemhaal.

Ek kyk vas in 'n meerkatagtige tronie: fletsblou oë; langerige, reguit neus; lang kakebeen; gryserige bakkebaard.

"Noem my Kallie," sê die meerkat, wat opgeboude skoene dra, sodat ek daarvan oortuig is dat hy nie veel langer as ek is nie. "Wie is jy?"

Die stem klink vaagweg bekend. Wanneer 'n mens daaraan gewoond is om met die skaduwees saam te smelt, word jou ore seker maar hipersensitief. Tóg. Ek hét hom al hoor praat; ek kan net nie onthou waar en wanneer nie.

Die vragmotor, wat nog nie afgeskakel is nie, staan en rittel soos 'n ou oom met die bewesiek. Agterop, sien ek, is 'n groot watertenk.

Waar ons ons bevind, weet ek nie; dis nog nie sonop nie; rondom ons is die sambreelvorms van duisende doringbome. Is ons nog in Betsjoeanaland?

Ek beduie na die tenk. My lippe vorm die woord "water", en hy draf agtertoe met 'n bekertjie. Die water smaak sleg, maar ek drink dit asof dit soetwyn is.

"My naam is Niklaas," sê ek.

Die beeste. Die Boesmans. Uncle.

"Hoe het meneer my gekry?"

Meerkat lag dat jy net tande sien. "Meneer? Ek het jou gesê my naam is Kallie. Kallie Smous."

Dit kan nie sy regte naam wees nie.

"Waar ...?" begin ek, maar hy maak my stil, terwyl hy 'n koffiefles te voorskyn tower en 'n bekertjie en 'n doppie vol skink.

"Ek was by die diekens, in die Wes-Transvaal, daar by Bakerville rond, toe maak ek 'n draai op Lobatse. Jy weet, besigheid gehad. Nou's ek op pad Barkly-Wes toe."

Die Boesmans moet my langs die pad gelos het. Om te kyk of ek kan oorleef. Hulle sou aan die spore sien dat iemand hom oor my ontferm het.

Hoe lank het ek geslaap? Ek vra vir Kallie Meerkat; hy reken dis 'n dag en 'n bietjie, want hy het nog in die Marico versuim. En ek het die hele tyd in 'n sweetbad gelê. Nou is ek oor die ding. Hy ken muskietkoors.

Nou is die Boesmans seker saam met Uncle op pad terug Kgautsa toe. Ngamiland toe.

Ek kyk na die watertenk op die vragmotor se bak, tik-tik daaraan.

"Dis my besigheid," lag hy. "Jy sal sien."

Ek "sien" toe ons 'n gehuggie nader en Kallie die vragmotor in die rigting van 'n riethuis stuur. Agter die huis is 'n peulboom en op die kaalgetrapte werf skrop verkeerdeveerhoenders. Daar lê deurgesnyde motorbande: in die een blink water; 'n ou vrou is besig om fyngestampte mielies en lymerige pap in die ander een te laat loop. Kalkoene en hoenders vertrap mekaar om die bry by te kom.

'n Ent verder, tussen doringbome, is nog riethuisies. Orals is hope gruis; dit lyk asof mense die aarde hier om hulle huisies opgeërd het. Maar niemand werk op die oomblik nie; die plek is stil, behalwe vir enkele blaffende honde en 'n haan wat aamborstig kraai.

"Is jy al weer hier?" vra die ou vrou, wat 'n kappie op het. Sy lyk nors.

"Seur Kallie! Seur Kallie!" roep 'n sewevoeter van 'n man, ondanks sy lengte geboë en honds. Hy vryf sy hande en loer aaneen na die tenk op Kallie se vragmotor.

Kallie wip agterop terwyl die man 'n kind verskree om 'n paar leë bottels te gaan haal.

"Kom jy nou van Bakerville af?" vra die man, wat effe sleeptong praat. "Hoe lyk dit daar?"

"Jisja," sê Kallie. "Selle ou storie. Jiems Pieterse het anderdag 'n karbonkel uitgehaal. Maar nou's dit stil." Hy swyg 'n oomblik. "Hoeveel bottels, oom?" vra hy, sy klein ogies nog nouer en fletser as voorheen.

Die man beduie, die bottels in sy hand.

"Toe loop ek sommer 'n handlanger raak." Kallie wys na my.

Ek dink daaraan dat ek nog nie amptelik in sy diens is nie; hy neem bloot aan dat ek vir hom gaan werk. Nie dat ek juis veel van 'n keuse het nie.

"Kon jou klong gewees het!" lag die man, en ek kan sien dat die paar tande in sy mond erg verkleur is.

Kallie knik net en vrywe sy duim en voorvinger teen mekaar.

"Bring Pa se beursie!" skree die man opnuut, dié keer op 'n ander kind.

Die vrou kom weer orent.

"Daar's nie geld vir klere of vir skoene nie," sê sy, en sy spoeg eenkant op die grond. "Maar daar sal altyd geld vir drank wees."

'n Opgeskote meisie kom uit die riethuis; sy leun teen die vragmotor en kyk nuuskierig na my. Sy het 'n mooi, fynbesnede gesig, maar haar oë laat haar ouer lyk as wat ek dink sy is. Hulle is wild soos 'n vasgekeerde dier s'n. Waar het ek al sulke oë gesien? Dan onthou ek: Zaza. Die meisie met die drie bene. Rottekooper.

Haar hare is slordig vasgemaak, haar bloesie se boonste knoop makeer, en sy vroetel selfbewus aan haar rok. Tog lyk dit of sy en Kallie mekaar ken, want sy raak-raak met haar hand aan sy been, sodat hy vlugtig na haar toe afkyk.

"Het oom nie swiets gebring nie?" fluister sy. Aan haar praat kan ek hoor dat sy 'n haaslip het.

"Wilmien, gee pad van die lorrie af!" sis haar ma, wat nou om die vragmotor gestap kom. "As ek my sonde nie ontsien nie ...!" Sy mik met die leë emmer, waaraan nog reste van pap en fynmielies sit, in die meisie se rigting.

"Niklaas ..." roep Kallie bo van die tenk af, waar hy aan 'n dun pypie suig, "kyk daar in die cubby-hole en gee vir haar." In 'n ommesientjie staan die hele werf se kinders langs Wilmien. Ek deel uit; sy bly staan tot laaste.

"Jy kan by my kom lê as jy wil," fluister sy skielik. Dit is so onverwags dat sy netsowel kon gesê het *Jy kan by ons kom eet*. Maar ek het haar reg gehoor, die eerste keer, ek kan dit aan haar houding sien.

"Ek vra nie baie nie," sê sy. "Of vat my saam; julle gaan seker Kimberley toe, nè?"

Toe ons wegry, sien ek in die spieëltjie hoe die lang, geboë man sy kop agteroor gooi soos 'n hoender wat water drink. Die meisie staan eenkant en speel met haar bloesie se los pant.

Ek voel deurmekaar toe ons verder ry. Is die hele tenk vol drank? Was dít wat hy my aangebied het, dan raaswater? Maar dit het nie so geproe nie ... of is ek nog deurmekaar van die koors?

Dan waag Kallie mos baie om so oop en bloot tussen die delwers rond te gaan. Ek laat my nie vertel hier's nie ook blinkkuite nie. En wat is die meisiekind se storie?

Maar die vraag wat my die meeste kwel, is hoe hy aan my gekom het. Ek vra hom uit. Hy kou 'n grassie wat hy iewers aan die kant van die skoongeveegde werf opgetel het.

"Jy het langs die pad gelê," sê hy. 'n Ruk lank sê hy niks, sodat ek amper dink dat hy nie 'n woord verder wil sê nie. "Jy het halflyf in die pad gelê; ek moes uitswaai. Jy kan jou stêre dank dat ek jou nie desmoers gery het nie. Jy was so amper-amper 'n legende."

Weer, vlugtig, roep sy stem assosiasies op. Ek sit in 'n donker kas en ek luister na die stem.

Ek wonder hoe ek in die pad gekom het. En watter pad sou dit wees? Asof hy my gehoor het, sê Kallie: "Dit was so 'n ent suid van Lobatse. Ek onthou goed; dit was net nadat ek die beesspore gesien het."

Hy kyk na my, maar ek maak of ek dit nie sien nie.

"Iemand het kort tevore 'n helse klomp bees oor die pad gejaag. Daar was perdespore ook. Die grens is nie vêr nie. Weet jy iets?"

Ek besluit om niks te sê nie.

Kallie lag.

"Jy sê niks en ek sê niks. Nou's ons kwits."

Ná 'n rukkie sê hy darem: "Dis nou van dié nasie: los jou net daar om te dood."

"Ek was siek."

"Jy was in hulle pad."

"Hulle het my medisyne gegee."

"Jy reken." Hy gee 'n kort laggie. "Jy het lekker deurmekaar gepraat."

"Wat het ek gesê?"

"Jy het aaneen van 'n oom van jou gepraat: Uncle, Uncle, maar ek dink nie jy het sy naam gesê nie."

Ek swyg. Wie sou besluit het om my daar langs die pad te los?

Aan die ander kant: hoe kon hulle met my verder? Ek sou 'n verskriklike las vir hulle gewees het op die laaste, allergevaarlikste skof deur die nou vallei tot daar waar die vuurwerk sou sein dat hulle verder kan trek.

Hulle het seker gehoop iemand hou by my stil, selfs al dui die spore aan dat daar nie baie voertuie loop nie.

"Die raaswater agterop ... Hoe maak jy as die Polizei jou voorkeer?" vra ek.

Hy kyk weer lank na my.

"Hoe kom dit dat jy van *Polizei* praat? Kom jy van Duitswes af?"

Vir die eerste keer in my lewe voel ek 'n bietjie hardekwas.

"Wat wil jy maak as jy weet?"

Hy haal albei hande van die swaar stuurwiel af, sodat die vragmotor 'n oomblik wankel in sy spore.

"Sorry!" sê hy, half sarkasties. "Sorry! Moenie suurgat wees nie. Ek kon jou daar gelos het. Daar loop nog leeus rond, jy weet."

"Ek werk vir Krisjan Obbes. Ek weet nie of jy al van hom gehoor het nie."

Hy bly 'n oomblik stil. Fluit dan saggies deur sy tande.

"En jy het gehoop om geld daaruit te maak?"

Ek kyk vraend na hom.

Kallie lag. "Krisjan Obbes is die slegste wetter wat ek ken. Hy's vreeslik vernaam; hy besit omtrent die hele Kalahari, maar hy's so inhalig soos die hel. Hy draai 'n oulap vier keer om voor hy hom uitgee. En dan moet jy oppas dat hy nie die oulap terugsteel nie. Nee, goeie genade, hoe het jy in sy kloue beland?"

Ek vertel van my Windhoekse ervaringe. Dis onvermydelik dat my weldoener die gesprek politiek toe swaai.

"Ja, dit lyk my dié Hitler-kêrel sit almal op loop. Die Jode gaan hy nog die see injaag. Goeie ding, as jy sien hoe loop húlle jou in."

Ek swyg oor Uncle se herkoms.

Toe ons die volgende gehuggie nader – nou sien ek heelwat riethuise, peperbome en hier en daar selfs 'n motor of bakkie wat lyk of dit miskien nog sal kan loop – roep Kallie boontoe.

"Dieners! Jy hou jou asvaal, maat, ek doen die praatwerk."

Ek sien 'n padversperring – sommer 'n paar boomstompe wat oor die pad gesleep is. 'n Konstabel kom lui-lui na die vragmotor toe aangestap.

"En as dit nou nie Klaas Strauss is nie!"

Klaas Strauss? Ek dag hy het gesê Kallie Smous? Nou ja, Smous is ook nie 'n van nie; ek het seker maar verkeerd gehoor, of Kallie en Klaas is maar dieselfde in die oë van die gereg.

Die konstabel bekyk die nommerplaat en die lisensie en klop-klop teen die kant van die tenk, soos wanneer 'n mens probeer vasstel hoeveel water in die houer is. Maar hy stel nie belang in die inhoudsmaat nie.

"Wat het jy hierso, Klaas?"

"Hoe dink meneer?"

"Los die vrae vir my, Klaas. As jy 'n eier wil lê, sal ek jou vra om dit te doen. Dalk nog in die koort." Hy stap tot agter, draai die kraantjie oop.

Ek hou asem op, maar Kallie – of Klaas – lyk heeltemal kalm.

"Wat's dit hierdie keer, Kallie? Eers het jy smokkelwild oor Grootrivier geswem, toe weer het jy jou luck met daaimins getraai ..."

Hy hou sy vingers onder die kraantjie; ruik daaraan, lek-lek aan die nattigheid, spoeg eenkant toe.

"Waar op Gods aarde kry jy dié slegte water?" vra hy. Hy klink gemoedeliker. "En vir wie vat jy dit?" Hy spoeg weer opsy.

Ons is al 'n ent weg toe Kallie die vragmotor omdraai en die nedersettinkie vanuit 'n ander rigting benader.

Hy hou aan die kant van die dorp stil. Ons is vêr genoeg van die padversperring af dat dit die pligsgetroue geregsdienaar 'n hele rukkie sal kos om tot hier te kom as hy sou wou.

Kallie – of Klaas – klim met sy vinger op sy lippe uit, net toe 'n man met 'n rasperstem en 'n vet gesig, opgeblaas en pers soos 'n adamsvy, onder 'n kosyn deurbuk.

"Die platpoot ..." Kallie beduie.

"Ons weet," rasper die stem. "Maar ons is reg vir hom. My ou kameraad sit daar in die middel by Bets. Roer daardie kollie net, dan roep ou Abel soos piet-my-vrou, wie-kan-jy-vertrou?" Sy groot maag skud soos hy lag.

Kallie wip weer tot langs die tenk op die bak. Dié keer sien ek hoe hy die bruingeel vloeistof oorhewel in die twee bottels wat die groot man na hom uithou.

"Wegsteektenkie," sê Kallie toe ons ry. "Binne-in die ander een toegesweis. Vir my witblits. Of my !kharib, as die afstande korter is."

62

BARMHARTIGE EN MINDER BARMHARTIGE SAMARITANE.
NICOLAAS LY HONGER EN EEN VAN SY KOSBAARSTE
KLEINODE KRY VOETE. HY VERLOOR AL HOE
MEER VERTROUE IN DIE MENSDOM.

Kallie Smous – oftewel Strauss, by wie ek nou nie-amptelik in diens is; handlanger sonder portefeulje noem hy my – toon merkwaardige ooreenkomste met die man wat ek nog altyd vir myself as my vader voorgestel het. 'n Vals beeld, natuurlik, dit moet ek van tyd tot tyd toegee, want ek het geen aanduiding van hoe die paterfamilias regtig gelyk het nie. Miskien vorm 'n kind wat, soos ek, vaderloos gebore word – by wyse van spreke – mettertyd vir hom 'n romantiese, onwesenlike beeld van die man uit wie se klei hy geboetseer is. Dit is 'n beeld wat hy uit los brokstukkies bymekaarsit: hier 'n haarlok, daar 'n dowwe foto, nou 'n oorvertelling waarby iemand sy hand op die Bybel sal sit, netnou 'n beskrywing uit 'n oord waarvandaan jy dit glad nie verwag nie.

Die grootmaakkind se hoop beskaam nooit.

Kallie Smous is dalk te lelik na my sin. Nee, ek weet lelik en mooi is relatiewe begrippe, maar daar is darem perke. Ek kan my nie juis voorstel dat die Onderveldse meisies – en al die ander ongehoorsames – warm en mossig van gewilligheid op hom sou wag terwyl hy hom gaan skrop nie. Of miskien is dit waar dat alle katte in die donker grou is – meerkatte ook.

Maar ek wil dit anders hê. Klaas Duimpie het tog, volgens oorlewering, 'n troebadoer-beeld. Daar is byvoorbeeld sy reputasie as rymelaar. Wie se weerstand kan hou, so is bespiegel, as jy hoor dat die maan bokant jou nawel nestel en die son jou met gelag begroet?

Hiérdie Klaas is so slinks soos 'n slang; daar is iets gemeens in hom. My vader is hy nié.

Die regte Klaas, die ware Jakob, bly meestal vir my 'n skim, 'n dowwe moontlikheid wat al hoe dowwer word; 'n stoel waarvan die oorspronklike verf eenmanier afgeskilfer het, nou sit ek maar af en toe laag op laag verbeelding by.

"Moet nou nie ál jou hoop op gerugte plaas nie, Kola. Dan soek jy jou lewe lank." So het Piet Praaimus, wat baie dink oor dinge, met ons afskeid in Windhoek gesê.

Plotseling verras Kallie my met sy ryme:

Ek vat vir San na die dokter toe
Die dokter se van was Roos
Die ou die sê toe mos vir my
My San het 'n lekker ...
Wag 'n bietjie, wag nou man,
Jy's gans en al te stout.
Die ou die sê toe mos vir my
My San het 'n lekker boud.

Of 'n raaisel:

Die klapperhaarmatras
O die klapperhaarmatras
Wat smaak na sout
maar voel soos gras?

Dan lág Kallie dat die tenklorrietjie amper uit die pad uit ry.

'n Mens se gewoontes word seker maar kleintyd vasgelê. Die keer toe ek en Jasper Repink ons borde omgedop het, het dit oor kos gegaan. Ek kan nie sê dat Kallie Smous my doelbewus laat honger ly nie. Hy het egter die gewoonte om sy pap in drie, vier happe binnetoe te werk. Dan kan hy die pot skoonskraap nog voordat ek my vierde hap afgesluk het. Verder sal hy die grootste en vetste stuk rib uit die braaiskottel vir hóm vat, en die laaste bietjie koffie in sý keel afgooi.

Gebeur dit een of twee keer, skud jy dit van jou af. Maar die onverkwiklike haas waarmee hy die kospotte bydam, word erger soos wat ons omswerwinge ons van delwery tot delwery neem. Op die lange duur is dit só erg dat ek 'n plan moet beraam, want die hongerpyne kramp so dat ek nie aan die slaap kan raak nie.

Ek lê onder die tenklorrietjie; hy binne-in. Die kos – koue ribbetjie en boerbeskuit – is in 'n trommel langs sy voete.

Aan die hoë asemgefluit skuins bokant my weet ek hy slaap. Sy spierwit voete, met die ongewastheid soos modderskifsels om sy tone, steek by die ruit uit. Omdat dit al voordag is, is die walm waaraan ek my bedags moet wen, so 'n bietjie verslaan. Maar dis erg genoeg om my drie, vier keer te laat dink voordat die hongerpyne die oorhand kry.

Ek buig 'n stuk draad dubbeld, vorm 'n haak aan die onderste punt, balanseer myself op die treeplank en laat sak dit by sy onwelriekende tone verby. Dit duur lank voordat ek die trommel se hingsel raak vat. Kallie gee tussendeur 'n paar harde snorke, asof hy in sy slaap teen iets protesteer. Ek hou my asem op; ek moet wag tot sy snorke weer reëlmatig klink.

Dan lig ek die trommeltjie duim vir duim boontoe. Ek hou kort-kort op om asem te haal, want enkele male swaai die trommel heen en weer, wat my laat besef dat die draad se greep dalk nie so stewig is nie. Al strek ek my uit, kan ek ook nie verby Kallie se voete sien nie. Die grootste probleem is om die trommel opgehys te kry sonder om aan hom te raak.

Toe ek die trommel uiteindelik oor die kant van die deur lig, is ek tien keer hongerder. Sonder om oor die gevolge na te dink, dam ek die beskuit en die stuk rib wat oorgebly het, by. Ek raap die laaste krummeltjie van die bodem af op en kluif elke beentjie dat hy blink. Daarna laat sak ek die trommeltjie, nou aansienlik ligter, tot op sy plek en pak 'n vuur vir opstaankoffie aan. Ek voel so goed dat ek vir die hele wêreld sal koffie maak.

As Kallie iets gemerk het, laat hy niks blyk nie.

Dit word egter 'n soort stille wedywering: Etenstyd kyk hy hoeveel aartappels hy in sy kieste kan prop voordat ek nog 'n tand aan my tweede een geslaan het; snags sorg ek dat die kostrommel ligter word. Dis veral wanneer die nagvlinders hom besoek dat ek die trommel met groot gemak kan uitlig, want ná so 'n besoek snork die ou dat die lorrie se deurpanele dreun. Ek moet gewoonlik net 'n bietjie langer wag, en soms dommel ek weg, maar dis alles die moeite werd. Selfs toe 'n bloemer een aand oor my gevoelige neus beland, het ek dit gelate aanvaar, want die nagvlinder se ma het ons nog teen latenstyd met 'n baksel oondbrood verras.

Min het ek geweet hoe hy my sou terugkry.

Kallie Smous is, uit die aard van sy besigheid, wyd en syd bekend – veral by die gereg, wat voortdurend hul neuse in sy sake wil steek. Dit was, volgens oorlewering, ook Klaas Duimpie se lot.

Ek besef, teen my sin, dat ek dalk tog met die ware Jakob te doen het. Met Klaas Duimpie.

Ek besluit om hom te toets.

Oor Bakoondskraal en oor Let Lyf – selfs oor die laaste vlug, toe die boer Vermeulen vir Klaas Duimpie in 'n hoek gejaag het – durf ek hom nie regstreeks uitvra nie; hy sal hom sekerlik dom en doof hou.

Onwetend gee hy my die opening wat ek soek.

As gevolg van al die rondswerwery het ek moeite gedoen om my kosbaarste besitting te beskerm. Ek het die gewoonte aangekweek om die egg-box in my kombersesak tussen die komberse toe te draai. Met allerhande maneuvers kon ek saans wel komberse uit- en soggens weer ingewerskaf kry sonder om die egg-box noemenswaardig te verroer. Met 'n kombers om hom gedraai, binne-in die sak, vorm die kissie ook 'n bruikbare kopstut.

Maar dié keer wou ek die egg-box oopmaak; miskien het 'n gevoel van nostalgie of melancholie – wat sal ek dit noem? – my beetgepak.

Ons slaap net buite 'n dorpie in 'n droë sandlaagte. Kallie het gaan kameeldoringpeule optel; dit is nie net uitstekende bokkos nie, maar ook gesog onder die muti-mense. G'n mens weet waarvoor nie, sê hy, dit kan enigiets wees, van voëlvratte af tot skimmel tussen die tone. Maar gee hulle tog hulle sin, dis geld.

Veilig, dink ek. Ek draai die komberswindsels van die egg-box af; ek wil 'n slag weer na die verbleikte foto en die ander goed kyk.

Die foto lyk vir my nou nóg dowwer; die ander geskriffies –

buiten Gudrun se brief, wat een van my kleinode bly, en Diederik se rymelary – het vergeel. Twee van die skulpiesklavier se skulpies het krake in. Ek tik daarteen; steeds net dowwe klanke.

'n Groter gevoel van melancholie pak my beet en ek sit kop onderstebo na die kombersrafels en staar toe hy onverwags langs my praat.

"Wat's in die kissie?"

My hand vlieg na die egg-box toe. Sy vinnige meerkatogies kan nie van die deksel afbly nie.

"Niks nie," sê ek vinnig. "Niks nie." Dit klink bra onoortuigend. "Privaat goed," sê ek, maar ook dít klink maar simpel.

Maar voorlopig roer hy dit nie weer aan nie. Hy gaan lê met arms gekruis agter sy kop en kou aan 'n grassie. Die swart hare op sy arms, sien ek nou vir die eerste keer, begin eintlik in sy ore en neus. In alle weligheid.

Hou hy hom maar so dom?

Dis al besitting van Klaas Duimpie wat ek myne kan noem; hy sou dit tog oombliklik herken het as hy Klaas Duimpie was …?

Of hét hy?

Maar die vraag klínk onskuldig.

Ek is verleë; ek het daarop gereken dat ek hóm sou uitvra. Nou lyk niks moontlik nie.

Eers twee dae later – ons is al stewig op pad Kimberley toe – kom ek agter waarom hy skynbaar so onbelangstellend was.

Die raaisel is weg.

Dit is of iets vir my gefluister het: Maak nog 'n keer seker, kyk of al jou goed daar is.

"Jy het my raaisel gesteel!" roep ek uit. Ek kies 'n slegte oomblik. Ons ry teen 'n slakkepas in 'n sandrivier tussen nêrens en Prieska; die rante rondom is met struike begroei, maar ongenaakbaar klipperig. Laai hy my hier af, stap ek vêr. Bobbejaan met liddorings.

"Waarvan praat jy?" sê hy, komkommerkoel.

Ek is so kwaad; ek het nou 'n pad gekies waarop ek nie kan omdraai nie.

"Jy hou jou verniet hoogheilig," sê ek. "Wat het jy tussen my goed gesoek? Waar is die papier met die raaisels op?"

Natuurlik kan ek die woorde onthou – en ek het dit ook langs die tweelingrym, die een wat Diederik – Tkorteman – by die onbekende trekvoël gekry het, neergeskryf. Maar wat help dit; dis die *bewys* wat nou voete gekry het. Die reuk. Ek glo daar sit iets van my biologiese ouers vas aan die stukkie papier.

As hy maar Diederik se geskriffies gesteel het. Maar nou's dit my erfgoed.

Steel my rympies om net môre 'n onderdeur se werwel te laat oopswaai en 'n broek se rek te laat skiet. Te maak of dit sy ryme is. Bedrieër!

"Jy beskuldig my verniet. Is dít die dankbaarheid wat ek kry nadat ek jou half-dood opgelaai het? Versorg het?"

Versorg se moer, wil ek sê.

Maar dis natuurlik waar.

Dikmond sit en tuur ek na die aalwyne en die kransneste, waar ek af en toe 'n berghaan of 'n lammervanger kan sien draai.

Daar is tog geen ander moontlikheid nie, dink ek. Dit kon nie weggewaai het nie; dit was die hele tyd in my sorg; ek het die deksel meestal styf tóé gehou.

Of het ek bloot áángeneem dis nog daar tussen die ander vergeelde goed? Het ek ooit daarna gekýk?

Het ek dit per ongeluk laat uitval? Ná al my sorgsaamheid?

Die wêreld is van vabonde aanmekaargesit.

Dieselfde soort magteloosheid wat my destyds met ou Vuilbaard Laggerjan beetgepak het, spoel weer oor my.

"Laai my af," sê ek.

"Hier?" vra Kallie.

"Enige plek. Ek ry nie saam met 'n dief nie."

"O," sê Kallie sarkasties. "Om 'n duisend bees oor die grens te smokkel in 'n tyd van bek-en-klousiek, is niks. Dis wettig."

"Jy vat my goed. Laai my af."

Hy laat die lorrie teen 'n klipperige opdraand tot stilstand bewe.

"Wat wil jy daarmee maak? Dit beteken niks vir jou nie," sê ek deur die half-toe ruit. Ek moet op my tande kners om die trane te keer.

Hy antwoord nie dadelik nie, lig net die kostrommel so lui-lui op en kyk oor sy neus na my asof hy wil vra: En wat van dié?

Voor my streep die klipperige pad teen 'n láng bult op. Hy het my aspris aan die onderkant van die lang bult afgelaai.

"Loop in jou moer in," skree ek, maar my woorde waai weg saam met die stof wat agter die lorrie aanwarrel.

Een van Uncle se befaamde verwensinge troos my: "Mag jou toonnaels een vir een afvrot, en mag die een wat laaste oorbly, jou soveel pyn gee dat jy jouself onderstebo in 'n kakhuis ophang."

Toe voel ek beter.

Kallie Smous het my nie vertel van die Ossewatrek wat op hande is nie. Ek het wel hier en daar agtergekom dat mense praat van die een of ander herdenking wat eintlik 'n volksherlewing is, en ons het al hoe meer mans met lang baarde teëgekom. Selfs dié wat nie regtig baard had nie, het sulke yl, wollerige slierte aan hul kinnebakke gedra. Ferweelbroeke en onderbaadjies het hoogmode geword, ossespanne is afgerig, en daar is ekstra daggapitjies by die perde se voer gegooi om hulle te laat hoog trap. Orals was plakkate van 'n stoeier met die naam Johannes van der Walt opgeplak; hier en daar het proef-fakkellope plaasgevind. Maar oor die algemeen het dié gebeurlikhede by my verbygegaan, omdat ons – ek en Kallie Smous – kort-kort moes teruggaan na sy versteekte stookketel op 'n vriend se boendoe-plaas, dan was ons 'n hele ruk uit sirkulasie, soos hy dit gestel het. En ons afsetgebied was hoofsaaklik beperk tot die delwerye wat soos puisies oral langs die Vaalrivier en op die Wes-Transvaalse vlaktes opgeskiet het. Ons klandisie was geharde delwers met meer geloof as wysheid – en 'n nog groter dors, want Kallie se voggies was gewilder as Mellow Wood of Kalahari Konjak. Onder hierdie mense sou jy hoogstens af en toe 'n skuins aanmerking hoor oor die "nuwe Groot Trek" van die "rykgatte", maar ek het gou agtergekom dat dit nie net vernames was wat aan die Ossewatrek deelgeneem het nie.

"Eerder fools," sou my nuwe werkgewer, Johnny Fortuin, sê.

Ek het onder 'n boom langs die pad sit en rus toe Johnny en Lizz by my stilhou.

Lizz skuif die ruit af – kan hom klaarblyklik nie meer afdráái nie – en Johnny leun oor en steek 'n klewerige hand na my toe uit. "Fortune," sê hy, "Johnny Fortune, maar almal sê sommer Johnny Fortuin." Sy fyn krulhare is blink van die olie. Lizz, wat ook hand gee, se hare is vaal en reguit. Sy is klein van postuur en daar is drie moesies op haar wang.

Ek lyk waarskynlik onseker, want Johnny buk oor en laat die agterdeur oopswaai. "Keer net dat die hoenders uitvlieg," sê hy, en ek kyk verbaas in die kraalogies van 'n groot wit haan vas.

Die Chevvie, tóé onder die kalkstof, was seker eens op 'n tyd 'n aantreklike blou; die Chevvie se baas was dalk, eens op 'n tyd, 'n vooruitstrewende kleinboer. Wel, dís wat deur my gedagtes gaan, want 'n vreemder geselskap het ek nog nie gesien nie. Nou was sy hele boerdery skynbaar binne-in die Chevvie. Die agterste kussing is uitgehaal en in die plek daarvan is 'n plankafskorting, maar nie hoog genoeg om 'n vriendelike, effens aanmatigende bokgevreet teë te hou nie, asook, natuurlik, die reeds gemelde wit haan, en, toe ek fyner kyk, nog twee henne ook. In die spasie tussen die plank en die voorste sitplekke is 'n paar volgestopte seilsakke, maar daar is genoeg plek vir my muggielyf.

Ek voel onmiddellik tuis.

"Wat maak jy hier in die middel van die wêreld? Het 'n sirkus gatvol geraak vir jou en toe laai hulle jou hier af?"

Johnny Fortuin sê dit nie op 'n leedvermakerige manier nie. Maar ek haal my punthoed selfbewus af.

"Dis nog 'n helse ent Prieska toe, toe sê ek vir Lizz: Nee, gottatjie, die arme man gaan doodbrand daar op die vlakte, kom ons gee hom 'n lift. Ek ry nie maklik by iemand verby nie. So ..." Ek kom agter dat Johnny omtrent al sy sinne op "So ..." eindig, asof hy amen daarop wil sê.

Ek moet kort-kort vorentoe sit, want die vriendelike bok bly met haar grasasem in my nekhare. Die Chevvie rúik soos 'n plaas, dink ek, met dié dat die bok en die hoenders hul plaasmaniere met hulle saambring.

"Jy wonder seker oor die bok en die hoenders," sê Johnny Fortuin. "Man, die droogte het my nek gebreek. Die reën het te laat gekom. 'n Trokkie het ek nie meer nie, toe besluit ek en Lizz maar om die Chevvie 'n bietjie mooi te maak. Nou's ons op pad skou toe. Dis vanjaar 'n groot okkasie, dit val saam met die Ossewatrek. So ..."

"Hulle verwag die Johanna van der Merwe teen laatmiddag," sê Lizz.

Die Johanna van der Merwe? wil ek vra, maar Johnny is reeds weer aan die gesels.

"Die bok gaan skou toe, die hoenders ôk, en ons gaan soeweniers verkoop. So ..."

Die soeweniers – dis seker wat in die volgestopte sakke is.

Die bok knibbel aan my oor, en ek leun so vêr moontlik vorentoe. Maar ek weerstaan liewer 'n orige bok as die son.

Johnny dink skynbaar ook so, want hy sê: "Ek weet nie waar jy vandaan kom nie, Niklaas, maar hier brand die son jou dat net 'n vetkolletjie oorbly. Dis hoekom ek toe vir Lizz sê: Nee, ons is vol, ek weet, maar kom ons laai die arme drommel op, hy sal hier sit en doodgaan. Môre-oormôre staan ek langs die pad, dan ry hy by my verby. En daar's altyd 'n gaatjie vir iemand. So ..."

Sy woorde is skaars koud, toe gewaar ons 'n gestrande motor, 'n entjie van 'n sandlaagte af. Johnny ry versigtig deur die sandlaagte, want, sê hy, daar is 'n paar lelike knikke.

"As af," sê 'n man in 'n ferweelonderbaadjie. Langs hom staan twee kinders, netjies aangetrek. Elkeen hou 'n skinkbord met eetgoed – southappies – vas. Die seuntjie se hare is platgekam en blink.

"Môre, meneer De Jager," sê Johnny. "Seker te vinnig deur die knik ...?"

"As meneer Fortuin nou net die twee kinders kan oplaai. Die southappies moet skou toe; my vrou is mos voorsitster ..."

"... van die VLV," voltooi Lizz sy sin.

"Miskien kan mevrou dié paar bottels by die marktafel afgee," sê meneer De Jager, wat skielik 'n bietjie bedremmeld lyk, en hy stapel 'n klompie vrugteflesse in Lizz se arms.

"Daar gaan baie mak skape in 'n kraal," sê Johnny, en ook hy klink senuweeagtig. "Vername mense," fluister hy vir my, "maar ek kan mos nie verbyry nie? Laat die seuntjie op jou skoot sit, dan kyk ons. So..."

Die dogtertjie, rooi strik in die hare, sit grootoog tussen Lizz en Johnny; die seuntjie sit dwarsbeen op my skoot. Hulle klou vir lewe en dood vas aan die borde southappies. My mond water as ek na die gehalveerde eiers, Weense worsies, kaas en polonie kyk en die garnering bewonder. Die bok laat dit nie net by bewondering bly nie; sy strek haar uit en raap 'n slaaiblaar van die bord af.

"Bok!" skree die seuntjie, en hy hou die bordjie met eetgoed so vêr as moontlik van die dier af.

Dit word 'n senutergende rit, want kort-kort kielie die bok se baardjie in my nek soos wat sy die res van die garnering probeer bykom. Ook die hoenderhaan leun vêr vooroor om te kyk of hy nie 'n blokkie kaas kan raak pik nie.

Die dorp is in rep en roer.

"Het jy 'n bestemming, Niklaas?" vra Johnny Fortuin toe ons die kinders by die groot, kleurvolle skoutent afgelaai het.

"Nie eintlik nie," sê ek, want ek is mos oneervol ontslaan.

Ek kyk rond of ek Kallie Smous se waterkar sien, maar hy hou hom waarskynlik skaars; hier is te veel oë en ore. Mag sy laaste toonnael besonder lank neem om af te vrot!

"Kan ek met iets help?" vra ek, hoewel ek nie lus voel om té betrokke te raak nie. Skoue en ossewatrekke is die soort geleenthede waar 'n mens sou verwag om mense soos Lot Vermaak en Vermeulen en Jeske en Krisjan Obbes raak te loop, en ek het vir eers genoeg van hulle gehad.

"Jy kan darem saam met ons eet," sê Johnny Fortuin. "Help my om 'n tafeltjie op te sit. Ons dink die mense sal nogal gáán vir soeweniers. So ..."

Ons pak uit. Daar is prente van vegters met blinkswart, versierde lywe en bloeddorstige gesigte; daar is sopkommetjies met ossewaentjies op; daar is 'n gehawende ou hoed met vetkolle waarop Johnny 'n papiertjie geplak het met die woorde *Generaal Piet Cronjé, Hoed van 'n Hensopper.*

63

Die ossewatrek: 'n herdenkingsfees.
'n Hoofstuk waarin Nicolaas die goue reël leer dat daar geld uit sentimente te maak is.
Hy ontmoet ook 'n professor wat rympies en raaisels versamel.

Die skouterrein is 'n belewenis.

Eenkant is die skoukrale: ry op ry op ry, met beeste en boerbokke en skaap. Langsaan is die pluimveesaal, waarheen ek die wit haan en die twee henne dra. Ek verpes die stank van hoendermis en dink daaraan dat Mias altyd gesê het net die duiwel kon voëls maak wat só stink skyt. Nog 'n saal huisves die VLV- en ander vroue: dis 'n gewriemel van swaar onderlywe in voorskote, van plooigesighuishulpe wat vlugvoetig skarrel met skottels en borde en broodpanne en beskuit. Toe ek my weer kom kry, druk 'n vrou met 'n boesem soos een van Lot Vermaak se uitsoek-waatlemoene 'n vrugtefles in my hand en beduie na 'n rak waarteen 'n leertjie leun. Toe ek my omdraai, staan en wag sy met nog twee in haar hand en sy lyk moeilik.

"Is jy heeltemal onnosel?" vra sy. "Hierdie flesse moet nog álmal op die rak. Maak plek! En maak gou! Die saal moet klaarkom; die Johanna van der Merwe is netnou hier!"

Maar ek is skynbaar nóg te stadig na haar sin, want sy stamp my uit die pad en bestyg self die kreunende leertjie. Toe sy haar rug draai, gaps ek 'n fles met perskes wat lyk asof hulle met die eerste prys sal kan wegstap. Toe ek hoor hoe sy aan die vrou by die tafel langsaan vra wie se oorlams hanshotnotjie ek is, los ek 'n poep in haar rigting.

"Present gekry," sê ek toe ons middagmaak onder die afdakkie wat Johnny opgeslaan het. Die perskes gaan goed af saam met die koue vleis wat Lizz uit 'n skottel optower.

Ná ete bied ek aan om met die soeweniers tussen die mense rond te loop sodra die amptelike opening verby is.

Johnny se leerbruin, songeplooide gesig blink. Die fyn krulle van sy skimmelbruin hare loer onder sy pet uit. "Kyk net mooi," sê hy, "vir wie jy moet missus en vir wie jy nié moet missus nie. Jy sien dit aan die hoek wat hul neuse met die grond maak."

Ek dink aan die vrou met die vrugteflesse se neus, dolkskerp in verhouding met haar ovaalvormige gesig en haar keelsakke. Daardie neus staan wind toe.

Intussen verwonder ek my ook aan die krioelende mensemassa; ek het nog nooit soveel mense bymekaar gesien nie. Op 'n keer kom iemand te perd verby; 'n lang gestalte wat ek meen te herken aan sy harde stem. Dit kan Vermeulen wees. Dan weer trippel 'n meisie verby wat van agter af net soos Gudrun lyk. Ek roep onseker agter haar aan – *juffrou, juffrou!* – maar toe sy omkyk, sien ek sy het 'n vratjie langs haar neus. Dis natuurlik met groot byeenkomste altyd die geval, dink ek, dat mens ou bekendes raakloop. Rondom gebeur dit dan ook. Jy hoor dit aan die uitroepe en die gesels en die uitvra.

Dis die één plek waar Klaas Duimpie sy opwagting sou maak. Uncle ook, dink ek spytig, hoewel ek nie juis iemand wat na 'n Jood lyk tussen die kraampies gewaar nie.

Toe 'n effens geboë man in 'n swaar grys jas na die opvoutafeltjie aangestap kom, vou my bene byna onder my in. Ek sak onder die tafeldoek in en maak of ek iets regpak. Hy lig sy hoed vriendelik in Lizz se rigting en sien gelukkig glad nie dat ek hom van onder die tafeltjie af dophou nie. Die oomblik toe hy sy hand uit sy jassak lig, merk ek dat die vingers van sy hand gespalk is. Hy tel van die soeweniers op en vra of hy solank een kan koop.

Lizz en Johnny se tafel is van hoek tot kant volgepak. Daar is tuisgemaakte vlaggies – die Transvaalse Vierkleur is daar, ook die ou Vrystaatse vlag; daar is 'n klompie doodgewone sopkommetjies waarop Lizz die syfers 1838-1938 met 'n bewerige kwassie aangebring het, asook 'n bebaarde gesig wat dalk dié van die een of ander Voortrekkerleier kan wees. Daar hang selfs 'n tuisgemaakte Voortrekkerrok wat miskien aan een van Lizz se oumas behoort het, hoewel sy sê sy het dit met sweet en trane aanmekaargestik. Johnny het 'n hele versameling miniatuurswepies gevleg; Lizz het 'n dosyn miniatuur-tuitkappies gemaak.

Dan is daar Johnny se trots: 'n tweetal kakebeenwaens, volledig met dolos-spanne en skaapkakebene met kamma-tent oorspan, wakissies, touleier, bebaarde perderuiter, vrou en dogters in kappies, de lot.

Twee gesinne op trek.

Alles netjies op 'n groot, plat stinkhoutskyf gemonteer.

Aan Johnny se gesigsuitdrukking wanneer iemand navraag doen, lyk dit nie eintlik of hy sy meesterstuk wíl verkoop nie.

"Twee ghienies! Dis darem vrek duur."

"Dis deel van ons kultuurskat," brom Johnny.

Ek leen 'n hoed by hom, trek dit styf oor my oë en vertrou maar dat mense nie te veel aandag aan my postuur sal gee nie. Toe ek met my penswinkeltjie begin stap, dink ek aan Aäron. *Egte soeweniers!* roep ek uit, *kom kyk! kom kyk!* Ek lui die klok wat Johnny my in die hand gestop het. *Egte soeweniers! 'n Replika van Piet Retief se kruithoring! 'n Bladsy uit Maritz se Bybel! 'n Tonteldoos van Anneries Pretorius! Piet Cronjé se hoed!*

"Dis hom, Boetman!" sê 'n bysiende boer met 'n Kinderbybelbaard naby my oor. "Het jy nie iets van Dirkie Uys nie? Ek stam regstreeks van hom af!"

In 'n ommesientjie is ek terug met 'n klossie hare wat ek van 'n perd se stert afgesny het. "Dirkie Uys se perd s'n," sê ek, en steek 'n halfkroon in my sak.

By 'n tent waar 'n groep vroue hul gereed maak vir die doopplegtigheid, vergaan hoor en sien soos die dopelinge en ander kleingoed skreeu. 'n Seuntjie met 'n drel aan sy neus gaps een van die swepies uit my penswinkel. Dis nodeloos om hom agterna te sit. 'n Goedige tante wat skaars kan beweeg met haar botterboombene, druk 'n geldstuk in my hand. "Dis vir die swepie," hyg sy. "Anders kom jy kort en dan's jy in die moeilikheid."

Toe gewaar ek haar.

Johanna Brand.

Net vir 'n oomblik, en ek beweeg so vinnig as wat my kort bene my maar kan dra tussen die beduiende, geselsende en borsvoedende vroue in hul lang rokke deur.

Maar sy is weer weg. Was dit 'n skim?

Tog nie. Ek kan my kop op 'n blok sit.

Die Johanna van der Merwe word die feesterrein binnegelei deur 'n perdekommando. Voor ry 'n lang, regop figuur met 'n bulderende stem. Ek is seker ek hoor iemand die naam van veldkornet Vermeulen noem. Dalk het ek my verbeel; daar bestaan seker nie eens meer 'n rang soos veldkornet nie. Het nóg iemand die naam Vermaak geroep? Ek skreef my oë. Ek sien niemand wat met sy hande tussen sy bene ry nie.

Ek moet lag kry. Dit is hoe ek verwág hy moet wees. Soos 'n buffelbul met 'n ou, kankerende wond. Maar hy het ook geswéér, val dit my by. Dat die wêreld nie groot genoeg is vir my om in weg te kruip nie; dat ons paaie weer sál kruis.

Ek ril asof iemand oor my graf loop.

Anaat het altyd so gesê.

Anaat. Tussen my ribbes kom sit 'n gevoel van leegheid, asof ek die hele dag nog niks geëet het nie. Nee, dis meer as hongerte.

Ek kry die gevoel sy is ook hier. Saam met hom. Het ek haar dan nie in die steek gelaat nie?

Die dopery is 'n hele plegtigheid. Die dominee, in 'n kraaiswart pak wat skerp afsteek teen die fel lig, praat en praat in die Oktoberson. Kort-kort sê hy iets wat in my herinnering vasbrand: *Soos Josua van ouds*, sê hy, *soos Josua van ouds*. Wat van Josua van ouds? Nee, ek weet nie. Daar word Andries Willems gedoop, Dirk Jakobusse, 'n hele paar Pieter Retiefs, so met van en al, en 'n norring Eeufesias.

"Sies tog," sê 'n tante wat bokant my uittroon, aan haar vriendin, "húlle sal nooit oor hul ouderdom kan lieg nie."

Die skraal meisie met die kappie wat haar jongste kleinsus héél laaste vorentoe bring, trek my aandag opnuut. Dis net te vêr om met sekerheid te kan sê dit ís Johanna. Maar die string kleingoed waaruit sy na vore gekom het, lyk alte bekend. My oë skreef om die doopouers – die skraal man en sy kort, mollige vroutjie met die kappie – te herken. Ek wil nader gaan, maar dan begin bid die dominee en iemand hou my aan my hempskraag terug en sis: "Blerrie smous! Kan jy nie hoor die doomnis bid nie?" Ek kry 'n draai aan my oor.

Metdat ek weer oë oopmaak, is Swartsarel en sy vrou en kinders weg.

Toe ek ná my tweede penswinkelronde terugkeer, trots dat ek vier tuitkappies en 'n halfdosyn swepe verkwansel het, staan daar 'n man wat wéét van kibbel. Maar dis duidelik dat hy nie net hier is om oor die prys van 'n dolos-stel te kibbel nie; hy is aan die snuffel na veel meer. Ek kom ook agter dat Johnny Fortuin sy prys verhoog het, en ek is nou meer as ooit daarvan oortuig dat hy nie sy kunswerke in 'n skouganger se bladsak wil sien verdwyn nie.

Elke keer wanneer iemand asem intrek en sê *Is dit nie prágtig nie! Haai, kyk daar, ou Dingaan uitgeknip*! dan sien ek uit die hoek van my oog hoe trek Johnny se rug regopper.

Toe Lizz op 'n keer amper die ossewastelletjie aan 'n deftige vrou met 'n bultende handsak verkoop, los Johnny sy klant – 'n jong boer wat punteneurig tussen die swepe rondkarring – net so en sê blatant, terwyl hy vir Lizz in die sy stamp: "Jammer, missus, dis klaar bestel."

"Dan moet julle 'n papier daarteenaan plak," sê die vrou en sy draai driftig weg.

"Jy beter nou besluit of jy die ding wil verkoop of nie," hoor ek Lizz sê.

"Ek het máánde daaraan gewerk," antwoord Johnny.

"Drie pond tien ..." sê 'n nuwe klant. Hy staan effens vooroor geboë in sy vaal pak wat by die elmboë, by die moue en op die kraag skif. Sy gesig is benerig, sy voorkop breed, en hy het ylerige grys hare en eienaardige oë, wat nogal aan dié van 'n verkleurmannetjie laat dink.

Onder die ouerige pak het hy 'n heldergeel onderbaadjie aan. Só helder is die onderbaadjie dat hy in halfdonker omtrent soos 'n verligte venster moet lyk.

"Drie pond tien ... hmm. Dis 'n bietjie baie vir 'n arm man," sê hy.

"Dis Afrikanerkultuur," sê Johnny ongeesdriftig.

"Wat van 'n Vierkleur?" vra ek, en ek swaai die vlaggie onder die vreemdeling se neus.

Die trapsoetjie-ogies loer na die vlaggies en dan na my. "Die onderste baan is te breed," sê hy, "en die groen moes helderder gewees het." Hy tel weer een van die beesdolosse wat voor die kakebeenwa ingespan is, op. Dit lyk asof hy die dunste glas hanteer.

Ek merk dat Johnny Fortuin verbouereerd na my kyk.

"Ek het 'n fout gemaak," sê Johnny meteens. "Die wa is drie pond tien; die osse is nog tien sjielings per kop."

"Dis 'n span van twaalf," sê die man, "so dit gee vir jou nog ses pond; altesaam nege pond tien ... Dis onhááłbaar duur!"

Ek en Johnny kyk verbaas na hom, want hy tel reeds die geld af.

"Ek dag meneer sê dis te veel." Dit klink of Johnny protesteer.

"Ek kan mos sien watter waarde jy daaraan heg," sê die man. "Jy werk seker nie vir 'n baas nie."

Baie onwillig begin soek Johnny 'n houer om die stel in te verpak.

Net voordat die man loop, steek hy sy hand so half verstrooid uit, asof hy dit voorheen wou doen, maar vergeet het.

"Posthumus," stel hy homself voor. "Professor Posthumus."

'n Professor! Waar is Piet Praaimus nou! Ek staan op my tone.

Professor Posthumus sê: "Die wa en osse is werklik outentiek. Dis presiés soos die seuns in die tyd van die Trek gespeel het ... Donkerman, Ysterman, Roesman, Rooilyf ...!" begin hy deklameer, sodat die mense wat verbystap, in ons rigting draai en selfs gaan stilstaan. Party word so nuuskierig dat hulle nader kom, die soeweniers begin bekyk en uiteindelik wegstap met 'n vlaggie of 'n miniatuurkappie, terwyl die geldsak rinkel.

Net voordat hy in die rigting van een van die sale verdwyn, sê professor Posthumus nog: "Ek is eintlik op soek na iets anders ook."

Johnny kyk hom agterdogtig aan, maar die twaksakkie met die geld daarin het meteens geweldig swaar geword. So hy sê niks. Ek merk wel met hoeveel liefde – wat kan 'n mens dit anders noem? – hy die twee waens met die ossespanne en die tablo van gesinslede in sagte papier toedraai en in 'n groot seepboks laat sak.

"Ek is op soek na ou liedjies en raaisels," sê professor Posthumus. "Die kultuurstudie is my vakgebied. Ek stel belang in alles wat oud en outentiek is."

Ons gaap hom aan, my mond seker die oopste van almal. Dít moet die professor met die dik boek wees waarvan ou Sias Stilstuipe daardie dag in die kroeg op Klipfontein gepraat het!

Maar dan hou hy op met praat, want iemand is besig om die skare se aandag met 'n soort trompet te trek. Dié wat rondbeweeg, gaan staan stil en kyk na 'n verhogie wat in die middel van die feesterrein staangemaak is.

"Sjuut!" beduie iemand in ons rigting, maar professor Posthumus sê nog in sy hees, krapperige stem: "Daar staan my motor." Hy beduie na 'n regop, gitswart Fordjie langs een van die tente. "As iemand 'n rympie of 'n liedjie onthou, kom vertel my daarvan ..."

Toeskouers beduie ergerlik dat die professor moet stilbly.

Die verrigtinge word geopen. Alles kom tot stilstand. Ek kom agter dis nie net Vader Grau of Lot Hamerkop wat meesters is as dit kom by lang tafelgebede nie – al sou hul motiewe verskil. Tydens die predikant se uitgerekte, sangerige gebed gebeur 'n hele paar onheilige dinge: ek merk 'n seun wat 'n meisie op haar wang piksoen en dan 'n dwarsklap kry; ek sien 'n kêrel met 'n geskeurde broek en 'n slonsige trui onder een van die kostafels deurkruip met 'n armlengte rou wors; ek gewaar hoe 'n eerbiedwaardige vent aan die hooftafel sy hand onder een van die diensmeisies se voorskoot laat ingly.

Die predikant lig die Here in oor die opheffing van die Afrikaner, die soeke na eie identiteit, en die moontlike stigting van 'n kulturele beweging, 'n soort brandwag. Hy vertel die Here van die wonder van nasionale oplewing, van hoe swaar die Afrikaner gekry het. Hy verduidelik waarom die Trekkers 'n eeu gelede ter wille van hul vryheid die donker kontinent in is met hul witkapkakebeenwaens. Hy roskam die Here oor al die swaarkry en ellende, die koors en die Zoeloes; en die laaste deel van sy gebed staan hy af aan die konsentrasiekampe en die afgebrande plase.

Daarom, Here, omdat ons wéét dat dit u wil is, versoek ons U om die verrigtinge van hierdie dag te seën, want u genade is groter as wat die mens kan bedink ...

Die hoofspreker, wat my glad nie beïndruk nie, herhaal die meeste van die goed wat die dominee reeds in sy gebed aan die Here vertel het.

Gelukkig is professor Posthumus nou ook iewers geanker; hy durf dit nie waag om die waardigheid van die geleentheid 'n oneer aan te doen nie. Hy staan dus met sy deurgeskifte pak teen 'n sleepwa vol kafbale aangeleun, en ek merk hoedat 'n ligte windjie mettertyd van die strooi in sy hare vleg.

Ek maak verskoning en sorg dat ek langs die professor opduik.

"Soek professor raaisels ook?" fluister ek toe die volgende spreker klaar gepraat het.

"Raaisels?" vra hy, asof hy aan glad iets anders gedink het. "Raaisels ...?"

Ek resiteer.

> *"Ik vond een nest in de matjiesgoed*
> *ik vrat een ei, dat zat mij goed.*
> *Ik maak mijn make, ik vloog daar weg,*
> *mijn hoofd vooruit, mijn staart verzeg ..."*

Van pure opgewondenheid vat hy my aan my boarm vas. So styf hou hy my vas dat sy vingers soos 'n meganiese klou voel.

"Gedorie!" sê professor Posthumus, en hy buk vooroor om onder my punthoed in te loer. "Is jy dan nie die kêreltjie wat vanmiddag die sopkommetjies aan my wou afsmeer nie?"

"Die Vierkleur," help ek hom reg.

"Ja, ja, die Vierkleur, Driekleur, kom nie daarop aan nie. Wáár kom jy aan die raaisel?" Sy groot, bolvormige oë pen my vas soos trapsoetjies vir vlieg sal vaspen. Daar sit spoegies aan weerskante van sy mond. As hy praat, maak die spoeg borreltjies.

Ek vertel hom die aandoenlike verhaal in enkele sinne.

Hy begin grawe in sy verslete pak se binnesakke. Ná 'n hele ruk haal hy 'n verfrommelde stukkie papier tussen twee ongewaste sakdoeke uit.

Ek herken die stukkie papier onmiddellik.

64

WAARIN NICOLAAS ALETTUS IEMAND TEËKOM WAT REKEN
DAT HY RAAISELS KAN OPLOS. WANNEER HY SY NOOD
GAAN VERLIG, WORD HY AMPER GESTENIG.

"Ek het dit by 'n handelaar gekry," verklaar professor Posthumus.
 'n Handelaar! Is dít wat Kallie Smous homself nou noem?
 "'n Goeie man," vervolg die professor. "Hy reis van delwery tot delwery en voorsien vars water aan die mense."
 Ek wonder wat die professor sou sê as hy weet hóé oud is die water in daardie tenkwa. En van die versteekte vat weet hy natuurlik gehéél nie.
 "Dis eintlik myne," sê ek dan, terwyl ek die verfrommelde papiertjie platstryk. Die professor kyk op 'n eienaardige manier na my, asof hy dwarsdeur my na die deurpaneel van die motor kyk. Half ingedagte. Ons sit in sy regop Fordjie; hy het vir my yskoue koffie uit 'n fles geskink.
 Op die agtersitplek gewaar ek 'n warboel besittings, onder meer die seepboks met Johnny se Trekkertablo. Daar sit nou nog kafstrooi in professor Posthumus se ylerige hare.
 "Rympies en raaisels en stories is allemansgoed," sê hy ná 'n ruk. "Dit lê rond en dit gaan verlore. Iémand moet dit versamel. Vandat hiérdie ding mense se lewens oorgeneem het" – en hy tik teen 'n massiewe radio op die sitplek tussen ons – "sterf mense wat rympies en raaisels maak, vinnig uit." Die professor se trapsoetjies-oë loer in die rondte. "Dis nog net hier in die Onderveld en op sommige afgeleë plekke, soos in die Bosveld, waar jy juweeltjies raakloop. En by verstedelikte plattelanders. Maar juweeltjies, hoor, juweeltjies!"
 Ek druk my egg-box, wat ek nooit te vêr uit die oog laat gaan nie, stywer teen my vas.
 Die professor praat reeds weer; nuwe spoegborreltjies vorm aan sy mondhoeke. "Ek reis die land vol om opnames te maak. En ek

maak staat op mense soos meneer Beukes om verloregaande kultuurskatte vir my aan te dra. Dit kom alles in 'n sentrale register."

Beukes, dink ek. Nou toe nou. Kallie Strauss sal moet kophou om nie met sy skuilname klei te trap nie. Dit ontgaan my nie dat dit een van Klaas Duimpie se aliasse is nie. Hoeveel keer verander jakkals van hare?

"Ek ken meneer Beukes," sê ek vinnig. "Ek het vir hom gewerk."

"A! Dan weet jy seker hoeveel waardevolle liedjies en raaisels hy al vir my bymekaargemaak het!" sê hy. "Ek betaal goed, hoor!"

Ek dink aan die rympies wat Kallie Strauss soos peule uit 'n boom geskud het tydens ons kortstondige rit. Outentiek? Maar ek swyg.

Die bolvormige kykers het hulle nou aan my egg-box vasgeheg.

"Pragtige eierkissie wat jy daar het," sê hy dan. "Nou nie juis veel werd in terme van ponde en sjielings nie, maar 'n wonderlike voorbeeld van die soort plaaskultuur wat ons by die Britte geërf het."

Dit lyk asof hy nog iets wil sê, en sy regterhand voer 'n onwillekeurige beweging na my kant toe uit. Miskien is dit 'n vroeë teken van beroerte, dink ek, want so het Frau Laufs eendag van 'n Ingelsman gesê wat sy vryperd wou kom voer gee. Hy kon sy dwaaloog nie van 'n skraal jong loseerdertjie afhou nie; elke keer wanneer hy na haar gekyk het, het sy hand so 'n ruk gegee.

"Mein Gott!" het Frau Laufs daarna teenoor my opgemerk, "wie sê die ou se stinkpaal gee nie ook sulke spasmas nie! Wat word van my meisies?"

Professor Posthumus bring my na die werklikheid terug. Hy grawe 'n bespatte skilpaddopbril uit sy baadjie se geskifte bosak.

"Ek betaal goed," sê hy. "Vir elke volledige rympie of raaisel en vir elke komplete liedjie skud ek tien pond uit."

Tien pond! Ek val amper van my sitplek af.

Die professor se oë draai dakwaarts, asof daar 'n handevrywende hemeling sit wat vir hom knipoog.

"Ek ken nog 'n hele paar ..." begin ek versigtig.

Die oë rol terug en kyk weer wys en ondersoekend na my. Hoe goed kry hy dit nie reg om sy belangstelling te verberg nie!

"Egte Afrikaanse volksrympies," waarsku hy. "Die Ingelse invloed is deesdae baie sterk."

"Afrikaans," sê ek. Sou Stryker se verhale en liedjies kwalifiseer?

Dan skiet 'n waarskuwing van Uncle my te binne. "Moenie 'n ding verkoop voor jy nie ge-bargain het nie! Die meeste mense is soos 'n klomp wetterse perdevlieë wat iets uit jou wil uitsuig. En wat gee hulle terug, shikkerel? Drolle, niks meer as drolle nie!"

Ek haal diep asem. Piet Praaimus het op 'n dag gesê ek is oor die kop geslaan met die raaisel. Wie is Piet om te praat! Loop hy nie sy skoene deur agter klipgeheime nie? En hier sit ek nou 'n treetjie van die waarheid af. Van uitleg af. Ek sal die tweeling-raaisel, die een tussen Diederik se versies, ook op die tafel sit. Wag maar.

"Ek kon sien professor glo my nie. Maar die raaisel van die voël wat sy nes maak ... Dis regtig myne. Dit kom van my pa af."

Hoe weet ek dit kom régtig van my pa af? Maar ek kan tog nie net sê *dis myne* nie. Veral na ou Trapsoetjies se uitleg dat oorgelewerde vertelsels aan niemand behoort nie.

Professor Posthumus haal 'n draaipotlood uit sy sak, skuif sy bril wat tussen sy hare verdwyn het, weer af oor sy oë, verwyder 'n kafhalmpie wat daaraan vassit, bring 'n notaboekie uit sy geel onderbaadjie te voorskyn en begin rondblaai. Dan skryf hy iets.

"Wel, jy het dit foutloos geresiteer," sê hy, "so jy moet dit ken."

Dan kom die vraag wat ek die meeste van alle vrae vrees.

"Van?"

"Hoe bedoel professor?" vra ek, om tyd te wen.

"Jou naam; jou pa se naam." Daar sit geoefende geduld in sy stem. "En sê sommer waar jy dit die eerste keer gehoor het; of waar jou vader dit raakgeloop het. Plek en datum sal baie help."

"Diedriks," sê ek gladweg. "Niklaas. Nicolaas Alettus. En dis my pa se name ook."

Vir al wat ek weet, ís dit.

"Waar en wanneer?"

"Ek sal net 'n bietjie daaroor moet gaan dink," sê ek. "Professor kom nou skielik op my af."

Die trapsoetjies-oë pen my vas.

Die handjie wuif 'n geldnoot voor my. Hy laat dit weer in 'n beursie verdwyn, maar die handjie hou nog aan met wuif, soos 'n nagedagte.

"Ons spreek af," sê hy. "Wat doen jy môre?"

Die skou – die hele fees – duur tot oormôre; dit weet ek.

"Ek dink nie Johnny-hulle sal my mis nie," sê ek.

"Wie is Johnny-hulle?" vra hy.

"Die mense by die kraampie met soeweniers. Ek het hulle maar net gehelp omdat hulle my 'n lift gegee het." Ek besluit om te swyg oor die rede waarom ek my dienste by Kallie Smous – Kallie Beukes – opgesê het. Dit sal sake net kompliseer.

Ek weet nou ek sal my raaisel kan terugkry.

Die professor se oë rol regs, dan links.

"Uitstekend!" fluister hy. "Uitstekend! Ek gaan môre Kimberley toe. Jy kan saamry as jy wil. In die stad en op die hoewes om die stad bly duisende Afrikaners wat deur die stad se glans of deur die skittering van blink klippies aangelok is ... Arm mense, baie van hulle. Hulle het deur die depressie gekom met nie veel meer as hul klere aan hul lywe nie. Sommiges is deur die stad ingesluk. Toe sluit die diamantmyne ook nog; hulle't maar onlangs weer oopgemaak. Maar daar lê ánder juwele tussen hulle rond: die oorblyfsels van ou liedjies, stories, raaisels." Hy leun vorentoe; ek kan elke aartjie langs sy pupille sien. Spoegies borrel weer weerskante van sy mondhoeke. "Jy kan help hekke oopmaak; ons kan oor ou verhale en rympies gesels. Ek kan sien jy stel ook daarin belang. Of is daar iets anders wat jou hier hou? 'n Meisie, miskien?"

Hy is tog ernstig, dink ek. Ek sien nie spot of leedvermaak in sy oë nie. Ek sê nie vir hom dat my kop hóéka Kimberley toe staan nie. Maar ek onthou dat ek moet *bargain*, soos Uncle gesê het.

"Daar ís iets," sê ek. "Ek sal graag wil saamgaan, maar dan moet professor my eers iets beloof."

Hy kyk agterdogtig na my.

"Ek sal jou goed betaal," sê hy. "Vir elke liedjie wat ons vind ..."

"Ek wil graag uitleg hê," sê ek. "Oor die raaisel van my pa. Professor sal séker vir my kan uitleg gee?"

Hy bars onverwags uit van die lag.

Is dit 'n lag van verligting?

"Natuurlik," sê hy, "natúúrlik. Ek wil dit nie self sê nie, maar ek is 'n kenner van raaisels. Jy sal my nie maklik met een vasvra nie. Môreoggend vroeg, as ons ry, vertel ek jou."

Ek is te opgewonde om te slaap. Ek drentel tussen die braaivleisvure rond, skaai hier en daar 'n stukkie wors en roosterkoek, neem afskeid van Johnny en Lizz en beweeg deur die tentedorp en die dorp self om te kyk of ek Johanna Brand en haar mense gewaar. Maar niks.

Ek stap tussen die klipkoppies deur tot by die rivier, verwonderd toe ek besef dis Gariep, dis dieselfde rivier waaruit Betta myle verder haar drinkwater haal en in 'n bad gooi waar die troewelheid met perskepitte afsak. Ek dink aan Josephine. Ek gly-gly teen die wal af en stap met 'n smal sandstrook om 'n kuil tot by die hoofstroom. Ek gaan staan op 'n omgevalle boomstomp wat in die modder vasgedryf het en voel hoe dit wieg. Die rivier stroom dik en bruin voor my verby. Annerdinges stuur 'n blink boog tot in die malende, wolkerige bruin massa. Dís vir Josephine. Drink, Betta!

Skielik hoor ek iemand proes en giggel.

Sjoep! Steek weg jou kop, Koggelman!

Dis drie meisies, hul voete in die water, hul rokke opgetrek en onder hulle ingeslaan. In die dowwe maanlig kon hulle net so goed skimme gewees het, of wilgerstompe. Ek kan ook nie agterkom hoe oud hulle is nie.

Hulle sit op 'n gladde klip waar die sandstrook begin. Ek moet by hulle verby om weer bo te kom.

"Is jy 'n mossie of 'n man?" roep een van die drie. Dit lei tot nuwe giggelbuie.

"Of is jy 'n dwerg?" proes een van die ander.

"Waar's jou dwergkoeitjies en waar's jou grot?" Die een wat nou praat, skop water in my rigting.

Ek kan nie agterkom of hulle jil en of hulle spot nie.

"Soek julle gesels?" vra ek.

Hulle beraadslaag.

"Nee, ons soek nie gesels nie. Nie met 'n dwerg nie."

"Maar ek is nie 'n dwerg nie," sê ek, en ek strek my tot my volle lengte uit. Te laat besef ek dat ek in 'n val ingeloop het.

"Wat is jy dan?" wil een weet. "'n Reus?" Hulle kraai van die lag.

"Loop vliég!" sê ek. Ek wil terug, op met die rivierwal, maar hulle sit reg in my pad. Daar is geen verbykompleks nie.

"Moet ons vlieg?" vra die meisie wat eerste gepraat het. "Kan jy dan toor?" Sy spring skielik op en hardloop 'n ent met die sandstrook langs terwyl sy haar arms op en af beweeg. "Kyk, julle, ek vlieg!" roep sy.

Hulle val teen mekaar om soos hulle lag.

"Miskien het jy 'n reus vir 'n vrou," begin een weer. "Hulle sê as 'n dwerg met 'n reus trou, kry hulle klein heksies!" Die drietal lag nou só dat hulle amper tot in die water gly. In die dowwe maanlig sien ek die wit van hul boude soos hulle terugskarrel en opnuut bo-op die klip gaan sit.

Ek moet 'n ander strategie probeer. Ek kan nie heelaand hier vir gon en negosie rondstaan nie.

"Ek is 'n dwerg en ek kán toor!" roep ek in my diepste stem.

Ek het my misreken.

"En ons is feetjies en ons pas die koning se goud op!" roep die een, tel haar rok se punte op en dans weer 'n ent met die sandtong langs. Die ander volg haar voorbeeld.

Dan pak die lagbuie hulle weer.

"Glo jy ons nie?" vra die een wat die meeste praatwerk doen. "Kyk," roep sy en karring met haar hande in die water voor haar. Sy bring 'n bakhand vol spoelklippe te voorskyn. Die klippe glans geel in die maanlig. Ek herken dit. Dit moet tieroog wees; ou Baardman het vir my en Anna die geel syagtige glans laat sien. Jy kan jou verbeel dis goud.

"Ek moet teruggaan," sê ek, en ek begin in die drie meisies se rigting beweeg. 'n Potsierlike skaduwee beweeg voor my uit.

Hulle sit meteens regop, asof hulle my pad wil versper.

"Hier kom jy nie verby nie, dwergie," sê die een. "Beloof eers dat jy 'n towerring van ons goud sal maak, dan mag jy verbykom."

"En sê eers dat jy nie met ons sal trou nie!" roep die tweede. Sy gaan andermaal aan die giggel en slaan haar rok om haar los asof sy sand wil uitskud.

"Ons vry nie met Jakob Kortbeentjie nie!" skree die derde een skielik, draai haar sitvlak na my kant toe en lig haar rok omhoog.

"Toe, kom vat die goud," sê die een wat eerste gepraat het.

Wat nou? Ek moet maar maak soos hulle sê. Maar toe ek in die middel van die sandbank is, begin hulle my met klippe gooi. Die spoelklippe reën op my, terwyl hulle deurentyd skreeu en roep: "Jy lieg dat jy kan toor!"

"Ons het jou vandag gesien – jy's 'n smous!"

"Jy's niks anders as 'n deugniet nie!"

"Dief!"
"Gaip!"
"Rondloper!"
"Jodebaster!"
Ek moet my rug op hulle draai en kniel; die klippe maak seer. Hulle praat en lag steeds, maar dit klink of hulle verder weg is.

Dan raak dit stil. Ek rem die punthoed beskermend af oor my gesig en sit só totdat ek net die water hoor verbysuis. Toe waag ek dit om oor my skouer na die rivierwal te kyk. Hulle is weg.

Ek loop blindelings terug. Wat het gebeur? Was dit 'n aaklige droom? Ek voel iets klewerigs aan my gesig. Ek hou my hand onder 'n dowwe straatlamp op. My vingers is donker. Dis bloed. Gelukkig het die klip my net skrams gevang; die bloed stol reeds.

Ek loop vir oulaas 'n draai deur die dorp en tussen die tente deur. Pure verniet. Swartsarel Brand en sy gesin het verdwyn. Ek hoor ander dopelinge skree.

Al troos is dat twee van die pare wat ook laat doop het, reken die Brands is vort, Kimberley toe.

"Is dit die mense met die ou siek kleintjie?" vra 'n vrou. Sy beduie hoe Swartsarel lyk: skraal, baie blas, oë soos bafta.

Ek sê maar ja; haar beskrywing van Sarel klop.

"Sies tog," sê die vrou weer, "so 'n lap kleingoed het die arme vrou. Dis die naasjongste wat siek is. Nie die dopeling nie." Sy skud haar kop. "Hulle weet glad nie wat die outjie makeer nie. Nou moet hulle hospitaal toe, Kimberley toe. Die dokters daar is mos so goed." Sy maak klikgeluidjies. "En dan hét die vrou 'n span om voor te sôre!"

Sy kyk my skielik ondersoekend aan; lig haar kersie. "Maar jy't bloed aan jou gesig."

"Sommer 'n tak," sê ek.

"Kom hier dat ek afvee."

Haar man, wat op 'n kampbedjie lê, kug ongeduldig.

Toe ek uitstap, hoor ek hom sê: "Jy moet kyk aan wie jy vat; dit traak my nie dat jy 'n nurse was nie!"

Ek maak of ek 'n stalkneg is en slaap tussen die hooi by die skoustalle. Nou lyk ek ten minste 'n bietjie soos die professor, dink ek, toe ek my oë uitvee en die strooi uit my hare en klere skud. Nog net hier en daar brand 'n vuurtjie tussen die tente en geboue. In die vroeë oggendskemer lyk die tentedorp soos 'n kolonie motte wat in 'n lusernlandjie neergestryk het. Tussenin staan die motors soos swart torre, hier en daar 'n bloue of 'n groene. Aan koningstorre laat dit my dink. En koningstorre laat dink my aan Johanna Brand.

Hoe mis ek nie haar sagte aanraking nie! En dit is die eienaardigste: dat dit net die aanraking was. En die geur. Viooltjies.

Ook die professor se regop, toktokkierige swart Fordjie is nog daar. Ek steek my hand deur die oop ruit, verby die sokkievoete van die snorkende professor. Versigtig haal ek die seepboks uit. Hy sal dit tog nie mis nie; hy sal nie eens onthou dat hy dit gekoop het nie.

Ek sluip met die boks tot by Johnny-hulle se tent; laat glip dit by die wêntjie se deur in en probeer my Johnny se gesig voorstel as hy ontdek sy Trekkertablo het teruggekom.

Ek brand van nuuskierigheid en opgewondenheid.

Nuuskierigheid, omdat ek skaars kan wag dat professor Posthumus sy meerdere kennis oor kultuurdinge te voorskyn tower om die raaisel op te los. Opgewondenheid, omdat ek weet Swartsarel Brand en sy gesin is ook op pad Kimberley toe.

Voordat ons vertrek, bring die professor 'n swart kassie te voorskyn. Dit lyk amper soos die radio wat tussen ons op die voorsitplek staan. Hy werskaf aan die drade van die swart kassie, wen 'n donkerbruin lint om 'n spoel, verstel aan die knoppies.

Hy merk dat ek nuuskierig daarna kyk. "Jy't seker nog nie een gesien nie, nè?"

Ek skud my kop. "Dis 'n bandopnemer," verduidelik hy. Hy glimlag. Dis Jasper Repink se soort glimlag, die een wat sê: *Ek is groter as jy, maak soos wat ek sê; ek het die sleutel tot alle geheime, trap in jou spoor.*

Hy verstel weer aan die knoppies.

Tot my verstomming herhaal die masjien 'n gedeelte van sy woorde: ... *nog nie een gesien nie, nè?*

Watter wonderlike, magtige uitvindsel!

Piet het my al daarvan vertel, maar dis die eerste een wat ek met my eie oë aanskou.

"Dis onontbeerlik vir my werk," sê professor Posthumus.

"Kan dit my woorde ook na-aap?" vra ek.

Die professor antwoord nie; hy vroetel net weer met die masjien.

My eie woorde kom na my terug. Dit klink soos ek, en dit klink ook nie soos ek nie.

Professor Posthumus lag. Hy gewaar my verbasing. "Sê nog iets," sê hy dan. "Sê jou raaisel, dan het ons dit op rekord."

Op rekord. Dit klink só belangrik.

Toe hy die Fordjie se neus teen die lang bult buite Prieska in die oggendwind stoot, begin hy die raaisel uitlê.

"Kyk," sê hy, "ek kan nou nie my kop op 'n blok sit dat ek die raaisel presies so sal verklaar as wat dit oorspronklik bedoel was nie. Dáároor het 'n mens nie beheer nie. Dis maar soos met die uitleg van drome: hier en daar tas jy in die duister."

Ek besluit om so min moontlik te praat. Dit werk op my senuwees om te weet die masjien luister af wat ek sê.

"'*Ik vond een nest in de matjiesgoed ...*' Die matjiesgoed, dit weet jy seker, is die biesies van die Buffelsrivier en die ander, kleiner riviere wat weswaarts in die Atlantiese Oseaan vloei ..."

Ek raak amper ongeduldig. Ek kom van Bakoondskraal af, wil ek sê, ek ken die wêreld of ek dit self gemaak het. 'n Aardrykskundeles het ek nie nodig nie. Maar ek bly stil.

"So, die ék, die een wat hier praat – of, as jy wil: die een wat die rympie, die raaisel, gemáák het – dié loop 'n nessie in die matjiesgoed raak." Professor Posthumus lyk ingedagte; hy herkou aan sy woorde. Ná 'n ruk lyk dit asof hy van my vergeet het. "Wat maak nes in die matjiesgoed? Voëls, natuurlik. En wie sal van dié nes wil weet?"

"Katte," sê ek dadelik. "Wilde katte; likkewane ook. Muishond, ja, muishond veral; hy kan eiers tog nie uitlos nie."

"Dit klop met die volgende reël," sê professor Posthumus. "Die ding het 'n eier gevreet, ja, hmm; en nou's hy dikgevreet."

"Is dit wat *dat zat mij goed* beteken?" vra ek.

"Onder meer, my jong vriend, onder meer." Hy trommel op die stuurwiel. Die motortjie skud en stamp erg op die sanderige en plek-plek klipperige pad; ek wonder of die praatmasjien ooit sal kan hoor wat ons sê.

"Maar dis nie te sê dat dit 'n kat of 'n muishond is nie," sê die professor onverwags. "Dit kan ook 'n voël wees."

"'n Voël?"

Het iemand anders nie al dié moontlikheid genoem nie? Ek sif my gedagtes, maar daar bly net bantoms agter.

"'n Koekoek," sê professor Posthumus, en hy probeer vir die soveelste keer om 'n blerts hare, wat hy skeef gelê het, plat te druk. Hoe hy met sy benerige lyf in die Fordjie geslaap kry, weet net hy.

"'n Koekoek?" vra ek, verwonderd.

"Ja," sê die professor. "Die koekoek kom lê haar eier, sy lê dit in vinkneste, in die tjeriktik se nes, in streepkoppie s'n. Sy skop haar gasvrou s'n uit, vreet hom huitjie en muitjie op ..."

"Is dit wat *ik maak mijn make* dan beteken?"

"Luister, vriendjie, dis één moontlike verklaring. Maar jy het dit seker al sien gebeur, nie waar nie? Of op die uitgeskopte eier afgekom?"

Ek sê niks. Ek onthou wel dat ek en Ma-Let eendag, met houtmaak, so 'n stukkende vinkeiertjie gesien lê het. Die miere was al besig om die dop van binne skoon te maak.

Dit maak sin, dink ek. Maar ek kan ook nie my teleurstelling verberg nie.

"Is dit al?" vra ek. "Is dit al wat dit beteken?"

Die professor lag. "Jy wil hê dit moet iets vir jóú beteken. Nou ja, die oumense het baie soorte raaisels gemaak. Daar is selfs raaisels, so word vertel, wat 'n boosdoener se straf kon verminder as hy hulle oplos ... Maar die meeste is maar daar vir die vermaak, vir tydverkorting."

"Maar ás dit koekoek is, wat is dit dan van sy kop en sy stert? Waarom sê hy *mijn hoofd vooruit, mijn staart verzeg* ...?"

"Dit is één ding wat ek nog nie mooi verstaan nie," sê professor Trapsoetjies. "Dit klink amper of die ding – die voël, die koekoek – teenstrydige gevoelens het, asof dit nie kan besluit wat om te maak nie. Ek wonder selfs of die raaisel reg oorgelewer is – of *staart* nie eintlik *hart* moes gewees het nie ..."

"Mijn hoofd vooruit, mijn *hart* verzeg ...?"

"Juistemint," sê professor Trapsoetjies. "Dis hoe dit met raaisels gaan. Hulle raak raaiselagtiger. Die tyd waai hulle toe."

65

NADER AAN DIE OPLOSSING VAN 'N RAAISEL. NICOLAAS ALETTUS WORD INGELYF IN DIE DIG- EN DIE VOORDRAGKUNS EN HY HOOR DIE STORIE VAN DIE WARE SAMARITAAN.

Toe ek die tweede raaisel – die een wat ek tussen Diederik se gedigte gekry het – vir hom voorlees, raak professor Posthumus hees van opgewerktheid. Hy draai die bandjie aanhoudend terug:

> *Ik vlegt een nest in de matjesgoed*
> *ik legd' een ei, dat valt mij zoet.*
> *Daar komt de meidjie, zij schopt'em dood.*
> *Wat maakte ik nu voortaan groot?*

"Nog altyd geradbraakte Hollands," verklaar hy. Hy maak aantekeninge in die dik boek, wat hy soos 'n babatjie op sy skoot hou. "Maar nou is ons nader aan 'n oplossing. Kyk, Niklaas, ons moet die tweede raaisel – hierdie een – eintlik éérste lees. Dan vra jy vir jouself: Wie praat hier? Wie is hier aan die woord?"

"Die een wie se eier uitgeskop is," waag ek dit.

"Juis. Dis nie dieselfde *ik* wat praat nie ..."

"O, nou verstaan ek," roep ek ná 'n oomblik se nadenke uit. "Dis die regte ma wat hierso praat."

"Net so. Wat haar lot hier bekla, want sy maak andermanskind groot. Wát gaan uitbroei?" Sy handjie maak 'n vraagteken in die lug. "Die vink of die tjeriktik of die suikerbekkie of die watsenaam lê ewe niksvermoedend haar eier, sy pas dit dalk nie op nie, en wié kom skop die eier uit? Koekoek."

Ek wys die geleerde man daarop dat die een raaisel praat van *opvreet* en die ander van *doodskop*. Maar professor Posthumus is onverstoorbaar. "Opvreet of doodskop ... Party rympiesmakers is wreder as ander," sê hy. "En onthou wat ek gesê het van toewaai."

"As ons kyk na die raaisel wat jy eerste gekry het, die een wat Kallie Beukes aan my verkoop het, dan is dit duidelik dat dit uit die oogpunt van die gas – die parasiet, die koekoek – geskryf is. En dan verstaan ek hierdie tweede raaisel se hartseer slot."

'n Diep en oneindige hartseer groei in my, sodat ek uit die motor klim en eenkant toe loop. Is ek dan 'n opsykind?

Sou die professor sien dat ek aangedaan is? Hy klets sonder ophou; soms luister ek.

"Die koekoek het meer as vyf-en-twintig name in Afrikaans," sê ou Trapsoetjies toe ons begin ry. "Een van die name is *meidjie*." Hy dink weer 'n rukkie na. "Maar daar is natuurlik meer as een soort ... Ons sal my vriend Leeutjie Leeuwner moet vra. Hy's 'n voëlkenner en hy werk by die museum in Kimberley."

Dalk, probeer ek myself troos, dalk lees ek te veel in die raaisel. Dalk het Ma-Let dit maar net aan my nagelaat omdat dit vir haar mooi was. Soos Vader Panzer sy kosbare Pope aan my afgestaan het.

Maar dan weer, praat 'n ander stemmetjie terug, verklaar dit nog nie waarom ouma Mazawattee en Stryker elk op hul eie manier gesê het die raaisel het 'n ander helfte nie. En dan verklaar dit nog nie waarom die ander helfte toe wel in my besit gekom het nie.

Toeval? Daar bestaan nie so iets nie. "Niks gebeur toevallig nie," het Piet Praaimus gesê. En hy het van raaisels op klip gepraat.

"As 'n mens net kon vasstel wie die rympie gemáák het," sê professor Posthumus. "Jy sê dit kom van jou pa af? Het hy nog raaisels en rympies uitgedraai?"

Sy hand – die hand wat so agterna fladder – steek hy onder sy baadjie weg wanneer dit nie aan die stuurwiel vasklou nie. As dit nie vir die geel onderbaadjie was nie, was hy werklik 'n groot, vaal verkleurmannetjie.

Moet ek hom in my vertroue neem? Moet ek hom vertel van Bakoondskraal? Van Vader Grau, die drie Susters, Ma-Let, die swerwende Klaas Duimpie wat my vader is?

Na bewering my vader is, *miskien, na vermoede, dálk, omdat ek dit so wil hê, omdat ek dit vir my inprent* ...

Dit help soveel soos melk die bul.

Al wat ek het, is die raaiselrym in die egg-box wat Ma-Let by hom gekry het. Maar dis seker ook nie te sê dat dit sý werk, sý skepping, is nie.

Net soos wat die egg-box na alle waarskynlikheid nie syne was nie, maar deel van sy buit.

Ek probeer my verlede aan professor Posthumus uitlê. Dit kom my voor asof dit hom minder interesseer.

"Wat het jy nog by hom gehoor?" eis professor Trapsoetjies. Borreltjies vorm in sy mondhoeke.

"Ek het dit van hom geërf," sê ek.

"So? Is hy dood?" vra professor Posthumus. "Ek is jammer om dit te hoor." Die verkleurmannetjie sit morsdoodstil op sy tak, sit en werk uit wanneer om sy tong uit te skiet.

Ek sê niks. Ná 'n rukkie voel ek weer sy trapsoetjies-oë op my.

Ek sal moet plan maak, anders ry hy nog tot in die sandsloot langs die pad.

Ek skud my geheue. Al wat uitval, is Stryker se ryme. Waar ek nie sy presiese woorde kan onthou nie, maak ek my eie op.

> *"Jakkals loop 'n wye draai*
> *jakkals loop 'n wye draai*
> *vossie maak die kuikens lie*
> *dis sy oudste oudste laai ... "*

Professor Posthumus laat bokspring die Fordjie tot onder 'n boom. "Wag!" skreeu hy, "wag! Ons moet dit opneem!" Sy paar los hare fletter weer oor sy benerige gesig. Sy oë is groot en koorsig. Hy vroetel met die band, pluk aan die batterykabel, ondersoek die battery. Dié is skaars onderskeibaar van die boel lêers, komberse, klere en ander goed wat die Ford se negosiewinkel – soos hy dit noem – uitmaak. Alles onder 'n laag stof, want stof warrel orals in. Toe hy weer met my praat, spat die spoeg behoorlik.

"Is jy reg, Nicolaas?"

Ek knik.

> *"Jakkals loop 'n wye draai*
> *jakkals loop 'n wye draai*
> *die ou skelm maak die kuikens lam*
> *dis sy oudste oudste laai ... "*

"Wag!" skree professor Posthumus. "Wag 'n bietjie! Het jy nie netnou iets anders gesê nie?"

Hét ek? Ek lyk seker onnosel, want hy sê: "Toe maar. Toe maar." Sy uitpeuloë verraai niks. "Kan jy dit asseblief weer opsê?"

"Jakkals loop 'n wye draai
jakkals loop 'n wye draai
vossie maak die kuikens lam
dis sy oudste oudste laai ..."

Die professor sit terug. 'n Frons keep regaf tussen sy oë. Dan draai hy hom behóórlik dwars en pen my teen die deur vas.

"Nicolaas," sê hy, "jy moenie aan die rympies peuter nie. Daar het jy dit nou nét weer gedoen."

Ek kyk hulpeloos na hom. Hy draai die spoel weer terug. "Luister mooi," sê hy. "Die eerste keer het jy 'die ou skelm' gesê, die tweede keer 'vossie'."

Ek luister. Ek kan dit nie ontken nie. Wat ek vir die bandmasjien gesê het, het ek gesê. Die masjien laat my stem snaaks klink.

"Maak dit dan regtig saak?" vra ek.

Hy antwoord my nie. Skud net sy kop. "Ek is amper seker jou éérste weergawe was óók anders!"

"Ek ken nog jaartse ander," spog ek.

Sy gesig helder op. "Uitmuntend!" sê hy. "Ek moet aanstaande Saterdag 'n vergadering van kultuurgeeste in Kimberley gaan toespreek oor ... Ag, toe maar. Sal jy ... Kan ons 'n paar van die rympies agtermekaarsit? ... Sal jy hulle vir die uitgelese gehoor voordra?"

Hy kyk amper pleitend na my. "Maar dan moet jy hóú by die oorspronklike weergawe."

Ons begin weer ry. Tot sy allergrootste vreugde dra ek nog so tien stuks van Stryker se rympies voor. Tussendeur wonder ek of ek die ánder geskriffies in my egg-box – soos Tkorteman s'n – aan hom moet wys. Maar voordat ek tot 'n besluit kan kom, gebeur iets anders.

Toe ons 'n lang bult oorsteek, die son genadeloos bokant ons, die rooi sandpad met die kalkklipknikke eindeloos voor ons, gewaar ons iemand langs die pad.

"Ek ry nooit verby nie," sê professor Posthumus. Ek weet nie of hy dit uit jammerte sê en of hy opgewonde is oor die moontlikheid van 'n nuwe bron vir sy versameling liedjies, rympies, stories en raaisels nie.

Die man, wat lanklaas geskeer en, te oordeel na die reuk, nog langer laas gebad het, het 'n klein koffertjie by hom. Hy moet buk om by die venster in te kyk. Hy druk sy hare, lank en onversorg, met vuil vingernaels terug uit sy sonverbrande gesig. Hy ruik suur, soos na ou wasgoed; hy ruik na die klere op Bakoondskraal se waskamervloer, waar ek altyd met die knope gesit en speel het as Ma-Let die water vir die balie aandra. Dis moeilik om te skat hoe oud hy is. Hy kan enigiets tussen dertig en sestig wees.

"Ek stap baie vêr, meneer," sê die man in 'n skaars hoorbare stem. "Gaan meneer miskien Kimberley toe?"

Professor Posthumus knik. Die man kyk deur die vuil agterruit. Hy loer weer by die voorruit in.

"Mag ek maar hier langs die seun sit?" vra hy dan.

Seun! As hy nie so onwelriekend was nie, het ek hom aan sy neus gebyt.

"Opskuif, Nicolaas," sê professor Posthumus. "Sal jy vir ons die bandmasjien op jou skoot hou?"

Die nuweling klim behoedsaam in, asof hy bang is daar lê 'n opgekrulde slang op die vloer van die Fordjie. Hy knyp die deur onder sy blad vas. So min plek neem hy in beslag dat 'n mens die indruk kry hy hang halfpad by die motor uit. Die pak klere wat hy aanhet – as dit syne is – het kennelik jare laas vir hom gepas. Nou hang dit om hom soos 'n tent.

Hy vee deur sy beswete hare en steek sy hand uit. Daar is 'n fyn bewing in die dun vingers, wat net vel en been is.

"Professor doktor Stefanus Johannes Janse van Rensburg," sê hy.

O aarde, hier kom probleme.

Professor Posthumus bly net 'n oomblik stil voordat hy hartlik begin lag. "Dan is ons op 'n manier kollegas," sê hy, en skud die vuil naels voor my neus op en af en heen en weer. "Welkom! Welkom! En wat is u vakgebied?"

Professor doktor Janse van Rensburg lyk ongemaklik.

"Wás my vakgebied," korrigeer hy. "Die teologie was my vak."

Professor Posthumus se stilswye spreek boekdele, dink ek. Glo hy die man nie, of oorweeg hy die antwoord? Is hy bloot teleurgesteld?

Maar professor doktor Janse van Rensburg steur hom nie aan sy weldoener se reaksie nie.

"Wat u vandag aan my gedoen het, sal in die boeke opgeskryf word as 'n daad van barmhartigheid," sê hy, in 'n nogal welluidende stem, soos iemand wat werklik daaraan gewoond was om te preek of lesings te gee. Tussendeur vee hy damme sweet uit sy hare en nek. Daarvoor gebruik hy 'n sakdoek wat eens op 'n tyd rooi was. In die een hoek merk ek die voorletters S.J.

Ek haal swaar asem. Afgesien van die stof wat inwarrel, kom dit voor asof die eertydse professor in die teologie 'n week lank net uie en boontjies geëet het, afgespoel met gellings en gellings suurmelk.

"Ek was naak, en julle het my geklee," sê hy. "Ek was honger, en julle het my gevoed. Ek was dors, en julle het my dors geles ... Geseënd is julle, werklikwaar, geseënd is julle, my vriende!"

Professor Posthumus kyk na my. Hy lyk skuldig. Hy fluister iets. Ek hoor woorde soos "skouwors", "koffiefles" en "skottel". Ek sit die bandmasjien by my voete neer en grawe in die negosiewinkel. Onder 'n gaasdoek lê 'n hele dosyn of wat stukke wors in 'n skottel. Ek hou die skottel op my skoot, maar professor Posthumus stamp my in die sy. Hy beduie sywaarts met sy oë. Ek druk die skottel onder professor doktor Janse van Rensburg se neus.

"Ag, dankie! Dankie!" sê hy, "ek het weke laas behoorlik geëet!"

Met ontsteltenis merk ek hoe die een na die ander stuk gebraaide wors in sy keel verdwyn. Sowat van eet het ek laas by Aäron gesien.

Ek kom skaars agter dat professor Posthumus my weer in die sy pomp. "Wat van 'n bietjie koffie?" vra hy, en ek skink 'n halwe beker vol, versigtig om nie te mors nie.

"Ek het nou nie juis iets sterkers nie," sê professor Posthumus aarselend.

"Vir my niks sterker as brandewyn nie!" lag die nuweling. "Waarlikwaar, u laat my dink aan die verhaal van die Barmhartige Samaritaan. Gee u om as ek dit vertel?"

Sou hy dan reken ons ken nie een van die bekendste stories nie? Maar professor Posthumus se skerp elmboog pomp my weer in die sy. Die trapsoetjies-oë beduie afwaarts, in die koers van die bandmasjien.

Ek skakel die masjien met my regtertoon aan.

"'n Man het eenmaal op reis gegaan," begin vertel die Bybelkenner, "maar die gebied waardeur hy gereis het, was ruig en dig bebos met struikgewas en bome en oral het rowers skuilgehou."

Weerskante van die pad Kimberley toe groei die kameeldoringbome al hoe digter; die oop miershoopveld het begin plek maak vir klipkoppies en bossieveld en ruigtes. Professor doktor Janse van Rensburg beduie en praat.

"Tussen die digte ruigtes daar op die pad tussen Jerusalem en Jerigo het 'n bende booswigte hom ingewag. Hulle het hom van vêr af gesien aankom, toe hy nog net 'n stippeltjie was. Daar, agter 'n groot rots en verskuil tussen die struike, kon hulle hom sien nader kom, salig onbewus van die lot wat op hom wag."

Die verteller bly 'n rukkie stil, asof hy onseker is oor die uitwerking wat sy storie het. Maar dan vra professor Posthumus: "Ja? En toe?" en die teoloog kan voortgaan.

"Hy is onverwags deur die struikrowers oorval. Hulle het hom van sy besittings beroof, selfs al sy klere uitgetrek en hom met hul knuppels papgeslaan. Hulle het hom geslaan totdat die bloed loop en daar net tandesplinters in sy mond oor was, en hom vir dood langs die pad gelaat."

"Ongelooflik!" roep professor Posthumus uit, "dis eenvoudig ongelooflik!" Spot hy? Is hy ernstig? Het hy nog nooit van die Barmhartige Samaritaan gehoor nie? Of is daar iets anders wat hom opgewonde stem?

So lewendig skilder ons metgesel die toneel dat ons doodstil sit en luister. Ek kan nou nog Suster Ottilie se Kinderbybelprent – die neergeslane reisiger – onthou. My gedagtes dwaal só dat die volgende woorde my totaal onverhoeds betrap. Vir professor Posthumus ook, want hy ry byna uit die pad uit.

Professor doktor Janse van Rensburg se regterhand, met uitgestrekte wysvinger, skiet meteens vorentoe. "En dáár ... kyk, dáár, tussen die bosse, dáár lê die swaar gewonde man, met bloed wat van sy gesig af stroom ..."

Met moeite kry professor Posthumus weer die Fordjie terug in die wielspoor.

"Genugtig!" roep hy uit, "ek dog ons ry óór die kêrel!"

"Waar sal sy hulp vandaan kom?" vra professor doktor Janse van Rensburg. "Nee, nie van diegene van wie 'n mens dit sou verwág nie ..." Sy stem hang weer dramaties in die lug. Bespeur ek 'n effense bitterheid in die stemklank?

"En wie kom eerste op die swaar gewonde man af? Wie kom eerste daar verbygestap? Niemand anders as 'n priester nie! 'n Dominee!"

Ek stel my iemand voor wat soos Vader Grau lyk, of miskien soos Broeder Stellmacher, 'n haastige man wat aanhoudend glimlag.

"En wat doen die priester, die teoloog, my liewe vriende? Anders as wat 'n mens sou verwag, steek hy nie sy hand uit na die man in die plas bloed nie. Nee, hy maak of hy hom nie sien nie! Hy stap verby, hy stap so vêr as moontlik aan die regterkant van die pad, die vêrste weg van die man stap hy, sy neus in die lug, asof hy iets slegs ruik, asof hy oogklappe aanhet ..." Professor doktor Janse van Rensburg pak die wors opnuut en byt yslike stukke af.

"En wie kom tóé daar aan? My liewe vriende, die weë van die Almágtige Gód is wónderbaar!" Die ritme van sy sinne sleur my mee, verdoof my. By die woorde *Almágtige Gód* en *wónderbaar* laat sy stem die hele binnekant van die Fordjie tril, en ek merk dat professor Posthumus benoud na die bandmasjien loer. Is hy bang die instrument is te sensitief vir die verteller se stemvolume? Ek loer in die truspieëltjie, dink onwillekeurig terug aan Haar Hoogheid, die Vorstin van Klipfontein, se operastem. Maar spieëltjie hóú.

Ons antwoord nie op sy vraag nie, en professor doktor Janse van Rensburg gaan voort: "Nee, nie 'n dokter of 'n handelaar nie, my vriende – 'n Leviét, 'n skrifgeleerde man, jy sou kon sê een van die oudstes in die gemeente, 'n voorbanker-kerkraadslid!" Hy wag dat sy woorde natril in ons gedagtes.

"En wat doen ons geleerde ouderling? Haas hy hom na die gewonde man? Hardloop hy die bebloede slagoffer tegemoet? Nee, my vriende, moenie glo nie! Moenie gló nie! Hy verwerdig hom nie om by die neergeslane man te buk nie. Ook hý sorg dat hy vinnig aan die regterkant van die pad verbygaan. Ook hý maak of hy die arme man nie sien lê nie, die poel bloed nou ál groter, soos 'n donker vlek daar in die middel van die pad ..."

Van my voete af kom daar skielik 'n singgeluid. Zoeiii, sê die band.

"Bliksem!" sê professor Posthumus hier langs my. Ek loer na sy kant toe, maar hy lig sy vingers van die stuurwiel af, asof hy te kenne wil gee dat ons nie juis iets aan die saak kan doen nie. Zoeiii, sing die masjien, al vinniger.

"En toe kom daar 'n derde verbyganger," sê professor doktor Janse van Rensburg. "'n Doodgewone man, my liewe vriende, 'n doodgewone mens. Nee, eintlik 'n verwerplike mens. Iemand wat in daardie tyd feitlik as 'n melaatse beskou is ... 'n heiden, 'n monster, 'n verstoteling, 'n uitgeworpene ..." Hy bly 'n oomblik stil, asof hy soek na nog paslike beskrywings. "'n Jood in Nazi-geselskap!" sê hy. "'n Bedelaar, 'n klad op die samelewing ... 'n ..."

"'n Paria?" doen professor Posthumus aan die hand.

"Sonder twyfel!" roep ons landloper-vriend uit, en die boontjie-en-uie-reuk vul die motor se binnekant opnuut. "Sonder twyfel. Jy kan maar sê, 'n kaffer in 'n witmenskerk. So is die Samaritane gesien. Deur die skrifgeleerdes en die teoloë."

Tkips! sê die bandjie, en *sjirrr* ... Ek kyk na die man agter die stuur, maar hy haal sy skouers op en skud sy kop.

Professor doktor Janse van Rensburg skep asem, terwyl ons aanskou hoe die eerste liggies van die diamantstad, Kimberley, voor ons in die skemerrooi begin flikker. Die son gaan bloedig agter ons onder.

"En hý gaan nie verby nie," sê die Bybelkenner. "Nee, wat doen hy? Hy gaan na die ongelukkige man toe en hy giet olie en wyn oor sy wonde, nè? En hy laai hom op sy pakdier, ry met hom na die naaste herberg en besorg hom daar in veilige hande, en hy sê vir die mense: *Verpleeg hom! Gee hom iets om te eet en iets om aan te trek, versorg hom tot ek terugkom. Dè, hier is twee pennings, kyk goed na hom. As ek terugkom, sal ek rekenskap kom vra ...*"

Ons nader die eerste huise en professor doktor Janse van Rensburg breek sy vertelling stomp-af en druk met sy regterhand met die swart naels teen die paneelbord vas. "Dit sal waardeer word as u my hier aflaai," sê hy. "So ja, dankie, dit is vêr genoeg. Baie dankie, baie, baie dankie! Soveel mense het by my verbygery vandag, en u het die moeite gedoen om stil te hou. Ek sal dit nooit vergeet nie!" Hy lek oor sy lippe, asof hy skielik baie dors is.

Dan sê hy, op 'n manier wat my baie aan Amy se ouma – ouma Mazawattee – herinner: "Ek het nie vir meneer-hulle om dowe neute dié verhaal vertel nie. Ek is uit die kerk uit oor die manier waarop 'n goeie vriend van my behandel is. Johannes Plesié, ook 'n godsgeleerde ..." Hy klink driftig. "Hulle het die jaghonde op hom gesit, die jong tokkelokke, die napraters, die Nazi's van die kerk. Hulle het hom uigeketter omdat hy durf twyfel het, omdat hy 'n opsymens was. Nie een van die trop nie. En glo my, hulle sal dit altyd doen." Skielik hou hy op met praat, asof hy te veel gesê het. "Daar kom donker tye aan, menere," sê hy dan, "oorlogswolke dreig ..."

Trapsoetjies wil nog iets vra, maar ons passasier is opmerklik haastig. Toe die Fordjie met 'n geknars en 'n geborrel van stof stilhou, knip hy die deur aan die buitekant oop en slinger eenkant toe, sy koffertjie styf teen hom vasgeklem. Hy het die skottel waarin die gebraaide skouwors – ons aandete – was, in sy linkerhand; kom dit agter, lag verbouereerd en gee die leë skottel vir my aan.

Dan steek hy sy arm weer by my verby; die vuil naels en die vetterige baadjiemoue skaars 'n vingerbreedte van my neus af. Eers dag ek hy wil groet, maar dan sien ek dat hy sy handpalm na bo gedraai het.

"Meneer het nie dalk vir my twee pennings nie?" sê-vra hy aan professor Posthumus, in dieselfde stem as toe hy opgeklim het.

Nadat professor Posthumus die geld uit sy onderbaadjiesak te voorskyn gebring en in die man se beswete handpalm gedruk het, sien ek sy regterhandjie ruk-ruk nog agterna, asof hy die geld weer wil terugvat.

66

Waarin Nicolaas Alettus in 'n diep, donker oog kyk, waarin hy 'n vreemde rol – dié van handlanger van die dood – leer speel en begin agterkom dat doodgaan 'n eiesoortige bedryf is wat bepaald vernuf verg van dié wat agterbly.

Kimberley het twee gesigte. Ons ry by helder verligte huise met tuinbeeldjies en swierige verandas en torinkies verby en ons draai af in halfdonker, krom strate met sinkmuurhuise wat skaars 'n armbreedte van mekaar af staan.

My geleerde baas bespreek vir ons twee kamers in 'n losieshuis naby die Groot Gat.

"Die weduwee Roets is arm," sê hy. "En hierlangs vra niemand vrae nie."

Wat bedoel hy? Vrae waaroor?

Ek kyk na die vuil Fordjie met sy negosiewinkelrommel. Natuurlik dink hý nie dis rommel nie. Maar ek weet nie hoe op aarde hy kop of stert kan uitmaak van al die lêers, knipsels, los stukkies papier, sakboekies, almanakke, draadrugboeke en skoolskryfboeke nie.

Terwyl ons die goed indra, gaps ek twee van die skoolskryfboeke wat nog redelik nuut lyk. Hulle verdwyn voorlopig in die egg-box.

Ek moet dalk begin om my gedagtes neer te skryf.

Professor Trapsoetjies is 'n man van sy woord. Ons besoek Leeutjie Leeuwner, besig om 'n uil op te stop. Oral in sy werkkamer, wat half na die veld en half na 'n hospitaal ruik, sit en staan en lê voëls en reptiele en kleiner diere wat lyk asof hulle enige oomblik uit 'n winterslaap kan ontwaak. Daar is selfs 'n verkleurmannetjie met oë wat replikas is van my baas s'n.

Leeutjie lyk, soos wat sy naam aandui, nogal na die koning van die diere: hy het 'n golwende maanhaar en reuse-hande wat selfs Uncle se befaamdes sal kan toevat. Vreemd hoe fyn sulke groot hande kan werk, dink ek toe ek na 'n kleurvolle visvangertjie op 'n takkie langs hom kyk.

Vir 'n oomblik word Leeutjie die middelpunt van een van Stryker se veldstories: al sy onderdane om hom gerangskik terwyl hy die een of ander dispuut opklaar. Waarlik, daar is Veldpou ook; Makpou is seker reeds Klawermuis toe verban! Ek skrik op uit my kinderdae se verbeeldingsvlug toe Leeutjie praat.

"Die meeste koekoeke is parasiete," sê hy, en hy wys ons 'n paar. "Ons het maar net enkeles hier in die museum – hoofsaaklik dié wat in die droë streke voorkom." Hy wys ons 'n nuwejaarsvoël, 'n piet-my-vrou en 'n diederikie. Leeutjie bestudeer die twee raaisels, soos wat professor Posthumus dit neergeskryf het. "Die meidjie kry ons Kaap se kant toe, en dan al met die kus langs om tot hier bo in Betsjoeanaland en in Suidwes. Dis net die diederik wat in die Onderveld voorkom."

"So, die enigste een wat 'n ander voël se nes in die matjiesgoed gaan uitsoek, is die diederikie," sê Trapsoetjies.

"Dit lyk so," stem die voëlkenner saam, "… en diederikie het nogal die gewoonte om één van haar gasvrou se eiers op te vreet. Onthou net, professor: die name vir die voëls loop partymaal deurmekaar. Dan word diederikie maklik meidjie en omgekeerd."

"Volksname …" mymer professor Posthumus, sy oë nou presies so bolrond soos die verkleurmannetjie s'n.

Ek is teleurgesteld. Dit voel nie vir my of ons nader aan 'n oplossing gekom het nie. Die kenner en versamelaar van volksrympies en volksraaisels lyk egter tevrede. Sy oë skarnier af na my toe asof ek 'n vet vlieg is waarvoor hy nie nou verder kans sien nie. "Dit is dus opgelos. In die eerste rympie praat die diederikie; in die tweede bekla die gasvrou haar lot. Dis 'n seldsame tweelingrympie; daar gaan 'n hele paar tonge los wees as hulle my artikel lees."

Kimberley is 'n groot en deurmekaar stad. Elke straat volg sy eie koers, skeef en krom soos 'n hond se agterbeen. Trems ratel by ons verby in die smal Jonesstraat, waar ek my vergaap aan die winkelpoppe in die vierkantige uitstalkaste voor John Orr se winkel. Oral is name wat my daaraan herinner dat ons nou in die diamantstad is: Diamond Buyers, Diamond Cutters. By Gowee's Corner staan 'n man in uniform onder 'n sambreel in die middel van die straat.

"Hy reël die verkeer," verduidelik professor Posthumus, terwyl ons moet koes vir 'n tweetal jongmans wat van 'n trem af spring. "Een van die dae is ook die trems iets van die verlede," sê die professor, en hy wys na 'n koerantplakkaat wat sê dat die stadsraad vandag 'n besluit oor die trems sal neem. Maar ek sien die plakkaat net so skrams. Langs die plakkaat sukkel twee werkers om 'n hakekruis van die muur af te skuur. 'n Kennisgewing kondig aan dat 'n tak van die nuwe volksbeweging, *Die Ossewa-Brandwag*, wat in die Vrystaat gestig is, ook hier in Kimberley op die been gebring gaan word.

Die nou straatjie is besig. Swaar Duesenbergs, 'n Packard, een of twee Mercury's, en 'n hele paar Fords en Chevs, selfs 'n skrikaanjaende grys Delage en 'n Ford V8-afslaankap soos Bonnie en Clyde s'n – presies soos die een wat Uncle einste hier in Kimberley aangeskaf het – skuif langsaam verby. Dan vleg ons verder tussen die mense op die smal sypaadjie deur. Iets tref my: Vir die eerste keer steur mense hulle nie juis aan my nie; daar is minder wat hul koppe draai of in my rigting wys.

Tog sak 'n verskriklike verlatenheid oor my neer, en ek hoor skaars hoe my begeleier babbel oor dinge wat verbygaan en wat onvervangbaar is. Daar is één gedagte wat my nie wil laat los nie: Hoe sal ek vir Johanna Brand in hierdie groot plek met die deurmekaar strate opspoor? Ook reuke is verwarrend: liggaams- en sypaadjiereuke weef 'n wanordelike, ondeurdringbare net om my.

Ek haal eers ordentlik asem toe ons by die losiesplek aankom.

Dis net die eensaamheid wat my opkeil. Die wete dat daar iewers tussen die walms en die dwaalgeure 'n sagte viooltjiegeur moet wees.

Bog, sê my skeerspieël, wat ek soggens nodeloos voor my hou om te sien of daar enige beduidenis van 'n baardskaduwee is. Jy verlang nie regtig na Johanna nie, dis maar net omdat jy haar géés op Prieska gesien dwaal het. Dit kan netsowel Gudrun wees na wie jy verlang, of Katja Obbes. Jy is maar net jaerig, dis al.

Katja Obbes! Die blote gedagte aan haar en aan ons perdrylesse laat spring byna my knope af.

Die deel van Kimberley waar ons tuisgaan, bestaan uit rooi stofstrate tussen plat geboutjies van hout en sink. Oral kwetter vuil kindertjies, 'n paar met blouswart hare. Die geur van kerrie hang tussen die huise, waaruit geel kerslig skyn, en daar is min motors te sien. Mans in onderhemde en vrouens met hare in krullers staan en sit-lê in deurdrumpels of sit op uitgediende motorkussings. Plekplek hoor jy skel stemme, 'n gegil, 'n keer of wat selfs glas wat breek. Jy hoor 'n mengelmoes van tale; meestal Afrikaans en soorte Engels wat onse kultuurkenner laat opmerk dat hier heelparty mense van Ierse, Walliese en Skotse afkoms bly. Ook die Afrikaans klink uiteenlopend, en ou Trapsoetjies verduidelik dat die droogte en die depressie Ondervelders, Griekwas, Transvalers en Bosvelders hier bymekaargegooi het. 'n Nuwe soort taal en 'n nuwe soort leefwyse is besig om in Kimberley – soos elders in stede – te ontstaan.

By Pillay se *Family Store* sit en hou 'n gebreklike seun heeldag sy hande bak en rammel 'n rympie af. Af en toe laat val iemand 'n oortjie of 'n pennie in sy uitgestrekte hande, dan buig die seun so vêr vooroor dat sy neuspunt sy gebarste, uitgeteerde voet raak.

"Verstaan jy hoekom ek die ou liedjies en die rympies versamel en orden?" vra my geleerde baas, seker vir die tiende keer. "Mense kom hiernatoe en na die ander delwerye om te oorleef. Hulle klou vas aan hul drome oor die groot blinke wat lê en wag; hulle hang aan die lippe van die nuwe vertellers – die gesoute grootpraters en spoggers wat hulle met rykwordstories sand in die oë skop ... Pure lafenis uit leuens, dís wat dit is! En in die proses verloor hulle baie. Die plek is 'n laboratorium."

Die professor neem sy versameltaak baie ernstig op.

In die dae wat volg, terwyl hy werk aan sy artikel oor die tweelingvoëlraaisels, steel ek van sy ouer optekeninge, skryf dit af, verander so 'n bietjie daaraan en gee dit vir die seun by die *Family Store*. Hy leer dit uit sy kop en ek vertel my geleerde baas van die nuwe, onberispelike bron. Professor Posthumus sit ure by hom en karring aan die bandmasjien terwyl ek en die seun, Salmon, vir mekaar knipoog. Ons deel die buit. Professor Posthumus kan nie voorbly met sy artikels nie. Die een hand was die ander.

Ek vra die professor uit oor die Groot Gat, wat met hoë draad omhein is en waaroor missus Roets en haar krullervriendinne die gruwelikste stories vertel terwyl hulle na openinge in die draad wys. Op 'n manier het die geheimsinnige gat 'n soort suigkrag, want ek kan amper nie wag om te gaan kyk hoe diep die oop myn is nie. "Mense raak van hulle trollie af," waarsku missus Roets. "As hulle nie die blinke op die diekens kan kry nie, dan sê iets vir hulle die grote lê en wag vir hulle daar onder in die diep groen water. Dan trek die gedagte hulle soontoe, shame, dit lok hulle die dieptes in."

Dit maak my nog meer nuuskierig. "Jy moet liewer daar wegbly," sê missus Roets, en die professor, wat aan hoogtevrees ly, weier om te gaan kyk. Ek kry hom darem so vêr om een keer rondom die ou myn te stap, en ons beland uiteindelik weer in West Circular en in die krom systraatjie waarin die losieshuis is. Ek kyk, deeglik onder die indruk van die omvang van die plek, na die grys gruisheuwels rondom die Gat. Van professor Posthumus se verduideliking oor kimberliet en diamantpype snap ek nie veel nie. Piet Praaimus sou dit aan my verstaanbaar kon maak, maar Piet is nie hier nie. Buitendien stel hy nie in *gate* belang nie; hy soek *patrone*.

Tog bly dit my betower: die gedagte dat mense deur iets so glansends die dieptes ingelok word.

Ek kan nie aan die slaap raak nie; al ruik die deurgeskifte lakens en slope vars en al verras die weduwee ons met kluitjiesop. Sy bloos aaneen terwyl sy vir die professor opskep.

Johanna bly spook in my gedagtes. Wanneer ek tog, met rukke en stote, slaap, ruk ek by tye natgesweet regop. Dan voel dit vir my asof die Groot Gat 'n soort bestemming is, 'n lotsbestemming, iets soos 'n konfrontasie, 'n kyk-in-die-spieël wat ek nie kan ontduik of ontwyk nie.

Teësinnig, maar nie in staat om dit van my af te skud nie, onthou ek hoe Uncle na die groefklip, die spiraalklip uit die bakkranskoppie by Rooistasie, gekyk het; hoe hy daarna gestaar het, asof die groewe hom soos 'n maalstroom vát, al maar binnetoe vat ... Waar sou hy sit en suip?

Met dié gedagte aan my befokte peetpa raak ek teen ligdag eers aan die slaap.

Dis Salmon wat my op 'n dag Gat toe neem. Hy loop moeilik; sy uitgeteerde been maak 'n sleepsel in die stof. Ons is heel eerste by die hek, wat deur 'n vaak wag oopgemaak word. Salmon beduie na die regaf wande, vertel met smaak hoeveel mense al daar ingeduiwel het. Ek leun so vêr moontlik vooroor. Die diep, donkergroen oog van die Gat kyk onheilspellend na my.

Die professor, wat hom ernstig voorberei vir sy ontmoeting met die kultuurindoenas, laat my na stringe bande luister. "Miskien," sê hy, "val nog 'n rym of 'n raaisel jou by ..." Hy sê dit soos iemand wat ontbrekende legkaartstukkies soek.

Hy noem my nou sy assistent, maar sê dat hy my nie kan betaal nie.

"Intussen moet ons ook vir jou werk probeer kry. 'n Vaste werk is wat ek bedoel," sê hy toe ek vraend na hom kyk.

Die weduwee Roets se seun, wat hom by die leër aangesluit het, was grafgrawer en begrafnisroeper. Miskien stel die ondernemer in my dienste belang, sê die goeie missus Roets, in wie se stemmige losieshuis jy nooit die vrolike gefuif van Frau Laufs s'n hoor nie.

Ek skrik toe ek die kiertsregop, blinkswart koets, met *Kachelhoffer & Kachelhoffer Undertakers* in silwerwit daarop geskilder, sien staan.

Die oomblik toe ek die deur oopstoot, weet ek hoe ruik die dood.

Vreemd hoedat mense – selfs onopvallende mense – jou gedrag kan beïnvloed deur 'n bietjie buitengewoon of onverwags op te tree. *Kachelhoffer & Kachelhoffer* se ontvangsdame is 'n bleek, skraal meisie sonder grimering. Sy laat my nogal aan Joy dink, maar sy is bolangs veel platter, so plat soos die lessenaarblad voor haar. Sy glimlag stroef en praat in so 'n gedempte stem dat ek en professor Posthumus ewe versigtig agter haar aan sluip na die tweede kantoor, laer af met 'n gang, verby koue staaldeure. Die professor se oë stulp, as dit kan, nog verder uit.

My nuwe werkgewer word skynbaar nie deur sy fluisterende ontvangsdame geïntimideer nie. Hy is rond en joviaal en hy praat hard, asof hy daaraan gewoond is om met hardhorende mense te werk. Vergeet hy soms dat hy met lyke werk? wonder ek. Of dink hy dat die dooies hom kan hoor? Erger nog, wil hy dalk seker maak dat hulle wel dood is voordat hy hulle toespyker? Einste Joy het altyd sulke sieal stories vertel oor mense wat lewend begrawe is. Salmon sê die Groot Gat is die sekerste doodgaanplek; die groen kleur is die suur in die water, dit vreet jou op voor jou voete bodem raak. Ek kon my dit verbeel het, maar hy het met verlange in die gat afgekyk.

Julius Kachelhoffer, met olierige hare en 'n gesig wat in een oogwink van vrolik na treurig kan verander, sê hy kruis gereeld swaard met die Doodsengel, maar vandag weet hy die Goeie Engel het my gestuur. Twee mense wag om begrawe te word, en die kêrel wat hy van die straat af gehuur het, het nou juis vanoggend gekies om koue voete te kry. Die vent hét vir hom so groen-bleek gelyk toe hy sy eerste lyk sien.

Professor Posthumus, self nou blekerig (maar miskien is dit die skynsel wat die galgroen blinding afgee), verduidelik dat hy nog heelwat besigheid het. Hy vertrek haastig en laat my by die ondernemer agter.

"Jy's ietwat aan die ligte kant," som Julius my op, "maar jou arms lyk darem sterk."

Hy sit met sy voete op die lessenaar voor hom gekruis. Sy baadjie hang oor 'n staander, en daar is vetkolle op sy wit hemp, sy das en sy kruisbande.

Dit lyk asof hy voortdurend eet. Oral in die kantoortjie lê die getuienis: vetterige papiere en skille, wat hy nou lui-lui in 'n boks gooi. En terwyl hy my oor die aard van sy werk – my nuwe werk – inlig, grawe hy al weer 'n oliebol uit sy lessenaarlaai, sny dit met 'n briewemessie middeldeur en bied my die helfte aan. Ek sien hoe krummels oor die papiere op die lessenaar spat.

Hy praat met kieste vol deeg oor opmaak- en balsemmetodes, oor die versorging van kiste, oor gate en oor begrafniskennisgewings.

Ek ril; iewers spook herinneringe aan mense wat op strepe doodgaan by my; ek dink aan Bakoondskraal met die Groot Griep. Hoewel ek min kan onthou, is dit die reuke wat my bybly asof dit nog in my klere vassit. Veral Friar's balsem. Ek verbeel my ek ruik dieselfde soet, skerp geur wat jy tóé in elke muurhuis en matjieshuis kon ruik, en die sweet en ander reuke wat die uithouers – die samaritane – met hul saamgedra het.

Hier, by *Kachelhoffer & Kachelhoffer Undertakers* (wie sou die ander Kachelhoffer wees?) is die reuk van medisyne of balsem of kruie skerp vermeng met ander reuke: vis-en-tjips, kerriepasteie, gom of lym, skaafsels, harpuis ...

Ek eet saans so min dat die weduwee Roets onrustig na my kyk en wil weet of ek siek is.

Ek pluis watte en kyk hoe Julius Kachelhoffer, my nuwe baas, ingevalle wange opstop; ek gee naald en gare aan en sien hoe hy skeure en oopgegane snye toewerk; ek aanskou hoe hy plooie wegtoor, pyn in engelagtige glimlaggies verander.

"Dis 'n besonderse werk, 'n *sweet job*," vertel Julius, wat graag praat. Hy laat kraak 'n kakkerlak wat oor die vloer skarrel, onder sy spieëlblink skoene oop. "'n Mens raak so lief vir die job, glo my, ek sal niks anders wil doen as om mense uit te lê en te begrawe nie." Hy byt 'n appel met een hap middeldeur en spoeg die pitte by die oop venster van sy kantoor uit.

In die gebou, kom ek agter, is daar 'n spesiale vertrek waarheen Soekie, die ontvangsdame, bedroefde naasbestaandes neem wanneer hulle oor die kis, die datum en tyd, die roudiens en ander reëlings kom gesels. Ek let op dat Julius sy hande aan sy swart broek, al blink rondom die boude, afvee, en elke keer sy baadjie aanpluk en sy das regtrek voordat hy die besoekers te woord staan. Nie dat 'n mens veel in dié ontvangskamer sal kan sién nie; daar hang swaar gordyne, die meubels is donker en die mat ewe somber. Net in die een hoek brand twee maer kerse, wat Soekie altyd moet opsteek voordat Julius die treurendes ontvang.

Daar staan ook 'n grammofoon in die ander hoek, 'n *Grafonola*, waarop Julius my al drie keer trots die prins van Wallis se handtekening gewys het. Soekie sit altyd dieselfde plaat op. Een of ander Adagio van Schubert. Mense koop dan makliker 'n duurder kis, sê Julius, of hulle soek die beste kransies uit.

Met die besoekers praat hy minder en ook meer gedemp. Hy lyk ernstiger, en hy haal soms aan uit muurtekste, net-net sigbaar in die kerslig.

Soekie se ontvangsportaal – dit is nie veel meer as 'n staanplek en 'n lessenaar nie – het 'n glaskas met stowwerige kransies: klein bruinetjies vir die armes – Julius praat van hulle as *doughnuts,* maar darem nie voor die mense nie; enorme rooi-en-geel wiele wat hy die *lifebuoys* noem (eens op 'n tyd was die geel waarskynlik kapokwit); en nog 'n hele verskeidenheid tussenin.

Om aan die verveling te ontsnap dwaal ek deur die krom en skewe straatjies; probeer, soos in Windhoek, daaraan gewoond raak dat mense in die stiller strate hul koppe draai of, geleun teen deurkosyne, na my wys.

Maar op 'n manier troos dit my dat hier 'n mengelmoes mense bly, almal deur die glinstering van geluk betower.

Nadat die professor sy bande beluister en sy aantekeninge gemaak het, stap ons saans van huis tot huis en van pondok tot pondok om nog opnames te maak. Die meeste mense ken die professor met die windverwaaide hare, die trapsoetjies-oë en die handjie wat agterna beduie.

"Professor moet eintlik by ouma Ragie uitkom," sê die mense en probeer beduie waar sy bly. In hierdie uitgestrekte blikkiesdorp, waar strate ontstaan het uit die chaos van voetpaadjies tussen delwerstente, is dit net so goed as om vir jou te sê: *Dis 'n doolhof, begin hier, dalk kom jy by die Groot Gat uit!* Die hele Kimberley moet uit die lug soos een van Piet se raaiselklippe lyk.

Tussen die ritse huisies en die peperbome deur soek ék iets anders as die professor. Ek wéét Swartsarel Brand en sy familie is hier, die noodlot het hulle stad toe gedwing.

Ek móét weer vir Johanna sien.

Ek is nou seker háár draad loop links om, myne regs om, en dat ons sal pas. Dit was mos Piet wat gesê het mens soek jou lewe lank na iemand wie se draad andersom loop ... Wel, hy het sy Rosamunde gekry. Húlle pas soos die stene van 'n handkoringmeul.

En Mias en Joy se drade het sommer vanself inmekaargedraai. Bout en moer.

En was dit nie Uncle wat op 'n dag gesê het die manier waarop 'n meisie eenmaal na jou gekyk het, bly in jou geheue ingegrif nie? Dis soos 'n onbeantwoorde vraag, het hy gesê, en sy kop hartseer geskud: "Wat 'n verskriklike verlies!"

Wel, dis waar van my herinnering aan Johanna Brand. Johanna, met haar mooi vel, se kniekop druk teen my en sy kyk in my oë. Waarom bly daardie kyk my by? Waarom die geur van viooltjies as ek net aan haar dink?

Ek spring met my stelte oor die maan om die antwoord te probeer kry. Maar dis Gudrun se maan; en my stelte het perdehare.

Op 'n aand verbeel ek my ek hoor 'n konsertina weemoedig iewers speel. Ek drafstap tussen die huisies deur, verneem rond, maar dit kon netsowel 'n spookkonsertina gewees het. Soggens, as ek werk toe skuifel met my blou koffertjie waarin die weduwee Roets 'n fles en 'n toebroodjie gesit het, kyk ek die stroewe gesigte van die mans in die lang toue deur. 'n Biltongrige gesig soek ek, 'n donker gelaat gekerf met groewe en die mooiste helderblou oë – soos háre, soos háre!

Die professor kom seker agter wat aangaan, want hy raas met my as ek die bande bebodder of 'n rympie wat ek byval, in drie variasies opsê.

"Ek verlang iemand," sê ek op 'n aand aan hom.

Sy trapsoetjies-oë pen my vas, ondersoek my asof hy wil vasstel hoe eg my belydenis is.

"Dis goed," sê hy dan, "uit die verlangste onthou jy dalk nog 'n vryliedjie of twee."

Ou Vuilbaard Laggerjan het ook iets oor die *verlangste* kwytgeraak: "Dis soos met daaimins. Die daaimin blink onder die water, maar as jy skep, is daar skielik niks. Gie-gie-gie."

'n Meisie met 'n soel vel soos myne, maar lang, sluik swart hare, knieknik toe ons by 'n huisie met 'n beskeie tuintjie aanklop. Eers dag ek dis 'n kind, maar dan sien ek dat sy my portuur is, aan die kort kant vanweë 'n buitengewoon kort bolyfie, maar nog steeds effe langer as ek ... soos Gudrun, soos Katja Obbes, soos Johanna, soos ... Aan wie laat sy my dink? Sy loer bo-oor die tuinhekkie van die huis langs die een wat almal uitgewys het as ouma Ragie s'n.

"Bly ouma Ragie hier?" vra professor Posthumus.

Die meisie deins effens terug, maak haar mond oop, maar sy praat nie. Sy knik net, en beduie.

Feitlik in die deur, net weg van die deurgetrapte drumpel af, sit 'n verrimpelde oumensie met 'n hekelkombersie oor haar bene. Sy het skerp oë, merk ek, hulle makeer nog niks.

Anderman se koffie, anderman se tee, sing sy skielik met 'n bewerige stemmetjie, amper asof sy net gewag het dat die professor en sy assistent moet kom.

"Die kind is stom," sê sy. "Sy is bang vir mans."

En skielik weet ek aan wie die kind my laat dink. Aan Zaza, aan Rottekooper en aan Nils; aan die dae van my onskuld.

Die hele aand, waartydens die professor en ek band na band outydse liedjies opneem wat hom sprakeloos van opgewondenheid laat, bly dink ek aan ouma Ragie se woorde en aan die meisie.

Op 'n keer gaan loer ek buite of ek die meisie gewaar, maar in die sterk skemer sien ek net 'n man met bloedbelope oë, 'n pers gesig en 'n groot maag wat onder 'n vuil frokkie uitpeul, by dieselfde hekkie staan. Sy is weg.

Op pad losieshuis toe loop ons verby 'n helder verligte sinkhuisie in een van die talle systraatjies. Daar is heelparty mense saamgedrom en ek hoor kinders huil. Dan trek 'n ambulans met 'n gesketter weg.

"'n Kind is raak gery," sê 'n verbyganger. "Soos die mense darem ry ... " Dan raak die persoon weg in 'n gesprek oor diamantgruis en die ontwykende geluksteen.

Ons kom laat in die bed. Ek kan nie dadelik aan die slaap raak nie. Ek dink aan iets wat Uncle eendag gesê het.

"Mense dink altyd geluk is 'n berg goud, of 'n kalbas diamante êrens in 'n grot, maar dis nie waar nie. Oy vei, geluk is 'n splintertjie hierso, 'n skrefie son in die winter, 'n knippie op sy tyd, binneboud se sagtevleisies ... Maar geluk is ook soos jakkals. Partykeer sien jy net kutteltjies en spore, dan weet jy geluk het jou ontglip."

67

Elia maak 'n draai by die lykbesorger; Vossie hou sy lyf simpatiseerder.

Ek het sy stem dadelik herken, selfs al was ek agtertoe, in die uitlêkamer, besig om die geteëlde oppervlakte van Julius se operasietafel te skrop. Wel, dis wat hy dit noem: sy *operasietafel*. Ek dink hy wou 'n dokter of 'n patoloog of so 'n ding geword het. Party slae dink ek hy wou 'n juwelier gewees het. Julius het 'n hele laai vol ringe, armbande en krale. Ek het dit eendag toevallig gesien toe 'n vleispasteitjie hom skielik kort-kort buitegemak toe gejaag het.

Ieder geval: Dit wás Swartsarel, sy Onderveldse tongval sou ek tussen 'n duisend tale by die toring van Babel sélf uitken. Ek het my lappe en skropborsel net so gelos, maar halfpad met die gang af kon ek hoor hoe sy stem deurslaan en hoe hy begin huil. Ek het my teen die muur platgedruk en asem-in-die-keel geluister.

"Ek het myself nog altyd met Elia vergelyk, meneer," sê Swartsarel, "maar nou kan ek sien dat dit voorbarig was, en dat die Here sy strafgerig oor my gebring het ..."

"Hoe dan so?" Julius is sy ou, olierige self.

"Dis nou my derde kind wat ek moet begrawe, meneer."

"Die derde! Dis verskriklik."

"Ja, meneer. Die vrou sê anderdag sy weet nie waarom die Here vir 'n mens kinders gee net om hulle weer weg te neem nie. Ek sê vir haar sy moenie sulke lasterlike goed sê nie, maar meneer weet, sy's 'n goeie vrou, ek kan haar nie blameer nie. Sy het nog nooit kwade gedagtes gehad nie."

Ek kan in my verbeelding sien hoe regop sit Swartsarel, hoe waterpas kyk sy oë in Julius s'n.

"Dis net dat die rampe ons die een na die ander getref het. Eers die verskriklike droogte van '33. Meneer weet, ek het daar in die suide van Doeitswes gestaan – volop water, gesónde water, sal hulle jou sê, kruitwater, so warm ons moes dit laat afkoel voordat mens of dier dit kon drink. Maar die véld ... daar was later net stoppels. En klippe. Die wêreld besaai met blinkswart klippe ... Al my skaap daarmee heen, selfs die bokke ...

"Ek was nog nooit iemand se dienskneg nie; niemand was nog ooit mý dienskneg nie." Hy bly 'n oomblik stil. Hy snuit sy neus. "Wat het ek gedoen om dít te verdien, meneer?"

Ek sien Oorlogskop in my gedagtes: die swart, vreesaanjaende, gepunte berg; die hol boeliebiefblikkies; die klippe soos stukkies aanbrandsel gesaai oor die werf.

"Toe't hulle my hoeka uit my erfgrond uit verneuk, die fortuinjagters ..."

Hy bly weer 'n oomblik stil, langer, asof hy hom regruk.

"Maar dis nie hoekom ek hier is nie, meneer. Ek moet kom reël vir 'n kissie ..."

Ek kan hoor hoe hy veg teen die trane.

Julius vra hoe oud die kind was.

"Elf jaar, meneer. Sy was my oogappel." Weer stuit die ontsetting hom.

Elf jaar! Wie van die kinders sou nou elf jaar gewees het? Ek tel die orrelpypies voor my af.

Dis Swartsarel wat, onwetend, die antwoord gee.

"Sy was die bekkigste een, meneer, die Here weet sy het vir niemand stilgebly nie; sy was nou wat hulle noem *kontant*."

Dit kan net Mot wees.

Klein Mottie! Krullebol Mottie! Yselvalkie. Gloukat.

"Wat het sy makeer?"

"Niks, meneer. Ons sit nog met 'n siek outjie ook. Dis waarom ons hier is, vir die behandeling. En vir 'n nuwe heenkome." Weer swyg hy 'n oomblik. "Toe gebeur dit. Sy't voor 'n mouter beland, meneer. Eintlik was sy baie dapper, want sy ..."

Ek kan hoor hoe sluk hy sy trane weg. "Mot – dis haar naam – wou keer dat haar boetie, juis die siek ene, Boetieman, oor die pad hardloop ... Meneer, my kinders weet nie van karre en sulke goed nie."

Julius handhaaf 'n eerbiedige oomblik stilte voordat hy sy standaardvraag vra. "'n Wilgerhoutkissie teen 'n spesjale prys van sestien pond? U kan kom kyk, dis netjies afgewerk. Mét ivoorhandvatsels kos hy twintig ..."

Schubert se Adagio het opgehou draai; ek hoor die reëlmatige getik van die armpie op die middel van die skyf waar die hondjie skewekop na sy meester se towerklanke sit en luister.

"Soveel het ek nie, meneer. Ek kon self die kissie gemaak het, meneer weet, maar ek het niks, ek het al my gereedskap verkoop."

Ek wéét hoe moeilik dit vir Swartsarel is om dit alles te sê.

"Hoeveel het u gedink om af te knyp?"

"Ek het gedink so twaalf pond, op die meeste, meneer."

"My dennehoutkissies wissel van veertien tot vyftien, maar ek kan 'n spesjale aanbod maak: twaalf pond tien."

Ek weet die kissies kos in elk geval soveel, maar ek staan asof ek teen die muur vasgelym is.

Weer 'n lang stilte. Die onderhoud duur heelwat langer as gewoonlik; ek kan die kriewelrigheid in Julius se stem hoor.

Ek huiwer. Moet ek Swartsarel gaan groet? Simpatiseer?

Maar ek trek my terug na my lappe en my karbolseep. Later.

Al waaroor ek in die stilligheid bly is, is dat klein Mot nie 'n waardevolle ring aan haar vinger sal hê nie.

Dis nie maklik om die systraatjie na die huis waar die baie ligte gebrand het, te kry nie. Dit was laataand toe ek en professor Posthumus daar verby is. Nou, teen rooiskemer, lyk alles anders, veral hier in die omgewing van West Circular.

Maar ek spoor Swartsarel-hulle op; saamgebondel in 'n agterkamertjie by die Nelsons, 'n gesin wat ook uit die Onderveld kom, waar hulle eweneens deur fortuinsoekers uit hul grond verkul is. Johanna en haar ma en pa is nie daar nie; hulle het glo gaan veldblomme soek vir 'n kransie. Die jonger Brand-kinders, almal nou in die kombuis by die Nelsons, herken my nie dadelik nie, maar die twee naasoudstes, wat altyd na die bokke omgesien het, val my om die hals en huil met verskrikte oë. Die siek seuntjie sit op 'n lampoliekis. Hy staar net voor hom uit en hoes kort-kort, 'n hoes wat klink of iets skeur; terwyl Gloudien-hulle vertel wat gebeur het. Toe Mot haar boetie uit die pad stamp en die motor haar tref, het sy in die rondte getol en met haar kop teen 'n lamppaal beland, maar sy het dronkerig opgestaan en saam met hulle huis toe gegaan. Eers 'n uur later het sy gekla dat sy mislik voel, sy het bloed opgehoes en toe was dit verby.

"Dis ons straf," sê oupa Nelson, wat saam met sy kinders en kleinkinders na hierdie sinkhuisie getrek het. Hy sit langs die staander met waskom en beker op 'n ou riempiestoel; dit lyk asof hy dag-in en dag-uit daar sit. "Ons moes nooit gekom het nie! Ons hoort in die Onderveld ...!"

"Maar Pa ..." begin die vrou.

"Ons is die Onderveld se grootmaakkjenners," sê die ou grysaard, wie se lang, netjiese wit baard tot by sy borskas uitbos.

Die vrou haal haar skouers moedeloos op. "Pa sien net die son sak," verduidelik sy, "hy sien hom nooit opkom nie. En nou met hierdie arme mense ... Hulle is skaars 'n week hier." Sy klik haar tong; sy is besig om deeg vir vetkoek uit te rol.

"Ja, maar vrou, die mensdom is 'n veréttering!" sê haar man. "As die man nie so gejaag het nie, het klein Mottie nog geleef."

"Hulle sê die polisie was agter hom," sê Johanna se suster, Nelie.

Oupa Nelson snork net. "Dit het hulle geweet te vertel toe De la Rey doodgeskiet is, kammakastig agter die Foster-bende aan ... Jakkalsdraaie, ja, dié gooi hulle maklik ..."

"Pa leef nog in die verlede," verduidelik Lena Nelson. Dan skud sy haar kop. "Maar dit ís so: hierdie mense het sewe swaar jare agter hulle. Dit gaan met hulle soos met Job."

Hoe anders is die weersiens met Johanna en met haar ma en pa nie as wat ek my dit voorgestel het nie!

Hulle kom tuis toe dit al sterk skemer is en skud 'n goiingsak vol grashalms en blommetjies op die vloer uit. Dis duidelik dat hulle dit wóú doen, om hulself besig te hou, om hul gedagtes van klein Mot af weg te lei.

Hulle sien my nie dadelik raak nie. Dis eers toe ek 'n klein kransie, van sewejaartjies gevleg, op die tafel langs die vetkoekdeeg neersit, dat hulle na my opkyk, met donker skaduwees onder die oë. Swartsarel grys en nie meer so regop nie; Huibrecht se klere los aan haar lyf, onverwags 'n wilde trek in haar oë; Johanna steeds nie 'n volle kop langer as ek nie, maar met fyn kreukels oor haar gesig en hals, plooitjies wat haar járe ouer laat lyk.

"Niklaas!" roep hulle byna gelyktydig uit. Ek was nog nooit so bly dat iemand my herken het nie.

Ons stap tot by die weduwee Roets se losieshuis. Trapsoetjies is al weg om te gaan opnames maak. Dis moeilik om te gesels. Op pad hierheen het 'n paar onnutte ons gekoggel, en 'n half-besope vrou het oor haar hekkie gehang en geskree: "Aai ef ief!"

Toe het Johanna my hand in hare gevat en ek het dit styf vasgehou.

"Hulle sê dis 'n smokkelaar," sê Johanna toe ons op die strepiesbank op die stoepie sit. "Wat so gejaag het."

"'n Smokkelaar?"

Ek skrik.

Soos Kallie Smous – of Strauss. Wát die hondsvot wat my raaisel gesteel het, se regte naam ook al is.

Soos Krisjan Obbes.

Soos Uncle.

Soos ek.

"Hoekom is jy so stil, Niklaas?" vra Johanna.

"Ek ís maar so stil," sê ek, maar antwoord dan: "Ek kan dit nog nie glo nie. Van Mot."

"Weet jy van die ander?"

Ek knik. Sy druk my hand styf teen haar wang. Ek kan voel hoe my hand nat word.

"En ek het lelik geword," sê sy meteens.

"Wat, lelik?"

"Ek kyk darem partykeer in 'n spieël," probeer sy 'n grappie maak.

Selfs in die skemerte van die stoep, verlig deur die flou lantern-skynsel uit die losieshuisgang, kan ek sien hoe die son en die swaarkry haar mooi vel – die vel wat eens so doeksaf was – gekasty het. Nie net in die spoortjies om haar oë nie, spoortjies van vêr-kyk, maar ook in die afwaartse lyne langs haar mond.

"Hoe oud is jy?" vra ek.

"Hoe vra jy my dan nou!" lag sy.

"Jy moet nou so twee-, drie-en-twintig wees," sê ek.

"Jy onthou goed," sê sy.

"Daar is baie wat ek onthou, al het ek jou net 'n dag en 'n nag gesien," sê ek. Ek lieg nie. Ek verbeel my ek gewaar selfs die geur van viooltjies, wat so deel van haar was met ons eerste ontmoeting, maar wat nou ook die geur van geplukte blomme aan haar vingers kan wees.

"Ek het nogals geweet ons gaan mekaar weer sien," sê sy meteens. "Net nie só nie."

Ek vertel haar van Prieska, hoe ek hulle in die geharwar uit die oog verloor het.

"Ma wou vir Baby-goed opsluit met die Trek laat doop."

"Die Trek is by my verby," bieg ek.

"Wat bedoel jy?" vra Johanna.

"Ek het nie deel daaraan nie. Dis net 'n stuk geskiedenis," sê ek. "Dis belangrik vir almal wat weet waar hulle vandaan kom."

Amper praat ek my mond verby.

"Weet jy waar jy vandaan kom?"

Ek laat sak my kop.

"Vertel my liewer wat het van jou diere geword …"

Dis die verkeerde ding om te sê. Johanna los my hand en staan op.

"Ek moet teruggaan," sê sy. "Ek moet met die kleintjie gaan help, en met Boetieman. Hy het laas nag ure gelê en kerm."

"Ek gaan saam."

"Ek sal my pad kry."

"Jy kan nie alleen soontoe nie."

"Ek het nie 'n skaduwee nodig nie."

Maar sy laat my tog toe om saam met haar te stap. Op pad sien ek die professor se Fordjie by 'n houthuis staan. Iemand sing 'n weemoedige liedjie.

Ek vertel haar van die professor en van sy versameling.

Sy was stil sedert ons begin terugloop het; nou sê sy: "Jy moet vir hom na oupa Nelson toe bring. Hy ken nog baie liedjies. Jy moet hoor hoe sê hy vir *Dapper Dupree* op."

Dapper Dupree. Ook Stryker het dié ballade geken. "Geen wind en geen weer, geen rivier kon hom keer ..." resiteer ek.

"Ja," sê sy ingedagte. "As hy sy bruid kom haal, kan niemand hom keer nie."

68

Die terugkeer van demone, wat nooit vêr is wanneer jy die Doodsengel se vlerke hoor knars nie.

My werk behels dat ek ook as begrafnisroeper optree. Nie in 'n rykmansbuurt soos Belgravia of langs Dutoitspanweg nie, want by die rykes is dit, volgens Julius Kachelhoffer, lankal uit die mode, maar in dié dele waar mense mekaar kan hoor en sien en ruik. Waar jy nie statige Victoriaanse huise omring deur bome op landgoedere verwag nie, maar skakelhuisies, sink- en houtkonstruksies en bouvallige kasarrings van rousteen, met rooi traanstrepe teen die mure af – die deurmekaar werkersbuurte in die omtes van die Groot Gat.

"Daarlangs hou die mense nog daarvan; hulle kan nie advertensies bekostig nie ..."

Dis natuurlik nie heeltemal waar nie, want die *Diamond Fields Advertiser* se advertensies kos nie só baie nie, maar dis wel deel van 'n tradisie wat uit die platteland oorgewaai het en wat Julius om die een of ander rede, dalk vanweë sy melodramatiese geaardheid, nog aan die gang hou.

Om begrafnisroeper te wees, klink eenvoudiger as wat dit is. En miskien ís dit, maar Julius het daarvan iets spesiaals gemaak, soos wat hy ook op ander maniere deur kleinighede 'n soort *personal touch* – dis sý woorde – aan die finale afskeid wou gee. 'n Bossie blomme, byvoorbeeld, in die gevoude hande van die gestorwe geliefde, of 'n oop Bybeltjie op 'n gestorwe oubaas se bors, asof hy flus 'n stukkie gelees het.

Persoonlik dink ék dit het die bedroefdes se aandag van ringe, armbande en krale af gehou, maar wie is ek om te sê?

Het ek dan nie self, net wanneer Julius dink ek trek daar by St. Cyprians verby met my klok, met 'n agterstraatjie langs teruggeglip en 'n duur ring uit sy geheime laai in my baadjiesak laat glip nie? Ek wis teen hierdie tyd dat hy en Soekie nie kan wag om 'n oliebol, in klapper gerol, van weerskante af te eet totdat hulle die klapper van mekaar se tande kan aflek en met hul vetterige hande aan mekaar se lywe kan vat nie. Daarvoor het die statige, regop begrafniskoets die ideale speelruimte gebied.

Al het ek my ingeprent dat dit maar dieselfde is as om 'n bioskoop, 'n opera of 'n vandisie te adverteer – soos wat opgeskote skoolseuns juis die laaste paar dae hul klokke deur Kimberley se krom, smal straatjies loop en skud het om die groot wildsveiling en die opvoering van ene Wagner se opera te adverteer – al het ek my daaraan probeer troos dat die dood niks meer as 'n saketransaksie is nie, het dit my die eerste ruk tog heelparty nagmerries besorg.

Dis dán dat ek soms opstaan en die strate in loop, waar katte voor my uit miaau, enkele laatnagvryers in halfdonker hoekies hul rûe na my draai, en jy hier en daar deur 'n oop kombuisvenster 'n vrou met hare soos platgewaaide gras kan sien brood knie.

Só loop jy onbekendes – mense wat jy net van trems of van vis-en-tjips-kafees ken – in vreemde omgewings raak. Soms selfs bekendes.

Professor doktor Janse van Rensburg, byvoorbeeld. Vir vier of vyf mense aan die preek op die markplein langs Kimberley se stadsaal. Bly om my te sien, nog blyer toe ek 'n toebroodjie met hom deel.

En só het ek hom weer gewaar. Een aand. Die man met die vaalbruin jas, kraag opgeslaan, hoed laag oor sy oë, sy arm in 'n slinger, 'n ent voor my. Hy het gewink toe ek gaan stilstaan. Ek het omgedraai en vinnig teruggeloop losieshuis toe, maar kort-kort oor my skouer geloer. Ek was seker hy agtervolg my. Dán het hy agter 'n pilaar weggekoes, dán kon jy sy gloeiende sigaretkooltjie in die skaduwee van 'n brug gewaar. Op 'n bepaalde oomblik het ek gemeen ek hoor hom saggies lag.

Ek word wakker met die reuk van rook in my neusgate. Ek storm by die kamer uit en af na professor Posthumus s'n, beangs dat sy jarelange navorsing deur vlamme verwoes is. Maar hy is reeds op; hy staan by die weduwee Roets in haar kombuis. Albei is in kamerjasse geklee, terwyl 'n paar van die ander loseerders buite op die stoepie staan en verdwaas toekyk hoe 'n oranje gloed 'n paar straatblokke van ons af teen die vroeë oggendskemer uitslaan. 'n Swaar, swart roetwolk hang reeds oor die hele gebied.

"Die houthuise ..." sê missus Roets. "Dit gebeur so maklik. Seker 'n kers ..."

Nuuskieriges – sommiges ook nog in hul nagklere – draf verby.

"Waar brand dit?" vra een van die loseerders. Die aangesprokene haal sy skouers op en skud sy kop.

"Glo by die Nelsons," roep iemand anders.

Ek word yskoud.

Johanna!

Die huis aan die einde van die doodloopstraat staan in ligte laaie. 'n Brandweerwa kom hortend aangery, mense hardloop heen en weer en roep op mekaar. Ek sien hoe 'n man meubels en ander besittings uitdra, terwyl nog iemand 'n grysaard buitentoe begelei. Agter hulle die onkeerbare, verterende vuur wat byna mooi lyk in die vuilskemer van die oggend.

Ek hardloop nader.

Tot op dié oomblik kon ek nie glo dit ís die Nelsons se hout-en-sink-huis nie; nou herken ek Johanna; hoe sy met een van haar susters uit die vlammesee gestruikel kom, hoe iemand hulle in 'n kombers toedraai. Waar is Swartsarel? Waar is Huipie? Die siek kind? Die Nelsons? Wat het gebeur?

Daar is nog twee leë kamers in die losieshuis, verduidelik ek aan die verdwaasde Nelsons. Hulle vra my om die kinders soontoe te vat; hulle wil eers kyk wat die brandweer uitrig. Die gesis van water op vlamme klink vreemd; die geknars en gekraak van houtpanele wat ineenstort, byna soos die krete van 'n sterwende dier.

"My ma se álle goed is daar binne," huil mevrou Nelson. Haar man, net so verdwaas, sit sy arm om haar. Langs hulle staan Swartsarel en Huibrecht. Sy huil nie. Sy lyk soos iemand wat wil begin lag.

Dis Johanna wat my, drie bekers koffie later, bewend en met swart strepe oor haar gesig en roet in haar hare, sit en vertel hoe haar broertjie hulle die hele nag uit die slaap gehoes het – totdat Ma Huipie langs hom gaan sit het om sy bors en rug warm te vrywe, soos dikwels. Net, dié keer, so het hulle afgelei, het sy van pure uitputting aan die slaap geraak.

Nadat die Salvation Army met hul trompette en tromme en basuine deur die krom straatjies gemarsjeer het, het die onrustigheid, soos die stof en die rook van die Nelsons se afgebrande huis, gaan lê.

Die kinders – die vyf wat oorgebly het – sou voorlopig in die losieshuis onderdak kry. Hier sou Johanna en haar naasoudste sussie hulle versorg. Die Nelsons en Swartsarel en Huipie, wat nou lang gesprekke met haarself begin voer het, het kamers by die Salvation Army in Pnielweg gekry.

"Ja, Niklaas," sê Swartsarel op 'n dag, met oë waaruit die glans – so lyk dit my – permanent deur die rook van die brandende huis verdof is, "ja, dit mag nie kla nie, want dan sê hulle daar is mense wat dit nog swaarder het as jy. Jy kla met die witbrood onder die arm. Maar die Vader weet, wat moet jy maak as daardie brood muf geword het?"

Ek het maar geknik; nie seker of ek begryp nie.

Ons het in sy afgeleefde lorrietjie – 'n 1931-Chev, nou ál "dop oor my kop", soos hy dit self uitgedruk het – gesit en praat en gekyk hoe Huipie al starend en pratend op die sypaadjie voor die Salvation Army op en af loop soos 'n hen wat haar kuikens verloor het.

Sy woorde was skaars koud – ons het ingegaan om te gaan kyk na die Kersversierings wat Johanna en haar spannetjie aan die ophang was – toe die ontploffing die ruite aan die voorkant uitskiet en ons soos leë sakke op 'n hoop beland.

'n Mens sou dink dat Kimberley in hierdie jare die geweld en gerugmakery wat reeds sedert die vroeë dertigerjare in Windhoek in swang was, sou vryspring. Hier was baie Engelse en Jode, min Afrikaners; maar miskien was dit juis daarom. En moenie 'n fout maak nie: 'n paar giftige Boere-Engelse het al hier kom toespraak maak. Verlede week nog het ene Ray Rudman, wat homself die leier van *Die Boerenasie* noem, van 'n petroldrom af gestaan en karring. "Jirre, hy't seker 'n skuldgevoel oor die konsentrasiekampe," het oupa Nelson nog gesê toe Rudman skreeu: "Die fokken Jode dink mos ons is *Goyim*" – *cattle*, het hy verduidelik – "maar hulle sal nog sien wié kry die brandmerk!"

Moenie dink sulke praatjies val oral op dowe ore nie! Een van die weduwee Roets se loseerders het nou die dag 'n pamflet rondgeswaai waarop hulde gebring word aan "stryders soos Huey Long, Mussolini, James True, Mussart ..." en nog 'n hele boel ander wie se name ek nie kan onthou nie, "stryders teen die Wêreld se Vyand Nommer Een ..."

Maar dat Swartsarel se ou lorrietjie moes deurloop, het na 'n vergissing gelyk. Tensy iemand wou eksperimenteer. Wou kyk of dit werk.

Die polisie het kom kyk, rondverneem, na die name van winkels weerskante van die Salvation Army geloer en tot die gevolgtrekking gekom dat onbekende persone die Chevvie, wat rég voor Finkelstein en Lucharski geparkeer was omdat daar nie ander stilhouplek was nie, met dinamiet opgeblaas het.

"Seker gedink dit behoort aan die twee Jode," het een van die konstabels gesê en sy helm oor sy borselkop teruggeskuif.

"Ons kan meer hiervan te wagte wees," het sy makker geantwoord. "Nou die dag het die sinagoge mos deurgeloop."

Ek onthou die koerantopskrif, die foto met die slagspreuke teen die grys mure.

"En in Johannesburg was daar die ontploffing by die Bokryers. Nog 'n geval van dinamiet wat by 'n myn gesteel is."

Ook daaroor het die *DFA* berig: *Freemasons targeted in sinister attack*, het die opskrif gelui.

Swartsarel het, nadat Johanna die glassplinters uit sy hare verwyder het, by ons kom staan en na die verwronge hout en staal gekyk. Hy het niks gesê nie. Huipie het op die sypaadjie gestaan en lag.

Intussen breek die groot kultuurherlewingsaand waartydens professor Posthumus en sy geniale assistent – dis nou ek – rympies en raaisels moet voordra, met groot fanfare aan. Johanna mag saam, om te luister hoe ek 'n klompie uitgesoekte rympies en raaisels vir uitgesoekte gaste – voorsitters van sakekamers, burgemeesters, regters, skoolhoofde, Voortrekkerspanleiers, Volkspeleneefs en -niggies, enkele genooide akademici, politieke leiers en, les bes, 'n hele paar gesiene predikante – voordra, met 'n inleiding en toeligting deur die professor.

Selfs Julius Kachelhoffer gee my 'n dag af om my behoorlik voor te berei, en hy sê ek mag maar die swart pak met die skokpienk strikdassie aantrek vir die okkasie.

"Dressed to kill!" sê hy met 'n mond vol krakende neute.

Dis einste dié pak wat my lewe radikaal sou verander.

Dít het ek nie toe geweet nie.

Die kultuuraand – wyd en syd met plakkaat en vandisieklok geadverteer as 'n voorloper vir die te stigte *Ossewa-Brandwag* – vind in die biblioteekgebou plaas, die *Public Library, 1882*, 'n indrukwekkende plek vol kamertjies-sonder-einde en krulletjies en spiraaltrappe en imponerende plafonne en wegkruiphoekies, en leerstoele wat hul sagte, gladde arms om jou vou, en swaar houtpilare en rakke wat kreun onder die gewig van boeke met die reuk van eeue tussen hul blaaie vasgevang. Boeke so swaar en so groot dat jy hulle skaars op jou skoot kan vashou. Hele Bybelboeke, met geïllustreerde letters en miniature en dramatiese prente soos die afdrukke in Vader Trommelbach se studeerkamer. Die geskiedenis van Erik die Viking wat drie maal na mekaar rawe uitstuur om vas te stel hoe vêr hy van land af is; die boek Job, pragtig geïllustreer; atlasse wat ruik na die soutlug van die see.

Toe ons opdaag, Johanna met 'n hoed en 'n rok wat die weduwee Roets aan haar geleen het, staan daar al enkele mense met sjerrieglasies rond. Op die oog af Engelse *gentlemen* en *ladies*, soos wat ek al by begrafnisse sien opdaag het, maar met die lyftaal en skunnighede eie aan Afrikaners van dié tyd, besig om druk te spekuleer van agter vooruitgeskowe mae en borskasse waaroor horlosiekettings blink.

Af en toe kyk een of twee van hulle skuins af na ons toe, en op 'n keer sien een bysiende heer ons vir 'n kelnerpaar aan, want hy prop sy leë glasie in Johanna se hand en fluistervra in my oor waar die manskleedkamer is, terwyl sy vingers net agter my sleutelbeen inkrul.

Maar meestal kyk hulle bo-oor ons. Die professor, aan die meeste van hulle bekend, beweeg gemaklik rond, maar knipoog darem af en toe na ons kant toe.

"Ek voel soos 'n mak bojaan," fluister ek vir Johanna.

"Jy lyk soos een," koggel sy my. "Maar moet jou nie bekommer nie; die res lyk soos motgevrete pikkewyne."

Sy druk my arm liggies en vou haar hande oor haar handsakkie. Ons is volledig op mekaar aangewese. Af en toe spoel frases by ons verby, bo-oor ons koppe, en soms stamp iemand met swaar heupe teen ons, sodat ons kort-kort 'n bietjie dieper-in skuif, nader aan die boekrakke.

Ek sou liewer 'n boekstut wou wees.

"Wat dink jy sal Smuts se volgende skuif wees?" vra 'n lang kêrel met 'n lornjet.

"O, ongetwyfeld sal hy 'n skuif maak," antwoord sy gespreksgenoot, 'n ronderige man met 'n pankop.

'n Derde lid van die geselskap sê met 'n skeermeslem-stemmetjie: "Dis maklik. Jannie sal die volgende eerste minister wees, dán gryp ons in. Was dit nie hy wat vir Conradie gestuur het om die probleme daar in Duitswes te gaan oplos nie?"

"Ja, dié kêrel het goeie werk gedoen. Die klomp Nazi's die land uitgesit ... Sjuut, hier kom Kruger; julle weet waar sý simpatieë lê."

Die gesprek slaan oor na rugby. Kruger wil-wil vir my bekend lyk, maar as dit dieselfde man is wat hom op Rooistasie so latjiebeen gehou het, het die jare hom blitsvinnig ingehaal: sy skouers hang, hy het nou 'n grys baard, en sy hare het kwaai uitgedun.

"Wat dink julle van die volgende rugbyseisoen, manne?" vra die man wat heel eerste gepraat het.

"Wel, ná Flip Nel-hulle se triomf kan 'n mens net goed te wagte wees van die Bokke. Ek meen húlle – óns – is nou die wêreldkampioene, nie die Aussies of die All Blacks nie …"

"Craven is my mán. Hy was die doring in hul vlees …"

"… met daardie duikaangeë …"

"Maar skoppers, man … ons gaan probleme hê met skoppers … Benny Osler, waar is jy?"

"Is hy nie 'n Jood nie?"

"Hy mag 'n Jood wees, maar speel kan hy speel!"

Jy kan in die stilte hoor hoe sluk mense aan hul sjerrie.

"Nee wag," sê iemand dapper, "ek het 'n ander storie gehoor. Die Oslers is éintlik van Duitse afkoms …"

Meer gaste kom aan; hulle buk onder die enkele Kersversierings wat in die biblioteekportaal hang, deur en kyk vas in reusagtige skilderye van Kitchener, Kekewich en Rhodes.

Die twee mans wat nou aangekom het, lyk, soos Kruger, bekend. Ek en Johanna is in hierdie stadium halfpad teen een van die sierystertrappe uitgewerk, maar dit pas ons, want nou gaffel mense ons nie meer uit die pad nie.

"A!" roep die een man, 'n reus van 'n vent met 'n stem wat almal laat opkyk, toe hy en sy vriend hulle by die groepie hier voor ons aansluit. Sonder twyfel Vermeulen. Langs hom – kan dit wees? – Lot Vermaak. Lot Hamerkop. Lot Skroef. Vreemd hoe 'n mens se gedagtes op 'n punt kan vashaak. Selfs die dag op Prieska wou ek nie glo dis hy nie. Nou nog stel ek my 'n geraamte geboë oor 'n houtskroef voor. Maar hy is springlewendig. Miskien effe krommer.

"Kruger! Ons het mekaar lanklaas gesien, vriend." Hulle skud oorvloediglik blad: die hande, so lyk dit my, word ferm sywaarts gepomp. Is dit 'n geheime teken? Vermeulen pluk-pluk speels aan Kruger se baard.

Dis die eerste keer dat ek Vermeulen binne-in 'n gebou sien. Noudat sy kroontjie raak-raak aan die groot glaskandelaar bokant die groepie, besef ek hóé lank hy is.

"Laat ek julle bekend stel," roep Kruger uit. "Vriende, ontmoet my ou jagmaats, ons afgevaardigdes uit die Onderveld: Duimpie Vermeulen, en sy buurman, Lot Vermaak…"

Vermeulen lag dawerend toe iemand vra waar hy aan sy bynaam kom; of dit nie eerder Langeraat moes gewees het nie.

"Dit kom uit my dae as veldkornet," sê hy, "van die één skelm wat weggekom het." Dit klink of hy die laaste paar woorde met opmekaargeklemde tande sê.

Eers skrik ek; dan merk ek met genoegdoening hoe Lot Vermaak se hande kort-kort, asof uit 'n ongeneesbare gewoonte, beskermend na sy lies toe beweeg.

Die gesprek spring van rugby oor na die stigting van Federale Volksbeleggings, die Ossewa-Brandwag, die Wagner-opera en die suiwerende vure wat in mense se harte wakker gemaak is.

Dan word professor Posthumus voorgestel. Sy lang, ingewikkelde toespraak, waarin hy ook verwys na die sing van *Die Stem* in Afrikaans in die Volksraad, word met toejuiging begroet, veral toe hy sê dat volksliedere en volksliedjies die barometer van die volksiel is.

Ek loer na Vermeulen en Kruger. Dit lyk asof hul gesigte gloei.

"U weet nou reeds dat ek die land deurkruis op soek na outentieke liedjies en ander materiaal. Dit is verstommend hóéveel egte goed 'n mens nog kry – hoeveel kosbare kleinode jy as 't ware van die vergetelheid kan red ... Ek het so 'n vier voorbeelde uit uithoeke van Suid-Afrika gekies om vir u voor te speel."

Hy plaas sy bandmasjien op 'n tafel, blaas-blaas daaraan, werskaf met die knoppies en die bande, en speel die opnames voor. Die mense klap beleef hande, al is die krapperige opnames nie op dié afstand alte duidelik nie.

"Ek het ook vanaand spesiaal iemand saamgebring wat 'n skatkis vol kultuurgoed met hom saamdra," sê die professor. "Iemand met 'n wondergeheue, 'n wandelende museum, kan mens amper sê." Die trapsoetjies-oë pen my vas; dis of sy tong my inkatrol. Ek kan voel hoe span my borskas teen die hempsknope terwyl ek na die podium stap. Toe ek by Vermaak en Vermeulen verbygaan, laat glip ek stilletjies 'n wind, dankbaar dat die weduwee Roets gisteraand boontjiesop gemaak het.

"Soos dit maar gaan met die wetenskap," verduidelik die professor terwyl sy hand oor die bandmasjien streel, "help wonderlike uitvindsels soos hierdie 'n mens 'n hele ent oor die weg om te bewys wat jy probeer sê ... Maar ook dié stukkie tegnologie het, soos u kon hoor, sy leemtes.

"Daar is natuurlik nog iets anders," voeg hy by. "Wanneer Nicolaas sy liedjies of rympies of raaisels voordra, is u in die ideale posisie om hom uit te vra, by te voeg, te verduidelik, selfs uit te lê ... Daar ís eenvoudig rympies en raaisels wat nog onopgeklaar is ... Dames en here, die kleine Nicolaas!"

Ek gaan staan langs die tafel en besef dat ons 'n fout gemaak het: ek moes op 'n kassie agter 'n kateder gestaan het. Van meet af aan.

Hier en daar onderdruk iemand 'n proeslag; ek hoor 'n vrou iets sê van 'n bogkind; en ek is daarvan oortuig die woorde "vuurvliegie" en "muggie" het op my betrekking. Dan begin klap 'n mooi vrou hande, en 'n paar onwilliges volg.

Die gehoor, wat nou op die leer- en ander stoele plaasgeneem het, die mans hoofsaaklik styf en regop, die enkele vroue oorweldigend mooi omraam deur die swart leerstoele, lyk vernaam. Koppe beweeg en stemme skuur teen mekaar. Die afwagting is voelbaar. In my maag rol klippe om en om; 'n sterk stroom vrees wil my van die verhoog af spoel.

"Toe, Nicolaas, begin maar," fluister die professor.

Johanna wuif vertroostend vir my. Sy staan nou hoër teen die trap op. Haar hoedjie sit parmantig skeef.

"Ek sal begin met 'n daggarym," sê ek, hortend. 'n Paar mense, hoofsaaklik vroue, klap aanmoedigend.

"Haasbek, liesbek,
karrentjie wipgat,
oorkant die klipgat,
uit met die twaksak, uit!"

"Die interessante ding," sê professor Posthumus, "is dat daar 'n oënskynlike verband tussen dryf- en daggarympies is ..."

Iemand, een van die vroue wat heel voor sit, dui aan dat sy 'n vraag het. "Wat is 'n dryfrympie?" vra sy.

"Dit is 'n rympie wat gemaak is wanneer mense hul diere aandryf, soos ossespanne, of perde voor 'n perdewa ... By osse sal so 'n rym begin by die haar-op-een en eindig by die hot-op-twaalf; die hele span ... "

DRAAIJAKKALS

"Loedwieg hot en Loedwieg haar.
Loedwieg alkant toe,
Padgee in die wapad!"

Ons het nie hierdie bydrae vooraf geoefen nie, en dit bring die professor ietwat van stryk, sodat hy met 'n frons na my staar. Maar dan klap die vrou wat die vraag gestel het, geesdriftig hande en hy sê: "Die wonderlikste van Nicolaas is dat hy somtyds onverhoeds deur ryme en raaisels oorval word ... Om tot die skone vraagsteller terug te kom: daar is eintlik 'n logiese verband tussen dryf- en daggaryme. Rydiere – veral perde – het dagga saam met hul voer gekry, dán het hulle spoggerig getrap ..."

Dié keer val 'n koudleirympie my by:

"Hier kom hy met die spogvos,
hier kom hy met die blinke!
Afsaal, tatta, afsaal!
alle kallers in die kraal.
My loon is groot,
ek kry hom in die sloot."

By die laaste twee verse buig ek effens vooroor en hou my hande bak. Mense lag, stamp aan mekaar en lyk in hul skik. Ek kry meer moed.

Die koudlei-vers verras ook vir professor Trapsoetjies. Maar hy sê niks. Hy verduidelik net so rapats as wat ek opgesê het: Die sloot, sê hy, is die plek waar die staljong sy beloning gekry het as die jongman se vryerstog geslaag was, as "alle kallers in die kraal" was. Nou wag daar die grondpyp met sy skop ...

Sommige van die gaste – ek vermoed hulle is al volbloed stedelinge – trek hul asems in. 'n Vrou lig-lig haar hand asof sy iets wil vra, maar laat sak dit weer.

Professor Posthumus wys ek moet voortgaan. Twee vingers in die lug. Liefdesrympies. Rympies vol verlange en verdriet.

"Bokkie, sê my reg,
want die trein trek weg.
Wanner kom my ghantang
om die ploe-grond om te eg?"

Professor Posthumus, wat nou begin sweet, verduidelik vinnig wat 'n ghantang is. "En die ploeg," sê hy, "het in die volksmond natuurlik baie ... e ... bybetekenisse."

Van die mans grinnik. Die vrou wat die meeste vrae stel, gee onhoorbaar applous. Haar gehandskoende hande beweeg skaars, maar sy glimlag. Die professor beduie dat ek kan voortgaan. Sy regterhand karring agterna, 'n teken van sy onrustigheid.

"Dissie sukkelmaantjie
dissie sukkelmaantjie
ek verlang my bokkie
met die silwer traantjies."

Meteens staan 'n beeld skerp voor my: Anaat, die dag by die rivier, toe ek haar nakend gesien het. In al haar droefheid, met ribbetjierame wat die spanspekkies van haar borsies erbarmlik vashou.

Die woorde het Lot Vermaak regop geruk. Sou hy Anaat se lied herken het?

Die professor lyk meteens soos iemand wat 'n sluis oopgemaak het en nou nie weet hoe om dit weer toe te kry nie, want ek hou nie by ons program nie.

Sy oë bult nog groter toe Vermeulen en Vermaak ons tydens koffiedrinktyd teen die tafel vaskeer. Die lang man praat eerste.

"My naam is Vermeulen, volksraadslid. Ek en senator Vermaak hier is baie gesteld op die bewaring van ons kultuurgoedere. U goeie werk sal beloon word." Hy wag 'n oomblik, vervolg dan: "'n Mens moet natuurlik onderskei tussen die suiwere en die onsuiwere, nè?"

Ek voel nog korter as my vier voet vier. Ek probeer onder die tafel deur glip, maar Lot Vermaak, sy wange slobberend, versper my pad voordat ek my by Johanna kan aansluit. "Alettus," fluister hy hees, "ek het jou gesê die wêreld is klein." Daar is iets metaalagtigs in sy fluistering, soos die geluid van 'n mes wat geslyp word.

69

Uncle maak 'n comeback en vertel van sy drome oor 'n sirkus.

"Onthou jy die twee vriendelike mense wat hulself nou die aand kom bekend stel het?" vra professor Posthumus my oor 'n bakkie pap met kaiings.

'n Siddering begin iewers in die omgewing van my kuite en eindig in my haaskooi, en ek is daarvan oortuig my hare staan penorent, ál Ma-Let se krulle uit.

"Watter twee?" vra ek versigtig.

"Die volksraadslid, die een met die parlementstem. En die ouer man wat by hom was, die krommer een. Vermaak. Die senator." Trapsoetjies se tong sluit om 'n lepel hooggelaai met kaiings. "Ek het amper gedink jy ken hulle," voeg hy by. "Of hulle ken jou ..."

Moet ek hom vertel dat ek wel deeglik revinnis van Vermeulen en Vermaak het?

"Ek weet niks van hulle nie, professor. Ek weet nie aldag wie of wat ék is nie."

My tafelgenoot dink lank na.

"Wat jy ís, is glad nie so belangrik as wat jy wórd nie."

Hy is verkeerd, dink ek. Wat jy wórd, word bepaal deur wie jy is. Waar jy vandaan kom. Of jy – of jou pa en sy pa voor hom – die goeie stryd gestry het. Dis die nuwe politiek. Die fatsoen van die wêreld, soos Stryker sou sê.

Ek vertel hom van Bakoondskraal, van Stryker en sy rympies en raaisels en oustories, van die *Land Act*, en van my soektog na sleutels wat iets meer oor my verlede kan vertel as dít wat in my egg-box bymekaargeraap is.

"Stryker was 'n kneg, nou is hy ten minste aan die word wat sy voorvaders was: vry."

Watter reg het ek om dit te sê? Hoe weet ek dit? Al wat ek weet, is dat hy en Obadja – Schnaps – Riemvasmaak toe is. Al wat ek van hom oorgehou het, is 'n vae beeld: sy trotse gestalte en dat hy 'n onuitputlike knapsak vol stories met hom saamdra.

Wat is stories teen wette?

"Vry? Dis baie relatief," sê die professor, asof hy my gedagtes lees.

"Vry waarvan?"

Ek dink na. "Besit? Oorheersing?"

"Ek is bevrees, my jong vriend, dat ons nog baie dáárvan gaan sien. Selfs Stryker het geen versekering dat sy nuutgevonde vryheid hom nie weer ontneem gaan word nie." Hy klink amper soos Amy se ouma, ouma Mazawattee; net baie geleerder.

"Nou ploeg ek nog met sy kallers ook."

"Hoe wéét jy dis sy kalwers?" Dan herformuleer hy die vraag: "Hoe weet jy dis sý kalwers?"

Ek dra die gedig van die nesmaakboom voor:

> *"Julle kan al die kameeldorings vat*
> *al die bome met die halfmaantjiepeule*
> *hierdie een kry julle nie*
> *sy's my skaduweeboom, sy's my kosgeeboom,*
> *al die voëls van die wêreld kan nesmaak in haar takke."*

"Ek het dit die eerste by hóm gehoor. Soos die honderde ander wat ek al geresiteer het. Dit ís Stryker s'n; ek kan dit net so opsê."

"Wel, ja. Dit is nie 'n volksliedjie nie," sê professor Posthumus ferm. "Dit is iets persoonliks; iets uit die hart ..."

"Die ander dan?"

"Dis gemeengoed. Dis soos taal self. Dit behoort aan almal en dit behoort aan niemand nie. In hierdie land is stories en raaisels en rympies soos 'n laslappiekombers waaraan jy nooit ophou lappies vaswerk nie. Ek het al gedroom dis soos 'n reuse-karos wat almal kan toemaak, waaronder almal kan wegkruip teen koue en onreg. 'n Kombers waarmee jy brande kan blus, 'n vertoonstuk waarvan jy kan sê: Is dit nie wonderlik nie! Kyk, die kleure, die patrone, die verskeidenheid!" Hy bly 'n oomblik stil, karring weer aan sy pap. "Maar ek is bevrees ons is soos een groot armoedige familie met 'n ou klein kombersie: elkeen rem en roei net om homself toegemaak te kry. Dit sal nog jare vat om te leer deel. Wat nog te sê om elke stukkie lap se geskiedenis te verstaan."

"En Professor maak maar solank lappies bymekaar."

Sy oë raak weer groter, geler. "Ek het jou reeds gesê van die volkskundige kongres op Stellenbosch. Vroeg in 1940. Dis volgende jaar! Taalkenners en folkloriste en sommer gewone ou rympieversamelaars soos ek van oor die hele wêreld kom daar bymekaar om insigte te wissel. Professor O'Brien van Dublin, wat navorsing gedoen het oor Keltiese legendes, sal daar wees; Sigrid Schumann sal oor Duitse rivierlegendes en oor die *Nibelungenlied* praat; doktor Nestlestone van Engeland oor die rapsode van Albanië; professor Thorvaldsson van Ysland oor die Eddas ..."

"Rapsode? Eddas ...?" So 'n woordevloed het ek nog nie uit professor Trapsoetjies se mond gehoor nie; sy dirigeerhandjie beskryf sy opgewondenheid in die lug.

"Juis, juis. Die Eddas. 'n Kombers wat oor duisende jare strek ..."

"Hoekom vertel professor dit vir my?"

"Ek wil dit graag bywoon, en ek het gedink jy kan saamkom."

"As Johanna ook kan saamgaan."

Die professor frons. Hy leun vooroor; die vel van sy hande versmelt met die witgeskropte tafelblad.

"Niklaas," sê hy, "ons sal moet sien. Ons gaan 'n tyd van ongeduld binne ... Jy sien mos wat nou in Europa gebeur. Die brandstof is reeds hier; mense wag net dat die vlamme moet oorwaai ... Daar is sóveel wat vernietig kan word!"

Ek luister half, want Johanna kom sit by ons en begin knibbel aan my regteroor. Trapsoetjies raak ongemaklik en gaan soek troos by sy bandmasjien.

"Antjie Setemmer," sê ek en ek raak vlugtig aan 'n gepunte tepeltjie, "jou hare ruik na gemmer."

"Van oormôre af ruik dit na hospitaalpie," lag sy. "Ek het werk gekry as nurse."

Johanna kom haal my by die werk. Sy lyk mooi in haar uniform, en met die hare wat onder die kappie uitloer.

Digby die markplein tree daar skielik 'n krom gestalte, afsigtelik in sy pluiens, uit die skaduwees te voorskyn en druk sy bakhande feitlik voor ons in. Die walm uit sy klere slaan byna my asem weg, en ek speel Leviet en stuur Johanna in 'n ander koers. Die krom gestalte, sy gesig oordek met 'n woeste baard, met toiingrige haartoutjies wat onder 'n beret uitloer, hop soos 'n verslonste voël aanhoudend voor ons in. Uit die hoek van my oog sien ek hoe sypaadjiegangers wye draaie om ons loop.

"Ons moet seker maar iets vir die ou kraai gee," fluister ek.

"'n Aalmoes vir 'n arm man, ben yuchidel?" vra die verslonste voël, en ek trap byna die randsteen mis.

"Uncle!"

"Sjuut! Wil jy hê die hele Kimberley moet hoor?"

"Wie is dit?" vra Johanna verskrik. "Ken jy hom?"

Ek bekyk die bondel pluiens. Ja, die spreeuneus is daar; dit ís Uncle, maar in die dowwe lig van straatlampe lyk sy gesig byna potblou.

Dit lyk asof Johanna hom ook herken. Toe sy hom laas by Oorlogskop gesien het, was hy asvaal van die stof; nou lyk sy gesig soos 'n aangeslane kastrol.

"Hoe't Uncle geweet om my hiér te kry? Waar kom Uncle vandaan? Wat het van die beeste geword?" Ek kan dit nie verhelp nie; die vrae borrel uit soos bronwater.

Hoewel die suur reuk – iets tussen die stinkduisendpote van Ngamiland, Herr Vogel se laarse en vrot pampoen – in my neusgate opslaan, kan ek die gevoel van vertedering wat oor my kom, nie verhelp nie, veral toe hy sy hande in die lug gooi, boontoe loer en sê: "Nie so vinnig en so baie nie! Het ek vier ore? Dit sou wonderlik gewees het as alles aan my dubbel was, dink net aan die plesier!"

Daar is nog iets van die ou Uncle oor in hierdie komposhoop.

"Een vraag op 'n slag!" Hy grawe tussen sy vodde, hou meteens 'n bottel teen die lig en skud sy kop. "Dooie soldaat," sê hy. "Het die stryd moedig gestry." Hy smyt die bottel eenkant toe. "Jy vra hoe'k geweet het om jou hiér te kry? 'n Raaisel, narrele, 'n raaisel. 'n Wonderwerk." Hy kyk my met halfmas ooglede aan. "Jy hou mos van raaisels."

Hy beduie met die sypaadjie langs af tot by 'n donker vlek teen die muur. "Sien jy die ou grote daar? 'n Liewe ou Bolsjewiek, jy behoort hom te ken. Professor doktor Janse van Rensburg. Op die outers onthou jy almal wat goed vir jou was. Dis oorlewing. Hy't my van jou en jou ander geleerde vriend vertel. Wat hom opgelaai het. Ek het maar 'n kans gevat en hier kom wag; dis ook 'n manier om aan die lewe te bly. Ek het net gedink jy sou die een of ander tyd hier uitval. Was daar 'n sirkus in die omgewing, het ek dáár gaan wag, nie waar nie?" Hy lag.

Ons kruis die straat voor die operahuis. Deftig geklede pare kyk ons aan asof ons uit die een of ander plek van bewaring ontsnap het. Uncle bring 'n wind op.

Johanna klou aan my vas. Ons moet nogal na 'n snaakse lotjie lyk.

"Van sirkusse gepraat; dis hoekom ek hier is." Is daar nog 'n glinstering oor in die swart ogies? Of is dit bloot gierigheid en dors wat oorgebly het?

Ons stap by 'n buiteverbruik verby en Uncle gaan staan. "Ach, mayn shikkerel, koop tog 'n bottel vir jou onkel, toe, voor hulle alles wegpak."

Ek vroetel 'n paar sjielings te voorskyn en hou dit na sy kant toe uit, maar hy skud sy kop. "Hulle hou nie van my nie," sê hy treurig.

Toe ek weifel, leun hy weer vorentoe: "Kry nou die bottel en sê vir jou weibele ons kan ná die tyd iets eet. Hier's 'n vis-en-tjips-kafee naby." Dis duidelik dat hy nie vir Johanna eien nie. "Toe, dan vertel ek julle van my planne. Vir die sirkus."

Ek bars uit van die lag; hy sê dit asof ons sy gaste is.

"Jy kan maar lag. Dit gaan sleg, maar met 'n bietjie genade kan selfs 'n krom besem saad skiet." Hy leun nog verder vorentoe; druk swaar met sy hand op my skouer. "Hierdie keer weet ek nét waar om die geld in die hande te kry." Sy regterhand swaai oor die vloot blink motors op die pleintjie voor die operahuis. Hier en daar gloei die sigaretkooltjie van 'n chauffeur.

Toe ek die bottel aan hom oorhandig, keer hy dit gulsig om asof hy hom iewers in die Groot Dors in die Kgalagadi bevind. Toe sê hy: "Kom ons gaan eet; julle is seker honger." Tot my verbasing swaai hy 'n rol note voor my neus.

Johanna is nie so geneë met die voorstel nie. Sy rem aan my lapel. "Kan ons asseblief teruggaan losieshuis toe?"

"Aits!" Uncle deins gemaak agteruit, asof hy 'n klap deur die gesig gekry het. "Hoor hoe blaas so 'n rooikat!"

Sy lag en skud haar kop. Miskien omdat hy – ondanks die peswolk wat om hom hang, muggies en al – nié danig dronk lyk nie; of dalk omdat hy so gevat reageer.

"Vra vir hom wat hy wil hê," fluister sy.

Hy hoor haar duidelik genoeg. "Ek? Ek wil niks hê nie!" Met 'n teatrale gebaar swaai Uncle die stukkende mantel van hom af weg, sy arms wyd oop. "Ek wil gee," sê hy, "ek vrá nie iets nie!"

Ja, jou ou jakkals, dink ek. Watter toertjie gaan jy nou weer uithaal?

Tog verras sy volgende woorde my.

"Ek kruip weg; dis my vermomming dié." Hy kyk om hom rond, leun skielik vorentoe en sê: "Krisjan Obbes is op my spoor."

Obbes? Dan hét die smokkeltog skeef geloop! En hulle was dan so naby aan die grens!

Soos in 'n koorsdroom kom die herinnering na my toe terug: beeste in 'n stofwolk aan die trek, Boesmanruiters, Uncle wat hang in sy saal ... Maar toe het ek siek geword. Wat presies by die grens gebeur het, is duister.

Hoe weet ek dis nie 'n storie wat hy staan en opmaak nie?

"Uncle," sê ek, "wat het van die bees geword?"

"Oef!" blaas hy, "die beeste het verdwyn."

Nou is ek daarvan oortuig dat Uncle lieg; dat hy nie meer tussen feit en verbeelding kan onderskei nie.

Hoe kan 'n duisend stuks grootvee, duisende ponde werd, sommer net so verdwyn? Asof jy jou vingers klap en wég is hulle?

"Maar dis 'n storie vir anderdag," sê Uncle haastig, en hy stuur ons by trappe af in die rigting van 'n dowwe ligkol wat my gevoelige neus op hierdie afstand as 'n vis-en-tjips-kafee herken.

Toe ons op die randsteen buite sit, elkeen met 'n enorme stuk vis, in deeg gerol, en 'n paar repe slaptjips daarby op die olierige papier uitgesprei, sê hy: "Jy't seker gedink dié Joodjie kan nie sy beloftes hou nie, nè?"

Ek bly hom 'n antwoord skuldig. In my egg-box, weet ek, is 'n voos gebrande plakkaat. Dis die naaste wat ek nog aan 'n egte sirkus gekom het.

Maar ek let op dat hy kort-kort gewiks in die rondte loer; sy ogies bepaald nog nie so aangetas dat hy nie oplettend is nie.

Johanna kyk hom met 'n mengsel van verwondering en argwaan aan.

"Dís nou my peetvader," sê ek vir haar, omdat ek nie weet wat om op dié oomblik te sê nie. Eintlik beteken dit: Sien jy nou, so het hy agteruitgegaan; ek weet nie wát dit met hom is nie. Genadiglik smoor die skerp asynreuk van die vis en tjips alle ander walms.

Sy skud die hand wat hy haar ewe galant aanbied, bra onwillig.

"Moenie skrik vir die vermomming nie. Dis al kans wat ek het om te oorleef," sê hy.

"Ja, maar wat hét van die beeste geword?" As antwoord kry ek 'n skop teen my skeen. Dis duidelik dat hy nie alles voor Johanna wil uitblaker nie.

Uncle bring andermaal 'n rol note te voorskyn, nadat hy minute lank tussen rafels en pluiens gegrawe het.

"Gee my kans," hy, "dis my comeback hierdie." Hy swaai die rol note in die lug rond, maar nie só opsigtelik dat omstanders dit kan sien nie. Hy maak ook nie die rol oop nie; hy flits dit net soos 'n towerstaffie voor hom rond.

Hy moet dus die beeste verkoop het. Maar Obbes, lyk dit my, het nie iets daaruit gekry nie.

"Komaan, ben yuchidel, dit lyk nie of jy my wil glo nie!"

Ek sug. Johanna stamp aan my. "Kan ons gaan?" fluister sy, maar nie met baie oortuiging nie. Ek merk dat sy net aan haar vis gepeusel het.

"Kyk, julle hoef my nie te glo nie," sê Uncle, "maar partykeer glimlag die engele tog vir 'n mens; al is dit net deur 'n smal skrefie daar bo." Weer speel hy met die rolletjie geld. Dis nie 'n paar pond wat hy tussen sy vingers het nie; dis 'n paar honderd. Selfs meer.

"Dink julle nie 'n mens kan baie met soveel geld maak nie?"

Ons kyk hom net verstom aan. Ek dink ek weet wat deur Johanna se kop maal. Klein Boetieman. Hoe het Swartsarel nie al rondgebedel, sy trots in sy sak gesteek om geld vir 'n operasie in die hande te kry nie? En die Kimberleyse spesialiste sê ja, hulle kán, maar dit kos geld ...

Dit kos 'n fortuin. En nou is daar nog die Nelsons wat 'n huis moet kry ná die brand. En Huibrecht wat nie meer weet of sy kom en of sy gaan nie.

Johanna se trane is vlakby.

Ek is seker sy het nog nie so 'n groot klomp geld gesien nie. Ek ook nie.

"Ek word nie jonger nie, ben yuchidel," sê Uncle, "ek word ouer – een van die dae is ek veertig, soos jy weet." Dit val my by dat Uncle op die laaste dag van die vorige eeu gebore is; hy sal dus op die laaste dag van hierdie dekade veertig word.

"Dis tyd dat ek 'n slag vastigheid kry ... 'n vrou, kinders, ek wil settle ..."

Ek onderdruk 'n snorklag. Dis so anders as voorheen; *settle* was nog nooit deel van Uncle se woordeskat nie.

"Of het jy regtig gedink ek het 'n tramp geword? Oubaas Janse van Rensburg – dáár's nou vir jou 'n tramp, hoor, gesout en getrain, 'n Israeliet sonder bedrog ..." Hy lag stomp vir sy eie grappie. "Vir die materiële lewe voel hy niks ..." Uncle lag weer. Verbeel ek my, of klink hy senuagtig? Hy loer kort-kort in Johanna se rigting, asof hy eintlik die gesprek met háár voer.

"Wel, daar verskil ons lewensfilosofieë nou ongelukkig. Wat kan jy sonder geld doen? Daarom praat ek van vrou vat, van settle. 'n Man kan nie só aangaan, van die môre tot die aand, hier vat en daar vat, klein bietjie wins hiér en 'n helse klomp verlies dáár nie ... Nee, dis tyd vir 'n radikale verandering ..." Hy skep 'n slag asem, maar wag nie dat ons moet reageer nie. Hy praat tussen klein happies vis en tjips deur, byna sonder ophou; hy praat of hy my jare laas gesien het, hy hou ons as 't ware daar gevange; en ons kan dit nie oor ons hart kry om op te staan en losieshuis toe te loop nie.

Net toe ons begin rondskuif en dit seker vir hom lyk of ons uitgekuier is, sê hy: "Ek het genoeg gehad van swerwe en van aas; dis tyd dat ek nou 'n slag iets anders doen, nè, ek kort nog net so 'n bietjie cash dan koop ek die sirkus."

"Sirkus!" Ek kon dit gedink het. Ek staan op.

Skielik lyk Uncle weer vreeslik berouvol: "Laat my bieg, laat my erken dat ek verkeerd gedoen het. Was ek nie 'n bedrieër en 'n rokjagter nie? Het ek nie weduwees en wese van hul pennings beroof en meisies van hul maagdelikheid nie? Het ek nie los en vas harte en vertroue gesteel nie? Beloftes gemaak nie? Dis nou my kans om reg te maak, om 'n eerbare oudag ..." Hy gaan nou enige oomblik teen my skouer begin huil. Ek begin beweeg, maar dan kyk hy so lank en intens in my oë dat ek meteens weet: dis nie dronkverdriet nie. "Nicolaas," gaan hy voort, terwyl sy hand my mou terug grond toe rem, "weet jy, ek raak bang. Volgens ons gebruike word iemand begrawe op die dag dat hy doodgaan. Sê nou ek is êrens in die boendoe en die Doodsengel kom haal my skielik een dag net voor die son sak ... wat 'n gemors!"

Ek verstaan Uncle se vrees. Selfs Johanna lyk aangedaan.

Julius Kachelhoffer het my juis nou die dag vertel hoe hy gesweet het om ou Kohn wat in sy winkel op Vanwyksvlei inmekaargesak het, te gaan haal en betyds in Kimberley te kry: "Jissus, Niklaas-jong, dan weet die familie nog te kibbel oor kransies, of dit doughnuts of lifebuoys moet wees ... As hulle maar geweet het met watter spoed het Kohn hier gekom ...!"

Uit dieselfde sak waarin hy die rol note weer gebêre het, toor Uncle 'n vetterig gevatte berig – of liewers, 'n gedeelte van 'n berig.

LEGENDE STERF
Die baas van Pagel's is dood. Mevrou Adelaide Pagel, vrou van die beroemde sterkman Wilhelm (William) Pagel, is gisteroggend skielik in haar karavaan oorlede. Die bekende – en vir party mense vreesaanjaende – gesig van mevrou Pagel wat in haar oopslaankap motorkar rondry met Hopetoun, die mak leeu, langs haar as geselskap, is nie meer nie. Daar is allerhande gissinge oor wat van die sirkus gaan word. Sommige mense sê dat die diere waarskynlik aan 'n dieretuin geskenk gaan word; maar daar is glo ook sprake dat mnr. Boswell, van Boswell's Circus, belang stel in die afgerigte diere ...

Voordat ons verder kan lees, prop Uncle die stukkie papier weer onder sy klere in. Nes 'n kind wat handjie-kaie speel.

"Ek het vir 'n feit gehoor dat die diere in die openbaar verkoop gaan word," sê Uncle. "En natuurlik sal die akrobate en die vuurslukkers en al die mooi meisies sonder werk sit ..."

"Boswell sal hulle opraap," sê ek.

"Dis wat jý dink. Hy mag amper duisend pond 'n aand maak, maar hy sal nie 'n hele sirkus kan oorkoop nie." Uncle leun vooroor; sy ogies gloei. "Dis ons kans, Nicolaas. Sirkusse maak geld, maar daar móét kompetisie wees. En jy weet self, met miesies Pagel dood is alle kompetisie weg."

"Boswell het vir Tickey." Uncle moet darem nie dink ek lees nie koerant nie. Ek weet baie goed dat Tickey, net so 'n bietjie korter as ek, die groot trekpleister geword het.

Uncle staan skielik op, pluk sy flentermantel af, en sê ek moet by hom kom staan. Ek voel 'n bietjie sotlik, maar hy het klaar die boemelaarskleed oor my skouers gehang; hy druk-druk daaraan en staan dan opsy. Hy klap sy hande. Ook Johanna lag.

"Perfek!" sê hy, "perfek!"

Die mantel sleep-sleep op die grond. Ek maak 'n paar passies, struikel oor die een los pant en slaan amper op die sypaadjie neer. 'n Konstabel wat aan die oorkant verbystap, begluur my van onder sy helm. 'n Paar mense wat by die vis-en-tjips-kafee uitkom, gaan staan en kyk na my, en ek hoor hoe 'n seuntjie in slaapklere aan sy pa se mou rem en sê: "Kyk die clown, Pa!"

Al wat kortkom, is my punthoed.

Die óú gevoel van vryheid, asof ek op stelte bo-oor skares en landskappe beweeg, pak my weer beet. Dit laat my kop duisel.

"Perfek!" sê Uncle nog 'n maal. "Kan jy nou sien wat ek bedoel? Ons sal vir Boswell stywe kompetisie gee! Die engeltjies kon nie vir ou miesies Pagel op 'n beter tyd kom haal het nie!"

Selfs Johanna lyk nou geesdriftiger. Ek het haar nog nie van ál Uncle se schemes en beloftes vertel nie.

Uncle praat al weer; voorspooksels oor die dood skoon vergete. "Onthou jy dat Obbes ons Kimberley toe wou stuur oor wild …?"

"Wat het Obbes met dit alles te make?" Ek kan die onrustigheid nie van my afgeskud kry nie.

Uncle sak stadig van sy wolk af grond toe. "Dis hoekom ek laag lê, mayn eygene," sê Uncle. "Is dit nie beter om 'n lewende boemelaar te wees as 'n dooie magnaat nie? Ek wou wildveiling toe om te gaan kyk of ek nie dalk 'n ou mak leeutjie vir ons sirkus raakloop nie, narrele! En wie sien ek, toe ek by die wildveiling kom? Ons vriend van Kgautsa; en hy herken my ook *sofort*. Nou moet jy weet, hy het al sy scheissdreckige Bonnies en Clydes om hom. Hulle het my gou in 'n hoek vasgekeer en gesweer hulle skil my neusvel af …

Wat kon ek doen? Wat kan 'n man doen as die duiwel se asem in jou nek skroei? Maar ek ruk my los, en hulle wou seker nie te veel aandag trek met al die mense rondom hulle nie. Jy ken my, Nicolaas. Ek ry nie van vandag af kar nie; ek het nog altyd gedroom ek skaf weer eendag vir my 'n Silver Ghost aan, en ek hét ook." Hy tik teen die vodde, daar waar die rolletjie note netnou weggeraak het.

Het hy gesê aanskaf? Wéér aanskaf? Wel, "aanskaf" het nog nooit vir Uncle dieselfde as "koop" beteken nie.

"En toe ...?"

"Hulle het my agternagesit ... 'n Wilde jaagtog, kruis en dwars deur Kimberley se strate; hier af met Dutoitspan tot in Beaconsfield en weer al die pad terug, ál om die Groot Gat. Hulle met een van Oom Henry se karretjies kort op my hakke; die Polizei agter húlle aan; ek met die Rolls mascot-in-die-wind. Maar toe hol daar 'n kind voor hulle kar in, en dit hou hulle op. So kon ek wegkom. Ek weet nie eens wat van die kind geword het nie."

70

Waarin 'n verwelkomingsbal vir Sy Edele, die deurlugtige prins Igor van Karelië, gereël word.

Johanna het met 'n ruk regop gesit. Dit het gelyk of sy iets wil sê, maar nie die woorde daarvoor kon vind nie. Uncle het voortgegaan om te klets oor Krisjan Obbes en sy vloekgenote en oor sy skuilplekke en hoedat hy uiteindelik, nadat 'n eensame weduwee van Ronaldsvlei haar oor hom ontferm het, sy vermomming vervolmaak het. Ná weke se skuilhou het hy dit weer op straat gewaag, dié keer sonder sy Rolls en geklee in die stinkende vodde waarin hy ons voorgestaan het.

Johanna het voor haar uitgestaar en daar het skielik 'n siddering deur haar gegaan asof sy iets vir die tweede keer beleef. Die laatwinterkoue alleen was dit nie, het ek geweet, en ek was dus nie verbaas toe sy die baadjie wat ek na haar toe uithou, in my hande terugdruk nie. Sy het opgestaan, haar wit uniform reggestryk en op 'n vreemde, kalm manier gesê dis laat, sy is moeg, sy moet nou teruggaan. In die lig van die dowwe straatlamp het haar gesig skielik soos gekreukelde papier gelyk. Sy het haar arms om haar skouers geslaan en voor ons uitgestap, terug met die trappe op tot in die straat.

"Vroumense!" Uncle spoeg eenkant toe in die voortjie langs die randsteen. Hy vroetel omsigtig tussen sy pluiens en bring 'n sigaarstompie te voorskyn. Ek sien hoe die een na die ander vuurhoutjie tussen sy bewende vingers doodgaan. "Wat de hel makeer haar?"

Moet ek hom vertel van Mottie? Wat sal dit help?

Die naghemel, nou nie juis helder verlig nie, word meteens git; die wind wat van vanoggend af tier, het koue weer uitgewaai.

"Jy moet oppas vir vroumense," sê my leermeester in boemelaarsgewaad. "As hulle eers só maak, wil hulle jou rondfoeter. Sy's oulik," voeg hy haastig by, "maar sy't 'n wil van haar eie. Lig loop."

Ek sê niks. Dis die beeld van Mottie in die klein kissie wat my bybly. Het ek haar dan nie self daarin neergelê nie, verwonderd oor die heelheid van haar liggaam? Alles tevergeefs, het die predikant die middag gesê, die mens is soos gras.

Maar vir wie moet ek kwaad wees?

"Ek het 'n ongelooflike plan," sê Uncle meteens. "Ek sal jou môre daarvan vertel ..."

Ek laat Uncle by die slapende professor doktor Janse van Rensburg agter en maak of ek nie die nat kol op die stuk karton onder die ou man se opgetrekte knieë sien uitsprei nie. Ek slaan my kraag op en stap vinnig weg, my neus snuiwend in die vars, koue wind uit die suide.

Ek haal Johanna – 'n wit figuurtjie in die halfdonker straat – in en sy laat toe dat ek my baadjie oor haar sidderende skouers gooi. Ons stap in stilte voort. Op pad losieshuis toe maak ons 'n draai by die Salvation Army se hostel in Pnielstraat, maar toe Johanna haar pa se opgeswelde voete sien – die biltongmaer man sit, broekspype opgerol, met sy voete in 'n kommetjie met warm water – sê sy niks. Sy gaan sit net haar arm om sy skouer en leun met haar kop teen sy nek. Dit lyk of 'n glimlag in die doolhof van groewe wil verskyn, maar die pad na sy mond te moeilik vind; dit raak weer weg in die leerbruin gelaat. Sy oë, merk ek, is waterig van moegheid.

Toe ons losieshuis toe stap, kom ek agter dat sy iets van haar gemoed wil afkry, maar sy kry dit nie gesê nie. Elke keer klink dit of sy gaan begin, maar dan begewe haar moed haar. Uiteindelik, toe ons al feitlik by die losieshuis is en ek vir Boetieman hoor hoes, vat sy weer my hand en sy sê:

"Dit help tog niks. Ons kan nie vir Mot terugbring nie. Maar miskien kan ons iets vir Boetieman doen. Jy moet maar na jou peetpa toe teruggaan en akkoord maak."

"Dit hang af wat hy in die mou voer."

"Ons móét die geld kry. Kyk hoe lyk my pa. Van Ma praat ek nie eens nie!"

Huibrecht het al gelê toe ons by die Heilsleër se hostel aangekom het. Sy lê nousedae die meeste van die tyd.

"Daar is mense wat sê dat dit nie verkeerd is om van die rykes te steel nie," peins Uncle hardop toe ons – ek en hy en ons nuutgevonde gesamentlike vriend, professor doktor Stefanus Johannes Janse van Rensburg – sit en planne beraam.

"'n Ierse priester het nou die dag verklaar die gebod is onomseilbaar: jy mag nie steel nie – behálwe van die rykes!" sê die oud-teoloog. Hy knipoog en krap aan 'n stukkende puisie tussen sy baardhare. "Natuurlik wou hulle hom stenig. Maar hy het 'n punt beet, het hy nie?"

Die spore van jare se swerftogte en nadenke is oor sy gesig gegroef. Origens lyk – en ruik – hy én Uncle respektabeler; anders sou die weduwee Roets nie die stoepkamer aan hulle afgestaan het nie. Dit het my die hele Saterdag gekos om hulle fatsoenlik te kry. Gelukkig was daar nie 'n begrafnis nie en ek kon die twee boemelaarkamerade met die sterk waterstraal afspuit waarmee ek die kuipe in *Kachelhoffer & Kachelhoffer* se uitlêkamer skoonmaak. Danksy 'n halfjekkie jenewer het hulle nie agtergekom waar presies die kuur plaasvind nie. Die water was bra koud om hulle boude en knaters en die oud-teoloog het 'n paar onbybelse dinge kwytgeraak, terwyl Uncle jodel asof hy sneeu sien. Maar toe vlam sy gees weer op en hy skreeu: "Alles ter wille van goud en silwer!"

Uncle se noterolletjie het seker ook weer sy toorwerk gedoen, want die twee kraaie het summier slaapplek gekry; ofskoon mevrou Roets die skoon beddegoed gaan aftrek en 'n stel verbleikte lakens, vol sigaretgaatjies, uit die gangkas gegrawe het, met die versoek dat Johanna dié moet gaan oortrek.

In die gang waarsku sy my: "Onthou net een ding, Niklaas. Jou peetpa weet nie meer aldag wat is droom en wat is werklikheid nie."

Johanna wil nie deel wees van die meesterplan, soos Uncle dit noem nie. Sy wil nie eens weet wát dit behels nie, maar sy het nou haar volle konsent gegee.

Klein Boetieman word by die dag maerder en bleker.

Ons is ten minste – so hoor ek – op stewige teologiese grond toe Uncle sy meesterplan aan ons voorlê.

"Kyk, dis eintlik 'n fondsinsameling," verduidelik hy. "'n Projek met 'n goeie doel. Dis 'n kwessie van neem en gee!"

Piet Praaimus het baie vertel oor siklone: dat hulle regs om spiraal in die Suidelike en links om in die Noordelike Halfrond; hoe dit jou insuig en meesleur, tensy jy in die kalm oog van die storm kan bly. As Uncle eers 'n plan beet het, is hy een en al maalstroom, draaikolk, werwelwind.

Hoe jy ook al wil, uit die verwoestende pad van sy geesdrif bly jy nié.

Dis 'n ingewikkelde, verbeeldingryke plan, maar Uncle sê dis baie eenvoudig.

Ek gooi stilletjies water by die jenewer.

Oor die plan moet selfs ek my kop skud. Dalk is Johanna tog reg. Maar Uncle se chutzpah wen, soos altyd:

'n Geheimsinnige buitelandse besoeker, prins Igor van Karelië, land van die Spreeuneuse, lê besoek af in die diamantstad.

Sy verteenwoordigers – dis nou ek en die boemelaar-professor, opgedress soos diplomate – skarrel in Kimberley rond om 'n behoorlike ontvangs vir die prins te reël, verkieslik 'n swierige bal, want die deurlugtige prins is versot op maskerades, sirkusse en diamante.

Al die rykes moet genooi word; dié wat nie omgee om hul diamanthalssnoere, hul diamant-en-pêrel-ringe, hul diamantknopies en ander edelknewels uit te stal nie. Prins Igor hou van swier. En hy kan fynbesnede halsies waardeer.

Ek bekyk Uncle sydelings. Toegegee, dis net die beaarde neus wat waarskuwingseine uitstuur; die rug wat effe krommer geword het, die bolmaag en die bene ongewoon volstruiserig vir 'n man wat nog nie veertig is nie. Maar sit vir hom 'n keil op en steek vir hom 'n strikdas aan, een met 'n diamant-stud so groot soos 'n pinkienael … en siedaar, die ou Silver Ghost skop nog.

Waar moet die bal gehou word? Oplaas word op die stadsaal besluit. Al is dit nie die deftigste in die diamantstad nie, is dit 'n statige gebou en is daar genoeg elegansie om Sy Deurlugtige gelukkig te stem. Die stadsvaders sal oor mekaar val van blydskap; hulle hou van beroemdes.

"Kyk, ek het al 'n deeglike studie gemaak van die gebou – ek weet selfs waar die kleedkamervensters sit, hoe breed en hoe lank hulle is, hoe die toiletpapier werk, ensovoorts, ensovoorts." Uncle klink baie selfversekerd.

"Wat het die papier met die prys van eiers te doen?" vra ek.

"Baie," sê prins Igor, "baie."

71

DIE GELUKSENGEL WOON DIE VERKEERDE FUNKSIE BY.

"Daar is twee sake waaroor ons dringend moet praat," sê Uncle langs sy beaarde spreeuneus af terwyl ek die skeerspieëltjie voor hom balanseer. Hy het die stukkie glas probeer vashou, maar dit wou nie deug nie.

Vir die eerste keer kom ek agter dat daar, met elke woord wat Uncle uiter, 'n reuk soos van verrottende weefsel in die kamer vrygestel word. Ek ken die reuk; ek het dit al baie geruik by *Kachelhoffer & Kachelhoffer.*

Deur die stoepkamertjie se deur het ons 'n uitsig op South Circular en die grys ingewande van die aarde wat rondom die Groot

Gat uitgestoot lê. Die straat en die omgewing is bedrywig; die winter is in sy laaste stuiptrekkings. Die weduwee Roets, op wie professor doktor Janse van Rensburg se stringe Bybeltekste só 'n indruk gemaak het dat sy weer die stukkende lakens met kraakvarses vervang het, het 'n bossie blomme in 'n porseleinbeker gerangskik. Selfs ou Trapsoetjies, wat êrens in die Wes-Vrystaat rondreis op soek na roeringe van die volksiel, kry nie súlke behandeling nie. Die weduwee Roets draai behoorlik om ons; lyflastig is nie die woord nie.

Maar sy is skynbaar nie die enigste nie. Uncle staan nog die skeermes teen die skeerstrop en skerper maak, toe hy meteens agter die hangkas inkoes en die deur met sy voet toestoot. Hy beduie met sy duim. Deur die dun blokkiesgordyn sien ek 'n nagswart Chevrolet verbyroer. Behoedsaam sluip die motor straataf; jy hoor net die silinders pomp, geen versnelling nie. Vier hoede dobber in die motor rond. Dit lyk of hulle iets of iemand soek.

Misgis ek my, of is die een vent se arm in 'n slingerverband? En sy nek in 'n nekstut?

Vir die eerste keer sien ek Uncle só ernstig; vir die eerste keer in 'n baie lang tyd dwaal sy aandag nie weg na waar 'n slank meisie met swiepende rokspante en deftige hoedjie trippelstap nie.

"Dit wil my voorkom, ben yuchidel, asof ons byna aan die einde van ons kortstondige verblyf gekom het. Die stad was goed vir ons, glo my, maar daar is mense wat die lewe vir 'n mens oneindig warm kan maak."

Vergete is sy praatjies oor *settle*, oor rustiger raak. Oor 'n *sirkus*!

Terwyl ek die Chevrolet deur gordynskrefies bespied, hoor ek die kenmerkende geluid wat 'n bottel maak wanneer 'n mens dit kantel. Eers dag ek dis die jenewer wat hy in die hoek van sy hangkas wegsteek. Ek dwing myself om nié om te kyk nie. Toe klapklapgeluidjies en 'n skerp, soet reuk verraai dat hy kwistig naskeerlaventel aanwend, draai ek om.

Hy kyk weg. Sy wangwolle staan woes sywaarts. Hy lyk soos iemand uit die laaste jare van die vorige eeu; soos 'n illustrasie uit 'n boek van Charles Dickens wat Trapsoetjies my gewys het.

"Dis duidelik dat hierdie klomp vrot perskes se bloeddruk styg as hulle net iemand gewaar wat anders *lyk* as hulle. Daar kom al meer berigte van vervolging en verdrywing oorsee, so moenie dink ons sal dit hier vryspring nie ..."

Dan lag hy weer, diep uit sy binneste. "Oy, nou klink ek soos 'n doemprofeet. Vanááánd, my seun, dit moet jy weet, vanaand is die aand der aande. Ben yuchidel," sê hy terwyl ek vir hom die spieëltjie vashou sodat hy sy snorbaard nog verder kan afrond en pamperlang om soos 'n egte prins te lyk, "hierdie armoede is nie vir óns nie. Vanaand is die aand vir die coup de grace." Knip-knip.

Coup de grace? Ek wil hom nog vra om te verduidelik, maar hy borrel voort.

"Amerika!" Hy fluister dit, soos iemand wat bang is hy pleeg heiligskennis. "Amerika, hier kom ons! Nie hiérdie gatkant van die aarde nie!"

Sy linkerarm trek die karigheid van die kamertjie met één swaai bymekaar: die verbleikte lampskerm, die hangkasdeur wat oopswaai as jy op 'n los plank trap, die rotdrolle agter die laaikas, die laaikas met die gekraakte spieël, die erd-af wasskottel en lampetbeker in die ysterstaandertjie in die hoek.

Miskien het hy die rot se ogies in die spieël gewaar, want hy kry my meteens aan die kraag beet en sê:

"Jy sê nie boe of ba nie. Is jy maar tevrede dat ek – jou peetvader, wat nog altyd jou belange op die hart gedra het, jy kan amper sê jou vlees en bloed! – saam met rotte moet eet en slaap? Genoeg hiervan! Oy vei! Is ons nie vir beter dinge bestem nie?"

"Wat van klere?" vra ek. "Só sal niemand dink ons is van Karelië nie."

"Jou onkel dink aan áls," verseker George McLachlan Lazarus my. Hy klink byna soos die óú Uncle. "Ek weet presies waar om dit in die hande te kry."

Ons sluip die operahuis se agterkamers binne met behulp van 'n sleutel wat Uncle tydens een van sy verkenningstogte gegaps het.

"Die gode is vir ons goed. Hiér sal waarskynlik kostuums wees wat pas."

"Kostuums?"

"Dis óns wat genooi is."

"Is ek prins Igor?!"

"Nee, jy's die kneg."

"Ja, baas."

"*Livreikneg.*"

"Dit klink nie veel beter nie. Of ek die perde se drolle optel."

"Ons het nie juis 'n keuse nie. In Karelië beland mense van jou size en jou afkoms nie in die adeldom nie. Daar is nie eens sirkusse nie. Hulle beland op die brandstapel."

Uncle is nie onvriendelik nie, net prakties. Ons spoor 'n dwergkostuum op wat – Vader van genade! – amper vir my te klein is.

Met sy koningsblou kostuum, epoulette, gepoeierde gelaat en bakkebaard lyk hy ál meer na 'n prins. Tot sy ou glorie herstel. Hier kom die hingsding!

Van die handtelefoontjie in die voorportaal skakel Uncle 'n nommer. Die bewing in sy vingers is nie weg nie. In sy keurigste Engels verduidelik hy aan die burgemeester dat sy chauffeur die *auto* na 'n werkswinkel moes neem, meganiese probleme en so. Kan iemand dalk 'n limousine stuur?

Ek moet baie vêr terugdink, aan 'n skemeraand by Steenboksvlei, en aan my eerste les in toneelspel.

"Ek wou nog altyd graag 'n prins wees," sê Uncle, en hy kyk lank en ingedagte in die spieël voor hom. Ek wil hom daaraan herinner dat een van sy vorige pogings – tewens, sy eerste poging om 'n priester te wees – tussen twee fris mans op die agtersitplek van 'n motor geëindig het, maar ek besluit om hom te laat begaan.

"Poets gou my skoene blink," beveel prins Igor, lornjet in die hand, terwyl ons op die trappies voor die operahuis staan.

So gebeur dit dat ek – synde livreikneg – die stoffies van my heer en meester se skoengespes afslaan toe 'n sesdeur-limousine, wat net vir besoekende diamantbase gebruik word, langs die trappe tot stilstand gly en 'n chauffeur met glinsterende tande die deur vir ons oophou. Uncle het sy voorbereiding deeglik gedoen.

Eergister het hy my opnuut met sy organiseertalent en verbeeldingskrag verstom. Hy het gewag totdat die weduwee Roets na die Family Store toe is vir inkopies, toe hy toeslaan. Ook haar telefoon blyk 'n nuttige instrument te wees. Ek kon elke woord hoor, want ek moes 'n krom pyp voor die hoorstuk in posisie hou sodat dit klink asof Uncle van Kaapstad – of Amerika – af praat.

Hy het met 'n aantal belangrike mense – hoofsaaklik hoëlui, of met hul privaatsekretarisse – gepraat. Gemaak of hy die Kareliese gesant of so iets is. Verduidelik van die prins se besoek; van sy onverwagse wens om die diamantmekka by sy reisplan in te sluit ...

Lady Rudd – een van die welgesteldste vroue in die diamantstad – se sekretaris het Herr Kleberschnecke van die Kareliese konsulaat verseker van sy volle samewerking en entoesiasme; al was hy verwar deur die diplomaat se vreemde naam. Hy het tot drie keer seker gemaak dit *is* meneer Kleberschnecke met wie hy praat!

"Ons het volle vertroue in u veelgeroemde organisasievermoë," het Herr Kleberschnecke op sy klewerigste gesê, "aber doch, dit alles moet baie klandestien gereël word, Sy Edele prins Igor hou van verrassings, en daar is 'n hele paar ... e ... hoog gewaardeerde vriende in die diamantstad wat hy graag met sy teenwoordigheid wil verras ..."

"Geheimhouding? Dis vanselfsprekend, Herr Kleberschnecke," het die sekretaris die amptenaar oor die foon verseker. "Ek reël graag tuinpartye en bals vir Lady Rudd en hierdie aandjie sal kinderspeletjies wees. Daarby kom nog die verrassingselement ..." Hy het 'n oomblik stilgebly, asof hy sy tong ingesluk het van opgewondenheid. "Wat van 'n klein, informele dansparty?"

"Dis presies wat ons in gedagte gehad het." Die verteenwoordiger van die konsulaat het stroop in die hoorstuk gedrup. "Dit help darem baie as 'n mens met intelligente, fyn opgevoede mense skakel!"

"Ag, ag, 'n mens doen maar net jou plig ... Ongelukkig is menéér Rudd nou in Suid-Rhodesië ... Ekskuus? Dit pas u goed?" 'n Sekonde stilte waarin jy ys kan hoor smelt. Dan lag die sekretaris senuagtig. "Ek verstaan! 'n Ou grappie! Natuurlik, natuurlik! Al wat ek dan benodig, Herr Leber ... schnecke, is 'n lys met die gaste se name."

Die lys is by die Rudds se Victoriaanse paleisie afgelewer deur 'n boodskapper wie se bene veels te kort was om die massiewe aanmeldingsklok langs die indrukwekkende voordeur by te kom.

"Dankie!" het die huishoudster, met 'n boesem soos 'n volgestopte mudsak, gegrinnik toe sy die boodskap klaar gelees het. "Ons sal die gaste in kennis stel. Ook dat dit die gebruik is in Karelië om klein geskenkies vir vorstelikes saam te bring."

Die kneg, wat skielik lighoofdig geword het, is toegelaat om sy slape in die badkamer te gaan benat – 'n handeling wat hom in staat gestel het om waardevolle waarnemings van die vol, ryk Victoriaanse kamers met hul geblomde leunstoele en frilletjieslampkappe – asook hul uitleg – te maak.

Uncle het die wenk oor die geskenkies bygevoeg, wel wetend dat dié dalk nie so danig klein sal wees nie.

En so was dit.

Met die aankoms van 'n welriekende prins Igor en sy gevolg (sy pikkie van 'n livreikneg en sy privaatsekretaris – 'n lang man wat so gewigtig soos 'n dominee klink, maar eweneens swaar na lavental ruik) staan almal gereed met hul geskenke: duur Suid-Afrikaanse wyn, halskettings van halfedelstene, pelsjasse uit John Orr se winkel ...

'n Hele falanks begeerlike, knieknikkende blonde kelnerinnetjies staan met wye uitskoprokkies en kantfrille gereed om die swewende gaste te ontvang. Die burgemeester – ek neem aan dit is hy, want 'n swaar ketting rem sy slap nek grond toe – staan handevrywend op die bopunt van die trappe en fluister kort-kort senuagtig bevele.

Ek probeer prins Igor dit aan die verstand bring dat hierdie geskenke oorgenoeg is – tewens, dit lyk na 'n klein fortuin; kan ons nie maar dadelik spore maak nie? – maar natuurlik skud hy net sy kop.

Wat het ek anders verwag? Sy ogies blink gierig; sy lippe bly nat. Buitendien hou hy van ingewikkelde avonture.

Ek het weliswaar moeite om sy aandag kort-kort van die dranktafel af weg te lei.

"Die grootste fortuin," fluister hy, "is nie vanaand hiér nie. Kyk mooi na missus Rudd, my seun. Alles wat jy aan haar sien skitter, is nagemaak. Dink jy sy is so dom om die egtes te dra? Dis in haar kluis by die huis ..."

Nou eers begin verstaan ek die ingewikkelde strategie wat hy uitgewerk het. Nou begryp ek waarom die sekretaris so 'n noulettende ogie oor die deurlugtige prins se ete en drinke hou en waarom hy elke versnaperinkie wat deur een van die kelnerinne ingedra word, bekyk en selfs beruik. Prinse en vorste het baie vyande.

Die veiligheidsmaatreëls stel die sekretaris in staat om stilletjies 'n paar gedokterde happies by te voeg nét voordat die prins en sy bepêrelde metgesel daarvan neem.

Die welgeklede vroue val byna oor mekaar se voete om die aantreklike, blas prins met die ouderwetse bakkebaard en die elegante snorretjie na die dansvloer te vergesel. Niemand merk skynbaar die vlegwerk van are oor sy neus of die siddering in sy vingers nie.

Hier gly en swaai die pare dat die livreikneg se mond begin water.

Dis toe die einste kneg 'n slag buite gaan afkoel, boonop proestend omdat al die reukwater en poeier hom hooikoors gee, dat hy die nagswart Chevrolet onder die peperboom se laaghangende takke sien staan.

Nou is daar vyf figure in die motor.

Ek glip nader om te luister wat hulle sê.

Veral die een kêrel – wie se sagte, dog ferm stem baie bekend klink – praat met gesag, asof hy geen teenspraak duld nie.

"Julle het nou genoeg kak drooggemaak."

"Moet ons die plek bestorm?" Dit klink soos die kêrel agter die stuurwiel; sy stem is die hoorbaarste hier waar ek agter die krom, dik stam van 'n peperboom skuil.

"Met al die belangrike gaste daar binne? Die polisiekommissaris ook?"

"Wat stel meneer dan voor?"

"Wág. Hy moet weer by daardie deur uitkom."

Op dié oomblik oorval 'n niesbui my en voordat ek die trane uit my oë kan vee, sluit hande soos staalhake om my arms. Ek word van die grond af opgelig. Hou, vermomming, hou!

"Wat het ons hier?" vra een van die twee mans wat my vashou, " ... 'n luistervink?"

"Nee!" lag die ander vent, "lyk my meer na 'n papegaai."

"Vir al wat jy weet koekoek-se-kind," stel iemand van agter 'n gloeiende sigaarpunt uit die donker binnekant van die motor voor. Die stem wat só bekend klink.

"As hy nie oppas nie, sal hy sy ma vir 'n eendvoël aansien!" lag nog iemand in die motor.

Noudat ek by hulle langs die motorkar staan, kan ek sien dat ook húlle vermom is.

"Los my!" sê ek. "Ek is die prins se livreikneg."

"Die prins, nè?" sê iemand. "En wat is sy naam? Prins Mossie? Prins Aasvoël?"

"Los hom maar," sê die een met die sigaar. "Ek hou nie daarvan om mense hulself in 'n hoek te sien vaslieg nie."

Die knelgreep om my arms verslap. My voete sak weer grond toe.

Ek spartel uit hul arms uit en jaag binnetoe, waar ek prins Igor se aandag naarstiglik probeer trek.

Hy dans met Mrs Rudd, maklik die sewende keer as ek reg getel het. Hy kan sy oë nie van die pêrelterrasse om haar hals af hou nie. Met die hand waarmee hy haar welgevormde heupe se kontoere verken, wuif hy my soos 'n lastige vlieg weg. Ek beduie met my vinger oor my keel en draai my oë buitentoe, maar hy is so aangetas dat hy my tekens klaarblyklik misverstaan.

Halfpad deur 'n wals sien ek hoe Mrs Rudd met 'n benoude uitdrukking tot stilstand skok. Wat nou? Dan lei die prins haar deur die dansende en grinnikende gaste. Hy maak vir haar pad – die afgesproke teken. Ek sien dat sy ongemaklik beweeg, knyp-knyp. Dis die ekstra dosis purgasie wat die prins se sekretaris al vanoggend by die apteek gekoop het.

Uit die hoek van my oog merk ek hoe sweet op Uncle se gesig en hande begin pêrel. Uitputting? Die bedompigheid? Angs, omdat hy my teken – die vinger oor die keel – reg vertolk het?

Of is dit omdat hy die stryd teen die bottel begin verloor?

Daar sal vinnig gespeel moet word.

Ek skarrel na die besemkas. Uit die hoek van my oog merk ek dat die sekretaris hom met 'n streng gesig voor die dameskleedkamer tuisgemaak het. Professor doktor Janse van Rensburg, oud-teoloog, lyk sediger as 'n skrifgeleerde.

Blitssnel trek ek Johanna se rok, wat Uncle vroeër in die besemkas versteek het, aan en knoop 'n donkerblou voorskoot – soortgelyk aan dié van die kelnerinne – om my bas. Die frilletjieshoedjie laat my belaglik voel; maar toe ek daaraan dink dat dít juis my toekomstige rol gaan wees – dat ek as die beroemde vermaaklikheidster van Lazarus & Mendelstein se sirkus nog duisende mense gaan laat kraai van die lag – trippel ek haastig kleedkamer toe, dweil en wateremmer in die hand. *Utti, waar is jy!* Hier laat die waaksame sekretaris my begaan. Hy kruis sy arms opnuut, plant sy bene wyd uitmekaar en neem weer voor die deur stelling in om die edele dame teen enige krenking te beskerm.

Juis op daardie oomblik kom Mrs Rudd se geselskapsdame met

die lang gang langs aangetrippel, maar prins Igor se sekretaris verseker haar dat hý opdrag het om die wonderlike dame se eer te beskerm. My emmer en dweil oortuig haar en die goeie vrou draai terug. Niks werk so effektief as die vernedering van die magtiges nie, het Uncle vanoggend gefilosofeer.

Ek sluit die deur versigtig van binne.

Mrs Rudd het dit net-net gehaal; ek hoor haar steun en kreun. Daar is 'n reeks ontploffinkies. Ek sien haar skoentjies, vir verligting uitgeskop. Hulle loer soos twee spitsneushondjies onder haar afgestroopte onderrokgoed uit.

A, daar staan haar handsak ook.

Met elke ontploffinkie ruik die kleedkamer al meer na die dood.

Ek sprinkel water, waarin ek 'n hele bottel laventel omdop, en begin dweil. Mrs Rudd praat hoog en laag tussen haar kreune deur. Algaande kom ek agter dat sy die burgemeester, sy kok, die stadsklerk, die gesondheidsinspekteur; al die stadsvaders aanspreeklik hou vir haar toestand.

"Skande!" is 'n woord wat ek kort-kort herken; en iets wat klink soos "... geleentheid bederf ..."

"Missus?" vra ek domweg tussenin, maar ek hou haar handsak voortdurend in die oog.

Dan sien ek my kans. 'n Spasma het die ongelukkige vrou opnuut beetgeneem; ek sien haar hare, wat netnou nog so netjies was, in slierte tot op die vloer hang soos wat sy vooroor kramp. Die ontploffing wat volg, verdoof die ligte skuurgeluid waarmee ek haar handsakkie verwyder, blitssnel in my voorskootsak omdop en minus 'n klompie sleutels weer terugstoot.

Het sy iets agtergekom? Die ongelukkige vrou probeer weer praat; deur opmekaargeklemde tande klink dit of sy "... dokter ..." sê. Maar ek kan nie verder na haar luister nie.

Ek gryp die sekretaris aan die hand en glip met 'n sygang tot by die voordeur.

Die reghoekige silhoeët van die Chevrolet staan steeds onder die peperboom. Iemand skiet 'n rooi kooltjie by die venster uit.

Ek en professor doktor Janse van Rensburg verdwyn soos twee verliefde vryers by die trappies af. Die bestuurder van die motor roep nog iets ongegronds agterna. Ek buk, lig die rok effens en wikkel my boude in sy rigting. Dan glip ons om die hoek, hardloop met 'n steeg langs en spring in die limousine, wat in opdrag van prins Igor se sekretaris dáár geparkeer is, "omdat Sy Edele nie hou van koerantfotograwe nie en die saal dus by 'n sy-uitgang sal verlaat".

"The lady is in dire straits, Jones," sê die sekretaris op 'n gesaghebbende toon. Ek moet sê die pak klere sit aksenawel. Ek hoop net sy blaas hou.

Die chauffeur, diep onder die indruk van Mrs Rudd se netelige probleem, laat die limousine sag wegsuis.

"Sjoe!" fluister die eertydse professor in teologie, lag binnensmonds en haal 'n vers aan wat klink of dit uit Spreuke kom: "Dis beter om egte sierade te dra as nagemaaktes, my seun ..."

Met Mr Rudd uitstedig, is Rudd's Court in 'n ligte skemerte gehul toe ons voor die deur stilhou. Daar brand net enkele ligte. Aan die wag wat ons by die hek tegemoet kom, verduidelik die sekretaris, wat steeds gedistingeerd lyk, dat Mrs Rudd 'n ongemaklike maagaandoening het en dat sy ons versoek het om haar huisaptekie en ander persoonlike goedjies te kom haal.

"'n Mens moet nie te veel lieg nie," het die oud-teoloog op pad vir my gefluister. "Jy moet haarfyn weet om 'n balans te handhaaf tussen wat moontlik is en wat onwaarskynlik is. Dit verwar mense."

Nou die huishoudster. Sy het die lyf en die lyftaal van 'n rofstoeier, maar die sekretaris druk 'n geldstuk in haar hand, laat val die woord "prins" 'n paar keer, keuwel oor die klere en onderklere wat die huishoudster op die hemelbed uitpak, en hou haar deeglik besig sodat ek kans kry om die kluis in die aantrekkamer oop te sluit en die juwelekissie te verwyder.

Alles verloop volgens plan; hoewel ek deurentyd 'n knop so groot soos 'n deurhandvatsel in my maag voel draai.

Terwyl die chauffeur sy aandag by die aandverkeer bepaal, dop professor doktor Janse van Rensburg die sierade in sy baadjiesakke om. Hulle glinster pêrelwit en rooi en groen, en tussenin is daar die skittering van diamante.

Dis toe ons weer in Dutoitspanweg inswenk dat ons die helse gloed in die rigting van die stadsaal sien. Selfs in die aandskemering is die bolling swart rook duidelik sigbaar.

Ek kan nie onthou dat dit deel van die strategie was nie.

72

Raaisels, arrestasies en verdwynings.

Wat nou gemaak? Professor doktor Janse van Rensburg se opleiding maak nie voorsiening vir vinnige besluitneming in krisisoomblikke nie. Toe ons langs die brandende gebou stilhou, staan daar reeds 'n skare – die meeste in swaelstertpakke en laehalsrokke. Mrs Rudd en ander buitengewone gaste word na die aangrensende plein gelei en vertroos. Waterstrale laat die deel van die gebou wat brand, sis. Oranje vlamme weerkaats in die olierige water. Fleurige patrone vorm op die straat. Mense praat en beduie. Die naam van prins Igor word kort-kort genoem, totdat 'n brandweerman die uitspattige operakostuum – nog so met epoulette en al – teen die trappe af smyt en verklaar dat daar werklik geen lewende siel meer in die gebou is nie. As daar 'n prins Igor is, is hy van wind gemaak. Die kostuum van 'n livreikneg volg kort na die prinsgewaad; ek maak of ek dit nie herken nie. Van Uncle – oftewel prins Igor van Karelië – is daar geen teken nie. Mense gis en bespiegel en snak na hul asems; stemme raak nog meer verward.

Maar sê nou Uncle is nog daar binne iewers? Ek hardloop teen die trappies op en word deur 'n stroom water so dik soos 'n man se bobeen van my voete af gelig. Die stroom smyt my teen 'n pilaar vas en ek rol teen die skuinste af. Toe ek weer orent kom, sien ek hoe professor doktor Janse van Rensburg – die prins se sekretaris – deur twee welgeklede samaritane onderskraag en na 'n donkerkleurige Chevrolet gehelp word. Dit alles gebeur so vinnig dat ek net verdwaas bly sit. Die Chevrolet trek met 'n vaart weg; ek meen ek sien nog 'n enkele gloeiende sigaarkooltjie en dan is hulle vort.

Uncle! Waar is Uncle?

'n Stemmetjie sê vir my dat Uncle nie meer in die gebou is nie. Dit is selfs moontlik dat hy op pad Amerika toe is.

Maar wat van professor doktor Janse van Rensburg? Die mans in die Chevrolet?

Het jy dan gedink die lewe is volmaak? vra die stemmetjie. En het jy jou nóg 'n maal laat inloop?

Die brandweer het die brand geblus; die skade nie so groot as wat dit gelyk het nie. Dele van die dak het egter ingestort, en die matte en muurbehangsels is beskadig. Die elegante, volmaakte gebou het skielik letsels gekry.

'n Koue windjie waai teen my boude op. Hoe hou vroumense dit in 'n rok?

Terwyl ek terugsluip losieshuis toe, kwel praktiese vrae my. Waar is al die geskenke wat prins Igor ontvang het? Waar is al die juwele wat so snoesig in Mrs Rudd se juwelekissie gelê het?

Vir 'n man in 'n frokkie – hy hang so half oor sy hekkie – lyk ek seker meer as net na 'n uitgeputte skoonmaakster wat vergeet het om haar voorskoot af te haal, want hy roep agter my aan: "Hoe lyk dit dan, bokkie? Wat loop jy so laat?" Toe ek omkyk, grinnik hy, sak effe vooroor en laat speel sy hand in die lig van 'n straatlamp.

"Loop trek jou draad!" skreeu ek in my grofste stem en maak my uit die voete.

By die losieshuis brand daar geen ligte meer nie. Deur 'n skrefie sien ek Johanna langs haar siek broertjie lê, nog so in haar uniform, haar hand om sy bleek pols. Ek hoor sy onrustige, flou asemhaling.

Die stoepkamer is dolleeg. Al wat my nog daarvan oortuig dat ek nie droom of van my sinne af is nie, is die reuk van die naskeermiddel wat klewerig in die vertrek hang, en die leë jenewerbottel in die hangkas. Ek gooi die vensters oop en laat tol die bottel deur die lug. Die klank van brekende glas sny deur die stil winterlug. Ek smyt myself op die bed neer, nou nog meer oortuig dat ek die slagoffer van 'n yslike grap is, 'n regte poephol, Arschloch van meet af aan. Bakoonddanstertjie, niks meer nie.

Johanna is nie baie verbaas toe ek haar oor pap en kaiings na Uncle en professor doktor Janse van Rensburg uitvra nie. Gistermiddag al, vertel sy, hulle was pas weg operahuis toe, het hier glo 'n motor stilgehou en 'n man wat lyk asof hy in 'n motorongeluk was, het vir missus Roets gevra of hy maar haar twee gaste se koffers uit die stoepkamer kan verwyder.

"Hoe het hy gelyk?"

"O, ek het hom nie gesien nie. Missus Roets sê dit was 'n polisieman. Hy het 'n nekstut aangehad. En 'n handspalk."

"Was daar nog mense by hom?"

"Sy sê daar was nog vier. Een van hulle was glo 'n berg van 'n vent, ammelee besig om uit 'n klein flessie te drink."

Wie anders as Aäron?

So het almal en alles dan bymekaargekom, dink ek. Ek was maar net 'n toevalligheid, 'n passasier, 'n nuttige handlanger, 'n muggie wat jy soms van jou af kan wegwaai.

Missus Roets bring die koerant.

"My jinne," sê sy, "ek wis nie eens van die brand by die city hall nie!"

Die *DFA* se voorblad is vol foto's van die brandende stadsaal. Op een van hulle storm 'n aanvallige skoonmaakstertjie teen die stadsaaltrappe op, haar hande dramaties in die lug.

Brandstigting vermoed, staan daar in groot letters, wat lyk asof hulle in die papier ingeskroei is. *Die polisie in Kimberley ondersoek 'n saak van brandstigting nadat die stad se beroemde stadsaal, wat uit die vorige eeu dateer, gisteraand amper in puin gelê is* ... In puin gelê? Dis darem ietwat oordrewe, dink ek.

Maar dan word my aandag getrek deur 'n ander berig, byna net so prominent as die een oor die brand. Ek herken die foto van die vrou onmiddellik. Dis Mrs Rudd. *Gewaagde juweleroof*, lui die opskrif. Die berig vertel verder van die geheimsinnige prins en sy gevolg – nou is daar glad 'n aide, 'n dokter, 'n verpleegster en 'n kok, almal van Karelië! – en hoedat mevrou Rudd – een van die diamantstad se mees gesiene en bekendste inwoners – om die bos gelei is deur 'n groep swendelaars wat hulle as hoëlui van 'n denkbeeldige Oos-Europese staat voorgedoen het. Ek begryp nie alles wat ek lees nie; die verslaggewer het 'n wonderlike verbeelding. Op bladsy twee is ook 'n foto van meneer Rudd – in 'n uniform, lyk dit my – wat glo haastig op pad terug is uit Suid-Rhodesië om sy geliefde Gwendoline by te staan in haar uur van angs, nood en verlies. Daar is ook 'n foto van Mrs Rudd se juwele – die nagemaaktes, neem ek aan. Vir die eerste keer sien ek hoe die fabelagtige sierade lyk, of veronderstel is om te lyk. Ek het nog net aan hulle gevát.

Die polisie het 'n sindikaat van vier in hegtenis geneem, lees ek, *daar word nog gesoek na 'n vyfde medepligtige.* Die modus operandi van die sindikaat word vergelyk met dié van die Foster-bende wat ses-entwintig jaar gelede in Johannesburg bedrywig was. Hul koelbloedigheid, skryf die verslaggewer, kan vergelyk word met Bonnie en Clyde.

Etse! Nou toe nou!

Nou volg 'n hele redenasie oor die depressie en armoede en die diamantmyne wat gesluit het en die dreigende oorlog wat lyk asof dit 'n herhaling van die Eerste Wêreldoorlog gaan wees en hoe dit misdaad beïnvloed.

Ek lees die berig oor Mrs Rudd se juwele.

'n Paragrafie trek my aandag. Dit handel oor 'n halssnoer wat Mrs Rudd uit haar handsak vermis – een wat dus nie by die ander in die kluis was nie.

Die voorskoot!

Ek storm by die verbaasde weduwee Roets verby en gryp die voorskoot tussen die bondel wasgoed uit.

Ek dop die voorskootsak op my bed om. Daar val 'n sleutel uit – die brandkluis s'n, ek herken dit; 'n voordeursleutel, 'n vergulde kam en borsel. En 'n halssnoer met die fynste pêrels, afgewissel met skitterblink, fyngeslypte diamante.

Wat om met die halssnoer aan te vang weet ek nie. Ek probeer die saak al heeldag uitpluis; Julius Kachelhoffer vra kort-kort wat dit met my is. As ek nie aandag aan my werk gee nie, sal hy my moet fire.

Fire my dan, dink ek, want die halssnoer het al 'n gat in my sak gevreet.

En toe gebeur dit. Een maal 'n ongeluksvoël, altyd 'n ongeluksvoël. Die reuk van formalien laat my altyd nies; iets wat lanklaas gebeur het, dit was 'n stil week. Ons het, om presies te wees, die vorige Maandag laas iemand vir die *curtain call* gedress, soos Julius dit graag noem.

Toe oorval die niesbui my. Ek hou die ontslapene met die een hand vas en met die ander hand grawe ek in my sak vir 'n sakdoek.

Julius, wat weer sterk na kerriepastei ruik, kyk nie juwele mis nie. Toe die snoer die sementvloer tref, pik sy oë dit op.

"Dis Johanna s'n," verduidelik ek, maar ek kan sien hy glo my nie.

"Lyk vir my donners baie soos die een wat hulle in die koerant beskryf," sê hy.

Wat kon ek doen? Ek laat val so terloops dat die tante wat ons nou so sagkens vir haar laaste reis voorberei, flussies 'n ghoema van 'n trouring aan haar vinger gehad het. Dit het seker afgeval en by die drein ingerol, nie waar nie?

"Kwits," sê Julius. "Gee aan die watte."

Maar ek vertrou nie sy gierige ogies, vol afguns oor my vonds nie.

Ek vou Johanna se hand oop en sit die fyn snoer op haar palm neer.

Sy is vir 'n paar oomblikke sprakeloos.

"Is dit egte diamante?" vra sy onnodig. "Mensdom, Nicolaas, waar kom jy aan die ding?" Haar oë is groot.

"Ek weet nie," sê ek. "Toe ek vanoggend 'n sakdoek soek, voel ek dit in my broeksak. Hoe dit daar gekom het, weet ek eerlikwaar nie."

Sy glo my nie; ek kan dit sien aan die manier waarop sy na my kyk. Wanneer 'n mens aan die leuen se soet smaak gewoond is, is so 'n kyk die ene pekel.

"Eerlik," sê ek weer, "ek weet nie hoe dit daar gekom het nie. Iemand moet dit daar geplant het."

"Hoe? Waar? Wanneer? *Hoekom*?"

"By die bal. Waar die high society was. Laasnag, by die brand."

"Uncle?"

"Nee."

"Jy seker dis nie Julius s'n nie?"

"Hoekom sou hy?"

"Dalk wil hy van jou ontslae raak. Dis sy manier om jou te laat uitvang. Om jou te bekonkel."

Ek dink aan Julius se laai met die juwele. Ek het al vir Johanna daarvan vertel.

"Nee. Daarvoor is hy te inhalig. Hy sou iets anders gevat het. Sommer 'n nagemaakte steen."

"Dan móét dit Uncle wees wat dit op jou geplant het."

"Maar hoekom?"

Sy bly my 'n antwoord skuldig.

"Wat maak ons nou daarmee?" vra Johanna na 'n lang ruk. "Dis sekerlik missus Rudd s'n."

"Ek weet min van pêrels en daaimins af," sê ek, "maar ek is seker hierdie kneweltjies kan vir Boetieman betaal."

Sy kyk my geskok aan. In die stilte hoor ons Boetieman se dor gehoes.

"Wel, sy sal seker 'n taamlike beloning gee ..."

"Dis nie wat ek bedoel nie. Hulle is vrot van die geld."

Ek sien dat sy ernstig nadink. "Maar hóé? Aan wie verkoop jy dit? Hoe maak jy seker dat niemand jou uitvang nie? Of dat iemand jou nie kul nie? Hulle kan maklik sê die ding is vyfhonderd pond werd, dan is dit eintlik duisende ..."

Daaraan het ek nie gedink nie. Vuilbaard se ogies dans voor my.

"Nee," sê sy meteens, beslis, asof sy haarself op iets onbehoorliks betrap het, "ek kan nie in so iets deel nie. Ek skaam my dat ek aan die moontlikheid gedink het." Haar oë het die skerp kyk van haar pa s'n, die dag toe ek sy stewige handgreep in die skadu van Oorlogskop gevoel en vir die eerste keer in hulle blou dieptes ingekyk het. Johanna begin om haar uniform los te maak; haar oë wys my die deur.

Die juwelestring het skielik 'n kil stramheid tussen ons gebring.

Ek voel oneindig alleen. Ek stap deur die krom straatjies met die blik- en houtmure en die vuil, stowwerige kinders en die enkele motorwrakke. Ek wil Salmon, die seun by die *Family Store*, opsoek, dalk weet hy wie die snoer sal koop, maar hy is nie daar nie.

Mrs Rudd het gewerk vir haar snoer, sê 'n stemmetjie.

Wat? Gewerk? Ek het haar handjies mooi bekyk; sy het hulle nog nie 'n dag in koue water gehad nie.

Dan het haar man daarvoor geswoeg, hou die stemmetjie vol.

Geswoeg? Met soveel arbeiders wat op sy koffieplase in Suid-Rhodesië en op sy suikerrietlandgoed in Natal krepeer?

Wie't jou dit vertel?

Ek kan nie antwoord nie, maar ek weet dis deel van die wêreld se beloop.

Ek kry amper lag vir myself; ek begin dink nou soos Amy Patience. Meteens besef ek ek het nou vergeet wat haar parlementsnaam is, die naam waarmee sy die Werkers wil saamsnoer teen uitbuiting. Die *DFA* noem haar in dieselfde asem as Cissie Gool; sy tree een van die dae in Kimberley op.

Die alleenheid – die hartseer – groei weer in my. Wanneer ek aan Amy dink, dink ek ook aan Joy en aan Mias en ek wonder of die geluk wat hulle uit háár ongeluk op Rooistasie gehaal het, nog hou. En Piet en sy Rosamunde? Sou hulle al die vermiste skakel gevind het? Dit het wel gelyk asof hulle die spiraal in hulself ontdek het.

Ek loop al om die Groot Gat; besluit later om teen een van die gruishope uit te stap, sodat ek bo-oor die ontsagwekkende mensgemaakte krater kan kyk. Hoeveel sweet en drome is hier vergruis? Ek leun teen die draad wat bo-oor die gruishope strek. Diep onder, net skrams, soos 'n krokodil se oog, die slymgroen oog van die Gat.

Dan sien ek die figuurtjie.

Van hierdie afstand af kan ek nie sien of dit 'n vrou of 'n man is, of dalk 'n kind nie. Dis hopeloos te vêr; ook te vêr om te skreeu.

Die mens het deur die draad geklim; daar moet 'n gat wees. Ek sit asof kettings my vashou. Ek weet ek kan niks doen om te keer wat nou gaan gebeur nie.

Die figuurtjie het nader na die kant van die diep, regaf wande beweeg. Van hier af lyk dit asof daar groterige gruisklippe onder die persoon se voete uitgly en die dieptes instort.

Ek kyk rondom my. Is daar dan niemand anders wat dit sien nie? Ek kyk na die hek, maar dis verskuil agter bome. Ek sien nie die wag nie. Ook by die geboue naby die ingang is geen teken van lewe nie. Dis amper skemer; die wande van die gat vertoon soos gekkegoud.

Eers meen ek die figuurtjie is weg. Dalk het hy – of sy – koue voete gekry en omgedraai. Wat ek sien, is enkele lae bossies en struike en iets wat lyk na 'n klip, 'n saamgebondelde ding.

Maar dan – soos 'n gekamoefleerde insek, soos 'n Onderveldse vuilgoeddraertjie – vlieg die ding orent en skiet arms uit en duik en tuimel kop eerste langs die klipwande af.

Op pad terug probeer ek myself oortuig dat ek my dit waarskynlik verbeel het; dat my oë – en my verbeelding – my parte gespeel het. Maar ek vertel die hekwag daarvan. Hy haal sy skouers op, maar maak tog 'n aantekening.

Ek stap die groeiende skemerte in, min wetende dat die Doodsengel besig is om ook op 'n ander plek in die diamantstad aan te klop.

73

ANAAT.

Dis eienaardig, besef ek andermaal toe Julius die laken van haar gesig afskuif, hoe die dood mense by mekaar kan uitbring.

Dat dit Anaat sou wees, dit het die koerant al aangekondig. Daar was 'n foto van haar, 'n dowwe een, toegegee, wat die benerigheid van haar gesig, die oneindige moegheid van haar oë versluier het, wat die lyne op haar gesig weggevee het.

Daar was ook 'n foto van haar man, senator Vermaak, in rou gedompel en hartseer en vol lof vir sy eggenoot wat met soveel liefde en sorgsaamheid na hom en na sy kinders uit vorige huwelike omgesien het, wat altyd vir hom ingestaan het op die plaas, wat sy dikwels maande lange afwesigheid van die huis af verduur het en wat hom ondanks haar swak gesondheid tog nou vir die Partykongres na Kimberley vergesel het.

Senator se vrou dood aan verstikking. So is die berig die wêreld ingestuur. So plooi 'n mens die waarheid.

"Stront," het Julius Kachelhoffer gesê, "jy kan duidelik sien die patoloog of die dokter of albei is omgekoop. Kyk hier in haar wangholtes, kyk na haar lippe. Daar sit die evidence nog. Hierdie vrou is dood toe sy iemand 'n blow-job gegee het."

74

Waarin Nicolaas Alettus onthullende briewe lees.

By die diep bedroefde senator Lot Vermaak se tamaai huurhuis aangekom, het Julius Kachelhoffer, getrou aan sy natuur, gesorg dat hy Anaat se handsakkie omdop voordat ons haar begin uitlê.

Die handsakkie het min opgelewer: 'n paar pennies, 'n haarnaald, 'n verfrommelde sakdoekie, 'n hallelujaboek. En 'n koevert.

Ek wil eers moer pluk: dis tog Anaat. Ek kyk na die tralies van haar ribbe. Dan swaai hy die koevert onder my neus.

"Kan jy nou meer! Dis vir jou."

Die koevert, vetterig gevat deur Julius se olierige vingers, is sowaar aan my gerig. *Privaat*, staan daar, dubbeld onderstreep. Dan kleiner: *Vir Nicolaas Alettus Lazarus.*

"Hoe ken jy dan dié antie?" vra Julius.

Sy's nie 'n antie nie, wil ek vir hom sê; sy's maar 'n paar jaar ouer as ek. Dis die lewe wat haar só deur sy agterent getrek het. Maar ek bly stil. Ek gryp die koevert.

Binne-in is twee gevoude briefies, geskryf op dun, krakerige papier. Op die boonste een het Anaat geskryf: *Vir Vossie.* Daarnaas: *Ek wou dit eers verbrand, want ek het gedink dit sal jou net seermaak. Maar miskien sal jy tog wil lees.*

Haastig vou ek die briefies oop. Ek kyk onderaan. Albei is geteken: *Aletta.* Ma-Let!

Liewe Anaat, begin die boonste brief. Die eerste paragrawe gaan oor ditjies en datjies. Dan tref die naam *Lazarus* my oog.

Hier het 'n kêreltjie gekom aansit. Seker so vier jaar jonger as ek, maar aansienlik en baie wêreldwys, soos mens aan sy houdinkies kan agterkom. Sy naam is George Lazarus. Eers was ek behoorlik verlief op sy smal snorretjie – dit lyk nes 'n gitswart potloodstrepie. Maar die wonderlikste aan hom is sy neus. As ek vir jou sê sy neus maak my onrustig, dan sal jy verstaan. Nie dat hier veel kan gebeur nie, in my toestand en met die Home se reëls en strawwe. Ek het hom Spreeu gedoop. Maar toe gaan daar 'n paar weke verby en hy laat hoor niks van hom nie. En toe daag hy skierlik weer hier op, in die geselskap van 'n baie ryk man en vrou. Hulle is kinderloos. Ag, ek gun hulle 'n kind, maar moet dit dan myne wees? Dit het my baie smart gebring – dis baie geld wat hulle aanbied, onder die tafel deur. George Lazarus werk deur die Home se motorbestuurder, 'n hondsvot van 'n vent wat mens aan 'n akkedis of 'n slymerige slang laat dink. Ons sê vir hom Snakes. As Mother Superior van hierdie dinge uitvind, is die hel los. Twee meisies het nou al hul babas afgeteken.

Maar ek wil nie, Anaat, ek wil nie! My hart verseg om van my kind afskeid te neem.

Die tweede briefie is omtrent 'n jaar later geskryf.

Die ding tussen my en George Lazarus wou net vlam vat. Snakes het gereël dat ons stilletjies ontmoet. Maar nou is ek klaar met hom en met hulle schemes. Dis oor my Kola, my klein Nicolaas Alettus.

Ek wens jy was hier om hom te sien! Amper tien maande en 'n klein patroon as daar ooit een was. Kort, vet beentjies. So kort, jy kan sweer hy is vir die sirkus gemaak!

Maar gelukkig dan ook.

Dis soos 'n wonderwerk.

Jy sien, Klaas Duimpie kom wys 'n paar weke gelede mos sy gesig hier. Oustryk. Bondel en viool en rympies en al – jy ken hom mos. Ek wou hom nie sê dit moet sý kind wees nie. Wil hom nie probeer bind nie. Maar hy het my voorsweer om nie die kind af te teken nie. Geld is nie alles nie.

George Lazarus daag toe weer hier op met die kinderlose mense. Miskien het ek gebid, Anaat, miskien het ek gebid. Dis 'n bitter besluit.

Die vrou was eers opgewonde. Kyk sy mooi blou ogies, het sy gesê. En ek wens jy kon sy oë sien, Anaat. Hulle kyk tot in jou siel! Toe sien sy die beentjies, en sy hou die kind van haar af weg en sy sê: Iets aan die kind is nie pluis nie. George en Snakes het gehoe en geha, maar sy het net haar kop geskud. Toe hoor ek die man vir haar fluister: Ja, en kyk sy hare. En ek staan daar. My hart wil breek. Maar ek sê ook: Dankie, Here.

Dit was die laaste sien van George Lazarus. Nesrower. Ek wil hom nooit weer sien nie.

Vir Klaas mis ek nogals.

75

'n Tuiste oplaas.

Soldate uit Kimberley vertrek na Duitswes; enkeles blykbaar selfs oorsee. Die koerante het nie meer plek vir berigte oor brande, 'n juweelroof hier en daar, of vir gewone doodsberigte nie. Die oorlog het uit Europa tot in ons kombuise gebrand: roetswart en geweldig. Johanna, patriot wat sy is, sê sy gaan aansluit; die gewondes het haar nodig. Kimberley se Florence Nightingale, noem sy Henrietta Stockdale met bewonderende oë.

Net enkele snaakse berigte trek aandag, soos van mense wat liewer wegkruip as om aan die oorlog te gaan deelneem.

Dis toe dat ek my blinkste idee kry. Eintlik twee idees. Ek moet eers van die snoer ontslae raak.

Omdat professor Posthumus op een van sy versameltogte is, besluit ek om Swartsarel van die snoer te vertel.

Van elke dag se stap om werk te soek het die son nog dieper groewe in sy leeragtige vel gebrand. In die hoek, op die ysterkateltjie met die hol matras, lê Huibrecht. Sy snork liggies.

Langs haar, op die stapeltjie komberse, lê Boetieman. Een van die dogters is besig om 'n waterige sop op die primusstofie om te roer.

Swartsarel hou die diamante een vir een teen die lig, voel hulle op sy handpalm, vryf hulle tussen sy vingers soos wat 'n boer grondkorrels tussen sy vingers sal vryf. Hy kyk daarna soos iemand wat lank gelede iets kosbaars verloor en dit weer teruggevind het.

"Dis eg," sê hy. "Jy moet dit maar na die owerhede toe vat," sê hy. Hy praat stadiger as gewoonlik.

"Dis so onregverdig," sê ek.

"Natuurlik is dit onregverdig," sê hy. "Maar jy het dit mos nie oor jouself gebring nie ..."

Hy hou sy handpalm, met die snoer daarin, na my toe uit, maar ek neem dit nie.

"Ek wil nie die ding hê nie," sê ek. Tog vind ek dit moeilik om my oë van die string af weg te skeur.

"Dan smyt ek dit by die venster uit!" sê Swartsarel, en hy maak aanstaltes om die venster, wat gedeeltelik met karton toegemaak is, oop te maak.

"Nee," sê ek, "moenie!"

"Maar jy wil dit dan nie hê nie ...?"

Skielik wens ek Aäron was hier. Of ou Vuilbaard Laggerjan. Ek dink terug aan die episode by Koffiemeul, toe Uncle en Aäron hulle as diamantkenners voorgedoen het.

Maar toe was dit 'n stukkie glas.

"Is ons seker dis nie 'n namaaksel nie?"

"Die seperigheid, die gevoel ..." sê Swartsarel. "Nee, ek was lank genoeg sy slaaf om hom te ken. Deur en deur. Pêrels ken ek nie, maar daaimins ken ek of ek hulle gemaak het."

Ons sit lank so. Huipie slaap die hele tyd, soos iemand wat alle besef van tyd en bestaan verloor het. Af en toe kyk Swartsarel van haar na Boetieman, wat onrustig hyg. Dan sug hy. "Goed, Niklaas, ek sal die snoer vir jou verkwansel."

Trapsoetjies, wat die Wes-Vrystaatse grasvlaktes opnuut met sy bandmasjien ingevaar het, het vergeet om die ruitjiesdeur wat uit ons kamer stoep toe lei, te sluit. So kom ek agter toe ek toevallig daaraan draai.

Toevallig?

Kom nou, Niklaas, wie probeer jy om die bos lei?

Die versoeking is te groot.

Johanna se hand is klam in myne. Sy rem effens terug, maar ek druk die deur oop en hang my baadjie oor die stoel langs my kooi. So regop soos 'n erdmannetjie gaan sit sy op die punt van die bed.

Sy byt op haar lip. "Glo jy Uncle se stories oor die sirkus?" vra sy uit die bloute.

Ek dink lank na. "Met Uncle weet mens nooit," sê ek, maar ek kyk haar nie in die oë nie.

Ek raak aan haar wang, maar sy druk nie haar wang teen my hand, soos sy altyd maak nie.

"Nee, ek wonder maar net," sê sy. "Toe ek hom daardie eerste keer gesien het – die dag by Oorlogskop, onthou jy nog? – toe het ek al oor hom gewonder."

"Wat gewonder?" Ek voel die warmte van haar been teen myne.

"Hoe het julle mekaar raakgeloop?"

Ek vertel haar dít wat ek van die koms van die Rolls Royce Silver Ghost en George McLachlan Lazarus na Bakoondskraal onthou.

"Hy's nie 'n fool nie," sê Johanna met 'n vêr kyk in haar oë.

"Hoe so?" vra ek, nie baie lus om nou oor Uncle se hoedanighede te praat nie.

Het Uncle haar – ondanks sy pluiens – betower? Dit verstom my altyd: die gemak waarmee iemand soos Uncle knieë voor hom laat knak. Sy paljas.

Of is haar stramheid 'n teken van haar besorgdheid?

Johanna vat my kop, hierdie ou soutkroesies van my, skielik met albei haar hande vas.

"Ag, vergeet hom, hy's sommer 'n rondloper," sê sy. "En hy's nie die naam peetpa werd nie."

Sy raak my lippe vlugtig aan; iewers voel ek 'n warmte in my smeul. Maar dit is asof sy op twee gedagtes hink; sy is afgetrokke.

"Nee," sê ek, "hy is nie die naam peetpa werd nie. Hy's 'n lanterfanter en 'n deugniet."

Ek soen haar onophoudelik; ek drink aan 'n soet, warm fontein wat my op wieke van drome terugvat na die dag nadat ons by Oorlogskop aangekom het; na die warmte van die artesiese bron.

Haar hande gly oor die ongevormdheid van my liggaam asof sy dit wil heelmaak; sy vryf oor my borskas en oor die effensheid van my bobene en sy speel met my knopperige neus asof dit 'n albaster is en sy byt my oor dat ek uitroep van pyn en van lekkerte. Ek laat glip die een na die ander knoop van haar uniform los, en sy word 'n warm, wriemelende lyf teen myne. Ek lek die souterigheid van haar tepeltjies af totdat hulle kersorent staan, en ek voel die ongelooflike ferm stuwing van haar twee borste. Sy hou my heupe in haar hande en stuur my oor haar, en Annerdinges loop die een na die ander slymspoor oor haar maag en langs haar bobene, en sy vat hom in haar klein vuisie vas en sy sê: *Pieterman, Pieterman, rondloop moet jy nie wanneer ek Noorde toe gaan nie.*

Die dag toe sy saam met 'n dertigtal ander verpleegsters die trein vat Noorde toe – waar dit ook al is – groet sy my snikkend. Ek het my besittings by my: 'n rol klere en my egg-box. Ek moet 'n ander heenkome vind.

Op die stasie is 'n wriemeling van mense wat mekaar kom wegsien. Daar is veral bruin uniforms. Soldate. Omdat ek nie by die treinvenster kan bykom nie, gaps ek 'n trollie, waarop ek 'n balanseertoertjie moet uitvoer om staande te bly. Ek het my punthoed op en 'n gelapte baadjie aan – een van die pluiens wat Uncle laat agterbly het.

"Kyk die clown!" sê 'n seuntjie en spoedig is daar 'n hele lap kleingoed om die wiegende trollie versamel. Hulle het min erg aan die gehuil en groetery rondom. Ek wikkel my stêre. Hulle lê soos hulle lag. Johanna lag ook, so tussen haar snikke deur. "Die lewe is 'n sirkus," sê ek vir haar, maar toe die trein onder 'n swart pluim uitstoom en ek sien vir laas haar wit sakdoekie, pak 'n angs my beet. Die stasie loop vinnig leeg. Meteens lyk die kant van die perron hier bo van die trollie af na 'n afgrond.

Dan sien ek hom. Hy het 'n jas aan, die kraag opgeslaan, en 'n hoed oor sy oë. Kyk hy na my?

Daar is nou niemand anders op die perron nie, behalwe 'n spoorwegpolisieman wat lui-lui aangestap kom.

Die man in die jas beweeg. Dit lyk of hy reguit na my toe mik.

Toe hy nader kom, sien ek die sakkerige wange, die pap mond. Onmiskenbaar Lot Vermaak. Die hande wat kort-kort lende toe dwaal, asof iets hom knel.

Die spoorwegkonstabel tel my af. Ek stap saam met hom na die aanklagkantoor en aanvaar verantwoordelikheid vir die brand by die stadsaal. Ek noem sommer die brand by die Nelsons se huis ook en voeg daarby dat hulle senator Vermaak 'n bietjie kan uitvra oor 'n brand op sy plaas, Rooistasie, iewers in die Onderveld.

Die sersant skakel iemand by die Good Hope Sanatorium, aan die buitewyke van die stad. Ek luister fyn, want dis hoe ek geleer het om te oorleef: deur fyn te luister en fyn te ruik.

"Dokter," sê hy, "ons het hier 'n kêrel wat beweer hy is 'n brandstigter ... Kan ons hom vir 'n paar dae na u toe verwys? U weet hoe dit gaan, veral nousedae met die moontlikheid van konskripsie en so aan

– niemand weet wat die oorlog nog sal uitbroei nie." Hy kug, draai weg van my af en wend 'n poging aan om te fluister, maar ek hoor alles. "Godweet, Dok, ek weet nie waarvoor hy vrees nie, want g'n ordentlike army sal twee keer na hom kyk nie. 'n Regte stofpoepertjie."

76

Nicolaas Alettus skryf briewe.

Good Hope Sanatorium
Sondag

Beste Professor
Die verpleër wat hierdie brief uitsmokkel, is 'n goeie man. U sal weet hoe om hom te beloon.

Nogtans moet ek my woorde versigtig kies. Ek weet wat hulle agter my rug oor my sê. Só fyn het my reuksin ontwikkel dat ek kan agterkom wanneer hulle bondelslaan om oor my te praat. Eintlik is dit so maklik: hulle ruik na eter en dettol en karbolseep.

Dis hoe ek weet van Professor se pogings om my hier uit te kry, om hulle van my onskuld te oortuig. Hulle byt nie daaraan nie. Dis goed so. Buite wag die sirkusbaas.

Ek het gehoor hoe skinder hulle onder mekaar dat ek geen respek vir feite het nie. Dat my môre- en my aandpraatjies nie ooreenstem nie. Dat ek 'n onbetroubare versinner is. Iemand, ek dink ek weet wie dit is, het selfs woorde soos *ernstige persoonlikheidstoornis* en *patologiese leuenaar* gefluister.

Daar is darem een, sy is nogal gaaf, wat volhou om te sê: waar ander se oë of ore buitengewoon skerp is, is daar by my twee sintuie wat hipergevoelig is. Nee, moet nou nie gedagtes kry nie, hier is blouvitrioel ook!

Ek bedoel my ongelooflike reuksin en my geil verbeelding. My gedagtes hardloop altyd met my weg. Dié kombinasie, sê sy, maak van my wat ek is.

As daar één reuk is wat ek verpes, dan is dit die reuk van iets wat brand. Die vlamme, die gloed daarvan, dis mooi om te sien. Maar nie die reuk nie. Nou hou hulle my soos aasvoëls dop as ons die slag saam op die stoep of in die tuin ontspan, want hier is heelparty ouens wat rook, wat mág rook. Kinderagtig, dié dophouery. Asof ek 'n gewone vuurhoutjiedief is.

Iemand het glo vertel ek het amper die kroeg in Windhoek laat afbrand. Nou wie kan dít wees? Ek ruik lont. Die enigste mens wat my ook in Windhoek geken het, is Uncle. Dis nou ás hy weet dat ek hier is.

Iemand weet te vertel Uncle het selfmoord gepleeg. In die Groot Gat afgespring; die groen water het glo vir hom soos Jangroentjie gelyk. Nie die voël nie, pepermentlikeur.

Terloops, dit sal Professor dalk verras om te hoor dat ek toe 'n antwoord vir die voëlraaisels gekry het.

In albei raaisels word gepraat oor 'n koekoek; daar was Professor reg. Dis nou as 'n mens dit bloot as 'n natuurraaisel lees: koekoek, diederik, meidjie, mooimeisie, nuwejaarsvoël, piet-my-vrou ... wat ook al. Maar dis ook 'n raaisel op 'n ander manier, dié tweelingrympie. Die *ik* in die twee rympies is nie dieselfde mens nie. Die een *vond* 'n nes; hy *vrat een ei*; die ander een het die nes ge*vleg* en die eier ge*lê*. Die een het sy *make* gekom maak en geskoert. In die ander raaisel word van 'n *meidjie* gepraat wat die nes wil leegmaak; en dan kom die vraag: *Wat maakte ik nu voortaan groot?*

Soos ek dit verstaan, gaan die eerste rym – die een wat ek eerste gekry het – oor 'n swerwer wat 'n meisie verlei en haastig spore maak ... Daarom sê sy kop vir hom: *Hier moet ek uit!* terwyl sy stert sê: *Ek wil graag bly!*

En die ander raaisel? Dis my liewe Ma-Let wat hier aan die woord gestel word. Oor haar hartseer in die Home, toe sy my amper afgeteken het aan ander mense. Want wat dán?

Vir my is die raaisel nog nie klaar nie. Dat Klaas Duimpie my pa is, ja, dit is baie waarskynlik.

Maar wie is Klaas Duimpie? En wie is ek?

Die man wie se saad my help vorm het, het glo iets van 'n

Hollander of 'n Duitser in hom gehad, en iets van Dirk Ligter van die Onderveld. So het die mense bespiegel. Jy moet die bloed en die wetsgeleerdheid van 'n verloopte Kompanjiesman in jou hê, het ander gesê, en jy moet Klaas Afrikaaner se bloed en uithouvermoë in jou hê. Jy moet iets van 'n baster wees om 'n regte baanbreker te kan word. Iets van Europa en iets van Afrika. So het Piet Praaimus gesê. "Maar net soos die moerasligte van Europa en die opgeefsels van die Onderveld – net so onpeilbaar is jou herkoms, Vossie. Jy bly 'n alias."

Dis nou Piet. Ek wens ek het sy wysheid gehad. Nou is hy oorlog toe. Nes Johanna.

Daar is dan dié wat weet, of glo dat hulle weet, en daar is die tusseninners.

Maar ek dwaal af. Van die raaisel. Dalk is dit beter om raaisels nié op te los nie.

Wat ek die graagste wil doen as ek hier gaan bly, is om 'n doolhof uit te lê in die tuin. Hier is genoeg plek daarvoor. My doolhof sal van bo af soos die twee helftes van 'n okkerneut lyk, soos die mens se brein: ek het nou die dag weer lank na die kleurprent van die brein in die spreekkamer gekyk. Paadjies wat links om spiraal en paadjies wat regs om spiraal. Ek lees baie. In die Public Library het ek gelees oor doolhowe.

As ek aan die Public Library dink, dink ek aan Johanna. Ons wou aansluit. Nou is sy Noorde toe.

Professor moet maar die brief vir haar deurgee wanneer sy terugkom en haar vra om tog vir my te skryf. Ek verlang baie. Sê vir haar Pieterman loop niks rond nie.

Ek is jammer dat ek weer 'n carbon copy vir Professor moet gee, maar dit kan nie anders nie. Dis net sulke vrot deurslagpapier wat die verpleër vir my aandra. Hy kan ook in die moeilikheid kom daaroor, so laat ek nie kla nie. Hy sorg ten minste dat die briewe by Professor uitkom.

Dankie vir die briewe wat Professor ook aan my skryf. Hulle raak net partykeers 'n bietjie min. So skaars soos tweedehandse doodkiste, soos Julius Kachelhoffer altyd gesê het. Wat sou van Julius geword het? En van die spook wat by sy ontvangs gewerk het?

Ek het nie 'n heenkome of 'n uitkoms nie. Wie glo in elk geval iemand wat nie sy herkoms kan bewys nie? Dis so goed jy neem deel aan die oorlog en sneuwel dan as onbekende soldaat. Iets wat seer sekerlik met Piet Praaimus kan gebeur.

Van die oorlog hoor ons nie veel nie. Hulle sê dit maak party ouens te opgewonde en ander weer te benoud. Hier is een vrou wat hulle gereeld in die baadjie moet sit as sy iets agterkom. Hulle sê sy en haar man was twee dae getroud, daar aan die begin van 1915, toe haar man front toe is. Hy het nooit teruggekom nie.

In my geval werk dit so: Ek is net voor 'n oorlog in 'n bakoond in sonde ontvang, in 'n Home gebore en in 'n weeshuis grootgemaak, op Bakoondskraal in die Onderveld. Hier sit ek nou weer tussen 'n klomp skewe brode, die helfte van hulle lekker aangebrand. Maar eintlik is dit nie sleg nie; jy kan maar sê ek is op pensioen ná die sirkus daar buite.

Hier loop soms mense verby en kyk na ons. Ek wys my alie vir hulle. My diederiks.

Tussenin – tussen destyds en nou – is niks behalwe herinneringe en dwaaltogte nie.

Professor sal nooit weet wie het my 'n rukkie terug kom besoek nie. Amy Patience. Maar sy het nou haar naam laat verander. Kos haar 'n ghienie of wat. Sy is nou Peggy Williams. Ek dog eers sy is getroud, maar sy sê trou is nie vir haar nie. Sy het lelik geword. Al die glamour van toe sy op Klipfontein gewerk het, is weg. Maar kwaai! Sy het gekom om met die fabriekswerkers te kom praat; sy was saam met Cissie Gool hier en het 'n klomp toesprake gehou. Hulle het glo kort duskant die tronk gaan draai oor wat hulle gesê het. Dat jy nie jou base hóéf te gehoorsaam as hulle jou uitbuit nie. Amy het mos altyd gesê sy gaan nog Parlement toe. Lyk my sy is nou vinnig op pad soontoe – as sy nie opgesluit word nie.

Sy sê sy het nie veel met Joy en Mias te doen nie. Maar sy weet hulle bly in Observatory en hulle is gelukkig.

Sy sê haar ouma – ouma Mazawattee – is dood. Dié het glo kort voor haar dood voorspel Hitler gaan Pole binneval. Toe doktor Malan met die ander – Hertzog of Smuts, ek kan nooit onthou wie nie – stry kry, het sy glo nog baie hartseer vir ons land voorspel. Amy, ekskuus: Peggy, sê ook daar gaan baie wette kom wat die lewe vir party mense swaar gaan maak. Al wat ek weet, is dat dit swaar genoeg is om te probeer sê wie jy regtig is.

Groete!
Nicolaas Alettus

***

Good Hope Sanatorium
Sondag

Nee, ek sal nie sê dat dit beter gaan nie. Al kan ek nie oor die kos en die behandeling kla nie. Behalwe nou die ding wat hulle my snags aanstrep. Oor ek glo in my slaap loop. Ek sê ek loop op stelte, maar hulle lag net en sê ek praat seker van my stelt! Want ek het net een. Nou vra ek jou.

Ek is besig om alles neer te skryf. Hulle sê Professor het so gesê. Nou ja, hulle lieg so baie.

Kyk, ek het natuurlik goed in my egg-box gebêre, van toeka af, maar hulle het my goed liederlik deurmekaar gemaak. Ek kan darem nie agterkom dat daar iets weg is nie. Selfs Piet se kompas is daar.

Hulle wil nog nie byt aan my voorstel om die tuin in die vorm van 'n doolhof uit te lê nie. Hulle sê dit sal te duur wees. Ek sê ek sal self al die werk doen, dit sal hulle niks kos nie, hulle hoef nie eens Tuinier Petrus in te span nie, maar hulle wil nie kopgee nie. Miskien kan Professor vir my 'n woordjie doen.

Andersins kriewel die maande maar so verby.

Ons sit baie op die sanatorium se stoep, speel partykeer kaart en so.

Ek het besluit ek sal 'n slaaf wees van niemand meer nie. Nie van mense nie, want hulle is onbetroubaar; nie van geeste nie, want hulle is wispelturig. Ek is uit en uit 'n grootmaakkind: ek sal altyd brand om op my ou spore terug te loop.

Ek sal moet terugsnuffel tot die skemer my insluk. Ek bedoel: die laaste groot donkerte. Die Groot Gat.

Is dít dan hoe mense uit die sirkus ontsnap?

Nicolaas Alettus Diedriks, uit die koekoek se nes.

Naskrif

1. Nicolaas verwys na die operahuis wat afgebrand het, maar dit moet die stadsaal wees. Laasgenoemde het ook nie afgebrand nie; daar was wel in 1939 'n brand, maar dit is geblus voordat veel skade berokken is. Die ou operahuis, 'n pragtige plek, het al in 1930 tot op die grond afgebrand. Verder was daar in 1938 en 1939 brande by die Joodse Sinagoge en by 'n losie in Beaconsfield. Van die brand in die Windhoekse kroeg kon geen bevestiging verkry word nie. Indien sanatoriumpersoneel hierdie inligting gelees het, sou hulle dit, ironies genoeg, kon sien as "bewys" dat hy hebefrenies of 'n patologiese leuenaar is.

2. In die Onderveld (vir die doeleindes van hierdie kroniek die grootste deel van die Noord-Kaap) en in Namibië kom woorde en uitdrukkings voor wat Afrikaans nog altyd op 'n besondere manier verryk het. Omdat dié woorde selde in woordeboeke opgeneem is, beteken dit nie dat hulle nie 'n plek in die hoofstroom het nie.

   Oranjerivier-Afrikaans (soos die geleerdes dit noem) klink ook nie orals dieselfde nie. Klemplasing word soms ingespan by die vorming van nuwe woorde. *Platklíp*, vir 'n toemaakklip, oftewel klip wat gebruik word om 'n opening toe te maak, bestaan naas plat klip ('n lang, platterige klip); net soos wat *swaarwéér* ('n elektriese storm) uit swaar weer gegroei het. Vir die "Ondervelders" bestaan daar in verband met die weer, water en die veld meer woorde as wat die oningewyde besef. Net soos wat die konsep sneeu in die Eskimo-dialekte deur baie woorde gedek word ómdat daar vir hulle baie soorte sneeu bestaan! *Ouspoor* dui op 'n spoor van lank gelede, *douspoor* is so vars dat dit óór vanoggend se dou getrap is, *vaalspoor* is ouer, miskien gister s'n.

   Plant-, dier- en beskrywende name uit die ou Hottentot-variante is vandag deel van dié taalgebied: *tetoetoe* is 'n koggelmandersoort en *t'ngabbera* en *tkorteman* is akkedissoorte; *t'norro* verwys na die nekbeen (en *haaskooi* na die "draaihare" in die nek, d.w.s. by die boonste nekwerwel); *n'tgoe* wys op skurfte of vuilheid; *txina* dui op voorspooksels maak; *t'kamma* is 'n ander naam vir bakoorjakkals en *t'gie* vir maanhaarjakkals. (Albei kan draaijakkalse wees!) As jy *t'ghommie* is, is jy dom. *T'komklip* (skilferklip) dui op bros, verweerde klip. *Get'kam* en *vasget'kam* sê dat jy iets (in die waai van jou bene) vasknyp. As kos *t'ngaboe* is, is dit onsmaaklik of nog nie gaar nie (vgl. ook kaboe-mielies). 'n *T'kauboompie* bied maar min skaduwee. *Ntwangweer* verwys na 'n donker misweer wat (so sê die mense) 'n slegte voorteken is. Waar *ja-oempie* ('n termietsoort wat veral langs Grootrivier baie skade aanrig) sy naam kry, weet ek nie. Net so onbekend is *tiemaans* ('n blikbeker met 'n oor) se oorsprong. 'n Woord soos *soeroe*, wat sowel na vel haar-af maak as na diep trek aan 'n pyp verwys, is net so ingeburger.

Woorde wat – natuurlik veral in die tyd waarin Nicolaas se storie hom afspeel – eg-Ondervelds is, by wyse van spreke, is *prissemeer* vir veronderstel; *revinnis* vir ondervinding; *minteneer(der)* wat soms stuur of beheer(der), en soms bekostig kan beteken. Daar is nog *tierasegat* (in die uitdrukking "op tierasegat af"), letterlik: iets gevaarliks aanpak, soos om 'n tier uit sy gat/lêplek te probeer haal, soos wat die Boesmans in die ou dae moes doen voor hulle kon vrou vat. Ook *skams* naas skrams, *splie-nakend* wat aandui dat die persoon sonder 'n draad klere is, *tallietaks* vir gereeld, *muggels* vir spiere, *prens en vree* vir heeltemal tevrede wees, en *verwulpsel* vir 'n klomp welpies, d.w.s. 'n werpsel. *Toenaam* en *karrienaam* vir bynaam en troetelnaam is eweneens algemeen. As iemand *vir gon en negosie* rondloop, beteken dit hy doen niks (loop rond vir kwaadgeld); maak hy jou *handjiekaie*, probeer hy jou verleë maak of vermaak. En as dit *stols* gaan, beleef jy moeilike tye.

Boerejode se bydrae tot die breër taalterrein is seker gering, maar hulle het dikwels teruggeval op hul eie mengsel van Jiddisj. Woorde soos *schlemiel*, *schmuk* en *schmukkel* word met wisselende grade van intensiteit gebruik om 'n domkop of klipkop voor te stel. *Nudnik* en *shikkerel* het min of meer dieselfde betekenis (domkop), maar word met toegeneentheid gesê. *Feygel* (vgl. Eng. slang: fag, faggot) en *schmoyger* verwys na verwyfde mans, terwyl *goyim* onbekeerdes aandui. *Mayn einsinkel* (my enigste), *mayn kleiner* en *ben yuchidel* (my enigste seun) is troetelwoorde, soos *pisherke* (pistertjie) en *narrele* (klein hanswors).

Baie Onderveldse woorde is nuutskeppinge; ander kom uit die taalwêreld van die Khoi-Khoi; sommige het selfs broertjies en sustertjies in Nama en Nama-Damara. Ook woorde is grootmaakkinders en swerwers.